魅丽文化
桃天工作室

消失绿缇 著

橘子味的你

全2册 上

江苏凤凰文艺出版社
JIANGSU PHOENIX LITERATURE AND ART PUBLISHING

图书在版编目（CIP）数据

橘子味的你：全2册 / 消失绿缇著. -- 南京：江苏凤凰文艺出版社，2020.7
ISBN 978-7-5594-4876-7

Ⅰ.①橘… Ⅱ.①消… Ⅲ.①长篇小说－中国－当代
Ⅳ.① I247.5

中国版本图书馆 CIP 数据核字 (2020) 第 080316 号

橘子味的你：全2册

消失绿缇 著

责任编辑 张 倩
特约编辑 刘思月 廖双双
装帧设计 黄 梅
出版发行 江苏凤凰文艺出版社
南京市中央路 165 号，邮编：210009
网 址 http://www.jswenyi.com
印 刷 湖南天闻新华印务有限公司
开 本 880mm×1230mm 1/32
印 张 20
字 数 593 千字
版 次 2020 年 7 月第 1 版，2020 年 7 月第 1 次印刷
书 号 ISBN 978-7-5594-4876-7
定 价 69.80 元（全 2 册）

目录

目录

第1章

九月开学季，天气燥热得一丝风都没有，阑市特有的银桂开满了枝头，地上零零碎碎落着一层淡白色的花瓣。

空气软绵绵、甜丝丝的，像混入了棉花糖。

盛华高中的鹅卵石小路上，两只白胖的鸽子衔着草籽，歪着脖子一蹦一跳地走着，精神抖擞。

童淼的额头渗着薄汗，微微打湿了细碎的褐色刘海，她轻轻地抿着唇，水灵的杏眼打量着陌生的环境。

“啾啾，你已经拿到清华的预录取通知书了，妈妈把你转到盛华来，你放松一点儿好吗？”

童美君蹲下身，轻轻地拍着少女白净如汝瓷般的手臂。

童淼乖巧地点了点头，她向来不怎么会违背母亲的意愿。

童美君穿着一身素色长裙，长裙垂到草地上，像一朵盛开的百合花。

“妈，我每天都能看到你吗？”童淼沉吟半晌，总算犹犹豫豫地问出了声。

盛华高中离市中心太远，看来她要住校了，可母亲没人照顾的话……

“妈妈一周来看你一次，你不要担心，这里还有阿湛关照你呢。”童美君误会了女儿的意思，只当她不习惯陌生的环境。

提及司启山的儿子，童美君舒心地笑了。

童淼却垂下眼眸，贝齿不着痕迹地咬了一下嘴唇。

阿湛啊？

她微微抬起眸子，带着水汽的黑眼珠看向妆容精致的女人：“妈妈，你会和司湛的爸爸结婚吗？”

童美君的笑容略微有些僵硬，她错开眼神道：“小孩子管那么多事做什么？你就安心地享受校园生活，顺便帮一帮阿湛补文化课，他爸爸希望你们一起上清华呢。”

童淼点点头，顺从地答应：“我知道了。”

童美君打开腕上挎着的Gucci包包，从里面拿出一把钥匙来，微笑着对童淼道：“这是阿湛爸爸在盛华附近公寓的钥匙，学校宿舍毕竟不方便，你搬来跟阿湛一起住，东西妈妈都帮你收拾好了。”

童淼伸手接过钥匙，死死地攥在掌心里。

钥匙尖锐的凸起扎在细嫩的掌心上，微微有些刺痛。

她不想，可她说好。

司湛的爸爸让妈妈过上更好的生活，总要有些回报的，她帮司湛提高学习成绩，也算是一种偿还。

“好好和阿湛相处，将来你们说不定就是兄妹了。”

童美君说罢，有些羞涩地笑了笑。

校门外豪车嘀嘀地响了两声，她愉悦地招了招手，回头拍拍童淼的肩，就直奔着汽车的方向小跑过去。

童淼在童美君背后弯起眼睛笑了笑，然后往学校教务处走去。

只要妈妈能开心，就好了。

司叔叔为她联系好了年级主任，一切都安排妥当，只等着她拎包入学。

一切都还不错，只是这个司湛……让她有些头痛。

走廊里，男生们的笑骂声此起彼伏。

“哎，刚刚是不是湛哥输了？”

“嘿，玩了这么多局，总算把湛哥狙掉了！”

"湛哥认赌服输吧！"

男生靠着栏杆，单手撑着下巴，手机捏在两根手指间，上面是"绝地逃亡"弹出的战绩总结画面。

他脸上挂着一丝漫不经心的笑，薄唇微翘。

"行吧。"

声音有些低沉沙哑，透着一股少年的磁性。

陈冬挤眉弄眼道："湛哥总是被人表白，这次找个人告白怎么样？"

一起"吃鸡"的男生们哄堂大笑，起哄地鼓起掌来。

男生嗤笑一声，斜他一眼，挑了挑眉："跟你告白吗？"

陈冬挺着胸脯道："哥们儿要是个女的，就凭咱俩这关系，绝对应了你！"

"滚！"司湛怒骂一声，修长的手指拎起一旁的空可乐瓶，朝陈冬砸过去。

陈冬笑嘻嘻地抱住头，轻松地把可乐瓶弹飞了。

司湛也没有用力，他不在乎这个。

愿赌服输吗？

"这楼梯上出现的第一个女生怎么样？"陈冬幸灾乐祸地提议道。

楼梯铺着乳白色的大理石，上面嵌着盛华的校徽图案，典雅又大气。

司湛抬眼扫了扫空荡荡的楼梯，随意道："行吧。"

从走廊大敞的窗户外吹来一阵温热的风，带着丝丝甜腻的香味儿，甚是撩人。

上课时间，绝大部分学生都在教室里听课，走廊上根本没人。等了许久，司湛点了点手机，电量不足百分之十，他有点儿没耐心了。

快下课了，人一多就吵，特烦人。

"湛哥别着急，再等等。"陈冬趴在楼梯口往下看。

"你们听，有人来了！"

"哎，好轻的脚步声！"

"女的！女的！"

其余几个男生赶紧猫了起来，躲在墙角伸着脖子看热闹。随着脚步声走近，他们窃窃私语的声音彻底消失。

可算来了，就等湛哥发挥了。

司湛微微转过身子，慵懒地扯了扯校服外套的领子，然后迈开长腿，走到楼梯口，单手撑着栏杆，腿伸到墙边，将唯一的通道彻底堵死。

他很高，手臂又长，遮住了窗口透过来的阳光。

童淼刚转过拐角想往上走，眼前突然一暗，她不由得抿住了唇，抬眼向楼梯上看去。

司湛很高，脸上带着玩世不恭的笑，邪气十足。

她一向知道，这位全校出名的“二世祖”不是好惹的。

童淼紧张得攥紧了手里的钥匙，满眼戒备地停在了楼梯上，一语不发。

他要干什么？

谁知道呢！

“妈呀，这是湛哥那个便宜妹妹啊！”陈冬躲惊讶地叫道。

这两人的关系尴尬……开这种玩笑大概不好？

但是箭已上弦，看司湛好像没有要退缩的架势，陈冬又激动又担心。

童淼向司湛身后一望，看见了躲着的一排脑袋。

她不知道他们在玩什么把戏，但她得离这些人远一点儿，所以不得不替自己出头。

“你……你让开。”

声音很细很软，带着南方姑娘的温暾，她的嘴巴微翘，小巧又红润。

司湛眼中闪过一丝深意，他懒洋洋地缩回手，一步一步地走下楼梯，运动鞋踩在光滑的台阶上，嗒嗒作响。

童淼不由得想往后退，司湛太高，她得仰起脸看他。

司湛走到她面前的一阶，两人已经离得很近了，童淼能嗅到他身上香草味洗衣液的味道。

他凑近她，勾起唇，气息扑到她脸上，淡淡的。

修长的手指撩起她的一绺蓬松微卷的长发，嗓音低沉沙哑，颇有些戏谑的意思：“小卷毛，我喜欢你——”

童淼的脸骤然涨得通红，她跌跌撞撞地倒退了几步，险些摔下楼梯。

她从没遇到过这样的男生，不正经到了极点。

司湛满脸玩笑的意味，她当然不会误以为这是真的。

退到下一个平台，好不容易逃开了司湛的气息，童淼这才恢复了冷静。

墙角猫着的人拍着手大笑，吵吵嚷嚷的起哄声快把房顶掀翻了。

司湛直起身子，看着童淼一脸窘态，他淡漠地把手插在校服裤袋里，碎发遮住眉峰，一字一顿道："是绝不可能的。"

他故意拉长音，恶劣到了极点。

说罢，他歪着脑袋用眼神示意脚下的楼梯，给童淼让出了一条路，算是戏弄够了，放她一条生路。

"你！"童淼羞愤不已，却无计可施。

她还没有被人表白过，原来的市一中校风严谨到变态，所以她从未修炼过冷静处理这种场景的秘籍。

"大老远就听见你们吵吵，下课了吗！"教导主任腆着大肚子，满脑袋汗地跑过来，一眼就看到走廊上插着兜一副懒散模样的司湛。

教导主任恨铁不成钢地朝司湛一指："你啊你，我不用想就知道是你！"

司湛总算抬眼看了看教导主任，云淡风轻道："没啊，这不是列队迎接我妹妹吗？"

"妹妹"二字咬得很重，带着不明的意味。

童淼轻轻地咬着嘴唇，狠狠地瞪了司湛一眼，快步从他让开的楼梯跑上去，跑到教导主任身边，这才舒了一口气。

教导主任明知司湛在胡说八道，但又没有证据，只得用警告的眼神扫视了他们一圈，这才护着童淼去了办公室。

司湛的爸爸司启年早就跟校方打好了招呼，说要送一个姑娘来读高二，教导主任已经等候多时了。

盛华是省内排前三的重点高中，主攻方向是留学和保送，由于和国内外众多大学都有协议，所以盛华的学生想考名校要比其他重点高中的学生容易得多。

这也是为什么在诸多家长口中，想进盛华比登天还难。

但童淼是个例外。

她不仅有司启年这方面的关系，她还是门萨俱乐部少有的十八岁以下的成员，曾经获得过数项世界级学科竞赛一等奖，从智商上来说，她是个天才。

教导主任自然很欢迎这样的学神级人物来刷新盛华的记录。

但令他失望的是，童淼来就读的要求是，不参加任何比赛，不参加年级排榜，不成为学校宣扬的标杆。

孙主任端起茶杯喝了一口凉茶，蹙着眉，苦口婆心道："真的不行吗？"

一个月之后就是全市高中学科综合竞赛，涉及各个学科，盛华不乏品学兼优的学生，但是童淼这种天才还是凤毛麟角。

他觉得有点儿可惜。

童淼舔了舔小巧的嘴唇，紧张地攥住裙角，低着头道："对不起……"

孙主任明白了她的意思，赶紧摆手笑笑："没关系没关系，我们之前都说好了嘛！"

童淼稍稍松了一口气，手也渐渐地松弛下来，手心里已经带了些潮意。

"我先带你去班级吧，这个班都是走加分和保送的，刚分好的班，你也不用怕融不进去。"

孙主任从桌子后面绕过来，扣上水杯，引着童淼去高二三班。

"谢谢您。"童淼低着头跟他走，心里却是一沉。

听说司湛也在这个班级，她一点儿也不想跟他一个班。

走出了带着淡淡龙井茶味儿的办公室，童淼硬着头皮推开了三班的门。

空调风呼呼地吹，门内、门外是两个世界，她蓬松的头发被冷风吹起，拂在锁骨上，柔柔痒痒。

"老师好，我叫童淼。"

轻细羞涩的小嗓音，像是被风吹过的小羽毛。

教室里顿时有男生窃窃私语起来，冲着她意味深长地笑。

童淼长得漂亮，小巧精致，鼻梁很挺，眼睛总是带着一层湿润的水汽。

她皮肤白，细腻得好像看不到毛孔，头发微微有些自来卷，浓密又蓬松，像个洋娃娃。

这是大部分男生都喜欢的类型，乖巧可爱，温柔懵懂。

但有一个人不喜欢。

司湛懒洋洋地靠着座椅，轻佻地扬了扬唇，墨色眸子里带着恶劣的戏谑：“再说一遍，听不到啊。”

全班的目光都聚集到司湛的身上，他将手放到脑后，一条腿微缩，一条腿伸直，抬眼注视着童淼。

班里的几个不安分的男生对童淼的心思顿时凉了半截。

从来没见湛哥针对过女同学啊，今儿这是怎么了？难道两人有仇？

童淼沉默了半晌，杏眼微挑，扬起一张固执的小脸，抬高嗓音道：“童淼，‘童话’的‘童’，三水‘淼’。”

即便是高声说话，她的语气依旧没有什么威慑力，柔软温暾的声音连半点儿愠怒的意思都没传达出来。

身边的班主任赶紧威慑性地在班里扫视了一圈，然后轻轻地揽住童淼：“你去坐在姜谣旁边，第一排右边那个女生。陈冬，你去后面跟司湛坐。”

老师看出来司湛对童淼不友好，赶紧帮她在班级里找了个离他最远的位子，像童淼这样乖乖软软的小女生，就该离那帮浑小子远一点儿。

陈冬倒是兴高采烈。他和司湛一向是死党，老师怕他们俩吵翻了天，才故意把他们分开，现在湛哥的便宜妹妹来了，反倒是成全了他。

陈冬没什么东西要收拾的，瞬间就给她腾出了位子。

童淼礼貌地说道：“谢谢老师。”然后顺着老师指的方向，走到姜谣的旁边坐下。

姜谣扎着丸子头，一张巴掌脸，眼睛特别大，特别机灵，嘴角旁带着两个甜甜的梨涡。

大概是班花了，童淼心道。

姜谣支着下巴打量着童淼。这个班的学生，都是有点儿来头的。临到高二了，每人手里至少握着十分高考加分。

能在这时候转进这个班，大概背景不简单吧？

但是怎么这么萌软，看起来这么好欺负？

她戳了戳童淼的胳膊，皮肤真嫩，真白，像能挤出水来。

童淼抬眼看她，眼中带着些许疑惑，像是浮着一层水雾。

“我说，他说什么你就听什么啊？你就应该直接给他一个白眼。”姜谣恨铁不成钢道。

童淼轻轻地抿了一下唇，垂下眼眸，小声说道："算了。"

她不跟他一般见识，要是跟他计较，她早就气死好几百回了。

姜谣"啧"了一声，自言自语道："也是，你这样的乖宝宝。"她顿了顿，又嘱咐道，"你不知道他吧？他叫司湛，你以后离他远点儿就行了，你们俩就不是一路人。"

当然不是一路人，但是离他远点儿……在短期内大概很难做到了。

他们可要住在一起呢。

但她不忍心拂了姜谣的好意，于是浅浅一笑，轻声道："谢谢你，我记住了。"

姜谣拍了拍胸脯，仗义地说道："其实你惹他也没事儿，我替你摆平。我爸和他爸关系好，他能给我面子。"

童淼心道，我妈和他爸关系也挺好，他就一点儿都不给我面子。

透明的玻璃窗隔开了外面的燥热，胳膊上的皮肤微微有些发凉，她缩了缩肩膀。

盛华是很好，所有的设施都很奢华，但她有些不习惯。

在这之前，她还从来不知道，有一批学生是几乎不用去挤普通孩子走的独木桥的，尤其是像司湛这样的。

原本，他们俩也不该有交集。

如果不是妈妈跟司叔叔在一起了，司湛也不会处处针对她。

这不怪她，但也不怪司湛，童淼想不出到底该怪谁。或许人与人的关系就是这么复杂，有些事情没有缘由，但它就这么来了，你得接受，然后面对它。

她轻轻地呼了一口气，好在盛华并不是所有人都像司湛那样的，比如姜谣就很好。

空气中飘浮着淡淡的粉尘，尤其是第一排，显得更严重一点儿，黑板擦擦过，粉笔灰就铺天盖地而来。

童淼对气味和灰尘比较敏感，她捂住嘴巴轻轻地咳了咳，勉强适应。

很快开始上课了，这节是外教课，进来的是个异国特征明显的金发老爷爷。盛华的学生英语水平普遍很高，所以双语授课没有什么问题，这也是为了给那批未来想要留学的学生提前打好基础。

童淼得过那么多顶级竞赛的奖项，英语听力和口语却不怎么好，因为她小时候没有跟外教接触的条件。

她有些小心谨慎地往桌面上趴了趴，企图降低自己的存在感。

外教叽里呱啦地说了一通，她就只听懂了一半。

一旁的姜谣被活泼的外教逗得哈哈直笑，一双桃花眼弯成了两道弧。

童淼不清楚她在笑什么。

姜谣却神神秘秘地戳戳她，挤眉弄眼道："喂，你交过男朋友吗？"

童淼突然有些脸颊发热，她立刻轻轻地摇了摇头。

男朋友什么的，对她来说不是太早了吗？妈妈知道了也会担心的。

姜谣却兴奋得拍了拍手，对外教道："老师老师，童淼没有男朋友！"

童淼立刻绷紧了脊背。她相当聪明，立刻就联想出这外教开了什么玩笑。

青春期这个躁动的年龄段，任何有关男女关系的话题都会引起不小的轰动，因为对于这个年纪的学生们来说，爱情新奇又充满着魅惑力，即便没有经历过，也渴望着经历一回。

班里有"班对儿"被外教拿来打趣了。

"So beautiful！"外教看见童淼，眼睛一亮。她这样皮肤奶白奶白，头发又带着自来卷的女孩子，更加符合外教的审美。

其余的，童淼没怎么听懂，大概还是在夸奖她，她微微抬起脸，礼貌地说道："Thank you."

最后排突然传来一声嗤笑，教室里愉悦的气氛霎时终止了。

司湛微微挑了挑眼尾，漫不经心道："发育都没发育好，能有什么男朋友啊？"

班里不断有男生发出窃笑，男生看女生嘛，当然要看某个地方。

司湛前面的"眼镜男"回头挤眉弄眼道："行啊，湛哥，直击重点啊！"

陈冬是班里唯一一个知道司湛和童淼关系的人，他用水瓶捅了捅"眼镜男"，斥道："去去去，哪儿都有你！"

"咋的？怕湛哥跟你抢大胸妹子啊？""眼镜男"嘟囔道。

陈冬做了个凶相，威胁道："我们湛哥什么时候对大胸感兴趣过？滚蛋！"

把"眼镜男"怼回去了，陈冬这才小心翼翼地瞄了司湛一眼，小声道："哥们儿，你不怕她跟你爸告状啊？"

司湛眼眸一寒，似笑非笑道："那她就告啊，看谁玩儿得过谁。"

声音不大不小，周围的同学听了个模模糊糊。

谁敢告司湛的状啊？还想不想在盛华混了？

童淼低头看了看不怎么显山露水的胸脯，脸不由自主地涨得通红。

他怎么能拿这种话题开玩笑？太过分了！

她轻轻眨了眨眼睛，深吸了一口气。

忍，她能忍。

这点儿都忍不了，她还怎么跟他共处一室？

姜谣拍了拍桌子，捏了块橡皮朝后面扔过去，骂道："司湛，你过了啊！"

橡皮没砸到司湛，倒是弹到陈冬桌面上，陈冬嬉皮笑脸道："谢姜美人赏赐！"

姜谣气得瞪了陈冬一眼，她懒得跟陈冬一般见识，于是转回头来对童淼说："他们就那个德行，以后你就知道了，可能看你软绵绵的，好欺负。"

姜谣说着说着，也觉得有点儿不对劲儿。以前司湛虽然狂，但也不是莫名其妙就欺负人，不知道今天怎么了。

她又看看童淼，童淼依旧没什么反应，但是脸色已经有些冷了。

乖宝宝生气的样子也莫名可爱，像只气鼓鼓的小仓鼠。

司湛见童淼没什么反应，颇有些意兴阑珊，他把课本往脑袋前一搭，趴在桌子上睡了过去。外教课他不用听，英语对他来说，完全没问题。

窗外的温度渐渐降了下来，屋内的空调也被调高，白炽灯明晃晃地照着黑板，各科课代表把作业抄在上面，好让大家自习的时候写。

时间过得很快，司湛不找她麻烦的时候，童淼相当轻松，盛华的课她其实也不必听，除了英语之外，其他学科对她来说实在是太轻松了。

收拾好了东西，姜谣懒洋洋地打了个哈欠，用胳膊支着下巴道："喵喵，你晚上在学校上自习吗？我看你都没带东西。"

童淼的小名不叫这个，但是姜谣喊起来很顺口，她也就没纠正。

"不上，我……租了房子，今天去认认路。"童淼乖巧地答道。

她对姜谣莫名有种好感，姜谣知道她英语不好之后，老师说一句，姜谣就小声给她翻译一句，她心里很感激。

姜谣却有些莫名其妙：租房子啊？来盛华上学的，还需要租房子吗？干脆买一套就好了啊。

或许是觉得没有必要吧？

"那你注意安全。"姜谣嘱咐道。

童淼点点头："你也是。"顿了顿，她又觉得不够有诚意，补充道，"注意安全。"

司叔叔的那套房子在盛华校区附近，属于高档小区，走路大概要十多分钟。她有妈妈给的地址，但是具体在哪里，还是要她自己去找。她相信，司湛是肯定不会给她带路的。

他不在屋子里面将门反锁就好。

童淼自我安慰道。

"明天见啊，喵喵。明天有物理课，你可得养足精神。我们物理老师可帅了！"提起这位物理老师，姜谣眼中就闪烁出异样的神采。

童淼忍俊不禁："好。"

她攥紧掌心里被焐热的钥匙，拍了拍被压皱的裙子，轻悄地往门口走。

她没有书包，随着一大帮人往外走，存在感并不强。

最后一排的司湛却立刻抬起头，目光追随着童淼默默走出教室的身影。

等她在门口消失不见了，司湛这才眨了眨眼，眼中神色晦暗不明。

很快，他随意地将课本甩进书包里，把课桌一推，迈开长腿，慵懒地站起身来。

陈冬拍了拍他的手臂，兴奋地说道："哥们儿，一会儿晚自习去不去网吧？今天'绝地逃亡'电竞直播，隔壁舞蹈学院的美女主播啊。"

他根本不是征求意见，他觉得司湛反正会去的。

谁想司湛扫他一眼，眼中略有些不耐烦道："不去。"

陈冬惊得张大了嘴巴，愣了愣，感慨道："不是吧？这你都不去看？你有什么事儿啊？"

司湛单手拎起书包，随意一甩，稳妥地搭在肩上，冷淡地答道：“回家。”

陈冬疑惑道：“你回家干吗啊？你爸不是在市中心吗？你给谁表现去啊？”

司湛不由自主地朝第一排看了一眼，那个位子空荡荡的，已经没有人了。

他扭过头警告似的看了陈冬一眼，低声道：“关你什么事？”

陈冬一脸莫名其妙。

夏季的夜晚夜色浓稠，却又不纯粹。

不时有闪烁的灯光和偶然飞过的飞机刺破黑暗，嚣张一番，然后再逐渐远去。

校门外很热闹，小摊贩支着小灯泡，在小推车后忙活着，炙烤得滋滋响的鱿鱼散发出美妙的香味儿，小摊周围围着一群饥肠辘辘的同学。

这些小摊是城管怎么赶都赶不走的，每当夜幕降临，便如雨后春笋一般，噌噌地冒了出来。

按司湛的话说，这是市场需求。

唉。

童淼叹了一口气。

上天给她打开一扇窗，就注定给她死死关紧一道门。

她是真的不认路，这都从放学走到天黑了，也没找到公寓的影子。

明明手机地图上的导航没错，但她就是在胡同里打转，始终绕不出去。

实在无计可施了，她把手机收起来，轻轻舔了舔下唇，目光落在一个路边报刊亭上。

玻璃门里坐着个嗑瓜子的阿姨，门外零零散散地摆放着各式各样的杂志和书。

“小姑娘要什么？”阿姨拉开玻璃门，探出一张带着些许褶皱的脸，殷切地问她。

她最不忍心辜负别人的期望，何况天都黑了，守在路边做生意也不容易。

童淼胡乱地指着封皮最显眼的一本，阿姨手脚麻利地拽下一个塑料袋给她装了起来：“二十块。”

借着昏暗的灯光，童淼掏出钱包交了钱，总算问到正题：“请问您，到滨河小区怎么走？”

阿姨举着瓜子乐了：“这后面就是滨河小区啊。”

童淼瞬间涨红了脸，看来导航是没错的，只是她实在找不到进小区的门。

“可我怎么走不进去？”

阿姨“噢”了一声：“你是新来的吧？要想进去，得绕一大圈呢，没有人出来接你吗？”

童淼垂下眸子摇了摇头。

指望司湛来接她吗？简直是天方夜谭吧。

阿姨迟疑了一下，解释道：“这里原来有个北门，但是最近抢劫的太多了，都在北门蹲点，物业干脆把北门封了，只开南门，集中安保力量。”

童淼微微一怔：“抢……抢劫？”

她经常能从电视里看到这样的新闻，却从来没有遇到过。

她不免有些紧张，手心微微出了一层薄汗。

阿姨嘱咐道：“你就一个人啊？那你可要小心点儿，劫匪也知道滨河小区住的都是有钱人，抢钱不要命呢。”

听了她的话，童淼更紧张了，不由得抓紧了杂志光滑的封皮，圆润的指腹摩擦到纸张，发出轻轻的声响。

“谢谢您，我会注意的。”

夏风一吹，卷起地上的树叶，沙沙作响。

童淼不由得身子一抖，浑身的神经瞬间紧绷起来，总觉得浓浓的黑暗里隐藏着什么东西，随时都会扑上来。

她深吸了一口气，这个时候，害怕又能怎么办呢？只能靠自己。

她顺着阿姨指的路，提着十万分的小心，匆匆往南门方向走。

空气中透着一股桂花香，但她无心品闻，甚至不敢回头，不敢停下。

脑海里反复回想着妈妈曾教过她的应对方法：别贪恋钱，要什么给什么，最好能把证件留下，往人多的地方跑，保证自己的安全。

她胡思乱想着，又被吓出一身薄汗。

走过一段鹅卵石小路，她总算看到了南门。

它笼在黑夜里，吊着几盏红灯笼，在地上投下一片红色光晕，不温馨，反倒莫名地显得阴森。

好在有门卫坐镇，看到了人，童淼的一颗心总算放了下来。

她轻轻敲了敲门卫室的玻璃，小声问道："叔叔，请问十四号楼在哪儿？"

保安看她一副学生模样，神色有些慌张，被汗打湿的碎发贴在额头上，纤细脖颈上的脉搏一跳一跳。

这么个小姑娘，可别再出什么事儿。

保安推门出来好心地说道："不远，我送你过去吧，等你上楼我再走。"

童淼赶紧朝他鞠了一躬，感激地弯了弯眼睛，甜甜地说道："谢谢叔叔！"

她像个小跟屁虫似的，紧紧地跟在保安身后往里走。

小区门外的树林里闪出一个颀长的身影，在灯光的照映下，细长的影子跟树荫融为一体。

司湛嘴里叼了根棒棒糖，用舌尖抵了抵糖球的底部，看着童淼跟保安进去了，这才把糖球咬碎，胡乱嚼了嚼，嘴里略有些嫌弃地嘟囔道："真行，绕着小区走了七八圈，浪费了这么多时间。"

说罢，他单肩挎着背包，慢悠悠地往小区门口走，一手捏着那根糖棍，一手从兜里摸出钥匙，轻车熟路地感应开小区大门。

进了门，他长长地出一口气，将糖棍连同糖纸一起扔在垃圾桶里，嘴里一股浓香的薄荷味儿。

正碰上保安回来，保安惊讶地招呼道："哟，司湛啊！好几天没回来了吧？今天怎么回来了？"

司湛轻轻地勾了勾嘴角，手插着兜，淡淡地回道："想回来了。"

保安不免唠叨起来："最近小区外面事儿多，小区里面还是安全一些，别以为你是男生就没事，可要小心。"

司湛抬起头，微微地眯起狭长的眼睛，盯着一户骤然亮起的灯光，"嗯"了一声。

某人可算到家了。

手机响了起来，打破了他的思绪，他掏出来一看，陈冬喜气洋洋的大脸出现在屏幕上。

他皱了皱眉，点了一下蓝牙耳机的接听键："喂。"

陈冬激动得险些破音，他贴在电话上喊："卧 ×，大哥，你看到了吧！

太……卧×！”

司湛被他吵得眼睫一抖，浓黑的眉毛立了起来，不耐烦地说道：“不说就挂了。”

陈冬一愣，迟疑道：“不是吧？你还没看直播吗？深渊狼一狙十，绝地反杀！关键是，深渊狼真身是个妹子！”

司湛漫不经心地“哦”了一声：“还没到家呢。”

陈冬吃了一惊，都不知道要说什么了。

司湛慵懒道：“没事儿挂了。”

陈冬赶紧接茬，难以置信道：“不是吧，大哥？你别告诉我你是匍匐回去的，你怕被狙啊？”

司湛吐槽道：“队友绕安全区画圈跑毒，就是不进线，我有什么办法？”

陈冬只当他又待在哪个地方“吃鸡”了，嘀咕道：“这垃圾队友，你没骂他？”

司湛顿了顿，意味深长道：“嗯，回家骂。”

陈冬满头雾水，这都什么乱七八糟的？还嫌外头骂人扰民？

湛哥最近的素质提升得挺高啊！

第2章

童淼打开灯，在偌大的房间环视一圈，客房的门上贴着她的照片，里面的东西妈妈都帮她收拾得整整齐齐。

对面的主卧自然就是司湛的了，门上用签字笔龙飞凤舞地写着三个字——别吵我。

童淼撇了撇嘴，决定将主卧方圆两米范围内画作自己的禁区，最好两人互不干扰，各不侵犯。

回到房间里，她将蓬松的长发用头绳系住，将裙子褪下来，换上在床头摆放好的睡裙。

在外面走了一个多小时，她身上也出了一层黏腻的汗，急需洗一个澡。

刚想拎着毛巾出去，手机铃声响了起来。

手机方才被她甩到床里侧，正一闪一闪的。

童淼慢吞吞地趴在床上，伸直胳膊将床里侧的手机拽过来，伸手划开，嗓音愉悦地开口道："妈妈。"

童美君正在和司启山约会，难免担心童淼，这才趁着间隙给童淼打来电话。

"啾啾，回家了吗？房间怎么样？"

童淼微微弯起眼睛，乖巧地答道："房间很大，很好，妈妈你帮我谢谢司叔叔。"

童美君脸上止不住地露出幸福的神色，朝面前正襟危坐的男人一笑："咴咴说谢谢你。"

司启山理了理西装上衣："告诉咴咴，要是司湛没有照顾好她，我回去抽他。"

童美君嗔怪地瞪他一眼："阿湛是个好孩子，你别这么说。"

童淼听到了，不由得眸色一暗，但她很快就打起精神来，佯装开心道："司叔叔别担心，我和司湛相处得很好，他很照顾我呢。"

童美君见两个孩子相处融洽，这才彻底放了心，笑着对司启山道："看吧，别总把阿湛想得那么坏。"

司启山扬了扬嘴角："哟嚯，这小子还转性了？"

童淼腹诽，转性是不可能了，一辈子都不可能了。

"妈妈，你和司叔叔先忙，我去洗个澡。"

童淼不想打扰童美君和司启山在一起的时光，她知道妈妈是真的开心。

"咴咴啊，司湛这小子经常不着家，你别安慰我，我知道他今天又没回来。叔叔麻烦你以后多看着他点儿，人要是没事儿，你就给我来个短信，省得我成天担心。"司启山边说边无奈地摇了摇头。

自从五年前他和司湛的母亲离婚，司湛就变得越来越张狂，他总觉得对他有所亏欠，却不知该怎么对待他。

现在他和童美君两情相悦，不得不照顾司湛的情绪，多少有些委屈童淼了。

童淼趴在床上静静地听着，体贴地说道："叔叔你放心，他一回来我就给你发短信。"

但她心里觉得，司湛有可能不会回来了。

司湛那么讨厌她和她妈妈，或许根本就不想和她同住。

挂掉电话后，她心事重重地从床上爬起来，趿拉着拖鞋往浴室走。

司湛的主卧有一个小型淋浴间，客房没有，她只能使用外面那个大的浴室。

浴室离她的房间很近，磨砂玻璃门，里面贴上乳白色的瓷砖，花洒和浴缸一应俱全，空间简直比她以前的卧室都大。

童淼轻轻地将睡裙褪下来，仰起头，伸手调整花洒的水温。

水管里面传来咕隆咕隆的声响，看来司湛真的好久没有回来了，这里都蓄水不足了。

淅淅沥沥的清水喷洒下来，稍稍濡湿了她的睫毛，继而顺着她乳白色的皮肤滑下去，冷得她浑身一哆嗦。

终于调到了舒适的温度，童淼光着脚丫站在浴缸里，满意地沐浴在温暖的水汽里。

浴缸一旁的落地镜中映出少女纤细的身影，奶白的皮肤被温水滋润得像热腾腾的炼乳。她还没有发育完全，虽然身材不像某些女生那么傲人，但曼妙的线条已经隐约成型，再过一两年，就会变得和童美君一样完美。

司湛刚一进门，就听见浴室传来淅淅沥沥的水声。

他微微一怔。

这房子冷清空旷，他宁可在盛华挤宿舍，也懒得住司启山精心装修的这套学区房。

可是从浴室传来的丝丝水汽，还有磨砂玻璃门内那个朦胧的身影，莫名让他觉得有些温情。

他将包甩下，意味深长地勾了一下唇，身子靠着餐桌，双腿微微交叠。

他盯着浴室看了片刻，里面传来少女似有似无的哼唱。

继而，水声停了，磨砂玻璃上的人影显得更清晰了些。

司湛赶紧移开目光，眼神随意地向桌子上一扫。

白色的半透明塑料袋里，装着一本最新的《男人装》。

封面上的女人身材火辣，前凸后翘，妩媚撩人，边上是几个加红、加粗的大字——男人最爱……

啧。

司湛颇感意外地挑挑眉。

浴室门被轻轻地推开一条缝，探出一张湿漉漉的白净的小脸。

司湛抬眸望过去，童淼却像惊弓之鸟一般，噌地缩了回去，重重地带上了门。

司湛不着痕迹地笑了笑。

童淼在偌大的浴室里沮丧地捂着脸。

她真的不是故意忘带浴巾的，实在是被那个电话打乱了思绪。

只是没想到，司湛竟然回来了。他什么时候回来的？是不是听到她唱歌了啊？

她艰难地环视了浴室一圈，除了那件蚕丝睡裙，好像没有什么可以用来擦干身体了。

不然打开换气扇吹干吧？

童淼抬手将换气扇按开，强大的新风系统顿时运转起来，浴室里升腾的热气被无情地抽走，湿润的皮肤接触到气流，温度一点点儿地散去了。

司湛皱了皱眉，却又玩味一笑。

他慢悠悠地走到浴室门口，左手插兜，抬起右手，敲了敲玻璃门。

里面的童淼正抱着胳膊打战，被敲门声吓了一跳，赶紧躲到了浴帘后面，惊慌地问："你……你干吗？"

司湛靠着墙，微微仰着头，眼睛看着天花板："浴巾我给你挂在门口，一会儿我回屋锁门，等你换好了叫我。"

童淼一愣。

一是没想到司湛竟然猜到了她没带浴巾，二是没想到他会主动帮自己。

这么好？

童淼有些狐疑地拉开浴帘，眯着眼睛向外望去。

司湛真的离开了，然后她听到细微的翻箱倒柜的声音，紧接着，脚步声逼近，玻璃门把手一动。

她赶紧又躲了进去。

半晌，主卧的房门咔嚓一声锁紧了，一切归于平静。

童淼慢慢地蹭出来，忍着水汽蒸发的冷意，小心翼翼地打开了门。

把手上挂着一条崭新的浴巾，司湛也不在外面。

他是真的在帮她。

童淼不禁有些惭愧，自己真是以小人之心度君子之腹了。

司湛也没有她想象的那么不讲道理，甚至还会主动出手帮她。

童淼心里一软，不免对他有些感激，觉得今天白天的冲突也可以一笔勾销了。

她拽过浴巾来，将自己裹住，赶紧把新风系统关掉，身上顿时温暖了许多。

缓了片刻，她擦干净身子，将睡裙套上，然后捧着浴巾出去了。

还是要跟他道个谢吧？

童淼沉思了一瞬，这才踩着拖鞋朝司湛门口走去。

没想到刚刚定下的禁区瞬间就被她自己打破了，她声音软糯温和，贴着门道："我换好了，谢……"

她一句谢谢还没有说完，门唰的一声被拽开了。

"喏，数理化作业，明早我要，去吧妹妹。"

一沓卷子塞到童淼手里，还带着崭新的油墨味道，房间里的司湛恶劣地勾唇轻笑，眼神凉薄。

"什么？"童淼怔了怔，看着手里的卷子，满脸的不可置信。

"你不会以为我是白帮你的吧？"司湛挑了挑眉。

童淼的贝齿瞬间咬上嘴唇，杏眼一缩，怒意剧增。

她真是太天真了，竟然会觉得他很善良！

司湛盯着童淼红润的嘴唇，他甚至可以看清唇瓣上小巧细嫩的纹路。

眼底莫名闪过一丝躁动，他立刻疏离地错开眼神，淡淡地说道："你离男人最爱还差得远呢。"

什么乱七八糟的！

童淼恨不得将手里的卷子甩在司湛脸上，但她硬生生地克制住了。

很好，今天就当买了一个教训，以后绝对不轻易接受司湛的帮助！

童淼捧着卷子愤愤走开，路过餐桌时扫到了那本被遗忘的杂志。

杂志被拆开翻阅过了，不用想也知道是谁干的。

她一把抓起杂志，转身回屋，等到了屋里她才看清楚自己买的到底是什么。

杂志里让人眼花缭乱的肉体扑面而来，童淼霎时臊得面红耳赤，伸手用湿答答的头发挡住自己的脸。

司湛望着童淼淡绿色睡裙下的莹白小腿，眸色暗了暗，脸上的冷淡也收敛起来。

他抬手甩上门，靠在许久未睡的大床上。

墙角的智能机器人亮了起来，机械音清晰地说道："主人，您有新的短消息。"

司湛有些心不在焉，懒洋洋地说道："说。"

机器人在原地转了一圈，换了一个女性声音答道："来自手机通讯录郝梦溪，阿湛，你现在有喜欢的人吗？"

司湛连眼睛都没眨一下，脑子里却不由自主地浮现出一张湿漉漉的嫩白的小脸。

早晨，童淼迷糊地从床上爬起来，仔细看了看房间的装饰，这才恍然意识到，原来已经不在曾经的家了。

她将一双纤细的小腿从被子里抽出来，踩在拖鞋里，顶着一头蓬松的乱发去梳洗。

学习桌上整整齐齐地摆着三张卷子，都已经用中性笔详细地写好步骤，绝对比司湛见过的任何一张卷子都完美。

完成这些对她来说，或许和司湛欺负她一样容易。

刚一出门，童淼的动作顿了顿。

客厅里，司湛裹着一条浴巾，光裸着上半身，正在用毛巾擦头发。

他的身材是真好，紧致有力，皮肤柔韧又健康，肌肉随着他的动作若隐若现。清晨的阳光打在他身上，他整个人就像镀上了光泽的白瓷瓶，该摆在博物馆里观瞻的那种。

司湛察觉到了身后的响动，微微侧过身，腹肌微紧，格外亮眼。然后他就看到童淼目不斜视，旁若无人地走过去，连睫毛都没颤一下。

司湛有点儿莫名其妙。

浴室的门一关，司湛这才挑了挑眉，嘴角带着似有似无的笑，拎着毛巾回了房。

洗手台前的童淼，难以抑制地红了脸。

她伸手拍拍温热的脸颊，轻轻地呼出一口气。

方才心里一直默念着司湛的两句至理名言，这才没有失神。

——发育都没发育好，能有什么男朋友啊？

——你离男人最爱还差得远呢。

他嫌弃她，她就懒得关注他。可……以后朝夕相处，有得尴尬了。

她不明白，司湛的房间里明明有独立的洗漱间，为什么非要跟她用同一个呢？

胡思乱想地刷好了牙，童淼将披散的长发绑了起来。她头发厚，夏天披着像一层绒衣一样，特别热。

司湛打开门，首先看到的不是童淼手里捧的卷子，而是那一段细长嫩白的脖颈。她左边锁骨上有一颗淡淡的小痣，在细腻皮肤的映衬下，显得小巧精致。

司湛眸色暗了暗。

“你的，作业。”

童淼垂着眸，也不看司湛的脸，将卷子往前一递。

司湛不接，反而靠着门边，手插着兜看她。

童淼瞬间拘束起来，她纤长的睫毛抖了抖，有些不知所措。

司湛这才缓缓道：“写了多长时间？”

童淼眉头一蹙，抬起头来看他，一双水润的杏眼里满是司湛的身影。

他问这个是什么意思？

司湛脸上挂着一丝痞笑，慵懒地催促道：“说啊。”

大爷似的，好像谁欠他一样。

童淼抿了抿唇，不想跟他起冲突，她声音糯糯的，隐隐能听出些愤愤不平：“一个半小时。”

也就是平均半小时就能做完一份考试卷子。

司湛心底了然，一把将卷子接过来，随意地卷了卷。他没再说话，转身回房收拾书包。

桌上的闹钟指示清晨七点，他上学从来没这么积极过。

随意地将书包往背上一背，对着玻璃窗理了理头发，司湛提高了音量喊：“看在你帮我写作业的分上……”

嘭。

大门关闭的声音。

司湛拿着车钥匙的手僵了僵。

继而，他神色不悦地将钥匙一甩，把司启山特意给他提的代步车抛在脑后。

真扫兴！

童淼有吃早餐的习惯，盛华的早餐是出了名的丰盛精致，对于不上早自习的学生来说，是特别的享受。

她偏偏是不需要上早自习的人。

昨天记了路，今天就熟悉多了，她跟着人流往外赶，再也没发生昨天那样的窘事。

“喵喵！”

童淼一回头，就见姜谣骑在自行车上冲她挥着手。

“姜谣？真巧。”她站在原地等着。

姜谣穿着一条背带裤，白色的短袖衬衫，骑在山地车上英姿飒爽。

“没想到你也住在这儿，以后我们可以一起上学了！”自行车一个急刹车停在童淼身边，掀起的风微微撩起她的校服裙。

“可惜我没有自行车，不耽误你吧？”童淼本能地为姜谣着想，她是没有必要上早自习的，但不知道姜谣如何，毕竟高中的学习还是很紧张的。

姜谣一乐，桃花眼弯了弯：“我带你就好了啊。”

童淼赶紧羞涩地摆了摆手：“我……怕累到你。”

姜谣捏了捏她的肩膀：“你也就八十多斤，累不到我啦。”

童淼没想到，人生第一次坐自行车后座，竟然是新同桌带的她。

担心给姜谣造成负担，童淼一动都不敢动，后背绷得紧紧的，手指微微钩住姜谣的衣服，累得腰酸背痛。

好在盛华并不远，姜谣走了近路，不到五分钟就骑到了。

她下车微微舒了一口气，跟姜谣一起去停车。

身边传来一个阴阳怪气的女声：“哟，姜美人追不上季老师，变得越来越爷们儿了，都知道带女同学上学了？”

童淼侧眸一看，说话的是一个长相相当艳丽的女生，化着淡妆，非常精致漂亮。

可是在校高中生可以化妆吗？

姜谣把自行车一甩，冷冷地说道：“起码季老师还能请我吃饭，不像某人，连司湛的正眼都得不到。”

司湛？

童淼愣了愣，不由得深深地看了那女生一眼。

司湛的正眼，她可以倾囊相赠的。

不单单是正眼，还有白眼、斜眼、戏谑眼、戏弄眼，她巴不得一股脑儿地全送出去。

那女生脸上的表情顿时有点儿崩，她双手交叠在胸前，怒瞪着姜谣，咬牙道：“我不知道你提司湛是什么意思，你就不怕我让陈凯啸找你麻烦？”

姜谣一挑眉，拉着童淼绕过她，留下一句：“哦哟哟，谁不知道郝梦溪倒贴司湛人家都不要！”

说罢，甩着马尾辫就走，丝毫不给郝梦溪反击的机会，童淼被姜谣拽着小跑了几步。

她犹豫着不知道该不该问，但其实只和司湛有关而已，和她没什么关系啊。

姜谣却像竹筒倒豆子一样吐槽起来。

“这人，空有一张脸蛋，没长什么脑子，非要别人觉得她比我漂亮，谁闲着没事儿去跟她比！”

童淼认真地转过头，打量姜谣，严肃地说道：“你比她好看多了。我觉得，毕达哥拉斯提出的黄金分割比例，你就完全符合。”

姜谣扑哧一下笑了，她捏捏童淼的脸：“谁提出的你都知道，你的脑子里都记了什么啊？”

童淼没有说话，她在申请门萨俱乐部时候，有一道题就是有关黄金分割比例的，她现在都记得很清楚。

姜谣继续道：“昨天找你碴的那个男生，就是司湛。郝梦溪暗恋他挺多年了，但司湛根本不鸟她，就因为我家跟司湛家关系好，郝梦溪非把我当成假想敌。”

童淼慢吞吞地说道：“那确实不应该……”郝梦溪的假想敌应该是“绝地逃亡”。

姜谣撇了撇嘴：“是吧？等司湛以后谈恋爱估计就好了，仇恨一波带走。”

童淼对这些爱恨情仇根本不懂，也从来不参与讨论，姜谣这样说她就只跟着点点头。

姜谣自顾自地嘟囔道："可惜啊，也没见司湛喜欢哪个女生。反正他爸对他这点可放心了，能省不少麻烦。"

童淼有些疑惑地问道："什么麻烦？"

姜谣啧啧道："你傻啊？司家那么有权有势，谁要是跟司湛好了，就算把盛华铲了，都有人保她。"

童淼眨了眨眼，她妈跟司启山好了，也没想把哪儿铲了啊。

姜谣拍拍童淼的肩膀："反正司湛也不傻，肯定不能让人占他便宜。你以后别惹他就行，他生起气来也挺吓人的。"

童淼发自内心地保证："我绝对不惹他。"

阳光逐渐变得有些刺眼，靠窗边的同学把窗帘缓缓降下，打开了教室里的白炽灯。

各科课代表开始起身收作业，教室里乱成一锅粥。

陈冬趴在桌面上奋笔疾书，对着选择题一顿乱蒙，他写着写着觉得有什么不对劲儿，歪过头来看了看司湛："大哥，你怎么不补呢？就算你不怕老师，你也不怕你爸唠叨你啊？"

司湛靠着椅子，捣鼓着手里VEX机器人大赛的资料，漫不经心道："我写完了。"

陈冬张大了嘴巴，发自肺腑地不相信："你逗我呢？"

司湛一乐，从书包里扯出卷在一起的三张卷子："抄吧，全对的。"

陈冬拿起卷子仔仔细细地端详着："这写得太漂亮了吧？谁写的啊？"

司湛斜了他一眼："你说呢？"

陈冬舔了舔嘴唇，眼睛一亮，小心翼翼地问道："不会是咱妹妹吧？"

司湛抬腿踹了他的椅子一脚，冷声道："谁是你妹妹？"

陈冬满眼崇拜地拽了拽司湛的衣服："不是，你妹妹什么来路啊？不会比周雅茹学习还好吧？"

司湛放下手中的报名表，懒洋洋地靠着椅子，一挑眉，颇有些得意地回道："你说呢？"

陈冬震惊不已："天啦，这是学神啊，宝贝儿！"

不远处的周雅茹隐隐约约听到陈冬叫她的名字，面色不悦地走过来，把手里的卷子一拍："陈冬，赶紧交作业。"

司湛淡淡地说道："你回去吧，他下课自己给老师送过去。"

周雅茹微微一蹙眉，脸色冷了下来，但是她还是不敢跟司湛发飙，只好瞪了陈冬一眼，一甩头发扭头走了。

司湛的卷子自然也没交，被老师看出这不是他的笔迹，还不如当他没写。

小卷毛的字是挺漂亮的，也不知道跟谁学的。

工整精致得就像她本人。

看见她的字，司湛就想起她昨天晚上一脸震惊又不甘的眼神。

司湛顿了顿，突然划开手机对着摆在桌面上的卷子拍了一张，存在相册里。

然后他漫不经心地对陈冬道："下午陪我去买辆山地自行车。"

陈冬还以为自己耳朵坏了，他歪着脑袋看司湛："你爸不是刚给你买了一辆车吗？你还要什么自行车？"

物理课之前，童淼将以前在市一中学习的笔记拿出来翻了翻。即便她未来的大学已经有了保障，但也不敢放浪形骸，再好的天赋也经不起蹉跎，对试题的敏感度很轻易就消耗没了。

姜谣整个人都不对了起来，她的手指烦躁地按着笔帽，眼睛直直地望着讲台，坐立不安。

童淼放下笔记本，歪过头来看了看她。

郝梦溪的那句话……是真的吗？

姜谣和季渃丞老师？

"喵喵，我头发乱不乱？"姜谣将眼镜摘了下来，塞进眼镜盒里，望着童淼道。

童淼摇摇头，忍不住问道："不乱，但是你……不戴眼镜能看清黑板吗？"

姜谣耸了耸肩，坦然道："看不太清。"

童淼瞥向姜谣的眼镜盒，凯蒂猫的，扣得严丝合缝。

她吞吞吐吐道："那你……为什么不戴啊？"

虽然问出了口，但好像她心里已经有答案了。

姜谣小声嘀咕道："哎呀，戴眼镜不好看嘛。"

羞涩的尾音，低垂的睫毛，好像清新的糕点，温润可口，童淼莫名觉得，姜谣美死了。

教室门口传来一声轻咳，乱糟糟的教室顿时安静了下来。

童淼歪过头向门口看去。

"上课。"季渃丞的声音低沉有磁性，他穿着黑色的衬衫，袖口挽到手臂，腰带系住柔韧的腰身，双腿修长笔直，脊背挺直。

姜谣突然攥住童淼的手，像蚊子一样小声道："季渃丞来了。"

童淼轻轻地点了点头。她以前的学校老师大都是年纪很大的资深教师，她还从来没见过这么年轻的。

像哪个明星来着？

好像比明星都好看。

姜谣的目光直勾勾地盯着季渃丞的双腿，舌尖轻轻地舔了舔嘴角，不由得咽了一口口水。

那炙热的目光连童淼都感受到了，更何况被目光笼罩的季渃丞。

他淡淡地扫了一眼姜谣，蹙了蹙眉。

童淼赶紧拽了拽姜谣的衣角，姜谣却置若罔闻："怕什么？"

童淼小声道："季老师感觉到了……"

姜谣无所谓地耸耸肩，语气颇有些落寞地说道："他又不是第一天知道。"

陈冬在后面笑嘻嘻道："季老师，您下次来上课干脆戴个口罩吧，要不十分影响咱班女生学习啊！"

班里的男生窃窃低笑，季渃丞年龄不大，他们不怕跟他开玩笑。

季渃丞轻笑一声："行，先把书翻到静电场那一节，给你们十分钟看一下。"

"不许戴口罩。"

突兀的一声在教室里显得格外清晰，数道目光望向姜谣。

也就只有姜谣敢这么跟季老师说话了吧？家里有钱有势的，就是硬气。

其他女生既羡慕又怀着一种看笑话的心理。再有钱有势又怎么样呢？反正季老师又不会跟一个学生谈恋爱。

童淼慢吞吞地滑向桌面，用书挡住了脸。

姜谣也太大胆了，太太太大胆了。

季渃丞抬眸凝视着姜谣，半晌，淡淡地开口道："你的书还没拿出来。"

姜谣靠在椅子上，由于没戴眼镜，有些看不清季渃丞的神情，但是她我行我素惯了，性子上来，谁也压不下去。

"你别听陈冬瞎说，你要是戴口罩，我就不学物理了。"

她下巴一扬，眸子里透着宁折不弯的狠劲儿。

童淼有些担忧地捏了捏姜谣的手，她觉得郝梦溪说得实在是太委婉了，或者是她理解得太简单了。

姜谣对季渃丞根本不是小女生的暗恋，而是明目张胆的单恋，恨不得把季老师掳回家去做压寨夫君。

季渃丞冷冷地说道："不想学就出去站着，别耽误大家上课。"

说罢，他拿起书，自顾自地在黑板上写起了板书。

笔锋犀利英挺，字迹潇洒流畅。

姜谣咬了咬嘴唇，浅褐色的瞳仁微微缩了缩，安静了半晌，她突然把手里的书一摔，连带着桌上凯蒂猫的眼镜盒一同掉在了地上，叮咣的响声显得格外聒噪。

黑板上的粉笔一顿。

让一个女孩子出去站着，挺没有脸面的。更何况是姜谣，她在班里向来是说一不二的。

童淼觉得姜谣真有些生气了。

最后一排的司湛抬起头，放下手里的机器人零件，朝吓得呆住的童淼望了一眼。小卷毛以前恐怕都是待在温室花朵班，头一次见到他和姜谣这种学生。

司湛瞪了陈冬一眼："你上课能不能少点儿废话？"

陈冬也委屈："不赖我啊，姜美人这脾气也太火暴了，今天跟吃错药了似的。"

姜谣起身就走，连犹豫都没犹豫一下。

童淼有些急了，她轻轻地叫了一声："姜谣！"

姜谣却已经摔门出去了。

童淼抿了抿唇，担忧地朝门口看了一眼。在这个新的环境，姜谣是头一个向她释放善意的，她也真的拿姜谣当好朋友。

她咬了咬牙，涨红着脸朝季渃丞鞠了一躬：“对不起，老师。”

说罢，追着姜谣跑出去了。

头一次做这么大胆的事，童淼的心都在怦怦乱跳。

啧。

司湛在后排挑了挑眉，觉得越来越有意思了。

姜谣也没走多远，她靠着墙壁，用小白鞋踢着地面，没过多久，就见门又开了。

她有些意外：“喵喵，你怎么跟出来了？”

童淼咬了咬嘴唇，杏眼微眨，糯糯地说道：“我怕你有什么事。”

姜谣“嘁”了一声，漫不经心地嘀咕道：“我能有什么事？我习惯了。”

童淼走到姜谣身边，摸了摸她沮丧的脸：“别闹脾气了，这节讲的是电力场，物理四大基础理念之一呢，是高考重点。”

姜谣这才恍然意识到课程的重要性，她赶紧推了推童淼，有些急了：“哎，你别跟着我胡闹，赶紧进去听课吧！季渃丞这人，不轻易给人补课的。”

她担心影响童淼的成绩，她自己无所谓，耽误别人学习罪过就大了。

童淼摇摇头：“我没事，我都会了。”

姜谣愣了愣，继而也想明白了。就是嘛，能来三班的都不是一般人，要么家里底子硬，要么本人底子硬。

童淼大概就属于本人底子硬的那种吧？

姜谣嘟嘟嘴道：“他第一次让我出去站着。”

童淼一愣，没想到她话题转得那么快：“啊？”

姜谣愤愤地骂道：“去他的！季渃丞就是个浑蛋！”

童淼默默腹诽，季老师怎么能是浑蛋呢？司湛那样的才叫浑蛋呢。

这地方刚好是司湛上次打趣她的地方。

夏风从窗户吹进来，花香混合着阳光的味道吹过来，两个女孩子靠着墙，静静地望着窗外的香樟树，各揣心事。

姜谣平静下来了，总还是要进去的。她不想跟季渃丞闹翻，她还喜欢着他呢。

两人蹑手蹑脚地推门进去，班级里正在做习题。

童淼低着头，涨红着脸，像只规规矩矩的小奶猫。姜谣依然一副不服不忿的模样，拉着童淼就要往座位上走。

“站住。”季渃丞将手里的课本一放，语气有些冷。

姜谣没想停，但是童淼一向是个乖宝宝，被老师一叫，赶紧僵在了原地。

姜谣仰着头看季渃丞的脸，再嚣张跋扈的个性，此刻也有些红了眼圈。张扬的姑娘不甘心地瞪着他，强撑着不服软，眼里却不争气地蓄满了泪。

“把黑板上的两道题做出来就可以回去。”

季渃丞不打算放过她，却还是给了她一个台阶。

“老师，我可以做。”童淼的声音细细软软的，却十分沉稳。

季渃丞原本没有注意到姜谣身边这个白净的小女生，听她这么一说，才把目光投向她。

童淼的眼睛很大，眸子水润泛亮，带着十足的自信，纤细的手指还紧紧攥着姜谣，像是在给她安慰，让她不要担心。

季渃丞没有拒绝，侧身往旁边让开一步。

这两道题对于初学的学生来说，有些超纲了，班里还没有人提出思路。

童淼朝季渃丞点了点头，这才松开姜谣的手，慢慢地走上讲台。她伸手捏起半根粉笔，仰着头望着题。

司湛望着黑板前的童淼，唇边带着轻笑。

小卷毛的头绳有些松了，险些要滑下来，她个子不高，所以想要看清楚题目就得仰着头，动笔写字的时候，白嫩的耳朵尖会从头发里露出来，小巧可爱。

让一个竞赛天才做普通高中试题，实在是……有点儿屈才了。

果然，童淼刚读完题，就动起了笔，粉笔点在黑板上的声音，像密集的鼓点。

她的字清秀漂亮，解题步骤完整清晰，一目了然。甚至连答题的空间都计算好了，两道题写完之后，刚刚抵到黑板的下侧。

她定睛检查了一遍，擦了擦手上的粉笔灰，转回头对姜谣道："我们可以回去了。"

说罢，也不再看题，拉着姜谣回到了座位。她绝对有自信，这两道题不会有错误。

季渃丞颇有些意外，没想到姜谣身边的朋友，还有学习很好的。

周雅茹一脸紧张地看着季渃丞，她是班里的第一名，是学校的种子选手，可这两道题她都没有做出来。

她巴不得童淼做的也是错的。哪有那么简单呢？随便看一眼就能会了？

季渃丞淡淡地说道："都对了，很厉害，这两道题高三的学生都很少有人做得出来。"

周雅茹脸色煞白，手指把笔攥得紧紧的，深深地望了童淼一眼。

第3章

下课后，班里的学习委员徐茂田凑了上来，他举着一个练习本，拔出手里的油彩笔。

“童淼，你写的那两道题我没怎么明白，你再给我讲一下呗。”

徐茂田是能和周雅茹争第一的潜力股，两人经常明争暗斗地较劲儿，恨不得绞尽脑汁将对方踩下去。

但是徐茂田的口碑远不如周雅茹，不仅仅是因为周雅茹长得漂亮，还因为徐茂田挺看不起学习不好的同学的，有人问他题目他都爱答不理，觉得耽误自己时间。

好在，那批学习不好的同学也看不上他。

所以他一过来，姜谣就不由自主地翻了个白眼。

童淼不知道，她对新班级的同学还都不太熟。

“好啊，你哪里不懂？”她轻轻地推开自己的书，给徐茂田腾出个地方来。

姜谣本想拉一下童淼，让她别给徐茂田讲，但是又担心影响她的人缘，还是忍住了。

“都不太懂，你再给我讲一遍思路吧。”徐茂田挠挠头。

童淼从笔袋里翻出自己的铅笔，用小臂撑住桌子，微微伏在桌面上，轻轻地在徐茂田抄写的题上画了一条横线。

“其实这个公式还没有讲，你用那个《重难点手册》吗？里面有原题，这是 2007 年省物理竞赛初赛题。”

她在自己的演算纸上灵巧地写出了那本参考书的名字。

徐茂田一拍脑袋：“哦！你用这本参考书吗？我都用王后雄的。”

童淼想说她不是拿这个当参考书的，她上初中的时候是用这套书预习高中课程的，但是担心别人觉得她炫耀，所以忍住没说。

“这题是首先取一个高斯面，用高斯定理……”

她用铅笔点了点，刚要往下说，突然被徐茂田打断了。

“我明白了，我明白了，我好像能看懂了。”

他随意地在图上画了几个印记，好像也没什么特别重要的辅助线。

童淼把话收了回去，将笔平放在桌面上，糯糯地说道：“你懂了就好了。”

徐茂田顿了顿，眼神有点儿飘忽，像是突然想起来了似的，冷不丁问道：“哎，其实我也预习到这里了，但是这道题还是没做出来。你平时都用什么习题册啊？”

这是他惯用的套路，以前他都是用这种方法从周雅茹那里套取信息的，但被周雅茹察觉之后，就不告诉他了。

童淼垂下眼睛，轻轻地笑了笑。

她好像有点儿明白徐茂田的意思了。

其实她在黑板上写的解题过程已经很标准了，只要认真分析都能懂的。

问问题是假，问学习资料才是真。

“其实我用的习题册不适用于高考的。”

她没怎么把重心放在课内的知识上，前几年拼竞赛的时候，只挑战高精尖，那些题对高考生来说，有百害而无一利。

也正因为拼得太狠了，才留下现在的后遗症，差点儿失去考试的能力。

但是徐茂田不知道，他直起身子来，收起殷勤的表情，脸色有些冷了。

“你不就是不想告诉我吗？”

童淼蹙了蹙眉，听得出他的语气有些阴阳怪气。

要不要解释一下呢？她不是不想告诉他，只是有点儿复杂。

姜谣“嘶”了一声，转过头来，就要翻脸。

谁道徐茂田突然被人一把推开了，力道之大，让他接连倒退了好几步，撑着讲台这才站稳。

“滚，我要问题。”司湛不耐烦地走了过来，把徐茂田的本子随意一甩，将自己的书压在了童淼的桌面上。

徐茂田本想发怒，但一看是司湛，还是不情不愿地忍了。

他虽然看不起这些脾气不好又很狂的“二世祖”，可他也不会脑子发热地去惹他们，吃力不讨好，但还是不情不愿地嘟囔了一句：“你有什么可问的？”

声音再小，在鸦雀无声的教室里还是很清晰。

司湛本来盯着童淼写在演算纸上的轻飘飘的几个小字，听见他的话，歪过头去勾了勾唇，声音压得有些低，也有些骇人：“让你滚，你听不懂吗？”

徐茂田咽了一口吐沫，蹲身捡起了地上蹭了灰的习题本，狠狠地擦了擦。

他有点儿洁癖，看着蹭了灰的一角，怎么看怎么恶心。

童淼仰着头望着司湛，用软糯的声音责怪道：“你也太霸道了。”

司湛挑着眉，盯着她清澈的瞳仁，狭长的眼中酝酿着不明的情绪，他顽劣地扯了扯童淼的马尾辫，揶揄道：“这就霸道了？那你可得好好习惯。”

童淼深吸了一口气，有些尴尬。

她不是很习惯处在旋涡当中，更不习惯被诸多视线包围着，但是司湛就是那么大张旗鼓。

“司湛，你欺负喵喵干什么？”姜谣有些不解，把童淼搂在怀里，担心她害怕。

司湛盯着童淼，屈起中指敲了敲她的桌子：“我欺负你了吗？”

童淼垂下眼睛，把他的课本往旁边一推：“你别闹了。”

声音不情不愿，隐隐带着些委屈和无奈。

她不知道怎么才能让司湛不针对她，好像比登天还难。

“谁闹了？我要问题。”司湛一指课本上的课后习题，那是季老师给出的作业。

童淼知道他在胡说，不想给他讲题，但是又争不过司湛，于是有些不耐烦地问道："你哪里不懂？"

"嘶。"头顶传来颇耐人寻味的一声，"你怎么就能给徐茂田好好讲，我欠你啊？"

童淼无话可说。

请她讲题，却比她还大爷，她还真是欠司湛的。

"这道题考的是安培环路定理……"

童淼绷着小脸，忍着脑袋的涨痛，详详细细地把步骤都写在了司湛的书上，清秀的小字排得整整齐齐的。

司湛歪着头，也没听进去她讲的是什么。

只是觉得书页上那些浅蓝色的小字格外美观，比任何公式、定律都要美观。

上课铃响了，看热闹的同学也都匆匆回了座位。

陈冬神色复杂地看了一眼司湛。

"我说，你对咱妹妹有点儿过分关注了啊。"

司湛似有似无地笑了笑，把书合上，懒洋洋地说道："她还不是我妹妹呢。"

陈冬嘟囔："那是你什么？"

是什么？

谁知道呢。

"中午放学教教徐茂田怎么做人。"司湛适时转移了话题。

陈冬挤眉弄眼道："徐茂田又不是一天两天犯贱了，你以前也没想收拾他啊。"

司湛踢他一脚："你还有完没完了？代码写了吗？"

陈冬贼兮兮道："我哪敢不写啊？作业不写，我也得把您交代的任务完成啊！"

司湛斜他一眼："你啥时候写过作业？"

劳动委员把教室的灯给关了，拉开窗帘，明晃晃的日光有些刺眼。

童淼双臂交叠在一起，脑袋枕在上面，微微发怔。

她在第一排都能听到司湛和陈冬说的话，这两人眼中根本没有什么纪律。

有的话让她有点儿担心，有的话又让她觉得有点儿莫名其妙。

司湛对她过分关注了吗？

是过分恶劣吧？

还有，他们真的要把徐茂田堵在教室吗？

童淼觉得有点儿过分了，徐茂田只是爱学习，怕别人超过他而已。

就像她以前担心拿不了金奖一样。

她有些烦躁地揉了揉头发，想了想，还是抽出一支笔，撕了一张便签纸，在上面写了几本练习册的名字。

如果徐茂田要参加学科综合竞赛辅导班的话，也会用得到。

“姜谣，你帮我把这个递给徐茂田吧。”

“什么呀？”姜谣拿过来瞥了一眼，都是物理竞赛参考书的名字。

她有些不情愿：“喵喵，你管他干什么？徐茂田比女生都小心眼儿，弯弯肠子可多了。”

童淼漫不经心道：“就当替司湛赔礼道歉了吧。”

姜谣一乐：“你替他赔礼道歉干吗啊？你俩又没什么关系。”

童淼的耳尖莫名有些发热，这才觉得自己说的这句话不那么严谨。

是啊，她现在跟司湛还没有什么关系呢。

就算以后真成了兄妹，她也犯不着替司湛赔礼道歉啊。

她有点儿羞恼，也不知道该怎么解释，吞吞吐吐道：“我们……要多帮助他，他才能……不断进步。”

班主任教导优等生援助差生的至理名言。

姜谣扑哧一笑，有些郁结的心情也被彻底冲散了，她站起身来冲司湛兴奋地喊道：“哎，司湛，有人要拯救你这个失足少年了！”

绯红从耳尖蔓延到了脸颊，童淼默默地捂住脸。

童淼不上晚自习，正巧姜谣也不上，两人可以搭伴回家了。

司湛理好了书包，看着说说笑笑去卫生间的两个人，又把书包扔下了。

陈冬抬起头，疑惑道：“你不是要早回家吗？”

司湛懒洋洋地坐在椅子上，淡淡地答道：“不用了。”

陈冬撇撇嘴：“也不知道你这两天抽什么风，回家那么早。”

司湛一只手臂搭在桌面上，嘴角带着意味不明的笑："管那么多！"

同学们纷纷收拾书包回家，门口乱哄哄的，挤成一团。

教室里有值日生拖完地的潮湿味儿，徐茂田不喜欢闻，也觉得教室吵，他烦躁地将窗户打开，皱着眉把手里的笔帽按得啪啪响。

他看不起学习不如他的每一个人，即便对司湛的强权不敢多话，但稍有能表现的机会，他绝对要把心里的愤懑表达出来。

窗外的风很大，一有了突破口，争先恐后地往教室里冲。

课桌上摆着的练习册被风吹得噼啪响，书页凌乱地翻动着。

童淼和姜谣的桌子正对着窗口，桌上有她们留在学校的课本和《学习报》，报纸不禁吹，翻了几下差点儿滚下去。

地上全是水渍，一旦沾上，肯定不能用了——她那么爱干净。

陈冬腾地站了起来，他和姜谣是发小，另一个又是司湛的妹妹，都是亲人，他拍着桌子喊道："徐茂田，你欠揍是不是！"

徐茂田不耐烦地抬起头，皱着眉，嘟囔道："又吹不着你们。"

说罢，趴在桌子上继续奋笔疾书。

司湛眼中神色一冷，大步走到童淼的桌前，单手将她和姜谣桌上的报纸压住，后面有几个同学桌面的报纸已经飞了。

"给我把这排同学的书都摆好。"他淡淡地说道，声音里听不出怒意。

徐茂田抿了抿唇，半妥协似的抬手把窗户关上了，但是好多同学的桌面被风吹乱了，他可不愿意费心去弄："我没时间，我还要写作业呢。"

司湛勾唇一笑，发丝垂到眼前，表情莫名有些危险，他幽幽道："是吗？"

他手插着兜，慢吞吞地走到徐茂田身前，低下头，冷冽的目光盯着他，伸手把徐茂田手下的卷子拽了过来，连眼睛都没眨，三两下就把卷子给撕成了几片。

徐茂田一下子站了起来，眼珠子都红了，面色铁青："司湛你！"

陈冬幸灾乐祸道："现在你不用写了，去收拾吧。"

徐茂田攥着手里的笔，看着被撕成几片的卷子，愤愤道："我要去告诉老师！"

司湛微微一仰头，一手插着兜，一手捏住徐茂田的肩膀："走啊，我送你去。”

手上力道之大，捏得徐茂田龇牙咧嘴。

他又有点儿胆怯了，反正题写完了，再去复印一张就好了，司湛又不怕老师，过去了也没用。

“司湛！”

门口有个女生羞涩地叫了一声。

司湛停下手里的动作，转头望去。

郝梦溪带着妆，头发卷成波浪状，穿着一条牛仔超短裙，露出一双大白腿，引得不少男生纷纷侧目。

“司湛，我找你有点儿事。”

她颇有些期待，看着司湛的目光都在发亮。

刚才那一幕她看到了，她觉得司湛太帅了，她就喜欢这样锋芒毕露的男人，比陈凯啸爷们儿多了。

司湛松开徐茂田，皱了皱眉。

分班之后，他去了三班，郝梦溪去了一班，两人几乎没什么话可说了。

“什么事？”他冷静地问道。

郝梦溪咬了咬唇，低下头，有些紧张地问：“我给你发的短信你收到了吗？”

司湛扫了她一眼：“没有。”

郝梦溪显然有些失望：“你换号了吗？”

司湛有些不耐烦了：“你到底有什么事儿？”

郝梦溪环视了一圈，教室里没几个人，她凑上前去，突然伸手抱住了司湛：“阿湛，我还是喜欢你，我们在一起吧！”

司湛也没想到她会突然扑上来，被她抱了个结结实实。

浓郁的香水味儿飘到鼻翼，他觉得有些反胃。

小卷毛从来不喷这些东西，身上沐浴露的清香就很好闻。

童淼和姜谣从卫生间回来，想回教室里检查一下东西，刚走到门口，就见郝梦溪抱着司湛，身体紧紧地贴着司湛，细白的双腿亮得刺眼。

童淼的睫毛颤了颤，僵在了门口。

以前的高中不是没有互生好感的同学，只是没有这么明目张胆的。

不知道为什么，她顿时手足无措起来，一双水润的杏眼盯着司湛，竟然不知道移开目光。

司湛一看到童淼，身体蓦然一僵，条件反射地一把把郝梦溪推开，毫不怜香惜玉。

郝梦溪有些迷茫地倒退了两步，扶着教室门。

司湛脸色冰冷，浑身都是低气压："我不打女人，但我劝你别出现在我面前。"

郝梦溪瑟缩地抖了抖，她眨了眨眼睛，眼圈有些红："你真的不喜欢我吗？还是在生我的气？我不喜欢陈凯啸的。"

郝梦溪紧走两步，又凑近了些："而且我知道你身边没有其他女生，况且在整个盛华，你找不到比我漂亮的。"

"我觉得比你漂亮的人挺多的。"司湛疏离且不耐烦地扫了郝梦溪一眼，然后视线若有若无地向她身后看了看。

童淼在门外站着，踌躇无措，这事儿好像跟她有那么一点儿关系，又好像一点儿关系都没有。

空气好像变得越发炙热黏稠，连清凉的空调都拯救不过来。

姜谣扑哧一声笑了："哟，又吹'盛华第一美人'人设呢！要不要脸？人家司湛根本不理你。"

郝梦溪回头瞪了姜谣一眼，警告道："现在跟你没关系，你管好你自己吧！"

姜谣冷冷地一翻白眼，拉住童淼："喵喵，我们走。"

说罢，她用肩膀撞了郝梦溪一下，厌烦道："别挡道。"

童淼硬生生被她拽进了教室，一股冷意袭来，她忍不住抖了一下。

她偷偷瞄向郝梦溪，郝梦溪正目光灼灼地盯着司湛，一张瓜子脸细腻精致，带着势在必得的高傲。

童淼默默地垂下眼眸，跟在姜谣后面，悄无声息地往座位上走。

擦身而过的时候，闻到司湛身上一股清凉的薄荷味儿。

她知道他喜欢吞下薄荷糖后，深吸一口气那种冷冽的感觉。

“啊！”童淼突然惊呼出声。

手腕被一只温热干燥的手紧紧攥住，勒得她有点儿疼。

“你干吗？”童淼紧张地抬眼看过去，耳根慢慢地变红了。

像是平静的湖面被骤然激出水花，心中的情绪还来不及收拾，瑟缩又迷茫。

她用力地甩了甩手，挣不开。

司湛比她高，力气也大，她也就只能让他的手臂抖了抖。

童淼羞愤地抿起唇，微微地攥起拳头。

为什么要把她拉扯进来呢？她又不会向司叔叔告状。

司湛的眸色暗了暗，莹白的手腕纤细柔弱，他也不知道为什么，突然就出手拉住了她。

他感受着手掌下无望的挣扎，看着小卷毛眼中泛着水光，看着她微微有些发红的手腕，道：“力气那么小，挣什么挣？”

童淼不挣了，她垂下眼眸，无奈地“哎”了一声，有些认真地说道：“你放心吧，我不会告诉司叔叔的。”

姜谣惊讶地看了过来：“喵喵，你和司湛家里认识啊？”

童淼抬眼望着司湛，细碎的刘海垂到睫毛上，她觉得他能解释一下他们的关系，但司湛没有。

他眸色很深，盯着童淼的脸看了半晌，似有似无地一眯眼，突然将她的手松开了。

白皙的手腕被他捏出了红痕，显得格外刺眼，他冷静地错开目光。

童淼赶紧将手缩回来，退到姜谣身边。

但不知道为什么，或许是被他掌心的温度浸染久了，现在乍一松开，竟然觉得有些凉。

郝梦溪见司湛抓住另一个女生的手，原本还疑心了好久，但听见女生说的话后，便觉得大概是司湛的爸爸派来监视他的。

“阿湛，我可以立刻跟陈凯啸断绝来往。”

她想再争取一次，甚至下了好大的决心。

司湛冷冷地扫了她一眼，一字一顿道：“你和他断不断绝来往都跟我没关系。”

说罢，他错开郝梦溪，抬腿踹了半掩的门一脚，大跨步出了门。

铁门撞到墙后的清扫工具，发出巨大的声响，郝梦溪望着他的背影一抖。

“哎哎，湛哥，你去哪儿！”陈冬小跑着追了出去，出门前冲郝梦溪做了个鬼脸。

童淼攥紧了书包带，微微有些发怔。

生什么气呢？莫名其妙的。

放学路上，童淼磕磕绊绊地和姜谣解释了好久，说起她暂住司湛家就更是尴尬。

姜谣倒是不以为然，在她看来，大人离婚重组家庭本身就没有什么，她身边不少叔叔阿姨都是因为事业选择了分手。

她拍了拍童淼的肩膀，舒了一口气，道："说真的，刚才我都以为司湛喜欢的是你呢。"

童淼被她的话吓了一跳，赶紧摇了摇头："怎么可能呢？他不讨厌我就不错了。"

姜谣缓缓地点了点头，轻声嘀咕道："但我从来没听说司湛拉过哪个女生的手，他也不像陈凯啸他们那样身边隔不久就换新的女生，所以好多女生都挺喜欢他的。"

校外的学生不少，叽叽喳喳地交谈着，把姜谣的话微微盖了下去，最后那一句，童淼听得模模糊糊。

日光西斜，橙红色的光晕打在人脸上，让人莫名显得娇羞。

她情不自禁地摸了摸自己的手腕。

上面的指印已经消下去了，但是他手掌的触感却成了挥之不去的记忆。

回到公寓以后，童淼按部就班地给童美君报了平安，然后刷牙，洗澡，看课外书。

屋里很热，很干燥，她看了一会儿书就没什么耐心了，便放下书，把窗户打开，让夜风吹散燥热的空气。

他怎么还没回来？

学习桌上小闹钟的指针已经指向了九点，想到这附近有打劫的传闻，童淼不免有些担心。

他今天是在跟谁生气？跟她吗？

童淼颇有些无辜，她明明什么都没做，还主动向他示好了。

打开房门，童淼蹑手蹑脚地探头出去，门口静悄悄的，什么人都没有。

司湛屋内的智能机器人已经开始报时了，他的房门没关严，智能机器人没有听到声音指令，竟然滑了出来。

闪着蓝光的小脑袋东转西转，感受到人体的红外线，它有条不紊地来到了童淼面前。

“九点写代码啦！九点写代码啦！陈冬那小子又要偷懒啦！”机械音朝着童淼大喊。

童淼扑哧一笑，蹲下身，仔细地打量着这个智能机器人。

她小心翼翼地伸出手，轻轻地敲了敲机器人的脑袋，她没有用过这种机器人，所以觉得特别新奇，不知道这个小东西到底有多大的能耐。

没有收到指令，机器人又喊道：“九点都过啦，你是不是又没回家？”

童淼冲着它的蓝色眼睛说道：“怎么停下啊？你别叫了，他不在。”

机器人没有接收到司湛的声音频率，依旧执着地叫道：“超时啦，我要没电啦！”

童淼蹲在地上，围着机器人转了一圈，想要全方位观察它，结果机器人的小脑袋也跟着她转了一圈。

她真不知道怎么关停，或许只能等着它没电了。

童淼叹了一口气，歪过头望了望墙上的挂钟，然后转过来在机器人的脑袋上点了点，用细软的嗓音自言自语道：“你什么时候回来呀？”

机器人嘀嘀响了两声，眼睛蓝色的光亮黯淡了许多，没过五分钟，就彻底没电了。

童淼有些失落地退回房间，躺在自己的小床上，闭着眼睛强迫自己睡觉。

她的睡眠质量一直没有什么问题，尤其是在高中的学习时段，睡得快，醒得也早。

但不知道为什么，今天在床上翻来覆去的，怎么都睡不着。

到最后她甚至都迷信了幼稚的数羊办法，数到一百的时候，她自暴自弃地摇摇头，拿起手机刷起贴吧来。

以前她都有关注市一中的贴吧，还在上面开过记录刷题的帖子，纯熟地打开贴吧之后，她才想起来，她已经转到盛华了啊。

盛华的贴吧是什么样的？

刚一进去，童淼就惊了一下，无论是粉丝数还是帖子数，都比市一中要多得多，但是帖子发得随意，没有什么固定的格式要求。

“我是市一中的，一哥们说盛华这届高二美女如云，真的吗？”

“盛华现在门槛是多少钱了？”

“司湛真牛，郝梦溪要背叛陈凯啸了！大家一起来吃瓜！”

……

童淼心里一颤，一骨碌从床上坐了起来。

她眨了眨眼睛，觉得有些口干舌燥。这个帖子已经有上百条回复了，再一刷新，已经稳居第一位。

她轻轻一点，很快进到帖子里面。

主楼是一张模糊的照片，正巧是郝梦溪抱住司湛的时候，从拍摄的角度看，竟然是她自己班教室里。一楼有文字说明，寥寥几句，都是感叹。

下面回帖的人也都相当活跃，他们甚至都不用了解什么，单看那张照片，就好像已经全明白了。

“不是吧，司湛的门槛这么低？”

“郝梦溪多那个啊！平时又高傲又小气，在班里名声可差了，司湛眼光这么差？”

“不管楼上承不承认，郝梦溪就是漂亮啊，这一届能找出几个比她漂亮的？”

“我哥初中跟郝梦溪是同学，郝梦溪平时就很喜欢打架，还欺负其他女生，老师都管不了的。”

“那陈凯啸能认栽？我记得他脾气也很大啊。”

“我听说郝梦溪亲口说的，还是愿意跟着司湛。”

……

也不知道受了什么驱使，童淼把帖子从头翻到了尾。看起来，事情正发酵得厉害，甚至越传越夸张。

她是亲临现场的，她知道是怎么一回事。

司湛对郝梦溪好像没有多亲近，这就是个误会。

童淼咬了咬嘴唇，捧起手机，快速地打着字，写了好长一大段。手指停留在发送键上几秒，她又慢吞吞地一个字一个字删掉。

他会不会觉得她多事？

手机屏幕的白光映照在童淼有些纠结的脸上，她披散的卷发贴在瘦削的脊背上，淡绿色的蚕丝睡裙包裹住她的小腿，小巧的脚趾紧张得绷起来。

大家都披着马甲，反正又不会知道是她。

半晌，她还是回了一句——

喵喵的瞳：司湛跟郝梦溪没关系的。

网吧的包间里，陈冬摘下耳机，狠狠地拍了拍桌子："举着手榴弹不知道扔啊！"

他郁闷坏了，司湛的脸色也不好，但是没像他那么骂，而是咕嘟咕嘟喝了好几口可乐。

两人跟人组队，匹配的陌生人，找了辆好车，非把他们都招呼上车，然后在车上就拉了手榴弹，四人整整齐齐地挂了，谁都没落下。

看着屏幕上的史上最低纪录，司湛直接退出了游戏。

陈冬还在骂："我一定人肉出他，这兔崽子就是'报社'的！"

司湛今天的情绪一直不怎么样，他晃了晃已经空了的可乐瓶："我今晚去你家住。"

陈冬理所当然道："那必须的，你家又没人。"

说罢，他拿出手机想刷刷微博，一下子看到两条消息提醒。

司湛家小哀：怎么停下啊？你别叫了，他不在。

司湛家小哀：你什么时候回来呀？

陈冬一下子蹦起来，惊道："你家是不是闹鬼了！"

司湛原本漫不经心地半阖着眼，听了他的话，立刻望了过来，目光锐利逼人。

他一把抢过陈冬手里的手机，看到了那两条短信。

像是无意识的自言自语，或许是某人不小心摸到了按键，转成了通信模式，这才被发送了过来。

——你什么时候回来呀？

司湛的手指情不自禁地在这条留言上摸了摸，勾唇一笑。

“是不是小哀坏了呀，哥？”陈冬挠挠头，看着司湛蓦然变好的脸色，百思不得其解。

司湛把手机甩给他，一手拎过书包搭在肩上，站起身来淡淡地说道：“我回家了。”

陈冬莫名其妙：“你刚才不是说去我家吗？”

第4章

童淼倦倦地趴在桌子上，有些无精打采。

或许是夜风吹得有些凉了，她今天小腹一直不舒服，隐隐作痛。

姜谣摸摸她的头，有些担心地问道："你没事吧，喵喵？"

童淼摇摇头，小声嘟囔道："可能快那什么了。"

同为女生，姜谣自然了解，她自己一向身体好，在这个期间也没什么反应，但她知道，有很多女生疼得特别厉害。

"要不要请个假啊？我看你脸色不好。"姜谣歪着头，拎起童淼的一绺长发，在手指上温柔地绕了绕。

童淼长了她见过的最好看的自来卷，不夸张，却很柔顺整齐，软软地贴在后背，像弯曲的海藻。

"我检查了，还没有呢。"童淼强撑着直起身子来，细白的手指握住玻璃杯。

"我去给你倒水吧。"姜谣要将她的玻璃杯抢过来。

童淼脸一红，不好意思麻烦姜谣，赶紧摇头："不用不用，我自己可以。"

教室里有一台饮水机，早晨值日生刚换完水，加热到现在，温度已经足够了。

她趁着早自习收作业的空当，蹭到饮水机旁边，拧开玻璃杯的盖子，听着饮水机咕咚咕咚地响，接了大半杯的热水。

在童美君的教导之下，童淼没有喝凉水的习惯，哪怕是在炎热的夏天。

她捧起冒着热气的玻璃杯，嘟起嘴，小口吹着气，慢吞吞地往座位上走。

她的注意力都在摇摇晃晃的水面上，所以徐茂田冲过来的时候她并没有看到，刚拖的地面有些湿滑，徐茂田来不及停下，重重地撞到童淼身上。

猛烈的撞击之下，热水被激得洒出来，浇到童淼的手背上，她实在忍耐不住，惊叫一声，撒了手。

“啊！”

玻璃杯应声而落，刚一着地，就摔得粉碎，玻璃碎片崩到她的小腿上，先是痒痒的，继而转变成了微微的刺痛。

徐茂田赶紧拍了拍手里的练习册，怪叫道：“哎哟，这都是作业啊！”

热水难免洒到了上面几本练习册上，其中就有周雅茹的，周雅茹爱干净是出了名的，她所有的书本都像新的一样，连折痕都没有。

她一听徐茂田叫着作业，还一直拍着，急得立刻站了起来。

“怎么回事啊，徐茂田！”

徐茂田糟心地皱了皱眉，回头道：“童淼的热水洒上了！”他只是说了事实，简短又巧妙，没有任何想要担责的意思。

童淼被这样一吓，小腹更是不舒服起来，她用没有被热水烫到的那只手捂住小腹，皱了皱眉。

姜谣正在玩手机，闻声抬起了头：“喵喵，怎么了？”她刚才没有看到，教室里也乱，她还不知道到底发生了什么。

童淼摇了摇头，勉强弯起眼睛一笑，担心姜谣给她出头。

然后她蹲下身子，想要把大块的碎片捡起来，要是划伤哪个同学就不好了。

手背火辣辣地疼，已经彻底红了，和白嫩的手指形成了鲜明的对比。

徐茂田赶紧绕过她，将作业往窗台上一放，把窗户打开一条小缝，吹着水痕。

他嘴里还不断地嘟囔着：“真是的，马上就要交了！”

童淼听到了他的小声嘀咕，不由得抬头望了他一眼。

徐茂田的眼神有些闪烁，嘴里一直念念有词，似乎就是要告诉身边的人，这事儿跟他没关系，他已经尽力补救了。

水润的杏眼微微一眯，她心里也泛起一丝怒意。

但是她没有立场要求徐茂田有担当又坦诚，说起来，徐茂田也只是她刚认识不过几天的“好学生”。

察觉到童淼的目光，徐茂田微微别过了脸。

从打开的窗户缝隙里吹进来一股强风，撩起童淼的刘海，风不大，但绝对有存在感。

这个角度……

她不由得想起贴吧里那张模糊又及时的照片，心中一沉。

司湛去找季渃丞商量机器人大赛物理推算的事情，刚一回来就看到童淼蹲在地上，用手捡着玻璃碎片，左手手背上还有一大片刺眼的红痕。

他瞳孔微微一缩，心脏难以抑制地一酸，这种突如其来的，完全没有办法掩饰与弱化的感受，让他心里一惊。

软绵绵的手掌心里刚放进一块碎片，童淼就被一股巨大的力道扯了起来。

“啊，你干吗！”

她吓了一跳，重心不稳地靠在了一个人的左肩上，那里结实又温热。

鼻息间是好闻的薄荷香，似有似无地被打散在风里。

是司湛。

“烫伤了不知道用凉水冲吗！”

他语气很不好，凶巴巴的，脸色阴沉得吓人，狭长的凤眼里带着冷若冰霜的寒意。

他手上的力道有些蛮横，拉着她大跨步往水房走。

童淼要小跑才能跟上他，也根本没有机会挣开他的手。

他又抓着她的手腕了，这次更紧，更用力。

她有些怯生生地看着司湛的背影，总算明白了为什么那么多同学都害怕惹司湛，他生起气来，是真的吓人。

“司湛……”童淼小声试探。

他不回她。

直至走到水龙头面前，他才拽过她的左手，将她的手掌摊开，探到凉水下面冲。

小卷毛的手掌软绵绵的，手指纤长温热，看上去一点儿都没有练过小提琴的痕迹。

他不由得动作温柔了几分，担心稍一用力，就会将她捏红。

童淼有些局促，司湛一直抓着她的手，冰凉凉的水淋在她的手背上，也淋在司湛的手腕上。

司湛的袖口被溅上水珠，微微有些潮湿，他毫不怜惜地任价格不菲的腕表被水冲刷着。

凉水缓解了她的疼痛，但是烫红的痕迹一直没有消退，两人之间只有哗啦啦的水声。

她没有抽回手，任由他抓着，反正力气小，也挣不过他。

原先只当司湛很讨厌她，却没有想到，他会因为她把自己弄伤而生气。

人就是这么奇怪，自己一个人的时候，坚强是最稳固的壁垒，仿佛一切伤痛都可以隔挡。

但一旦有人从你心门的缝隙溜进来，委屈就像温热的流水，把壁垒冲刷得溃不成军。

“司湛……谢谢。”她又小声地嗫嚅道。

童淼的眼睛本就比同龄人水润，鼻子一酸，浓密的睫毛上蓄了一颗泪珠。

司湛就觉得心脏好像被人拧了一下，硬生生地疼，他眉头一皱，低声道：“你别哭啊。”

三班教室里乱哄哄的，地上零零碎碎的玻璃片被值日生收拾干净了，司湛和童淼还没回来。

陈冬的前桌是个体操二级运动员加分的女生，瓜子脸，长得高高瘦瘦，平时没有什么存在感。

她转过头来，拍拍陈冬的笔袋：“哎，陈冬，司湛干什么去了？”

陈冬抖了抖腿，抬头笑嘻嘻道：“陈露楠，你把你的化学作业借给我抄我就告诉你。”

化学作业是徐茂田收的，现在还在窗台上吹着风，但是徐茂田前面还站着个姜谣，正拍桌子摔书地找徐茂田的碴儿。

陈露楠惹不起姜谣，也没办法绕过她去把自己的作业拿回来给陈冬抄。

她咬了咬牙："我帮你写行不行？答案我都记得。"

陈冬赶紧把自己的卷子递过去，上面只写了个歪歪扭扭的名字："行啊行啊。"

陈露楠不情不愿地接过来，眨着眼睛问道："那司湛干什么去了？"

陈冬漫不经心道："找季老师呗，我们缺少物理、数学方面的组员，机器人设计不起来。"

陈露楠有点儿急，凑过来低声问道："我不是说之前。刚刚，他干什么去了？"

陈冬顿了顿，歪着脑袋想了想，爱莫能助地一耸肩："我哪里知道？"

陈露楠气极了，把卷子又给陈冬扔了回来："你还是自己写吧。"

正说着，教室门被人毫不客气地一脚踹开，巨大的响声惊得教室里顿时鸦雀无声。

司湛面色阴狠，大跨步走了进来，没几步就到了徐茂田面前，把他旁边的桌子拽开，二话不说，抬脚狠狠地踹了徐茂田的桌子几下，震得他桌上堆得满满登登的书扑簌簌地全摔了下去，连姜谣都吓了一跳，手里的棒棒糖差点儿没攥住。

木制的桌子经不起踹，没几下下面的木板从中间裂开，底部被踹塌了，木屑细细碎碎地散落在地上。

徐茂田的同桌大气都不敢喘，眼睁睁地看着司湛拆了徐茂田的桌子。

姜谣坐在旁边的椅子上，跷着腿，抱着胳膊，诧异地问道："司湛你发什么疯？"

徐茂田抿着唇，手里紧紧地攥着草稿纸，窗台上的花浇多了水，溢出来的水汇成细流，顺着窗台滴在他的手背上，他竟然丝毫没有察觉。

"司湛你要干什么！你跟我出来一趟！"

孙主任正在楼层间巡查，一进门就看到司湛几脚把桌子给拆了，他气得下巴都要歪了。盛华有太多无法无天的学生，这个司湛就是其中的翘楚。

司湛回头扫了孙主任一眼，冷声道："等着。"

无视了孙主任后，他指了指发抖的徐茂田，发狠道：“再有下一次，我也拆了你。”

孙主任气得肚子直颤，还是第一次有人把他说的话当作空气。

要不是看在司启山对学校的投资上……

他强忍着压了压怒火。

司湛说罢，手往兜里一插，脸色依旧阴冷，他朝着孙主任走过来，淡淡地说道：“走吧。”

“我真应该把你爸找来管管你！”孙主任指着他踱踱的背影，气呼呼地带上了门。

孙主任一走，班里顿时炸开了锅。

“卧×！怎么回事儿啊？”几个平时就爱闹腾的男生立刻看向陈冬。

陈冬扫了一圈，无辜道：“都看我干吗？某人活该找打呗。”

他意有所指地看了看徐茂田。

姜谣走过来拍了拍陈冬的桌子，蹙眉道：“到底怎么回事儿？司湛发什么疯？”

陈冬不敢不答姜谣的话，他将手枕到脑袋后面，低声道：“哎，贴吧那帖子，司湛查IP追到徐茂田了，是他发的。”

他们这帮人平时都不怎么关注贴吧，但架不住身边有人传话，网上闹得沸沸扬扬的。

周围伸着脖子偷听的男生咂咂嘴：“卧×！这么回事儿啊！”

“我还当湛哥替女生出头呢。”

“得了吧，巧合呗。司湛挺讨厌那女生的，刚来就针对她。”

“其实我觉得童淼挺漂亮的，湛哥讨厌她啥啊？”

“你不知道湛哥不喜欢好学生、乖乖女啊？”

……

童淼从校医院出来，手背上被抹了清凉凉的药膏，刺痛消减了很多。

走廊里常年开着窗户，早晨的穿堂风一吹，微微有些凉。

医生怀疑她肠胃有些发炎，给她开了药，但是药效没有那么快，她身子依旧有些虚。

走了几级楼梯，竟然有些冒虚汗。

教室里必然开着冷风，她又只穿了校服裙，如果没有这件外套的话……

她的手指微不可见地紧了紧，怀里抱着一件对她来说过于宽大的运动外套。

外套上有好闻的薄荷香，是洗衣液的味道。

这是司湛走之前脱下来甩到她手里的，还冷冷地留下一句硬邦邦的话：“不穿你试试看。”

还不等她说什么，司湛就转身走了。

她一直捏到了现在，实在是不好意思穿——她还从来没有穿过男生的衣服。

况且，衣服里侧还有司湛的体温。

童淼抿了抿唇，窗边的风吹起她的刘海，漆黑的瞳仁低垂下来，静静地看着手里的衣服。

半晌，她叹了一口气，轻轻地拢了拢披散的长发，将衣服披在自己身上，轻巧地将手臂探进袖子里，伸了半天，也只露出白嫩嫩的手指尖来。

司湛的衣服太大了，她穿着直接垂到了膝弯上面，袖子肥肥的，把她整个人裹在了里面，显得她只有小小的一团。

很夸张，却非格格不入。

到处都是他的味道。

真是的。

她一仰头，又是那段熟悉的楼梯，当时司湛居高临下地站在这儿，揶揄地看着她。

——小卷毛，我喜欢你。

——……是绝不可能的。

那时他脸上带着恶劣的笑，看着她脸红，羞愤，不知所措。

真是搞不懂他啊！

她缩了缩肩，顶着风一步步走上了楼梯。

学校附近的大卖场里放着露天音乐，是卡朋特兄妹的《昨日重现》。音乐声隐隐约约地随风传来，曲调很柔情。

快到班级门口了，从楼上走下来两个挑染着头发的学生，校服穿得歪歪斜斜的，走路有点儿外八字。

看样子像是高三的。

童淼躲得远了一点儿。以前在市一中，老师就嘱咐过同学们，高三的学生都急躁，轻易别惹他们。

其中一个抖了抖腿，漫不经心道：“哎，凯啸真要堵司湛啊？”

另一个“嘁”了一声：“他肯定不能服气啊，要在郝梦溪面前表现一下。”

先前说话的那个皱了皱眉：“司湛不好惹吧？我听说他家挺有背景的，咱别引火上身。”

“你傻啊？我们就是充个场面，司湛认个怂就完了，谁还真跟他动手啊？那人狠起来真吓人。”

“反正你别说出去，司湛要是也带人来了，凯啸真够呛。”

“那不一定，我们可高司湛一级呢。”

两人谁都没在乎旁边乖乖小小的童淼，一边聊着一边走远了，嘻嘻哈哈的笑声，瞬间被风吹走了。

童淼的睫毛抖了抖，不知道为什么，她突然很担心，担心得恨不得现在就见到他。

走进教室之后，童淼默默地趴在了座位上，肚子还是有些隐隐作痛。

司湛的衣服很大，很保暖，起码她不再觉得后背凉风阵阵了。

姜谣眼尖，仔细地打量了童淼一眼，惊讶地说道：“哎，你这衣服我看司湛……”

童淼伸出白嫩的掌心捂住姜谣的嘴，抿起唇，轻轻地摇了摇头，耳根难以抑制地红了。

姜谣赶紧眨了眨眼睛，举起一只手保证自己不再提这茬了，童淼这才把手从她嘴边抽回来。

姜谣嗅了嗅：“喵喵，你手上一股清凉油的味道。”

童淼点了点头，把发红的手背伸给姜谣看：“喏，抹了药膏。”

姜谣有些心疼地拽过来，唏嘘道：“呀，这么严重呢！徐茂田真是活该！”

教室里其余同学正在自由读课文，班主任指挥着徐茂田换桌子，桌子在地面拖拉着，发出刺啦刺啦的摩擦声。

徐茂田自己默默地搬着，也没有谁上去帮忙。

路过童淼桌前的时候，徐茂田的动作顿了顿，余光难以抑制地扫到了她手背上的红痕。

然后他低下头，默默地把坏桌子搬到了门外。

班主任脸色阴沉，司湛也不在教室里。

童淼皱了皱眉，她还不知道教室里发生的事情，歪着脑袋小声问道："怎么了啊？"

姜谣抬起下巴，示意了一下外头的破烂桌子，撇了撇嘴："那个，司湛踢的。"

童淼吓了一跳，她还不知道司湛力气这么大："他踢徐茂田的桌子干吗？"

嘴里问着，心里却不由得想到了两人在水房里的谈话。

"你怎么搞的？水杯都拿不住。"

"不小心和徐茂田撞到了。"

某人皱着眉，一脸坏脾气。

她欲言又止。

姜谣没有察觉到童淼的紧张，自顾自道："听陈冬说是因为贴吧中的一个帖子吧。好像是徐茂田坑了他，被他查出IP了。就凭司湛的计算机水平，啧啧，也不知道徐茂田怎么想的。"

童淼却莫名地松了一口气。

因为那个帖子吗？

她心里隐隐觉得不是，又不知道自己为什么这么肯定。

姜谣从来也不读课文，她闲着无聊，就翻看手机里偷拍的季渃丞的照片，翻着翻着，灵光一现。

"哎，喵喵，你给我找一道巨难的物理题吧，就是连你都做不出来的那种。"

童淼有些莫名其妙，却还是一边捂着肚子，一边认真地回忆了一下。

她认为难的，大概也不是高中的水平了吧？

"要那个干吗呀？"

姜谣狡黠地一笑："最好能把季渃丞难住。"

童淼看她一副古灵精怪的样子，不由得也弯了弯眼睛："你确定？"

姜谣认真地点了点头："快点儿，快点儿，我下课就去问。"

童淼伸出那只没有受伤的手来，探到书包里，翻出自己平时用来练习题感的竞赛题，随意地在本子上翻了翻，锁定了一道综合性的电场大题："这个吧，我第一次做没有做出来。"

姜谣宝贝似的将题拿过来，抄在了自己的小本子上。

童淼犹豫了半晌，这才软绵绵地问道："那个……你知不知道司湛去哪儿了？"

姜谣一边抄着题，一边答道："被孙主任叫走了。"

"什么？"童淼有些紧张。

姜谣抽空伸出手捏了捏她有些苍白的小脸："哎哟，你担心什么啊？谁有事儿司湛也不会有事儿的，也不看看他爸是谁。"

语文课结束得很快，普遍没有人听，童淼原本不是溜号的学生，但这一节课，似乎什么都没想，却也什么都没听进去。

刚一下课，姜谣就抓着题跑了，马尾辫一翘一翘，带着无往而不胜的冲劲儿。

童淼忍着腹痛，慢慢地走到了教室门口，四处张望着。

怎么还没有回来呢？她还有一件大事要告诉他呢。

手机猝不及防地响了起来，她低头一看，是妈妈。

"喂？"童淼有些难以置信，妈妈一般是不会在上学时间给她打电话的。

"啾啾啊，你们同龄人可能更好沟通，你去跟阿湛说……"

童淼静静地听着。

"你就别护着那小子了，我来说！"司启山有些气急败坏地夺过了电话，强压着怒火道，"啾啾，司湛为什么毁坏学校公物，欺凌同学？"

童淼的手一抖，一颗心揪了起来。

毁坏公物是真的，还有欺凌同学吗？

她垂下了眼睛，有些艰难地扯了扯嘴角。比起一直生活在上流社会的司启山，她或许更能理解普通人心里的弯弯绕绕。

孙主任这是故意将事情说得严重一点儿，想让司家多多补偿学校。

她的手指不由得攥紧了手机，慢吞吞地说道："叔叔，都怪我。"

童美君愣了愣，有些心急道："这跟你又有什么关系？不是阿湛说看同学不顺眼吗？"

原来他是这么说的。

童淼背靠着墙，望着教学楼中央的大天井，头一次看盛华的天井，竟然觉得有些高不胜寒。

她小声含糊道："司湛是怕我受欺负。你们误会了，他是很负责的哥哥呢。"

司启山顿了顿，似乎情绪也缓和了下来："如果是这样的话，那他做得没有错，他的确应该照顾你。"

司启山觉得有些不可思议，司湛有多么张狂不羁，他不是不清楚，他以前还担心过司湛会欺负童淼，现在好像……有什么不对？

童美君小心翼翼地问道："晽晽，那你没事吧？"

童淼缓缓地蹲下身子，手掌紧紧捂住肚子，额头上的汗打湿了刘海，司湛宽大的衣服将她包裹得严丝合缝。

"我当然没事啊。"

季渃丞的办公室里，姜谣把题推到季渃丞面前，蛮横地说道："都要上课了，老师你得赶快给我讲。"

站在门口的某个实习老师局促地笑了笑，意有所指道："那晚餐的事情，我们一会儿再说。"

姜谣歪过头看了她一眼，又看了看季渃丞桌面上的一盒价格不菲的巧克力。

"老师，晚上你不是要给我补课吗？"

她盯着季渃丞的眼睛，目光灼灼。

季渃丞抬眼跟她对视，漆黑的瞳仁不怒自威，棱角分明的下颌不露声色地动了动。

他随手摘掉了金丝眼镜，靠在椅背上，轻轻一笑，嗓音低沉悦耳："对，我才想起来。抱歉，夏老师。”

女老师显然有些失落，但是怎么也不能耽误季渃丞的工作，她有些恋恋不舍地望了一眼季渃丞好看的侧脸：“那……改天吧。”

门被从外面带上，季渃丞揉了揉眉心，冷淡地说道：“你这不是高考题型。”

姜谣固执地拽下他的手，强迫他看自己的眼睛：“那你会不会做？”

季渃丞向后靠了靠，跟姜谣拉开距离，坦诚道：“需要一些时间。”

姜谣盯着他的脸，眼中是毫不掩饰的欣赏和惊艳：“可我马上就要上课了。”

季渃丞站起身来，避开姜谣的目光，疏离地退远了一些，无奈道：“你到底要干什么呢，姜谣？”

姜谣靠着他的桌子，堂而皇之道：“你抱我一下，我就不问了。”

季渃丞似是有些愠怒，白皙的颈间青筋凸起，毫不客气地呵斥道：“胡闹！”

他能理解青春期的学生对他有不切实际的幻想，但是姜谣这种行为，实在是太过分了。

姜谣鼓着脸，眼睛瞪得很大，眼尾微微上挑着：“你难道喜欢刚才那样的？她比我还漂亮吗？”

少女一副理直气壮的模样，生怕自己小心看护的“奶酪”被别人抢走。

季渃丞叹了一口气，双手叉着腰，恨不得把姜谣给扔出去：“那也是老师，你尊重一点儿。”

姜谣才不管这些，她气鼓鼓地踹了一下桌子，嘟嘟囔囔：“你还收她的巧克力？尊重个屁！我让你收！”

她一把拽过巧克力的盒子，蛮横地用暴力拆开，也不管是不是硌疼了自己的手指，抓起巧克力就往自己的嘴里塞。

她嘴唇小巧，艳红艳红的，一次只能吞下去一块，巧克力融化后，酱汁弄得满嘴都是。

涩涩的香甜的味道在嘴里漾开，但是她一点儿也不觉得幸福，反倒是十分心酸。

一边粗鲁地吞着巧克力，一边还红了眼角，眼泪可怜巴巴地在眼眶当中打着转，像是巧克力欺负她似的。

一盒巧克力不算多，一分钟就被她强塞进去，腮帮子被撑得鼓鼓的，嘴里还含糊不清地说着：“我就不让你吃！”

季渃丞双臂环抱，面无表情道：“这是我爸从意大利带回来的礼物。”

姜谣的动作一下子停住了，她狠狠地吞咽了一下，有些呆滞地眨了眨眼睛，喏喏道：“季……季校长？”

第5章

再次看到司湛，是在教学楼大厅的圆柱子那里。

司湛手插着兜，校服衬衫被风吹得一鼓一鼓的，他脸色不怎么好，薄唇紧抿着，一言不发。

童淼刚想过去，这才发现他对面还站着一个人。郝梦溪被柱子挡着，她没有注意到。

还是不要去打扰人家说话了。

童淼犹犹豫豫地站在原地，别开眼睛，向大门外看。

稀稀拉拉有同学进出，但并不算吵，三班这节课是体育课，童淼因为身体不舒服，没有去上课。

方才在教室里，体育委员在名册上给她记下事假，她微微扫了一眼，司湛那栏也写了事假，而几个宁愿学习也不去上体育课的女孩子，则被记了缺勤。

他还真是霸道啊，谁都不愿意惹他。

她正胡乱想着，突然听郝梦溪大声道："我真没有骗你！陈凯啸真说了找人堵你！"

童淼蓦然一怔，拉回了思绪。

这件事啊……

亏她还一直担心到现在，原来已经有人告诉他了。

她想转身回去，却听司湛玩世不恭道："这么玩多没意思啊，立'军令状'呗。"

盛华算是个贵族学校，学校里面出生在富贵家庭的学生很多，谁家里都有点儿人脉，从小嚣张到大的"棍儿"也不在少数，冲突时常有，但是搅和到两个家庭的争端就没意思了。

所以"军令状"在学生间算是个不成文的规定，一对一，选什么方法PK自己定，但是为了短平快，大多数人选择直接动手，无论最后是什么后果也不许找对方麻烦，活该自认倒霉。

每次有"军令状"的说法出来，结果似乎都比较惨烈，所以学校严令禁止这种行为，惩罚力度也相当大。

童淼皱了皱眉，突然觉得已经消停了的小腹又开始隐隐作痛。

他怎么能这么浑！这种事情，难道不应该早点儿告诉家长和老师吗？

郝梦溪舔了舔唇，有些焦急地说道："你别不当回事儿，他可不想跟你玩'军令状'，搞不好要无条件退学的。"

司湛嗤笑一声，微不可见地勾了勾唇："我跟你什么关系？陈凯啸跟你什么关系？本末倒置了吧？"

郝梦溪咬了咬牙，眼睛泛红地去扯司湛的袖子："你知道我心里喜欢的是你，我不想你和他打架受伤。"

他挑了挑眉，目光锐利了一些，一字一顿道："醒一醒，你配让我跟别人打架吗？"

他的声音有点儿冷，还带着些嘲讽的意味，丝毫不留情面。

童淼忍不住转回了头，司湛站得离她不远，饶是这件事都是郝梦溪惹出来的，她也觉得他说的话太过分了。

女生都有点儿脾气，郝梦溪也不例外，她对司湛已经够低声下气了，但司湛的态度还是一如既往地冷淡。

"你真以为谁都打不过你吗？陈凯啸可找了校外混社会的。"她强硬地警告道，然后深深地看了司湛一眼，转身就走。

司湛懒懒地一笑，丝毫不为所动。

童淼默默地往回走，心脏扑通扑通地跳着。

混社会的，大概很吓人吧？要不要提前告诉司叔叔，给司湛派几个保镖什么的？

她微微皱着眉，秀气的小脸皱成一团。

司湛不会觉得她多事吧？

正走着，马尾辫突然被人拽住，童淼猝不及防被拽得一仰头，惊叫一声。

拽住头发的手很快就松开了，她揉揉脑袋，怨念地转回头。

司湛双手搭在腰间，一张口，浓浓的橘子味。

和以往薄荷的清冽不同，他大概是腻了，想换换口味。

“你故意偷听我说话。”笃定的语气。

童淼悄悄后退一步，慢吞吞地说道：“我没有。”

“嘶——”司湛突然伸手抬起她的下巴，“会骗人了，嗯？”

这语气，这动作，还有结尾那句上扬的带着威胁意味的“嗯”，让童淼不由自主地有些燥热，她歪过头，躲过司湛的手指，用手背擦了擦自己的下巴。

“我是去超市，路过而已。”

司湛单手撑在她耳边的墙上，不让她过去，有些霸道不讲理道：“买什么了？给我尝尝。”

童淼有点儿怕他，也不知道胡乱扯的谎能不能蒙混过关，但还是佯装镇定地仰起头：“我都吃完了。”

司湛的嗓子眼儿里发出低笑。

小卷毛胡说八道的样子也挺可爱，眼神一直躲闪着，还偏要仰起头，假装很有底气的样子。

他低下头，凑近童淼的下巴，眼睛微微低垂，盯着她淡红色的小巧精致的嘴唇，揶揄道：“你这是暗示我什么吗？”

他突然凑过来，童淼吓得骤然睁大了眼睛，双颊以肉眼可见的速度涨红，她用手推了推司湛的胸膛，磕磕巴巴道：“你再胡闹……我要告诉司叔叔了！”

她已经用了很大的力气推了，可司湛站得很稳，胸膛也很硬，纹丝不动。

司湛“呵”了一下，收敛起戏谑的神情，淡淡地说道：“那你今天晚上就可以告了，我爸让我带你去吃饭。”

美其名曰家庭聚餐，明明还没组成家庭呢，只是谈恋爱而已。

他看了一眼有点儿怕他，还要佯装冷静的童淼，低低地骂了一声。

“我知道了。”她还是有些羞愤，颇有些怨念地瞪着司湛。

那句玩笑也太过分了，即便他们不是未来的兄妹关系，只是普通的同学关系，也不该这么说话。

“哎，晚上你就穿着我的外套去怎么样？”司湛戏弄她，觉得她裹在外套里小小的样子，莫名可爱。

童淼刚才一直都没有想到，司湛一提，她赶紧扯开了外套的拉链，将衣服脱下来搭在手臂上：“我……已经好了，外套洗过之后还你吧。”

反正她是不会穿了。

每次受他一点儿好处，都要被变本加厉地欺负回来。

司湛的眼神暗了暗，一把把外套拽过来。

“你不穿我穿。”还带着体温的外套，有淡淡的护肤乳的香气。

真好闻。

黄昏的天空很特别，太阳还没有完全落下去，月亮已经挂在了天上。

童淼收拾好书包，对姜谣道：“我今天要去看妈妈，就不和你一起走啦。”

姜谣摆了摆手，把水杯放下：“没事没事。”

童淼蹙眉：“你好像喝了很多水，怎么啦？”

姜谣有些不自然地吞咽一下，活泛的眼眸微微低垂：“吃……太腻了。”

童淼不明所以，还是默默地点点头。

走出教室门的时候，那张被暴力强拆的桌子还孤零零地摆在门边，童淼看了一眼，也知道司湛用了多大的力气，莫名有点儿可怜徐茂田。

校门两旁的银桂香得很浓郁，童淼喜欢这个味道，她一边轻嗅着，一边数着手里的零钱。

从盛华坐到市中心，大概要六元钱吧？

正想着，一辆银色的汽车骤然停在了她身边，急促的刹车声吓了她一跳。

车窗摇下来，司湛从后排露出头，用眼神示意了一下自己身边，酷酷地说道：“上车。”

童淼皱了皱眉，站在原地没动。来来往往的同学难免投来一些目光，毕竟能把车开进学校里面的，可不是一般人。

司湛眯着眼盯着规规矩矩站在原地的童淼，不耐烦地说道：“上来啊。”

童淼绷着脸，一本正经地问道：“司湛，你怎么让人把车开到学校里面了？德育处不是不让开车进来吗？”

司湛像是听到了天方夜谭似的挑了挑眉，看童淼没有一丝开玩笑的意思，他轻轻地勾起唇，低声嗤笑，眼尾微微上扬。

他家司机经常开车到校园里来接他，别人知道是司家的车，都没人拦着，还是头一次有人跟他说这种话。

他饶有兴致地打量童淼：“那你想怎么办呢？”

车是司启山给他的生日礼物，司湛逆反，一直没有碰司启山送的东西，为了让某人方便一些，最近反倒想用了，偏偏某人不爱坐。

童淼认真地伸出手，柔软白皙的掌心里躺着几枚硬币，她的指腹是圆润的嫩红色，异常好看。

“太招摇了，我坐地铁去，你坐车吧。”

司湛的嘴角抽了抽。他都多少年没坐过地铁了？小时候是司机接送，长大了就自己骑车，后来父母离婚，两人争着抢着补偿他，拼命想把他争到手，恨不得亲自送他。

“喂，你没开玩笑吧？”他盯着她，妄图看出一点儿开玩笑的意思。

童淼这才恍然意识到，司湛是不能理解有车不坐，去坐地铁的举动的，他们俩的生活环境不一样，她认为很自然的事情，在司湛眼中却是莫名其妙。

但让她堂而皇之地坐上司家的豪车，还是在校园内当着这么多的同学面，童淼真的觉得尴尬。

毕竟这不是属于她的东西，哪怕是，她也没有这样张扬的个性。

还是适应不了司湛的生活啊。

童淼有些尴尬地蜷起了手指，想要缩回去。

拳头却蓦然被人紧紧攥住，宽大的手掌把她的拳头整个儿包裹起来。

司湛将她的手掰开，将掌心里的硬币取出来，淡淡地说道：“不是要坐地铁吗？带我一个。”

夕阳又坠了几分，天空一片红光，地上散落的桂花瓣在风中打着旋儿。

童淼瞬间有一丝恍惚。

地铁站人很多，正赶上高峰期，连进站都要排队，车门口更是挤挤攘攘的，把出路都给堵死了。

司湛皱了皱眉，却也没说什么。车开来之后，两人几乎是被后面人硬生生挤上车的。童淼娇小的身子夹在人群里面，她的背靠着司湛的胸膛，严丝合缝，动弹都动弹不了。

脸颊有些热。

每次坐地铁最让人尴尬的就是这种情况了，甚至都能感觉到别人的体温。

司湛单手抓着扶杆，低头看着童淼绷直的僵硬的背，她漂亮的蝴蝶骨隐隐显露出形状，奶白色的脖颈上垂着几根凌乱的发丝。

他幽幽道：“坐地铁也挺好。”

童淼认真回答他：“嗯，很便宜。”

下一站下了不少人，门口的位置总算宽松一些了，童淼赶紧向前走了一步，跟司湛拉开距离。

清凉凉的风吹过后背，带走了不少来自他的温度，童淼轻轻地呼出一口气。

司湛觉得有些遗憾，却也没动，裤子里的手机突然响了起来，他伸出另一只手，点了点耳边的蓝牙耳机。

陈冬紧张的声音从对面传来：“哥，你在哪儿呢？”

童淼跟他拉开距离后，司湛莫名有些烦躁，说话也很简短：“地铁。”

陈冬顿了顿，有些质疑道：“啥玩意儿？”

司湛的手指停在耳机上，下一秒就准备按掉：“有话快说，地铁太吵。”

陈冬被呛了一下，又觉得自己要说的事儿好像比司湛坐地铁更重要一些，这才道：“刚才我看见几个高三的在班级门口晃悠，是陈凯啸身边的，估计想堵你没堵到。”

司湛有些厌烦地说道：“那废物的事儿以后少跟我说，挂了。”

童淼在前面听着，从车门玻璃上可以看到司湛皱着眉头的样子，其实他真的挺帅的，也难怪郝梦溪对他纠缠不休。

她胡思乱想着，突然觉得大腿上被人撞了一下。

她微微咬着嘴唇，向后退了退。

又被撞了一下，可明明地铁没有变速。

很快，她觉得那好像是人的手指，在轻轻地点着她的校服裙，还在一直向下滑，妄图摸她的皮肤。

她一抬眼，前面背对她站着的是一个高大的、有些虚胖的男人，身上微微散发着酒气，脖子后面还冒着汗。那人的手很奇怪地背在身后，童淼退一点儿，他就跟着退一点儿。

像吞了苍蝇那么恶心的感觉，瞬间从心里涌出来。

尤其是隔着校服裙的那种触感，难受得她牙齿都在颤抖。

她不住地躲闪着，小心地缩起自己的双腿，额间冒了汗。

可那只手竟然张狂地抓住她的裙角，想往里面探。

司湛察觉出童淼不住地后退，已经退到他胸口，他还有点儿意外。

再一抬眼，却发现童淼的脸白得吓人，浑身僵硬得不正常。

“司湛……”

她小声叫他的名字，带着明显的颤音，对头一次遇见的事故茫然无措，她的手指冰凉，死死地抓住司湛的胳膊。

那只手还堂而皇之地朝后伸着，直至伸到司湛身前。

平静不过半刻，司湛抬起眼。

“你往哪儿摸！”

童淼感觉自己被一股大力拉到了后面，然后她看到司湛举起拳头朝那人的脑袋砸了过去。

浑身的戾气冷冽得吓人，他指节发白，小臂上的肌肉凸起，一拳将那人打到了车门上，头狠狠地撞到车门上，发出巨大的声响。

“靠！”那人转过身来，贼兮兮的眼睛原本有些心虚，一看是个高中生，顿时又放心了。

还是小孩呢。

周围的人吓了一跳，赶紧散开。

司湛眼中带着寒光，瞳孔微缩，下颌绷得紧紧的，额头上黛青色的筋脉显了出来。

“哪只手碰的？”他的语气很冷，气压很低，像是火山爆发前的宁静，莫名有些骇人。

那人一瞪眼，抵赖道：“你有病吧！跟你有什么关系！”

司湛勾唇一笑，幽幽道：“不说是吧？”

他抬腿一脚踹到那人肥硕的肚子上，力气之大，足以让在场的人清楚地听到“嘭”的一声。

那人立刻捂着肚子跪了下去，满头冷汗。

可司湛并不给人时间喘息，他用膝盖抵住那人的腰，神色一凛，抓起那人的手硬生生地朝背后折去。

清晰的“咔吧”一声，伴随着那人的鬼哭狼嚎。

竟然一下就把人的胳膊给折断了。

还没完，他又如法炮制，折断了那人的另一条胳膊，然后像踹废物一般，趁着地铁到站，车门一开，将那人踹出门去。

巨大的一坨滚出地铁门，把众人都吓了一跳，那人趴在地上半天没起来，喘着粗气惊恐地看着司湛。

这人下手之狠，像是完全不考虑后果一般。

“再让我看见一次，我废了你。”

司湛的手插在校服兜里，脸色冰冷，他右臂上也有一条那人挣扎时抓伤的血痕，但他根本不在意，就像伤并不在他身上一般。

“司湛……”

童淼盯着他的手臂，有些破皮，血顺着伤口流向手背，刺痛了她的眼睛。

但她只能小声地叫他的名字，她彻底蒙了，不知道该说什么。

她总算理解了高三那两个男生为什么会怕司湛，司湛动起手来，是真的不计后果，也不要命。

司湛回头望她，戾气慢慢地收敛起来。

小卷毛迷茫的杏眼里微微有些泛湿，纤长的睫毛轻颤着，脆弱的眼神盯着他的手臂，让人想将她抱在怀里，好好地安慰一番。

他有些僵硬地抬起手摸了摸她蓬松柔软的卷发，声音很轻：“哎，别怕。”

刚出了地铁，原本晴好的天空飘起了蒙蒙细雨，细得像绒毛，能安静地挂在睫毛上。

童淼还没有从刚刚的事件中恢复过来，想起那人恶心的手、蛮横的脸，她就一直反胃。

但是她想得更多的是司湛当时的样子，他冷峻的脸色、干净利落的手段、绷紧的肌肉线条，还有那一条已经凝固的血痕不时在她脑中闪过。

童淼垂下眼帘，在心里默默地保证，要记得司湛的好，以后一定要尽心竭力地帮助司湛搞好学习，助他考上清华。

“喂，用不用雨衣？”

司湛在她身后走着，皱了皱眉，温度有点儿降下来了，她还光着小腿穿着裙子。

“不用的，我没有那么娇气。”童淼随意回道。

嘁。

白白嫩嫩的，还只喝热水，碰到个变态就吓得眼泪汪汪，半天都魂不守舍，还说不娇气？

香舍区是中心商业区，阑市出名的购物、约会圣地，司启山订的餐厅在一家五星级酒店里面。两人沿马路走着，为了避嫌，童淼刻意跟司湛隔着一米的距离。

司湛手插着兜，慢悠悠地跟着。

“帅哥，给小姑娘买束花吧，玫瑰和百合都有。”

一个穿布衫的老太太凑上来，手里拎着一个水桶，桶里面插满了芳香四溢的花朵。

司湛被拦住了，童淼也走不了了。

她尴尬地摆了摆手：“不用不用，我们不是……”

发红的鼻头微微皱着，一双漆黑水润的眼中带着些懊恼。

明明已经离得不近了，为什么还会被误会？

老太太纠缠不休，拉住童淼苦口婆心地劝着：“小姑娘，花不值几个钱，女孩子不能总想着给男人省钱，他不给你花就给别人花去了！”

司湛在一旁勾唇笑着，也不答话，就看着童淼手足无措的窘迫样。

他甚至还漫不经心地往嘴里塞了一颗糖，又是浓浓的橘子味儿。

童淼瞥了他一眼，默默地后退了一步：“您误会了，我们不是……情侣。”

也不知道这两个字为什么这么拗口，说出来都让人觉得难堪，尤其是，某人还一副满不在乎看热闹的样子。

老太太一愣，又冲着司湛道：“就算不是，男孩子也应该表示一下吧！快点儿快点儿，姑娘哪有不喜欢花的？看你穿得这么好，还省几朵花的钱？”

她拎起水桶，拼命地把桶往司湛面前举，玫瑰的香气甚至冲散了那股水果味儿。

司湛瞥了一眼盛放的花束。

这些矫情的东西，他以前一向看不上，有女生暗示他，他也从来不屑一顾。今天却觉得，她能拿着一束花也挺好，女孩子就是应该搭配鲜花的。

“小卷毛，你要我给你买花吗？”低沉的嗓音在雨幕里显得格外迷人，尾音一挑，颇有些意味不明。

老太太赶紧从桶里抽出一大把玫瑰：“玫瑰好，十一朵，一生一世！”

童淼抿着唇，小脸不由得绷起来，知道司湛又想拿她打趣。

每次她想感激他的时候，司湛偏要捉弄她。

她急忙走开，老太太穷追不舍，硬是要把花塞在童淼的怀里，还不住地劝她不要给男朋友省钱。

童淼涨红着脸，尴尬得无以复加，最后干脆一咬牙，羞愤地喊道：“哥哥，你别闹了！”

这下不仅老太太愣了，连司湛都愣了。

老太太僵硬地举着花，目光在两人之间游走半晌，他们年龄差不多，长得都挺俊，怕是真兄妹。

她这才丧气地收回花，匆匆朝下一个目标走去。

司湛取出矿泉水喝了一口，橘子味冲淡了许多。

“你叫我什么？”他问，眼神变得深沉又复杂。

童淼避开他的目光，低头看着自己的小白鞋，赌气道：“我故意的。”

才不是想叫你哥哥。

司湛走过来，单手掐住她的下巴，强迫她抬起头，潮湿的手指摩挲着她被雨水打湿的侧脸。

他双眼微眯，嗓音沙哑轻缓，带着警告意味："小卷毛，别随便叫男人哥哥。"

豪华包间里面，司启山坐在正位，脸上挂着一丝不悦。童美君安抚似的抓着他的手，频频冲他使眼色。

童淼垂着头乖巧地坐在一边，时不时偷眼看看司湛。司湛倒是漫不经心地跷着腿，身上带着夜雨的凉意。

"说完了吗？"

他像是一句话都没听进去，有些嘲弄地反问道。

"我早就告诉过你，别打着你老子的名号横行霸道！再有下一次，你就是被退学我也不管你，跟你妈出国吧！"

童美君轻轻地推了他一下："他还不是为了保护咴咴吗？别说了，孩子都饿了。"

司启山斥责完了，也知道不全怪司湛，他语气微微放缓："越是受人瞩目，就越要谨言慎行，冲动办不成大事。"

司湛嗤笑一声，懒洋洋地端起红酒，一仰头，喝了进去。

微涩，微苦，但余味甘甜。

司启山一愣："你这胳膊怎么回事？又跟人打架了？"

凝结的血痕很是明显，弯弯曲曲的一条，贴在紧绷的手臂上。

童淼微微抬头，轻软地说道："我们在地铁上……"

"不小心划的。"司湛打断她的话。

童淼瞬间噤了声，静默地看着司湛，司湛没有看她。

好像跟家长们在一起，他对她都冷漠了许多。

为什么他做得对的事情都不愿意让司叔叔知道呢？为什么他宁可让亲人误会他，也不想解释一下呢？

"司湛帮我……帮我赶走了流氓，这才受了伤。"她突然看着司启山，固执地说道。

司湛懊恼地嘀咕道："说得像我被人打了似的。"

"哎哟。"童美君有些心疼地看了一眼司湛的胳膊，赶紧推了推童淼，"快去大堂要瓶碘酒过来，给哥哥擦一擦。"

童美君不经意地说着，童淼心里却是一颤。

司湛手指的力度和沙哑的嗓音还清晰地留在记忆里。

他说，别随便叫男人哥哥。

她的脸慢慢升温，有些羞愤地瞄了司湛一眼。司湛总算勾了勾唇，半眯着眼睛，揶揄地盯着她。

贝齿轻轻咬了咬嘴唇，她收回目光，慢慢离开座位，推门出去。

童美君舒心地笑了："他们俩相处得很好呢。"

司启山看了看儿子的脸色，皱着眉头道："啊，是啊。"

第6章

周末，童淼没有回司湛家的公寓，她去市中心的老房子取了几本参考书和笔记。

笔记的边角压得整整齐齐，封面上微微有些浮尘。

她轻轻地用手拍了拍，满意地呼了一口气。既然要帮司湛学习文化课，总要像个样子。

周一一大早，司启山就派司机开车送她上学，童淼最初很不习惯，但还是默默地接受了。

如果妈妈最终要和司叔叔在一起，她就得适应他们的生活。

早自习的时候，司湛还没来，她就把笔记塞在抽屉里，拿出单词书认认真真地背单词。

她的记忆力不错，背过的单词几乎不会忘记，但不知道为什么，英语水平一直提高不上来。

姜谣支着下巴看着她："喵喵，你的字写得好工整啊，草稿纸上也这么干净。"

童淼见班主任的目光没有望过来，也轻轻地俯下身，附在姜谣耳边软声问："比季老师的字好还看吗？"

姜谣顿时直起了身子，脸颊有点儿红，喃喃道："不是吧？你也学会开玩笑了？”

童淼的眼睛弯了弯，纤长的睫毛微颤着，低下头继续背单词。

一说起季渃丞，姜谣又开始走神，她发怔了半晌，才拍拍童淼的手臂：“哎，季渃丞现在辅导竞赛集训呢，你陪我去参加怎么样？”

童淼手中的笔一顿，听到“竞赛”两个字，她的眼睛微微垂了垂，轻声道：“为下个月的全市比赛吗？”

姜谣点点头：“对啊，听说表现好的能获得清华、北大冬令营资格，而且学校在争取‘领军计划’呢，成功之后可以再推荐两个一本线录取，这个比赛听说很重要。”

童淼怔了怔，自言自语道：“是吗？”

她好像从无数人的口中听到过这个比赛有多重要。

“哎，喵喵，你理科那么强，又做了好多竞赛题，为什么不参加一下呢？”姜谣有点儿疑惑。

阳光透过童淼发丝的缝隙，投在她的侧脸上，她的脸白嫩得好像会发光，让人禁不住想捏一捏。

童淼微微动了动嘴唇，却没有说话。

正巧班主任拍了拍手，语气冷淡地说道：“好了，都别嘀咕了，课代表收作业，准备上课！”

姜谣撇了撇嘴，缩回身子开始翻作业。

各科课代表纷纷起身，有些疲倦地拽出卷子，一个个敲醒趴在桌子上睡觉的人。

“哎，醒醒，交作业了。”

“别抄了，我还得交呢。”

“等等，我再写两笔！”

……

童淼的笔握在手里，笔尖抵着草稿纸，墨水微微渗了出去，形成了一个小小的黑点。

你为什么不参加呢？

姜谣的话好像被录进了她脑海里，一遍遍地回放。

她的手指不由自主地缩起来，指甲掐得掌心有点儿疼。

如果不出意外，她是一定会参加的吧？代表市一中参加，带着全校老师的期许，把那个“领军计划”的名额夺回来。

毕竟今年夏天，她才获得全国中学生生物学联赛的第一名，也正是因为这个成绩，让清华向她投来了橄榄枝。

那些天，校长和主任把她锁在办公室里面，不答应就不放她走，说是没有人比她更适合为校争光了。

可他们不知道，在出成绩之前，她就已经几天无法睡觉，浑身难受得在床上打滚。

童美君紧张地带她去医院检查，身体却没有什么毛病，直到去看了司启山联系的国外的心理医生，“天才综合征”这个陌生的名词才莽莽撞撞地闯入她的生活。

老专家说，一贯比较优秀的人因为家庭或环境的影响，过分在意某种结果，导致了心理承受能力变差，对压力的抵抗能力几乎为零。

这种病往往出现在公认的天才身上，他们觉得自己只能往前走，没有回头路。

复查那天的阳光很好，温度也很舒服，红糖水柔和甘甜，鱼缸里的金鱼吐着泡泡。

国赛成绩公布出来，她的名字明晃晃地排在第一的位置。

所有的压力荡然无存，她就像重新活了过来，连眼睛都有了神采。

老专家慈眉善目地拍着她的肩膀，温和地问：“你还记得……是什么感觉吗？”

童淼放松下来的脊背情不自禁地一抖，像是又回忆起了那几天的经历。

她舔了舔苍白的嘴唇，睁着水润的杏眼，有些迷茫无助道：“像牙疼。”

很疼很疼，蔓延到全身每个细胞，你知道什么时候是尽头，但你也知道，在此之前，没人可以拯救你。

“童淼？交作业了。”周雅茹举着卷子在她眼前晃了晃。

童淼抬起眼看了看她，这才如梦方醒地从书包里翻出作业，递给周雅茹。

周雅茹低头看了一眼，选择题最后一道难题，她没填上，但是童淼填上了。

她觉得，童淼应该不是蒙的。

“那个……市里的学科竞赛，你会报名吗？”周雅茹眼神有些闪烁，紧张地抓着手里的卷子，舔了舔干涩的嘴唇。

她有在市一中上学的朋友，经过一番旁敲侧击后，她才知道童淼在市一中的成绩有多么“变态”。

童淼摇摇头，额前的碎发垂在细长的睫毛上，轻声道：“我不参加。”

周雅茹长长地舒了一口气，脸上顿时浮现出一丝笑意，她轻松地说道：“我多买了一瓶冰镇气泡水，看你挺困的，给你喝吧。”

“啊？”

童淼一时没有反应过来，周雅茹已经小跑回去，给她取来了。

“谢谢，但是……”她微微皱着鼻子，有些犹豫。

“别推辞了，你刚转过来，咱俩还没好好说过话，等有时间了，我请你去我家玩儿。”周雅茹笑眯眯地将气泡水放在了童淼的桌面上。

童淼不忍心拒绝，她摸了摸带着水雾的玻璃瓶壁，手指被凉得微微一缩。

“那我中午请你吃食堂吧。”

“没关系啦，其实……”

教室门被人蛮横地推开，突兀的响声打断了周雅茹的话，倦怠的同学们也都纷纷抬眼朝门口望去。

班主任没好气道：“迟到还这么大声，你给谁听的！”

司湛扫了她一眼，没有搭理，单手拎着书包，带着一股生人勿近的冷漠感。

他的脸色不是太好，好像晚上没有睡好，眼睛里有些血丝，额前的碎发也有些凌乱，像是洗过后用毛巾匆匆一擦，即便这样，仍然有女生不住地偷眼看他。

童淼扬起下巴望了望，很快收回目光。

她小心地将笔帽盖上，把被墨水晕染的那张纸扯下来，垫在玻璃瓶下面。

否则桌布要被浸湿了。

司湛懒洋洋地插着兜，路过童淼的桌前，突然停了下来，眼睛扫到深绿色的玻璃瓶，微微眯了眯。

“冰水？送我吧。”

他嗓音很低，带着不容置喙的蛮横，随手拿走了气泡水，拧开盖子，仰着脖子狠狠地喝了几口。

喉结轻轻地滚动，冰凉微辣的液体滑进食道，刺激着没有进食过的胃。

陈露楠转头对陈冬道：“司湛太过分了吧？怎么抢女生的东西啊？”

陈冬乐呵呵道：“你管那么多？”

陈露楠默默地望着司湛的身影，自言自语道：“看来司湛真不喜欢乖乖女这种啊。”

“湛哥，实验室老师说你的机器人配件邮到了。”学生会生活部的卢炳轩敲了敲三班的门，朝最后一排的司湛望去。

司湛从桌子上抬起头来，勉强睁开眼睛，烦躁地点了点头。

陈冬趴在他身边，小声道：“哥，你昨天晚上真的赶了一晚上代码啊？”

司湛冷冷地扫了他一眼：“不然等你写？”

陈冬嘿嘿一笑：“我哪有你写得好啊？那一会儿放学去实验室拼装一下？”

司湛换了一边胳膊枕着头，迷迷糊糊地“嗯”了一声，又趴着睡了过去。

“这水我帮你扔了，还是还给咱妹妹？”陈冬拎着瓶子在手里把玩着。

他知道司湛不喜欢喝带气的饮料，所以这瓶水都在桌子上摆一天了。

前排的陈露楠突然直起背，微微向后靠了过来，但手并未停下，仍在卷子上唰唰地写着字。

司湛困得要死，脑子已经不转了，嘟嘟囔囔道：“扔了，她不喝凉水。”

啧啧。

陈冬撇了撇嘴，谁能想到，有一天生性冷淡的司湛也能活得跟偶像剧男主角似的？

他可不认为司湛是破天荒想做个好哥哥了，以前从没见司湛对哪个女生这么用心过。

咦？

陈冬琢磨了一下，好像以前……身边就没有童淼这种类型的女生啊！

悦耳的下课音乐响了起来，英语老师拎着课本就走。

反正课堂上睡倒一片的情形他也习惯了，而且说实话，三班这帮学生托福、雅思都逼近满分，高中英语学起来也很轻松。

姜谣嘟着嘴，轻轻地摇着童淼的手臂："去嘛去嘛，你就帮帮我嘛。"

童淼拗不过她，只得微微点头："好吧，不过我需要做什么？"

姜谣思索了半晌，有些愤愤道："季渃丞喜欢提问，要是讲过的答不上来，他一点儿情面都不留。"

童淼恍然大悟，她趴在桌子上，抬起杏眼，看姜谣一副要吐槽又有些甜蜜的样子："暗恋是什么感觉啊？"

姜谣怔了怔，指了指自己的鼻子，嘟囔道："我是暗恋吗？我都快向全天下宣告我喜欢他了好不好？"

童淼被堵了一下，却默默地在心里表示赞同，她就永远不可能像姜谣这样，但是……反正她也没有喜欢的人。

两人收拾好东西，去一楼的大报告厅。

季渃丞的辅导课要提前去占座，不然一定连台阶都不会剩下。

姜谣这种平时上课都不怎么听的人，却执意奔着离讲台最近的座位跑去。

童淼没有她跑得快，看姜谣已经把座位占好了，这才慢吞吞地下楼梯。

报告厅的冷气开得很大，她觉得有点儿冷，不知道怎么的，就想起了那件外套。

啊……

她摇了摇头，想把外套的影子从脑海中甩出去。

半晌，她有些自暴自弃地鼓了鼓腮帮，伸手拽掉了头绳，让长发披下来，盖住纤细的脖颈。

蓬松微卷的长发将她的后背遮得严严实实，顿时觉得暖和了些。

姜谣揉了揉她的发梢，感叹道："真像我的 SD 娃娃。"

这时候，大批的同学拥了进来，偌大的报告厅很快坐满了人。

季渃丞直到上课前一分钟才拿着书走进来。

他穿了一件白色的衬衫，下面是一条黑色的紧身长裤，腰间系着 Givenchy 的腰带。

走上讲台时，衬衫紧贴着他的背，隐约能看到结实有力的脊骨的形状。

他低头看了看书，像是有些热，随意地单手解开领口的一颗扣子。

姜谣盯着他的动作狠狠地咽了一口口水。

有个穿着连衣裙的女生兴奋地跑上讲台，站在季渃丞身边，紧张地绞着手："老师，我叫莫悠悠，我哥哥是莫夜，是您大学同学。"

季渃丞早已经拿到了国外的博士学位，大学似乎已经过去好久了。

他皱了皱眉，有些冷淡地看着她："嗯，你有什么事吗？"

莫悠悠甜甜地笑着："我哥总说，您要是去搞研究，他们就没戏了。我以前就一直崇拜您，您能跟我合个影吗？"

少女一脸仰慕的神情，季渃丞还没表态，前排的桌子被人猛地拍了一下，整个报告厅都听得到。

"喂！你不上课我们还要上课呢。"

姜谣冷着脸，桃花眼微挑，眼中带着浓浓的警告意味。

童淼再次感叹了一下姜谣从痴迷到冷冽的一秒变脸，也毫不怀疑那个女生要是不下去，姜谣就要去打人了。

季渃丞歪过头淡淡地扫了她一眼，将莫悠悠晾在一边，冲着讲台上的话筒道："今天来听课的人很多，但是参加竞赛的只有两支队伍，八个名额。觉得自己水平不够的人可以回去了，别浪费学校的资源。"

他指的是莫悠悠和姜谣。

他心里很清楚，她们是来干什么的。

莫悠悠抿了抿唇，有些尴尬，她有些不舍地看了季渃丞一眼，默默地拿着手机下去了。

报告厅里鸦雀无声，但是没有人离开。

季渃丞勾唇轻轻地笑了一下，点了点头："既然决定要参加竞赛，高中物理肯定都预习过了，我出一道题，做不上来的恕我直言，没有必要留在这里了。"

底下一片唏嘘，就连童淼也有些紧张，果然像姜谣说的那样，季老师都不给人留情面的。

姜谣嘟了嘟嘴，她也知道季渃丞是什么意思，她还看到了季渃丞暗示的目光。

但那又怎样？她要是知难而退，早在八百年前就不缠着季渃丞了。

季渃丞转身飞快地在黑板上写了一道题。

即便速度很快，他的板书也不潦草，为了让学生看清楚，也刻意没有勾连。

大家都默默地拿出草稿纸，争分夺秒地演算着。

“只有五分钟时间，不会做的，现在就可以出去了。”

季渃丞靠在讲台旁，双手抱着胸，低头扫了一眼姜谣的草稿纸。

姜谣支着下巴，晃着笔，樱红的唇微微翘着，眉头紧皱。

“喵喵？”她轻轻地碰了碰童淼的胳膊，小声叫道。

“嗯，先用给的质量算力矩，公式你知道吧？”

童淼虽然问了，但已经扯了一张便利贴，把所有需要的公式给姜谣抄了一份。

“然后用第二个公式算安培力，注意受力分析。”

“磁通量是第三个公式，电动势是第四个，然后……”

姜谣到底也算聪明，虽然这些公式她都没接触过，但是依样画葫芦也写了个大概。

教室里已经陆陆续续地有人离开了。

季渃丞垂眼看着姜谣满满登登的演算纸，有些哭笑不得，这算是抄的还是自己做的？

大概是身边有个好“外挂”吧？

夜风有点儿清爽，带着淡淡花香，吹在人的皮肤上。

校园里的夜灯散发着橘黄色的光晕，有细小的蚊虫绕着灯飞舞，月亮挂在浓稠深沉的夜色里，弯得像睫毛。

“好安静啊。”姜谣深深地吸了一口花香。

“是啊。”童淼紧了紧书包带，看着尚有几处光亮的教学楼。

很久没有这么从容自在地欣赏周边的风景了。

还记得当初选择学理科的时候，课代表把意愿书收上去，语文老师突然问道：“你们知道桃花开了吗？”

班里的同学齐齐地茫然抬头，见老师没有下文之后，又继续埋头奋笔疾书。

老师自言自语地感叹：“理科生啊！”

童淼也很久没有注意过桃花究竟什么时候盛开了，好像每次想起来的时候，花瓣早就被浓密的绿叶代替了，时间也不经意地流走了。

“谢谢你啊，喵喵。”姜谣冲她感激地笑笑。

童淼摇摇头：“没事啊，我也学到了很多，季老师不愧是普林斯顿的博士。”

两人慢慢悠悠地往校门口走，姜谣揽住童淼喋喋不休地夸着季渃丞。

她的语调轻快又好听，混合在风里，甜得像奶糖。

突然，不和谐的咒骂声传到两人耳中。

“司湛，你说话啊！”

“你看什么看？仗着眼睛大啊！”

“叫学长知不知道？”

……

黑夜太安静，男生嚣张的声音传出很远，童淼突然停住了脚步。

姜谣皱了皱眉头，歪过头向教学楼后漆黑的小树林望去，小树林里隐隐约约有手机的光亮。

“我好像听到司湛的名字了，是不是司湛啊？”她嘀咕道。

童淼突然抓住姜谣的手，急切地说道：“你去找保安，然后报警。”

她怎么把这件事忘了？怎么把最重要的事情给忘了！

就因为一句戏弄的“哥哥”，竟然没有告诉司叔叔这件事！

她的指尖慢慢变凉，刘海贴在额间，漆黑的杏眼微微眯了起来。

姜谣一瞬间反应过来了：“是陈凯啸和他那个‘绿茶婊’吧！”

她家和司家关系不错，她小时候经常跟司湛在一起混，革命友谊深厚，打架这种事，向来都是一致对外的。

想罢，她就要往里面冲。

童淼死死地拉住她，认真地摇了摇头：“我去拖延时间，你快去找人。”

姜谣有些犹豫，但冷静下来也明白了，这件事既然她都没听说，那司湛的哥们儿肯定也不知道，这又是个群殴局，司湛是被人堵了。

“喵喵，你去找人，我……”

“他们都认识你，你不行。”童淼的黑眼仁映着路灯的光，神情看起来有些焦灼。

姜谣咬了咬牙，重重地捏了一下童淼的手：“我马上回来！”说罢飞快地朝校门口跑去。

姜谣的手一抽走，童淼就感觉手心灌入一阵凉风，带走了些许汗意。

她轻轻地舔了舔嘴唇，攥紧拳头，朝闪烁的细微光亮跑去。

她知道司湛就在那里，那个据说混社会的应该也在，她也知道，司湛打架不要命。

心脏扑通扑通地跳着，快要从胸口蹦出来了。

以姜谣的速度和往返的距离来估算，她需要撑五六分钟，如果门卫不够，还要再叫人，大概还要再耗去三四分钟。

童淼深吸了一口气，睫毛轻轻地颤了颤。

她一边跑着，一边拿出手机给司叔叔发了一条短信。

如果真的闹起冲突来，学校那边，也要先发制人才能占到上风。

要想得足够周全才行，她或许不能帮着司湛什么，但是她要一点点儿地帮司湛斩断后顾之忧。

可惜，她也是很久以后才知道，司湛的后顾之忧，从很早开始，就只有一个了。

司湛环视了一圈围着他的一群高三生，轻轻地勾了勾嘴角，眼皮一掀，看向陈凯啸。

陈凯啸仗着人多势众，抬手把手里的玻璃瓶摔了，碎片崩了一地，有几片溅到了草地上。

他蹲在地上，磨了磨牙，语气阴冷道：“司湛你到底什么意思？郝梦溪为什么对你那么好！”

司湛狭长的眼睛微眯，慢慢扬起下巴，浑身透着一股冷冽的气息。

他一言不发地拉开拉链，将外套脱下来，认真地卷了卷，往地上一扔。

他里面穿着一件黑色的紧身短袖，衣料贴着结实的肌肉和绷紧的手臂，夜风一吹，带走了一些体温。

他漫不经心地勾勾手，语气嘲讽：“废话那么多！”

陈凯啸猛地站起身来，狠狠地瞪着司湛。

司湛不由得攥紧了拳头。

谁也没有再说话，冲突一触即发，陈凯啸也知道，司湛不是好惹的，他一方面很气，一方面又有些顾忌，迟迟不敢动手。

“抱歉，你们是要打架吗？”

一个软绵绵的声音插了进来，在一群浑小子当中，显得格外突兀。

陈凯啸停住了动作，朝周围看了看：“谁啊？”

司湛站在原地，手指一抖，深深地皱起了眉头。

“我是这周的值周生，你们打架，我是要记名字的。”

童淼一本正经地从书包里翻出小本子，挤开围着司淇的男生们，一双清亮的眸子盯着陈凯啸。

这帮人都有点儿蒙，值周生他们见过，但敢管他们的值周生，从来没见过。

还是个娇娇软软的小姑娘，披头一头蓬蓬松松的头发，像个娃娃似的。

陈凯啸顿了顿，对这个突发事件有些始料未及，他本能地辩驳道：“都放学了，你管得着吗？”

童淼认真地说道：“在学校里面都要管的，除非你们现在去外面打。”

陈凯啸像是听到了天方夜谭，睁大眼睛：“什么玩意儿？”

司湛咬着牙，紧紧地盯着童淼的侧脸，方才紧绷的脊背突然渗出细汗。

童淼也不看司湛，她抬起手一本正经地指了指不远处的围墙：“劳驾各位动动腿，从这儿翻出去再打。”

第7章

这要求说过分却也不过分，但怎么听都觉得怪。

一群嚣张狂妄的浑小子竟然安静地琢磨了半晌。但即便被童淼套进了这样选择的逻辑里，也不会迷惑太久。

陈凯啸如梦初醒，他什么时候遵守过规则？

于是立刻站起身，烦躁地指着童淼，吼道：“赶紧给我走，这儿没你的事儿！”

司湛下意识地挡在了童淼面前，动作做出来后，才稍稍僵了僵。

陈凯啸看着他们俩轻轻地皱了皱眉。

司湛立刻就着这个姿势转身，警告似的瞪着童淼，面色不善地呵斥道：“让你走你听没听见！”

童淼抬眼看向司湛。

黑暗里依稀能看清他的面部轮廓，紧绷的下颌线条泄露了主人内心的紧张，少年身上清新的薄荷香丝丝缕缕环绕在她周围。

他好高，离得这么近，她只能仰着脸看他。

他一半身子挡在她面前，她方才吓出的冷汗又被夜风吹散了。

赌一把吧，司湛，看天意吧。

童淼抿了抿唇，默默地向周围环视了一圈，纤长的睫毛在微弱的手机光下轻轻颤抖，最后她像看陌生人一样戒备地盯着司湛，朗声道：“我知道你，三班的司湛是吧？”

她拿着笔唰唰地在本子上记了几笔。

然后她躲开司湛，走到陈凯啸面前：“你是高三的，十班吧？”

十班是高三臭名远扬的差生班，学校把没什么背景又没成绩的学生凑到一个班，连老师都不怎么管。

这话可以说是明目张胆的嘲讽了。

陈凯啸心里的火又蹿了上来，但这次不是对着司湛了，而是对着这个突然闯进来找事儿的“值周生”。

“屁的十班，老子是一班的！”

童淼手里的笔一顿，嘴角轻轻地扬了扬，杏眼微抬，细碎的头发撩拨着她的睫毛。

“你大概……从没看过犯罪心理学吧？”

她的声音很轻，温温吞吞的，让陈凯啸立刻变了脸色。

周围其他的高三生气愤地叫道：“陈哥你傻啊！”

“她诓你呢，告诉她个屁啊！”

陈凯啸也窝火，他们这些人，通常是惹完事儿就跑，不会留下什么把柄，不然即便家里动用关系进行疏通，也是个麻烦。

但他真没想告诉“值周生”他所在的班级，就是话赶话，脱口而出了。

“你套我话！”

“所以你们出去打，我就不管了。”

童淼将笔攥得死死的，佯装镇定地直视陈凯啸。

在她的预估里，这帮人这么做的可能性是很小的，但能拖一时是一时。如果真的撞大运，他们决定换地方，那司湛就有很大机会脱险了。

可她偏偏忽略了，这里并不全是受规则潜移默化的学生，还有那个据说混社会的人。

“凯啸，跟她废什么话啊！这妹妹长得挺好看的，我带走玩玩。”

一个长得流里流气的瘦高个站了出来，晃晃荡荡地走过来。

司湛死死地盯着他，额上微微浮出青筋：“你再说一遍！”

“我说了又怎么的？干你屁事！”

那人说罢就上来扯童淼的胳膊，他力气很大，动作又猝不及防，童淼被粗鲁扯拽得踉跄了几步。

草地上有掩在黑暗里的大石块，她被绊了一下，重心不稳地朝前扑去：“啊！”

那人立刻松了手。

童淼重重地摔在地上，掌心被一个凸起的物体硌了一下，起初并不痛，像是被人狠狠地按住了一样。

“童淼！”司湛一把把她拽了起来，神色有些惊慌。

童淼靠在他的胸膛上，抬起手，一股热流从掌心缓缓地流到纤细的手腕上。

鲜红的血线刺痛了司湛的眼睛，细嫩白皙的手掌上还粘着肮脏的土粒。

童淼皱了皱眉，疼痛感越来越清晰剧烈，仿佛手指都迟钝了起来，鲜血源源不断地从伤处溢出去，没有停歇的意思。

碎玻璃果然厉害，只是压了一下而已。

“你大爷！”司湛眼底布满血丝，一把推开那人，焦急地望向童淼。

完了！

童淼心里一颤。

“他俩认识！今天都别走了！”

陈凯啸总算反应过来，恼羞成怒，张罗着让人围住他们。

司湛余光一冷，侧过身，猛地抓住他的小臂，将他和童淼隔开。

他清楚，现在形势对他不利，僵持到最后，他只有吃亏的份。

可还有童淼……

司湛多少有些顾忌，时刻防备着身后有人上来拉童淼，一群人僵持着。

“司湛！小心点儿！”

童淼一边喊着，一边站在司湛身侧，遮挡着司湛的致命位置。

她知道，剩下的这些学生，心底多少还是有原则的，她是女生，这些人多少会有所顾忌，只要她不走，这些人没法绕开她帮助陈凯啸。

鲜血顺着她的指尖往下滴，明明是温热的液体，她却觉得越发寒凉。

风很凉，夜很凉，连月光都凉。

她很怕，心脏怦怦乱跳，眼泪噙在眼眶里，要咬着牙才能忍住不落下来。

这异常漫长的十分钟，她不知道什么时候会结束，更不知道司湛有没有受伤。

寂静的黑夜里，他们就只有两个人，孤立无援。

直到后来再想起，这天夜里发生的事，依旧是她平淡的高中生活中最浓墨重彩的一笔。哪怕再害怕，她也没有留下司湛一个人，为此她觉得很欣慰，也很骄傲。

“那里！那里！”

“喵喵，我来了！”

“哎哎，都住手！”

不远处突然响起嘈杂的脚步声，保安们举着警棍朝树林里跑过来，姜谣一马当先，扑上来一把把童淼抓了过来。

“喵喵，你怎么样？”

她刚问出口，突然僵了僵，然后难以置信地抬起自己的手看了看。

手心里黏糊糊的一片，虽然在黑夜里看不清楚，但黏腻的手感，腥甜的气味，是血无疑了。

是童淼的血。

“你们这些王八蛋！”

姜谣急红了眼睛，拎着警棍就要冲上去，童淼立刻用没受伤的手拽住了她。

“姜谣，我好怕……”

她小小的身子在轻微地发抖，手冰凉冰凉的，像是从冰水里捞出来的一样，她紧紧地抓着姜谣，眼泪吧嗒吧嗒地往下流。

“好了，我带你去医院。”姜谣心疼地擦着童淼的眼泪。她就像瓷娃娃似的，看上去一碰就能碎，竟然还有人让她流了那么多血。

其余的学生都傻眼了，谁也不敢再动。

保安上前拉扯推阻，但是根本拉不住司湛和陈凯啸，两人怒目而视，随后扭打在一起。

司湛像一匹凶狠的狼，撕咬着对手。

“联系医院！找家长！”保安们齐齐上手，硬是将司湛给拽开了。

医院里到处是消毒水的味道，空调呼呼地吹着冷风，在进急诊室前，童淼看了一眼司湛的背影。

他的手不自觉地微微颤抖着，脊背挺直，执意不要护士扶着，在明晃晃的白色光晕下，越走越远。

直到司湛的身影消失，童淼还是朝着他的方向发愣。

这一路上他都紧紧地抓着她的手，直到医院才松开。

他的掌心干燥温热，甚至捏得她有点儿疼。

童淼能感觉出来他很紧张，前所未有地紧张。

她微微抬起那只受伤带有凝结的血痕的手。

“小姑娘，我现在要给你消毒，你忍着点儿。”急诊室护士夹起酒精棉，拉起她的那只胳膊。

“嗯。”童淼蓦然回神，默默地点点头。

这点儿疼没有什么可怕的，她悄悄地攥紧另外那只司湛抓过的手，莫名觉得有些安慰。

酒精棉擦到皮肤上，冰凉舒适，她的血流得多，所以一连用了好几块棉花。

最后擦到被划破的伤口上，童淼微微地皱了皱眉，手指情不自禁地缩了缩。

“小姑娘长得真白，以后可得注意一点儿，别留疤了。”护士看着她白皙纤细的手腕，不由得放柔了动作。

童淼轻声道：“我不是疤痕体质。”

“那也要注意，你的家长呢？”护士四处望了望，只看到了姜谣守在旁边。

“妈妈还在赶过来。”童淼老老实实地回答。

护士顿了顿，又问：“那你的爸爸呢？”

童淼的目光微微下垂，微卷的睫毛在眼底投下一小片影子，过了好长一段时间，她才轻声道：“我爸爸也是医生。”

“啊，这样啊！那我就放心了。”护士给她绑了纱布，然后匆匆地处理酒精棉去了。

姜谣皱了皱眉，摸了摸她的脸："喵喵……"

从没听她说过她爸爸的事情，但看这副表情，大概不是很愉快吧？

"姜谣，你可不可以帮我看看司湛干什么去了？"童淼仰起头来，脸上的落寞一瞬间消散了，就好像什么事都没发生过一般，弯着眼睛，嘴角带着恬淡的笑。

"好……啊。"姜谣依依不舍地出了门，其实司湛还在检查，根本看不到，童淼是想支开她，独自舔舐伤口吧？

好在童美君很快赶来了，她先是来急诊看了童淼，发现她并无大碍之后，才轻轻地舒一口气。

司启山在学校处理司湛的事情，童美君要兼顾两个孩子，只能先让司机把童淼送回家，自己陪着司湛等着检查结果出来。

她没有问童淼究竟是怎么回事，她看得出女儿受惊了，像只怯生生的小猫。

夜已经很深了，有蝈蝈在草丛里鸣叫，天边只有一弯静谧的月牙儿，一点儿也不清冷。

童淼趴在阳台上，怔怔地看向外面。

方才发生的事情好像做梦一样，直到现在她都心有余悸。

空荡荡的房间里面只有她一个人，司湛今晚大概不会回来了。

姜谣很快报来平安，说司湛没有大碍，但是陈凯啸受伤了，家长不依不饶，现在学校领导和老师都来了，在商量解决方案。

一会儿又安慰她说，以司启山的人脉，这点儿小事没问题的，让她别担心。

她今晚一点儿都不困，却也没有心思做任何事，对着面前的卷子发愣，半个小时过去了，她才恍然回神，自己连一篇阅读都没有做完。

卧室门突然被撞了一下，童淼吓了一跳。

继而，有个机械音在外面喊道："我要没电了，司湛快给我充电！"

是司湛的那个机器人吧？

她小心翼翼地拉开门，蹲下身，发现小哀的身上蓝光一闪一闪。

她轻轻地摸了摸小哀的脑袋："我不是司湛，但是要在哪里给你充电呢？"

小哀的脑袋上射出两道蓝光，正对着童淼的脸，晃得她一眯眼。

“小卷毛，小卷毛跟我走。”

说罢，它又转身往司湛的房间里面走。

童淼愣了愣。

小卷毛？

是司湛给它设置的吗？

她赶紧跟上小哀，第一次走进司湛的房间。

脚下一不小心，撞到了一个机器部件，她看不太懂，只得赶紧给司湛放回原位。

打开灯之后，她才发现，司湛的房间里陈设很简单，连个闹钟都没有，却摆满了机器人零件，还有成沓的资料。

她稍稍瞥了一眼，很大一部分是各种机器人大赛的比赛要求，还有很多她看不太懂的英文资料。

小哀自己站到了墙边，已经彻底关机休眠，蓝色的眼睛都黯淡了下去。

充电线在桌子上，童淼拿来给它插好，想要悄悄地退出司湛的房间。

“司湛的代码进度百分之百，陈冬的代码进度百分之五十。”

“记录，机器人组装完毕，离 VEX 中国区预选赛还有六个月。”

“记录，测试一次成功。”

“记录，速度、灵敏度、抗损能力不足。

“记录，小卷毛不喝凉水。”

“开机报告完毕。”

童淼难以置信地转过头，望着开机后自言自语的小哀。

司湛把她不喝凉水的事情录入到机器人里了？

竟然还是跟这么多重要的正事一起？

她的心微微地颤了一下，突然觉得指尖发麻，那股酥酥麻麻的感觉由指尖一路蔓延到了头顶。

站在原地静默了半晌，童淼终于小心地带上了房门。

房门合上的那一刻，她却像是突然松了一口气一样，仿佛把在房间里听到的一切都锁在了门后。

第二天早上，阳光晒得人发懒，值日生唰啦一下把窗帘拉上，打开了教室的灯。

眼前突然暗了一些，眼睛好一会儿才适应光线，童淼倦倦地趴在桌子上——一夜没睡，她今天一点儿精神都没有。

司湛还没有来，司叔叔那里也没有一点儿消息，所以只要一有人推门，她就会突然惊醒过来，看向门口，再失落地垂下头。

如此反复。

第一节下课，姜谣突然从外面进来了，童淼立刻抬起眼睛望着她，细碎的头发贴在耳侧，睫毛轻颤着，像一只懵懂的小兔子。

姜谣的神情有些严肃，她坐在童淼身边，犹犹豫豫道："喵喵，司湛他……可能要退学。"

"退学？"

童淼怔了怔，她从没想过这两个字会和司湛扯上关系。

她攥了攥没有受伤的那只手，手心汗津津的，好像还有司湛留下的温度。

姜谣点了点头，无奈道："学校打算严肃处理这件事，司叔叔不想管了，主要是司湛他妈从国外回来了。"

好像一夜之间发生了好多事情，多到童淼有些消化不了。

她轻轻地垂了垂眸，睫毛卷起好看的弧度，眼尾有些发红。

"那他呢，想走吗？"

她的声音很小，小得姜谣都几乎听不到，甚至不确定她是在问自己，还是在自言自语。

"由不得他吧？只要学校开除他，他妈就要把他带去英国了。"姜谣趴在桌子上，小心地打量着童淼的脸色。

她知道他们即将成为继兄妹，但她也明白，他们的关系远不只这些。

但他们几个人，谁都没有多想。

"也好。"童淼低下头，轻轻地捏着自己的发梢。

教室里有些凉，空调的冷风正对着第一排呼呼地吹着，童淼莫名想念那件外套。

如果现在还披在她身上，她或许不会那么快还给他了。

班主任带着语文课本进了教室，教室里响起嘈杂不齐的困倦的读书声，然后是窸窸窣窣的翻卷子的声音，再然后……她不记得了。

她的面前不断闪现司湛的那些机器人零件，它们一个个地在黑板上游走，令她无法认真听课。

——他已经做完了呢，才几天而已，就写好了初代代码。

——姜谣也说过，他的计算机水平很高，他很喜欢机器人。

——已经测试过了，只需要稍稍改进。

——所有资料都查阅了，他马上要参加比赛了。

——还有陈冬，如果他走了，陈冬大概也没法做下去了。

——他在这里还有没做完的事情呢，他会舍得走吗？

童淼安静地走神，漆黑水润的杏眼怔怔地望着黑板，或许她一向太乖了，所以班主任并没有注意到她的失常。

下课的音乐声响了，教室里嘈杂起来，打乱了童淼的思绪。

她垂眸看着演算纸上写着的一行潦草的字——VEX中国区预选赛。

她默默地将纸张撕下来，小心地捏在手里，团成一个球，塞进抽屉里。

伤口有点儿疼，又有些痒痒的。

“姜谣，我出去一下。”童淼站起身，从书包的夹层里取出自己的身份证。

姜谣迷迷糊糊地问道：“喵喵，你去哪儿啊？”

“主任办公室。”

再次来到这里，还是可以闻到那股熟悉的茶香。

木质的桌面光洁整齐，电脑屏幕还亮着，背景是盛华的教学楼。

孙主任轻轻地将杯子放在桌面上，往身后的椅子上一靠：“同学，有什么事吗？”

他对童淼印象深刻，他也知道，学校昨天出的那件事，童淼也是当事人之一。

之所以没有找她谈话，是因为司湛包揽了所有的责任，学校到底要给司家面子，就决定不再扩散处理。

童淼静静地看着孙主任圆润的脸，继而，默默地将自己的身份证推了过去：“孙主任，做个交易吧。”

孙主任愣了一下，皱着眉看了看童淼的身份证。上面的女孩子皮肤白皙，露出圆润光洁的额头，一双杏眼微微地弯着，笑得很开心。

“什么意思？”

“我愿意代表学校参加竞赛了。”她轻声说道。

童淼的目光越过孙主任，望向窗外。

多巧，还是那棵香樟树，还是那片小树林。

来的第一天，童美君拉着她的手，告诉她可以在盛华享受高中生活，彻底告别竞赛的紧迫感。

她不必做到最好，不必成为学校和老师眼中的锋利武器，她甚至不必透露自己的履历。

安安静静地，做个普通的学生就行。

“希望学校不要让司湛退学。”

她紧紧攥着的拳头缓缓地松开了，就像完成了什么大事，已经身心俱疲，连一丝力气都没有了。

窗外的阳光很耀眼，树叶反射着炫目的光晕，又被微风吹得扑啦啦响。

空气很安静，能听到轻微的呼吸声，半晌之后，孙主任收起了她的身份证，淡淡地说道：“学校会考虑的。”

司湛靠在沙发椅上，手里端着一杯咖啡，透明的落地窗外投射进夕阳的余光，是温暖的橙红色。

梁茵按了按手中的按钮，窗帘缓缓降下，阻断了笼罩在司湛脸上的红晕。

司湛别过头去。

“等学校的通知下来，你就跟我去办签证。”梁茵静静地看着司湛。

快一年没见了，司湛的侧脸长得很像她，只不过现在棱角更分明了一些。

“我不去。”他放下咖啡杯，靠在沙发椅上闭目养神。

“英国王子上过的贵族学校，和盛华绝对不是一个档次。”梁茵将学校的资料甩在司湛面前，上面有清晰整洁的英文字体，也有校园的风景照。

“哦。”司湛敷衍地答了一声，拿出手机，漫无目的地摆弄着。

封面屏保是一张楼梯的照片，他侧着身子，手插着兜，背对着镜头，酷酷地将腿伸出来，拦住整个通道，颀长的影子投在下面的平台，足够罩住一个人。

“国内有句话说得不假，有后妈就有后爹，你爸现在所有的心思恐怕都用来讨好便宜闺女了吧？”

梁茵冷笑一声，精致的妆容下看不出喜怒。

司湛皱了皱眉，反驳道：“她不是。”

“从占你的房子，到占你的地位，最后占你的遗产，宝贝，你太天真了。”梁茵有些怜悯地看了司湛一眼。

她的儿子本非如此天真和忍让，也不知道司启山给他灌了什么迷魂药。

司湛嗤笑一声，低声道：“她想要，都给她好了。”

什么都给她，从她出现在小树林的那一刻，命都能给她。

“阿湛……”

梁茵还想说些什么，却被司湛的手机铃声打断了。

司湛看了一眼手机，是一个陌生的号码。他犹豫了半晌，觉得哪怕是个推销号码，也好过继续和他妈讨论这个。

接起电话之后，司湛深深地皱起了眉。

“怎么了？”梁茵有些担心。

司湛的气场突然冷冽了起来，他骤然站起身，一把捞起车钥匙，神色严肃道：“英国王子不用等着我入学了，学校收回处罚了。”

他说罢，便大跨步地朝门外走去，留下梁茵一个人在原地发愣。

既然收回处罚了，怎么还一副有些生气的样子？

梁茵回来后，听说司启山给儿子买了一辆车，她不甘示弱，立刻到4S店提了一辆更好的，连车牌都没上，就被司湛给开走了。

她隔着落地窗看着司湛离开的背影，若有所思地皱了皱眉。

三班的教室门被人骤然踢开，正在上晚自习的同学们吓了一跳，惊讶地抬眼向司湛看去。

徐茂田看到司湛，眼神躲闪了一下，默默地低下了头。

司湛要被开除的流言已经传出来了，他当初上传那张照片的时候，真的不知道会是这种后果，不然……

童淼不在，座位上空空的。

司湛顿了一两秒，毫不留恋地转身离开了教室，留下一群莫名其妙的同学。

“司湛怎么回来了？”

“他又没拿书，是不是不走了？”

“谁知道呢？他来去匆匆，是找什么呢？”

陈露楠还没来得及紧张，司湛的身影就消失在了门口，她叹了一口气。

天色有些黑了，天空没有月亮，浓密地铺着一层云，路灯依次亮了起来。

司湛回了家，家里空荡荡的，还是没有人，小哀在墙边充电，蓝眼睛静静地照着他的书桌。

桌上堆着成沓的资料，还有无数淘汰的小零件。

一切依旧，但他知道她进来过了。

晚上九点，童淼和姜谣相伴回到滨河小区。小区里浓密的绿化带散发着一股清新的草木气息，隐匿在黑暗里的动物发出窸窸窣窣的声响。

她紧了紧书包带，绕开蹦到脚前的小青蛙，顺着鹅卵石路往前走。

“喵喵，你没事吧？”姜谣担心地看着她。

童淼原本是被她拉去听季湉丞的课的，只是置身事外地给她打打辅助，今天她却听得异常认真，笔记也记得格外详细，甚至还在新鲜的思路上做了标记。

“不是说好不参加竞赛的吗？”

姜谣忍了一天，总算问出了口。

“没事，只是想做足准备，确保万无一失。”童淼轻声道。

她既然答应了学校，就要把第一拿下来，必须拿下来。

心里没来由地有些不舒服，肋骨处传来轻微的刺痛，童淼皱了皱眉，赶紧扫除脑子里的想法，深深地吸了一口气。

“怎么……突然决定要参加竞赛了？”姜谣替她捋好被吹乱的头发。

灯光下，她的脸色有些苍白，嘴唇抿得很紧。

童淼微微地垂下眼睛，缓缓道：“能参加竞赛，也没有什么不好，这是上天给我的礼物。”

正说着，她的胳膊突然被一只温热的手拽了过去。

童淼微微一踉跄，吓了一跳。

“借用一下。”司湛声音低沉地对姜谣道，然后拉着童淼向小区的凉亭走去。

他的手攥得很紧，力气也很大，童淼挣不开，不得不跟他走。

她有些羞愤，软糯糯地叫道：“司湛，你干什么啊！”

司湛不说话，神色冷冽，皱着眉，直至把她堵在凉亭的圆柱子处。

童淼微微地喘着气，默不作声。

“去哪儿了？这么晚还不回来？”他在这里等了很久很久，蹲得腿都要麻了。

“去听季老师的辅导课。”童淼老实地回答，她能察觉出司湛的情绪不好，但同时，她又觉得有些惊喜——司湛回来了。

“谁让你去参加竞赛的？”司湛的语气里带着怒意，声音压得很低。

童淼僵了一下，躲开司湛的眼神。

他就像蛮横的强盗，也不给她喘息的机会，目光灼灼地注视着她。

“司湛，你抓疼我了。”她软绵绵道，手臂微微缩了缩。

司湛这才低头看了一眼。她的皮肤真嫩，稍稍一抓就会发红。

但他没有动，保持着这个姿势，连一寸都没有退让。

童淼默默地揉了揉手，睫毛轻轻颤抖，脸开始发红。

她小心翼翼地推搡着司湛的胸膛，有些尴尬地问：“你能不能先让开一点点儿？”

“不能。”司湛的胸膛起伏着，嗓音有些沙哑。

“那你要怎么办呢？”童淼蹙着眉，凝视着司湛的眼睛。

借着些微的灯光，她眼中泛着水润的光泽，漆黑的眼仁里全是司湛的影子。

“你明知道……为什么还要参加？”司湛心底隐隐有些刺痛，他没见过童淼发病的样子，却能感受到童美君的小心。

他知道童淼是为了什么，电话里面，孙主任已经告诉他了，除了例行公事的场面话，言语中的意思，就是要求童淼拿出成绩来。

童淼杏眼微垂，喃喃道：“我有这个能力，为什么不能参加？”

司湛深深地望了她一眼，突然松开了禁锢她的手臂，淡淡地说道：“我申请退学。”

他慢慢向后退去，手插在运动服兜里。

路灯离得远，凉亭里很暗，童淼看不清他的神情，但他的语气太过认真，她焦急地冲着他的身影喊："那你的机器人比赛怎么办！"

夜深人静，她的声音显得很大，凉亭里传来轻微的回音，像是鼓槌在敲打着人的心脏。

司湛停住了，站在原地望着童淼。他深深地吸了一口气，语气中带着一股无奈的狠劲儿："小卷毛，你再这样……"

他没有继续说，但喉结轻轻地滚动着。

童淼的掌心贴着圆柱子的漆面，怯生生道："我怎么样了？"

细嫩绵软的声音听起来颇有些委屈，像撩拨人心的小羽毛。

司湛突然大步走到她前面，抬手捏起她的下巴，脸凑近了几分。

童淼的嘴唇小巧红润，微微抿着，湿漉漉的，像可口的软糖，让人忍不住想要触碰。

他的手指捏在她软绵绵的脸蛋上，让她没有逃脱的可能。

童淼吃惊地睁大了眼睛，清澈的眸子里面满是难以置信的神情。

她的指甲死死地抠住柱子，脑子里像是爆炸一般，把她的思维炸得七零八落，无法思考。

他这是……要做些什么吗？

他停下了，却仍然没有放开她。

童淼望着司湛的眼睛，嘴里含糊不清地叫着他的名字："司湛？"

司湛的眼底暗了暗，手指缓慢地松开童淼的下巴。

童淼就像受惊的小兔子一样，立刻逃出了他的势力范围，小心翼翼地看着他。

一声沉闷的雷鸣之后，雨淅淅沥沥地下了下来。

雨滴带着一股温暖潮湿的气味，斜斜地打在凉亭的顶上，飘在她蓬松的发丝上。

雨声打破了平静，路灯灯光恍惚，远处时不时传来急促的脚步声。

司湛的眼神闪烁了一瞬，淡淡地说道："你别多想。"

两人回到家中，童淼关上房门，打开台灯，靠在自己的小床上，窗外传来唰唰啦啦流水的声音，脑海中全是刚刚那挥之不去的画面。

她拿出日历，在九月三十号那一天勾画上标记，那是……竞赛的日子。

圆圆的圈套住了三十这个数字，在它前面不远处，有同样被套住的数字——十六。

兜兜转转，她好像一直在重复着一样的事情，但她心里无比清楚，这次和往常不一样。

司湛站在淋浴间里，任冰凉的水流冲刷着他的头顶，头发湿漉漉地贴在额间，绕过睫毛往下流。

童淼的样子在他眼前挥之不去，他仰起头来，凉水打在他的脸上，让他多少清醒了些。

为什么什么都没做？那么好的机会。

他轻轻地嘟囔了一声，拿起毛巾胡乱地擦着身子，也不管那些淤青的痕迹。

第8章

首都又有一套新的广播体操传过来，学校组织各个班级在课间操时间学习。

按班主任的话说，首都那些人觉得白拿钱不踏实，便绞尽脑汁编了套大同小异的操。

大家都懒懒散散地学着，班主任睁一只眼闭一只眼，只有德育处主任在慷慨激昂地喊着口号。

徐茂田以对紫外线过敏为理由，留在教室里自习了，趁着教室里没什么人，他犹犹豫豫地把一盒好时巧克力放在童淼的抽屉里，盒子上用签字笔写了个“sorry”。

然后他快速地跑回了自己的座位，埋头做着英语阅读题。

童淼的伤口渐渐愈合，这几天越发地痒，她情愿在室外多运动运动。

姜谣站在她身边，特别敷衍地蹦了蹦，连胳膊都没抬起来。

“喵喵，你这么认真干吗？”她的马尾辫一跳一跳的，脸歪过来，阳光打上去，光线一直蔓延到睫毛尖。

“我运动能力不好，要多练练。”童淼认认真真地回答道。

姜谣偷偷地往后看了看，司湛坐在篮球上，双臂搭在膝盖上，眼神向前望着，脸上没什么表情。

姜谣戳了戳童淼，小声道：“哎，喵喵你故意摔一下。”

童淼不明所以地看着她：“故意摔？”

姜谣狡黠地笑了笑：“就是故意踉跄一下那种，快点嘛！”

童淼无奈地点了点头，不知道姜谣又想玩什么把戏。

她做下一个动作的时候，小小地往前扑了一下，姜谣一把拉住她，惊讶地叫了一声：“啊！”

司湛立刻站了起来，皱眉望着童淼的方向。

姜谣捂着肚子哈哈大笑，冲着队伍后面喊：“哎，司湛，你站起来干吗呀！”

童淼霎时间脸红了，连动作都僵硬了起来。

司湛眯了眯眼：“姜谣，你很闲吗？”

姜谣吐着舌头冲司湛做了个鬼脸。

童淼终于感受到了两股灼热的视线，牢牢地盯着她的后背，让她有些手足无措。

自从那次之后，她便有意无意地避开司湛，两人明明住在同一所房子里，有时候却一夜都没有见面，只有小哀时不时地来撞她的门。

但是她也知道，逃避并不能解决问题。

“姜谣，你别闹了。”童淼尴尬地低下了头，刘海垂到眼前，手心汗津津的。

“这有什么？你看我的。”姜谣扬了扬下巴，眼睛朝一个方向看去。

教学楼的楼梯上，季渃丞单手握着一本书，正在往下走。

他这一路下来，吸引了少不了人的目光，姜谣觉得，他比太阳都耀眼。

“你要干什么？”童淼没拉住她，姜谣已经朝着季渃丞跑了过去。

操场的边缘是塑胶跑道，但外围有一圈练习跳远的沙地，沙粒被日光晒得发烫，练习跳远的特长生都已经离开了。

季渃丞刚想往前走，姜谣被沙地边上的石阶绊了一下，硬生生地扑倒在了沙子里。

她穿着白色的长筒袜，膝盖蹭在沙地里，立刻蹭出了几道血痕。

她疼得皱了皱眉。

童淼一直在背后望着她，见她真的狠狠地扑在沙地里，吓了一跳，抬脚就要往前跑。

手臂突然被人抓住了，她一回头，司湛将她整个人都笼罩在阴影里。

“你过去干吗？”他拉着她的手臂不让她走。

童淼又觉得脸颊有些热，她小小地挣扎道：“你放开我，姜谣摔跤了。”

司湛低声道：“她是故意的。”

童淼抿了抿唇，抬头望着司湛的脸：“可是她真的摔倒了。”

司湛眯了眯眼睛，道：“你以为季诺丞是我，看你摔得那么假都着急？”

童淼微微地睁大了眼睛，然后不自然地别过脸。

他说得……也太露骨了。

她悄悄地攥紧了拳头，小声道：“我不去了，你先放开我。”

司湛并不松手，反问道：“你的伤怎么样了？”

童淼低下头，风吹得她的头发胡乱飞舞着：“好多了，你呢？”

司湛盯着她的脸，嗓音有些沙哑：“没好，特别疼。”

童淼鼓了鼓嘴：“哦。”

“哦是什么意思，嗯？”司湛伸手抬起她的下巴，强迫她看自己。

童淼摇头甩开他的手指，有些羞愤地叫道：“哎呀，你别碰我！”

“司湛！回你的位置去！”班主任推了推眼镜，站在队伍前头冲司湛咆哮。

司湛顿了顿，警告她：“不许再躲着我。”

童淼不回答。

“你答应，我就走。”他丝毫不让步。

“……嗯。”她应得不情不愿。

司湛松开她的手，手插着兜，心满意足地回了后排。

童淼长长地呼了一口气，但是心思怎么都不在课间操上了。

她抬头向前看着，季诺丞已经扶着姜谣朝医务室的方向走去了，姜谣几乎整个人都靠在了季诺丞的身上，走路一瘸一拐的。

课间操之后有十五分钟的休息时间，下节课正巧又是物理课。

姜谣的膝盖搽了碘酒，和季诺丞一前一后地进了教室。

她冲童淼眨了眨眼，眼尾微微上挑，满是得意的神色。

童淼担心地皱了皱眉："你怎么真摔了？"

姜谣扶着桌子坐下来，童淼看向她的膝盖，依稀能看出被沙粒蹭破的血痕，看着就很疼。

"当然要真摔，季渃丞可不是司湛。"姜谣漫不经心道。

童淼怔了怔，姜谣竟然说了跟司湛差不多的话。

季老师和司湛哪里不同，她不愿意多想，于是慢慢地缩回了自己的桌子上。

谁道姜谣那句话还没有说完，她目光炙热地盯着季渃丞的脸，轻声道："喵喵，所有看似浪漫的偶遇，都靠一方锲而不舍的努力。"

不知道她的声音是不是大了些，季渃丞突然朝她望了望，眼神深邃。

高中生活两点一线，日复一日，一转眼就到了九月末，天气也没有那么热了。

全班沉浸在十一放假的躁动之中，运动会报名有条不紊地进行，但童淼无缘参加运动会了。

那天天气有些阴，趁着国旗下讲话的时间，孙主任慷慨激昂地宣布了全市高中学科竞赛的消息。

"我们优中拔优，选出了两支队伍八位同学代表学校参加比赛……"

由于竞赛的成绩对高三自主招生尤为重要，所以大部分的参赛选手是从高三的奥赛班选拔出来的，但为了确保万无一失，也会从高一、高二年级中挑选几个明显优于同龄人的选手。

童淼是其中之一。

"童淼同学曾获得全国中学生生物学联赛第一名、国家级物理竞赛第一名、奥林匹克数学竞赛……"

童淼静静地听着，脸上没有什么表情。

班级里不时传来阵阵惊呼，谁都不知道，这个突然半路转来的同学，竟然有这么厉害的学习背景。

"……高一结束就已经获得清华的预录取通知书，所以这次比赛，我们盛华势在必得！"

孙主任讲完话，脸上洋溢着得意的笑容，台下响起一阵阵的掌声。

童淼的眼神颤了颤，指甲死死掐着掌心。

她很想蹲下身缩起来，很想咬着什么东西宣泄自己的情绪，此刻却什么都不能做。

孙主任当着全校同学说的话，给了她莫大的压力。

她努力照着老专家所说的那样，调节自己的心态，但冷汗依旧不断地往下流。

姜谣看了看她苍白的脸，紧张地推了推她："喵喵？"

童淼就像刚被从水里捞上来一样，湿漉漉的头发贴着耳侧，牙齿在嘴唇上咬出深深的痕迹。

突然，一双温暖宽大的手捂住了她的耳朵。

她蓦然回头。

司湛把她的耳朵捂得死死的，孙主任的声音一下子变得微弱起来，连带着周围的掌声都消弱了下去。

童淼怔怔地看着司湛，他脸色不是很好，眼神冰冷地望着台上的孙主任。

童淼的思绪却被成功地拉了回来。

她暂时忘记了竞赛，忘记了被当众评价的紧张，汗液被风一吹，风干了，微微有些凉。

她仰起头，看着司湛的下巴。

那一瞬间，全世界都是他。

他的气息，他的味道，他的温度。

她眼中闪烁着水光，茫然无措的眼神让人心疼，她第一次没有推开他。

天上打了一声闷雷，很快，淅淅沥沥的雨落了下来。

学生们被雨淋得骚乱了起来，纷纷脱下校服外套遮雨，抱怨声也逐渐多了起来，孙主任的讲话终于被打断。

司湛沉稳地问："还怕吗？"

童淼的耳朵被他的手掌罩住，头在他的手掌心里轻轻地摇了摇。

他松开手，飞快地把自己的外套脱下来扔给童淼，低声道："你们披着吧。"

童淼抓住外套，还在看着司湛发怔。

好奇怪，明明是难受得无法忍耐的事情，却被他轻松地转移了注意力。

好像有了解药。

姜谣快速从童淼手中拿过外套，展开罩在了自己和童淼的头上，冲司湛喊了一句：“谢了啊。”

童淼猛然回神，软糯地说道：“谢谢……”

周雅茹默默地转头望着童淼，狠狠地咬了咬牙。

她已经很努力地争取了，甚至还拜托妈妈找了孙主任，但是学校说，名额已经满了，让她等到高三再参加。

如果不是童淼，她有信心超过其他的竞争对手。

童淼明明说过不参加的。

如果早知道名额被占了，她何苦分出一半的精力准备竞赛？

她眼底噙着泪，手攥得紧紧的，继而收回眼神，冷笑着看了看天，雨水滴在眼睛里，涩涩地疼。

陈露楠则望向司湛，有些失落地戳了戳身边的葛晨晨：“哎，不是说司湛讨厌童淼吗？”

葛晨晨撇了撇嘴：“谁知道呢！”她还在为童淼的成绩感到震惊。

到底是什么样的人，才能把所有的学科都兼顾得这么好，而且学到这么顶级？

“童淼刚来时，他就让她难堪来着，还抢了周雅茹给童淼的水，陈冬也这么说……”

她不知道是在说服葛晨晨，还是在说服自己。

葛晨晨不太关心这个，漫不经心道：“可能因为姜谣吧，他们好像是发小来着。”

陈露楠竟然有些惊喜：“是吗？”

葛晨晨点点头：“不记得是听谁说的了。”

陈露楠顿了顿，问：“姜谣喜欢季老师吧？”

“对啊。”

“啧啧，可真厉害。”

……

上课的音乐声终于响起，在操场上淋雨的学生们呼啦一下向楼道里拥去，广播里不断地警告着：“不许拥挤，不许冲撞！”

但谁也不想一身湿淋淋地待在开着空调的教室里上课，都尽可能快地往里跑。

童淼和姜谣也在跑，但她们只跑到屋檐下就停下来了，等着人少了再进去。

童淼看着在操场上慢悠悠走着的司湛。

他把外套给了她，只穿着一件CK的短袖，胳膊上全是水痕，衣服被打湿了，贴在紧致的肌肉上，竟然有种特别的美感。

他的头发很黑，有些潮湿，垂在额前，雨扑簌簌地落在他身上，他毫不在意地插着兜。

像一幅风景画。

童淼心虚地收回目光，拉拉姜谣的手：“走吧。”

很多年之后，她都记得这个画面，记得清朗俊秀的少年在雨里行走的模样。

没有人比他更特别，没有人能取代他。

周雅茹轻轻地敲了敲孙主任的门，得到允许后，推门走了进去。

“孙主任，我有件事想跟你说。”

孙主任抬头笑了笑，他对所有学习好的学生都有好感，他们都是盛华的招牌。

“雅茹啊，怎么了？”

周雅茹紧张地舔了舔嘴唇，攥紧了拳头：“孙主任，我想参加学科竞赛。”

孙主任愣了愣，有些尴尬地沉默了半晌，语重心长道：“雅茹啊，高二一共就两个名额，一班的何晓白上次排名在你前面。”

周雅茹的眼神颤了颤：“那童淼呢？她不是已经得到了清华的预录取通知书吗？”

孙主任轻咳了一声，靠着身后的椅子：“雅茹啊，实不相瞒，学校这次就指着童淼拿成绩呢。”

周雅茹心里一沉：“主任，我也可以的，我保证给学校拿回个第一来。”

孙主任叹了一口气，还是摇摇头：“童淼原来在市一中就是一张王牌，一直让我头痛，现在她转过来了，我没有理由不用啊。”

周雅茹还想说什么，孙主任打断了她的话：“主要是这次比赛涉及我校能否争取到‘领军计划’的名额，我不希望有任何闪失。你也是非常优秀的孩子，高三上学期还有机会，不用着急。”

周雅茹的声音里带着哭腔，眼里蓄满了泪：“主任，我必须考清华、北大，我不能放弃任何一次机会！”

孙主任为难地皱了皱眉：“放松一点儿啊，我觉得你肯定能考上的。你不是有了那个……体育加分吗？”

周雅茹低下头，轻声地答道：“被人匿名举报，撤掉了。”

孙主任尴尬地“啊”了一声。

阑市的体育加分一向被认为是最容易拿到的特权，因为名额很多，并且管得不严，所以很多有野心的家长会在孩子读高一的时候就办好这件事。

学校自然是睁一只眼闭一只眼。

但这种事情，真的最怕举报，有没有竞技能力，一目了然。

看来周雅茹是因为这件事，更急切了些。

“其实你没有加分也没问题吧……”

周雅茹眼底有些哀伤：“主任，我心理素质不好，大考不行的。”

这就无解了。

孙主任不可能把童淼的名额让给她，替换掉何晓白也不是那回事。

周雅茹一回教室就趴在桌子上哭了起来，童淼看了她一眼。

上次周雅茹给她送了水，她对周雅茹颇有好感。

不知道周雅茹为什么哭，似乎很伤心。

下课之后，她默默地去了小超市，给周雅茹买了一瓶冰镇的气泡水。

她轻轻地走到周雅茹桌前，低头看了看，周雅茹的桌子上用小刀刻着字——清华，北大，刻痕深深的，像是用了很大的力气。

她把水放在周雅茹手边，轻声道：“你别哭了。”

她不太懂怎么安慰人，也不知道究竟发生了什么事，只能笨拙地说一句好像没有什么用的话。

周雅茹突然抬起头来，红着眼睛看着她，胳膊用力地将水往地上一扫："谁要你的水！"

玻璃瓶砸在地上，顿时碎成了几片，里面的水流出来，咕嘟咕嘟地冒着泡泡。

童淼怔了怔，微微地张了张嘴巴，没有说话。星点的水珠溅到她的小腿上，冰冰凉凉的。

周雅茹突然站起身，推开童淼，跑出了教室。

童淼轻微踉跄了一下，手足无措地站在原地。

高小娆从手机游戏里抬起头来，不耐烦地叹了一口气："一天到晚就知道哭，跟她做同桌倒霉死了！"

童淼轻轻地向后缩了缩，想要蹲下来把碎玻璃捡起来，手指刚碰到玻璃片，身后出现一片阴影。

"你再碰一下试试。"

声音有点儿凶，从她头顶传来，莫名吓人。

童淼顿了顿，慢慢地把手缩了回来，回头小声嘀咕道："我就是看看，没想碰。"

司湛换了一件新衬衫，从小超市里刚买的不知名的牌子，白花花的，连个图案都没有。

他穿着有点儿大，显得身材瘦削了一些，却莫名好看。

童淼拍了拍手站起身来，想要去门后拿扫帚。

高小娆冲着她的背影喊："周雅茹就是怨你比她强，能去参加那个竞赛，你还帮她什么劲儿啊！"

童淼停住了脚步。

如果是这样，那真的没办法了。

无论她多么想把名额让给周雅茹，学校都不会同意的。

没想到一个小小的帖子，竟然慢慢地将好多人的轨迹都改变了。

"毕竟是我买的水，以后不送就好了。"童淼背对着高小娆，淡淡地说道。

高小娆啧啧道："童淼，你有没有一点儿身为高冷学神的自觉啊？"

自从孙主任当众广播了童淼的成绩，班里的同学开始默契地称她为"大神”，连徐茂田面对她态度都好了很多。

还没等她回话，突然有一个值周生在门口敲了敲门：“你们班童淼在吗？主任找。”

童淼看了看在地上的碎玻璃，有些踌躇。

司湛靠着桌子，头发还略微有些潮湿，他看着地上的水痕突然道：“你去吧，我帮你收拾。”

童淼略狐疑地望了司湛一眼，他能这么好心？

但她又不敢让主任多等，只好感激地说道：“那谢谢了。”

司湛一把抓住她：“你倒不客气。有没有什么好处啊？我还因为你淋了雨呢。”

说得也有道理，童淼无奈道：“你要什么好处？”

司湛想了想，突然勾起唇轻轻地笑了一下：“再说。”

笑得童淼心里有些毛毛的，她深深地看了司湛一眼，不自觉地嘟了嘟嘴，犹犹豫豫地出了教室。

司湛一直望着她，直到她的背影消失才踢了踢周雅茹的桌子，对高小娆道：“哎，让她回来自己清扫。”

高小娆眨了眨眼睛：“你不是说……”

周雅茹刚用纸巾擦着眼泪回来，身边还有她的闺密给她拿着抽纸，安慰地拍着她的肩。

司湛的表情突然冷了起来，眯了眯狭长的眼睛，歪过头冲她道：“学习不够好就往死里学，少跟别人叽歪，没人欠你的。”

周雅茹僵在了原地，脸色极其不好看。

她的闺密挺身而出，小声道：“司湛，你怎么这样呢？没看到雅茹都哭了吗？她可是女孩子。”

司湛根本没抬眼搭理她，单手一撑桌面，跳过两把椅子，落到了另一个过道，回到自己座位上，懒洋洋地往椅背上一靠。

陈冬拍拍他的肩，嬉皮笑脸道：“哥，你这样对美女也太无情了吧？怎么说也是同款好学生啊。”

司湛斜了他一眼。

陈冬赶紧举起手："成成成，除了咱妹妹，谁都算不上美女。"

陈露楠回过头来，小声问道："什么妹妹啊？"

陈冬嘿嘿一笑："秘密，不告诉你。"

主任找童淼过去是为了进行一个简单的模拟赛。

毕竟一个团队里的成员互相不认识，在赛场上不好配合。

童淼安静地站在角落里，听从孙主任的安排。

她所在的队伍，除了她之外，还有两个高三的、一个高二的，都是年级前几的佼佼者。

另一个队伍模拟的时候，有人拍了拍她的肩："你就是童淼吧？拿了那么多的奖，厉害！厉害！"

童淼谦虚地点了点头："学长好。"

"我叫陆铭，你别叫我学长啊，大学才这么论呢。"陆铭挠挠头，偷眼看了看童淼的脸蛋。

白嫩嫩的，微微带点儿婴儿肥，眼睛又圆又大，浮着一层水汽，足够可爱。

童淼淡淡地笑了笑，她不是很习惯跟陌生人打交道，尤其是异性，于是又把目光投向正在模拟的队伍。

季渃丞给他们出了几道拔高题，很遗憾，时间结束了也没有人算上来，最后综合评分八十八分。

季渃丞单手支着桌子，揉了揉眉心，淡淡地说道："已经很不错了。"

他这么说，孙主任却知道，这就是普通水平，最多跟另外几个重点高中不相上下。

很快，那一组下来了，换童淼这组上。

陆铭凑到童淼耳边轻声道："加油啊。"

温热的呼吸喷到她耳边，童淼皱了皱眉，莫名有些排斥。

她刻意坐得离陆铭远一点儿，中间隔着另一个高三的，何晓白坐在她另一边。

考验他们的是一组新题，许是被上一组挑起了好胜心，那三个人争着抢着报答案，谁也不让谁。

童淼不爱争，只要是说对了的，她就不答话，默默地把写在纸上的答案画掉。

常规题很快过去，最后又到了极其变态的加试题。

季渃丞在桌子上的一沓试题纸中随意地翻了翻，手指捏着一张纸：“接下来会给你们五秒钟，算出这道题的答案，可以用计算器。”

他的声音沉稳好听，手指慢慢地将那张纸抽了出来。

听说可以用计算器，几人不约而同地按亮了计算器屏幕，手指搭在按键上，严阵以待。

季渃丞把纸贴在黑板上，上面清晰醒目地写着题目——268336125 的立方根。

何晓白和陆铭等人骤然一愣，五秒已经过去了一半。

这么点儿时间，根本来不及按完所有的数字，怎么可能答出来？

他们低头手忙脚乱地按着，按错一位数就意味着已经彻底结束了。

五秒的提示音很快响了起来，所有人被制止再碰计算器。

“这是什么题啊！”

“我按错了，没用了。”

“没人答上来吧？”

“645。”

童淼的声音轻细柔软，慢吞吞的，看不出一点儿着急，语气却十分肯定。

她瞳孔深黑，盯着黑板上的数字，脸上也没有什么表情，一副人畜无害的模样。

季渃丞朝孙主任点了点头。

不仅仅是所有的学生，连孙主任都张大了嘴巴：“这怎么可能呢？”

他原本认为，比赛若抽到这种变态的加试题肯定也都是放弃，各个学校都在祈祷不要这么倒霉，没想到童淼竟然能答出来。

季渃丞颇有些赞赏地看着童淼：“她当年申请门萨会员的时候，特长就是闪电心算，所以这类加试对她来说，没有任问题。”

闪电心算是种可遇不可求的天赋了，并不是每个人都能通过训练掌握的。

孙主任像是得到了意外之喜，挺起腰板鼓了鼓掌：“童同学，深藏不露啊！你这个是怎么学会的？”

童淼抬起眸子，看了看孙主任狂喜的眼神，立刻又感受到了压力。

她轻轻地咬着嘴唇，低声道："我爸爸以前也会的，他教我。"

她太紧张，连语序都有些凌乱，说起"爸爸"这个字眼，还有些生涩迟疑。

毕竟，已经有很多年没有叫过了。

孙主任扭过头对季渃丞炫耀道："遗传天才！不比你当年差吧？"

季渃丞噙着淡淡的笑："比我强。"

孙主任兴奋不已，灵机一动道："哎，你调研结束直接带回清华当你的助手吧！"

季渃丞无奈道："人家不一定喜欢学物理呢。"

童淼听到季渃丞的话，不由得怔了怔。

难道季老师到盛华来只是为了做调研吗？

如果他走了，姜谣会很伤心吧？

季渃丞看到她担忧的目光，以为她担心教师变动的问题，于是解释道："我会在盛华待两年，待到你们毕业。"

童淼轻轻地舒了一口气。

还好，还好。

模拟赛结束之后，高三的学生看童淼的眼光也变了，如果原先只是羡慕她的竞赛成绩，现在就只能仰望了。

怪不得学校明确表示要靠童淼拿成绩了，他们的确比不过她。

陆铭有些窃喜，和童淼在一组，意味着奖状预定了，他有了这个加持，申请清北自主招生几乎毫无阻碍。

"淼淼，没想到你长得好看，实力也这么强。"他有意无意地和童淼并着肩，手臂时不时地擦到童淼的肩膀。

童淼皱了皱眉，往旁边躲开了一些，敷衍地"嗯"了一声。

陆铭看出她的疏离，也知道学习好的女孩子都有一点儿高傲。

他这种年级前几的学霸也不会轻易讨好别人的。

但是童淼不一样，她简直不是一般地优秀，无比适合做女朋友。

于是他压低声音问了一句："淼淼，你家里有座机吗？"

童淼往何晓白身边靠了靠："没有。"

“那有微信吧？加个好友？”

“也没有。”

她的声音清清冷冷，只想快点儿离他远一点儿。

可刚说完这句话，衣兜里的手机响起来，不巧，还正是微信提示音。

陆铭一愣，有些尴尬。

童淼脸上却没有什么尴尬的神色，她顿了顿，还是从兜里面拿出手机。

屏幕亮起来，提示框里有一句话——怎么还不回来？

联系人的备注是“妈妈男朋友的儿子”。

童淼把手机揣起来，没有回。

陆铭的脸上多少有些挂不住，童淼拒绝得也太明显了，好像连场面上的客气话都不会讲。

大概是情商真低。

他悻悻地大跨步上了楼。

何晓白在童淼耳边嘀咕：“离他远点儿，出了名的花心，见到漂亮的女生都想勾搭。”

童淼感激地冲她笑了笑，杏眼微微地弯了弯：“谢谢。”

何晓白感叹道：“大神带我飞啊！”

“合作愉快。”

这个周末童美君要去沿海城市出差，童淼没有回市里，她早早起床，去浴室洗了个头。

头发湿漉漉地垂在单薄的肩膀上，她对着镜子轻轻地用毛巾擦拭着。

周日就要正式比赛了，今天是看考场的日子。

为了确保万无一失，她准备把路线走一遍，记录一下时间和容错率。

推门出去，就看见司湛顶着一头乱发坐在客厅的沙发上，微微阖着眼，显然还没睡醒。

童淼惊了一下，根本就不知道他是什么时候出来的。

她轻轻地垂了垂眸，舔了舔嘴唇，蹑手蹑脚地往卧室走。

拖鞋尖先着地，后跟虚虚地悬在空中，尽量不踩出声响。

因为站不太稳，她只能一手扶着墙保持平衡，没想到刚揉完头发的手还湿津津的，在白白的墙上留下一个小小的巴掌印。

“你干吗？”

司湛慵懒地睁开眼，嗓音有些低沉，语气痞痞的，成功地让童淼僵在了原地。

“回屋。”她小声答道。

“是回屋还是躲着我？”司湛抓了抓凌乱的头发，突然站起身朝童淼走过来。

他穿着宽松的睡裤，手插在兜里，脸上挂着戏谑的笑，客厅的窗户透过几缕晨光，正打在他的侧脸上。

他单手撑着墙，扣在童淼留下的小手印上，也不知道是不是故意的。

童淼的余光扫到他手指按住的地方，睫毛轻轻地颤了颤。

“你别闹了，让我过去。”她有些气急败坏地绕开他，想回自己屋里去。

司湛抓住她的胳膊，勾了勾唇：“你紧张什么？”

被水浸过的皮肤冰凉细腻，能感受到里面纤细的骨骼。

“哎呀，你怎么总抓我胳膊？”童淼抖了抖手，脸憋得有点儿红。

她不想承认自己紧张了，但偏偏，司湛就是有本事让她方寸大乱。

“那你想我抓你哪儿？”司湛微微低下头，眨了眨眼睛，揶揄地看着她。

童淼不争气地想歪了，她咬了咬牙，抬起脚踩上司湛的脚趾：“你在胡说什么呀！”

嘶。

有点儿疼，但又不是那么难受。

恰到好处。

连脸红和羞愤的样子都恰到好处。

“你有没有良心啊？我早早起来准备送你去考场，你就这么对我？”司湛松开她的手，皱着眉蹲下身，好像很疼的样子。

明知道他是装的，但童淼依旧无可奈何。

“不用你送我去，我坐公交车去。”她向后退了退，和他保持距离。

司湛抬起头，额前的碎发搭在眼睛上，脖颈上的喉结动了动：“你知道阑市师范有多大吗？你知道下车后还要走多久吗？”

童淼被问住了。

她不太会认路，地图也看不太懂，如果真的离得很远，还真有可能找不到。

“找不到路，耽误了比赛，你就完了。”司湛恶劣地警告道。

被司湛一哄一吓，她最终还是同意了，换了一身雪纺的裙子，安静地等司湛洗漱。

太阳慢慢升了起来，橙黄色的，像溏心蛋。

她定了定神，取过杯子来，含了一口水，将两片白色的小药片吞了下去。

这是老专家从国外带来的药，说如果她万不得已要承受那种痛苦，就吃几粒，能稍稍缓解。

但是不能多吃，对神经有损伤。

这次吃两片，十一假期的时候，希望不要让妈妈看出端倪。

浴室门一响，童淼快速地将药瓶收了起来。

司湛换了一件深绿色的运动衫，下面是一条黑色的运动裤，双腿笔直修长。

他朝着童淼晃了晃车钥匙：“走吧。”

童淼万万没想到，司湛竟然要用自行车送她。

她打量着看起来就很昂贵的山地车，迟疑地问道：“你什么时候买了自行车？”

“你猜。”司湛跨坐上去，拍了拍后座。

原本很高端的山地车，败就败在了既圆润又宽大的后座上。

童淼微微蹙着眉，男生的自行车后座这种地方，就像汽车的副驾驶位，莫名有种别样的含义。

“我坐你的自行车后座合适吗？”

滨河小区里住着很多盛华的同学，如果被他们看到……

司湛挑了挑眉：“你想坐横梁？”

清凉的风吹过来，撩起童淼的裙边，她拘谨地压了压。

大概是因为临近秋天，天空显得异常高远，这几天下了几场大雨，把地面冲刷得很干净。

童淼也只能低头看着地面了。

坐在司湛的后座上，她才恍然回神，这样要怎么估计走路的速度和时间啊？

司湛的脊背微微下伏，单薄的运动衫下显出脊骨的形状，他的腰线紧致柔韧，小臂上微微浮现出肌肉，洋溢着年轻的朝气。

他身上只有一股淡淡的洗衣液味道，干燥又温暖。

自行车平稳地行驶在柏油路上，很少有摇晃，童淼终于大胆了一些，轻轻地松开攥着后座的手，把头发拢到胸前，尽可能地遮住脸。

她的头发本就蓬松柔软，一低头几乎盖住了她大半的脸，应该不会有人认出来。

骑了一会儿，司湛啧了一声：“你怎么不抓着我？”

童淼用轻细的声音回道：“不用了，我能坐稳。”

司湛不说话了，骑到前面一个减速带，他故意加快了速度，车轮撞到减速带上，猛地弹了起来，又重重地落下。

“啊！”童淼急促地叫了一声，不由自主地抓住司湛的衣服。

也难免环住了他的腰。

司湛看着匆匆驶过的车辆，轻轻地勾唇一笑。

阑市师范很快就到了，科会大厦门前挂着横幅，写着大赛的名字和赞助商，但大门紧闭。

竞赛的前一天，赛场被彻底封锁了，只能从外面看看大致的环境。

童淼理了理被吹乱的头发，目光落在玻璃门前贴着的报名表上。

上面写着各个学校参赛选手的名字，她的名字被盛华放在了第一个。

市一中的队伍里，也都是她毫不意外的名字。

“童淼，你来干什么？”有些气愤的声音从身后传来。

第9章

童淼回头，脸上有些尴尬。

“郑老师。”

郑燕秋快走几步，直奔大门上贴着的名单，一边走一边嘀咕：“我看看你是不是来参赛的！”

她从童淼面前一阵风似的走过去，推了推眼镜，在盛华的名单上扫视了一遍。

童淼的名字太显眼，她所在的队伍正巧跟市一中的A队在一组。

那就意味着，市一中的A队刚上场就要被淘汰了。

郑燕秋气得脑袋上青筋直跳。

“你还真是来参赛的！”她难以置信地看着童淼，胸脯一起一伏，音调拔得很高。

童淼抬起眼睛，眼眸漆黑水润，她平静地说道：“是。”

郑燕秋指着她，气愤地说道：“你是故意的吧？校长、主任轮流找你谈话，你死活不答应参赛，你这一到盛华就参赛了！”

也不怪她有些失态，童淼在市一中的时候，没分班前就在她带的普通班里。

因为童淼在高一取得的那些成绩，她直接被学校提拔为精英教师。

如果能顺利带完童淼，她都不用多想，语文组组长的职位是十拿九稳的，搞不好还能成为全校标杆。

可随着童淼转学，什么都凉了，她班里没几个能出成绩的学生。

童淼不知道她想了这么多，只得老老实实地说道：“参不参赛并不是我能决定的。”

郑燕秋夸张地“哈”了一声：“盛华的校长就比我们张校长厉害？一说话你就答应了？你就是盛华挖走的吧？早就想转学了，所以怎么说你都不愿意！”

司湛挑了挑眉，把山地车停在下面，走到童淼身边。

“这是谁啊？”

童淼转过脸看了看他，低声道：“我在市一中的班主任。”

郑燕秋戒备地看了司湛一眼。

全身名牌，还吹了发型，表情狂妄不羁，一看就是个纨绔子弟，哪有个学生的样子？

司湛扬着头，微微勾唇，眼皮掀了掀，懒洋洋道：“市一中的不知道你要参赛啊？怪不得还好意思看考场。”

童淼蹙着眉扯了扯司湛的衬衫：“你少说两句。”

郑燕秋翻了个白眼，冷笑道：“我们市一中的队伍，经过了严格的培训，且队员配合默契，必将是攻无不克，战无不胜的冠军队，不像盛华，从来打不好配合。”

司湛嗤笑一声，用看白痴的怜悯眼光看了看郑燕秋：“打什么配合啊？我妹妹一个人就掌控全场，你不知道吗？”

童淼瞪了他一眼，司湛装作没看见。

郑燕秋的脸色沉了沉。

她不想承认司湛说的话有道理，但事实就是这样，在绝对的实力压制面前，所有策略都是白扯，否则他们当初也不会绞尽脑汁地逼着童淼参赛。

她摇了摇头，看向童淼：“你太让我失望了，市一中培养了你一年，我也栽培了你一年，你不仅不懂得回报，你还……”

“老师，”童淼冷静地打断她的话，“我当初不参加是有原因的，现在参加也是有原因的，但这都是我自己的事情，和学校、老师无关。”

“你真是气死我了！”郑燕秋大口喘着气，胸脯一起一伏，脸上挂着恨铁不成钢的冷笑。

她想用昔日师长的身份，给童淼一点儿压力，最好让她因为愧疚退出比赛。

反正童淼不参加这个重点高中争霸赛，也能上清华。

童淼微微垂下眼帘，纤长的睫毛遮盖着瞳仁，轻声道：“祝老师好运，赛场上见。”

说罢，她不再看郑燕秋，走下台阶，站在自行车旁边：“走吧。”

司湛歪着头看她的脸色。

她蹙着眉，脸颊微微地鼓起来，好似也有些生气。

小卷毛不软了，司湛竟然还觉得有些惊喜。

他走过郑燕秋的时候，稍稍顿了顿，薄唇轻启：“你给我小心点儿。”

郑燕秋吃惊得张大了嘴巴。

她从没见过这样的学生，简直无法无天了，连她都敢威胁。

“你叫什么名字？我非得找你们的老师好好地教育教育你！”

司湛轻蔑地扫了她一眼：“行啊，你去盛华转转，看有没有人理你。”

然后他走到童淼身边，扶住自行车，踢开脚蹬，跨坐上车，问道：“一会儿有事儿吗？”

童淼跳上自行车，轻轻地摇了摇头，摇完头才意识到司湛看不到。

她慢吞吞地答道：“没有啊。你要干什么？”

“带你逛街。”

“什么？”童淼怔怔地看着司湛的后脑勺。

“你妈交代的，钱打过来了，说给你买几件新衣服。”司湛的眼神闪烁了一下。

童淼在后座晃了晃腿，“哦”了一声，反问道：“为什么不打给我？”

司湛顿了顿，答道：“你没有银行卡。”

可我有支付宝啊。

童淼在心里默默说道。

阑市师范附近有一家新开的商厦，品牌店铺虽然比不上香舍区购物广场那么多，但基础的牌子也都有了。

童淼很少逛街买衣服，以前都是童美君给她买回去，买什么她就穿什么，所以对衣服也不是很了解。

看着琳琅满目的店面，她有点儿拘谨。

迎面走过来一对情侣，女生挽住男生的手，两个人说说笑笑。

走到他们身边时，女生意味深长地看了他们俩一眼，嘀咕道："现在的孩子都早熟哈。"

男生笑了笑："你敢说你高中的时候没暗恋我？"

女生佯装生气地推了他一下。

他们的话被童淼听见了。

她默默地站得离司湛远了一些。

竟然答应和他来逛街，真是被郑老师气得脑子坏掉了。

"喝饮料吗？"司湛不动声色地重新靠近她。

"啊？"童淼刚回过神来，没听清司湛说什么。

"奶茶，这儿有家网红店。"

"嗯。"童淼不太了解，所以司湛说什么她就跟着做什么，只希望能早早回家。

奶茶店在地下一层，店门口站着一只由人扮演的熊本熊，一边拍手一边扭动，喜庆得很。

童淼轻轻地笑了笑，眼睛弯了起来，不由自主地伸出手摸了摸它的头。

熊本熊亲昵地用脑袋拱了拱童淼的手，以示友好。

司湛在一旁看着，白裙子的长发女生摸着一只布偶熊，脸上挂着心满意足的笑，纤细白嫩的手指轻轻地点着大熊的脑袋，眼里像是盛了光。

他头一次觉得，这些玩偶也挺好看的。

直到来了小孩子，童淼才默默地退到一边，把大熊让给孩子们。

"喝点儿什么？"司湛问。

"不知道啊。"童淼犹犹豫豫地向里面看了看，各式各样的饮品摆在柜台前，不仅仅是奶茶。

“小姑娘，我们这里的招牌是奶盖绿茶。”正好这一会儿店里人少，店员热情地跟她介绍。

“那就这个吧。”童淼点点头，想从背包里掏钱包。

司湛递了一张卡过去：“两杯，半糖温水。”

童淼顿了顿，捏住钱包拿出来：“不用你请我。”

店员笑了笑：“现在都是男朋友请，哪有让女孩子花钱的？”

司湛不由自主地勾了勾唇：“说得对。”

童淼瞪他一眼，认认真真地解释道：“他不是我男朋友，是……同学。”

她在“哥哥”和“同学”两个词之间犹豫了一下，想到司湛的警告，还是说了同学。

“啊……”店员有些尴尬地低下头，默默地给司湛刷了卡，却没接童淼的钱。

“你就当我还你地铁票。”司湛绷起脸，轻声道。

童淼悻悻地把钱收了起来。

坐在座位上，童淼含住吸管吸了一口。

甜腻的奶香在口中弥漫开来，还真是挺好喝的。

她小口小口地抿着，由于不渴，所以喝不了太多。

“你的好喝吗？”司湛跷着腿，单手举着奶茶，一口就下去了一大半。

“不都是一样的吗？”童淼无奈地看了他一眼。

司湛突然探过身来，快速地含住童淼的管子吸了一口。

童淼吓了一跳，赶紧向后躲。

“你干什么呀！”

“你的更甜一点儿。”司湛舔了舔嘴唇，眸色有点儿深。

童淼的脸骤然涨得通红，她气鼓鼓地推开奶茶，站起身来：“我不喝了！”

“你不喝我喝。”司湛堂而皇之地端起她的奶茶，再次狠狠地吸了一口。

好像她喝过的奶茶真的有什么不同似的，好像更甜，更香。

童淼轻轻地咬着嘴唇，无可奈何地看着司湛。

打又打不过，气又气不到，他可真是她的克星。

“欢迎光临。”店员笑容可掬地跟刚进门的客人问好。

进来的是一对夫妇，还牵着一个小孩子，小孩子咿咿呀呀地指着台面上摆着的最大杯的饮料。

男人低头温柔地拍了拍他的头："你喝不了，乖。"

女人笑道："喝不了给你爸喝。"

男人无奈地摇摇头："刚回国就欺负我，我什么时候喝过这种勾兑的东西？"

女人耸了耸肩，失望地说道："你真是一点儿都不浪漫，喝奶茶就是甜蜜啊，你看人家小情侣。"

她指了指童淼和司湛。

男人回过头向她手指的方向看去。

童淼刚一抬眸，就看到男人的脸，她不由得死死地咬着嘴唇，脸色苍白得吓人。

男人怔了怔，一脸的意外表情，嘴唇微动，却没有说话。

司湛心里一沉，伸手抓住童淼的胳膊："喂，小卷毛？"

"司湛，我想回家。"童淼望着那男人，轻轻地动了动嘴唇，视线却没有离开男人分毫。

她的声音细小得只有司湛能够听得到，仿佛被堵在了棉花团里。

董诚静默地望着童淼，好像一具雕塑，一动不动。

陈元黎有些尴尬地推了推他："不是，你总盯着人家看干什么？"

董诚这才回过神来，局促地笑了笑，攥紧了他儿子的手。

司湛上下打量了董诚一眼，眼神充满了戒备。

他站起身来，揽过童淼瘦弱的肩膀，沉声道："走。"

童淼已经无暇顾及司湛的动作，她只想尽可能快地离开这个地方。

更何况，司湛温暖结实的胸膛能给她支撑下去的力量。

她得平静地、面无表情地离开，就好像一个陌生人。

"喂！"

董诚的目光落在司湛的手掌上，那宽大的手掌正紧紧扣着童淼的肩膀，像是要把她整个人揉进怀里。

童淼顿了顿，身体陡然变得僵硬。

董诚大跨步走上来，拍掉了童淼肩膀上的手。

司湛微微挑了挑眉，眼中闪过一丝寒意。

“你是谁啊？”他将童淼拽到自己身后。

此刻他心情很差，原本特意安排了一天的行程给童淼减压，但不知道为什么，童淼突然没了继续放松的兴致。

董诚不说话。

陈元黎赶紧抱着孩子走过来，蹙着眉拽他：“你干什么啊？到底怎么了？”

董诚深吸了一口气，眯了眯眼睛，冲着司湛厉声道：“年纪轻轻的，动手动脚成何体统！”

掷地有声，义正词严，堂而皇之……

怎么都不该是他一个陌生人该有的表现。

好一朵大奇葩。

司湛的嘴角抽了抽，从没见过这样多管闲事的人。

小孩子玩着手指，怯生生地看着自己的爸爸和那个陌生的哥哥。

司湛从来不是好脾气的，如果在以往，他不惹别人就不错了，更不可能让别人欺负到他头上来。

也就是这两年成熟了一点儿，懒得计较那么多了。

他手臂上的肌肉紧了紧，狭长的眼中带着凛冽的寒意。

“你真是管得比天都宽。”他一边轻描淡写地说着，一边向董诚身前走去。

步子不大，却很坚决，拳头也攥了起来。

董诚一副文弱书生模样，戴着一副眼镜，看起来不像是能打架的。

陈元黎赶紧打圆场：“别别别，抱歉啊。”

司湛虽然年轻，但是明眼人也能看出来，绝对不是好惹的，不仅仅是那副狠劲儿，还有浑身的装束，一看就不是普通人家的孩子。

“司湛，走吧。”童淼声音糯糯地叫他，急急地拽他的手。

司湛顿了顿，眼中的戾气收敛不少。

上次和陈凯啸的事情把童淼吓得够呛，他不想在童淼面前跟别人起争执了。

“管好你自己的老婆和孩子，少管别人的事。”

他说罢，顺着童淼的力道，任由她拉扯着走出了奶茶店。

董诚的眼神闪烁了一下，默默地垂下了眼睛，脸上神情复杂。

童淼没有回头，很快消失在了走廊的尽头。

她靠在地下喷水池的边上，轻轻地喘着气，倒影映在池水里，轻轻抖动。

彩色的灯柱在池底闪烁，能隐约看见鼓起的小泡泡。

小泡泡浮上来，骤然撞破水面，消失殆尽。

对她来说，刚刚看见的父亲的脸，就像埋在心里的小泡泡，只要浮上来，就会破碎了。

司湛站在她身后，突然想张开怀抱抱抱她，手都伸到半空中了，想起来这是商场，他们还是高中生，于是又悻悻地缩了回去。

小卷毛弓着腰，纤细的腰线被裙带束着，两条细白的小腿修长笔直，她的头发微微垂向水面，遮住了整个侧脸。

水池喷水的时候，能看到水雾洒到她的发丝上，凝结成一颗颗透明的小水珠。

真美。

“司湛，我们回去吧。”童淼背对着他，轻声道。

“刚才那是谁？”司湛哑声问道。

童淼顿了顿，轻细的尾音有些破碎：“你能不问吗？”

她骤然转过身来，眼睛红了一圈，眼泪挂在纤长的睫毛上，遮得双眼雾蒙蒙的一片。

司湛感觉心脏被人硬生生地扯了一下。

“好……”

拿她一点儿办法都没有，只要她用这种眼神望着他，他根本说不出一句不好。

两人在喷水池边坐了一会儿，然后乘着电梯往上走。

彼此不知道要说些什么，气氛有些低迷。

童淼的眼泪已经干了，但哭过的痕迹尚未消退，鼻头红红的。

电梯很快升了上来，电梯门一打开，一楼传来的喧闹声让人无法忽视。

这几天商场进了一批熊本熊的货，为了促进消费，在大厅搭建了一个四层楼高的异常梦幻的玩具城堡，里面摆放着各式各样的熊，打着彩灯。

只是大门紧封着，还没到正式开放的时候，但已经有很多游客在铁栏杆外面拍照留念了。

今天主办方搞了个“一站到底”的知识竞答活动，获胜的顾客可以获得免费参观玩具城堡的资格，还可以得到一个熊本熊钥匙链。

难得的机会，谁都想参与一把，尤其是对布偶玩具迷之喜爱的小姑娘们。

就连童淼路过的时候，也不由得放缓了脚步，朝里面张望了片刻。

浪漫的粉红色调冲淡了她心里的酸涩，情绪渐渐地恢复了平静。

司湛察觉出了她的兴趣，迈开长腿挡在她面前。

“想进去看看吗？”

童淼望着司湛的眼睛，犹豫了一下。

这样的机会从小到大才碰到一次，她是真的在考虑。

毕竟知识竞答对她来说，大概不是什么难事。

“我去参加试试吧。”童淼轻声道。

司湛一愣，继而点点头：“好啊。”

童淼小跑着过去报名，艰难地挤进了人群中。

司湛没有跟过去，他目送着童淼走向主席台，然后掏出手机，打了个电话。

虽然人群挤挤攘攘，但真正上去报名的没有几个，大多数人是在底下看热闹。

董诚带着妻子喝完奶茶，慢悠悠地往楼上走。

小孩子一看到漂亮的房子和大熊，眼睛一亮，咿咿呀呀地用手指着，死活要过去。

陈元黎也惊喜地叫道：“啊，好漂亮啊！”

董诚有些心不在焉，他对这些都提不起兴致来，于是倦倦地说道：“是吗？”

陈元黎拍拍他：“你看，知识竞赛获胜者可以带家属免费参观呢。”

董诚有些迟钝地“啊”了一声。

“快去啊，我和儿子都想去看，知识竞赛对你来说，太轻松了吧？”陈元黎激动地在他脸侧亲了一口。

董诚推了推眼镜，万般无奈地上去报了名。

这种小儿科的东西，他根本不感兴趣，但是女人的喜好还是要尊重的。

可到了台上之后他才发现，童淼也在参赛选手当中。

他的心狠狠地颤了一下。

童淼也看见了他，两人对视了一眼，童淼率先错开了眼神。

赛制跟那个电视节目“一站到底”大同小异，一个擂主，一圈挑战者，谁能站到最后，谁就是胜利者。

题目的范围五花八门，擂主更换得特别频繁，才问了不到二十道题，就已经下去十三个人了。

下面的观众看得越来越兴奋，台上的选手也越来越紧张。

这里面还算沉稳的，便是童淼和董诚了。

因为这些题他们都会。

竞答进行了不到十分钟，场上就只剩下五个人了。

童淼是这场的擂主。

主持人激动地说：“一个读高中的小朋友留到现在，很不容易啊。接下来是一道问答题，请问，西印度群岛位于哪里？”

董诚没有选择挑战。

又有一个人被童淼淘汰下去。

下一道是个古诗词的题，董诚依旧没有挑战。

他只是深深地望着童淼，安静地从一个邻近却疏离的角度观察她。

她变得很优秀，也很睿智，她的才华丝毫不亚于当初的他，甚至更优秀一些。

她真的是一个很让人欣慰的女儿。

董诚想了很多很多，脑子里面也很乱。

等到最后只剩下他们两个人时，董诚没有办法再逃避了。

陈元黎和儿子在台下给他加油，他能从他们的声音中感受到他们对胜利的渴望。

童淼的额头渗出些许汗，指节被她攥得发白，她第一次感受到这种压迫感。

面对一个和自己同样强大的人，她完全没有打赢他的把握。

她身上又开始隐隐作痛起来，好在有早晨的两片药片勉强支撑着，让她没有疼得就地打滚。

一连答了二十道题，两个人还没有分出胜负，连主持人都惊讶起来。

“好了……”董诚实在受不了这种气氛，他不想跟自己的女儿一较高下，他想叫停。

陈元黎在台下紧张地给他比心：“加油！加油！老公加油！”

董诚又有些犹豫了。

他们只会在阑市待很短的时间，马上就要回首都工作了，妻子和孩子错过这次机会，恐怕就再没机会了。

但童淼还在这里上学，明天，后天，她都可以来。

“下一题，一般金婚是纪念结婚多少年？”

童淼猛然怔住了。

她的睫毛轻轻地颤了颤，眉头微微地皱了起来。

她从来没听说过这些，甚至连金婚是什么都不知道，毕竟她的亲生父亲和母亲根本没有结过婚。

这个概念对她来说，既淡薄又陌生。

偏偏这道题轮到她作答。

时间一分一秒地过去，她没有说出一句话。

主持人终于开始倒计时，一个一个流逝的数字压迫着在场每个人的神经，他们已经看到了最终的结果。

数字终结的那一刻，童淼轻轻地叹了一口气。

“我输了。”

董诚却像卸了力一般，脸色苍白，眼中满是担忧。

陈元黎开心得抱着儿子转了个圈，欢天喜地地等董诚下来庆祝。

童淼神情落寞地往下走，台阶很高，她的腿有些发颤，险些站不稳，直到有只手扶住了她。

她抬眼看了看。

司湛啊。

真让人安心。

冠军已经尘埃落定，马上就要宣布奖励的时候，商场经理匆匆地赶到现场。

“抱歉，抱歉！各位，这批熊本熊的货被人全部预订了，所以之后的活动不再举行了，玩具屋也一并归购买人所有了。”

现场一片哗然。

这批熊一个都不便宜，更何况买下所有的，这得是多么疯狂。

陈元黎立刻冷了脸：“怎么这样啊！我们都赢了！”

经理尴尬地说道：“真是对不起了！因为现在确实不归我们了，老板签出去了。您看给您换成别的优惠行不行？”

陈元黎嘟着嘴，翻了个白眼：“真扫兴！”

董诚也不太高兴，他承受着两方的压力赢了这场比赛，现在活动方却告诉他白赢了。

童淼不想再听这些，也不想看到董诚一家人的幸福场面，她低着头，跟着人流往外走，却被司湛一把拉住。

“不是想进去吗？”司湛问。

童淼指了指玩具屋，抬起杏眼，轻声道：“被人买了。”

“嗯。”司湛点点头。

他拉着童淼往玩具屋的方向走，童淼力气小，被他拽到了门口。

“不让进的呀，都是别人的了。”

路过董诚一家的时候，他们还在跟经理纠缠、抱怨。

司湛轻描淡写道：“我买的。”

童淼蓦然怔在原地。

她吃惊地看着司湛，一句话都说不出来。

司湛伸出手，轻轻地揉了揉她的头发，温柔却认真地说道：“喂，小卷毛，你不必每次都赢，我会为你准备好 Plan B 的。”

“司湛，你是认真的？”

童淼仰起头看了看装扮华丽的玩具城堡，总觉得面前的一切有些不真实。

“你以为呢？”司湛伸出手，将紧闭的铁门推开，一条铺着红毯的路出现在童淼面前。

短短的，通向很近的目的地。

商场经理一见有人要进去，赶紧扔下陈元黎，小跑过来。

“不好意思，我们这里……”

“我姓司。”司湛冷淡地开口道。

商场经理适时地闭了嘴。

司湛站在童淼身侧，单手背在身后，做了个邀请的姿势。

他的表情温和，嘴角挂着若有若无的笑，动作行云流水，标准的英国贵族礼仪。

童淼有些局促，轻轻地抿了抿唇。

司湛扬了扬下巴，示意了一下前面的粉红色大门。

童淼这才收回目光，眼中带着些惊喜和羞涩，慢慢地向里走去。

脚下的红毯软绵绵的，像踩在云上那么不真实，整个搭建的场景里面就只有她一个人，香氛的味道轻飘飘地钻进鼻子。

小阁楼上挂着彩灯，壁炉里闪烁着橙红色的光，熊本熊的卧室里还摆放着小巧的梳妆台，小床上罩着薄纱帷幔。

她想得到的都得到了。

感谢神奇的Plan B。

陈元黎眼尖，看到童淼走了进去，她当然也记得，童淼刚刚输给了她老公。

人不患寡而患不均。

“哎，她怎么能进去？”她赶紧指了指童淼，怀里的小孩也焦急地叫着。

董诚皱了皱眉：“走吧，别管了。”

今天不是个好日子，就像上天在有意安排一样，童淼总是出现在他的视线内，时刻刺痛他的目光。

他怕自己忍不住，想要过去抱抱她。

毕竟是陪伴了七年的孩子，对她的感情就像是埋在他心底的一颗种子，早已经生了根。

这么多年不是不想她，只是实在没有理由出现在她面前。

“不是，怎么这样呢？反正我们都赢了，现在又没有人，让小宝宝进去看一下怎么了？”陈元黎赌了气，死活不肯走。

做了母亲的女人都心疼孩子，看自己儿子感兴趣，她无论如何都要进去。

她抱着孩子跑到了门口，对经理质问道：“为什么他们可以进去啊？”

商场经理脸上带着尴尬的笑：“就是这位司先生买的啊，连场景都一并买下了。”

陈元黎原本高涨的气势顿时消失了，她有些讶异地看了看司湛，没想到一个学生出手就这么吓人。

看起来的确是个小开，全部买下这些，就为送那个女孩进去看一眼？

这也太疯狂了吧！

司湛没有动，他守在门外，连鞋尖都退到红毯以外，把整个城堡留给童淼一个人。

陈元黎上下打量着他，这才想起来刚还在奶茶店见过。

董诚慢慢走过来：“怎么了？”

陈元黎小声说：“就是他买的，看起来高中还没毕业呢。”

董诚也愣了愣，在他看来，这种做法实在是太幼稚，太可笑了。

就是一个商场的促销活动而已，竟然如此挥霍，完全不顾及后果。

“年轻人。”他低声感叹道。

也就只有这个年纪的人，做什么事都不过头脑，随心所欲，容易犯下很多错事。

陈元黎用肩膀撞了撞董诚，眼神示意道：“跟他说一说，让我们也去看看，反正这么大。”

董诚实在不想说，更不想让陈元黎和童淼待在一个空间里，这是对他和女儿两个人的折磨。

“算了，不是来买衣服的吗？”他想拉陈元黎上楼去看女装品牌。

陈元黎瞪了他一眼："就拍张照片的事，又没有多长时间。"

"别去了，人家都买了。"董诚随意找了个借口。

"但你儿子喜欢啊，我还不是为了他！"陈元黎不满地说道。

董诚无奈地摇了摇头，他轻轻地推了推眼镜，走到司湛面前："小同学，我们也想进去看一下，很快就好。"

司湛转过头淡漠地望了董诚一眼，男人的肤色和鼻梁隐约和童淼有些神似，但如果随便在大街上碰到，他大概联想不到。

"不行，这是她一个人的时间。"司湛拒绝得很干脆。

他双手插着兜，微微眯着眼睛，仰头望着城堡里露出的人影。

她正坐在梳妆台前面系头发，蓬松的卷发被发绳束起来，露出洁白的后颈。

旁边靠着一只熊本熊，安静地陪伴着她。

董诚深吸了一口气："我们可以给钱。"

司湛轻微地嗤笑一声，懒得搭理他。

董诚感受到了自己不受欢迎，但他没有动怒，反而仔仔细细地打量起司湛来："你和她是什么关系？花这么多钱家里知道吗？"

"多？"司湛轻蔑地扫了他一眼，薄唇轻启，"只要她喜欢，我给她建个真的又怎样？"

他的钱并不全部来自父母。

在他这样的家庭长大，投资理财是耳濡目染的事情，想要获得第一手资金更是轻而易举。

他现在还是父母众多子公司的股东，手握着大把股权分红，否则也支撑不起机器人这么烧钱的爱好。

"也就只有你这个年纪能说出这样的话。"

董诚淡淡地笑了笑，眼底是无奈的讽刺。莽撞冲动都是很短暂的，再灼热的情感也经不起岁月的洗刷，人终究要往现实看。

他也是从那个年龄过来的，他太理解这种心理。

司湛突然目光冷冽地望着他，一字一顿道："不管你怎么想，但对我来说，她天生就该被人宠着，捧着，做公主，不做女王。”

她不必第一，不必竞争，甚至不必奋斗。

她想要的，渴望的，期待的，我都会满足。

这是我的野心，也是我的承诺。

我是这个世界上对她最好的男人，更胜于她的父亲。

董诚静静地垂着眼眸，突然觉得脸上有些发烫，好似被他的目光灼伤。

他有些僵硬地动了动嘴唇，却不知道要说些什么。

他突然找不出什么理由来证明自己是对的。

他直觉出这个年轻人猜出了他的身份，所以对他抱有莫大的敌意。

对于童淼，他是愧疚的，所以连带着，他也不敢直视司湛的眼睛。

“抱歉，我们先走了。”

董诚朝司湛轻轻地点点头，转身拽着陈元黎的胳膊往外走。

陈元黎不乐意，还挣了挣。

但她猛然发现，董诚是认真的，他的力气很大，攥得她的手臂都有些疼。

董诚刚走，司启山的电话就打过来了。

“你一下划了那么多钱？”

他的语气透着些不可思议。司湛倒真不像其他一些纨绔子弟那样，喜欢奢侈浪费，他也就在机器人零件上舍得下手。

但今天的流水让司启山觉得，司湛大概是要造飞机了。

司湛淡淡地答道：“买了个熊。”

司启山声音有些大：“一个熊！活的？”

司湛顿了顿，答道：“一堆熊，假的。”

司启山都不知道要如何说他了。

“送给学校当运动会奖品吧，您跟校长说一声就行。”

司启山沉默了半晌，缓缓道：“让你告诉哝哝的事情说了没有？”

司湛懒洋洋地“哦”了一声：“现在没在学校，明天说。”

“你和哝哝报名明天的运动会了没有？需不需要我和你童阿姨去看？”

司启山和童美君丝毫不知道童淼参加竞赛的事，看来学校也无意透露。

“别来了，没报。”

不过短短一分钟，父子俩就结束了通话，司湛把手机揣起来。

童淼从窗沿伸出脑袋：“你要上来玩吗？”

司湛仰头看着她，静默了半晌。

小卷毛的脸上染着兴奋的红晕，眉眼间满是笑意，看来董诚带来的影响已经过去了，知识竞答的失利也被抛在了脑后。

司湛情不自禁地夸了自己一句。

童淼在城堡里玩了一下午，临走的时候去库房选了一只最大的熊，比她整个人都要高，让司湛扛回了家。

她还是心疼司湛花的钱，司湛的解释是，会送给学校，反正司家每年都会捐给盛华好多钱。

晚上洗漱过后，童淼抱起放在客厅里的大熊，歪着头努力往房间挪。

司湛却穿戴整齐地关上了房门，手上还拎着电脑。

“我出去有点儿事儿，明天去考场找你。”陈冬的代码全部写完了，他们得合一下。

童淼抱着熊，默默地看着他穿上鞋，拉开大门。

在门关上的那一刻，她嗓音轻细道：“司湛，你真好。”

这句话像轻飘飘的蒲公英，飘进了司湛心里，他握着把手顿了顿，有些僵硬地“嗯”了一声。

学校的实验室里孤零零地开着灯，盛华住宿的学生本就不多，周末也都赶回家了，也就只有他俩还往这里跑。

陈冬情不自禁地感叹一声：“三百只熊！”

司湛跷着腿，慵懒地靠着椅背：“想要？送你一个。”

陈冬啧啧地赞叹了两声：“你对咱妹妹是真没底线，要说你没动歪心思，谁信啊！”

司湛挑了挑眉：“什么叫歪心思？”

陈冬鄙视道：“你就是看人家可爱，想下手呗。”

司湛轻轻地敲了敲膝盖，没有说话。

半晌，他意味深长道：“我要是真下手，就不是现在这样了。”

“卧 ×，你这近水楼台，不会已得月了吧！”陈冬惊悚道。

司湛抬腿踹了他一脚：“明天跟我去趟秀水路。”

陈冬拍了拍裤子上的灰，不明所以：“那里的东西都是仿造的啊，你也需要买 A 货？”

第10章

周日早晨，童淼早早就醒了。

每到这种大赛的当天，她都跟打了鸡血一样，能用全部的精力来应付考试。

那天有多顺利，之后就有多坎坷。

十一假期之前比赛，怎么也要放假过后才能出成绩了……该怎么熬呢？

她摇摇头，从床上爬起来，熊本熊躺在她的床边，大大的一团。

童淼蹭了蹭它毛茸茸的脑袋，从它身上翻了过去。

一出门，小哀咕噜咕噜地滑过来了：“小卷毛，我预订了八点整的出租车，车牌号为×××××××。”

童淼蹲下身，点了点小哀的脑袋：“你是谁呀？”

“我是机器人小哀，美好的一天开始啦。”机械音一字一顿，蓝色的眼睛亮亮的。

童淼笑了笑，轻声地嘟囔道：“我问的不是你。”是预订出租车的那个人。

小哀在原地转了一圈，从庞大的语言系统里搜索片刻，答复道：“请您再说一遍，我不懂您的意思。”

童淼慢慢地站起身，朝司湛半敞的房门看了一眼，门上龙飞凤舞的“别吵我”三个字已经被擦去了，她竟然都没有注意到字是什么时候被擦去的。

我也不是很懂他的意思啊。

童淼愣了半晌，这才拿着自己的毛巾去了浴室。

还记得姜谣跟她说，北方姑娘洗脸都不用毛巾的，住宿的时候看一看怎么洗脸，就能分出是南方人还是北方人。

她认认真真地说道："可是不用毛巾洗不干净啊。"

姜谣一本正经道："洗得干净啊。"

好像这个习惯，还是和爸爸妈妈生活在一起时养成的。

那时候是什么样子来着？

小小旧旧的房子，简陋的设施，年轻漂亮的妈妈，沉稳温和的爸爸。

董诚抓着她的手，伸到水龙头下面，一边揉着她的手指，一边温柔地说道："回家第一件事要先洗手，不然手上的细菌吃到肚子里，就要生病了。"

"洗脸要用毛巾擦，要节约用水，水费很贵的。"

再多的事情就记不太清了，好像离她很遥远，很遥远，就像在回忆一个看过的故事。

大概是无意中撞见了他，才会想这么多吧？

她把毛巾浸湿，仔仔细细地擦了脸，然后把护肤乳挤在手心里，在脸上抹开。

顿时觉得清醒很多，脑子里没来由的念头也消失了。

竞赛九点准时开始，司湛给她留了足够的时间。

穿戴整齐地走到门口，这才发现门把手上贴着一张便签。

上面画着进了阑市师范大门后的路线，画得不怎么样，但是能看得清清楚楚。

童淼垂下眸子，仔细地揉了揉便签的边，然后小心地捏在了掌心里。

等她赶到现场，各个学校的队伍已经到齐了。

何晓白首先看到她，热情地跟她招了招手。

盛华的队伍排在市一中之后，她想过去必然要经过市一中的学生和老师。

学生们小声嘀咕："是童淼吧？"

"她怎么来了？"

"她不会是代表盛华来参赛的吧！"

郑燕秋脸色阴沉地看了童淼一眼，跟身边的带队老师交头接耳。

童淼感受到了他们的目光，却没多作停留，匆匆地跑到盛华的队伍里面。

孙主任连学校里的运动会都没有时间管，特意跑到这里来给童淼加油打气。

“靠你了，童淼，不要紧张啊。”

他乐呵呵地朝市一中的方向看了一眼。

解气，真是太解气了。

原来最忌惮的大杀器现在成了他们盛华的底牌，反过来对付市一中了。

他觉得自己坚持要开除司湛的决定简直太明智了。

郑燕秋冷笑着朝孙主任看了一眼，转过头来对面前的学生说：“你们要精诚合作，团结一致，为学校，也为你们自己拿下这场战役，有没有信心！”

“有！”

市一中B队的同学斗志昂扬，A队的同学却默默地翻了个白眼——他们在第一场比赛就遇到童淼，真是倒霉透了。

阳光逐渐耀眼起来，晃得人睁不开眼睛，石砖被照耀得炙热发白，玻璃窗反射着亮亮的光线。

很快有工作人员组织他们入场，分配到各个教室坐好。

两队的选手在比赛开始之前要互相握手表示友好。

市一中A队的队长梁美京上来握住童淼的手，轻笑道：“好久不见。”

童淼对她其实并没有印象。

在市一中的时候，童淼也不是特别会交际的人，只有少数几个朋友，更多的是点头之交。

“你好。”她轻声道，然后想要松开手指，继续跟下一个人握手。

梁美京却捏着她的手不放。

童淼怔了怔，疑惑地看了她一眼。

梁美京抿唇一笑，低声道：“你们队里有个自以为是、不懂装懂的bug哟。”

童淼微微地蹙眉，梁美京已经松开手，移开了目光，看向陆铭。

陆铭面色严肃，一副精英的样子，冷酷地推了推眼镜：“哟，这是熟人啊。”

梁美京扯开一抹冷笑：“你什么样儿的底细，我还不知道吗？真厉害，都能混到这里来。”

陆铭的脸色僵了僵，冷漠地甩开了她的手：“那你就等着我打败你们吧。”

梁美京翻了个白眼：“盛华把你们三个能力弱的跟童淼分在一组，不就是妄想童淼带你们所有人，一队拿第一，另一队拿第二吗？你以为她真的带得住吗？”

陆铭的脸色有些不好看，狠狠地瞪了梁美京一眼。

他的确有靠着童淼的意思，也庆幸童淼跟他分在一组，但是被人挑明完全依赖童淼，他的脸上又挂不住。

他也是高三组出名的好学生，时常被人夸奖、羡慕的。

但在竞赛圈，他真没有什么地位，否则梁美京也不会这么看不起他。

他以前代表盛华参加的比赛，一律没有胜绩，但幸好参加比赛的不是他一个人，他可以把问题推给队友。

“童淼，你一个人能做两个人的题量吗？”梁美京得意地笑了笑。

这场淘汰赛参考了复旦大学的自主招生，一共给选手一千道题，每位选手半个小时的答题时间，全组正确率叠加，答对题目更多的一组获胜。

童淼默默地垂下眼眸，纤长的睫毛抖了抖，没有回答她的话。

这场比赛的弊端是，如果一个人的正确率拖了后腿，很可能之后的人再厉害，也无法力挽狂澜。

在全组所有人的答题时间结束之前，队员之间是无法知道彼此的正确率和答题数的。

所以为了整体的胜利，童淼只能尽可能多地答题。

监考员拍了拍手：“都坐好了，比赛马上开始。”

每人面前一台电脑，答题界面类似GRE考试，在自己确定开始的时候，计时才会同步进行。

童淼摸了摸光洁的鼠标，抿着唇看着答题界面。

如果是这种赛制，她只能拼尽全力了。

毕竟答应了孙主任，一定为盛华夺得第一。

身边的梁美京已经开始了答题，鼠标有条不紊地点击着，目光飞快地扫过试题。

大家陆陆续续都开始了答题，但童淼并没有着急。

她拧开一瓶矿泉水，平静地喝了一口。

这是她最熟悉的气氛，最熟悉的战场，她没有退路，只能一往无前。

她轻轻地点击 continue 的按钮，弹出一个确认框，按下 OK 之后，试题刷新了出来。

所有的试题都是从奥林匹克竞赛题库里抽选的，也是所有竞赛圈的人最熟悉的。

童淼快速地扫过试题，微微皱着眉，在纸上稍稍进行验算。

梁美京斜眼偷偷看她，暗自估算着她的速度。

陆铭一个人就能拖住童淼的后腿了，只要她的队友们不掉链子，这场比赛还是有很大的胜算的。

童淼，也不是神人。

时间一分一秒地溜走，第一个开始的同学的答题时间已经结束了，他舒了一口气，靠在椅子上，看着界面上显示的正确题数，颇有些满意。

很快，所有人的时间都到了尾声，梁美京放下鼠标，揉了揉眉心，转过身看着童淼。

童淼还在专注地答题，她最迟开始，所以还没有结束。

何晓白隐隐有些担心，歪过身子偷偷地问陆铭：“我答对了一百道，你呢？”

陆铭烦躁地挠了挠头：“这是什么破系统！我一开始根本就没看明白。”

何晓白的心一沉，陆铭的话让她顿时没了信心，她舔了舔干涩的唇，谨慎地追问道：“所以你答对了多少道？”

陆铭的眼神有些躲闪，最后他把笔一摔：“不怎么样，主要是一开始紧张了，忘记时间了。”

何晓白转过头问陈宁：“你呢？你答对多少道？”

陈宁摸了摸额头，上面全是汗，他情绪有些低落，显然不是特别理想：“没有你答得好，我答对九十二道。”

何晓白点了点头，还在她可以接受的范围之内，也还在童淼能掌控的范围内：“OK，我们一共答对一百九十二道了。陆铭，就差你和童淼的了，你答对多少？”

她的笔停在演算纸上，看着陆铭。

怎么也得将近九十道吧？这样她还是有信心的。

陆铭叹了一口气，眼睛看着天花板，用脚踢了踢桌子：“三十六道，我太大意了。”

何晓白顿时觉得自己的血压都冲了上去，她压低了声音吼道：“三十六道？你搞笑呢！”

梁美京扑哧笑了一声，朝何晓白眨眨眼：“我就说你们队里有bug吧。”

他们队里所有人都答完了，总分也统计出来了，五百四十道。

梁美京一个人就答了一百八十道。

何晓白手心里都是汗，她敏锐地意识到，完了，差距太大了。

陆铭这块短板只能靠童淼来填了，市一中显然做足了准备，才能答得这么多，童淼怎么可能在半个小时内填补陆铭的失误呢？

她都要绝望了。

陈宁咬牙瞪着陆铭，手指都在哆嗦——他们的题都白答了，大好的机会也白费了。

他心里大概清楚了陆铭这种混子是怎么上来的，就是一个平时考试全靠泄题的家伙。

但陆铭根本不看他。

他凝视着电脑，嘴里嘀嘀咕咕：“靠，这破系统，给我分配的都是大难题，都是我没练过的。”

他说话的声音不大不小，尽可能地让自己的队友和对方的队员都能听到。

何晓白早已经懒得理他了，试题都是随机分配的，根本不可能他的都是难题。

其他人更是轻蔑地笑了笑。这个圈子里拼的从来都是智商，残酷地排挤那些不够有天赋的人。

“安静，还有人没答完呢！”监考老师瞪了他们一眼。

何晓白到底是个女孩子，又是高二年组的第一名，从来没有这么憋屈过。

对上梁美京得意的眼神，她的心态终于崩了，鼻子一酸，趴在桌子上哭了起来。

陆铭觉得更难堪了。何晓白一哭，市一中的几个人都开始小声地嘲讽他，说他还不如女同学，他们队全靠女同学。

他突然之间希望童淼也失利，他宁可不要这张奖状，也不想做唯一一个被奚落的人。

要是童淼也没答好，大家的关注点就不在他身上了。

童淼考砸吧……

陆铭诚心祈祷。

童淼的答题时间也到了尽头。

她放下鼠标，舌尖舔了舔干涩的嘴唇，过度地用脑让她的太阳穴有些疼，后背也渗出了汗。

她在还剩十分钟的时候，听到了后面的嘀咕，知道和市一中有了差距。

从那时候开始，她就已经在挑战自己的极限了，神经一直紧绷着，现在一放松，只觉得极其疲惫。

所有人都按捺不住地凑了上来，连何晓白都抬起头，睁着通红的眼睛向前看。

童淼的界面刷新了，统计结果出现在屏幕上。

答对题数：360。

陈宁倒吸了一口冷气，紧紧地攥住了手。这短短几分钟时间，他的心情就像坐过山车一样，从绝望到狂喜。

他都恨不得上去把童淼抱住，她竟然那么厉害，那么让人爽快！

他转过头，眼睛亮亮地对何晓白道："三百六十道！平均五秒钟一道题！"

何晓白眨着通红的眼睛愣了愣，突然"哇"的一声喊了出来，她跑过去把头埋在童淼肩头，肩膀微微地颤抖着。

她吓坏了，真的吓坏了，本来以为必输无疑了。

童淼淡淡地笑了笑，轻轻地拍了拍她的背。

梁美京脸色苍白地咬着嘴唇，眼底满是绝望。

她一句话也没有说，眼泪已经顺着脸颊滑下来了。

她已经足够努力了，答得足够好了，究竟为什么！

童淼从座位上站起来，各队的答题数已经整合在一起，监考老师在名单上写上“盛华”两个字。

“请盛华的队伍前往下一场小组赛，合作完成八个学科的竞赛题。”

梁美京在临出门之前，突然回头看了童淼一眼，轻声说道：“如果你没有转走，今天我就是你的队友，我们可以刷新纪录的。”

童淼轻轻地垂下眼眸，攥紧了手里的铅笔。

如果没有发生那一系列的事情，今天夺冠的，大概就是梁美京了吧？

她根本无意抢占所有的风头，不想挤掉周雅茹的名额，不想夺走梁美京的冠军，但偏偏，她总是莫名其妙地被推到风口浪尖。

“盛华的同学，你们孙主任找。”来打扫的工作人员提醒他们。

“怎么样？赢了吧？”

孙主任脸上挂着笑，但多少有些僵硬。

另一队遇到了强敌育成高中，不慎落马，现在他只能把希望寄托在童淼身上了。

童淼点了点头，她的嘴唇有些发干，正在举着杯子喝热水，手指的轻颤已经消失了，但额上还有些许薄汗。

孙主任长长地舒了一口气，整个人靠在椅子上。看着童淼喝水的样子，他也觉得有些渴了，于是咕嘟咕嘟地喝了好几口水，自言自语道：“那就好，那就好。”

这队能晋级也在他的意料之中，只要稳到最后，也还算不错的成绩了。

何晓白轻轻地“呵”了一声。

她眼睛还泛着红，刚刚的痛哭让她多少带了些鼻音，一听就能听出来。

孙主任这才发现这几个人的脸色都不太好。

他皱了皱眉，问：“出什么事儿了吗？”

陈宁抿了抿唇，意有所指道：“有惊无险。”

陆铭生怕别人说出什么，赶紧接过话来：“就是给我的题特别难，没发挥好。”

何晓白本来还不愿挑明，一见他又为自己开脱，立刻冷嘲热讽道：“哟，就这种大家从小就练的题，原题都出现好几道了，你信不信我乱蒙都比你对得多？我就纳闷了，这届高三药丸（要完）啊，你这个年级前五就种这水平啊？”

陆铭脸上挂不住了，他一扬脖子，脑袋上的青筋都凸了出来：“我是主攻化学竞赛的，谁像你们什么破题都做，样样通，样样松！”

孙主任也纳闷，陆铭是市里化学学科带头人的儿子，化学竞赛也拿过国赛二等奖了，按理说不该拖后腿啊！

“是不是紧张了？”孙主任问。

陆铭瞪了何晓白一眼，朝孙主任点了点头：“的确是有点儿紧张，而且时间太少，一开始没弄明白怎么回事。”

何晓白家里的背景也不简单，所以才不管陆铭会不会记恨她，当即讽刺道：“我看你能浑水摸鱼到什么时候。”

陆铭翻了个白眼：“懒得理你。”

孙主任赶紧打圆场：“大家都冷静冷静，这是个团队比赛，我们内部一定要团结。我相信陆铭只是失误了，他平时的成绩我们都是有目共睹的。”

何晓白双手抱着胸，不说话。

陈宁的情绪也很低落，他们同学之间太知道陆铭是怎么回事了。

考试的题目，陆铭绝对在之前都做过一遍，至于题是从哪儿来的，不用想就知道。

就连所谓的国赛二等奖，都有传闻说是他妈找了人，拦截了首都来的卷子，先给陆铭看了，但就算这样，他也才拿了个二等奖。

孙主任看没人说话，拍了拍童淼的手：“好好努力，希望你带领着这队披荆斩棘，一路向前！”

他也知道，在这个圈子里，实力就是一切，童淼是最能让人信服的。

所以调节的话由童淼来说，再合适不过了。

陈宁和何晓白一定会给童淼面子的。

谁料童淼抬起眼，伸手将头发别到耳后，看着孙主任一字一顿道：“我希望接下来的比赛，陆铭不要再参与了。”

何晓白当即鼓掌，手都拍红了，这掌声就像是巴掌一样，全打在陆铭脸上。

孙主任愣了愣：“为什么？”

童淼淡淡地扫了一眼脸色酱紫的陆铭，转回头来继续道：“可以让他挂名在这个队，但是不要再参与任何答题了——如果学校想拿第一的话。”她顿了顿，又继续道，“因为接下来，不会像之前那么容易了。”

她的声音依旧既轻又软，但这样的声音未尝没有杀伤力。

孙主任的脸色都变了。让他当即和陆铭说这种话，不说对学生本人是一种伤害，就是日后见到陆铭他妈，他也不好交代。

但童淼已经把他逼到了这个地步，不得不做出选择。

他突然想起那天童淼拿着身份证来他办公室的时候，也是一脸的隐忍与踌躇。

看得出来，要不是司湛的事情，童淼是绝对不会主动参赛的。

他有些怀疑，童淼是不是在报复他。

静默了半晌，孙主任还是不敢拿比赛成绩开玩笑，于是轻声道：“陆铭啊，没有把握的题，你就交给童淼吧，她一个人完成两个人的量还是没问题的。”

陆铭紧紧地攥着拳头，他从来没有受到过这么大的羞辱。

童淼一个人完成两个人的量没有问题，意思是他就不用参与了，他们就把他当成一个透明人，来蹭成绩的透明人！

“我不参加了！”他赌气道，满脸的怒意，往椅子上一坐，侧过脸不看任何人。

他是老师家的孩子，妈妈在学校又那么有声誉。

往常这个时候，都会有老师来开导他，劝慰他，他也可以借坡下驴。

今天孙主任却没有说话，陆铭心里有点儿凉。

反倒是童淼很认真地说道：“我去了解一下赛制，如果允许的话，那最好不过了。”

看起来温柔恬静的小姑娘，说起话来竟然丝毫不留情面。

何晓白当即道：“别等了，我现在就去打电话，我爸爸在教育局的朋友正好管这个事。”

形势急转直下，陆铭差点儿从椅子上摔下来。

原先还让他挂名参赛，现在竟然想直接取消他的资格了？

不光是他，连孙主任都蒙了。

童淼和何晓白三言两语的，竟然要把陆铭挤出团队了。

这哪里行啊？同事之间以后不好相处啊！

但何晓白已经跑出去了，他拦都拦不住。

孙主任看着陆铭焦虑的眼神，脑袋上也见了汗。

“别冲动啊，冷静冷静。”

“谁把晓白找回来？犯不着找教育局的。”

他干巴巴地劝慰着，结果谁都没有接他的话。

过了一会儿，何晓白拿着电话得意地回来了。

“我叔叔说已经联系这里的老师了，可以退赛，但是不能再补充其他选手，也没有任何优待。陆铭，你可以走了。”何晓白朝他挥了挥手，巴不得他立刻消失在眼前。

陆铭一句话都说不出来，浑身的血液像凝固了一样，让他动弹不得。

真的连机会都没有了？

就凭何晓白一个电话？

他哪里舍得这个奖项啊！

国赛那个奖项只是第二，三个第二才能顶上一个第一，这个虽然是市级比赛，但知名度高啊！

孙主任还想说什么，却见另外三个人都目光犀利地看着陆铭，巴不得他现在就拎包走。

他把想说的话又咽了回去，总不能为了陆铭一个人得罪其他三个人吧？

何晓白家里，童淼和司家的关系也都不简单。

又安静了半晌，陆铭沮丧地耸了耸肩膀，垂下眼帘喃喃道：“我不答题了。”

他不想退赛，他还是想要这个成绩，白送的第一，为什么不要？面子能吃吗？

何晓白抬眼看了看童淼。

童淼朝她轻轻地笑了笑，眼睛弯成了月牙。

何晓白也会心一笑。

其实她根本就没去打电话，因为之前她们两个女生早就研究过赛制，如果缺人，后面的比赛是无法进行的，会强制淘汰整个团队。

但显然，孙主任和陆铭都没有了解过。

陈冬戴着鸭舌帽，眯着眼盯着大太阳，热得满头是汗：“我说，哥你来这儿找什么啊？”

司湛一家店面一家店面地走着，已经带着陈冬逛了好几个街区了。

今天不知为什么，阳光异常毒辣，好像回到了夏天。

地面散发着一股淡淡的焦油味道，踩在上面，鞋底变得黏黏的。

司湛身上也全是汗，他从来没来过这种假货市场，以前也根本不需要买什么假货。

他拉过一个洗发店的小哥：“这儿有打印奖状的吗？”

小哥抬眼打量了他一眼，看他一副高中生的模样，便问：“嘿，要参加自主招生啊？你往后走，随便找个打印店都能做，清华、北大的学生证都能做。”

司湛点点头：“谢谢了。”

他从袋子里拿出一盒巧克力，递给小哥。

小哥看了一眼，接过巧克力，笑道：“不用这么客气。”

陈冬拍了拍司湛，不解地问道：“你要干吗啊？你要奖状有什么用？”

司湛瞪了他一眼，眉毛一挑：“不是给我，给童淼。”

陈冬撇了撇嘴：“你逗我呢？咱妹妹还需要打印奖状？只要她想参加比赛，分分钟得一堆好吗！”

司湛微微地眯了眯眼，晃了晃手上的山地车钥匙，讳莫如深道：“你不懂。”

陈冬酸溜溜地说道：“哦哟哟，我不懂？难不成你要写上‘最善解人意’‘最冰雪聪明’奖？我看淘宝上有些礼物就是这么弄的。”

司湛懒得跟他解释，幽幽道：“这叫解药。”能帮童淼解脱出来的药。

他找了街口第一家打印店，轻轻地敲了敲桌子：“我要打印一张奖状，质量要好一点儿的，钱不是问题。”

老板抬眼看了看他：“行啊，你把图片给我就行。”

陈冬把手机打开，调出一张图片，递到老板面前，笑嘻嘻道：“这个行吗？VEX 机器人世界锦标赛的奖状。”

老板皱了皱眉：“听不懂。反正你把图片发过来吧，什么奖都行。”

陈冬兴奋地拍了拍司湛：“哥，妥了，咱连比赛都不用参加了！”

司湛抬腿轻轻地踢他一下：“滚蛋！”

转回头对老板道：“要阑市高中学科竞赛的，今天就得要。”

老板支吾了一下：“那得加急。”

司湛不耐烦道：“多少钱？”

“一百！”

他们等了一个小时，一份仿真的奖状就做好了。司湛拿起来看了看，的确是奖状用纸，和网上的图片一模一样。不过假的就是假的，没有盖章，也没有效力。

他跷着腿，单手搭在玻璃桌上，手指轻轻地点着花瓶的边缘，另一只手按开蓝牙耳机。

“孙主任吗？我要你帮我个忙。”

第二场考试下午一点半开始，每个小组发了八份试题，要求在两个小时之内答完。

答完之后去小教室进行加分赛。

八份试题分给四个人答，时间尚且紧紧巴巴的，而童淼这组只有三个人参与答题。

何晓白和陈宁的表情都有些严肃，不由得看了看童淼。

童淼把里面的四份抽了出来：“我答这四份，剩下的你们两个分。”

何晓白舒了一口气，抱了抱童淼：“真的幸亏有你，等回家我要把你的照片供起来，天天拜大神。”

童淼羞涩地舔了舔唇：“别闹了，赶紧开始吧。”

陆铭在一旁冷眼看着，暗自咬了咬牙。

他觉得自己怎么也可以完成一套化学题，但是童淼根本没有让他做的打算。

他在一旁待着实在是太尴尬了，尤其是看到其他队向他投来的目光，他恨不得夺门而逃。

他终于忍不住，抓了一把童淼的手：“喂，化学我可以答，肯定比他们俩答得好。”

童淼皱了皱眉，立刻把手缩了回去。

不知道这人什么毛病，总爱找机会碰她。

“不用了，化学我答。”

她是故意的，她承认她有些赌气了。

上一场比赛就因为陆铭，让她耗费了不少精力。

她其实很少这么感情用事，最近也不知道怎么了，好像比以前任性了一些。

既然童淼愿意答，陆铭无论如何也没有理由参与了。

谁让人家就是比他强？

他一屁股坐在椅子上，喘着粗气，表达着自己的气愤。

但没人有精力搭理他，所有选手都全身心地投入在答题上。

监考老师也看着陆铭窃窃私语。

其实来参加竞赛的学生，都是市里名校预定，大多互相有些了解。

陆铭由于他妈的缘故，还真有不少老师认识。

郑燕秋冷笑了一声，对旁边的监考老师道：“盛华这是搞什么呢？真是抓着一个我们一中出来的学生不放手啊，一带三呢。”

“陆铭我记得挺优秀的啊，他妈还总是表扬他聪明呢。”

郑燕秋满不在乎地翻了翻白眼：“是骡子是马，这不牵出来遛了吗？”

“老孙那儿尴尬坏了吧？”

郑燕秋压着嗓子低声道：“你看着吧，今天过后，陆铭他妈肯定得找事儿，那人……啧啧。”

话题适时终止了，场上只余下讨论和计算的声音，偶尔还有选手们的小声争执。

何晓白他们赶在最后四十分钟内把四张卷子做完了。

何晓白道：“童淼，我们有几道拿不准的，你一会儿看一下。”

童淼正在赶最后一张卷子的大题，闻言把做完的三张卷子推了过去：“你们检查一下。”

陈宁接过卷子，发现即便在这么紧迫的时间里，童淼依旧写得整整齐齐，好像这就是她的正常速度。

不服真的不行，这种差距是天生的。

他和何晓白赶紧检查演算步骤，两张数学都是大题，只要步骤正确，就基本没问题，所以检查起来也很方便。

童淼写完之后，又拿起何晓白的卷子开始填漏。

三人赶在最后一分钟，终于把所有卷子都粗略地过了一遍。

陆铭硬生生地在里面坐了两个小时，烦躁得一刻也安静不下来。

后来他发现队友果然在规定的时间内完成了任务，还完成得很好。

他的心态又不稳了。

卷子被尽数收了上去，所有人马不停蹄地赶往小教室。

郑燕秋路过童淼身边的时候，毫不客气地撞了她一下，从门口挤了出去。

童淼的心思都在刚刚结束的考试上，根本没有注意看路，被她一挤，肩膀磕在门框上，痛得她猛地一闭眼。

肩膀上传来的剧烈钝痛，令她好半天没有缓回来。

她有些失望地看了看郑燕秋的背影，暗自摇了摇头。

当初在市一中的时候，郑燕秋和蔼得简直和她的妈妈一样，现在……

她很快调整好心态，把全部的精力放在接下来的加试上。

育成高中的那支队伍和他们的完成速度差不多，若正确率也相仿，那真正能决出胜负的就是加试了。

小教室里的加分赛，他们抽到了速算、电路和英语阅读理解。

童淼的英语不行，何晓白的底子却很深厚。

陆铭全程没有任何参与的机会，学科竞赛就这么结束了。

出门之后，童淼真诚地对何晓白说道："今天的英语多亏你了，我都没听懂。"

何晓白满脸的喜气，一副已经拿到奖状的模样："你才是大神啊，速算帅呆了！真是太谢谢你了！我爱死你了！"

她紧紧地抱住童淼，在她肩头上蹭了蹭。

短短一天时间，她们已经培养出了革命友谊。

童淼小声地"嘶"了一下。

被撞到的肩膀竟然还是那么疼。

大概青了。

何晓白感觉到她一哆嗦，赶紧松开了她："怎么了？"

童淼的睫毛微微颤了颤，勉强朝她笑了笑："没事啊，可能里面的空调太凉了。"

"那我先走了啊！成绩应该过完节就下来了，假期快乐！"何晓白的家长开车进来，已经在下面等她了。

童淼冲她挥了挥手。

车子很快开走了，道路也空旷了不少。

她的目光不由自主地移向了一旁的树荫。

司湛靠着山地车，虚虚地坐着，他的手插在兜里，戴着墨镜。

墨镜反射着夕阳的余光，看不清背后的神情。

但是童淼能猜到，他在看着自己。

她站在台阶上，安静地和他对视。

身材颀长、英俊冷淡的司湛总是能吸引很多人的目光，从楼里面出来的女选手少不了朝他多看几眼。

司湛慵懒地勾着唇，满不在意地接受一波又一波的回头率。

他等着那个人下来找他，一步步地走到他的跟前来。

昂贵的山地车有个蠢蠢的后座，狂妄的司湛有个深深的秘密。

童淼慢吞吞地朝他走过来，心里稍稍平静了一些。

前一天吃的小药片的药效快要过去了，但看见司湛，症状却缓解了很多。

真是神奇，一个月前，她怎么都想不到，司湛能有这个功效。

或许是自己越来越依赖他了。

因为他好像时时刻刻都在，形影不离。

“司湛。”

她软软糯糯地叫了一声。

司湛深深地吸了一口气，心脏没来由地剧烈跳动起来。

她逆着夕阳走下来，头发都在发着光，发丝轻轻地缠绕在她的耳边，衬托着细嫩白皙的脖颈。小巧的锁骨凸起来，颈窝里坠着一颗小钻石。

司湛的眼神不由得深了深，他单手摘下墨镜，懒洋洋道：“怎么这么慢啊？”

他都等好久了。

童淼立刻问出口：“等太久了吗？”

司湛站直身子，慢悠悠地向她走过来，说道：“你以为呢？”

“我考完了。”童淼仰起头，抬着杏眼望着他。

像是跟他说，又像是跟自己说。

司湛点点头，拍了拍自行车后座：“上来，回去收拾东西，他们说明天去旅游。”

“旅游？”童淼有点儿惊讶，但更多的是担心。

她的病如果发作了怎么办？妈妈一定会看到的，更会担心的。

这么想着，童淼突然觉得心里更烦躁了。

她深吸了一口气，胸口开始闷闷地疼起来，若有若无的，背后一阵阵地冒冷汗。

“司湛，快回家吧。”她有些虚弱地说道。

还是不行，要依赖药物，不然她挺不过去的。

她脑中情不自禁地回想着考试的每一道试题，她是怎么答的，究竟有没有纰漏，还有没有哪里没注意到。

想得越多，越是心惊，觉得自己肯定有什么地方遗漏了。

那种焦虑就像针一样刺向她的皮肤，全身没有一个地方能够逃脱。

司湛脸上挂满了担忧，不知道哪句话又引起了她的恐慌。

他把车子锁在一边，单手扶住童淼，僵硬地说道：“打车走。”

出租车很快就来了，童淼一坐上车就弓着腰缩了起来，这种感觉出现得很容易，但想消退太难了。

她不知道什么时候会结束，她很怕这种漫无边际的折磨。

这时候谁都帮不了她，连司湛都帮不了她。

车子开到滨河小区，司湛把童淼扶下车，本想把她抱上楼，但童淼坚持自己走。

冷汗顺着她的下巴往下流，手指都在情不自禁地哆嗦。

牙齿咬得嘴唇发白，秀气的眉眼里也满是惊慌失措的神情。

刚一进门童淼就缩了下去，颤声道：“司湛，你……帮我到抽屉里拿那个药片。”

她没有力气再顾及什么损伤神经了，只要能把她解脱出来，怎么都好，一切都好。

她急促地喘息着，眼泪吧嗒吧嗒地往下掉。

司湛几乎是慌不择路地闯进了她的房间，膝盖磕在椅子上都感觉不到疼，他快速地打开抽屉，把一个白色的小药瓶抓了出来，飞快跑到童淼面前。

童淼伸手要抓，司湛突然按住她的手，哑声问道：“这是什么药？”

童淼粗粗地喘了一口气：“缓解症状的。”

司湛皱了皱眉头，拿起药瓶扫了一眼，上面将药片的副作用写得很清楚，也明确写了，尽量减少服用。

童淼要从他手里抢走药瓶。

司湛突然把药瓶藏在了身后，副作用太大了，毒素代谢不掉的。

童淼急得红着眼睛大叫：“给我呀！”

司湛抓住她的手，死死地按在地上，声音有些颤抖：“忍一忍，好不好？”

童淼的手挣脱不出来，地板很凉，但仍然缓解不了她心里的灼热，她已经疼得快要失态了。

秒针慢吞吞地往前爬，一副倦怠的模样。

时间过得太慢了，为什么还不结束呢？她真的受不了了。

童淼哭唧唧道：“司湛，你给我，我求求你给我吧，真的好疼啊！”

她用力地挣扎着，但他的力气太大了，她根本挣不开。

司湛只能紧紧地抓着她，却不知道能用什么方法让她解脱。

他第一次觉得茫然无措，他也希望有个人来告诉他怎么做，可惜没有。

要给她吗？不然能怎么办？

他脸上写满了纠结。

童淼用祈求的眼神望着他，眼泪顺着眼角流到下巴。

那模样，看得他心都快碎成几瓣了。

童淼往前爬着，要绕到他身后去拿那瓶药。

司湛突然松开童淼的手指，单手揽住她的后颈，一用力，将她带到自己怀里，紧紧地抱住了她。

他们仿佛两个依偎取暖的流浪汉，用自己仅存的力量，去给予对方支持和鼓励。

但这力量太单薄了，他不知道能不能帮到她。

童淼疼得发抖，他也在发抖，一边发抖还一边安慰她："我在呢，我在呢，我陪着你呢。不要怕，千万不要怕，没什么大不了的……"

司湛反复叨念着，既像是安慰她，也像是安慰自己。

毕竟他没有别的人可以求助，童淼在他身边发病了，他已经害怕得手足无措了。

到了这一刻，他才发现，自己对她的在乎程度远比想象的深。

童淼喘着粗气，狠狠地咬上司湛的肩头。

她好疼，又怨他不给自己药。

司湛连哼都没哼一声，就这么让她咬着，仿佛根本就不知道疼。

童淼的眼泪扑簌簌地往下落，打湿了司湛的衬衫。

泪水渗进去，沾在咬破的伤口上，痛彻心扉。

但能让她好受一点儿，司湛挺满足的。

半晌，童淼才渐渐缓和下来，她不再流泪，又湿又红的大眼睛轻轻地眨着，牙齿缓缓地松开司湛的肩头。

疼痛散去了，她的意识才完全回来。

她审视着自己和司湛的姿势。

司湛搂着她，而她狠狠地咬了他一口。

童淼抬手轻轻地摸了摸自己有些发干的嘴唇，再看向司湛的肩头，衬衫上，透着点点红痕。

他流血了。

童淼面色绯红，脑子里一片空白，身上的疼痛感全然不见，只有满身的疲惫和慌乱的心跳。

她几乎能听到自己的心跳声，乱成一团。

司湛的拥抱是什么感觉，她一点儿都没有想过，也一点儿都记不得了。

她只记得刚刚自己把他当作了出气筒，发泄了所有的痛苦和难受。

他就那么承受了，没有躲，也没有叫出声。

童淼纤长的睫毛颤了颤，眸子里又开始泛出水光。

司湛在心里深深地叹息一声，连动都不敢动。就好像童淼是个易碎的瓷娃娃，轻易就要碰坏了。

他的肩头已经疼得麻木了，手臂也酸得发僵，被她方才的样子吓出了一汗，好像三魂六魄都吓出了窍。

但此刻，他的脑子里只有两个词——如愿以偿，劫后余生。

第11章

突兀的手机铃声响了起来。

童淼猛然回神，像是被蜜蜂蜇了似的，一下子从司湛的怀里弹了出来，相碰的指尖也霎时分开。

两人对视一眼，谁都没有说话。

最后还是司湛哑声道：“你的电话响了。”

童淼立刻慌乱地从地上爬起来，找了一圈，后来才发现电话在自己身上。

她手指冰凉地把手机拿出来，划开屏幕，按下接听键，哆哆嗦嗦地放到耳边。

“喂？”

连声音都在发颤，却不是那种难受得受不了的发颤，她只是紧张。

“童淼同学吗？我是孙主任啊！”孙主任爽朗的笑声从电话里传出来，离好远都听得到。

童淼根本没精力去想，孙主任是怎么知道她的电话号码的。

只是蓦然听到长辈的声音，让她心虚得恨不得立刻挂掉电话。

“孙……主任好。”

她咽了一口口水，小心地举着电话，不敢看司湛的神色。

“恭喜啊，童淼！你果然不负众望，为我们盛华取得了第一名！”孙主任喜气洋洋地说道。

童淼的思绪终于被拉了回来，她一怔，立刻问道：“成绩这么快就出来了？”

孙主任连连称是：“奖状都发到我这里了，你等我一会儿，我发到你的手机里。”

童淼皱了皱眉，轻轻地嘀咕道：“从来没这么快过啊。”

孙主任轻咳一声：“哎，这不是二十多个老师一起批卷吗？大家赶着过个轻松的假期。”

孙主任说的话，她没有理由怀疑。

童淼总算笑了笑：“那真是太好了！”

孙主任长长地舒了一口气：“所以你也好好地过一个假期吧，回来我再好好地奖励你们几个！”

电话很快就挂断了，没一会儿孙主任将照片也发了过来。

看到奖状，她总算放下心来，抬眼看着司湛：“成绩竟然这么快就……”

话还没说完，她蓦然想到自己对司湛刚刚做了什么事，脸瞬间就涨得通红，磕磕绊绊道：“我、我……你、你……”

司湛用手臂支撑着地板，懒洋洋地半躺在地上，抬眼轻佻地说道：“你可得对我负责。我为了转移你的注意力，被你咬得都瘀血了，我容易吗？”

童淼抿了抿唇，乖巧地站在原地，低着头看他，轻声道：“对不起……还有，谢谢你。”

司湛挑了挑眉，揶揄道：“这么客气干吗？哥哥好不好？”

他一腿微屈，一腿伸直，衬衫紧紧地贴在紧致柔韧的腰上，勾勒出流畅的线条。

童淼竟然觉得他有些迷人。

她赶紧移开视线，喃喃道：“好啊。”

她觉得有些愧疚，却也不知道该怎么补偿他。

童淼有些踌躇无措，安静地站在原地，紧紧地攥着手机，蓬松的长发软软地垂在胸口。

“哎，想去官网上查查成绩吗？”司湛稍微一用力，从地上站起来，随手将她的小药瓶揣在了兜里。

童淼惊讶地问："都已经挂上官网了？"

她以前没参加过阑市的高中学科竞赛，不知道效率竟然这么高的。

司湛从房间里抱来电脑，打开界面，随手输入网址，很快登入了阑市教育局的网站。

有关高中学科竞赛的新闻还在首页上挂着，点击下面的附件，就是列出的成绩排名。

童淼小心地站在司湛身后，探头盯着电脑屏幕，糯糯地说道："我真的是第一个。"

司湛用食指轻轻地敲了敲桌子，漫不经心道："那当然。"

童淼顺着排名向下看去，情不自禁地感叹道："第二名居然不是育成高中，他们不是答得很好吗？"

司湛的动作猛然定住了，他微不可见地攥了攥拳，道："嗯……"

幸好童淼自己解释起来："或许是附加题没有市一中答得好吧。"

谁是第二名对童淼来说，已经不是那么重要了，只要她完成了任务就好。

浑身的压力瞬间卸了下去，她彻底地松了一口气。

"真是……老天保佑吗？"

她的嘴角挂着甜甜的笑，杏眼微微地弯了起来，浮着一层亮晶晶的水汽。

"喂，你去洗澡吧，一身全是汗。明天还要坐飞机，早上我爸来接我们。"司湛顺手把电脑给合上了。

童淼虽然没看够，但的确感觉身上黏糊糊的，该去洗澡了。

"司湛，我真是太幸运了。"回房之前，童淼转过头诚心感叹道。

"是吧？"司湛抱起电脑往房间走，轻轻地关上了门。

小哀慢悠悠地滑到司湛面前，蓝眼睛一闪一闪的。

"陈冬给您留言：向你发射爱的光波波波波……"

司湛"嘶"了一声，低声道："育成高中怎么没得第二名？你怎么查的消息！"

小哀转了一圈，眨着眼睛道："陈冬给您留言：大哥，你就做个假网页而已，你要上天啊？"

司湛往床上一靠，冷冷道：“滚。”

小哀：“我听不懂您说的话，请问是发送信息还是要我离开。”

司湛枕着自己的手臂，仰头望着天花板，漫不经心道：“你离开吧。”

小哀灰溜溜地从他身边走开，藏到了桌子底下。

天气变得有些凉，水温变热之前会觉得有些冷。

童淼抱着手臂站在一旁等着，等到水慢慢变热，赶紧凑了上去。

淅沥沥的水流顺着她的皮肤往下滑。

空气里氤氲着潮湿的香气，她接了一捧水，轻轻地拍了拍脸。

嘴里的血腥味儿已经消失了，眼里的红血丝也渐渐褪去，司湛的气息却始终挥之不去。

她慢吞吞地伸出手指，轻轻地摩擦着自己的嘴唇。

真是让人搞不懂，他明明很担心她，但不过一瞬间又恢复了玩世不恭的模样。

她伸出舌尖轻轻地舔了舔，嘴唇上都是自来水的味道，清淡温和。

微卷的睫毛上缀着晶莹的小水滴，她用力眨了眨，水滴汇聚在一起，滚落下去。

浴室的窗户上蒙上了一层模糊的水雾，小时候，她最喜欢在玻璃上印手印玩。

她慢慢地伸出手指，不自觉地在上面写写画画。

直到手指停下，她才发现玻璃上出现了小巧清秀的两个字——司湛。

她心里微微一颤。

要赶紧擦掉。

她张开手掌，将这两个字连同周围的水汽一起擦掉。然后，随着温度的升高，玻璃上渐渐又蒙上了新的雾气。

但她始终觉得，那两个字已经再也擦不掉了。

它们就在那里，但只有她自己知道。

洗完澡之后，她对着镜子擦身子，擦到肩膀的时候，发现果然青了一大块。

她皮肤太嫩，血管也细，稍有磕碰就会青一块，紫一块。

所以童美君总是要担心她，她也习惯把受伤的地方遮起来。

推门出去的时候，司湛的房门已经开了，小哀正指挥着扫地机器人在客厅工作，两个机器人在房间里来回转着。

外面下了秋雨，怪不得有些冷，司湛最终点了外卖。

是普普通通的米饭和菜，童淼去门口取了快餐，摆在餐桌上，两个人面对面坐着，默默地吃着。

自从有了那个意味不明的拥抱，他们之间的气氛变得尴尬起来。

童淼小口小口地嚼着青菜，司湛都吃完一碗饭了，她半碗还没有吃完。

“喂，小卷毛，你吃饭一直都这么慢吗？”司湛单手支着下巴，看她慢吞吞夹菜的样子。

真是比兔子吃得都慢。

童淼认认真真地说道：“我妈妈说要细嚼慢咽，对肠胃好。”

啧。

真是娇气。

但就是看不够。

童淼低头咬牛肉块的时候，肩膀一缩，蚕丝睡衣的肩带滑了下去，露出半个肩膀。

她脸一红，赶紧抬起头，想把肩带拽上去。

司湛眼神一紧，突然抓住她的手腕，目光定格到她裸露的肩膀上。

“怎么回事？”

白嫩的皮肤上有一大块青紫色，里面已经瘀血，刚才洗澡时被热气一蒸，更加明显了。

“我不小心撞到的。”

她想把手缩回来，但是司湛抓得很紧，她挣了挣，还是没有挣开。

“你怎么总爱拽我的手呀？”她羞愤地蹙了蹙眉。

她手腕很细，司湛捏在手里，柔柔软软的。

“怎么撞得这么严重？”司湛突然起身走到她身边，弯下腰凑到她的肩膀旁，“疼吗？”

温热的气息喷到皮肤上，童淼不由自主地一抖。

“不……不疼，你先松开我。”

她原本没多大感觉，被司湛一关注，反倒酥酥痒痒起来。

但她的肩带还没有拉上去，司湛离得那么近在看她的肩膀，让她觉得有些尴尬。

司湛没有松开她的手，目光盯着她瘦削的肩头，嘀咕道：“你就不能照顾好自己吗？”

童淼默默地垂下眼睛，鼓着有些婴儿肥的脸颊，极小声地问道：“司湛，你是不是对我有意思？”

“淼淼，想什么呢？”童美君揽住童淼的肩膀，温柔地摸了摸她的头。

童淼一秒回神，眼神有些慌乱：“没有啊。”

司启山递给童美君一杯果汁，笑着说：“可能是学校里的事吧。”

童美君接过果汁，轻轻地抿了一口，又递给童淼。

童淼捧起杯子，默默地喝了一口，冰镇的，她喝不太习惯，妈妈也喝不太习惯，但还是很好喝。

清清凉凉的感觉留在舌尖，还有一股浓郁的混合水果香。

成功掩饰了她的情绪。

她在想那天的司湛。

他没有正面回答她的话，反而慵懒地用指节敲了敲桌子，玩世不恭道：“好好学习，天天向上呢，你这问法真不单纯。”

她说：“怎么问单纯一点儿？”

司湛并不回答，却认真说道：“我想跟你去同一个大学。”

这算是什么意思？

含糊不清，让她无话可说。

“太凉了吧？”童美君随意地问道。

“是啊。”童淼偷瞄了一眼妈妈，妈妈正把那杯果汁放在小桌板上。

司启山蹙着眉摇摇头，指着仰躺在沙滩上晒日光浴的司湛：“你看他，就是喜欢嘚瑟。”

司湛戴着墨镜，半躺在沙滩上，湿漉漉的头发贴在耳侧，脸色平静地望着远处的海岸线。

他这副样子引得不少小姑娘纷纷侧目，人家来约他玩沙滩排球时，他却爱答不理。

司启山感叹道：“我要是有哝哝这么乖巧听话的女儿，多好。”

童美君拍了拍童淼的肩：“你也去跟哥哥玩玩，别总躺在这里。”

司启山点头：“对啊，那边有快艇、沙滩摩托，什么都有。”

童淼摇摇头，垂眸道：“我不会游泳。”

司启山道：“让司湛教你，他从小就会。”

童淼往沙滩椅上缩了缩，拒绝道：“他正在专心晒太阳呢。”

司湛可没专心，他在打电话。

陈冬震惊无比道：“大哥，你在想什么呢？好好学习！”

司湛皱着眉把手机拿远了些，懒洋洋道：“我把她的话说了，让她无话可说。”

陈冬感叹道：“我去，竟然会有人拒绝你吗？”

司湛骂道：“你个傻叉。”

陈冬如梦方醒：“对对对，她是你的便宜妹妹，确实有点儿……”

司湛深吸了一口气，海里有个穿比基尼的姑娘朝他扬了扬手，他装作没看到。

“回学校再说。”他挂断了电话。

皮肤被晒得有点儿热，他也确实想下去游泳了。

想罢，他单手把墨镜一摘，眯起狭长的眼睛，站起身来。

比基尼姑娘的同伴以为她的召唤收到了效果，齐齐起哄地鼓起掌来。

童淼抱着膝盖坐在沙滩椅上，微微地咬了咬下唇。

司湛慢慢地走进海水里，水面没过他笔直的腿、紧致的腰线，还有漂亮的腹肌。

他一个猛子扎进水里，朝远处游去，动作流畅协调。海水顺着他的肩线往下滑，被阳光一照，泛着粼粼的光芒。

比基尼姑娘含笑看着他，满意地鼓了鼓掌。

直到司湛在海里连游了四五趟，也没朝她那边去，她才有些尴尬了。

同伴推推她："你去跟他比一比啊。"

姑娘一撩金发，鼓起勇气朝司湛游了过去。

司湛没戴泳镜，也没有减慢速度，等发现有人来了，想停下时，也有些来不及了。

他难免和那姑娘撞到了一起。

几乎是条件反射一样，他先是抬眼朝童淼的方向看了一眼。

童淼立刻错开眼神，默默地低下头，手里玩弄着细白的沙粒。

司湛低声跟金发姑娘说了声抱歉，朝海滩游去。

姑娘在他身后有些失望地问道："Are you rejecting me for the sake of others？"

司湛沉默了片刻，望着不远处缩成小小一团的童淼，缓声道："Yes."

童淼的头发都没湿，蓬蓬松松地垂在肩膀上，遮盖住后背和锁骨。

她的皮肤白白嫩嫩的，细腻得能黏住人的目光。

司湛走到童淼身边，坐在她前面空着的沙滩椅上，问："你们怎么都不下去玩？"

司启山抬起头："刚才人家找你干什么？"

司湛微微眯着眼，脸色变得有些冷淡，漫不经心道："不知道。"

偏偏哪壶不开提哪壶。

童淼攥着一把细沙，沙子顺着她的指缝簌簌滑下去，在地上堆成一个小小的山包。

她能用余光瞄到，司湛又看了她一眼。

司启山没有深究，他多少也知道儿子受小女生喜欢，在学校就是这样。

"正好你去教教哝哝游泳，别乱招惹别人。"

童淼踌躇地抬起头："我……我不敢游。"

她连泳池都没下过呢，更何况是下海。

她最多也就在海边踢踢浪花。

童美君劝道："你以后去清华，游泳是必修课呢，不会游毕不了业的。"

童淼鼓着腮帮，默默地拍打着手指上的沙子。

她不是不想学，是不想跟司湛学。

但是妈妈都那么说了，她好像也没有理由拒绝。

毕竟在海边度假，她总不能一直不碰水。

她站起身，慢慢地朝海水中走去。

脚下沾满了细细的沙粒，沙滩被晒得发烫。

司湛赶紧跟了上去，比方才对那金发美女可积极多了。

童淼穿着一身连体的泳衣，短小的裙边垂在大腿根，两条细腿又白又长，海风吹起她蓬松的头发，露出漂亮的蝴蝶骨。

司湛的眼神暗了暗。

她大概符合他对完美的所有想象了。

童淼在海边踩了踩海水，海浪一波一波地冲刷着她的小腿。

“你去游吧，不用管我。”

再往里面走，浪就有些大了，她站不住，侧歪了一下。

司湛一把拉住她，帮她保持平衡，低声道：“你生气了？”

童淼骤然脸红，嗔道：“你说什么呢？我生什么气啊？”

司湛抬了抬下巴，指了指不远处在水里嬉戏的外国美女：“不是生气，那是吃醋？”

童淼继续往海里面走，嘟起嘴：“胡说八道！我可以自己学，不用你教。”

司湛好笑道：“游泳你还能自己学？”

童淼认真地点了点头：“我的学习能力很强的，而且海水比泳池水的浮力要大，更利于我浮起来。”

海水漫过了她的肋骨，她开始有些胆怯了。

司湛抱着胸守在一边：“然后呢？”

童淼僵在原地：“然后我……慢慢来。”

她默默地往后退，因为她发现，到这个位置，海浪已经不是把她往外推，而是往里面拉了。

远处是望不见尽头的海岸线，巨大的岛屿在迷蒙的雾气中若隐若现，莫名让人有些敬畏。

“你别怕，我还在呢。”

司湛平静地守在她身前。

在这种时候，身边有一个可以随时抓住的人，能让人安心不少。

他要高很多，海水才到他的腰上一点点儿，站得也比她稳。

童淼试探着做出蛙泳的动作，张开手臂划水，但是双脚不敢离地。

司湛突然掐住她的腰，宽大的手掌几乎将她的腰全部包裹住。

童淼吓得浑身一抖："你干吗！"

妈妈和司叔叔就在不远处，抬眼就能看到的。

"我扶着你，你慢慢游，害怕了随时都能碰到底。"司湛沉声道。

童淼抬眼盯着他看了半晌，这才抿了抿唇，慢慢地向水里趴下去。

她的学习能力的确强，为了保持平衡，她还能不断地修正着自己的动作。一圈一圈游下来，司湛已经可以慢慢地松开手了。

在脚能碰到底的范围，童淼也不再害怕，毕竟司湛一直跟在她身边。

游累了，她和司湛慢慢地往海滩上走。

五星级酒店都有自己的私人海滩，但所处范围之外，就是游人都可以去的公共区域了。

在白色栅栏另一边的公共海滩，跑来一个刚换好衣服，抱着孩子的女人，她后面跟着一个走得慢吞吞的男人。

童淼猛然站在原地不动了。

司湛差点儿撞到她的身上。

"怎么了？"

童淼伸出手，默默地指了指栅栏那边。

董诚一家挤在人群里，不仔细看，根本注意不到。

童淼和童美君却一下子就看到了。

司启山订的酒店，本来就不是一般人能支付得起的。

偌大的海滩上，也就寥寥几家人。

董诚一侧脸，就看到了靠在司启山肩头的童美君，还有呆愣在司湛身边的童淼。

真的是……好巧。

童美君默默地坐直了身子，目光凝视着不远处。

司启山有些诧异地问道："怎么了？"那神情，和司湛如出一辙。

童美君淡淡地说道："那边那个，就是为了医院里一个出国名额，公然悔婚，扔下我和啾啾的男人。"

海风突然变得有些大，把童淼的长发吹起来。

冰凉的发梢带着海水的味道，拍打在司湛的胸口。

他轻轻地抓住她的手，无意识地捏了捏。

指尖碰到温热干燥的掌心，童淼莫名觉得镇定了许多。

童美君一撩丝巾，想要站起来，却被司启山适时拦住了。

"有什么可说的？"司启山问。

童美君的身体又慢慢地靠了回去，的确没什么可说的。

司启山眯起眼睛朝董诚看了看。

一副书生模样，清秀瘦弱，戴着眼镜，看起来也很年轻。

"出个国那么难？"他不知是吃醋还是怎的，语气中透着嘲讽。

童美君轻描淡写道："他家境不好，全家人指着他出人头地。"

司启山摸了摸童美君依旧美艳的脸："委屈你了。"

童美君摇了摇头："我早就忘了他了，但是他对啾啾的伤害，我能记一辈子。"

司启山顿了顿，朝自己儿子和童淼的方向看了一眼。

童淼的身体很僵硬，脸色也很差，浑身戒备。

司启山轻轻地问道："啾啾的病和他有关吧？"

童美君的眼睛有些酸涩，她轻轻地咬了咬唇，看着童淼的目光有些愧疚："自从他走了以后，啾啾的压力就一直很大。我的身体不好，她想要保护我。"

所以女儿才会拼命学习，想要比同龄人更强。

因为她不知道还能做什么，更不知道怎么做才是对的。她得比她的爸爸更厉害，才能取代生活里爸爸的位置。

然后，再想其他的。

童美君抹了一把眼泪，没有看到司湛拉住童淼的手。

董诚的眼眶有些发热，不管是童美君还是童淼，那都是他青春的回忆，他一辈子都忘不了的。

仅仅一栏之隔，却再也跨不过去了。

“司湛，你挡住我的眼睛吧。”童淼喃喃道。

她紧紧地盯着董诚，舍不得移开半点儿目光。

她知道董诚也在看着她。

其实长大之后，她便慢慢地明白爸爸妈妈之间发生了什么，但是无论如何，也无法把妈妈口中的人和记忆里温和慈爱的爸爸联系在一起。

司湛缓缓地抬起手，遮住了她的眼睛。

刹那间，眼前只有黑暗了。

纤长的睫毛微微地在掌心颤抖着，酥酥痒痒，挠得司湛的心也痒痒的。

“小卷毛，你再抖，我就要抱你了。”

司湛的胸膛微微震颤着，低沉的警告随着海风传入童淼的耳中。

童淼受惊一般，瞪着一双杏眼，轻咬着唇，猛地从他身边逃开。

他太不正经了！

司湛意味深长地笑了，带着坏坏的神情。

总算让她分散了注意力。

公共海滩吵吵嚷嚷，人挤着人，海水里像下饺子一样，游泳都游不开。

有小孩偷偷钻过白色栅栏，跑到酒店的沙滩上玩。

陈元黎抱着儿子从下面跑上来，嗔怪道：“哎哟，为什么不订这里的酒店呢？都没人挤的。”

董诚回过神来，勉强地笑了笑：“你也不看看这里多少钱一晚。”

陈元黎看着栅栏里空旷惬意的海滩，嫉妒地说道：“也就三千多而已，你都是首都医院的特邀专家了，怎么还是那么抠门？”

他们住得离海滩也不远，走路四五百米，价钱只有这里的三分之一。

董诚一向节俭，她也没有勉强，但是到了之后才发现，差距原来这么大，公共海滩的人有这么多。

“我们要住七天呢。”董诚耐心地解释。

陈元黎小声嘀咕道：“七天又怎么了？人家都带老婆、孩子住最好的地方。”

她指了指司启山的方向。

董诚的眼神一紧，心里没来由地有些憋闷。

要是当初没跟童美君分开，恐怕现在羡慕别人的就是童美君和童淼了。

他这算不算，给了前任和女儿过更好的生活的机会？

“哎，那俩学生我们是不是见过？”陈元黎看到了司湛和童淼，顿时觉得有些眼熟。

但是他们两人换了泳装，且隔了一段距离，她也认不太清。

董诚拉着她往相反的方向走：“没见过，我们换个地方玩吧。”

陈元黎一步三回头：“我觉得就是。这学生是真有钱啊！才高中吧？就带女生来这种地方度假。”

董诚一声不吭地听着，拉着陈元黎越走越远，好像离那里越近，他就越无法呼吸似的。

童淼不知道董诚是什么时候消失的，等她从司湛的调戏里回过神来，董诚已经不见了。

这件事就像一个小小的插曲，反正这之后的几天，她再也没有见过爸爸。

但是司叔叔带着她去了好多又高级又豪华的地方。

她觉得司叔叔好像有点儿吃醋了，开始用糖衣炮弹轰炸妈妈。

原来大人们也这么幼稚。

七天的假期一晃而过，又到了上学时间。

早自习的时候，童淼难免有些困倦，这几天玩得太疯了，很久没有这么开心过了。

姜谣好像也去哪里度假了，整个上午都苦着一张脸，一点儿都听不进课。

“喵喵，高中好烦啊，好想快点儿到大学啊。”

她不止一次感叹道。

童淼支着下巴，眼皮有些沉，听到她的话，歪过头喃喃回道：“大学好在哪里啊？”

姜谣理直气壮道：“大学不累啊，而且到了大学，我就可以正大光明地谈恋爱了。”

她的校服松松垮垮，马尾辫高高吊着，垂到脖颈边，手里无聊地转着笔，嘴角挂着甜甜的笑。

童淼顿时不怎么困了，她低着头，点了点自己的掌心，小声嘟囔道："谈恋爱这么好吗？"

姜谣枕在自己的胳膊上，不知是想到了什么，桃花眼都弯了起来："好啊，特别好啊。"

上课铃打响，季渃丞准时推门进来。

别的老师一来，班里趴倒一片，只有季渃丞能吸引全班女生直起身子。

姜谣像小炮弹一样"腾"地抬起了头，目光灼灼。

季渃丞拿了四份奖状进来，走到童淼面前："竞赛成绩出来了，恭喜了第一。"

他冲童淼淡淡地笑了笑，把奖状递给了她："下课给你的队友发一下。"

童淼怔了怔，低头看了一眼有些过于简单、低调的奖状，她喃喃道："刚……出来？"

季渃丞不明所以："对啊，和往年比已经很快了。"

童淼猛地回头，向最后一排看去。

中间隔的人太多，她几乎都看不见司湛。

她微微皱着眉，手指不由得攥了起来。

所以，原来的奖状是假的，网页也是假的？

都是司湛做的。

她慢慢地转回头，把奖状收了起来。班里响起此起彼伏的掌声，都是恭喜她的。她却满脑子都是考完试那天的情形。

她说错了，司湛一点儿也不幼稚。

他那么好。

天下无敌第一好。

童淼咬了咬下唇，心里微微一颤。

季渃丞做了个暂停的手势，教室里的掌声停止了。

他继续讲课，这堂课讲的是电动势。他的嗓音低沉而富有磁性，黑板上写满了潇洒的板书，他时常会在课堂上讲一些他在国外学习的先进理论，浅尝辄止，也不过多探讨。

姜谣碰了碰童淼："喵喵，你可真厉害，理科都学得那么好！什么时候季渃丞能给我送东西啊？"

刚才季渃丞过来送奖状，她心跳都变快了——季渃丞靠她那么近，虽然是借了童淼的光。

童淼回过神，拿着笔在演算纸上快速写道："我可以帮你学习啊。"

但是让季老师送东西什么的，她就没办法了。

姜谣嘟嘟嘴："我才不要奖状呢！我要礼物呀，今天我生日。"

她们坐在第一排，说话的声音稍稍大一点儿就能干扰季渃丞讲课。季渃丞转过头来，用责备的眼神扫了她一眼，然后收回视线继续讲课。

他能听见姜谣小声嘀咕，但听不到她具体说的是什么，更不知道今天是姜谣的生日。

姜谣有些失落地趴在了桌子上。

她的眼尾天生泛着红色，眼睛一垂，嚣张跋扈的气势荡然无存。

童淼当然也不知道今天是姜谣的生日，闻言觉得有些惭愧，她都没有时间给姜谣准备生日礼物了。

下课去给姜谣订个小蛋糕吧？

幸好学校附近有蛋糕店。

她暗自盘算着，没有注意到姜谣眼中闪过的伤心神色。

下课之前，季渃丞顿了顿，目光朝最后一排望去："司湛下课去我的办公室一趟。"

说罢，他先拿着书离开了教室。

姜谣从抽屉里拿出一盒包装精致的巧克力，垂眸看了看，朝童淼递过来："喵喵，你帮我交给司湛带过去，我还季渃丞的巧克力。"

童淼不明所以，明明今天是姜谣的生日，她怎么还给季老师礼物啊？

"我给司湛？"

姜谣愤愤道："我让他帮忙他肯定不干，但是你来开口他就没办法拒绝啦。"

童淼沉默了一瞬，虽然姜谣是随口说的，但她大概也能猜想到，在姜谣眼里，司湛对她也不一般吧？

司湛手插着兜，慢慢地走过教室里的过道，脸上是没有睡醒的倦意，带着生人勿近的清冷气息。

童淼把那盒巧克力递给他："司湛，姜谣还季老师的巧克力，你帮忙带一下吧。"

司湛抬了抬眼，心里不由得爆了一声粗口。

还以为是小卷毛送他的，心脏差点儿没跳出来。

"知道了。"

他接过巧克力，皱着眉头出了教室。

班级里离得近的女生开始窃窃私语。

"姜谣送季老师巧克力？"

"不是吧？她也太大胆了！今天是情人节吗？"

"我真是服了她了，估计季老师烦死她了吧。"

……

姜谣一拍桌子站了起来，眼尾微微上挑，精致的脸蛋挂着寒意："想说大声说啊！谁在嘀咕？站出来让我看看！"

童淼皱了皱眉，有些担忧地看了看佯装蛮横的姜谣。

第12章

季诺丞往椅子上一靠，随手把电脑打开，调出司湛的机器人设计的相关资料。

很快，司湛推门走了进来，跟季诺丞打招呼："季老师。"

季诺丞点点头，冲他招手："你来。"

司湛拿着那盒巧克力，走到季诺丞身边，随意地把巧克力放在他的办公桌上。

但显然，季诺丞都没多看一眼包装精致的巧克力。

"你这个程序和算法，已经很不错了，国内的比赛都没有太大问题。"

季诺丞说罢，顿了顿，抬眼看了看司湛。

司湛挑挑眉："但是？"

季诺丞淡淡一笑，知道司湛领会了他的意思："但是想在 VEX 上得奖，我劝你找个物理和数学都很好的队友，帮你优化一下。"

司湛微不可见地皱了皱眉。

"我说的好，不是一般的好。"他轻轻动了动鼠标，切换了一下界面。

电脑屏幕上是教育局的网页，上面挂出了上次学科竞赛的排名。

盛华的名字加粗、加大地排在第一位，紧接着就是队员的信息。

"童淼怎么样？你教教她，她应该很快就能上手。"季诺丞说罢，抬眸看着司湛。

司湛心里其实有了预感。

季渃丞不止一次说过，对于机器人大赛来说，只有他和陈冬两个人做太不现实，后期会忙不过来，势必要新增队友。

但司湛没有什么看好的人选，就这么一直拖着，直到童淼转学过来，季渃丞又提了一次。

的确，没有比童淼更合适的人了。

她的比赛水平是从小锻炼出来的，在理科方面又有常人难以企及的天赋，她简直是得天独厚的队友。

但是……

“童淼不行，我再找找别人。”

司湛深吸了一口气，当即拒绝。

他不能把小卷毛卷进下次竞赛里面，这是底线。

季渃丞皱了皱眉，司湛的表情过于坚决，这让他有些不解。

听孙主任的意思，童淼来盛华都是司家打的招呼，按理说两人的关系应该很近才是啊。

他补充道：“你的机械设计和电路优化都用得到她，但我尊重你的意见。”

司湛点点头，把手揣进兜里，再次强调道：“我再找找别的人，她不行。”

“好，那先回去吧。”季渃丞抬手把网页关掉，打开邮箱准备查阅文件。

司湛的眼睛扫到那盒巧克力，顿了顿，说道：“老师，那是姜谣从意大利给你带回来的礼物。还有，今天她生日。”

他说罢，转身推门走了。

该带到的已经带到了，甚至看在情面上还多说了一句，但是更多的，真没办法了。

要是姜谣看上的是别的什么人，他都能帮着按头威胁，偏偏是季渃丞。

季渃丞的眼睫微不可见地抖了抖，目光落在巧克力上。

精致的包装上还系着一朵彩色的小花，连一丝挤压和褶皱都没有。

可想而知，主人对这个礼物很重视。

生日吗？

他的目光变得有些深，但很快又继续转回了电脑上，点开一封来自清华大学物理系纪教授的邮件。

课间操顶着大太阳进行着，高二、高三的学生都懒散地抬着胳膊，腿几乎不动。

大概只有高一的学生还带着从初中升上来的热情。

听过无数遍的音乐，再听都产生生理性排斥了，更何况阳光那么强烈。

童淼不适应强光，连眼睛都睁不太开，一闭眼，眼前就出现七零八落的炫彩。

站她旁边的姜谣几乎动都没动，沉着一张脸，不知道在想些什么。

周雅茹比童淼高一点儿，她站在童淼的后面。

自从那次以后，她总是情不自禁地观察童淼，每看一次，心情就压抑几分。

因为她突然意识到，以后学校里再有一两个名额的参赛机会，都没有她的份了。

谁让她没有童淼优秀呢？

谁让她往死里学都学不过人家呢？

天空干净得没有一丝云彩，偶尔传来轰隆隆的飞机声，很快又消失了。

她就是这么渺小又平凡的人，注定会被更耀眼的“金子”衬托得黯淡无光。

周雅茹低下头，眼泪顺着脸颊往下流，但谁都没有发现。

甚至她自己也没有注意到。

阳光太毒了，很快就把水分给蒸发了。

班主任突然从队伍末尾小跑过来，脸上洋溢着笑容。

她跑到童淼身边，抬起手轻轻地拍了拍她的后背，将太阳伞遮在童淼的头顶，体贴极了。

童淼睁开眼睛勉强看清了来人：“老师？”

班主任笑道：“高三化学组的杨老师找你有事，你跟我过来一下。”

说罢，她转头往队伍末尾走。

童淼只得跟上她，虽然连这个杨老师是谁，她都不知道。

周雅茹嫉妒的目光一直追随着童淼，如果不是童淼，班主任最喜欢的学生应该是她吧？

谁不知道，杨菁之老师是化学教学的学科带头人，是全市甚至全省都数得上的名师？

被她找去一定是要被重视了，或者邀请参加化学竞赛，或者介绍导师。

周雅茹胡思乱想着，她知道童淼已经得到清华的预录取名额了，都这样了，究竟还要抢走多少东西呢？就不能给其他学生留条活路吗？

班主任把童淼带到队末，那里站着一个穿小西服、戴眼镜的女人，面容严肃。

“杨老师，这就是童淼。”

杨菁之仔细地打量着她，轻轻地点了点头。

童淼抿了抿唇，也不知道究竟是怎么回事，她拘谨地抓了抓校服裙，迷茫地望了一眼班主任。

“去跟杨老师谈谈，她在化学方面可厉害呢，盛华每年的化学竞赛一等奖都是她带出来的。”班主任意有所指。

童淼低下了头，她不想再参加竞赛了。

司湛正和陈冬从小超市出来，一眼就看到童淼站在队伍的最后。

陈冬歪着脑袋嘀咕道：“这不是杨菁之吗？”

司湛沉默不语，把玩着手里的水瓶，看着那个方向。

陈冬也没多想，很快收回了目光，看着司湛：“继续说啊，季老师建议你什么？”

司湛没有答话，突然朝童淼的方向紧走几步。

陈冬怔愣半晌，赶紧小跑着跟上去：“大哥，你干吗去啊？”

童淼垂着眼睛跟杨菁之往教学楼里走，突然觉得身边刮过一阵风，很快手臂就被人抓住。

她吓了一跳，眯着眼一看，是司湛。

她很快松了一口气，好像已经被司湛抓习惯了。

“干吗去？”司湛声音低沉道。

童淼用另一只手指了指前面：“老师找我呀。”

司湛微微侧过脸，看了一眼杨菁之，眼神轻微地紧了紧，幽幽道：“上课之前不回来，我去化学组找你。”

说罢，他摘掉自己脑袋上的棒球帽，轻轻地扣在童淼的头上。

突然之间有了遮挡，光线没有那么刺眼了，童淼睁大了眼睛，迷茫地点了点头。

她不知道司湛为什么这么说，被老师找去又不会有什么问题。

“快点儿。”杨菁之见童淼停下跟同学说话，脸色有些不耐烦。

“你别瞎闹啊。”童淼小声地嘱咐道，赶紧跟上了杨菁之的脚步，甚至忘记把棒球帽还给司湛了。

司湛手插着兜，轻微地眯了眯眼，意味深长地看着童淼的背影。

楼道里十分清凉。

值日生把地面拖得湿漉漉的，带着一股潮湿的气息。

杨菁之的高跟鞋嗒嗒嗒地踩在地面上，发出让人神经一紧的清脆声响。

童淼重新塞了塞有些褶皱的短袖校服衬衫，紧走几步跟上去。

高三的楼层她从来没有上去过，学校怕打扰到高三学生复习，也不让低年级学生轻易走动。

她舔了舔唇，有些新奇地环视了一圈。

和楼下的结构没有什么差别，但是走廊很安静，地上没有打扫过的痕迹，留在教室里的同学都在埋头写着作业。

杨菁之的办公室在拐角最靠里面，向阳，光线也好。

她推开办公室的门，快走两步，一屁股坐在椅子上，把书往桌子上一摔。

童淼吓了一跳，戒备地抬起眼睛。

她不知所措地站在杨菁之的桌子边，拘谨地问道：“老师，有什么事吗？”

办公室的桌子是木制的，上面铺着一层绿底，桌面是一大块玻璃板，下面可以夹照片。

杨菁之的桌面下也夹了照片。

是各种各样的合影，其中有一张，杨菁之穿着运动服，亲昵地揽着陆铭。

童淼的心一沉，指甲默默地掐了掌心。

这样啊。

杨菁之似笑非笑地看着她，没有回答她的话。

窗台上有一盆青嫩的仙人球，长着尖尖的刺，童淼望着支棱的尖刺，心里默默地读秒。

空气安静得好似凝固了一般，让人喘不过气来。

也不知道过了多久，又有一架飞机飞越学校上空，打破了平静。

杨菁之总算说话了，她把腿一跷，冷笑道："看你样子挺老实的，心眼儿不少啊。"

这句话有些刺耳，童淼微微地皱了皱眉。

但她没有回话，她总算知道她被召来这里的目的了，不是强迫她参赛的，而是给杨菁之出气的。

"年纪不大就知道排挤同学了？"杨菁之坐直了身子，细长的眉毛立起来，画得十分精致的眼线有些凌厉，目光紧紧地盯着童淼的脸。

童淼的睫毛轻轻地颤了颤，错开了她的目光。

虽然她是来当垃圾桶的，但也没必要照单全收吧？

她理好心思，开始默背圆周率，想看杨菁之能说到什么时候。

"你是不是以为你最厉害了，全校都得让着你啊？"

"得第一了不起吗？就你自己能得第一吗？"

"你故意不让陆铭答题，做给谁看呢？你就一定比陆铭答得好吗？"

杨菁之一开始说话，就像竹筒倒豆子，噼里啪啦，没完没了。

童淼望着仙人球的刺出神，泛着水汽的眼睛映出青绿色球体的影子，心里默念："2643383279……"

一个耳朵进，一个耳朵出，她也不太记得杨菁之说了些什么。

空调的风呼呼地吹着，一股股凉风拂过纤细的胳膊，她觉得有点儿冷。站得腿也有些僵了，她轻微地动了动小腿。

课间操的音乐怎么还没完呢？上课铃怎么还不响呢？上课了就能放她回去了吧？要是不放她回去，她再背点儿什么好呢？

杨菁之猛地一拍桌子，童淼恍然回神，不解地看着她。

"你在那儿想什么呢？我问你，你听清了吗！"

杨菁之推了推眼镜，咄咄逼人地看着童淼。

童淼动了动嘴唇，纤长的睫毛微微颤了颤。

抱歉，真的没认真听。

“都当耳旁风了，是吧？你等着我找你的家长吧！也不知道谁教育的你，让你的心思这么恶毒！”

杨菁之气得喘了几口粗气，举起杯子咕嘟咕嘟喝了几口水。

童淼不禁觉得好笑，她就是想带着队伍赢得比赛而已，竟然跟恶毒都扯上关系了？

杨菁之声音尖细，破口大骂道：“你哑巴了？不会说话吗！”

她越说越气，所有的责骂都像打在了闷鼓上，童淼连一点儿回应都没有。

本来上午她还挺开心儿子得了第一的，后来就听到各个学校传出来的风言风语。

说陆铭根本没有真才实学，竞赛考得稀巴烂，都靠队友主力输出，尤其是那个叫童淼的，真厉害，把陆铭的题都做了。

传着，传着，说杨菁之也一样没有真才实学的流言也跟着出来了。

大多都是各个重点高中的同行说的。

杨菁之气得差点儿犯了高血压。

她把陆铭叫过来逼问，这才知道他被一个高二的学生穿小鞋了。

她是真没想到，童淼看起来这么乖巧老实，却是知人知面不知心。

“说话！”杨菁之往椅子上一靠，把头转向窗外，脸色极差地看着校园里四处都有的银桂树。

课间操结束了，各班的同学陆陆续续地往教室里面走。

童淼微微抬起眸子，看了一眼杨菁之，轻声道：“哦……”

她真的不知道说什么。

这个结果已经造成了，她无法挽回杨菁之的损失，更不可能把陆铭拉回赛场重新来一遍。

如果只是发泄似的羞辱，她已经在承受了，不知道杨菁之还想听她说什么。

这种经历对她来说其实很新奇。

从小到大，她都是被所有老师重点关照的学生，这还是她第一次被人毫不留情地破口大骂。

按理说，她现在应该哭了，但是她一点儿也不想哭，甚至觉得有点儿好笑。

所谓的化学名师，准备和她计较到什么时候呢？

杨菁之看她一副闷葫芦样，余怒未消："叫你家长来吧，你今天也别上课了，能念就念，不能念就滚！"

她的声音有点儿大，隔着紧闭的门都能听到，口水差点儿喷到童淼的脸上。

"抱歉，我没有带手机。"

童淼的声音轻轻细细的，杏眼里映出杨菁之的脸，她尽量真诚地看着杨菁之。

她是真不想找妈妈来，妈妈的身体不好，没必要替她承受这些。

如果只是让她在这里挨一节课的骂，她听着就好了。

杨菁之的目光像一根刺，一点一点儿地扎着她的皮肤，却始终刺不到里面去，她一点儿也不怕。

饮水机里的压力失衡，一个气泡鼓了出来，发出沉闷的咕嘟声。

杨菁之从包里掏出自己的手机，指着童淼的脸："用我的！打！"

她吼完，嘀嘀咕咕道："现在的学生，一个比一个坏，学习再好，将来也是祸害……"

童淼慢慢地摸过她的手机，有些迟疑。

真的要打吗？

可是妈妈在工作吧？

她不想给妈妈添麻烦。

手指轻轻地摸着按键，她踌躇地看了杨菁之一眼。

要不服个软，道个歉，她应该能放过自己吧？

她正想着，心里还在犹豫。

嘭！

办公室大门突然被人粗鲁地踹开。

门锁硬生生地被踹坏了，巨大的响声震得杨菁之杯子里的热水直颤。

大门撞到墙壁又反弹回来，发出刺耳的嘎吱声。

“找家长是吧？我打。”

司湛周身透着冷冽的气息，抬腿迈进来，一把从童淼手里抢过手机捏在手里，快速地按了几个键。

他勾了勾唇，眼底却没有一丝笑意，那股狠劲儿，让童淼以为他要打人。

对面响起了嘟嘟嘟的声音，电话很快被接了起来。

司湛薄唇微启，眼中带着寒意，喉结微微滚动，冷声道：“老司，你来学校一趟吧，有人要找你的女朋友。”

说罢，司湛手一甩，新版的苹果手机带着风朝窗口砸去。

手机撞上了花盆，把陶瓷花盆硬生生地砸出了裂缝，然后三滚两滚，重重地坠落在地上，屏幕彻底黑了。

童淼怔怔地站在原地，手脚冰凉。

玩大了吧……

童淼心里就只有这一个想法。

手机贴着冰凉的地面，晃晃荡荡的大门被风吹得嘎吱作响。

暴风雨前的宁静。

杨菁之从来没见过如此猖狂的学生，震惊得一时说不出话来。

相比起司湛，童淼简直太好摆布了，骂不还口，还一副低头认错的模样。哪像这位？蛮横张狂，不可理喻。

简直有悖她教学多年的三观。

还是司湛先开口说话。他扯了一把椅子过来，拍了拍椅面上的灰，招呼童淼：“坐。”

这是疯了吧？

童淼赶紧摇了摇头，紧张地朝司湛眨眼暗示。她现在恨不得司湛赶紧夺门而逃，在老师还不知道他的名字的时候。

但司湛完全忽视了她的眼神，他挑了一下眉，又颠了一下椅子，语气冷淡：“怕什么？哥哥会给你做主的。”

童淼被那一句“哥哥”弄得面红耳赤，手指不由得揉捏起校服裙来。

虽然他可以算是她未来的哥哥，但这时候怎么听都觉得有引申含义。

而且她根本不可能像司湛这么大胆。

“司湛……”

她进退两难，僵在原地。

但她很快就反应过来，司湛不光是在帮她出气，司湛还在生她的气。

可是她不知道司湛气什么。

她当然没有听司湛的话坐上去，因为杨菁之总算反应过来了——有人闯到她的办公室砸场子。

“你是什么人？是盛华的学生？盛华有你这种无法无天的学生？”

杨菁之腾地站起来，紧绷的西服裙原先还有一丝褶皱，很快便坠直了。

童淼很想让杨菁之专注地骂自己，反正被骂又不会掉一斤肉，就像以前，她成天被夸也没有更开心一点儿。

但是杨菁之的目光早就不在小女生身上了，她像一只瞪着眼睛，支棱起翅膀的斗鸡，咄咄逼人地看着司湛。

司湛一屁股坐在椅子上，跷着腿，背向后一靠，双手随意地交叠在身前，抬头眯眼看着杨菁之。

“盛华不也有你这种无法无天的老师吗？”

他吐字清晰，语气带着毫不掩饰的嘲讽。

童淼觉得，他披着学生的外壳，带着总统的气势。

怎么那么狂呢？

杨菁之有些夸张地冷笑了一下，仿佛听到了天大的笑话。

“你这种货色是怎么被盛华招进来的？早知道这学校这么没有底线，我根本不可能来！”

杨菁之也是被气疯了，连带着学校都成了她的对立面。

她在省里都挺有名气的，一向被各个重点高中争抢，校领导都对她尊敬有加，今天竟然被一个学生给怼了。

她根本不能接受。

司湛静静地听着，浑身低气压。

等杨菁之咆哮完，他掏出自己的手机，漫不经心道：“哎，你叫杨菁之是吧？”

童淼像个背景板一样站在原地，看着司湛坐在椅子上，杨菁之反倒气喘吁吁地站着。

这是本末倒置了吧？

她想去扯扯司湛的外套，让他别把事情弄得那么僵。她虽然沉默寡言，但也不是软弱的豆腐块，一点儿风吹雨打就能打散了。

但是她没敢。

因为司湛在和她生气，他第一次刻意地忽视她的存在。

司湛在手机里搜索着杨菁之的基本资料，网上是她光鲜亮丽的教学经历，大大小小的新闻把她包装成了一个慈祥和蔼的教学名师。

“你行啊，你狂是吧？我就等着你家长过来，看是什么人教出你们俩这种货色！”

杨菁之再咄咄逼人，也到底是个女人，司湛一个大小伙子在那儿坐着，她拖也拖不走，打也打不过，出门的过道都被椅子给堵上了。

司湛慵懒地勾了勾唇，关掉了网页，在手机上慢慢地摆弄一番，然后按灭了界面。

“你等着吧，教出我的人快来了。”

他站起身来，一把拽住童淼的手腕：“跟我回去上课。”

他的力气很大，童淼踉跄地被他拉出了办公室，她缩了缩手，想要挣脱，但显然是无用功。

“司湛……”她小小地叫了一声，有些手足无措，回头看了看杨菁之，杨菁之的眼睛都要瞪出来了。

“给我回来！谁让你们走的？我告诉你，兔崽子，这事儿没完！”她在办公室里声嘶力竭地咆哮。

走廊里拿着作业本讨论题目的学生们茫然地抬起头，朝杨菁之的办公室望去。

司湛懒得理她，拉着童淼往楼下走。

走了几步，童淼的心脏剧烈地跳了起来。

司湛的脚步很大，她要小跑才能跟上，司湛不说话，但是周身都弥漫着怒火。

她从没见过司湛这么认真地生气的样子。

走到楼下的走廊时，各个班级已经开始上课了，教室大门紧闭着，里面传来朗读声。

“司湛你抓疼我了，放开呀。”童淼怯生生道。

这次司湛真的把她放开了。

他将她拽到走廊的圆柱子边上，放开了手，却用双臂堵住她。

童淼能感受到两耳边从司湛小臂传来的温热，她懵懂地看着司湛的脸，不知道他为什么把自己堵在这里。

不是说好回去上课的吗？

她默默地又往圆柱子边退了退，鞋跟紧紧地抵着圆柱子，不留一丝缝隙。

单薄的脊背撞上冰凉的大理石圆柱，有点儿疼，被凉意一沁，她打了个哆嗦。

“你……你干吗？”她睁大水润的杏眼，紧张地吞咽着口水。

司湛盯着她圆嘟嘟的脸，目光下移到她情不自禁轻抿的红唇，然后是忐忑地绞在一起的手指。

半晌，他缓缓道：“比赛场上出了什么事儿？”

声音低沉沙哑，却带着不怒自威的气势。

童淼垂下眼睛，低着头，鞋尖紧紧地贴在一起，低声道：“也没有什么事……”

司湛伸过一只手抬起她的下巴，强迫她直视自己的眼睛。

“那她这么骂你？”

童淼被迫昂着头，她轻轻地眨了眨眼睛：“我没事的，我在背圆周率来着，都没听进去。”

她是真的没有听进去，这种来自陌生人的恶意，还伤害不了她。

她也并不是那么在意所有人的评价，所以真的不希望因为她和杨老师闹得那么僵，给司叔叔找麻烦。

司湛盯着她的眼睛，一字一顿道：“我听进去了。”

陌生人无法刺破她的坚强壁垒，却能轻易撼动司湛的底线。

她接收不到的恶意，原原本本地让关心她的人全部接收了。

童淼怔怔地看着司湛，紧紧地绞在一起的手指，突然松弛了。

她动了动嘴唇，却不知道该说些什么。

司湛继续道："所以永远别跟我说你没事，你不在意，我会在意。"

他缓缓地松开捏着童淼下巴的手，也松开了对她的禁锢。他手插着兜，站在她面前，云淡风轻道："你去上课吧。"

他转过头往楼下走。

司启山估计已经过来了，他得先解决这件事情。

他走路很快，从窗外吹来的风吹动他的外套和头发。

童淼站在原地看着他的背影，突然糯糯地说道："我以后不会了。"

司湛的身影顿了顿。

"以后有事情，我会跟你说，以后有人骂我，我会反抗。"她一本正经地说道，细嫩的嗓音在空旷的走廊里显得格外明朗。

司湛长长地叹一口气，还是转过身来，走到她面前，抬起手狠狠地揉了揉她的头发："乖。"

他的动作有些过分亲昵了。

刚从卫生间走出来的陈露楠正巧看到了这一幕，她紧张得捂住了嘴巴，站在原地一动不动。

她听到童淼问："但你没事吗？"

司湛向她保证："我敢做的，都是能善后的事情。"

窗外的树叶被吹得稀里哗啦地响，阳光在枝叶间晃动着，在两个人的身上投下影影绰绰的光斑。

司启山接到电话之后，还没来得及说什么，对面就断了。

他的确有点儿焦头烂额，从会上跑出来，催促着司机开车到盛华。

他在车上冷静了几分，先是给校长打了电话，发现季校长也不知道司湛出了什么事。

他这才稍稍放心了，看来不是顶天的大事。

车子一路畅快地通行，不过四十多分钟，就开进了盛华的校门。

季校长在操场上等着他，皱眉疑惑道："老司，你是不是巴不得你儿子出事？我这里什么消息都没有收到。"

司启山头痛地摆摆手："别提了，我先叫他出来问清楚。"

他正想去教室找，司湛已经从教学楼里晃晃荡荡地出来了。

"哟，来得挺快。"司湛勾唇朝他爸笑了笑。

司启山沉着脸："我早就跟你说过，不许打着我的名号在学校横行霸道！你又干什么了！"

季校长也一脸疑惑地看着司湛。司湛耸了耸肩，还没说话，孙主任就风风火火地从司湛后面跑出来，满头是汗道："知道了，知道了！"

他一眼看到司启山，僵了僵。

司启山立刻问道："知道什么了？我儿子又干什么了？"

孙主任的脸色有些怪异，他看了一眼司湛，又看了看司启山，支吾道："这个……这次好像是童淼。"

司启山一愣，明显不太相信。童淼既乖巧又优秀，他从来没见过那么让人省心的孩子。

说是司湛，他连怀疑都不会怀疑，说是童淼，他怎么都不能信。

司湛懒洋洋地一笑："杨菁之老师想知道，你的女朋友是个什么货色，教出了那么恶毒的女儿，你不去找她谈谈？"

孙主任把赛场上发生的事情详详细细地说了一遍。

司启山的脸色顿时阴沉下来了，他迈步往教学楼里走，接过司湛的话，淡淡道："是得好好谈谈。"

第13章

杨菁之见季校长和孙主任也跟着童淼的家长来了，她有些发愣。

她不是学校的领导层，平时也不关心阑市的新闻，还真的没见过司启山。

但看这个气势，大概不是个普通人。

怪不得方才那小子那么猖狂呢，原来是有个了不起的爹。

但杨菁之觉得自己占着理，立刻挺了挺胸脯：“季校长。”

她先是跟校长打了招呼，然后把目光转向司启山：“这位家长，我们要好好谈谈。”

往常，学生家长对她的态度都是尊敬有加，来求她开班授课的，更是带着大包小包的礼物，大人物也一样。

所以她并没有怎么慌张。

司启山淡淡地点了点头，余光扫了扫办公室里的环境，并没有用正眼看杨菁之。

司湛在他身后靠门站着，似笑非笑地低着头。

杨菁之有点儿尴尬，等了半晌，司启山还是没有回答她。

她推了推眼镜，对孙主任道：“您跟着去的，大概也知道怎么回事吧？您说说，童淼是不是排挤同学，不让同学参赛了？”

孙主任轻咳了一声，后悔不迭。

早知道，他就不跟着进来了。他本以为有校长在，根本不需要他说什么话。

他不想得罪杨菁之，可司启山更是得罪不起。

“这个……事情是这样的，陆铭呢，在第一场考试没有发挥好，团队差点儿被淘汰，多亏童淼力挽狂澜，所以几个孩子就着急了，商量一下后就让童淼答陆铭那份题。”

孙主任说得委婉，尽量两边都不得罪。

杨菁之冷笑了一下：“陆铭的成绩大家都有目共睹，他的竞赛能力我也心里有数，足以应对这次比赛。但是高考在即，受到了这样的歧视，对他的心态产生了极大的影响，这该怎么办！”

她看着司启山，说得掷地有声，义正词严。

司启山抬了抬眼，云淡风轻道：“这个问题先放一放。我们来谈谈，是什么货色生出了恶毒的孩子。”

司湛拎了一把椅子过来，放他爸身后。

司启山回头看了他一眼，然后四平八稳地坐在椅子上，双手随意交叠，看着杨菁之，脸上没有喜怒。

季校长可还没坐呢。

杨菁之一下子就感受到了气氛的微妙，还有一种跨越阶层的疏离感。

显然司启山是这个小屋子里的顶层，而她，大概就沦为底层了。

她心里十分压抑，如履薄冰。

空调的风呼呼地吹着，但她仍然觉得背后一阵阵地冒汗，通体发凉。

季校长皱了皱眉：“杨老师，你真的说了这样的话？”

杨菁之的脸色陡然一变，这才明白，这位家长不是向她赔礼道歉来了，而是来算账的。

现在连季校长都不关心她儿子承受的压力，反而揪住她一时的气话不放。

她有些心寒，甚至下定决心，等陆铭毕业之后，她就去育成教学，无论盛华如何挽留，她都不会答应留下来了。

她很快稳了稳心神，强硬地说道：“我也是一时气急了，口不择言，心里不是那么想的。”

司湛在门边听着，嗤笑一声，没有说话。

司启山仿若未闻，食指轻轻地敲着腕表，自顾自道："身为教书育人的老师，即便是情急之下，也不该说出侮辱学生乃至学生家长人格的话。"

他转头看向季校长，指了指杨菁之，平静地说道："这说明老陈的工作还是不到位。"

他口中的老陈是陈谷国，阑市教育局局长。

季校长淡淡地点了点头，表情也变得有些严肃："也怪我，这些年过于重视面子工程，忽略了对教学队伍的品质要求。"

司启山摆了摆手，表示自己并不怪他，然后头也不回地对司湛道："去把你妹妹找来。"

司湛挑了挑眉，手插着兜，慢悠悠地走出门。

杨菁之僵硬地站在原地，不由得眼圈泛红。在她眼中，这就是一伙大人物联合欺负她，让她屈服。

她只是一个为自己孩子争取公平权利的母亲而已，竟然在赤裸裸的阶层差异下，被无情鞭笞了。

"季校长，那我儿子受排挤的事情怎么办？他就活该承受其他同学的嘲笑？他也想为学校争光的，结果呢？"

杨菁之的声音里带着些许颤抖的哭腔，很是愤愤不平。

没有人回答她的话。

周遭安静得只能听见时钟唰唰走动的声音。

很快，司湛带着童淼回来了。

童淼怯生生地看了看一屋子的大人，拘谨地站在司湛身边。

其实在教室里，她也没有听进去课，脑子里满是司湛的影子。她担心司湛，怕他挨骂，怕他吃亏，怕他因为自己做出什么更过分的事。

"司叔叔，校长，孙主任。"她糯糯地叫了一圈，然后望向吸溜着鼻涕，红着眼睛的杨菁之。

司叔叔来了，情况好像发生了微妙的变化。

她觉得，现在的杨菁之，有些像方才的自己。

唯一不同的是，她方才并没有哭，但杨菁之显然已经很委屈了。

司启山站起身来，拍了拍她的脑袋：“哝哝，当时赛场上是怎么一回事？你好好说，不要怕。”

司启山的手掌宽大温热，带着摆平一切的气势，让人莫名心安。

童淼轻轻地舔了舔唇，睫毛轻颤，她低着头，轻声道：“当时决定得很仓促，但是我们一致认为，陆铭并没有获奖的能力。”

杨菁之有些夸张地笑了一下，带着哭腔的嗓音格外怪异：“需要我给你看看陆铭的成绩吗？你们一群小孩子，凭什么认为别人没有能力！”

童淼真诚地望着杨菁之，小小地鞠了一躬：“抱歉，但我答应了孙主任要得第一，育成高中很强，我们容不得半点儿差错。”

她是发自肺腑地说这番话的，如果对手不是那么强，她当然可以让陆铭答题。超过几分或几十分，对她来说，没有什么区别。

但杨菁之现在格外敏感，“差错”那个词让她觉得异常刺耳，她脸上的肌肉跳了跳，瞪了童淼一眼。

“我知道你厉害，但这也不是你瞧不起人的理由。你问问季校长，陆铭得过化学竞赛的全国二等奖，跟一等奖就差了一分！”

杨菁之看着季校长，目光充满希冀，希望季校长能帮她作证。

孙主任接过话来：“不错，这也是我们选择陆铭参加竞赛的理由。但是杨老师，你不知道，第一场比赛里，陆铭只答对了三十六道题，要不是童淼同学答了三百六十道题，他们第一轮就被淘汰了。”

他也不再委婉了，把当时让人心悸的差距说了出来，也解释了他为什么默许这种“排挤”。

司启山拉住童淼的手，认真地问道：“告诉叔叔，这是真的吗？”

童淼看向司启山，轻轻地点了点头。

“那些题，都是我们经常参加竞赛的学生从小就做过的，很多题一看就知道答案，所以才能在短时间内答对几百道。如果……”

她顿了顿，她想说，如果只做出了三十六道，那只能说明，陆铭对于竞赛试题和从未接触过竞赛的选手一样陌生。

他根本就不具备参加竞赛的能力，至于以前的辉煌经历，就不知道是怎么回事了。

司启山点了点头，给了司湛一个眼神："没事了，跟你妹妹一起去上课。你也是，好好跟哝哝学习，别总惹是生非。"

然后，他走到季校长身边，用并不轻的声音道："今天晚上约老陈吃顿饭吧，他身居高位久了，底下有些猫腻都看不见了。"

季校长沉默了半晌，轻轻地点点头："来我家吧。毕业这么多年，你弟妹也好久没见你俩了。"

司启山面色平静，像是平常约了一顿饭那么简单，但谁都知道，这并不是普通的饭局。

杨菁之如鲠在喉，脸涨得通红。

她迷茫地看着孙主任，却发现对方轻轻地移开了视线。

司启山临出门前像是想起了什么，转回身来，打开钱夹，从里面取出一张名片，推到杨菁之面前。

"听说我儿子把你的手机砸了，实在抱歉，我稍后让秘书送来一台。"

卡片上司启山的名字和头衔清晰地呈现在杨菁之眼前。

杨菁之只觉得眼前一恍惚，险些跌倒在地上。

等人都走了，孙主任有些焦心地看着杨菁之，低声问道："杨老师，现在就我们两个人了，你老实说，陆铭的成绩到底有没有问题？"

杨菁之抬眼，怔怔地望着他，动了动嘴唇，没有说出话来。

童美君从医院大门走出来，松开系了一天的头绳，揉了揉浓密的长发。

隔壁科室的实习生凑过来，脸上带着八卦的笑："童老师，今天没人来接您啊？"

时常停在医院门口的豪车今天没有来，大家心照不宣地看向童美君。

童美君不愿跟同事多探讨司启山的事情，含笑道："他今天有应酬，我去学校看女儿。"

实习生意味深长道："哦……真羡慕您，治了那么好的男人回来。"

童美君的动作顿了顿，装作没听到，刻意跟实习生拉开了距离，朝另一个方向走远了。

实习生一旁的朋友小声问道："什么叫治了个男人回来啊？"

实习生小声嘀咕道："哎哟，好命呗，未婚先孕还能找到那么好的男人接盘。”

朋友神秘兮兮道：“听说童老师跟咱院当初的大神董老师……”

“嘘，别瞎说，董老师前年刚结婚，马上要去首都工作了。”

……

童美君还是听了些进去，轻轻地摇了摇头。

她手里拎了一袋子吸吸果冻，是童淼最喜欢吃的零食，每次母女两个出去逛街，都要买一些。

自从童淼去了盛华读书，母女俩也好久没聚过了。

她有些想念女儿了。

盛华教学楼的右侧面有个小门，是专门留给送饭的家长的。

有些家长担心孩子在学校吃得不够营养，所以在晚自习之前会送些自己熬的汤过来。

童美君来之前给童淼发了短信。

她站在小门外等着，脸上带着期待。

很快，童淼从教学楼里小跑着出来，一眼就看到了童美君。

她脸蛋有些红，跑得上气不接下气。

晚风吹起她蓬松的校服裙子，一搭一搭地拍在膝盖上。

童美君摸了摸她的脸，淡笑道：“慢点儿，着什么急？”

童淼舔了舔略微有些干涩的唇，咽了咽口水，小声道：“妈妈。”

她抬眼仔细地打量着童美君的脸色，想要从中看出些什么，手指也不由自主地绞起来。

童美君愣了愣，凝视了她半晌，缓缓问道：“你怎么了？这么紧张？”

童淼立刻摇了摇头，道：“没有啊……妈妈，你怎么突然来了？”

今天发生了太多的事，越闹越大，连司叔叔都来了，现在妈妈也来了。

她还是特别怕童美君知道这些事儿，尤其是她瞒着妈妈去参加竞赛的事情。

她尽量保持着平静，但还是不由自主地有些紧张。

但看妈妈这个反应，大概是不知道发生什么了。

“今天你司叔叔有应酬，我想你了，给你和阿湛带了些吃的来。”

童美君并没有多想，她抬手将零食邀功似的呈在童淼眼前。

“给你的果冻，还有给阿湛的巧克力。”

都是满满的一大袋，够吃好久了。

童淼甜甜地笑了笑：“这么多啊！”她赶紧接了过来，拿在手里还挺沉。

但是……司湛喜欢吃巧克力吗？

童美君揽过童淼的肩，向她身后看了看：“阿湛呢？不跟我们一起吃饭吗？”

童淼摇了摇头：“他和同学还有机器人的事情要忙。”

她其实也不知道司湛是真的要忙，还是觉得不自在。

总之，他今天的脾气都不是很好，童淼理智地分析了一下，他大概还有些生气。

他生气，她竟然会觉得愧疚。

她狠狠地摇了摇头，想把这种念头从脑子里扫出去。

一天了，毫不奏效。

晚上，她和妈妈去学校附近一家砂锅粥店吃了晚餐，两人都喜欢清淡的饮食，随意点了几个小菜。

童美君吃得慢条斯理，仪态端庄。

童淼则趴在桌子上，轻轻地吹着气，小口抿着粥，犹豫着竞赛的事情要不要一直瞒着妈妈。

万一哪天妈妈破天荒打开了教育局的网站……

她差点儿被粥烫到，连忙吐了吐舌头。

童美君迟疑了一下，开口问：“哝哝，上次碰到你爸的事……”

童淼立刻坐直了身子，把勺子放下，摇摇头：“妈妈，我没事的。我已经长大了，早晚有一天，我会超过他的。”

童美君觉得心里有些刺痛，她伸出胳膊拉住童淼的手：“妈妈不是希望你超过你爸爸，你不要有那么大的压力，每天开心就好。”

童淼慢慢地垂下眼眸。

妈妈都不知道，其实早在度假之前，她就见过爸爸了。

小小的知识竞答比赛上，她最终还是输给了董诚。

她也不知道自己在固执什么，但是那次失败让她下定了决心，她要超过董诚。

“妈，我打算放弃清华预录取的资格，我要考北大医学部。”

她要看看，这个领域到底有多么苦，多么难以出头，值得抛妻弃子去把握微毫的机会，换取一张通往首都大医院教授医师的通行证。

童美君忧心忡忡地看着童淼，手中的筷子不经意地掉落在桌子上。

她知道女儿是认真的，如果轻易就能摆脱董诚带来的影响，也不会得那种痛苦的病了。

她不知道该怎么做才能彻底解开童淼的心结。

晚上童淼拎着两个大袋子回家，一打开门，屋子里黑漆漆的。

她伸手摸到了玄关处的开关，轻轻地按开。

司湛靠在餐厅的椅子上，定睛看着她。

她吓得差点儿腿一软，摔倒在地上。

“你……怎么没开灯？”

司湛抬眼：“不知道你会这么早回来。”

其实他也刚到家，还没来得及开灯就接到了司启山的电话。

司启山在电话里说，陈局长已经派人调查杨菁之了。

听说当初从首都送来各个省市的卷子，是杨菁之的远房表弟负责的。这里面的猫腻不言而喻，要是证实了，大概要“进去”。

但是照顾到陆铭马上要高考，准备压后处理。

童淼把妈妈买的零食放在桌子上，小声问道：“我妈妈买了巧克力和果冻，你……吃吗？”

司湛扫了一眼，果冻和巧克力是一样多的，分装在两个袋子里。

他以前经常打篮球，的确喜欢吃些热量高的零食，但自从把时间都用在机器人上面后，就不怎么吃了。

童淼见他不说话，大概也猜到他不想吃。

气氛有些微妙的尴尬。她知道司叔叔那里一定有了什么动作，但司湛不会告诉她。

她自顾自地坐到司湛的对面，从袋子里拿出一袋果冻，拧开盖子，双臂搭在餐桌上，头垂下去，默默地喝着，长发妥帖地搭在手臂上。

果冻带着水果的香气，甜丝丝的，用舌头一抵就可以咽下去了。

她喝得又轻又慢，只有红润的嘴唇微微动着，纤长的睫毛在眼底投下阴影。

司湛盯着她的脸，手指无意识地敲打着桌面。

他还是生气，气童淼最后还跟杨菁之说抱歉。

对那样的人有什么好抱歉的？只能以暴制暴。

但是看着她安静无辜的样子，司湛又觉得无处发泄。

童淼和他本就是不一样的，不像他那样锋芒毕露，更没有他杀伐果断。她更安静，更柔和，任谁欺负她，都像打在了棉花里，最多换来她愤愤地瞪一眼。

司湛心里有点儿烦躁。

他猛然站起身，吊灯将他的影子拉长，铺在桌面上。

“我吃你这个。”

童淼迷茫地抬起头，显然没明白他的意思，她张了张嘴唇，糯糯地问道：“你也吃吸吸果冻？”

她把手伸进袋子，拿出一袋苹果味的向司湛递过去。

纤白的手臂认真地举着，等着司湛来拿。

司湛走过来，单手接过苹果味的果冻，然后埋头在她已经吸了一半的那袋果冻上面，猛吸了一口，动作行云流水。

童淼猝不及防，手一颤，不由得睁大了眼睛，静静地望着司湛，另一只手还僵硬地举着。

司湛皱了皱眉，嘟囔道：“太甜。”

班主任捧着一沓《学习报》走进教室。

“小组长把报纸发一下，今天不留作业，明天期中考试，大家好好准备。”

课堂上顿时怨声载道。

班主任猛地拍了一下桌子：“喊什么，你们平时不好好听课，临考试就犯愁，想想你们的爸妈是怎么费尽心思把你们送进盛华的！”

姜谣撇了撇嘴，用笔尖戳了戳卷子，嘟囔道：“喵喵，我又没好日子过了。”

童淼是不必参加学校的考试的，她歪过头，趴在桌子上小声问：“怎么了呀？”

“理科太难了，考完我爸肯定得说我。”姜谣眨了眨眼睛。

童淼学着司湛的样子，伸出两根手指捏住姜谣的下巴：“我帮你划重点嘛。”

姜谣有些吃惊地看着童淼，咯咯笑道：“你这是跟谁学的？一点儿也不霸气。”

童淼缩回手指，弯了弯眼睛：“是吗？”

可某人做起来还是挺有威慑力的。

班主任朝童淼招招手。

童淼赶紧跑到讲台上，班主任在她耳边小声道：“明天教室都被占用了，你可以去图书馆自习。”

其实童淼不参加考试也挺好，不然对盛华原来的好学生打击太大。

尤其是像周雅茹这种心态不好的，很容易钻进死胡同。

童淼乖巧地说道：“老师，我待在考场上也可以，我不参与排榜。”

这样就不会有名次，没有名次也就没有压力。

而且她也想知道，自己大概能答成什么样子，毕竟这是在盛华的第一次考试。

班主任想了片刻，说道：“那也行。”

期中考试并不是期末大考，所以没有兴师动众地分考场，所有学生都在自己的班级考试，但是会有多个老师轮流监考。

教室里座位会被打乱顺序，下午的时候，徐茂田把第二天的座位安排贴在了黑板上。

姜谣赶紧跑过去看了一眼，哀怨地看着童淼：“喵喵，我们离得好远啊！”

或许是故意的，好像所有坐同桌的都被强硬地分开了。

陈冬和司湛也是。

陈冬歪歪斜斜地靠着椅子，道：“哥，明年的明天就是我的忌日，我们生死不渝，来世再见。”

司湛斜了他一眼，骂道：“滚。”

陈冬沮丧地说道：“你倒是和咱妹妹离得那么近，这不得考过周雅茹啊？”

司湛勾唇一笑，抬腿踢他一脚：“瞎掰什么呢？我需要照她抄吗？”

陈冬啧了一声：“标准答案就在身边，你控制得住？”

司湛不言语，但是蛮得意。

陈露楠缓缓地转过头来，勉强地冲他俩笑了笑：“哎，司湛，我就坐你右边，到时候我借你看啊。”

她的成绩还不错，稳在年级前一百，考个好一点儿的985大学是没有问题的。

比司湛要好多了。

司湛抬眼懒洋洋地“嗯”了一声。

他没认真考过几次，司启山也最愁他的成绩。

如果到时候真考不好，还是个挺麻烦的事儿。

陈冬已经四下去找人帮忙了，他家里管得比司湛家还严。

当天晚上，司湛举着生物书有点儿犯困。

小哀在他身边一遍遍地背诵着语文古诗文，多少增加点儿记忆。

但机械音重复来重复去，就跟催眠曲一样。

这时候他最羡慕童淼了，不用怎么背书，不用熬夜，反正永远都能考得好。

童淼已经换上了睡裙，刚刚洗完脸从浴室出来，额前的发丝湿漉漉的。

“我帮你划一下重点吧。”

她看司湛哈欠连天的模样，有点儿不忍心。

其实高中虽说比初中知识难了一点儿，但是考察的重点还是差不多的。

只要抓住了一些必考的题型，成绩就不会太差。

司湛把书递给她，看着她一丝不苟的神情，顿时精神了许多。

“喂，小卷毛，你天生就学得这么好吗？”

童淼用铅笔在司湛的书上画着线，认真地回答道：“的确是天生对题目比较敏感吧。”

司湛若有所思地点点头：“天选之……人。”

差点儿说成游戏里的那个词。

童淼抬眼看了看他：“就像你对机器敏感一样，我对代码什么的就一窍不通。”

她看似在安慰他，红润的嘴唇轻轻地嘟了起来，有水滴顺着发梢滑到蚕丝睡裙上，晕染出深色的一小圈。

司湛突然想起季诺丞的话。

她能在机械设计和电路优化方面带来助力。

但他很快摇了摇头，嘴角带着似有似无的笑，看着童淼。

“小卷毛，我要是得了 VEX 中国预选赛的第一，能直接保送进清华。”他淡淡地说道。

他曾经说，想和她考到同一个学校的。

不管这句话意味着什么，她都姑且只能理解成字面意思。

童淼的手顿了顿，继而微微垂下眼眸，轻声说道：“我准备放弃清华的预录取资格，考北大医学部。”

司湛愣了愣，很快收敛了情绪，他抬手敲了敲桌子：“不是说父母学医的都不让孩子学医吗？”

童淼揉了揉指腹，喃喃地说道：“我妈妈没说过啊。”

爸爸根本也不知道吧？

次日是难得的阴雨天，淅淅沥沥的小雨打湿了校园里的塑胶跑道。

八点准时开始考试，也就只有这个时候，校园里才透出学习氛围。没人兴致勃勃地聊天，大家都捧着作文书和古诗词在背诵，连周雅茹都在一遍遍地复习着通假字。

徐茂田特意绕过来，一本正经地跟童淼说：“我这次一定要考过你。”

他脸上带着极认真的神情和必胜的信念。

这段时间，他逃了体育课和课间操，几乎把所有的时间都用来学习了，他不信考不好。

童淼抬起头，迟疑地眨了眨眼。

要不要跟他说，自己并不参加排榜呢？

周雅茹向他们这个方向看了一眼，死死地咬住了嘴唇。

司湛慵懒地敲了敲桌子，不耐烦地抬起头：“从哪儿来，回哪儿去，别耽误我复习。”

他往桌子上一趴，合眼养神。

徐茂田的眼神有些躲闪，自从上次他无意中害了司湛，就一直心中有愧，即便司湛跟他说话一点儿也不客气，他还是照做了。

陈露楠环视了一圈排位。

她坐在司湛的右边，桌子离得也近，比童淼那种在后面的更容易看一些。

但是童淼肯定答得要比她好，司湛或许会选童淼。

她谨慎地注视着他俩的一举一动，发现两人并没有什么交流。

司湛并不主动请求童淼帮助。

童淼也没有伸出援手的意思。

难道上次在走廊上的事，她理解错了？

陈露楠心里不断地猜测着。

考试很快开始了，所有人都埋头做着语文卷子。

陈露楠第一次生出这么强烈的求胜欲，她很快做完了所有的选择题，看了一眼司湛，他还在文言文上纠结。

她轻咳一声，故意把自己的答题卡往司湛的方向推了推。

司湛的动作顿了顿，大概是察觉到了她的意图，却并没有往她这个方向看。

陈露楠有些迷茫，不由得回头望了童淼一眼。

童淼已经答到了卷子的背面，然后她居然停下了，甚至放下了笔。

她手里团着一个小小的纸团，目光盯着自己的卷面。

陈露楠紧张得嗓子眼儿都有些干涩了。

这种行为她太了解了，童淼要做什么几乎不言而喻了。

童淼这是要给司湛扔纸团吧？

让司湛照着她的答案抄，承了她的情，就更跟她暧昧不清了。

陈露楠有些冒汗。

她承认自己很欣赏司湛，司湛家境好，人也不错，长得还帅。

以前有郝梦溪那个女霸王，她惹不起，怕被堵。

现在郝梦溪都成为过去式了，她心思又活络了起来。

况且平心而论，司湛对她也不错。

换座位的时候，还会帮她抬桌子，她的东西掉了，也会顺手给她捡。每当那个时候，她都会脸颊发红，心口狂跳不止。

她紧张地攥了攥手，眼睛的余光始终盯着童淼。

这是童淼主动给司湛传纸条的，绝对不能赖到司湛身上。

陈露楠绷紧了神经。

童淼把纸团揉成了一个球，抬头向前看了一眼，又默默地低下了头。

她轻轻地咬了咬嘴唇，又重新看向右前方的陈冬。

离得不近啊，怎么传给他呢？

考试之前陈冬千求万求，让她务必救他一命，说得万分可怜，她不忍心拒绝。

普通同学她都能答应了，更何况陈冬还是司湛的好朋友。

陈冬不时回头看，焦急地抖着腿，脸上一副哭丧的表情。

童淼开始冒汗了。

她从没做过这样的事情，紧张得手都有些抖了。

可是现在不帮陈冬，她又觉得自己食言。

班主任正巧低头，在包里翻找着什么。

童淼鼓了鼓气，终于抬起了手。

陈露楠猛然站起身来：“老师！”

第14章

童淼吓得手一抖，纸团掉落在地上，发出微小的碰撞声。

即便是这样小的声音，在童淼听来，也不亚于天崩地裂。

班主任抬头朝陈露楠的方向看过来，皱着眉头问："怎么了？"

"老师……"

"我想借块橡皮。"司湛懒洋洋地打断陈露楠的话，堂而皇之地用脚踩住掉在地上的纸团。

班主任翻了个白眼，没好气道："赶紧借，别打扰其他同学答题！"

都高中了，借块橡皮还要找老师。

"好嘞。"司湛漫不经心地转过头去，伸手抓过童淼的橡皮，手指警告似的在她桌面上敲了两下。

童淼看着他漆黑的瞳孔，默默地垂下了眼眸，看着自己的卷子。

他总是一副义正词严的样子，弄得像是她做错什么了似的。

陈露楠抿了抿唇，有些哀怨地看了司湛一眼，缓缓地坐在了座位上。

她心里是浓浓的失落，还有前所未有的清醒。

司湛就是喜欢童淼吧？否则也不会时时刻刻护着她。

她低下头，用笔尖戳着手背，眼睛有点儿酸涩。

司湛将腿缩回来，很自然地弯下腰，把踩在脚底下的纸团捡了起来，然后放在抽屉里，自己也没看，继续答着文言文。

陈露楠不懂这是什么意思，明明童淼的答案都在他手里了，还不抄吗？

直到考试时间结束，班主任拍拍桌子：“都把笔放下，最后一排开始收卷子。”

教室里顿时吵闹起来，最后一排的同学磨磨蹭蹭地起身，陆陆续续往前走。

司湛趁乱把纸团取出来，朝陈冬扔了过去。或许是打过篮球的缘故，他扔得还挺准，直接丢到陈冬怀里。

陈冬连头都没回，赶紧展开纸团，照着上面清秀的小字，把答案涂了上去。

等收到他那里时，他已经彻底销毁了证据。

一切顺理成章，毫无破绽。

司湛面不改色地揉了揉太阳穴，把卷子交上去，回头朝童淼勾了勾手指。

“跟我出来一趟。”

童淼不明所以，盖好了文具盒的盖子，起身跟在司湛后面向外走。

刚一出门，司湛立刻把她拽到一旁的柱子后，伸手捏了捏她的脸。

童淼猝不及防，“啊”了一声，哀怨地抬起眼睛，揉了揉脸颊。

“你干吗掐我呀？”

司湛单手撑着柱子，低头看着她鼓起的脸蛋：“心理素质这么差，还想动手脚？”

童淼错开眼神，睫毛颤了颤：“我没想到……”

没想到陈露楠会突然叫老师。

司湛微微皱眉道：“小卷毛，你跟陈露楠有矛盾？”

要说是意外，实在是有些牵强了。班主任未必没看到，或许只是给童淼一个面子，毕竟她是镇班之宝。

童淼沉默了半晌，歪着脑袋仔细地看了看司湛，终于缓缓开口道：“难道你看不出来……陈露楠她……”童淼说到一半就放弃了，“算了，没什么。”

司湛似乎明白她是什么意思了，他挑了挑眉，像是听到了笑话一般，但很快，他又收敛了情绪，变得严肃起来。

因为他而针对童淼。

在陈露楠眼中，他的意图就表现得这么明显？

童淼不知道他在想些什么，但是班级里陆陆续续有人出来透气，她和司湛藏在柱子后面，实在怪别扭的。

她从柱子后面绕出来，正撞上从班级里出来的陈露楠。

陈露楠心虚地看了她一眼，低头朝卫生间走去。

童淼小小地叹了一口气，抬头朝司湛和陈露楠的座位望了一眼。

这算是……蓝颜祸水？

她摇摇头，走进教室。

两天的时间考完了所有的考试，成绩在三天之内就会出来。

桌椅要摆放回原位，教室里面闹哄哄的，全是搬动桌椅的声音。

司湛和陈冬的桌子就在最后一排，不用怎么搬动，但是陈露楠的座位被挪到了左边。

她抽屉里的东西多，桌子又沉。

她费力地朝原位推着，桌子也就稍稍移动了一点儿。

因为平时一向含蓄内敛，她也没有什么异性朋友。往常司湛看到了，会帮她搭把手。

今天，司湛只是扫了她一眼，却并没有动。

陈露楠的心往下一沉。

因为自己针对童淼，所以司湛要给她脸色看了吗？

她埋头推着自己的桌子，赌气似的狠狠地踹着桌子腿，脸上闷闷不乐。

最后还是同桌葛晨晨帮她搬了一下。

坐在座位上后，葛晨晨小心翼翼地问："你答得不好吗？怎么脸色那么差？"

葛晨晨答得还不错，所以比较注意陈露楠的心情。

她的声音不小，坐在后面的司湛和陈冬也一定能听得到。

陈露楠推开桌面上散乱的演算纸，趴在桌子上，把头埋在胳膊上，闷声道："没有。"

葛晨晨吃惊地看着她，轻轻地拍了拍她的背："喂，你哭了？"

她手足无措地往前后左右各看了一眼。

陈冬考完后心情很好，乐得接话，赶紧问道："怎么了？谁欺负她了？"

葛晨晨摇摇头："不知道啊。"然后小声道，"好像哭了。"

陈冬拍了拍司湛："哥，她哭了……"

话还没说完，司湛突然站起身，冷冷地说道："我去前面一趟。"

他手插着兜，迈步走到前面第一排，在童淼身后拉了拉她卷曲的辫子。

陈露楠在他走后立刻抬起头，见他直奔童淼而去，还玩笑似的拽人家的辫子。

他都没看见自己哭了吗？连问句话的时间都没有？

明明前后桌一年了，他对她的关心，竟然还比不上童淼一个刚来一两个月的新同学。

司湛真的那么粗心，从来没发现过她的心思吗？

陈露楠怔怔地望着司湛的背影。

童淼被司湛拽得向后一仰，虽然不疼，但吓了一跳。

她嘟着嘴问："你干吗呀？"

司湛似笑非笑地看着她，饶有兴致地打量她的脸，缓缓道："你的眼睛挺厉害啊。"

童淼莫名其妙地看了他一眼，仔细地理了理头绳，嘟囔道："不知道你在说什么。"

司湛朝四周环视一圈，见大家都在讨论答案，他突然俯下身，在童淼耳边道："刚刚到底要说什么啊？怎么不说了？还是……你吃醋了？"

司湛低沉玩味的嗓音像是有穿透力，弄得她浑身不自在。

又或许，她不是因为他的声音不自在，而是因为他的话。

童淼涨红着脸推开他："喂，你正经一点儿！"

她低声警告着，不敢张扬，生怕别人注意到她和司湛。

但幸好司湛被她推开后没再凑上来，他抱着胸，靠坐在她桌子上，继续逼问："有还是没有？"

还没完没了了？

童淼赌气地端起英语书，嘟囔道："我不跟你胡闹了。"

司湛用手指弹弹她的书脊，也不着急，但非要她给出一个正面回复："你不说话，我就当有了。"

童淼抿住唇，说话也不是，不说话也不是，急得面红耳赤。

好在姜谣很快蹦蹦跳跳地回来了，歪头好奇地看着司湛："有什么啊？"

司湛问不下去了。

童淼立刻松了一口气，恨不得给姜谣一个熊抱。

谢天谢地……

第三天是发榜的日子。

这几天天气都阴沉着，莫名有些阴冷，难得看到几丝日光也会很快被乌云遮住。

童淼的卷子被老师送了回来，没有参与排榜。

班主任甚至含蓄地夸奖了她一番："真厉害，几乎没有什么错题。"

童淼成了班里第一个取回卷子的人，她就只给姜谣一个人看了。

姜谣拿着她的卷子回忆自己写的答案，脸色有点儿白。

"喵喵，我好像将答题卡涂串了……"她咬了咬唇，漂亮的桃花眼眯了起来。

"哪……哪科啊？"童淼有不好的预感。

姜谣有些悲痛地说道："物……物理。"

两人沉默对视着，窗外一棵银桂的树枝被秋风折断了，发出清脆的咔嚓声。

最后还是童淼先开口说话，她犹犹豫豫地问："应该不会是最后一名吧？"

姜谣眨了眨眼睛，嘟囔道："六……六十分左右，会是最后吗？"

正巧这时，徐茂田神色复杂地拿着年级大榜进来，用磁力贴贴在黑板上，然后朝童淼的方向看了一眼。

全班同学都按捺不住地冲了上去。

童淼指了指被高高挂起的大榜，对姜谣轻声道："要不你先上去看看？"

教室外面的值日生适时敲了敲门，向里张望着："三班的姜谣、陈冬，你们的物理老师季老师找。"

姜谣噘着嘴，失落地靠在座位上，攥紧了童淼的手。

“喵喵，我完了，季渃丞肯定讨厌我了。”

童淼捏了捏姜谣的肩膀，小声地安慰：“没事啊，你好好解释，季老师肯定能理解的。”

陈冬一脸莫名其妙地从后面走过来，挠挠头，问：“大谣，你未来老公找咱俩干啥啊？”

姜谣转过脸瞪了他一眼，面色凝重地站起身。

童淼朝陈冬无奈地摇摇头，真是哪壶不开提哪壶。

陈冬一脸无辜：“怎么了，这是？我还不是为了让她听着高兴吗？”

姜谣慢吞吞地往教室外面走，路过年级大榜的时候，她情不自禁地扫了一眼。

物理五十九分，还没及格。

她只觉得眼前一阵天旋地转。

陈冬倒是满不在意，吊儿郎当地在前面开路，往季渃丞的办公室走。

两人挤在办公室门口，陈冬刚想推门，被姜谣一把给拽了回来。

“嘘。”

她将耳朵贴在门上，听着里面的动静，想知道季渃丞现在是什么心情，好做一下心理准备。

可惜办公室里安静得很，连翻阅资料的声音都听不到。

姜谣心里七上八下，就听到里面传来一个清朗的声音：“进来。”

姜谣小心翼翼地推门进来，看到季渃丞，还是不免舔了舔唇。

季渃丞靠在椅子上，微微皱着眉头，狭长澄澈的眼睛藏在镜片后，长袖白衬衫一丝不苟地扣着，遮盖着领口白皙的皮肤。

怎么有人长得那么好看，那么斯文，干净得像新西兰山峰上的雪！

陈冬笑嘻嘻地凑上前去，一副讨好的样子：“季老师，一天不见，我都想死您了，姜谣也是！”

姜谣微微有点儿脸红，陈冬是在开玩笑，她可是真的。

季渃丞抬起头，脸色有些严肃，他伸出手指点了点面前的一份年级大榜。

“解释一下？”他淡淡地说道，看着陈冬。

陈冬这次排名年级前五十，物理成绩排名年级前十，大题稀松平常，选择题全部正确。

陈冬眨了眨眼睛，嘿嘿笑道："不是，季老师，您得想我努力了啊，这不是您教导有方吗！"

季渃丞不为所动，面色不由得威严起来。

陈冬相当会察言观色，立马知道季老师认真了，赶紧噤声站好。

"你要我查监控吗？"季渃丞问。

陈冬吐了吐舌头，嘟囔道："我照别人抄的……"

季渃丞点点头，不愠不怒道："谁？"

陈冬的表情有点儿纠结，犹豫道："老师，我要是告诉你就太不仗义了啊。"

季渃丞似笑非笑，语气里颇有些开玩笑的意味："那我猜一下，童淼是吧？"

陈冬沮丧地垂下了头，不说话了。

姜谣咽了咽口水，紧张得攥紧了手。

收拾完了陈冬，就该轮到她了，她一直提心吊胆，生怕给季渃丞留下什么不好的印象。

果然。

季渃丞朝陈冬挥了挥手："你先回去吧。再有下一次，我就不拦着你们班主任严肃处理了。"

陈冬临走之前给了姜谣一个自求多福的眼神。

姜谣抓了抓校服裙子，两条笔直的腿紧紧地贴在一起，睁着大大的眼睛，观察着季渃丞的情绪。

季渃丞往椅子上一靠，双手随意交叠着，平坦紧致的小腹上，衬衫微微显出些折痕。

"班级倒数第一，及格分也没有达到。"季渃丞平静地陈述事实。

姜谣的脸皱在了一起，嘟嘟囔囔道："我就是涂错……"

她的声音有点儿小，季渃丞没太听清。

"你是不是认为家里条件好，就不用努力了？"

语气有些严厉，还包含着毫不掩饰的指责。

姜谣微怔了一瞬，把没说完的话咽了下去。

“班里好多同学，看在你的家庭背景上，让着你，忍着你，但除了家世，你还有让人敬佩和服气的地方吗？”

这次他说了好多话，每句话都像钉子一样，钉在她心上。

姜谣的手指冰冷，僵在原地。

这次的训话比她想象的严重得多，能看得出来，季渃丞是真的生气了，并且毫不掩饰自己的愤怒。

“季渃丞，你是不是看不起我？”她眼圈微微泛红，说到委屈处，声音里还带了哭腔。

她一向嚣张跋扈，天不怕，地不怕，很少有人能真的伤害到她。

但季渃丞总能轻而易举地做到，还不是仗着她喜欢他？

季渃丞皱了皱眉，他平素既和蔼又好说话，从未惹人哭过，但今天跟姜谣说的话，好像的确超出他应该管的范围了。

“我没有瞧不起你，但你总有需要努力的时候，不是现在，就是将来。”

他是认真的，他从来没有瞧不起她。

姜谣微微垂下眼眸，纤长的睫毛遮盖着水汪汪的眼睛，她稳了稳心神，低声问道：“是不是有一天我比你努力了，成功了，才可以得到老师你的重视？”

什么？

季渃丞顿了顿，被姜谣的脑回路折服。

从老师的角度来说，他重视任何一个同学。

季渃丞想重申一下，但姜谣没给他这个时间。

姜谣抹了一把眼睛，像是下了决定似的，笃定道：“三年，三年之后，我要站在最闪耀的地方，让你一眼就能看见。”

“喂……”季渃丞头痛得揉了揉眉心。对姜谣，他实在是无可奈何，只盼着她上大学了，成熟了，能放弃对自己的念想。

“你先回去吧，好好地分析总结。去叫一下童淼，我跟她说个事情。”季渃丞只想躲开姜谣。

姜谣的神色有些犹豫，眨着红眼睛道：“喵喵不是故意的，你别说她，她可不像我。”什么都能忍下去。

“你想多了。”季渃丞别开目光不看她。

姜谣慢吞吞地往外走，哪怕季渃丞那么说她，她还是对他依依不舍。

“等等。”季渃丞突然叫住了她。

姜谣不明所以地站在原地，回头望着他。

季渃丞从抽屉里拿出来一个小盒子，推到桌面上，淡淡地说道：“生日礼物。”

是一款施华洛世奇的星星手链。

周雅茹脸色苍白，手里紧紧地抓着卷子，站在童淼面前，低声问：“你的成绩呢？为什么没有成绩？”

周围一圈同学小心翼翼地看着周雅茹，窃窃私语。

周雅茹这次没有发挥好，差点儿被挤出年级前十，但即便这样，也是班级里的第二名了。

第一名是徐茂田，她找了一圈，没有找到童淼的名字，这才过来问。

童淼轻声道：“我不参与排榜的。”

自从上次未能入选参加学科竞赛之后，周雅茹的情绪就一直不对劲，班级里的同学都能感觉得到。

童淼当然也感觉得到，周雅茹在跟自己比学习。

但是她努力得有些病态了，童淼不忍心打击她。

“卷子呢？卷子总有吧？给我看一下。”周雅茹伸出手，脸色很不好看。

“算了吧。”童淼犹豫道。

“你就给我看一下能怎么样？还是你瞧不起我，怕我看不懂你写的步骤？”周雅茹有点儿阴阳怪气道。

童淼皱了皱眉，还是把卷子拿了出来。

她知道周雅茹是故意激她，但是不给的话，恐怕周雅茹不会善罢甘休。

周雅茹拿过了卷子，急匆匆地回了自己的座位，对照着自己的答案，给童淼估分。

越往下看，她的脸色越难看，血液像是被抽空了一般，浑身发麻。

她做对的题，童淼也做对了，她做错的题，童淼还是做对了。

如果参与排榜，童淼一定是这次的年级第一了。要不是英语错了几道题，童淼这是要考到七百五十分啊！

她突然觉得头痛欲裂，神经也刺痛不已。

她赶紧从包里翻出两片小药片，就着水咽了下去。

周雅茹对完了卷子，在座位上沉默了半晌，小药片开始发挥药效了，她的头痛渐渐缓和了一些。

她擦掉额角渗出的汗，小心翼翼地将童淼的卷子折好，起身还给童淼。

“我大概跟你差了八十分。”周雅茹走到童淼的桌前，平静地说道。

童淼看着她青黑的眼袋和虚弱的神情，有些不忍，总觉得自己当初贸然参加竞赛给周雅茹造成了极大的打击。

说到底，周雅茹和她一样，都是输不起的人。

但是她或许更幸运一点儿，至今没有遇到难以跨越的顶峰，好像只要她努力过了，就可以得到想要的成绩。

但周雅茹并不是这样。

童淼不知道该如何说服周雅茹，就像她也无法说服她自己一样。

她只能苍白无力地安慰道：“雅茹，我在初中就学过高中课程了，所以等你到高考复习……”

周雅茹冷静地打断她的话，勉强笑着点点头：“好的，我现在没时间，假期会找老师把课程补完。”

童淼皱了皱眉，担忧地说道：“我不是那个意思。”

她的意思是，等到高考复习的时候，大家的成绩都会上来了，差距也不会拉开这么大。

但周雅茹好像钻了死胡同：“我知道我和你比还差很多，但人总是要向最好的看齐，对吧？”

周雅茹有她自己的一套理论，她不允许给自己太多的理由。

“你这样……”童淼说不下去了。

她怕周雅茹也成为那千万分之一，跟她得一样的病。

那种病发作的时候，让她宁可放弃所有取得的成绩。

“我准备每天多学两个小时，到期末再看看。”周雅茹老实地跟童淼说。

其实也是在提醒童淼，我期末还是要和你比，所以你千万要认真答题。

徐茂田也相当关心童淼的成绩，看周雅茹在跟童淼说话，他也凑过来，小心地在一旁听着，眼神却看向别处，装作并不在意。

周雅茹抬眼看他，冷冷地说道：“你不用偷听了，童淼比你高五十分。”

徐茂田有点儿失落地“噢”了一声，挠了挠头，想要离开。

被人戳破意图，让他有点儿尴尬，更何况，他自认和童淼的关系并不好。

“等等！”

周雅茹突然叫住了他。

这是周雅茹头一次主动跟他说话，徐茂田不明所以地转过头，问：“干吗？”

周雅茹沉静地舔了舔干涩的唇，朝童淼看了一眼，道：“徐茂田，以后我们就不是互相竞争了，你明白吧？”

徐茂田懂她的意思，班里出现了更厉害的童淼，所以他们的目标都不再是超越彼此，谁都想成为超越童淼的存在。

周雅茹继续道：“但我觉得我们的学习方法都还不够优化，我们可以共享经验，取长补短，你觉得呢？”

徐茂田犹豫地挠了挠头。

他的确想知道周雅茹的学习方法，但是他又有点儿舍不得将自己的学习方法分享出去，于是岔开话题道：“那你为什么不干脆问童淼？她的方法不应该是最好的吗？”

三人之间产生了一种诡异的沉默。

童淼默默地低下头，手指慌乱地整理着文具盒。

她其实并不是学习方法有多么高级，她真的是天生对题目非常敏感，就像有人画画好，有人音律感强，而她的技能点，大概就点在了应试教育上。

可要怎么跟周雅茹说呢？

似乎无论怎么说，都显得苍白无力。

周雅茹也没有说话，她清楚地看到，童淼从不上晚自习，还用了绝大部分的时间做和高考无关的竞赛题。

这样的人，真的是努力就能超越的吗？

但是勤奋一直是她的人生信条，她没有看童淼，反而继续对徐茂田说：“你就说你愿不愿意吧！我可以先将我的方法告诉你。”

徐茂田沉默半晌，终于禁不住诱惑道：“好吧。”

分享完学习方法之后，周雅茹趁热打铁，把自己的计划告诉徐茂田：“另外，每天在完成我们自己的计划之后，我希望我们可以计时再做两套卷子，然后各自打分，怎么样？”

徐茂田皱了皱眉，心底有些吃惊：“可我每天学完已经十二点半了。”

周雅茹冷笑着耸耸肩：“也就再多一两个小时而已，你不做，我可要做了。”

童淼咬了咬唇，还是忍不住劝道：“雅茹，你这样身体会受不了的。”

周雅茹没有搭理童淼，留给徐茂田一个坚定的眼神后，转身回了座位。

童淼朝徐茂田看了一眼，在她心里，徐茂田虽然在意学习，但还有起码的理智。

徐茂田无奈地摊手：“试试吧，我总不能让她下次超过我吧？”

他只能接受周雅茹的计划。

短暂的交流之后，徐茂田推一推眼镜，又埋首半米多高的练习册里，继续奋笔疾书。

童淼有些不知所措，不由自主地向教室后排看了一眼。

司湛不在，他大概去了楼下商店买水。

但是姜谣很快从外面推门进来了，脸上非但不见沮丧伤心的神情，反而一脸甜蜜。

她一回到座位就趴在了桌子上，狠狠地在袖子上蹭了蹭脸，然后看着童淼傻笑。

童淼点了点她的小酒窝，也不由得笑了：“怎么了？难不成季老师还表扬你了？”

姜谣轻轻地咬着下唇，眼中满是掩饰不住的笑意，她贴在童淼耳边偷偷地说道：“他骂我了，骂得可狠了。”

童淼枕着纤细的胳膊，眨巴眨巴眼睛，和姜谣对视。

“有一种叫作斯德哥尔摩综合征的病……”

姜谣鼓了鼓腮帮子，知道童淼在拿她开玩笑。

她小心翼翼地从校服外套的兜里面拿出一个小盒子，举到她和童淼围成的阴影里。

把小盒子打开，一条精致的银白色手链安静地摆放在黑色的绸缎上。

姜谣紧张地咽了咽口水，压低声音惊喜地说道：“他知道我生日啊！季渃丞他给我送生日礼物了呀！”

童淼也很惊讶，在她眼里，一直是姜谣掏心掏肺地付出，季老师却没有半点儿回应。

但如果能记得姜谣的生日，大概对姜谣也不是完全排斥吧？

“很漂亮的星星。”童淼低头仔细地看着。

季老师的眼光很棒，银白色的小星星里面嵌着一颗小钻石，亮晶晶的，纯洁又青春。

姜谣小心地将盒子合起来，捧在手心里，放在心口处。

童淼第一次见她这么开心。

一脸发自肺腑的甜蜜。

姜谣低声呢喃：“对了，季渃丞找你呢。可能是因为陈冬吧，他要是说你，你也别生我们家季老师的气啊。”

第15章

童淼小心翼翼地推开季渃丞办公室的门，心里有点儿忐忑。

陈冬也太实诚了，都不知道改一改答案。

这次的物理题过于难了，大家考得都不是太好，陈冬凭借答得十分完美的选择题，竟然跃进了年级前十名。

季老师想不发现问题也难了。

“来啦？”季渃丞的态度倒是和蔼，他甚至还给童淼准备了一把椅子。

童淼贴着椅子边坐下去，根本不敢坐实。

“老师，对不起，我不会再给别人抄了。”

童淼软绵绵地说道，真心实意地忏悔。

季渃丞点点头，却把液晶屏幕转过来给童淼看。

“这是司湛的机器人的算法和机械设计，你看一下，然后说说你有什么想法。”季渃丞没有深究抄袭的事情。

童淼迷茫地看了看长长的程序，看得眼花缭乱。

她根本不懂这些，甚至都不理解这些程序是怎么操控机器人的，所以只能摇了摇头。

“我都看不懂，我还没有学过计算机语言。”

她老老实实答道。

她并不清楚，季诺丞给她看这些是什么意思。

季诺丞缓缓地点了点头，又切换了另一个界面，那是一张复杂的电路图，但依稀能看出机器人漂亮流畅的轮廓。

“这个呢？”

童淼凑上前去，仔细地瞧了瞧。

这个她能看懂，电路和开关控制着机器人的动作，完成的是一个抓取并抛投的过程。

她点点头：“这个我懂。”

季诺丞把机器人的初代模型调出来：“所以受力分析和距离、时间测算应该也没有问题吧？”

司湛的机器人外观是足够美观了，但还不够精准。

应付普通的比赛，只要机器能听从指挥，基本就能拿奖，但VEX可不行。

机器人还要灵活和准确，才能在短时间内得分，这对设计者的要求非常高。

童淼沉默了半晌，终于明白季诺丞是什么意思了。

司湛的队伍还缺人，想要走得更远，还需要强有力的队友扶持。

她轻声问：“老师，这是司湛的意思吗？”

季诺丞摇摇头：“不知道为什么，他坚持不要你参加。但如果他想要取得成绩，你是一个非常值得争取的队友。”

童淼默默地垂下眸子，脑子里面不断地思索着。

第一反应竟然不是担心自己的病，而是有些惊喜和庆幸她的特长可以帮到司湛。

这种认知让她有些害怕。

她不敢多想，却清楚地意识到，司湛在她心里，起码是不同的了。

但是这种不同该怎么处理，她不知道。

或许随着时间的不断流逝，一切都能回归正轨。

“老师，我懂了。”她喃喃道。

季诺丞关上屏幕，语重心长地说道：“虽然我不懂他为什么那么坚决，但你也要尊重你自己的意愿，不用委曲求全地帮他。”

哪用委曲求全呢？大概要绞尽脑汁才能掺和到司湛的项目里吧？

童淼站起身，把椅子搬回原位，礼貌地退出了季诺丞的办公室。

走廊的灯没有开，秋风从窗户的缝隙刮进来，仿佛野兽在低声呜咽，树叶拍打在一起，发出唰啦唰啦的脆响。

天空乌云密布，大概是要下雨了。操场上看不到什么人，少有的几个从小商店跑回来的学生，也很快钻进了教学楼里。

她轻轻地吸了一口气，浓浓的雨腥味儿。

小时候她就很喜欢闻这种味道，在闲暇的时候，轻松的时候，她能迷恋地嗅好久。

现在也是一样。

她一点儿也不紧张和焦虑。

那天在购物广场，司湛对她说的话，她一直记得——你不必每次都赢，我会为你准备好 Plan B。

她虽然暂时还做不到克制自己的情绪，却相信他的 Plan B。

他总是有办法，快速地打消她的焦虑，然后再一脸玩世不恭地出现在她面前。

童淼冲着飘下的蒙蒙细雨，喃喃道："赌一把吧，司湛。"

赌你还能准备好 Plan B，赌我能帮你顺利完成比赛。

雨下得大了起来，她转身从窗边离开，带着一脸轻松，远离了浓郁的雨腥味儿。

季老师让她尊重自己的意愿，她的意愿就是司湛能拿第一，然后顺利地保送进清华。

刚走到教室门口，她感觉自己的头发被人轻轻地拽了一下。

一回头，司湛正带着室外清冷的气息打量她。

"干什么去了？"他慵懒地问道。

童淼捋了捋头发，站得离他远一点儿："你干吗呀？"

司湛把吸吸果冻递到童淼面前："给你买东西还这么跟我说话。"

一袋大大的，够童淼喝一天的吸吸果冻。

她勉为其难地将果冻拿在手里，捏了捏。果冻软软的，一挤就四散奔逃。

“你说你，不喝凉水，却吃凉果冻。”司湛念叨着。

他自己没留意，童淼却敏锐地察觉到，司湛已经把她的习惯当作了日常关注事项。

她有些尴尬地往后挪了挪，小声地嘟囔：“没事我先回去了。”

司湛单手撑着墙，拦在她面前：“有事，谁说没事？”

童淼只能退了回来。

“什么事呀？”

“你看了我的成绩没？”司湛问。

“啊？”

她还真没看，被周雅茹一打岔，她差点儿忘了司湛也在榜单上的。

不对，她也没有帮司湛看成绩的职责啊。

“你竟然不关心。”司湛的脸色瞬间沉了下来，明显有点儿失落。

童淼捏了捏掌心，指甲小心地划着墙面。

说的是什么话？

她为什么一定要关心呢？

“我这次前进了三百名！”司湛最后还是忍不住，颇有些得意地炫耀。

他的眼睛狭长，双眼皮微微折着，眼底满是求表扬和求关注的神情。

童淼轻轻地点点头：“这样啊，现在多少名了？”

看来她给他划重点很有效。

“三百名。”

童淼抿着唇，眨了眨眼睛。

司湛挑了挑眉，不满道：“你这是什么眼神？”

童淼轻轻地摇了摇头：“没什么，就是不知道，原来盛华一届有六百多人呢。”

司湛阴沉着脸道：“有一千八百人呢。”

“哦……”

相顾无言。

司湛低低地骂了一声，这成绩，够司启山摆一桌酒席的了，童淼竟然只是简简单单地“哦”了一声。

“等我期末再跳三百名。”他酷酷地松开拦住童淼的手，大言不惭道。

童淼略微思索了一下，糯糯地问道：“你下次要考过我吗？”

司湛被问住了。

她认真地抬头，看着司湛的眼睛，一本正经道：“可能比较难。”

雨水滴滴答答地打在玻璃窗上，像轻快的鼓点儿，水珠凝聚在一起，顺着光滑的玻璃面滑下去。

司湛微眯着眼，轻轻地勾了勾唇：“杨菁之的处理结果出来了。”

童淼一愣，她都快忘了那件事了。

“担心在毕业生间引起骚动，所以没有对外公布。杨菁之的亲戚完了，进去了，杨菁之估计在阑市也待不了了，陆铭的竞赛成绩被撤掉了。”

司湛平静地说完这一切，仿佛这是一个跟他们无关的小八卦。

童淼却觉得，事情肯定没有司湛说的那么简单。

一条腐败链，揪出的可能是成批的人，他们会慢慢地消失在教育舞台上，不知所踪。

所以当初为什么非要那么做呢？

教书育人本是一件高尚的事，为什么一定要让这么伟大的职业蒙尘？

杨菁之是个好的教师，她在化学方面的教育经验在阑市乃至全省都排在前列，她真的培养出了盛华一代代化学竞赛一等奖得主。

她所带的班级，永远都是盛华同年级的第一名。

可现在一切的成就都没了。

她替杨菁之可惜，也觉得有些愧疚。

不管杨菁之错没错，她的离开对她所带班级的学生，都会产生不可磨灭的影响。

这个后果，远不是童淼可以弥补的。

早自习之后，姜谣拍了拍童淼的肩膀：“喵喵，双十一你怎么过啊？”

童淼从习题册里抬起头，思索了片刻，老老实实地说道：“好像没什么要买的。”

姜谣的眼神往教室最后一排瞟了瞟，然后朝童淼挤眉弄眼：“是问你怎么过。”

童淼顿了顿，重新埋头做着习题：“就是不买东西啊……”

她懂姜谣在问什么，只是装作不懂。

因为这事儿深究起来，就有些麻烦了。

姜谣吧唧吧唧了几下嘴巴，也不追问，举起手腕仔细地盯着星星手链：“哎，光棍节我还是要过啊。”

童淼盯着面前的题目，不知道为什么，突然什么都看不下去了。

一行短短的句子，读了一遍又一遍，最后她干脆放弃了。

双十一啊？

又不是周末，还能怎么过呢？

今天外面下雨，操场上有积水，所以课间操取消了。

童淼整理了一下桌子，抽了两张纸巾，去了卫生间。

好像那个快要来了，所以肚子隐隐有些不舒服，她去了不短的时间。

等她慢吞吞地从卫生间回来，突然发现班级里的人看她的眼神有些不对劲儿。

虽然孙主任曾经在广播里为她吸引了一波关注，但是这么长时间过去了，同学们也早就习惯了。

所以今天突如其来地被关注了，倒是让她有些不知所措了。

走到位子上，姜谣的神情也有些复杂。

她的桌面上，放着一盒精美的星空棒棒糖。

一共有十二颗，满是浪漫的少女感。

盒子上贴了一张便签，只写了四个字——节日快乐。

童淼莫名其妙地看了姜谣一眼：“是你的？”

姜谣谨慎地舔了舔唇，大眼睛眨了眨，小声问道：“喵喵，陈宁是谁啊？”

陈宁是谁？

童淼仰着脸，想了片刻。

对了，是跟她一起参加学科竞赛的队友，她还给人家送过奖状呢。

“这是他的？”她有些不可思议地指了指桌子上的棒棒糖。

好像她跟陈宁并没有什么交流，除了在考场一同答题之外，就再也没接触了。

平白无故的，陈宁为什么要给她送棒棒糖呢？

“光棍节哎，喵喵，这个陈宁到底是什么意思啊？”姜谣小声地嘟囔道，后桌的两个男生也不由得抬起头看童淼的反应。

高中生活太枯燥，男女同学间一有什么风吹草动，就能成为传遍全班的大事。

更何况，这还是最符合少男少女懵懂心思的八卦。

童淼的脸微微有些红，她鼓了鼓腮帮，羞愤地说道：“我去还给他。”

一只手按住了她的肩膀，慵懒的声音从她耳后传来：“还什么？我爱吃。”

司湛挑了挑眉，伸手从童淼怀里抽走棒棒糖的盒子。

然后毫不怜惜地扯开，从里面抽出一根，剥开含在嘴里。

漂亮精致的盒子破了一个大口子，边角处露出些许撕扯坏的纤维。

星空棒棒糖晶莹透明，看着精致可爱。

但司湛放在嘴里不到几秒钟，就三下五除二地咬碎了，直接咽进了肚子里，把棍子吐了出来。

童淼皱着眉，糯糯地说道：“你不是在戒糖吗？”

上次还嫌她的吸吸果冻甜。

司湛皱了皱眉，的确甜得过分，还没有果味儿，也不知道送这种中看不中用的礼物的人是怎么想的。

看着就让人嫌弃！

“看看他送的东西有什么好。”司湛淡淡地说道，单手将盒子向后一送，陈冬麻溜地接住，一溜烟儿地跑回了后排，誓死不让童淼夺回去。

童淼无奈地看了他一眼：“我还要还给人家的。”

司湛恨不得掐掐她的脸：“你傻啊！他给你送一趟，你再给他送一趟，没事儿也传出事儿了。”

说得好像也有道理。

童淼好脾气地问：“那请问专家，我该怎么办？”

司湛揶揄地一笑，狭长的眼中带着几分认真、几分轻佻。

“简单啊，你放出话去，谁再敢送你东西，你哥就去收拾他们。除了我，肯定就没人敢送你礼物了。”

声音懒洋洋的，藏着一份少年独有的磁性和清朗。

姜谣在一旁听着，倒吸了一口冷气。

这么不要脸的话也说得出口？

司湛真是个勇士！

她双眼亮晶晶地望着童淼，迫不及待地想知道童淼的反应。

童淼只觉得大脑瞬间充血，涨得她面红耳赤，连手指尖都是麻的。

“你……你……”

她不知道说什么好，司湛的声音也太大了，周围的同学都听到了。

她死死地咬住嘴唇，漂亮的杏眼狠狠地瞪着司湛，心中情绪要多复杂有多复杂。

时间有半晌的凝滞。

“逗你玩的。”

司湛痞笑着吹了一声口哨，手插着兜，慢悠悠地转身往后走。

童淼默默地看着他的背影，单薄的外衫贴着紧绷的肌肉，那背影莫名有些孤寂。

陈露楠站在门口，朝童淼看了一眼，突然嗤笑一声。

葛晨晨狐疑地看了看她，问道：“你怎么了？”

陈露楠眼中带着艳羡和嫉妒，幽幽地说道：“装呗，又当又立。”

葛晨晨扫了扫童淼和司湛，犹豫道：“你说谁呢？”

陈露楠不说话了，她耸了耸肩，快速地朝自己的位子走去。

路过童淼的时候，她暗自在心里腹诽，你敢说你对司湛没感觉？

当然她什么都没有说，匆匆闪了过去。

葛晨晨摇了摇头，也跟着走回座位。

一个小插曲就这么过去了，并没有在班内引起太多议论。

毕竟在大多数同学眼中，司湛还是当初刁难童淼的第一人。

童淼则心事重重地坐在椅子上，她已经彻底忘记那盒星空棒棒糖长什么样了。

她不傻。

她觉得司湛是在试探。

就像是两军博弈，本来双方维持着微妙的平衡，他们原本可以相安无事地度过这段紧密相处的岁月，但是司湛终于按捺不住，打破了平衡。

大概是陈宁的棒棒糖刺激到了他？

杠杆倾斜了，她的任何反应都会决定这场战局的走向。

但事实上，哪有什么结局呢？

这是一局死棋。

除非有拨云见日的决心和逆转乾坤的手段。

但所有的一切，对他们来说，都还太早了。

童淼只想安稳地过好当下，以及遵从本心，竭尽所能地帮司湛拿下比赛。

她也有个小小的野心。

让司湛在她的身边读书，或许在漫长的大学阶段，能发生什么意外之喜呢？

白昼逐渐变得短了起来，才晚上七点，天空已经一片暗黑了。

放学之后，受“光棍节”的影响，连在学校自习的人都变少了。

童淼没有回家，她找借口跟着司湛去了实验室。

想要参与进司湛的项目里，总要对比赛有所了解，比如赛制是什么样的，他们要达到怎样的效果。

司湛没有多想，只当童淼是出于对小哀的喜爱，所以想要看看机器人是怎么造出来的。

陈冬一直十分热情地跟童淼介绍他们的实验室。

VEX 比赛是盛华大力扶持的项目，也是盛华第一次涉足的领域。

但因为之前没有成熟的培训流程，所以一切还都要靠司湛他们自己摸索。

实验室其实挺简陋的，精密零件和昂贵的仪器都随意地摆放在地上，连个管理员都没有。

司湛叼着一根棒棒糖，跷着腿坐在椅子上，指着地上已经成型的机器人问童淼：“就这个，帅气吗？”

特别嘚瑟的语气。

童淼蹲下身，盯着机器人打量了一遍。

的确是很漂亮，银白色的机身流畅又轻盈，用来抓取的爪子弯成镰刀状，它还在司湛的操控下，抬了抬爪子，轻轻地夹住了童淼的鞋尖。

她没敢立刻表现出自己的意图，而是静静地粗略估计着机器人的机械数据。

平衡、运转、功率、承重、摩擦力……

心里有个大致的估量后，她站起身，揉了揉有些酸疼的腿，一边摆弄着手机一边随意地问陈冬：“哎，力臂的弯曲角度是不是不够？”

陈冬顿了顿，睁大眼睛看着她。

弯曲角度什么的，他完全没有注意过，只知道不太好操控，每次要找半天方位，才能成功地抓取物件。

司湛抬头，停下吸吮棒棒糖的动作，略微皱眉，神情严肃地看着童淼。

他突然从座位上站起来，走到机器身边，蹲下身，用手指摆弄了一下机身。

棒棒糖在他嘴里嘎嘣几下碎了，被囫囵吞入肚子里。

童淼对着手机屏幕眨了眨眼睛。

这人，怎么就喜欢将棒棒咬碎了吃呢？

司湛用手指轻轻地弹了弹银白色的机器爪子，抬起眼睛，轻笑了一声。

陈冬小声嘀咕道：“哥，咱要给银龙的胳膊加个‘关节’吗？”

如果力臂足够灵活，可以抓取方圆半米内的所有得分物，他们的效率会提升很多。

当然这对设计者的要求也会相对提高。

司湛饶有兴致地看着童淼，眼睛微微一眯，神情深不可测。

就知道她今天不是偶然心血来潮过来玩儿的，她是来参与项目的，不是来过过干瘾的。

早该想到了。

童淼的眼睛落在手机屏幕上，但心思都放在司湛的反应上了。

见司湛半天没有言语，反而若有所思地盯着她看，她有些沉不住气了。

“改造力臂会增加重量，底座就不稳了，受到撞击会容易翻，所以……”

她声音细细软软的，说得不快，像是有意让司湛和陈冬听清楚。

“所以整体结构和电路都要微调，程序也要继续优化。”司湛接过她的话，说给陈冬听。

童淼适时住了口。

陈冬听罢，一屁股坐在地上，手搭在膝盖上，苦着脸道：“我去！那怎么微调啊？”

没人回答他的话，童淼却不由得攥紧了手机，瞥了司湛一眼。

想要改造到最优化的模型，要经过大量的对比计算，再考虑到各种可能出现的因素，增加电路的复杂度，增添新功能，同时要保证机器的重量在比赛要求的范围之内。

这是不小的工作量，如果司湛和陈冬两个人全身心地应对明年的比赛，大概不用上学了。

这些司湛肯定都懂。

他们需要一个精通数学和物理的帮手。

这个人必须有大量的业余时间参与进来，在不影响学习的情况下，为他们承担这一部分的工作量，并且这个人要能够承受功亏一篑的后果。

就算将来没有拿奖，也可以通过其他途径，走向理想的大学。

这个人……还能是谁？

陈冬没想那么多，他还苦兮兮地盯着机器，一副生无可恋的模样。

司湛站起身来，眼睛看向童淼，脸色有些阴沉。

蹲得太久，一时之间的供血不足，他眼前微微一暗，但很快又恢复了正常。

他拍了拍被压出褶皱的校服衬衫，从裤兜里掏了一根新的棒棒糖出来，皱着眉头咬在嘴里，沉声道：“今天先到这儿，明天再说。”

陈冬还以为他是因为突然增加的工作量而情绪不佳，马上安慰道：“哥，没事啊，咱妹妹那么厉害，让她经常来帮我们看着点儿，应该……也不是特别麻烦吧？”

童淼咽了咽口水，睫毛抖了抖。

重点来了，重点来了！

她的一颗心悬着，鞋尖蹭了蹭实验室干燥的水泥地。

“呵呵。”司湛低着头轻笑一声，眼中却没什么笑意。

晚上回到家，童淼心里始终揣着这件事。

她偷眼打量司湛，从他脸上却看不出端倪。

司湛是不是察觉她的意图了？他会不会同意她参与进来？

小哀带着扫地机器人满屋子转，每次打扫完一间屋子，走到司湛脚边时，都会眨着蓝眼睛问一声好。

每每它的声音打破沉寂，童淼都想听听司湛会有什么反应。

但司湛根本没搭理小哀，而是打开冰箱拿了一罐冰可乐。

童淼无奈，只得先去洗漱，等她顶着一头湿漉漉的头发，穿着拖鞋走出来，司湛一罐可乐还没有喝完。

她走上前去，准备摊牌。

“所以你不同意是吧？”

司湛肯定是察觉到她的意图了，所以才这么沉默。

“不同意。”司湛一口把剩余的可乐喝光了。

他口中带着冰凉的气息，手指捏着罐子，骨节分明。

“你是不相信我，还是不相信你自己？”

童淼拉了一把椅子，坐在他对面，双臂搭在餐桌上，身子向前倾着。

司湛略有些迷茫地看了她一眼。

前一句他懂，后一句却不太懂。

童淼垂眸轻声道：“司湛，我不可能永远不参与竞争……你觉得我一直都好不了了吗？”

司湛皱了皱眉，嗓音有些沙哑：“我不是那个意思。”

童淼抬起头，浅浅一笑：“你相信你自己的 Plan B 吗？我相信。”

她紧紧地攥着手指，手背白皙细腻，发梢的水滴到手背上，微微有些凉。

司湛的眼神暗了暗。

她的一句“我相信”，立即让他无法自拔。

她总是具备随意折腾他情绪的能力，喜怒只在一瞬间。

司湛陷入了深深的犹豫。

没人比他更明白童淼的想法，这个认知让他狂喜，也让他不忍。

他总想把她护在身后，让她远离旋涡，却发现自己就身处旋涡中心。

他用食指轻轻地点了点光洁的桌面，发出嗒嗒的响声。

随后他浅淡一笑，朝童淼张开手：“过来，我抱一下。”

童淼霎时僵住。

他顿了顿，解释道："来自队友的拥抱。"

她又立刻松弛下来，慢吞吞地站起身，走到司湛身边。

隔着半米左右的距离，她身体前倾，想着虚虚地贴一下，拍拍背就好。

谁知司湛却突然揽过她的后背，紧接着站起身，用胸膛接住她踉跄的身体，将她抱了个满怀。

刚洗过澡的童淼清清凉凉，喝了冰可乐的司湛却胸膛温热。

司湛的身体有些僵硬，额角渗出汗来。

童淼很快松开了手，小泥鳅似的从司湛的怀里钻了出来。

当然司湛也没用力。

童淼的脸有些红，她愤愤地用穿着拖鞋的脚踩了司湛一脚，怒骂道："不正经！"

然后仓皇逃回屋子里。

小哀扫描到了她，想跟着她进屋看看，却被嘭的一声关在了门外。

不知所措的小哀灰溜溜地转换了路线，意兴阑珊地回了司湛的房间。

司湛在客厅低笑，情不自禁地抬起了手，心里骂自己实在是太没出息了。

童淼躲回房间里，怎么也睡不着觉了。

她心慌意乱地拿出手机，想看些别的什么来转移注意力，竟不由自主地点进了盛华的贴吧。

光棍节对于高中生来说，和愚人节一样，成为表达情愫的最好机会。

贴吧里大有沸反盈天之势，《×××，我不想你继续过光棍节了》之类的帖子挤满了首页。

里面有好哥儿们互相开玩笑的，也有借此机会真情实感地表达爱慕的，一秒钟能刷新十几条帖子，热闹得很。

其中有一个帖子，一直顶着不低的热度，始终排在第一页——《有人知道三班那个 TM 吗？》

她还没看懂什么意思，就不小心点了进去。

"她有没有男朋友，我想追。"

主楼就这一句话，下面跟帖的倒是不少。

“TM？他们？”

“推门？”

“透明？”

“楼主说的是童淼吧？就算不认识也都知道她了，成绩炫酷牛 × 啊。”

“楼主是谁啊？这种女生比较傲吧？不好追。”

童淼怔了怔，刷着手机的手指顿了一下。

她从没想过，有一天还能在贴吧搜到跟她有关的帖子，竟然还是这种话题。

她往下翻了几条，大部分都是在讨论她的成绩，楼有些歪了，直到第二页出现了一条言论：“据我所知，高三的陈宁下手了，楼主先跟陈宁比比，再决定是否动手吧。”

楼主一见有知情人，立刻跟着问道：“这位大哥，童淼和陈宁到底什么关系啊？我记得陈宁是喜欢同班课间操举牌的那个吧？”

“非回。这你都不知道？那次学科竞赛之后，陈宁把童淼的名字都写手上了。”

童淼咬了咬唇，颇有些烦躁地皱了皱眉。

就不该让司湛把棒棒糖抢了去，早知道这样，说什么也应该还给人家的。

“陈宁也逛贴吧的，楼主你这是公开跟他抢人啊！”

下面几条或是开玩笑的，或是说荤笑话的。

童淼看不下去了。

她举着手机恍神，等手机屏幕暗了，这才回过神来。

重新打开网页，刷新了一下，突然发现帖子竟然没了。

她好奇地点回首页，回到套红置顶的处理帖看了看。

最新更新的一条：原帖《有人知道三班那个 TM 吗？》不和谐已删，处理人：小吧主司湛。

第16章

“什么？咱妹妹要加入了？”陈冬站在队列里，惊喜地喊了出来。

体育老师斜眼望他，目光凌厉。

“嘶，小点儿声。”司湛皱了皱眉，轻轻地踢了他一脚。

陈冬冲体育老师吐了吐舌头，小心翼翼地说道：“我这不是太兴奋了吗！就咱妹妹那水平，不得第一，天理不容啊！”

体育老师见他还在那里眉飞色舞地嘚瑟，直奔着陈冬而来，站在他面前，冷声道：“我刚刚说什么了！”

陈冬噤了声，他刚才全身心沉浸在狂喜里面，根本没在意体育老师说了什么。

“说啊！”体育老师不依不饶。

“老师，我一会儿问问别人就知道了，你别着急，不用担心我。”陈冬咧了咧嘴，笑嘻嘻道。

班级里发出一阵哄笑。

体育老师瞪他一眼，恨不得一脚把他踹出队伍，但用眼神发泄完愤怒之后，他还是苦口婆心地重说了一遍。

“你们马上要会考了，以后体育课就留给你们复习，所以今天就把体育考试考了，男生一千米，女生八百米，先各自准备十分钟。”

没办法，在高中，体育课没地位，说被占课就被占，还不能抱怨什么。

虽然已经听过一遍了，但是人群中仍然一片怨声。

体育课没了倒没什么可惜的，但是跑步也太累了吧！

上了高中之后，很少有人能坚持运动了，初中的底子也没了。

“你们就别抱怨了。现在天气多好，不冷不热，赶紧跑完赶紧解脱。”

体育老师翻开花名册，边说边记录着什么。

姜谣苦着脸道：“好讨厌跑步啊，跑完特别累，半天都缓不过来。”

童淼认真地压着腿，一边拉筋一边回道：“没关系的，体育考试不涉及高考和会考成绩，可以慢慢跑。”

姜谣才懒得拉筋，她蹲下身支着下巴问道：“喵喵，你体育怎么样啊？”

童淼仰着头思索了片刻，回道：“运动会跑过八百米和一千五百米，还行吧。不过我要那什么了，所以不敢使劲儿跑。”

姜谣惊讶地张大嘴，忍不住膜拜道：“不是吧？你学习那么好，连体育也很强？”

童淼热身完了，站起身踢了踢腿，笑了笑：“我小时候体质不好，就练跑步的，有……人说，那样就会变强壮。”

她说罢，眼眸微微地垂了下去，失落的神情一闪而逝，就好像从未存在过。

姜谣对自己喜欢的人格外关心，自然注意到了童淼一瞬间的变化。

她有些心疼地蹙了蹙眉。

其实她多少知道一些童淼的事情，每每都要感叹，软绵绵的喵喵，怎么能经历这种事情？

体育课时间有限，所以老师并没有给大家太多的时间自由活动。

更何况大部分学生都在一起聊起了天，根本没有热身，丝毫不拿考试当一回事。

天上飘起了蒙蒙细雨，天色顿时阴沉了几分。

体育老师敲了敲花名册：“来来来，赶紧跑完赶紧回去了，今天有暴雨。”

人群乱哄哄地挤在了跑道上。

“男生先跑，女生躲雨，赶紧上道了。”

女生们默契地躲在了房檐下，姜谣揽着童淼的胳膊站在最外侧，被风吹得斜斜的雨还能打在她们的鞋尖上。

童淼嗅了嗅雨水的味道。

她真的喜欢闻这种味道，也不觉得下雨有什么要躲的必要，有时候，她还会特意把伞拿开，淋一淋雨。

“预备……”

男生们分前后两排站在雨幕里，身子前倾，做好了起跑的动作。

司湛把外套扔在了屋檐下的架子上，现在只穿了一件单薄的短袖衬衫。

衬衫淋了雨，微微贴在他身上，依稀能透过薄薄的衬衫看到他紧致的肌肉。

他细碎的黑发贴在耳侧，下颌勾勒出好看的轮廓，神色有些冷酷，狭长的眼睛微眯，紧紧地盯着面前的跑道。

姜谣轻轻地挤了一下童淼，眨了眨眼睛：“司湛还是蛮帅的哦。”

童淼无奈地看了她一眼，手指轻轻地捏了捏姜谣的胳膊，余光却不小心扫到不远处的陈露楠，她正一脸痴迷地盯着司湛。

她怔了怔，很快收回目光。

司湛这人，还真是有本事，能让女孩子那么迷恋。

“预备——跑！”

一声令下，男生们纷纷冲了出去。

虽说不是比赛，结果也没那么重要，但是站在场上，谁都存了想赢的心思，所以男生们纷纷调动体能，奋力向前跑着。

男生到底比女生的体质好一些，跑得也更快，好像没过多久就又转了回来。

司湛跑在前列，跑到主席台前时，还特意绕到外道，挑眉向人群里看了一眼。

童淼目光一颤，立刻慌张地别开脸。

别人不知道，但她知道，司湛在看她。

这种当着所有人的面互动的事情，她还做不来。

姜谣就喜欢这种简单直接的方式，她激动地甩了甩童淼的手，兴奋冲着司湛的背影喊：“喂，你要是得不了第一，以后别上我们这桌来啊！”

司湛没有回头，闻言却默默地加快了速度。

童淼见他跑远了，这才移回目光，微微地弯了弯嘴角。

雨水彻底将他的衬衫打湿了，白色的布料紧紧地贴在身上，跟随着肌肉律动。

嗯，还是很好看的。

陈露楠哀怨地看了她一眼，默默地攥了攥拳。

司湛那个眼神，明显就是往童淼的方向看的，真是……让人嫉妒啊。

跑最后一段路的时候，司湛终于开始冲刺，步子也迈大了些，短短的时间内，一连超过了好几个人，最终第一个跑过终点线。

体育老师按下计时器。

越来越多的人到达了终点，他们脸上带着潮红，急促地喘息着，慢慢地舒缓着身体的不适。

水滴顺着司湛的下巴滴到地上，也不知是雨水还是汗水。他还是手插着兜，一副闲散的模样，登记完成绩，便朝主席台走来。

男生们跑完，就该女生跑了。

姜谣彻底没了刚才的闲心，紧张得心都要跳出来了。

她体育一般，其实也不是怕跑步，就是担心跑过之后会难受很长一段时间。

雨下得比方才更大了些，但好在还能接受。

童淼倾身向前，口令下达之后，她并没有冲出去，反而留在姜谣身边，按着姜谣的速度跑。

姜谣知道她是刻意放慢了速度，有些感激。

童淼还安慰她：“没事啊，我们就按这个速度匀速跑，不会太难受的。”

姜谣点了点头，默默地低头跑着，后面渐渐有女生超过了她们。

但是八百米还是一段漫长的路程，现在超过去了，很可能之后就没力气了。

同样保存着实力的，还有陈露楠。

她到底是体操二级运动员，运动对她来说，并不是太难的事情。

但她没有立刻加速，反而始终跑在童淼她们前面，保持着一米左右的距离。

如果童淼和姜谣想要变道超过她，她就加点儿速，继续挡在她们前面。

她心里拧着个疙瘩，觉得自己学习不如童淼，在体育场上一定要压着童淼一头。

所以她赌气似的，挡着前面的路。

童淼皱了皱眉，因为陈露楠离得太近了，又不肯让开，她跑得束手束脚，心里一急，渐渐也觉得疲惫了。

姜谣早就累得说不出话来了，一圈跑完，她心里天人交战，恨不得偷偷溜下场，要不是童淼陪着她，她真的坚持不下来。

但即便这样，她也不忘瞪陈露楠一眼。

第二圈跑完了半程，就已经陆陆续续地有女生捂着肚子走下去了，但她们还在稳步跑着。

细密的雨水打在脸上，几乎让人睁不开眼睛。

陈露楠还轻松地给自己绑了一下头发，得意扬扬地回头望了一眼。

起码在体育场上，她是能一直压着童淼的，她就是想让司湛看看，她也很厉害。

姜谣漂亮的桃花眼挑了起来，她推了推童淼的胳膊，喘着粗气简短地说道："跑！别管我！"

童淼顿了顿，迟疑地望着她。

姜谣推了童淼一把，给了她一点儿动力，让她离陈露楠更近了些。

陈露楠赶紧拉开距离。

童淼的瞳孔微微缩了缩，心里竟然也生出了求胜欲。

她本来就不是随遇而安的性子，不然也不会得那个病，既然有人故意挑衅，她也按捺不住了，于是一言不发地加快了速度。

她很快变到了外道，突然发力超过了陈露楠，却并没有减速。

陈露楠一不留神，让童淼跑到了自己前面，心里也憋着气，于是立刻追了上去。

两人在潮湿的塑胶跑道上暗暗地较劲儿，很快超过了一批又一批的女生。

其余人的注意力早就不在自己的排名上了。

她们惊讶地看着疾速奔跑的两个人，只觉得莫名其妙。

都现在了，还能跑这么快吗？

关键是，用得着这么拼吗？

童淼和陈露楠很快跑到了队伍的最前面。

陈露楠始终和童淼相差一两步的距离，她咬了咬牙，尽管已经觉得很难受了，心脏剧烈地跳动着，但她肯不认输。

童淼也并没有比她好多少，上高中之后，她锻炼得也少了，贸然运动得这么剧烈，她也承受不了。

但是求胜欲上来了，无论如何都不能放弃，她对第一的执着，从来没让自己失望过。

陈露楠暗自惊讶，她这才知道，原来童淼并不是个软柿子，竟然这么难缠。

眼看前面就要到终点了，陈露楠急得眼睛都红了，她狠狠地咬了咬牙，鼓起劲来，不管不顾地向前冲去。

童淼看见了终点，难受得咳嗽了几声。她有点儿受不了了，也没有力气加速了，速度渐渐慢了下来，但好在，已经快要到了。

陈露楠在离线还有半米的时候，狠狠地撞了过去。

她难免擦到了童淼的半边后背，两人一起冲出了线。

体育老师按了计时器。

但童淼已经没有力气保持平衡了，速度的惯性加上陈露楠的一撞，让她腿下一软，猛地摔在了终点。

"哎！"

体育老师吓了一跳，赶紧过来拉她。

她身子又软又轻，一只手就能提起来。

橡胶粒擦破了她的膝盖，几道白花花的擦痕很快就渗出了血，混合着雨水滑落下来。

陈露楠傻眼了，她真的不想把童淼撞倒。

但是最后她也是凭着意念冲过去的，根本没有力气再错开身去。

她皱着眉，心虚气短，想上去扶童淼的手，却被赶来的姜谣一掌拍了下去。

姜谣上气不接下气地蹲在地上剧烈地喘息着，嘴里断断续续地喊着：“喵……喵……”

陈露楠退得远了一些，脸色苍白地嗫嚅道：“对不起，我不是故意的……”

她低头看着童淼的膝盖，白嫩的膝盖上有几道长长的擦痕，虽然不断被雨水冲刷，但仍然不断有血液冒出来。

看着都疼。

她有些手足无措。

她是嫉妒童淼，但是她还没坏到这种地步。她现在后悔死了，恨不得从来没跟童淼比过，恨不得一开始就让童淼赢。

简直是奇怪，她怎么会在这种小事上赌气呢？

女生喜欢聚堆，跑来的人越多，围着的圈子越大，大家都在探头看童淼，无形中就把陈露楠孤立起来了。

童淼站直身子，用手拍了拍膝盖，把艳红的鲜血打散，踩了踩地面。

“没事没事，都别围着我。”她主动退到人群外，状若无事地走了几步。

体育老师一见她没当一回事，也放下心来，去抓人登记成绩了。

陈露楠还是盯着童淼的膝盖耿耿于怀。

她根本无法解释，因为当时跑道上就只有她们两个人，连她自己都觉得，躲不开简直难辞其咎。

但是当时她真的没力气了，脑子都短路了，一门心思冲线，根本没有精力想别的。

“我真的……当时我……”

她不自觉地抓了抓手，凑到童淼旁边，心焦得语无伦次。

童淼已经不拍自己的腿了，气息也缓和匀称下来了。

“没事啊，我知道你不是故意的。”

陈露楠当时的状态肯定和她差不多，她也没有多余的力气维持身体的平衡了，她能理解陈露楠的感受。

最后冲线的时候，身体已经到了极限，太难受了，一门心思地只想着跑过去，结束这一切，大脑已经不能思考了，眼前都恍恍惚惚，喘气喘得心都要跳出来。

“我送你去医务室消毒吧。”

陈露楠还是觉得愧疚，她想去扶童淼，却发现童淼被人拽走了。

“我来吧。”

司湛淡淡地看了陈露楠一眼，然后把目光转移到童淼身上。

童淼从他手掌里抽回胳膊，摇摇头：“不用那么麻烦，我没那么娇气。”

小时候磕磕碰碰得多了，她都是抹完了药水就继续玩。

爸爸妈妈工作忙，也没时间唠叨她，她就在医院门诊部阿姨那里擦药，趁人家不留神，就跑掉了。

其实膝盖的伤口很浅，只擦破了表皮，伤口的血还没来得及凝固，她也就觉得有些刺痛，并无大碍。

司湛微不可察地挑了挑眉，看着她还沾着尘土的伤口，冷冷地勾了勾唇。

他也没强硬地把她拽过来，反而心平气和道：“不去是吧？”

童淼原本躲开了他一点儿，闻言不由得抬起杏眼小心地打量司湛。

他的语气有些怪怪的，眼神冷冰冰的。

好像是要生气？

童淼的目光闪烁了一下，捏了捏手指尖。

去还是不去？

她犹豫半晌，被司湛送去的话，是不是太大张旗鼓了？不去好像也没什么，就是擦破了皮而已。

“不用……啊！”

她的“不”字刚说出口，司湛突然单膝跪地，单手抓住她的膝弯，低头吻向渗着血的伤口。

童淼受惊地叫了一声，继而脑子都炸开了——司湛在帮她清理伤口，用嘴唇。

他很高，所以身子压得很低，衬衫缩上去，露出结实的腰线。

他的手指很烫，也很用力，抓着她的腿让她动弹不得。

低下头，童淼能看见他微垂的长睫。

但是她根本没心情欣赏司湛的姿势。

当着全班同学的面，司湛蹲在她身下，用嘴唇处理她的伤口。

还有什么比这个画面带来的冲击力更大吗？

童淼不知所措，只能屈服，羞愤地缩着腿，小声哀求司湛：“我去我去！你快起来！”

司湛的动作这才骤然停下，手指松开对童淼的禁锢。

童淼猛地退了一步，头发凌乱地贴在脸上，整个人都在微微发抖。

司湛站起身，用拇指擦了擦嘴角，淡定地问：“去是吧？”

童淼猛地点点头，真不知道跟他对着干，他还能干出什么事情来。

司湛勾唇一笑：“准备好了？”

准备什么？

童淼心惊肉跳。

他走上前来，单手扶住她的后背，另一只手揽住她的膝弯，一用力就将她抱了起来。

动作迅雷不及掩耳，童淼一恍神，发现自己已经贴在司湛怀里了。

童淼只觉得眼前天旋地转。

“司湛！”

她抓紧了他的肩头，睁大眼睛看着他。

“你再瞎折腾……”司湛小声嘀咕着，堂而皇之地从女生群里把童淼抱了出去。

陈露楠僵硬地待在原地，看着童淼在司湛怀里挣扎，但司湛就是恶劣地不放手。

人群中满是倒吸冷气的声音，谁都想不到，司湛竟然对童淼……

体育老师愣了愣，指着他俩的背影，问兴奋地吹着口哨的男生群体：“谈恋爱的？”

早恋教育不归体育老师管。

陈冬冲司湛喊道：“哈哈，哥，你别抱回家了！”

哄堂大笑。

童淼远远听着，在司湛怀里自暴自弃地装死。

完了完了。

很快，体育课上的事情传了出去。

“大佬司湛今天知道呵护女孩子了，是那个新转过来的天才，童淼。”

“你不信？”

“问问三班的同学就知道了，单膝跪地吻膝盖，我和我的小伙伴们都惊呆了。”

童淼在学霸圈的名气大，司湛在全校的名气大，盛华的贴吧全是关于他们的帖子。

《陈宁和某楼主都没戏了，谁敢跟司湛硬刚？》成了贴吧爆帖，连不了解童淼的人这回都彻底了解了她。

还有人把童淼跟当初的郝梦溪对比，发现两人根本是两个类型的女生。

一个是烈焰红唇，一个是清纯软妹。

大部分人都觉得清纯软妹更好。

事情闹得沸沸扬扬，帖子却一直顶在首页，安然无恙。

童淼坐在高脚椅上，轻轻地晃着小腿，小白鞋一下一下地撞着桌子腿。

她面前的白色盘子里盛着一块滋滋地冒着热气的牛排，不一会儿，厨师又端来了鲜榨的果汁。

这还是她第一次到司湛家位于市里的主宅吃饭，她有些束手束脚的。

实在是太豪华了，厨师都是从五星级餐厅请来的，既和蔼又温柔。

妈妈穿着一身漂亮的亮片小裙子，化着淡妆，言笑晏晏。

司叔叔眯着眼睛，眼角微微有几道细纹。

“今天是为了庆祝我和美君相识一周年，把你们叫来一起热闹一下，孩子们喝点儿红酒吧？”

童美君笑着看了他一眼：“都还小，就喝果汁吧，心意到了就行。”

司启山指了指司湛：“他有回已经碰过酒了，也就啾啾乖。”

童美君嗔怪地看了他一眼：“男孩子是应该会一点儿的，更何况阿湛也比啾啾成熟。”

童淼垂下眼眸，用叉子戳了戳香喷喷的牛排。

他成熟？

成熟能在全班同学面前做出那种事？

司湛勾了勾唇，举起红酒杯：“我喝红酒，她喝果汁。”

一锤定音。

几人愉快地碰了杯，童淼举着杯子小口小口地抿。

不愧是五星级的大厨，做出的果汁不知加了什么，有股淡淡的奶香味，很好喝。

童美君侧过头望向她，温柔地问道：“哝哝，最近学校里有没有什么有趣的事？”

有趣的事？

她和司湛被传得沸沸扬扬的八卦绯闻？

童淼一时不慎，呛了一口，立即放下杯子，剧烈地咳嗽起来，涨得满脸通红。

童美君蹙着眉拍了拍她的背：“瞧你，喝果汁也不小心点儿。”

童淼捂着嘴，咳了个尽兴，这才用纸巾擦了擦，心虚地瞄了司湛一眼。

司湛正看着她，揶揄地笑着。

笑得意味深长，仿佛知道她想到了什么似的。

她赶紧收回眼神，狼狈地张嘴咬了一口牛排。一下没咬断，她像小猫似的，扯了扯，蹭得嘴角都是酱汁。

厨师赶紧摆了摆手：“No, no, no……”

司启山笑了笑，看了童淼一眼，冲她道：“哝哝，这样切。”

他做了个示范，用餐刀小心地切下来一块牛眼肉，放到了童美君盘子里。

童美君满脸幸福的表情，两人相视一笑。

童淼舔了舔嘴角的酱汁，也拿起刀，想效仿司启山切一下。

面前突然推过来一个盘子，里面是小块小块的切得整整齐齐的牛排，七分熟，最中心的一层还微微泛着红。

童淼怔怔地看了司湛一眼，手里的餐刀险些掉在地上。

和他在一起待着，真是时时刻刻心惊肉跳。

司湛淡定地把童淼咬过一口的牛排端到自己面前，继续切着。

“你不用学。”因为有人会给你切。

他话说了一半，童淼的那份牛排已经被他整齐地分割开，动作优雅纯熟。

司启山顿了顿，深深地看了儿子一眼。

还是童美君打破了怪异的气氛，她先是对司启山笑了笑：“阿湛真是体贴。”然后看向厨师，略有些歉意地说道，“麻烦再给孩子煎一块吧，哝哝都咬过了。”

厨师走过来，司湛却摆摆手：“没关系，不用麻烦。”

童淼默默地低下头，对着面前切好的牛排胡思乱想。

给她切牛排有点儿过分了吧？

但妈妈好像没怎么察觉，只当司湛是比她大一点儿，照顾她而已。

那司叔叔呢？他会不会乱想？

她的小腿不由自主地交叠在一起，心里有些紧张。

以后一定要跟司湛说明白，他再这样，就不理他了。

这个小插曲被童美君给带过去了，她接着方才的话茬道：“对了，还没说学校怎么样呢。哝哝，你待得习惯吗？”

童淼乖乖地点点头，放下餐具，糯糯地说道：“习惯啊，同学们都很好，老师也很好。”

童美君舒心了：“只要你觉得享受就好，不要急，也不要紧张，都没什么大不了的事。”

她还不知道童淼代表学校参加了学科竞赛，更不知道童淼被杨菁之找了麻烦。

要是童美君真的知道了，一定担忧坏了。

现在在童美君心里，什么都不重要了，只要童淼的身体好好的就好。

可惜……童淼和妈妈想的终究是不一样的。

她还有野心。

司家父子也默契地什么都没说，只是用喝红酒掩盖了一时的尴尬。

饭吃得差不多了，大人又开始闲聊起来。

谈起这次司湛的期中考试成绩，司启山很是开心：“一定是哝哝在他身边，起了榜样作用，他也知道努力了。”

毕竟前进了三百多名，在认识童美君，了解童淼之前，司启山从没见过第一的成绩单和成沓的奖状。

司湛翻了个白眼，没说话，但眼角眉梢略有些不耐烦。

童淼举起果汁杯，掩盖了笑意。

也就这个时候，他才像个小孩子。

“哝哝，你多帮帮阿湛学习理科，阿湛也要多帮哝哝练一下英语听力，你们互相帮助。”童美君补充道。

司启山点点头：“对对，我听说你们马上要会考了，这段时间的学习可能会紧张一点儿，千万不要松懈。等你们考完，我们一起出国玩。”

童淼在这种时候，都是服帖乖巧地点头。

其实她也有点儿心虚，虽说早就答应帮助司湛学习，但她好像也没花时间帮他。

而且考前划几处重点就能前进三百名，也太夸张了吧？

她还真不了解百名之后的分差，毕竟从小到大也没关注过那些。

以后还是多用点儿时间帮他，或许能进步得更快呢？

司启山想到了什么，开口说道：“司湛，你也别把希望都放在机器人比赛上，全国乃至全世界厉害的队伍那么多，得奖的概率太低了。”

如果一路晋级到VEX世界锦标赛，就是和来自各个国家的优胜队伍比拼，想要脱颖而出获得第一，概率不亚于买彩票中奖。

司启山和前妻都是商人，他也算半个政治家，唯独不精通科技，也不知道司湛这方面的天赋是从哪里继承的。

童淼一听到机器人比赛，一颗心不由得吊了起来。

她有点儿害怕听到对手很强这种话，毕竟这是她没有涉足过的比赛，不知道能不能帮司湛拿奖。

司湛的心态却出奇地稳，他一口饮完了红酒，薄唇轻启，漫不经心道：“放心吧，我们会赢的，不是每个队伍都能有几个天才。”

司启山摇摇头：“你和陈冬也别太盲目自信了，这世上的天才多的是，比如哝哝就不一定比你做得差。”

童淼的手滑了一下，险些没抓住杯子。

里面新倒进去的果汁震荡了一下，溅出一些，落到桌布上。

司湛但笑不语。

吃完饭，他们一起在客厅看了一场电影，明天还要上学，家长们催着司湛和童淼早早去睡觉。

司启山和童美君还要出门继续过二人世界。

童淼躺在司家的客房里，嗅了嗅散发着淡淡的洗衣液味道的枕头，心里感叹道："好大的房子啊！"

她还能想起自己以前的小家，都不如司家的一个客厅大，但阳光能铺满整个屋子，橙黄的光线中，可以看得见纤细的灰尘，温馨又宁静。

但那已经是很久之前的事情了，现在的生活也很好，妈妈很幸福。

她逐渐有了些困意，微微合上了眼睛，迷糊中，感觉手机振了一下。

缓了半晌，她艰难地睁开眼睛，困倦地摸过手机。

是一条短信。

"睡了吗？"

来自司湛。

饶是童淼的脾气再好，也多少有些郁闷——她明明都快要睡着了，又被吵醒。

她按了按屏幕，回了两个字："睡了。"

然后闭上眼睛，想要重拾困意。

但很快手机又振了一下。

"睡了还能回消息？"

童淼被吵得彻底没有瞌睡了，她一翻身坐起来，头发披散着，像块蓬松的毯子。

司湛的电话打了过来。

童淼顿了顿，等铃声响了三下，这才慢吞吞地接了起来："你要干吗呀？"

"穿好衣服出来。"司湛言简意赅。

童淼揉了揉头发，软绵绵的声音带着些气恼："我都要睡觉了！"

“今天也是我们相识一周年的日子。”司湛平静地说道。

一年前的那天下午，司启山出了车祸，事情不大，只是有些擦伤。

司湛跟着司启山到医院包扎，是童美君给司启山上的药。

那天童淼正巧也在妈妈的办公室写作业，写累了，她走到门口，扒在门缝边，第一眼就看到了司湛。

司湛也回头望了望她。

转眼间，已经一年了。

童淼轻轻地眨了眨眼，一瞬间就没什么困意了。

第17章

她套起校服衬衫，下半身还穿着睡裤，小心地推开门，探头向外瞄着。

脑袋被人弹了一下，她赶紧扭头向墙边看去。

司湛靠在墙上，低着头看她，吐槽道："跟做贼似的！已经没有其他人了。"

童淼推开门，鼓着腮帮，皱着眉，一本正经地问道："都这么晚了，你要干吗呀？"

司湛抬起左手，敲了敲手腕上的表盘："十点就算晚了？"

童淼转身想回屋："十点我要睡觉了。"

司湛一把拉住她的手，硬是把她给拽了回来："跟我出去。"

童淼皱着眉，挣了挣，当然无济于事。

她索性让他抓着，苦口婆心地跟他讲道理："跟你认识一周年，真的很开心，但是我要睡觉了。"

司湛狭长的眼睛一眯，啧了一声，右手肘支着墙，手掌撑着头，懒洋洋地说道："我听着怎么觉得一点儿也不真诚呢？"

童淼抿了抿唇，好脾气地说道："你别闹了，一会儿我妈妈和司叔叔该回来了。"

要是看到他们在这里说悄悄话，肯定会多想的。

司湛松开她的手，在她的脑门上轻轻地弹了一下。

“你是不是傻啊？他们根本就不会回来了。”

童淼一怔，脑子没转过弯来。

司湛突然俯下身，贴在她耳边低声道：“你的春宵一刻会跟孩子一起过吗？”

童淼的脸唰地红了，她一把推开司湛，羞愤地说道：“你胡说八道！”

她转身往屋里跑，反手把门狠狠地带上，然后扑到床上，难以抑制地心烦气躁。

司湛差点儿被门撞到鼻子，幸好躲得快。

他挑了挑眉，抬手敲了敲门：“喂，小卷毛，跟不跟我出去？”

童淼把自己埋在被子里，没说话，心口却怦怦乱跳，脑子里难以抑制地想到了司湛说的那种情形。

妈妈和司叔叔是躲开他们俩，去亲密了？

更多的，童淼不敢想了。她也不是很懂，她如今所认为的亲密，也就是亲亲嘴唇，搂搂抱抱。

她枕在自己长长的头发上，歪头看外面的夜景。

也不知道是不是连天下雨的缘故，今天夜里的天空格外晴朗，星辰闪闪烁烁地点缀在上面，天空像一块大大的曲奇软饼。

司湛等了半晌，见里面没回复，于是低声威胁道：“别等我进去抓你啊，钥匙我都有。”

童淼暗自咬了咬牙，朝门口瞪了一眼，她真怕司湛闯进来。

“我换裤子，你等一下啦！”

她脱掉睡裤，换上宽松的秋季校服长裤，然后踩着拖鞋，慢吞吞地再次拉开了门。

“你让我出去干吗呀？”

刚一出门，童淼就被披上一件过于宽大的外套，还是淡淡的薄荷香，一看就是司湛的衣服。

“玩好玩的。”司湛随意答道。

童淼在门廊前换好了鞋子，站起身，拍了拍裤子上压出的褶皱。

司湛把一顶白色的帽子扣在她的头上，压住了蓬松的卷发：“外面冷。”

现在外面的确是不暖和了，好像夏天才过了没多久，就已经隐隐有了冬天的感觉。

刚一打开门，寒风就刮了进来。

童淼微微一眯眼，多亏了司湛的外套宽大，能把她的大腿都遮住，她没觉得怎么冷。

司湛穿了一身黑的风衣和紧身长裤，显得高挑又孤傲。

他拉住童淼的手，轻车熟路地把她往一个方向拽去。

“喂！”

童淼被他拉着小跑了几步才跟上。

她低头看去，自己的手被司湛的手掌紧紧地包裹着，只能看到小小的手指尖。

司湛的手温热干燥，她的手则软绵绵的。

司湛好像并没有关注到自己已经拉住了她的手，这样做是不是有什么不对？

童淼抬起眼睛朝司湛的背影看了看。

司湛敞开的长风衣被风一吹，一下下地扑扇在童淼的膝盖上，他像不怕冷似的，露出里面的长袖衬衫。

但是，还挺好看的。

两人走了五百多米，到了一个 ATM 机前。

司湛停住了脚步，童淼也不知所措地跟着停了下来。

“大半夜的，你来这里干吗？”

她谨慎地打量着周围，光线不算暗，但路上的人已经不多了。一阵风吹过来，顺着脖颈往衣服里面钻，她不由自主地缩了一下脖子。

司湛不言语，走到了 ATM 机面前，从怀里掏出一张卡插了进去。

童淼避嫌地移开了视线，往后退了一步。

她以为司湛要取钱。

司湛顿了顿，皱着眉回头看她：“过来。”

童淼往前挪了两步，抬起黑亮亮的眼睛望着他。

在灯光下，她的皮肤显得更白了，圆嘟嘟的脸蛋鼓鼓的，她故意憋了一口气。

司湛满意地低头，开始输密码。

离得太近了，童淼很难不注意到。

他输的密码是……她的生日。

心脏漏跳了一拍，童淼怔怔地看着司湛，眼睛睁得大大的。

司湛却没有什么反应。

他从风衣的里侧拿出一个小包裹来，打开来，里面全都是钱，厚厚的一沓。

然后就是漫长的存钱过程，机器唰唰的数钞声，一遍又一遍地重复着，司湛也不厌其烦地操作着，直到最后里面显示金额，十万元。

他把卡抽了出来。

童淼迟疑了一下，轻声问道："你从哪儿弄来这么多钱啊？"

司湛靠在一旁的墙壁上，将卡递向童淼，漫不经心道："背着我爸妈接了一点儿小项目，今天刚结款，小公司，竟然还走现金。"

童淼低头盯着他手里的卡，犹犹豫豫地问道："你背着司叔叔，做了多久了？"

司湛皱了皱眉，觉得童淼好像关注错了重点，但还是回答道："一年吧。"

虽说十万块钱不是小数目，但对司家来说，应该不算什么吧？

司湛为什么要花一年的时间去做那个呢？他的学习成绩一直上不来，不会就是因为"不务正业"去了吧？

"司湛，你很缺钱吗？"童淼担忧地问。

司湛无语地瞄了瞄她，把卡塞进她的手里："为以后做准备。十万块不值一提，但过程很重要。"

童淼歪着脑袋看他："什么过程？"

"摸清一个小的信息技术公司的基本运作流程。"

她不懂，也就没继续问，但是把卡塞给她是什么意思？这不合适吧？

司湛用眼神示意了一下那张卡，继续道："里面有整整十万块，但近两年不会有入账了，两年之后，大概会持续翻倍。”

童淼莫名觉得手里的小卡片沉重起来，这都是厚厚的钱啊！

“你到底是什么意思？”她看着司湛的眼睛。

司湛的眼神有点儿飘，他轻轻地咳嗽两声，企图缓解一下尴尬的气氛。

但似乎毫无用处，只能干巴巴地说了。

他避开童淼的眼神，望着远处静立的绿植。

“童淼，你怕什么？最初得那个病，是因为你爸抛弃你们，你妈脑子里有一颗瘤，你怕将来必须摘除的时候，你自己没有能力，没钱救你妈。”

“所以你输不起，想要尽早取得高学历，赚多多的钱。”

“后来你妈跟我爸在一起，你觉得这种关系没有安全感，要是我爸不是东西，也把你妈甩了，你妈会受到更大的伤害，所以你一点儿也不敢松懈。”

“我不知道自己能不能每次都像上次一样，依靠骗你，帮你度过那种时候，但我觉得治病要治根。”

“这张卡的密码你可以随意改动，里面的钱只会多不会少。”

他酷酷地站直身子，伸手在童淼的帽子上轻轻拍了拍。

“我说过，你不必每次都得第一，一切都有我呢。”

他的声音低哑，却仿佛魔音灌耳，每一个字都重重地砸在童淼的心底。

随后，又听到他轻描淡写道：“我接项目的那天，就是一年前的今天。”我第一次见你的那天。

声音被夜风卷了起来，刮了很远，慢慢地散在夜色里。

月光温柔似水。

童淼支着下巴，凝视着黑板，默默地发呆。

那天浓稠的夜色，就像循环播放的光盘，始终在她脑海中播放着。

司湛的话，司湛的眼神，还有司湛的处心积虑，让她觉得惊心动魄，万分慌乱。

原来真的会有人，隐忍沉稳，步步为营，只为有朝一日，一击即中。

她承认，她不由自主地被司湛感动了，甚至开始忧虑起来。

她无意识地用笔尖轻点着桌面，发出轻微的嗒嗒声。

老师讲的话，都像耳旁风，顺着空气飘走了。

季渃丞目光有些严厉地望向后面的司湛，淡淡地问道："是真的不会，还是没有听？"

司湛支着桌子，他也就只会在季渃丞凌厉的目光逼视下觉得不自在。

他没听，昨天晚上因为构想代码熬得太晚，今天虽然已经喝了两杯咖啡，但注意力仍旧很难集中。

季渃丞虽然严厉，却也极度斯文，用目光谴责过司湛后，并没有继续指责他。

"有没有人能替他答一下？"他环视了教室一圈。

同学们默默地低下了头，不敢对上他的眼神。

下午第一节，谁说不困，那真是奇才。

饶是看着季渃丞的脸，也抵御不了困倦来袭。

就只有姜谣和童淼看着黑板。

姜谣的眼神始终围着他转，他对上她的视线之后，很快避开了。

倒是童淼，眼睛睁得大大的，微微有些发愣。

"童淼，你答一下。"

季渃丞清了清嗓子，总觉得叫她起来不会错了。

班内传来一阵低低的窃笑。

就像是某种反应链一样，有一个人窃笑，其他人便纷纷窸窸窣窣地抬起头来，看着童淼和司湛挤眉弄眼。

还有人故意咳了几声，大家彼此心照不宣。

季渃丞眯了眯眼，狐疑地在班内环视了一圈。

"怎么了？"他问。

童淼满脸通红地站起身，拘谨得快要缩成一根筷子了。

同学们的起哄声让她觉得太尴尬了，说也不是，不说也不是，更何况她刚才也没听课啊……

有喜欢接话的同学赶紧冲季渃丞摆了摆手："老师，没事，没事，我们只是嗓子痒。"

又是一阵哄堂大笑。

童淼赶紧低下头，微微咬住嘴唇。

季渃丞却了然了。

他意味深长地看了看司湛和童淼，然后自然而然地避开这个敏感话题，敲了敲黑板：“这道题，怎么解？”

童淼快速地扫了一遍题，幸亏这些题对她来说都不难，她大致看了看就明白是怎么一回事了。

“受力分析应该加上摩擦力，重力分解之后，减去摩擦力、电阻力，再算加速度……”

季渃丞停滞了几秒钟，盯着童淼淡淡地说道：“第一问刚刚讲过了，我问的是第二问。”

天哪。

童淼轻轻地在地上摩擦着鞋尖，羞愧得无地自容。

她磕磕巴巴地答完第二问，却觉得一切都无法挽回了。

哪怕她答得再完美，季老师也知道她没听课了。

好在季渃丞没有过多追究他们溜号的事情，也体谅他们在这段时间突击会考，任务繁重，只用眼神警告了一下，便继续讲了下去。

童淼小心地坐在椅子上，却恨不得能出去站着。

她竟然上课溜号了，还被季老师抓到了。

真是惭愧。

姜谣低声问她：“喵喵，你在想什么呢？”

童淼轻轻地摇摇头，嘟囔道：“我就是困了……”

这个理由可真是苍白无力啊！她狠狠地掐了一下自己的腿，强迫自己集中注意力。

下课之后，班里睡倒一片，连吵闹的声音都小了。

隔壁班有男生敲门，略带羞涩地问：“请问，你们班的姜谣在吗？”

门口的同学指了指趴在桌子上睡觉的姜谣，男生有些踌躇，还是忍住没有让人叫醒她。

他递了一个平安果过去：“麻烦你帮我把这个给她。”

门口的同学了然，点了点头，往后面传过去，传到童淼手里，然后放在姜谣的桌面上。

明天就是平安夜了，虽然学校为了防止早恋苗头，禁止互送平安果和圣诞礼物，但是上有政策，下有对策，不让送苹果，他们就送橙子和梨。

姜谣被上课铃吵醒，脸上红扑扑的，还有被压出来的印子。

她迷糊地睁开桃花眼，朝桌面上看了看，带着浓浓的鼻音问道："谁的啊？"

童淼答："一个男生送给你的。"

姜谣皱了皱眉，连是哪个男生都没问，把包装精美的橙子塞到抽屉里，一头栽倒在桌子上，艰难地在袖子上蹭着脸。

真是不想起来啊。

童淼给她递了一张湿巾纸："坚持坚持，再上完一节课就可以放学了。"

姜谣接过凉凉的湿巾纸，擦了一把脸，多少清醒了一些。她打了个哈欠，问道："喵喵，你明天有事吗？"

童淼想了半晌，缓缓地摇了摇头："明天是周四，没有什么特别的事。"

姜谣来了兴致，直起身子道："明天平安夜，我们放学之后去逛街、吃饭吧。"

童淼迟疑了半晌，蹙眉道："逛街？"

姜谣点点头："去嘛去嘛，反正都考完会考了，放松一下嘛。"

跟好朋友去逛街这种事蛮新奇的，以前她都是跟妈妈去逛街的。

童淼有些心动，再次确认了一下的确没有别的事，她微微一笑："那好吧。"

平安夜那天，校园门口卖着高价的平安果销售一空，有朋友之间互送的，也有送给心仪的人和老师的，连学校的值周生自己都买来送人，更没有理由去管别人了。

童淼想了想，还是跟司湛发了条短信。"今天要跟姜谣去逛街，吃完饭再回家。"

司湛看到短信眯了眯眼睛，一把把陈冬从桌面上拽起来："别睡了，一会儿去实验室加班。”

陈冬迷糊地说道：“啥？你不是说今天要早些回去，不干活吗？”

司湛阴沉着脸，慵懒地靠在椅子上，嘟囔道：“计划有变。”

陈冬指了指自己的鼻子：“不是吧？你要跟我过平安夜？”

司湛抬腿踢了他的椅子一脚，不耐烦道：“你以为我想跟你过？”

陈冬笑嘻嘻道：“不会是咱妹妹有约了吧？啧啧。”

其实不用想都知道司湛的时间是留给谁的。

前排的陈露楠不由得攥了攥笔，写不下去了。

为什么还是心里过不去呢？明知道司湛对童淼最好，并且从来没有额外关注过自己，她早就该放弃的。

她猛地喝了一口水，强迫自己埋头写作业，不去想不属于自己的东西。

自从那次体育课之后，她已经快一个月没跟司湛说话了。

甚至都不敢回头看他，总觉得心里愧疚，也怕自己受伤。

毕竟，他能当着那么多人的面替童淼出头，什么事他做不出来？

放学之后，姜谣先带着童淼回滨河小区，换一套适合逛街的衣服。

童淼穿了一条黑色的打底裤，束腰的短裙，踩着一双小皮鞋，精致可爱。

姜谣就更不用说了，她的衣服都是名牌，她的身材又好，随便哪件拿出来穿在身上，都跟电视上的小明星似的。

临出门之前，童淼收到了司湛的短信：“晚上需要去接你吗？”

她用手指轻轻地摸了摸手机的边缘，回道：“不用了，坐姜谣家的车回来。”

现在她和司湛之间的关系，处在那种说不清，道不明的境地。

中间隔着一层透明的薄膜，几乎能看到人影。

但是司湛已经站在了薄膜的边缘，想要戳破它，她则退开一米远。

明显不平衡了。

只是那句话，还没说出口。

也不能说出口。

她定了定神，很快坐上姜谣家司机开来的车，两人直奔香舍区。

姜谣喋喋不休地跟童淼说着话，聊她喜欢哪家的衣服，这边又新开了什么餐厅。

童淼乖巧地听着，就当学习了。

本是最繁华的商业区，又赶上过节，商场都打出了五折优惠，人多得不能再多了。

连说话都要很大声才能被听到。

但好在，奢侈品店里的人没有那么多。

童淼看着价签吐了吐舌头。

标价都在五位数以上，她连碰都不太敢碰。

服务员殷勤地戴上手套，跟着她们一边走一边介绍新款的包包，就仿佛那些包包都是易碎的琉璃瓶，连拉开拉链时都是小心翼翼的。

姜谣拍了拍她，惊喜地一指："喵喵，你看那个白色的挎包适不适合你？"

不适合，一看价格就不适合。

童淼摇了摇头，她还在上学，根本就不需要这些昂贵的东西。

服务员也看出姜谣有钱了，睁着眼睛说瞎话："适合适合，我们这款包，买得最多的就是高中的小姑娘了。"

童淼脑子里不由得算上了概率，在盛华这种"二代"扎堆的学校，日常能买这种包的人都不到百分之二十，更不用说其他学校了，哪里有高中的小姑娘背这种包的？

"等毕业再说啊。我饿了，咱们去吃饭吧。"童淼扯了扯姜谣的袖子，她看见服务员都开始伸手取那个包，要给她挎上了。

"啊……你一说，我也饿了。先吃饭再逛吧。"姜谣表示赞同，领着童淼直奔一家价格不菲的西餐厅。

不来这里也不行，其他的餐厅根本就排不上位，等号的长龙快要堵满了门口，唯有这家的价格挡住了绝大部分的人。

童淼瞄了一眼菜单，一块牛排五百多。

她眨了眨眼，回想起那天在司湛家里吃的牛排。

要是把这种饭店的厨师请回家去单独服务，这得多少钱啊……

她果然适应得还不够。

姜谣点了两份牛排、一份甜点、两份罗宋汤，还点了好几份餐厅的特色小菜。

“太多了吧？”童淼犹豫道。

姜谣撇了撇嘴，小声道：“分量特别少。”她用手比画了一下，画成一个圆，“这么大的盘子，中间就三四块肉。”

服务生下完单，很快走了回来：“今天是平安夜，赠送您二位一瓶橘子沙洲饮品，现在开吗？”

童淼刚要摆手：“不……”

姜谣美滋滋道：“开！”

服务生笑眯眯地说道：“开瓶费五十元。”

童淼怔住了。

姜谣倒没在意，还跟童淼解释道：“这家餐厅没有百分之十的服务费，所以加了开瓶费，按菜价来说，已经算得上不贵了。”

等着上菜的工夫，她们每人倒了半杯橘子沙洲，因为童淼不习惯喝，姜谣也没强求她，让她抿一口意思一下。

两人闲聊着学校里的事，还有不知道从哪儿听来的八卦。

童淼冲着大门的方向坐着，姜谣则背对着大门。

说着说着，童淼突然噤了声，目光朝门口望去，连脊背都绷直了。

姜谣不明所以，顺着她的目光转过头望去。

季渃丞穿着得体的西装，身边跟着一位妆容精致的女人，两人说说笑笑地往餐厅里面走。

他还是那么迷人，身材挺拔，彬彬有礼，衬衫的第一颗扣子解开，露出白皙的颈窝。

女人挎着价格不菲的皮包，轻轻地解开 Burberry 大衣的扣子，朝季渃丞浅浅地笑着。

季渃丞居……居然给她拉椅子！

姜谣腾地站了起来，吓得童淼赶紧抓住她：“谣谣，你冷静！”

童淼紧紧地抓住姜谣的手，这才把姜谣拽住。

正巧服务员端来牛排，用身体把姜谣的目光给挡住了。

看不见季渃丞，姜谣冷静了半分，缓缓地坐了下来。

牛排滋滋地冒着热气，浓浓的香味儿飘散出来，姜谣总算把目光转移到桌面上。

童淼笑着向服务生道谢，但没敢松开拉着姜谣的手。

姜谣的眼神有点儿落寞，她舔了舔艳红的嘴唇，嘟囔道："喵喵，你松开吧，我不去了。"

童淼半信半疑地松开手，慢慢地缩了回来，安慰道："或许是季老师的家人呢，你别太冲动了。"

姜谣单手举起杯子，一口气把剩下的饮品都喝完了。

涩涩苦苦的味道在味蕾上绽开，她蹙了蹙眉。

"季渃丞的族谱都快被我翻遍了，一根独苗，爸妈也都是独生子女，你说怪不怪？"

她以前也没喝过这么快，多少脸上有些发热。

当时说开就开了，根本没来得及看是什么东西，现在一回味，似乎有些辣辣的。

童淼担忧地看了看姜谣，学着上次司叔叔教她的那样，把牛排切开，推到姜谣面前："你先吃点儿东西。"

虽然她切得有些生涩，样子不好看，但是姜谣哪里还有心思顾及这些？她填了一口牛排到肚子里，香味儿没吃出来，反倒觉得苦涩涩的，像是方才的饮品没咽下去似的。

餐盘接二连三地端上来了，果然跟姜谣说的一样，都是制作精良但是分量很少的。

被服务生一次次地打断，姜谣总算冷静了一些，眼睛垂了下去。

"喵喵，你说他是不是来相亲的？"

她朝季渃丞的方向瞄了一眼，视线哀怨地在他身上扫视。怎么办？即便是这样，她还是觉得季渃丞好帅，好绅士，恨不得对面那个女生是自己。

童淼顿了顿，慢吞吞道："季老师……根本不需要相亲吧？"

以季渃丞的条件，大概有很多人像姜谣一样暗恋着他了，但是童淼不敢这么说。

姜谣一手支着下巴，一手捏着餐刀，猛地插进了牛排里。

她不自觉地一边望着他一边皱眉："季渃丞为什么不喜欢年轻的小姑娘呢？我可比他小七岁呢。"

童淼眨了眨眼，或许是没共同语言？或许是……爱情这东西跟年龄本身就没关系？

它总是贸然发生，根本不管是不是在对的时间、对的场合，和……对的人。

她突然也觉得没了胃口，用叉子叉了一点儿蓝莓山药，抿在嘴里，感受着食物的清香，囫囵地咽了进去，等胃里不觉得饿了，她也不怎么想吃了。

或许是因为司湛吧，她特别能理解姜谣的感受，但是季老师又很无辜，所以她根本不知道要怎么安慰姜谣。

姜谣又倒了一杯橘子沙洲饮料，童淼微微地蹙起眉。

"谣谣，要不我们换一家餐厅吃饭吧？"她委婉地建议道。不用看见，会不会好一点儿？

姜谣摇摇头："不用啊，我现在哪儿还走得开？"

她一仰头，又是一大口灌了下去。

童淼反应不够快，没拉住，眼巴巴地看着姜谣剧烈地咳了两声。

"你先吃点儿东西吧，别空腹喝了。"

姜谣的注意力早就不在食物上了，童淼说什么，她就听什么，让她吃东西，她就机械地举着餐刀往自己嘴里送，吓得童淼赶紧抓住她的手。

季渃丞并没有注意到这边。

他整个人都很放松，端起杯子浅浅地喝了一口柠檬水，然后和颜悦色道："怎么想着回国了？"

程媛笑道："学有所成了，总该为国奉献了嘛。我要是能跟你一样早两年毕业，我早就回来了。"

季渃丞谦虚地摆了摆手，服务生过来给他添上了柠檬水。

"还是你的觉悟高。"他声音清朗，语气平静，比上课时更舒缓一些。

程媛犹豫了一下，缓缓道："师哥，你不做研究真的可惜了，你是个天才啊。"

季渃丞淡淡地笑了笑，似乎是渴了，又把杯子里的水喝了大半。

“没什么，教育学也是我的辅修专业，也值得研究。”

程媛叹息一声：“做教育是很高尚，但是……培养一个物理学家太不容易了，清华的纪教授不是一直想招你过去？”

季渃丞稍一蹙眉，眼中闪过一丝复杂的情绪，但很快被他收敛了起来。

“你这是帮纪教授当说客来了？”

程媛盯着季渃丞的脸，妄图从他的脸上看出一丝不甘的表情，可惜没有。

“师哥，那件事都过去了，以后不会再发生了。”

季渃丞顿了顿，饮尽了杯中的柠檬水，淡淡地说道：“好好吃饭，不谈公事。”

程媛说不下去了。

即便季渃丞的脸上没表现出来，但她还是能感觉到，季渃丞有些生气，不愿意再继续这个话题了。

另一桌的姜谣已经连干了两杯橙红色的饮品，胃里面像是有一团火在烧。

她总觉得那两个人靠得特别近，聊得也相当亲切。

季渃丞在课堂上虽然脾气好，但到底是有老师的威严的，神圣不可侵犯，连姜谣有时候都很怕他。

从来没见过他这样和人聊天，没有老师的架子，愉悦地、平和地坐在对面，互相看着彼此的眼睛。

她紧紧地攥了攥高脚杯，眼圈不争气地红了起来。

这是五星级酒店的餐厅，她再怎么大大咧咧，也不可能在这里闹事。

她就只能不远不近地望着，却什么都做不了，连在季渃丞面前刷存在感的机会都没有。

她拽过瓶子，又倒了一杯。

这时候瓶子里的东西对她来说，就像是暂缓病情的良药，苦涩但管用。

反正她已经有点儿晕乎乎，反应迟钝了。

童淼低下头，偷偷地拿出手机，给司湛发了一条短信：“谣谣撞见季老师和人吃饭，她好像喝得胃不太舒服了。”

也不知道为什么，出了事儿，她本能地去找司湛。

潜意识里，她已经相信司湛可以解决所有的事情，她已经如此信赖他了。

司湛坐在实验室里，正敲着银龙的外壳，陈冬在一旁的角落里咬煎饼果子。

银龙已经跟着他们参加过大大小小的比赛了，算是个功臣了。

虽然一直在改造，但并没有质的飞跃。

小卷毛真的很厉害。

她光是用眼睛看，就已经大致估算出了银龙的属性，季老师还真是慧眼识英才。

手机突然振了一下。

司湛回过神，将手机掏出来看了看，不由得皱了皱眉。

姜谣跟他和陈冬都是发小，从小一起玩到大的交情。

司湛这人，对身边的人无底线护犊子，何况在他眼里，姜谣喜欢老师根本不算事儿。

会比他喜欢童淼还离经叛道吗？

他简短地回了两个字："地址。"

童淼很快把地址给他发了过来。

司湛站起身，从衣架上拽过风衣，拍了拍陈冬的肩："车钥匙给我。"

陈冬把车钥匙给他扔了过去："你干吗去呀？"

司湛的那辆车还停在滨河小区的车库里，一直没开。

他捏着陈冬的车钥匙，又想到童淼的话，顿了顿，又把钥匙扔了回去："算了，我打车，姜谣情场失意了。"

陈冬拍拍屁股站起来，他也关心姜谣，便问："姜美人不是跟咱妹妹去逛街了吗？"

司湛点头："遇到季老师了。"

不用问，他也能猜到那是什么场景。

他也挺佩服姜谣的，要是放在以前，姜谣早就炸了，现在竟然还能压住冲动。

"我跟你去吧？"陈冬问。

司湛打开门，背对着他答道：“不用，我去把小卷毛带回来。”

言下之意，把姜谣扔给季老师。

陈冬不由得鼓了鼓掌，感叹道：“哥，你对对你有恩的季老师也这么狠吗？”

司湛暗自嘟囔道：“早该把时间还给我了，谁想加班啊！”

第18章

一顿饭吃得食不知味，童淼最终还是把瓶子抢走了。

姜谣趴在桌子上，打了个嗝，眼睛都没离开过季渃丞。

“我让司湛来接我们了，早点儿回去休息，明天还要上学。”

童淼伸出手，轻轻地替她把散落的碎头发撩到耳后。

餐厅的服务生见她心情不好，还特意送了个大熊抱枕过来，姜谣迷茫地抱在怀里，抱枕软绵绵的，一点儿着力点都没有。

司湛来得很快，牛排还没有彻底凉透，他已经快步迈入了餐厅。

童淼一看见他，就仿佛有了主心骨，赶紧招了招手。

司湛坐在了童淼旁边，服务生贴心地送上来一副餐具。

司湛根本没碰，他随手捞起童淼的手，把她的叉子上叉住的一小块牛排送入口中。

童淼吓得一抖，手被他结结实实地攥着，缩都缩不回来。

姜谣一抬眼，用食指敲了敲桌子，噘着嘴道：“喂喂喂，这儿还有个凄风苦雨的人儿呢，能别刺激我了吗？”

童淼默默地垂下眼帘，把手缩到大腿下面，眼睛眨呀眨。

司湛用纸巾擦了擦嘴，一勾唇，朝左侧季渃丞的桌子看了一眼，挖苦道：“没出息的样儿。”

姜谣朝他翻了个白眼："你以为谁都像喵喵一样，软绵绵的任人调戏？"

我不是啊……童淼暗自在心里辩驳。

司湛挑了挑眉，显然对"调戏"这个字眼不是很满意。

但是看姜谣一副心情不好的样子，他也不跟她计较。

"找人帮你查查？"司湛打量了季潇丞对面的程媛几眼，和姜谣的确不是一个类型，反倒跟季老师如出一辙。

姜谣摆摆手，在熊抱枕上蹭了蹭脸："别，我还用你查？我家就是搞星探的。"

司湛赞同地点点头，不由自主地摸了摸下巴："我要带我未来的妹妹回去吃苹果了，你呢？跟我们一起走，还是把你扔到季老师脚下？"

姜谣瞪了他一眼，骂道："是人吗，你？还要过节？"

童淼赶紧摆手："不过不过，我们送你回家吧。"

姜谣喝得也差不多了，司湛玩笑归玩笑，把她扔给季老师总不是那回事儿。

司湛对"我们"这两个字比较满意，这说明在童淼眼里，他已经不是外人了。

"走吧。你看着有什么用？赶紧到二十岁，拿着户口本把自己嫁了。"司湛揶揄道。

姜谣皱了皱眉，突然直起身子捂住了嘴。

她没吃什么东西，光喝那种刺激性的饮料了，又喝得太猛，现在胃里彻底受不了，直想吐。

"你不是要吐吧！"司湛吓了一跳。

他只当姜谣心情不好，但他真没想到姜谣伤心到把自己喝吐了。

童淼赶紧站起身，抽了一把纸巾，从司湛前面蹭出去，拉住姜谣的胳膊："我带你去卫生间！"

姜谣捂着嘴跟她跑了。

许是这边的声音太大了，多少引起了其他食客的注意。

季潇丞也转过头来，朝这边望了一眼。

姜谣已经跑开了，他只看见了司湛，有些意外。

“司湛？”

司湛见被他看到了，也不躲，他起身走到季渃丞的桌边，笑道：“老师好，这位是……”

他把目光投向程媛。

季渃丞介绍道：“这是和我同导师的师妹，刚从国外博士毕业回来。”

他又指了指司湛，对程媛说：“我的一个学生，目前我指导他的机器人项目。”

程媛礼貌地点了点头。

司湛的手仍插在兜里，微微弓了一下腰，以示尊重，不着痕迹地试探道：“姐姐这么年轻漂亮，竟然都博士毕业了，我还以为是季老师的妹妹呢。”

谁都爱听好话，尤其是从司湛这种长得好看的年轻人嘴里说出来，就更是动听。

程媛含蓄地摸了摸脸：“我可不年轻了，孩子都有了。”

司湛夸张地挑了挑眉，赞叹道：“是不是物理系风水好啊？学了都能跟十八岁似的，弄得我都想放弃 CS，改学物理了。”

程媛被他夸得笑盈盈的，冲着季渃丞道：“你的学生都这么会说话吗？还是师哥教得好啊。”

季渃丞打量了司湛一眼，冲程媛淡淡一笑，没有回答。

司湛可不是会讨好别人的性格，平时在学校，多一个字都懒得说，多少有些高冷。

如今花言巧语，要么是跟对方认识，要么是套话来了。

第一种情况显然是没可能了，他朝司湛那桌望了望，三副碗筷。

季渃丞眼睛微眯，心底了然，随后拍了拍司湛的肩膀：“行了，任务完成了，该干什么干什么去吧。”

司湛知道瞒不过季渃丞，也不掩饰，勾唇一笑，微微地点了点头，转身走了。

出租车上，姜谣开着车窗透气，童淼一下下地抚着她的后背。

“你真行，竟然不开车来。”

姜谣胃里还是有些难受，心里却彻底舒服了。

司湛嗤笑一声："你有驾照吗？成天把开车挂嘴边上。"

姜谣被堵了一下，不甘心地嘟囔道："你现在思想觉悟够高的啊！"

童淼咬了咬唇，冲着后视镜瞪了司湛一眼。

他这不是在教育姜谣，而是在变相地调侃她呢。

把姜谣送回小区门口，看到有阿姨出来接，童淼松了一口气。

司湛往小区的灯柱上一靠，慵懒地问道："还有时间呢。"

不出去疯狂一下？

童淼低头看了看手表，晚上八点，学校里的晚自习时间还没结束呢。

"嗯，正好趁着这个时间，我可以好好地了解一下你们的机器人。"

"什么？"司湛一愣，显然没想到转折这么大。

"去一趟学校吧。我这两天查阅了一些资料，大致明白了我应该负责的部分，现在要去看看你们的零件。"童淼认真地说道。

司湛皱了皱眉，懒洋洋地"喂"了一声。

童淼已经转身往学校的方向走了，一边走一边说："不同质量的零件适用区间肯定不同，不拿到数据我没办法计算，如果用……"

司湛揉了一把她的头发："平安夜哎，不过了？"

童淼歪着脑袋，迷茫地眨了眨眼："有什么特别吗？要怎么过？"

司湛被堵了一下。

谁节日想窝在实验室工作？他想跟童淼一起过。

但是……这话不太好说？

最后司湛自暴自弃道："算了，你说了算。"

两人出现在实验室里时，陈冬激动得差点儿颤抖起来，他走过去拍了拍司湛的肩："哥，你够意思的嘛！"

司湛的神色不是那么开心，他跟在童淼后面，不耐烦地说道："想多了。"

他帮着童淼把所有进口零件的说明书找出来，一一摊在桌面上："这就是所有的数据了，都是目前最好的，应该不会有问题。"

他又指了指一旁摆放得有些杂乱的打印纸："那些是比赛要求，你要是想看往届比赛的视频，我也给你调出来。"

童淼摇了摇头："不用了，这些就可以。"

她坐在椅子上，并着双腿，手一拿起数据，就沉了进去。

现在银龙的问题就是准确率不够高，要保证一次性抓取牢靠，才能节省更多的时间。

机器人的行动由司湛的程序管控着，童淼不懂，但是怎样保证得分率，就是她要关心的事情了。

比赛用的得分道具是海绵或塑料材质，没办法用电磁铁吸引……要把爪子设计成什么结构比较好呢？

她皱着眉思索着，手里捏着笔，在演算纸上写写画画。

花了两个小时，她把所有的资料全部看了一遍，数据几乎全都印在了她的脑子里，不说已达到过目不忘的水平，却也八九不离十了。

她松了一口气，伸了个懒腰。

后续随着电路的改变，计算的数据只会越来越详细，但工作量并没有她原本想的那么大。

只要她多做一点儿，司湛就可以抽出更多的时间学习了。

她一抬头，就看见坐在电脑前的司湛正皱着眉，脸色有些臭，风衣也没有脱下来，都压出褶皱了。

她其实知道司湛的心思，他想跟她做些逛街、看电影之类的事情，而不是待在实验室。

但现在还不合适。

虽然理智告诉她做这些不合适，为时尚早，却不能阻碍她心里生出一丝丝愧疚。

走廊里传来乱哄哄的声音，学校的晚自习结束了，大家都出门准备回家了。

虽然可以在实验室停留更长的时间，但大家一般也不想给锁门的大爷添麻烦。

“可以了。”她轻声道。

陈冬打了个哈欠，眼睛都快睁不开了。

他瞄了一眼童淼的桌面，吃惊得有点儿清醒了：“这么一沓材料，你都看完了？”

童淼点点头。

司湛的电脑响起了关机的音乐，他从靠椅上站起来，抖了抖风衣："走吧，明天再说。"

路灯安静地散发着光晕，夜晚的风大了起来，刮在人的皮肤上，微微有些刺痛。

离开校区，人就稀疏多了，学校本就处在城市的边郊，大晚上的，连出租车都不往这里跑。

只有少数的便利店还亮着灯，但也根本没有顾客，店员都在打哈欠。

童淼突然停住了脚步。

司湛多少也有点儿困，反应迟钝了一些，他怔了怔，问道："怎么了？"

"你等我一下。"童淼嘱咐完，转身往便利店走。

司湛站在门口，单调的路灯光照着他漆黑的头发，微微呈现出橙黄色。

他眯眼往里面瞧着，童淼正东找西找。

是找卫生巾之类的东西吧？

他把手插回兜里，安静地等着。

很快童淼就付了钱出来，脸被风吹成红色。

她面对着司湛站着，一抬手："苹果没有了，只剩下一份水果沙拉。"

她的瞳仁在黑夜里清澈水润，映着司湛的模样，手指小心地托着一盒明显已经不那么新鲜的水果沙拉。

"平安夜快乐，司湛。"

"库仑力只适用于点电荷，公式是这个……"

童淼稍稍侧着身子，手握着铅笔，轻轻地在纸上写了一个公式。

司湛慵懒地靠在椅子上，跷着腿，推了推眼镜框，艰难地抬了抬眼。

童淼回过头看了他一眼，无奈地好脾气道："你到底有没有在听啊？"

司湛勉强打起精神，坐直了身子，眼镜框从鼻梁上滑下去，他都没发觉。

"听听听……"

童淼看了看手腕上的表，纤细的粉金色指针指向午夜十二点。

的确是有些晚了。

她这种专心致志做题的，还能提起精神，像司湛这种在一旁听着的，早就撑不住了。

但他也没说要去睡，而是强撑着眼皮坚持着。

童淼看了看他快滑到嘴边的眼镜框，糯糯地说道：“你又不近视，戴着平光镜干吗？”

司湛抬手把金边眼镜摘了下来，指尖弹了弹镜片，用力地眨了一下眼睛：“这叫培养气质，戴上它就觉得自己是个学究。”

童淼好笑地摇了摇头，杏眼从他身上移开：“算了，明天再看吧。”

她“嘭”地把书合上，要站起身去休息。

许是合书的声音有些大了，司湛一把拉住她，方才的困意顷刻间烟消云散了。

“喂，你生气了？”

本就是他拜托童淼帮他复习，结果却先睡过去了，怎么想都不是那么一回事。

童淼无辜地摇摇头：“没有啊，明天还要上课，早点儿睡吧。”

司湛盯着她的脸看了几秒，见她确实没有生气，这才放心地松了手。

“我真不是故意犯困的，咖啡喝多了，不管用了。”

他在脸上抹了一把，揉了揉透着血丝的眼睛。

这段时间，他几乎一天就要喝四五杯咖啡，最初真的能提神，顷刻间就不困了，只是身体或许产生了抗性，现在咖啡对他来说，跟水也没差别了。

童淼突然有点儿心疼，手指刚要摸上他微皱的眉头，却在他抬眼的前一秒缩了回去。

“你也挺用功的了，别紧张。”她安慰道。

盛华迎来了全新的改革，高二这次期末考之后，会把重点班再进行分层，开展小班教学模式。

一个班六十人，划分到两个班级，叫作精英A班和精英B班。

这两个小班有的课还是在一起上，数理化却分别在不同的地点上课和自习。每次大型考试之后，都会根据成绩重新调整两个班的人员，所以想有一丝懈怠都不行。

鲜明残酷的等级划分，给了大家前所未有的压力，所有人的心头都压着一块石头。

这段时间，为了进入 A 班，连姜谣都打起了全部的精神，每天站在教室后面听课，生怕自己睡过去——因为季渃丞被分到了 A 班教学。

童淼因为成绩的原因，拥有至高无上的特权，可以直接进入 A 班。

但司湛如果继续排在三百名左右，势必要被划入 B 班。

司湛有些疲惫地笑了一下，漫不经心地揶揄道："怎么轮到你跟我说这话了？"

童淼哑然。

是啊，以前总是司湛告诉她不要紧张的，司湛这种内心强大的人，根本不用她安慰吧？

客厅的灯关上后，小哀慢吞吞地滑回司湛的房间。

不大的公寓里静悄悄的。

童淼钻进被子里，很快就沉沉地睡着了。她已经一再突破自己的睡眠时间，整理出了几门理科的考点和类型题。

她并没有整理的习惯，学习方法也没有徐茂田他们想的那么优良，她只是凭借天赋，做过的题真的不会忘记。

但为了某人，她倒是愿意重走一遍踏踏实实的，一步一个脚印的学习道路。

她以往学习刻苦，但从不辛苦。

现在辛苦，却好像甘之如饴。

这一晚她睡得太沉，什么也没有梦到。

期末考试压制着新年的气息，甚至打散了元旦的节日氛围。

所有的玩笑、八卦都像是没了魂，鲜有人附和，连贴吧都冷清了许多，难得有帖子被顶上来。

在顶楼的第一考场，童淼轻轻地放下了手中的笔，再一看表，还有四十分钟的时间。

她没有急着交卷，而是轻轻地揉了揉太阳穴。

从高二开始，学校就开始模拟高考的考场纪律了，只能提前半小时交卷。

她平静地坐在座位上，突然发觉以往会感觉压抑的考场不再令人压抑了，心里也少了以往的紧缚感。

也不知道是因为知道自己不用排榜和评分，还是……那种症状开始好转了。

监考的老师知道她，也丝毫不意外她在别人都在奋笔疾书的时候就停了笔。

她走过来，站在童淼身边，看了看整齐的卷子和满满登登的答题卡，不住地笑着点头。

周雅茹将目光投过来，紧张得将手攥成了拳头。

她看了看自己还剩下的最后三道大题，绝望得闭上了眼睛。

从什么时候起，她的答题速度变得这么慢了，竟然不能提前答完了？

是因为太过担心，前面检查了太多遍吗？

她突然捂住口鼻，剧烈地咳嗽起来。

一咳起来就止不住，她极力地憋着，不想打扰别人答题，把脸都憋红了。

周围却已经响起了烦躁的声音。

监考老师赶紧过去，压低声音问："同学，你怎么了？"

周雅茹死死地捂着自己的嘴，难受地摆了摆手。

她伸出另一只手，慌慌张张地拧开矿泉水的瓶盖，然后从兜里掏出一盒药。

她低声咳着，手忙脚乱地挤出两粒胶囊，就着水咽了下去。

监考老师拍了拍她的背："感冒了啊？要纸吗？"

不是。

不是感冒。

童淼的目光落在周雅茹放在桌上的那板胶囊上，银白色的包装上印着药的名字——芬必得布洛芬缓释胶囊。

她恰好离得近，恰好也了解具备这类功效的小药片。

她皱着眉，有些担忧地看了周雅茹一眼。

周雅茹却没有时间跟她对视，很快就把全部的注意力都放在了卷子上。

药就放在她的手边，已经所剩无几了。

监考老师用目光示意童淼可以交卷了，她起身交卷的时候，发现周雅茹的答题卡上选择题那里，空着两题没有涂。

考完试的教室里乱哄哄的，谁都没办法不把成绩当回事，被分到B班，对这些从小就娇贵高傲的学生来说是耻辱，但总有人要去的。

姜谣的手指冰凉，拿着童淼的卷子跟自己比对着。

童淼攥了攥她的手，示意她不要太担心。

直到对完了答案，姜谣的心才彻底放下。

“喵喵，我这次考得应该不差。”她说罢，就靠着椅子闭上了眼睛，不一会儿，连睫毛都不颤了。

或许是受她传染，童淼也打了个哈欠。

她的卷子又被人借走对答案去了。

递卷子的时候，她朝教室后面望了一眼，却因为隔着太多的人，根本看不清。

她倒是很想知道，司湛答得怎么样，有没有超常发挥，还能不能前进几百名。

班主任姗姗来迟，好像故意给他们一点儿放松的时间。

“这节语文课就先不上了，给你们放个电影放松一下吧。”

或许是即将分班，班主任也显得宽容许多，到底是带了这个班一整年，多少对这些学生有了感情。

电影是《查理的巧克力工厂》，不算是很新的片子了，很多同学也都看过，但大家还是认真地、兴致勃勃地看着。

毕竟机会来之不易。

司湛没有对答案，也没有像陈冬一样，没心没肺地打游戏。

他靠在椅子上，轻轻地闭着眼睛，什么都没想。

他以往算是心事多的人。

从父母分开开始，他就想得比较多，一家人好像分成了三个个体，每个人都朝着自己的方向义无反顾地向前奔着。

他妈的生意越做越大，已经是国内外知名的合伙人。

他爸政商两路发展，游刃有余，深谋远虑。

他则一头扎进了人工智能领域，一则感兴趣，二则是因为有这样的父母做比较，总得要做些什么。

但似乎直到现在，他的目标才逐渐清晰明确了起来。

高考对他的影响也更直白了——分数指向的是可以前往的大学的方向，是童淼的方向。

目的明确了，他心里也轻松起来。

他还是挺感谢他爸和他妈这两个人精的，给他遗传了还算不错的脑子，虽然没有童淼那么厉害，但只要努力，总是会有效果的，他心里有数。

司湛累得睡了过去。

电影播放完了，下课铃打响，他艰难地睁开眼睛，夕阳已经坠到了山边，差点儿就要落下去了。

桌子上放着一瓶脉动，柠檬口味的。

陈冬用下巴示意了一下："咱妹妹送来的，你没醒。"

年级大榜在众人的忐忑不安中排了出来。

黑板前里三层外三层挤满了人。

化学老师挥了挥手，把大家赶走："我给你们读，读完好好上课。"

班里的人依依不舍地走下了讲台。

化学老师抖了抖卷子，推了推自己的眼镜。

"第一名，徐茂田。"

"第二名，司……司湛？"

她顿了顿，班里的同学们也倒吸一口冷气，纷纷朝最后一排看过去，不由自主地发出或羡慕或难以置信的声音。

司湛在大家复杂的目光注视下挑了挑眉，拧开水瓶盖，浅浅地抿了一口水。

化学老师带头鼓了鼓掌："不错啊，司湛同学进步很快。"

童淼突然觉得一颗心放了下去，很好很好，他真的很好。

"第三名，周雅茹，第四名……"

大家都知道，三十名是一个分水岭，所以都默契地屏息凝神，等读完第三十名，结果也就都出来了。

姜谣这次考了班级第十，对她来说也是破天荒的好成绩了，她激动地攥着童淼的手，恨不得亲她两口。

“喵喵，多亏了你的总结了。”

“你自己努力比较重要啊。”

“我爸爸肯定会乐疯的，估计得叫来一堆哥哥姐姐给我开大派对。”姜谣歪着脑袋想。

姜谣口中的哥哥姐姐，几乎就是娱乐圈里的大小流量了。

童淼有个演员纪深海的签名，都是姜谣给她弄来的。

她们这边正说着，靠门的那一排中间突然传来一声惊呼。

“啊！周雅茹晕倒了！”

周雅茹直直地从椅子上摔到了地上，头磕在桌子腿上，发出咚的一声，她都没有恢复意识。

周遭的学生纷纷惊慌地站了起来，不知所措地围过去。

化学老师也愣了一下，但立刻反应过来：“快扶起来，请两个同学分别去找班主任和校医！”

大家这才手忙脚乱地把周雅茹扶了起来。

她头发上沾了些灰尘，瘦削的脸上挂着重重的黑眼圈。

大家把她放平在拼起的桌面上，周雅茹渐渐恢复了意识。

她皱着眉头，蜷缩着手脚，就是睁不开眼睛。

童淼不由自主地站了起来，脑子里想到了考场上周雅茹的答题卡上空着的两个选择题。

两道题就是十二分……

班主任很快赶到了，校医院也来了人，把周雅茹抬走了。她就像一只在风里颤抖着的纸鹤，手脚随着被抬的动作一颤一颤的。

教室里的人惊魂未定，虽然化学老师立即对大家进行了安抚，但很少有人能听得进课了。除了受周雅茹的意外晕倒影响，他们自己也多少沉浸在获知排名后的或喜或悲的情绪中。

期末考试临近过年，所以考完后上了不到一周的课，学校就给大家都放了假。

直到放假，周雅茹都没回来，老师说她趁着假期，在家里调养身体。

阑市洋溢着新年的欢乐气氛，路边的松树上都挂着彩色的小灯泡，一到晚上就闪呀闪呀的，像满树的浓香巧克力豆。

童美君和司启山并不在一起过年，童美君要带着童淼回南方跟姥姥一起过年，而司湛也应该见见父母那边的亲戚。

这意味着，平常亲密得一天二十小时都在一起的人，却要在阖家团圆的时候分开。

临别的时候，童美君眷恋不舍地在司启山的脸上轻轻地吻了一下。

她一向含蓄，这已经是她在大庭广众之下做的最越矩的事情了。

因为她是真的舍不得。

习惯了有一个人在身边后，这种让人无奈的依赖性，是很难戒掉的。

司启山摸了摸她的头发，嗓音沙哑道："早去早回。"

童美君拽了拽童淼的胳膊："跟叔叔再见。"

童淼这才回过神来，心虚地颤了颤睫毛，继而扬起一抹笑："叔叔再见。"

司湛再见。

她不由自主地把目光移向司叔叔身后的那个人。

司湛穿着厚厚的羽绒服，却不好好地扣扣子，透过毛茸茸的领口，还能看见他露出的大片的锁骨。

他脸上很平静，一直不远不近地站在那里。

童淼被童美君带着，一步步地往候机大厅走。

司湛不由自主地摸了摸兜，兜里什么都没有，他却不由得咳了两声。

司启山跟童美君挥完手回头，皱了皱眉，对着司湛不满道："怎么不道个别？"

司湛摊摊手，苦涩地勾了勾唇。

道别又能怎么样？

一点儿用都没有。

童淼穿着白色羽绒服的身影消失在茫茫人海里。

他吐了一口气，面前满是白色的水雾。

"走吧，你妈应该快回来了，这两天去你妈那边，你外婆肯定也想你了。"

司启山想拍拍司湛的头，却发现儿子已经长得快要比他高了，这动作做起来都生涩。

他又僵硬地放下了手，不自在地搓了搓手指。

安市是个南方小城，这次难得下了一场雨夹雪，连绵不绝，路上满是泥泞。

童淼趴在窗台上，支着下巴往窗外看。

小城市管控不严，小区里放鞭炮的比比皆是，大年三十这一天，乱哄哄的各种鞭炮、花炮声，吵得人睡不着觉。

满地都是红色的鞭炮纸，混合在尚未积起来就逐渐融化的雪里，像是洒在地上的血点儿。

“哝哝，来包汤圆。”姥姥用方言喊她。

她立刻回道：“来啦！”

她们这里并不流行过年吃饺子，好像大家都是想吃什么就吃什么，甚至还有吃火锅的。

她们家是因为姥姥爱做油炸汤圆，每年都做，反正成了习惯。

她从床上爬下来，穿上拖鞋，往厨房走。

姥姥正对着妈妈说：“哎哟，你这电话都放不下来了。”

妈妈手里还沾着糯米粉，她用两根手指小心地夹住手机，低声说着什么，脸上还带着淡淡的笑。

“嗯，你也过年好，替我跟阿湛问一声好。”

童淼放在水龙头下的手抖了一下。

司湛也给她发了好几条短信，但她只回了一条。

然后把记录都删掉了。

不知道为什么，她好像十分不习惯使用电子设备联系他。

毕竟，他们也不该这么腻歪。

她擦干净了手，帮姥姥滚汤圆。

姥姥表面上在说妈妈，脸上却是挂着笑的。

这也是童美君和董诚分开那么多年后的第一次。

真好，有司叔叔在，真好，她们一家子好像都幸福多了。

晚上要看着春晚吃年夜饭，但童淼不是很饿。

下午的时候，她已经吃了不少零食了，但为了迎合气氛，还是小口地抿着。

姥姥拍拍她的肩，小声笑着说：“阳台上有鞭炮，你姥爷偷偷给你买的。”

童淼哭笑不得。

她早就过了喜欢放鞭炮的年纪了，老人却一直记得要给她买这个。

童美君擦干净桌子，无奈地说道：“都说不用你们买了，浪费钱，她也不喜欢了。”

童淼赶紧道：“我喜欢啊，一会儿去放。”

她裤兜里的手机振了一下。

童淼把手机拿出来，目光落在新来的那条消息上。

司湛：在干吗？

她眨了眨眼睛，默默地往沙发上一靠，避开童美君的目光，回复道：吃饭。

随后她赶紧把手机揣了起来，若无其事地拿起筷子。

但手机又振了起来。

她蹙了蹙眉，还是慢吞吞地拿了出来。

司湛：下楼。

下楼？这是什么意思？

童美君转过头来，随意地问道：“哝哝，谁呀？”

童淼一个不慎，手机顺着毛茸茸的睡裤滑到了地上。

“同……同学。”

她狼狈地把手机捡了起来，发现竟然摔得关机了。

她皱了皱眉，赶紧按开机键。

重重地按了好几下，竟然打不开。

她这手机的款式也老了，一直没有换新的，或许真的把哪里摔坏了。

童淼急得汗都出来了，她还没有问明白是怎么回事呢。

她担忧地朝窗口望了一眼，外面下着大片大片的雪花，混杂着湿漉漉的雨水。

姥姥笑道：“想去放鞭炮了？让你姥爷给你一截烟头。”

童淼眼神闪烁，支吾道：“哦……好。”

她在睡衣外面裹上了一层羽绒服，接过一盒鞭炮，仓皇地跑出了门。

“哎，你姥爷还没给你烟头呢！”姥姥在后面喊她。

童淼已经跑出了门。

她一口气跑下了五层楼，微微有些气喘。

站在一楼的平台处，外头传来一阵深入骨髓的寒意，她不由自主地打了个寒战。

楼道外亮着一盏黄澄澄的小灯泡，勉强照亮了扑簌簌下落的雪花。

隐隐约约有鞭炮声此起彼伏，烘托出节日的欢闹气氛。

童淼捏住手里的鞭炮盒子，蹑手蹑脚地推开了单元门。

一片雪花飘到她的鼻梁上，很快被体温融化，留下让人一激的凉意。

她僵在了原地。

单元门的外面，站着一个穿羽绒服的瘦高身影，他围着一条深蓝色的围脖，手插在兜里，头上和肩上落满了雪水。

童淼动了动嘴唇，却发现嗓子眼像是被堵住了一般，一个字也发不出来。

他就像不该出现在这里的海市蜃楼，梦幻却又真实。

昏黄的灯光下，他的头发湿漉漉地贴在耳侧。

随后，他从兜里伸出手，一条闪烁着橙黄色光芒的手链挂在他的中指上。

“小卷毛，新年快乐。”

第19章

地上有些滑，铺满了湿漉漉的雪，她慢慢地走出来，走到司湛的身边。

外头真冷。

大片大片的雪花落在头顶，很快又融化了，带来一阵一阵的凉意，她身上很快就冷冰冰了。

她仿佛不确定似的，慢吞吞地移到司湛身前，脚下踩出好些棉拖鞋的印子。

司湛一直举着手，金色的手链在风雪中摇摇晃晃，上面精致的小铃铛发出清脆的声响。

童淼缓缓地伸出手，接过金色的手链。

“你……怎么来了？”

这句话问得有点儿多余。来都来了，为谁来的，还不明显吗？

司湛懒洋洋地把冰凉的手放进羽绒服的兜里，看着她淡淡一笑：“想我了没？”

童淼垂下眼睛，用指甲刺了刺掌心，嘟囔道：“没有。”

她的头发已经垂到了腰侧，披散在白色的羽绒服上，很快变得潮湿起来，像铺开的黑色锦缎。

司湛盯着她笑，半晌，嗓音沙哑道：“口是心非。”

他的声音混合在此起彼伏的鞭炮声中，听不真切。

但童淼似乎猜到他要说什么了，本能地后退两步，别开了脸。然后才恍然意识到，这么朦胧的灯光下，他大概看不到自己涨红了脸。

“为什么不回我信息？”司湛问。

总算堵到了人，不然能憋死他。

童淼顾左右而言他：“外面太冷了，你要不要……”她指了指姥姥家的方向。

但话没说完，又打住了。

如果司湛是光明正大地来的，妈妈不可能不知道。

他肯定是偷偷来的。

“我只有半个小时，然后要赶回去坐飞机。”司湛道。

童淼想了想时间，对啊，零点守岁的时候，他还是要跟亲人在一起的。

她抿了抿唇，手指无处安放，只能紧紧地攥着那条小手链。

铃铛随着她的动作轻微地响动着。

“这么快……”她喃喃道。

不得不承认，听到他这么说的时候，她竟然还有些失望。

所以，他坐了两个多小时的飞机，又打了一个小时的车，只为了在这里待半个小时吗？

太疯狂了。

童淼的心怦怦跳了起来。

她扬了扬手里的礼物，小声道：“等我回去再送给我就好了啊。”

南方这么潮湿，这么冷，北方人不习惯的。

司湛冲她招招手：“过来，给我抱抱。”

童淼僵在原地，略有踌躇：“司湛……”

司湛不等她，踩着薄薄的积雪走上前来，脚下发出嘎吱嘎吱的声音。

童淼没有躲。

她知道他在做什么，但是她走不动。

双腿就像被冻在了雪地里，感性已经完全侵占了大脑，理智被打压得消失殆尽。

雪混杂着冷冷的雨越下越大，耳边传来隐隐约约的鞭炮声，沉寂深邃的黑夜中，一盏又一盏的灯光烘托出节日氛围。

有的拥抱像柔软的海绵，温暖，柔和，令人踏实，给人慰藉；有的拥抱像轻薄的雨，一闪即逝，昙花一现；有的拥抱像炙热的烙印，让人刻骨铭心，久久不忘。

或许是那样的天气，或许是他飞越了几百公里距离的突然现身，也或许是他湿淋淋的头发和闪着光的眼睛，总之，她情窦初开时对爱情所有的幻想都圆满了。

初六回到阑市，她和司湛默契地把那个晚上埋藏在了心里，就像什么都没发生过。

这段时间因不恰当的饮食而生病的人多得过分，童美君被召回医院加班了，司启山依旧每天安排人接送她。小别盛新婚，他们之间的关系似乎更亲昵了一些。

假期还没结束，但学校已经在偷偷地组织上课了，虽然这是教育局不允许的，可所有的重点高中都那么做，也就法不责众了。

教室里的人少了很多，起初大家尚且觉得悲凉，但很快，高中快节奏的学习生活便挤走了这些感伤情绪。

周雅茹还是没回来上课。

童淼每每望向她的座位，心里都不知道是什么滋味。

她也不记恨周雅茹对她的嫉妒，反而对周雅茹的处境感同身受。

不知道谁更痛苦一点儿。

徐茂田跟她吐槽过，周雅茹的魔鬼式训练方法的确有效，他这次跟年级第一就差了个作文的分差，也怪他字写得不漂亮。

“但是太累了。”他疲惫地说道。

童淼攥了攥手里的笔，不知道该说些什么。

徐茂田承认：“我是真的比不过你，我认了。就像男生的力气天生比女生大一点儿，就像金刚石再硬，也有激光能切开它，我不跟她的节奏走了。”

童淼以为他们俩很熟，便问了一句：“周雅茹怎么样了？”

徐茂田摇了摇头，他和周雅茹只是合作关系，并不算朋友。

他只是把自己了解的事情说了。

“每天都是她给我打电话叫我做卷子，有时候我都昏睡过去了，她就跟疯了似的，一遍遍地打电话。反正她肯定不睡，困了就吃药，嘴里含冰还有风油精什么的乱七八糟的东西。她就是不甘心追不上你。况且她这次成绩又下降了。”

徐茂田回去做卷子了，留下童淼怔在原地。

她也不知道自己是出于什么心理，下课的时候，她向班主任要了周雅茹住院的地址，巧了，就是妈妈所在的那家中心医院。

赶在周末，她约了姜谣和司湛，买了些水果和康乃馨，坐着司家去接妈妈的车，去了中心医院。

童美君提前问到了周雅茹的病房，还给姜谣和司湛倒了水。

童淼捧着妈妈的杯子，小口地抿着，听童美君介绍周雅茹的病情。

“你们这个同学压力太大了，体质也弱，最近在做心理疏导。最关键的是，她吃的治头痛的药剂量太猛了，对身体伤害很大，所以一直没出院。”

童美君叹了一口气，都是女孩子，她难免想到童淼第一次发病的时候，当时她吓得六神无主，快要崩溃了。

童淼点了点头：“妈妈，你忙吧，我们去就可以了。”

姜谣不像童淼那样从小就泡在医院里，她对医院里浓郁的消毒水味非常不习惯，总觉得心里发怵，这次也是硬着头皮陪童淼来的，手指一直紧张地攥着椅背，水也没喝一口。

她巴不得快点儿看完周雅茹，赶紧去外面晒晒太阳。

司湛没跟她们一起进去，而是坐在门外的椅子上等着，摆弄着手机。

两个年轻的小护士聊着天路过：“这场手术也要董老师线上指导吧？”

“是啊，现在院里没有十拿九稳的。”

“哎，真不知道为什么把董老师放走了。要是留在院里，没几年就是院长了吧？”

“想多了。董老师不可能跟急诊童老师在一个单位的。”

“为什么？”

“别问了，走了走了。”

……

司湛不着痕迹地抬了抬眼，朝病房里看了一眼。

可惜关着门，什么都看不到，但也幸好关着门。

病房里，童淼把花和水果放在床头柜上，站在床边担忧地看着瘦得快脱相的周雅茹。

周雅茹的妈妈见到她们似乎很开心，她热情地拉着童淼和姜谣的手，让她们快坐，然后拿起小铁盆，去给她们洗水果。

周雅茹动了动苍白的嘴唇，嗓音虚弱又沙哑："真没想到，你们能来看我。"

平心而论，她们之间的关系不算特别好，甚至都没什么交流。

何况周雅茹最好的朋友都没有来看过她。

但她能理解。这个阶段，谁不忙呢？如果是她，她也不会抽时间去医院看望病人的。

童淼坐在周雅茹的床边，捏了捏她满是针孔的手背，无奈地说道："你就该好好休息几天，什么都会好的。"

周雅茹的眼睫抖了抖，眼泪默默地流了下来："我已经耽误了好几天的课了，我不想再听到'休息'这个词了！"

姜谣皱着眉，没好气道："喂，你没听说过劳逸结合吗？你说你学习本来就那么好，干吗把自己累得跟诸葛亮似的？难道国家没了你就不行啊？"

周雅茹垂下头，手攥得紧紧的，她一绷血管，吊瓶的针头有点儿回血。

童淼这才发现，吊瓶的药水快滴没了。

好在她经常跟着妈妈在医院里混，知道要如何处理。她冷静地按着周雅茹的手背，把针抽了出来。

周雅茹感到一丝刺痛，这才怔怔地抬起头看着童淼，看着她娴熟地弹着针头，把吊针挂了起来。

"你这样，你妈妈也会心疼的。其实……成绩没你想的那么重要。"她一边按铃叫护士，一边淡淡地说道。

周雅茹红着眼睛，小声抽泣道："你这种人，不用学就可以考得很好，你根本就不懂！"

童淼垂了垂眼睛，轻轻地呼了一口气。

姜谣抱住童淼的手臂，不满地说道："我们好心好意来看你，你这是什么态度啊！”

周雅茹捂住脸，干枯的头发垂到肩膀上，再也没了以往意气风发的样子，她含糊又执着地啜泣道：“我要回去上课……我要考清华、北大……谁也不能阻止我考清华、北大！”

她瘦弱的身子像被吹散的蒲公英，颤抖着，流逝着活力。

姜谣吓坏了，她呆滞地望着有些癫狂的周雅茹，她根本想象不到，竟然会有人对于学习那么偏执。

这是爱学习吗？

恐怕不是吧。

童淼要比姜谣冷静得多，她从兜里掏出一个小药瓶，慢慢地推到了周雅茹的面前。

听到药瓶落到桌面的响声，周雅茹的哭声小了起来。

“你抬头看看，这是我吃的药。”

周雅茹的身子顿了顿，难以置信地从手里抬起头来，目光落在药瓶上。

全都是英文字母，饶是她英语再好，还是看不懂这些专业词汇。

她睁着噙满泪水的眼睛迷茫地看向童淼。

什么意思？童淼也要吃药吗？

见她安静下来，童淼又拿出修好了的手机，点到收藏的视频里，然后把屏幕对着周雅茹：“这是我妈妈传给心理医生的录像。”

视频猝不及防地开始播放了。

画面里的童淼还穿着夏天的衣服，扎着两个小辫子，像一个漂亮的娃娃。

她坐在书桌前，勉强地冲镜头笑着，手指却死死地抠着桌面，牙齿咬得嘴唇发白。

视频里传来女人止不住的啜泣声。

童淼强撑起笑脸，望着镜头的方向，像是用了全身的力气，一字一顿道：“妈妈，你别担心，我忍得住。”

她真的是在忍，冷汗打湿了额前的刘海，汗水顺着圆润的脸蛋一直流到尖尖的下巴。

可再过几秒，她已经撑不住脸上的表情了，嘴唇上留下深深的印子，浑身都在颤抖。

她慢慢地趴了下去，额头死死地抵着桌面，似乎是不想让人看见她痛苦的表情。

再然后，她承受不住地从桌面上滑了下去，重重地摔在地上。

镜头剧烈地晃动起来，似乎是拍摄的人在手忙脚乱地扶她。

过了一会儿，画面又出现了，童淼已经蜷缩在地上，捂着胸口，大口地喘着气，一遍遍地呢喃："我不想再比赛了……我不要参加竞赛了！"

视频录不下去了，黑暗的屏幕里，只有童美君压抑又无助的哭声。

视频结束了。

姜谣的眼前一片模糊，手缓缓地从童淼的胳膊上滑了下去，似乎生怕碰疼了她。

周雅茹用不可置信的眼神看着童淼，一句话都说不出来。

坐在病房外的司湛，狠狠地掐了一下自己的腿，试图用钻心的疼痛分散注意力，他瘫在座椅上，似乎被抽走了全身的力气。

童淼却平静得像是在看毫不相干的电视剧情节。

她把手机收了回来，又把药取了回来。

"你不想变成我这样吧？可即便是这样痛苦，我也只吃两片药。"

周雅茹的嘴唇抖了抖，小声问："那……那次学科竞赛……"

童淼垂眼默认。

"你……"周雅茹也不知道自己想问什么，她彻底呆滞了。她不理解，那么优秀，那么受上天眷顾的童淼，怎么也会这样？

"从心理学上分析，我是极度缺乏安全感。想要治疗，除了自身变得更强大之外，还要学会足够宽容和信赖，有些东西，是你的就该是你的。"童淼的睫毛眨了眨，轻声道。

周雅茹转过头，看着放过小药瓶的桌面，喃喃道："那你现在……好一点儿没有？"

她竟然还有精力担心童淼的情况，明明她自己已经糟糕透顶了。

但似乎，童淼的答案能够给她力量。

"是。感谢某个人，让我相信，哪怕是天塌下来了，他也会站在我身后。"

童淼平静地说道，她眼中是清澈黑亮的光，就仿佛透过周雅茹，看到了别的什么人。

她的声音很轻，轻得只有姜谣和周雅茹两个人能听到。

不，再加上一个。

她自己。

“剪子。”司湛嘴里叼着一个银白色的金属片，正皱着眉调整机型。

陈冬揉了揉乱草似的头发，从地上爬起来，在工作台翻箱倒柜，好容易找出了剪子，给司湛扔了过去。

司湛一低头，剪子沿着他的头顶飞到他身后，砸在地面上。

“啧！你想弄死我？”司湛没好气地骂道，弯腰捡起剪子，小心翼翼地剪开刚从国外寄过来的发动机的盒子。

陈冬吐了吐舌头：“我这不是着急改代码吗？着急。”

解释完他便又把目光投向电脑屏幕，顶着黛青色的黑眼圈，一边揉眼睛一边修改漏洞。

这比赛真是够磨人的，他们断断续续地搞了一年的时间了，总算快要看到出路了，这时候一秒钟都不能放松。

中国区预选赛马上就要开始了，他们都暂时放下了学校里的那些事儿，连每天的作业都懒得看了，一放学就钻到实验室里来了。

陈冬是相当庆幸童淼加入了，他们终于不用盯着电路大眼瞪小眼，然后天天去麻烦季老师了。

这段时间，童淼亲自设计了另一个完全不同的机型，尤其是抓取部分，会在碰触到物体的时候自动弹出钢针，加大摩擦力，抛投时再缩回。还有那个力臂，足足增加了四个关节，还可以伸缩。

虽然给代码增加了一定的难度，但是走位就轻松极了，哪怕站在原地不动，只要把爪子伸出去，随便一抓，成功率就能达到百分之九十九。

童淼一个单纯的理科生，硬生生地在短时间内学会了素描，把每个部位的零件的数据都详细地记录在了图纸上。

至于电路，她已经更改了好几种方案——复杂的怕出意外，太过简单的又承受不了增加的功能。

她毕竟是第一次做这个，季渃丞以前也没有彻底地实践过，只能给她一些建议。

但好在她加入的那个门萨俱乐部，有不少成员在学生时代都玩过机器人，她通过通讯录联系了几个，很快就获得了大把的实战资料。

接下来就要靠自己的悟性了，她用十天时间钻研了所有的资料，顺带着给陈冬和司湛开了小课堂。

饶是她，也没有精力每天做完五大张卷子。

所以姜谣通常都是自己写完，再换成童淼的笔迹抄一份。

她一边抄还一边感叹："真没想到，有一天我也要给你抄作业了。"

上课时童淼也困，强打着精神睁着眼睛，满脑子放空。

反正作业她都没看，老师讲什么，她也不用跟了。

没有不透风的墙，童淼和司湛他们一起做机器人参加比赛的消息不胫而走。

他们班本身就是拼保送、加分的班，听到了这个消息，大家难免酸酸的。

越是手里有奖项的人，还越是要参加竞赛。

他们拼死拼活地咀嚼着课本知识，顺带分出一部分精力准备国家竞赛的时候，童淼连课都不听，竟然还能每次小考稳拿满分。

这真是……什么世道啊！

中国区预选赛为期两天，赶在了工作日，所以他们决定由司湛和童淼去，陈冬留在学校学习。

机器人比赛分为自动和手动两个部分，手动部分需要制作者操作进行，也是整个比赛过程中最重要的一块。

银龙一直是司湛操控着，他用起来比"吃鸡"都熟练，自然要去现场。

而童淼则是因为不看到结果便会难以忍受的疾病，必然要去。

临走前一天晚上，他们叫上姜谣和季渃丞，一起在盛华附近的居酒屋吃日料。

姜谣不是成员，她之所以能来，当然也是司湛和陈冬的心思。

季渃丞看破却不说破，坐在了两个男生中间。

司湛特意点了柠檬莫吉托，给每个人一杯，等轮到童淼那里，他象征性地倒了一点，连杯底都没填满。

童淼不喜欢这个味道。

姜谣朝童淼眨了眨眼睛："啧啧，司湛你可真够意思，明目张胆地偏心啊。"

童淼拘谨地绞了绞手指，听到这样的玩笑话，还是有些不自然。

但她也没觉得生气或羞愤，人说，如果心底对绯闻和起哄是窃喜的，那说明是真的。

她大概……是真的。

司湛顿了顿，眼神扫了扫季渃丞，又移回姜谣的脸上，警告道："别逼我揭你的老底。"

姜谣瞪了他一眼。

季渃丞无奈地摇了摇头，轻咳了一声："努力了很久了，总算走到一半了，你们也不容易，老师先敬你们。"

季渃丞举了杯，大家也纷纷举起杯来，杯沿轻轻地碰上季渃丞的杯壁，微微低着一些，然后各自喝了。

童淼迟疑地伸出舌尖，探进杯壁，舔了舔一丁点儿酸涩清香的莫吉托。

凉凉的，像是贸然探进了满是上升气泡的雪碧，她赶紧把舌头缩了回来，蹙着眉缓解着。

还真是好难喝啊！

她抬眼一看，发现其余人都面不改色，姜谣甚至一口就喝了小半杯。

"其实没多的大事儿，我们的机器已经很优良了，吃饭吧。"司湛道，自然而然地抽了一张纸巾放到童淼面前。

陈冬和姜谣对视一眼，低下头掩饰住八卦的眼神。

司湛和童淼到底发生了什么事儿，没有比他俩更清楚的了。

这里面唯一不清楚的，就是冰雪聪明、一点就透的季渃丞。

他回想起那天让童淼帮司湛回答问题时，班上同学的反应，不禁哑然失笑。

这个年纪，真是单纯又可爱。

他夹了一片刺身，浅浅地蘸了些特调酱油，低头优雅地含进嘴里。

嘴角不慎沾了一点儿芥末，他放下筷子，刚要抬手取餐巾，"给你。"

姜谣已经把餐巾纸推到了他面前，手指尖只捏住了餐巾纸一点点儿的边缘，似乎生怕季渃丞觉得不干净。

季渃丞迟疑了一下，接过来缓声道：“谢谢。”

童淼吃过一块寿司，心中的担忧和不确定又上来了，她顿时没了什么胃口，嘱咐道：“司湛，你千万别轻敌啊。”

声音软绵绵的，险些被酒馆里的轻音乐掩盖过去。

司湛暗自点了点头，没有出声。

童淼也不是要什么安慰，她只是第一次参加这种不需要她来承担重担的竞赛。

好像没有以往那么紧张和焦虑，反而有些新奇。

司湛比她要强大得多，又或者说心里有数得多，所以只需他一个回应，她就安下心来了。

那天晚上他们聚到很晚，闲聊了很久。

但大多数时候都是陈冬和司湛与季老师聊天，童淼和姜谣安静地吃东西。

姜谣本来不是这么乖巧宁静的性格，但自从上次她把自己弄得晕头转向之后，再见季渃丞，总会觉得有些尴尬。

好好地休息了一晚，第二天童淼和司湛就坐车去参加比赛了。

银龙的体型不大，但也足够沉的，他们找个两个司机师傅，才小心地搬上了车。

童淼虽然没参与财务，但银龙究竟有多贵，她心里还是有数的。

这么多的心血，可一定要让司湛顺顺利利的啊……

第20章

到了比赛大厅，有工作人员送来手推车，要把机器送去称重，重量符合要求后，才能顺利参加比赛。

童淼有些犯怵。

她习惯看完考场就坐在座位上安静地答题，还从来没见过这么大的比赛场地，来来往往的工作人员面色凝重，步伐飞快，她只能紧紧地跟在司湛身后，生怕走丢了。

司湛倒是轻车熟路，一路看着指示牌，带童淼去系手环，手环上有比赛的序列号，童淼的胳膊太细，戴上去还会滑下来。

工作人员皱了皱眉，临时调了一个小学生的参赛手环。

比赛有规定，一旦进入场地，直到比赛结束才可以摘下手环。

很快，称重的结果也出来了，和他们预想的一样，刚好合格。

负责接待的工作人员不禁夸奖道："你们这机子做得真好看。"

童淼松了一口气，谦虚地朝人家点了点头，长长的卷曲的头发垂到胸前，披散到手臂上。

那副乖巧服帖的样子，让给她资料的工作人员脸色都温柔下来。

"说明书、比赛规则和宣传单，这些都拿好，哦，还有房间钥匙。"

桌子上堆了好些零零碎碎的东西，工作人员还递给她一个透明袋子。

她正想整理，一个声音从背后传来：“哟，司湛啊，好久不见啦。”

司湛挑了挑眉，微微侧过头朝后面看去，嗤笑一声，淡淡地打招呼道：“哦，孟靖农。”

来的这个人童淼不认识，她低头收拾需要带走的资料，等着司湛和人叙完旧就一起离开。

她对这个突然出现的人没什么兴趣，所以连对方的长相都没怎么注意，收拾好了小袋子，她就拎在手里，等着机器被人放到小推车上。

“怎么，这次不带陈冬了，改带妹了？”

司湛慵懒地勾了勾唇，手随意地插在了裤兜里，狭长的眼睛一眯，反击道：“妹带我。”

孟靖农撇了撇嘴，略有些鄙夷地扫视了童淼一眼，意有所指地笑道：“不是吧，司湛？这种重要的比赛，你就用来撩妹？”

“是妹带我，你不信算了。”司湛耸了耸肩，并不愿意跟他计较。

“哇哦……”孟靖农面带讥笑。

圈子里不是没有大佬喜欢带漂亮小姑娘参赛，反正最后奖状都是一起的，也不分谁做得多，谁做得少。

孟靖农一直把司湛当成值得挑战的对手，一看他这么不当回事，心里有些晦气。

这样即便赢了，他也不会觉得有太多的成就感。

他明显看不起的眼神却被童淼注意到了。

童淼这才歪着头，仔细地打量起孟靖农来。

他个子不矮，和司湛差不多高，肤色有些黑，也比司湛更壮一些。

他身后跟着的是他自己的团队和一台崭新的机器，全队都是一副必胜的表情，抱着胸，狂妄得不可一世。

童淼只觉得好笑。

或许这个孟靖农是真的很厉害，不然司湛也不会记得他，他们大概在很多比赛上都比拼过了。

但是……带着这副表情来比赛，真的不觉得幼稚吗？

她默默地退开了一点儿，抬高了音量：“你们称重吧。”

孟靖农听她的声音也很软，更觉得她是个没什么本事的小姑娘，不过是跟着司湛来蹭成绩的。

“司湛，阑市只选出了两个队伍吧？徐方希呢？”孟靖农一边把自己的身份证交给工作人员，一边将机器放到传送带上。

孟靖农是故意的，上次在一个全国性的机器人攻击大赛上，他把徐方希的机器打散了。

徐方希原本获得了参加 VEX 中国区预选赛的资格，但因为那次比赛，机器坏了，学校的资金已经无法支持他买最好的材料了，他家里又没有金钱和精力继续支持，想要在短时间内造出一台足以代表国家参赛的机器，实属不易，这场比赛多半就划水了。

“徐方希跟我说，让我帮忙灭了你。”司湛漫不经心地抖了抖胸前别着的半光镜，慢条斯理地戴在了眼前。

也不知道从什么时候起，他喜欢在脸上弄这么个装饰品，倒是能遮掩不少戾气。

孟靖农伸出手腕，让工作人员给自己戴上手环，笑得十分开心：“你有种在赛场上攻击我，那就别怕被罚下场了。”

司湛回身拉住推车，单手搂住童淼的肩膀，背对着孟靖农留下一句话：“想多了，我不打人很久了。”

童淼被他结实的手臂搂住，带着往休息室走。

她总觉得，司湛是故意让孟靖农以为他们是那种关系。

她抬眼望了望司湛，只觉得司湛脸上的表情有些冷，薄薄的镜片后面，他狭长的眼睛眯了起来。

童淼问：“你很生气？”

司湛勉强扯出一丝笑，手指按了按她的肩膀：“进房间再说。”

所谓的休息室，只是一个有桌子和椅子的小房间。在房间里，参赛选手还可以继续试验自己的机器是不是万无一失。

童淼轻轻地关上门，转身看着司湛，笃定道：“你很讨厌他。”

不是因为那人说的话讨厌，她从司湛眼里看到的，是毫不掩饰的极端厌恶。

司湛坐在椅子上，手肘搭在膝盖上，淡淡地说道：“他说的徐方希，是带我入圈的朋友，今年高三了，就剩这一次机会了。”

司湛说罢皱了皱眉，似乎是觉得自己的说法有些过于矫情了，但是说出去的话就如同泼出去的水，再想收回来就没可能了。

童淼瞬间理解了。

高三了，那说明高中最宝贵、最重要的复习时间都花在了比赛上。

如果真像孟靖农说的，把人家的机器打散了，或许徐方希所有的心血都付诸东流了。

“他怎么那么坏？”童淼皱着眉，低声指责道。

司湛勾唇笑了笑，淡淡地说道：“没什么坏不坏的。徐方希那台机器根本就不适合参加攻击类比赛，要不是他们学校财政紧张，不拨款了，也不用他自己去赢奖金。”

说罢，司湛轻轻地甩了甩头发，眼中平静无波，墨黑的瞳孔里映出银龙银白色的影子。

童淼轻轻地舔了舔嘴唇，蹲下身，手指轻轻地滑过银龙的身体。

冰凉的外壁贴着她的指尖，她心中生出强烈的责任感。

参与到这里面来之后，她才知道，经历这些需要付出的是什么。

他们肩负的，不仅仅是团队的荣誉，还有来自学校和家长的压力。

就像一个坚实的大坝，在风和日丽的时候，怎样都好，可一旦成绩没有达到期许的目标，大坝就会霍然破开了缺口，所有致命的打击，都会借由这个小小的缺口，冲毁从前的一切努力。

童淼很清楚徐方希会经历什么，就像那场学科竞赛上的市一中一样。

她以前总是能平静地说出“比赛就是残酷的”这样的话，但一想到不如意的结果可能会真正落到和自己息息相关的人身上时，她发现，这样的话再也不能轻松地说出口了。

“那我们赢了他就好，早晚，是要相见的。”童淼缩回手指，抬起眼睛，平静地看着司湛。

最后碰面的，不是亚洲公开赛，就是世界锦标赛。

司湛若有所思地打量了她一眼，笑道：“我还以为你挺佛系的，怎么突然这么较真了？”

童淼用手指了指自己的下巴，回想起在大厅初见孟靖农时他的样子，她认真地说道："他还是第一个瞧不起我的人。"

从小做神做惯了，谦虚是本分，但认怂就不可能了。

她从来不否认自己是个有野心的人，也从不否认自己对第一的渴望。

只是乖巧安静的外表下，这种野心很少能露出破绽，但这并不代表，她能容忍别人当面把她当成花瓶看待。

司湛从嗓子眼儿发出几声低笑，他从兜里掏出一小盒木糖醇，取出两粒放在嘴里嚼着。

"刚才看了一眼，他那机子的数据你有数了吧？"他跷着腿，轻轻地点了点手指。

童淼沉默了半晌，似乎在回忆。

然后她微微地扬了扬嘴唇，眼睛弯出浅浅的弧度。

"当然。"

"回去……"司湛挑了挑眉，故意顿了顿。

童淼眨了眨眼睛，轻声道："我会去跟往届的国际比赛获奖的机子比对数据，如果有抄袭的痕迹，或许就不用等到下一场了。"

明亮的白炽灯照耀着两个年轻人充满朝气的脸，童淼手腕上的小铃铛发出清亮的碰撞声。

"小卷毛，你真是个宝贝。"司湛意味深长道。

到了比赛场地，每个组都有一个裁判员计时，司湛和孟靖农离得挺远，几乎看不见彼此。

但孟靖农还是特意朝他这个方向张望了一眼，转身对一个队友道："你看着司湛，看他什么时候比完。"

队友疑惑不解："时间不是很快就会统计出来了吗？"

到时候会直接在大屏幕上排榜啊。

孟靖农握着遥控器，脸色有些阴沉，沉声道："我等不了。"

队友无语地看了看他，这才后退几步，努力地朝司湛那边望去。

裁判员在比赛之前，跟童淼讲好了规则，告诉她无论如何也不可以代替司湛，不能碰到机器，否则比赛无效。

童淼点点头，乖巧地后退一步，离场地远了一点儿。

在裁判员说开始的一瞬间，银龙动了起来，它精准地掐住得分物，朝网内抛投。

童淼偷眼看了看司湛，发现他一丝紧张的表情都没有，反而看着场地里的银龙淡淡地笑着。

自动项目很快就完成了，裁判记下了分数，让司湛开始手动操作。

有时候童淼觉得，司湛要是不做人工智能，改去打电竞也挺好的，他对操作和控制很敏感。银龙在他的手里，没有一次犯规或越界，灵活的爪臂频繁地抓起得分物，迅速地扔到网筐里。

连一旁的裁判都不由得惊讶地挑了挑眉。

很少有学生能做出这么优质的机器了，这也是为什么在更高级的比赛上，参赛的几乎都是国外的队伍了。

不是国内的队伍不行，而是起步太晚，经验太少，又缺乏创新精神，机器的外形和设计理念模仿国外的机子，已经是不必言说的潜规则了。

国内的比赛，没有人查就万事大吉，但到了外面的赛场上，他们也知道涉嫌抄袭，通常会将借鉴的部分进行改造，导致机器本身的性能直线下降，最后颗粒无收。

但这台机器，好像没有这种情况。

银龙不仅外形光洁漂亮，动作也流畅自然，全程几乎没有卡顿，顺利地完成了比赛。

在裁判笔下，分数已经出来了。

他们被工作人员引导着，去一旁的座椅上休息，等全部队伍完成比赛，就会公布成绩。

他们刚出来没多久，孟靖农也出来了。

他得意扬扬地走过来，扬着下巴，故意道："挺快啊，我刚放下遥控器，就看见你完成了。"

意思是，司湛没有他完成得快。

"哦。"司湛往椅子上一靠，眼睛都没抬，拧开矿泉水瓶盖喝了一口水。

孟靖农自讨没趣，冷笑着勾了勾嘴角："下次比赛见。"

司湛拧上瓶盖，将水瓶慢悠悠地在手里晃着，目光望向远处的大屏幕，突然嗤笑一声：“不一定吧。”

孟靖农咬了咬牙，他总觉得司湛太嚣张，像是在故意嘲讽他似的。

“那就走着瞧，世锦赛一决胜负。”

司湛一掀眼皮，狭长的眼睛望向孟靖农：“我说你想太远了吧？你能进世锦赛吗？”

他突然明目张胆地刁难，让孟靖农心底的火噌地蹿了起来。

说实在的，要是司湛只是一个单纯的对手，那在比赛场上一决胜负也就算了，他也不会记恨这么久。

但偏偏司湛是那种气死人又让人无可奈何的性格，更何况他以前简直狂得没边，让孟靖农每次想起来都觉得窝火，恨不得把司湛踩在脚下，让他永远翻不了身。

“别到时候你自己马失前蹄。”孟靖农冷冷地警告道。

司湛往椅子上一靠，单手把眼镜摘了下去，眼角微微上挑，意有所指道：“今年又借鉴了哪台机子啊？不会是直接从国外买来的吧？”

孟靖农扫了扫司湛的银龙，轻蔑地回击道：“彼此彼此吧！也不知道你这玩意儿是借鉴的哪台。”

孟靖农的队友适时地拉了他一把，这种话题在比赛场上还是不适合说的。

虽然大家都会仿照原有的机型，这也是无可奈何的事情，但付出了心血的东西，谁都不想再承认它的灵感是来源于别人。

“没有借鉴哪台。”童淼平静地说道。

她原本一直安静地坐在司湛身边，不会也不想参与他们言语上的交锋，但既然说到了机器的设计问题，她就不想再沉默了。

孟靖农有些意外地看了她一眼。事实上，任谁在司湛身边，他都不会过多注意的。

因为他所有的注意力都放在了怎么怼死司湛上。

司湛一扬下巴，指了指童淼：“当着设计者这么说，不合适吧？”

孟靖农挑了挑眉。

设计者？

难不成这个漂亮玩意儿是一个小姑娘设计的？

这怎么可能呢？女孩子一般都不喜欢搞机器这类东西，更何况还是一个长成这样的女孩子。

但看司湛和这女生的神情，也不像在撒谎。

孟靖农突然觉得心里没底了。

如果这个女生真的是高手的话……

他无形中感受到了压力，胸口闷闷的，恨不得对方立刻露出马脚，让他看出虚张声势的样子来。

可惜没有。

这个时候，大部分的队伍已经完成了比赛，纷纷走下了场地。

彼此相熟的就打个招呼，不认识的也可以借此聊聊天，交流一下经验。

“司湛。”

从远处的赛场上走过来一个人，虽是选手的年纪，却戴着工作人员的挂牌。

是徐方希。

“哥，你怎么来了？”

参加比赛之前，徐方希跟他通过电话，说是决定放弃比赛，专心复习了。

一个对机器满怀着真爱的人说出这样的话，不用多想，司湛也知道他承受了多大的来自家庭的压力。

但人家的家务事他就不好过多地掺和了。

孟靖农一看到徐方希，心里的快意顿时涌了上来。他总算能看到司湛不好受的样子了，他知道司湛跟徐方希的感情有多好。

徐方希瞥了孟靖农一眼，很快收回目光，冲司湛轻描淡写道：“想来看看，到底什么样。”

淡淡的一句话，却承载着数不清的挣扎和折磨。

明知道不能继续往前走了，却还是想来看看，看看这个比赛场是什么样的，选手是什么样的。

徐方希多半是逃课赶过来的，回去指不定会被家长和老师怎样责难。

司湛沉默了一瞬，站了起来，往旁边一撤：“哥，你坐。”

他把椅子让了出来。

童淼也本能地站了起来。她看得出来，司湛很尊重这位带他入圈的前辈。

徐方希儒雅端方，没拒绝，却也没坐，他看了看童淼，柔声问道："银龙是你改造的？"

童淼眨了眨眼睛，默默地点了点头，心里竟然还有些忐忑。

面前是这方面的高手，而自己除了银龙这台机器外，对别的机器根本没有什么了解。

既然没有了解就没有比较，也不知道自己做的东西，大概是在什么水平。

"真的很厉害，有种难能可贵的新人创造力。"徐方希感叹道。

他所说的新人，并不是指童淼的水平不高，而是指她具有那种没有经过专业培训班熏陶的，脑子里毫无刻板模式的天赋，真的很让人惊喜。

司湛嘴角不由得噙着一抹笑："她就是新人啊，玩这个才几个月。"

徐方希挑了挑眉，似乎觉得有些意外。

孟靖农突然觉得背后隐隐直冒冷汗。

他原本都想走了，反正司湛也没工夫搭理他，但是听到这句话，他突然走不动了。

刚玩几个月，就能造出这种机器了？

他脑子里不断回想着自己对国外豪华机的印象，没有，似乎没有一台跟银龙有相似之处，甚至它现在的样子，和原来的银龙都已经截然不同。

他皱眉看着童淼，没有说话，但心里已经问出了声：这玩意儿是你做的？你是穿越来的吗！

徐方希开心地拍了拍司湛的肩："真好，你找到了一个好队友。"

童淼垂下眸子，顿时有些脸红。

对于这种当面夸奖，她还是很不习惯啊。

"你好，我叫童淼。"她主动伸出手，手腕上还戴着比赛的手环，她的名字就清晰地印在上面。

徐方希迟疑了半晌，恍然道："噢，怪不得。"

阑市重点高中，只要对学习有执念的人，没有不知道童淼的。

徐方希虽然不是育成高中顶尖的学生，却也在重点班，多少从班级里的前几名口中听过她的名字。

尤其是上次学科竞赛后，童淼更是成了他们口中时常念叨的对手。

他只是没想到，原来这姑娘在机器人方面也这么强。

他和童淼握了握手，然后对司湛道：“我在这里还有工作，不能跟你多聊，我们回阑市再联系。”

司湛点了点头，送出了几步，然后才道：“哥，你忙。”

童淼从没见过司湛对哪个同龄人这么正经尊重过。

就好像是对季老师一样。

司湛主动跟她解释道：“徐方希是我见过的，最痴迷人工智能的人，没什么能让他放弃。”

童淼思索了片刻，仰头问道：“所以……他将来也会是你的信息技术小公司中的一员了？”

司湛痞笑：“那当然。”

大屏幕闪烁了一下，广播响了起来。

“截至目前，我们工作组已经统计出了所有参赛队伍的成绩，前三十名将有资格参加六月份的亚洲公开赛。”

三十个队伍的机器和队长的名字已经出现在了屏幕上。

第一名，银龙（司湛等）。

第二名，斗牛（孟靖农等）。

……

“请获奖的队伍到台前领取证书。”

拿到中国区的奖状已经实属不易，孙主任难得在课间操时间大肆宣扬了一波，这也是自司湛入学以来，孙主任给他的唯一一次正面评价。

然而关键人物又逃了课间操去实验室待着了。

鼓掌的同学们找了半天也没找到人，尴尬地放下了手。

孙主任轻咳一声：“虽然得奖值得肯定，但是该扣分的地方，值周生还是要扣分。”

虽然不管扣多少分，司湛都不在乎罢了。

陈冬开了两瓶 RIO，将其中一瓶递给司湛，笑嘻嘻地说道：“哥，来，碰一个。”

司湛抓过瓶子，挑了挑眉：“你一会儿不上课了？”

陈冬无所谓地耸耸肩：“反正我也在B班啊，掉无可掉。”

司湛当场把瓶子放下，翻了个白眼：“我还在A班呢。”

“遇到孟靖农那小子了吧？揍他一顿没？”陈冬咕嘟咕嘟地喝下去大半瓶饮料，打了个嗝。

司湛冷冷地一眯眼：“我倒是想。”

“不是吧？徐哥的仇不能不报啊！”陈冬急了。

也亏得他当时没去现场，不然非得跟孟靖农打起来。

司湛靠在椅子上，随意地晃了晃鼠标，电脑屏幕亮了起来，界面上出现的是一台又一台机器的介绍，他已经发一份到童淼的邮箱了。

“放心吧，放不了他。”

童淼比赛回来之后，就开始补这段时间耽误的课程，姜谣细心地给她录了音，她一般开着两倍速，大致听一遍。

周雅茹也回来上课了，她的气色好了不少，只是看起来有些瘦，还特意给童淼和姜谣带了礼物，说是她老家的特产。

她桌面上的卷子已经堆得快有牛津字典那么厚了，但她只是看了一眼，就将它们卷了卷，都扔进了垃圾桶。

很快，数学小考时班内排榜，周雅茹又一跃成了第一，她的成绩并没有因为修整了这段时间就一蹶不振。

她看起来算是彻底放松了。

天气逐渐转暖，光秃秃的树枝上隐约冒出绿意，黄昏时，空气里带着一股清凉的草香气。

童淼依旧不在教室上晚自习，但姜谣为了能继续留在A班，已经开始废寝忘食地学习了。

好在学校的保安负责，最近的治安又好了不少，政府在学校到各个小区的沿途设置了流动便衣，用以保护学生和妇女儿童的安全。

这天晚上，司湛和司叔叔去了某个饭局。其实不用他说，童淼也知道，又是什么大人物到场，所以司叔叔才特意带着司湛。

她觉得司湛这个人挺有意思，别看他在学校里狂妄得不行，出去应酬却又是个手勤嘴甜的好晚辈。

他总是特别清楚什么是对自己最有利的，很少做越线的事情，总能让人特别放心。

回到家里，童淼把客厅简单地收拾了一下，这才打开电脑开始下载司湛传给她的压缩包。

压缩包里是司湛搜集来的国外的各台出了名的机子的数据，如果真的能比对出孟靖农的斗牛抄袭，只需要一个邮件，就能取消他的比赛资格。

童淼略微回忆了一下，斗牛的模样已经印在了她的脑子里。

也幸亏她看过的东西几乎不会忘记，所以比对起来并不算困难。

她趴在电脑前面，轻轻地移动鼠标，眼睛快速地扫视着屏幕，用左手记下她觉得疑似被借鉴的机器的编号。

大概用了两个多小时，她差不多可以确认了，孟靖农的斗牛，融合了三台在国外赛事上出类拔萃的机器的设计。

其中被借鉴得最多的，是一台叫作“闪耀”的英国冠军机器。

她轻轻地揉了揉手指，手心已经汗津津的了。

其实，孟靖农更像在违规的边缘游走。

要说他完全抄袭，一点儿脑子都没动，那是对他的污蔑。斗牛身上是有他自己的东西的，可他也的确借鉴了三台机器的灵感。这份报告呈递给主办方，他有可能被取消资格，但也有可能就此逃脱。

毕竟像他这么做的人实在是太多了，所谓法不责众，大概就是这个道理。否则，要是真的深扒下去，三十台机器不知道有多少能够幸免。

童淼把腿缩到椅子上，双手抱着自己的腿，微微有些发愣。

起初只是一件微不足道的小事，微小得像蝴蝶扇动了一次翅膀，但谁知道最后竟然会引起如此大的风暴呢？

番外1

永远不要忽视天才的学习能力

童淼第一次跟司湛玩“吃鸡”游戏。

她不懂射击游戏的乐趣究竟在哪儿，但司湛说很有趣。

没办法，她要是真忍心拒绝他，也不会发展到现在这个地步了。

而且他们住在一个公寓里，周末的大把时间，总不能都用来干正事。

司湛靠在沙发上，瞄了一眼童淼的手机界面。

小卷毛真是单纯，所有的网名都叫“喵喵的瞳”，好像生怕别人不知道她贴吧ID似的。

想起她曾经在某个绯闻帖里的回复，司湛情不自禁地勾起了嘴角。

“雨林吧。”司湛对一同组队的陈冬和姜谣道。

陈冬：“行啊，我们都跟随你，去天堂度假村还是采石场？”

姜谣抢着说道：“别别别，你们能不能和谐一点儿？至于刚上场就打打杀杀的吗？喵喵还是新手呢。”

比起扛枪，她更愿意进房子搜物资，看着背包一点点儿地丰富起来，身上的装备越来越好，她就有种特别的满足感。

所以陈冬总是嘲笑她把电子竞技玩成了“奇迹暖暖”。

童淼默默地扫了一眼地图。

她对这个游戏原本一窍不通，但司湛非要带她玩，于是她特意抽出了两个小时的时间，读了游戏说明，逛了论坛，看了游戏大神写的经验帖，然后一字不落地记在了脑子里。

和司湛他们组队之前，童淼去玩了几把娱乐模式，简单地熟悉了一下游戏的操作。

其实挺简单的，对初学者来说，主要是考验眼力和准头，以及反应能力。

当然玩得深了，就可以分析地图，分析敌人的方位，设计圈套，等等。

论坛里面写得很全，但她空有理论，还需要实践。

四个人第一局落在了采石场，这是一片很大的区域，所谓的物资很丰富，但同样的，争夺的人也多，地势也不利于发挥。

采石场是一片水洼，水洼里有土包和几个方方正正的箱子，箱子上面有各式各样的枪、子弹、药品、防弹衣、头盔和倍镜。

司湛和陈冬的动作很熟练，他们一落地就迅速地摸了枪，然后飞快地找掩体躲了起来。

因为刚刚在降落伞上，他们已经发现了别的队伍，想必一到地上就是一场恶战。

姜谣灰溜溜地找到一所房子，钻进去紧紧地关上了门。

可惜房子里的物资有限，她没摸到什么好枪，只能拎着一把冲锋枪勉强防身。

童淼没有轻举妄动，她一落地就奔着那四个人悄悄跟了过去。

她找到一个隐蔽的地方躲了起来，没急着去找东西，也没着急和队友凑在一起。

她在确定和他们一起落下来的敌人的方位。

由于每个人落在地上的第一时间就是找物品，拿枪，所以那四个人分别去了哪里，童淼看得很真切。

她一边盯着一边给司湛汇报方位。

司湛拎着抢，对那四个人找物资的地点心里有数之后，就开始和陈冬分头行动。

他们两个顺利地在一块大石头后面打倒了第一个人，搜刮了他的东西，又开始瞄准屋里的第二个人。

有了童淼的定位，司湛他们很快就消灭了这一支队伍。

在确定附近没有威胁之后，姜谣也跑出来跟大家一起搜寻物资。

陈冬趴在上坡盯梢，等司湛搜完，把子弹和药品分给他，然后几个人迅速跑圈。

姜谣的技术不熟练，一路上都在想尽办法躲避。

她并不和整体队伍离得太近，而是始终保持着几十米的距离。

童淼也跟她学，起码这样，他们的目标不至于太大，如果陈冬和司湛发生了什么危险，她们还有救援的可能。

这局对他们来说是天谴圈，最后缩圈缩在了一大片山坡。

到处都是草地，还零星堆积着几块石头，想要找人比登天都难。

这时候他们这一队已经只剩下童淼和司湛了。

陈冬在掩护队伍进圈的时候，被远处的狙击手给打中了。姜谣想要救他，也跟着送了人头。童淼一直隐藏得很好，她从没主动打死过一个人，但也一直没有人发现她。

但现在他们的情况很不利，他们如今趴在下坡，周围没什么遮挡，想要开倍镜却总是被草丛挡住，一旦站起身来，就容易成为靶子。

如果以往是这种情况，陈冬会主动暴露自己，吸引火力，定位对方的位置，让司湛解决剩下的人。

可惜童淼是新手，她肯定坚持不到司湛找到对方，很快就会被人打死。

现在敌方仍然有两个人，一直在大肆扔掷手榴弹，企图炸死童淼和司湛。

司湛紧紧地盯着屏幕，盯得眼睛都有点儿酸了，但还是很难从大同小异的草丛里找出那两个人的身影。

所幸，对方也没有找到他们。

就在战局僵持不下的时候，司湛喝了两瓶能量饮料，准备拎着枪上去硬闯。

啪。

童淼拔了一枚手榴弹。

司湛动作一僵，转回头看向童淼。

不是看游戏里的童淼，而是看他身边的童淼。

小卷毛一脸认真，手里捧着 iPad，盘着双腿，眼睛瞪得大大的，微蹙着眉，在屏幕上轻轻一点。

司湛挑了挑眉，也没说什么。

童淼能有主动攻击的意识，他还是挺惊讶的，能主动攻击就不错了，他并不指望她能炸死谁。

然而这个念头刚刚在脑海里闪过，司湛就听见对面一声响动，冒起了黑烟，紧接着，他们成了冠军。

司湛的胸口仿佛被人捶了一下，惊呆了。

童淼长长地出了一口气，嘟囔道："真笨，两个人竟然都躲在一个地方！"

陈冬也愣了，他仔细地盯着敌人被炸死的那个位置，抓了抓头发："不是，这就死了？"

姜谣兴奋地鼓了鼓嘴："哇，喵喵你太棒了！"

司湛把手机放下，抬手摸了摸童淼柔软的头发，轻声道："刚才……你怎么知道他们在那里的？"

陈冬一顿："咱妹妹不是蒙的吗？"

司湛没搭理他。

童淼肯定不是蒙的，她从来不做没有准备的事。

童淼把平板电脑放在一边，抱着膝盖，认真道："这是一个概率问题。首先，要记得方才这两个人扔的六个手榴弹的位置，然后根据这六个点划分出交集区域，概率最大的地方……"

陈冬赶紧告饶："不用不用，我不想听了。"

姜谣喃喃感叹道："喵喵，你真的是厉害啊……"

之后他们又玩了几把，每次童淼都能总结出一些稀奇古怪的经验，但少不了跟数学和物理有关。

而她在论坛里看的大神帖子也没有白费，实践几次，就觉得有些人总结的经验对她有用，有些人总结的她暂时还应用不了。

适应了几局之后，童淼已经可以跟上司湛的步伐，并且命中率大大提高了。

姜谣趴在草丛里佩服地说道："喵喵，你现在打人好准啊，没有倍镜都能这么准。”

童淼一边蹲下走位一边解释道：“对自己的手机可能产生的误差有了数之后，差不多就可以找准角度了，比如离得远的话，可能要瞄低一点儿……”

“押枪。”司湛淡定地补充道。

童淼猛点头：“就是这个意思。”

短短的一天之内，童淼已经从什么都不会的“菜鸟”，爬升为“吃鸡”高手了。

姜谣默默地叹了一口气，原来真正的天才就是做什么都行的。

司湛很满意，摸了摸童淼柔软的卷发。

童淼突然正色劝告他：“司湛，这么玩游戏太费眼睛了，以后还是少玩吧。”

司湛勾唇笑道：“你说什么就是什么。”

番外 2

做饭记

大部分周末，司湛和童淼并不回市里，主要是太费时间，又影响童美君和司启山的生活。

好在他们的公寓够大，有书房，有司湛专门搞机器人的房间，还有童淼学习的地方。

他们什么都不缺，司启山找人把一切都准备好了。

用餐嘛，大多时候是叫外面的外卖。

外卖的品种很多，司湛又精通此道，变着花样地换菜品，今天订泰式菠萝饭，明天新加坡叻沙，后天韩式料理，大后天日本拉面，两人乐此不疲，童淼甚至吃胖了一些。

偏巧这个周末下大雨，外面阴沉沉的，雨水哗哗地冲刷着窗户，地上激起层层水雾，连路都看不清了。

盛华本来就地处郊区，送餐的外卖员比市里少得多，一下大雨，就更没人接单了。

等待了一个小时后，店家打来电话，说没有人送餐，让他们退款。

司湛心中有些不满，但没有办法，还是退了款。

童淼从自己的卧室出来，趴在阳台上，边揉肚子边向外面看。

外面太黑了，雨水都在单元楼口汇成小溪了，看样子一时半会儿还停不了。

但她真的有点儿饿了，看司湛的神情，也跟她差不多。

童淼从阳台离开，白皙的胳膊上印上了阳台边缘的痕迹。

她拍拍胳膊，对司湛道："要不……我们自己做饭吧？"

司湛家公寓的冰箱里面并不空，里面有定时送过来的水果和鸡蛋。

蔬菜他们一般不自己做，所以也没让人送过。

司湛皱了皱眉，转过头望向冰箱。

他当然没有自己做过饭。家里有的是钱请厨师，根本没必要吃自己做的难吃的东西。

童淼也没怎么做过，毕竟她还是学生，又能跟妈妈吃医院的食堂，大部分时间是不需要进厨房的。

但对于做饭的知识，她比司湛了解得多一点儿。

童淼去冰箱里翻了一遍。

水果还有一些，但主食少得可怜，也没什么肉。

她又去冷冻柜里看了看，有一包已经冻硬了的手擀面，还有一些扇贝肉，其余就没什么了。

犹豫了片刻，童淼转头对司湛道："嗯……我给你煮点儿面吧？"

好在他们厨房里面调料都充足，这是当初打理房间的时候，家政服务给他们添置的，之前一直都没有用过，现在反倒派上用场了。

司湛从椅子上站起来，挑了挑眉："你会做吗？"

童淼认真地说道："煮个面应该还行。"

她把手擀面从冷冻柜里面拿出来，又从冷藏室里取了三个鸡蛋和两个西红柿，然后把盐放在一边，这差不多是她能准备的所有东西了。

童淼从手机上查了简易的番茄鸡蛋面的做法，从头到尾读一遍，就彻底地印在了脑子里。

她挽了挽睡衣的袖子，露出一截又细又白的手臂，然后抿着唇，拎起锅，准备送到一边的水槽去刷。

她刚把锅抬起来，身后就有一股更大的力道将锅接了过去。

司湛抓在她手的前面，低声道："刷锅这活儿，我干就行。"

她那么细的胳膊，能有多大力气？要是累着了怎么办？

司湛鬼使神差地想。

童淼眨了眨眼睛，默默地垂下了眼眸，心里有些紧张。

司湛离她特别近，近到她都能感受到他的体温。

童淼的脸颊发烫，她赶紧把乱七八糟的想法赶出自己的脑子，然后撩了撩耳边的头发，叮嘱道："那你洗干净一点儿，我要先煮面。"

司湛是头一次做刷锅这种活，但是因为是帮童淼做的，他心里没觉得麻烦，反倒挺开心的。

以前他一直不理解为什么有些人喜欢下厨房，心想做饭有什么好的？不仅累，还蹭一身的油烟味道。

但现在他似乎找出一丁点儿乐趣了。

童淼在他身边搅鸡蛋，她的手法不太熟练，但是神情很专注。

她做事一向专注，又喜欢做到最好。很快，三个鸡蛋在碗里搅好了，黄澄澄的，十分诱人。

司湛刷好了锅，把锅架在炉灶上，打开了火。

火很快把锅底的一点儿水烧干，童淼倒了一瓶盖油进去。

油些微发热的时候，她就快速把刚刚搅好的鸡蛋倒了进去。

刺啦一声，蛋液溢出香气。

童淼不由得往后退了一步，她担心油溅到自己身上。

但这一步退得差点踩到了司湛。

童淼情不自禁地咬住了唇，后背僵硬。

这时，司湛却道："我来，别让油溅到你。"

说罢，他慢慢地接过了锅铲，甚至还侧过脸看了童淼几秒。

他的目光落在她脸上的时候，童淼明显感觉到了，就像是洒在自己脸上的阳光一样，那么炙热，那么难以忽视。

"不用，我可以的。"

"我心疼。"

童淼猛地抬头，却对上司湛唇边一丝若有若无的笑。

他似乎……连掩饰都懒得掩饰了啊。

于是童淼只能低下头，把锅铲交给他，乖乖地站在一边，安静地看司湛把半熟的鸡蛋盛出来。

童淼用手臂擦了擦鼻尖，喃喃道："那我把西红柿放进里面了哦。"

他们有切西红柿的"懒人神器"，西红柿被均匀地分成几瓣，童淼把它们尽数倒进锅里面。

她掂量着加了盐，又倒了点儿水淀粉，炒了一会儿，见西红柿都软了，她又把鸡蛋倒进去翻炒。

其实蛮简单的，做过一遍之后，她再也不会忘了。

当然，司湛在身边的样子，她更不会忘。

炒好之后，司湛端着锅，把番茄鸡蛋均匀地洒在煮好的面条上，童淼将头发别在耳后，用筷子夹起一根面尝了一口，点点头："挺好吃的。"

他们把碗端到餐厅，坐在餐桌旁边，挨得不近不远，默默地吃晚餐。

童淼吃东西的样子很乖，也很慢，红唇一吸一吸的，把面吸进去，然后在嘴里慢慢地嚼，一点儿声音都不发出。

她的长发从肩头垂下一缕，搭在胸前，卷卷的，软乎乎的，随着她低头的动作晃荡来晃荡去，晃荡得司湛心都痒了。

他轻咳一声，肚子实在是饿得叫嚣了，他才不得已将注意力转移到自己面前的碗中。

"司湛，你要纸巾吗？"

她吃完了东西，擦了嘴巴，眨巴着大眼睛望着他。

司湛顿了顿，点点头："我嘴边沾到东西了？"

童淼抽出一张纸巾，用手指点了点自己左唇边的地方，示意司湛，然后把手里的纸巾递过去。

司湛漫不经心道："哦，帮我擦一下。"

两人对视了一眼，又飞快地错开视线。

童淼耳根微微泛红，却还是紧抿着唇，僵硬地抬起手，帮他擦掉了嘴角的一点儿番茄汁。

那一瞬间，她的手差点儿碰到他的脸，却又很快缩回去了。

方才司湛给了她一个前进一步的空间，她没有拒绝，而是跟上去了。

童淼把纸在掌心攥了攥，心里怦怦乱跳。

“小卷毛。”

司湛低低地叫她，语气里带着无奈和一丝掩饰不住的纵容。

番外3

遂他所愿

“你又跟谁打架了？”司启山深吸了一口气，有些头痛地揉了揉太阳穴。

司湛懒洋洋地靠着车窗，跟司启山离得老远，手里摆弄着手机，漫不经心道：“杂碎。”

司启山立刻坐直了身子，瞪了司湛一眼，斥道：“你会不会说话？你把人打了，你还有理了？能不能让我省点儿心！”

司湛微微抬了抬眼皮，眼睛稍稍从手机屏幕上离开片刻，语气凉薄道：“看来杂碎回家找爸妈诉苦了。”

司启山恨铁不成钢地用手指点点他：“不管他做了什么，这是你把人打进医院的理由吗？要不是我，你以为就这么算了？我求求你安分点儿，别给你老子惹事了，行吗！”

司湛勾唇一笑，歪过头来看着司启山，眼里满是幸灾乐祸的神情：“您的指示我刚刚传达给我妈了，希望我的两个家长统一意见之后，再对我进行教育。”

他轻轻地一点语音，梁茵的咆哮声从手机里面传来：“我就知道你爸是个怂包。这事儿你不要怕，对朋友要有义气，他先对陈冬动的手，你也不要留情，有什么事，妈妈回来给你做主！”

司启山翻了个白眼，刚想说什么，司机突然一个急刹车。

沉闷的撞击声传来，所有人都措手不及，意识到危机的那一刻，司启山本能地扑到了司湛的身上。

窗玻璃被撞碎了，碎片溅了进来，车门朝里面深凹进去。

好在市内行车，速度不算太快，虽然汽车看着挺惨烈，但人都没出什么大事。

司湛显然从来没有经历过这种情况，等司机从车里爬出来，他才反应过来，赶紧从自己这边打开车门，把司启山拽了出来。

司启山抖了抖胳膊，几道鲜血顺着伤口渗出来，看着殷红一片，也不知道伤得重不重。

"嗨，没骨折。"司启山抖了抖胳膊，忍着刺痛，把胳膊晾在一边。

司湛神情复杂地看了一眼他爸。

刚才那一瞬间，司启山护住了他，飞溅进来的碎玻璃都溅在了司启山身上，他一丁点儿伤都没受。

他和司启山都是不善交心的人，从来没说过什么柔情的话。

司湛当然相信司启山是爱他的，但是切身感受到这种在意，又是另一番滋味了。

尤其是父母分开之后，司湛变得比以前更不愿意和他交流了，出了事宁可自己解决，也不想麻烦司启山。

但这次是个意外，显然对方怂了，失了信，把事情捅到了父母那里。

他现在竟然觉得有些对不起司启山。

司机吓坏了，虽然这件事的责任不在他，但毕竟是他反应慢了，让老板受了伤，搞不好就要丢了工作。

他冒着冷汗道："要不我叫辆车，你们赶紧去医院包扎一下吧？这里我来处理就行了。"

司湛看了一眼司启山胳膊上的血，淡淡地说道："我去叫。"

很快，他招呼了一辆出租车，两人坐着车直奔中心医院而去。

童美君刚刚在休息室洗了个头，头发湿淋淋的，还没有擦干，但被风一吹，凉爽不少。

这两天是旅游高峰期，车祸格外多，急诊主任正好外出交流，科室就剩她一个副主任，所以她已经一天没离开医院了。

她把女儿接到了医院，跟在她身边，虽然不方便，但总能照看着，她也放心。

她女儿特别懂事，学习也很好，乖乖地待在休息室里，认认真真地看书。

童美君怜爱地摸了摸女儿的卷发，凑过去看她卷子上的题。

正在这时候，值班的护士敲了敲休息室的门。

童美君愣了一下，把头发随意地擦了擦，甩在背后，回道："请进。"

"童老师，你要不过去一趟吧？"护士犹豫地说道。

童美君严肃地皱起了眉："怎么了？"她以为发生了什么糟糕的情况，要么是现有的患者病情恶化了，要么是又有大型事故发生了。

"司启山在医院附近出车祸了，您去给他包扎一下吧！"护士焦急地说道。

果然是出车祸了！

童美君没注意护士提到的那个名字，在她的认知里，这种急着催她过去的病例，都是伤得比较严重的。

她一边拽过白大褂，一边疾步往外走，还不忘问了句："有几处骨折？你赶紧联系骨科张主任，我们这边只能紧急处理一下，还有，找家属及时进行手术。"

护士吐了吐舌头，心虚道："童老师，他就是胳膊被玻璃碎片刮伤了，没骨折……"

童美君顿下脚步。

护士见童美君的脸色沉下来，赶紧摆了摆手："我不是故意逗您的。这可是司启山啊，咱副院长跟他是忘年交，肯定得找技术最好的医生去上药。"

童美君这时候才注意到司启山这个名字。

她不是没听说过，只是不怎么关注罢了。

那种时常出现在电视和财经杂志里面的人物，和她不是一个世界的人。

她知道司启山是富豪，所以人脉和权力都很强大。

但她多少有些反感手握权力就小题大做的人——明明随便一个护士就

能处理的刮伤，偏偏要找个主任或者副主任来上药。

她虽然那么想，但还是跟着护士过去了。

副院长的面子不能不给，她虽然不太会讨好领导，但是起码的人情世故还是懂的。

头发还没干，这么去多少不太礼貌，她随手从桌子上拿了根头绳，简单地拢了一下，松松垮垮地将头发系在背后。

童淼从座位上抬起头来："妈妈，你要去忙吗？"

童美君点头："对，妈妈去看一个病人，一会儿就回来。"

童淼舔了舔下唇，嘟着嘴道："我做完一套题了，要出去转一圈。"

童美君急着离开，于是点了点头："行，那你自己转转，别给其他叔叔阿姨添麻烦。"

她说罢，匆匆赶去给"大人物"上药了。

"大人物"坐在急诊室的病床上，手臂上的血迹已经被擦去不少了，垃圾桶里扔了好几团染血的酒精棉。

童美君稳了稳心神，拍拍给司启山处理伤口的护士道："我来吧。"

她随手夹起几块酒精棉，干净利落地擦拭着伤处。

其实一看就知道，虽然伤口又多又密，但是并不深，只是小口子太多，处理起来有些麻烦。

酒精的刺激性太强，擦到皮肤破损的地方，多少会有些疼。

童美君不由自主地放慢了速度。

司启山抬眼看着童美君。

她的动作明显老道得多，显然是有经验的医生，难得还这么有气质，温润得像一汪泉水。

"伤口不深，不用缝合，消完毒之后慢慢就会愈合，最近一个星期还是不要碰到水。"

童美君把用完的工具递给护士去消毒，然后单手解开了口罩。她的头绳绑得太松了，扯口罩一甩头的工夫，潮湿的长发从头绳中挣脱出来，披散得满肩都是。

司启山看得怔住了。

他原本只是觉得她气质柔和，没想到还长得这么好看。

说不心动是假的，任谁看到这样的美人都会有些紧张，更何况他如今还是单身。

童美君也没想到头绳就这么掉了，她赶紧低头去捡，司启山也情不自禁地弯下腰，两人的手猝不及防地撞在一起，童美君好似触电一样，骤然把手抽回来，尴尬地笑了笑。

“谢谢您。”

她绕开司启山的胳膊，把头绳拿起来，揣进自己的兜里。

童淼闲来无事，就跟在妈妈后面来了诊室，想看妈妈到底在忙些什么。

她趴在门口，把脑袋探进去，黑溜溜的大眼睛打量着司启山。

她向来敏感，人也成熟得早，一瞬间就觉得，这个叔叔看妈妈的眼神好像不一般。

她轻轻地咬了咬下唇，继续探头想看得更仔细一点儿，却没有发现，自己的动作太过显眼，也被人注意上了。

一点儿轻伤，处理也不过短短十分钟的时间，童美君并没打算停留过久，她交代完注意事项，转身就走。

走到门口的时候，摸了摸童淼的脑袋，拉着她一块离开了。

童淼软绵绵地叫了一声：“妈。”

靠墙站着的某个男生骤然一僵，神情顿时复杂了几分。

晚些时候，另一个司机来医院接司启山和司湛回去，两人坐在车上，司启山随意地把手臂上缠的纱布扯了下来。

这点儿小伤他并不在意，更没有那么矫情。

但是被那位医生当作大熊猫似的人物对待，他还蛮开心。

司湛瞥了他爸一眼，意有所指道：“眼睛都快掉出来了。”

司启山略有些不自在地轻咳一声，嘟囔道：“胡说八道什么东西！”

是不是胡说八道，他自己心里明白。

反正自那天见过一面后，童美君就察觉出有些不对了。

加班加得困倦了，她为了解乏，走到医院附近的星巴克点了一杯咖啡，刚坐下没多久，司启山就出现在她的面前。

“又见面了，好巧。”司启山理了理西装外套，彬彬有礼地抿了一口馥芮白。

童美君眨眨眼睛，端详司启山半晌，轻轻地笑了笑：“是啊，真巧。”

巧到她都无法相信这是巧合能解释得了的。

她最近偶遇司启山的次数，比在电视上看到他的次数还要多。

一个大名鼎鼎又家财万贯的人物，怎么会经常在医院附近的各个地点出没，还总能让她碰见呢？

童美君深吸了一口气，觉得喝着咖啡都有些不自在了。

司启山又开始找话题：“童医生，你有孩子了吧？”

有了，一个女儿，是个斩获无数竞赛奖项的学霸，这些司启山早就调查清楚了。

童美君垂了垂眸，把咖啡杯放下，点点头：“有一个女儿，马上要上高一了。”

司启山挑眉笑道：“真巧，我有个儿子，也要上高一了。”

童美君有些意外，这倒真是挺巧的。她对司启山并不怎么关注，所以也根本不知道他的家庭成员，便道：“这样啊……”

司启山原本也不是话多的人，平时在公司一向冷着一张脸，谁见了他都恨不得灰溜溜地夹紧尾巴闪开。

但和童美君在一起，他的话多得有些异常了，多到有时候甚至控制不住，险些说漏了嘴。

“不过我家那个一点儿也不让我省心，学习不当回事，不像你女儿，那么优秀。”司启山趁着司湛不在，用儿子做话题。

童美君闻言看了司启山一眼，眉头微微蹙起，继而低下头弯起了嘴角：“您怎么知道我女儿学习好呢？”

司启山一愣，有些生硬地辩解道：“啊……肯定比我儿子学习好。”

说到这里，童美君已经基本上明白是怎么回事了。

但是她还是无法理解，司启山怎么会对她感兴趣的？

她就是一个普普通通又无趣的医生，也不算年轻了，根本就没想过再发展一段感情，谁知道有一天要面临这样的问题。

童美君决定躲开司启山。

这是很现实又很理智的做法，她和司启山之间存在着很大的差距，哪怕现在司启山对她有那么一点儿意思，也肯定不足以支撑一段感情。

她的生活禁不起动荡。

她不怕，只是她不能再让女儿受伤害，她必须把全部的精力、全部的爱给童淼，这是她欠她的。

童美君再也不去那家咖啡店喝咖啡了，她宁可自己冲速溶咖啡，也要避免偶遇司启山的可能。

反正过了一段时间，日理万机的大企业家肯定又去忙别的事情了，很快就会忘了她这个小医生。

童美君坚信会如此。

医院难得迎来了不那么忙的日子，几个科室搞了一次联谊。说是联谊，也就是几个关系比较好的医生聚在一起吃一顿饭。

妇产科的韩医生跟童美君的关系很好，她要比童美君大十岁，简直是操着当妈的心。

韩医生放下茶杯，认真地对她说："我介绍的那个人，你要不要去见见？"

童美君有些尴尬地别过脸："韩姐，你就别闹了。"

韩医生知道她和董诚的事情，也是医院里唯一知道她秘密的人。

"哎，你说你到底有多傻！当初人家让你假装不认识你就假装不认识，后来人家拍拍屁股跟院长女儿走了，全院的人都祝福、讨好，天知道你才是董诚的妻子。"

童美君扯了扯嘴角，苦笑道："我们有实无名，没领证。"

"没有不透风的墙，你都不知道那些小年轻听见些风言风语都怎么议论你，还说你暗恋董诚，我听了都要气死了。"韩医生说着，一口把杯里的热茶喝光了。

童美君拍拍她的背，半开玩笑道："别气别气，因为我气坏了身子不值得。"

"小童，不是我说你，你这些年叫什么事儿呢？不是被人耍着玩吗？你得趁早走出来，过自己的日子了。"

童美君深以为然，无辜地眨了眨眼："我真的走出来了，也在过自己的日子了啊。"

韩医生拍了拍她的手："这个孙家栋医生，虽然不在咱中心医院这么好的单位，但是收入还不差。人家是离过婚，可是没有孩子啊，比你大五岁，我看挺好。看在姐的面子上，见见吧。"

童美君推托不过，无奈地点了点头。

其实她连这个医生的名字都没记住，条件啊什么的，也都没仔细听。

从某种程度上来说，她有些过分天真。

她选择一个人，从来不看条件，只看感觉。

所以当初选择董诚，她也像飞蛾扑火，那么义无反顾。

董诚选择向利益靠拢之后，她痛苦过一阵子，然后心就锁死了，再也没为谁动心过，这个什么栋，也不会例外的。

见面那天是韩医生陪着去的。

她也是好心，看童美君一个人带孩子辛苦，想让她尽早走出董诚的阴影。

晚饭约在香舍区。

两个医生约晚饭，实在是相当困难了，想要正好约在两人都不加班的时间，更是难上加难。

不过好在，只需要见这一面。

她们到餐厅的时候，孙家栋已经到了，对方还精心打扮过，显然是很重视这次会面。

童美君心里有些惭愧，因为她十分不重视，穿着平常上班的衣服就来了，脸上也没怎么化妆。

孙家栋一看见童美君，眼中惊艳的神情就压抑不住了。

童美君莫名觉得有些反感。

韩医生做和稀泥的人，笑眯眯地把两人拉着坐下，开始找话题聊天。

她一直心不在焉，时不时地看一下自己的手表，想着什么时候可以走了。

孙家栋有些尴尬，问道："童医生有什么急事吗？"

童美君瞬间抬起了头，这才发觉自己看表的动作过于频繁了："其实也没有……"

“有。”

她还没说完，突然被一股大力扯了起来，她的手腕被人捏住，有些紧。

司启山不知道什么时候出现在桌边，表情异常愤怒，紧抿着唇。

也不知道为什么，童美君在这一刻突然心动了一下。

就只有那么一小下，她觉得毫不掩饰地表现出不满的司启山有些可爱。

“抱歉，孙医生。”童美君没有甩开司启山的手，反而对孙家栋说了声抱歉。

这个状况，这个表现，孙家栋就算不明白是怎么回事，也自觉比不上司启山。

对方无论从长相还是穿着来看，都明显是个更好的选择。

但是他没想到，相亲市场上还有公然抢对象的。

童美君没有挣扎，任由司启山把她拉到了没人的角落。

“谢谢你，司先生，你今天帮我解了围了。”童美君目光坦荡。

“你宁愿跟他相亲，也要躲着我？”司启山的话酸溜溜的，他第一次对自己的魅力没了自信。

童美君一时无以言对。

她要不要解释这次相亲是被迫来的？

可她跟司启山又是什么关系？为什么要跟他解释这种事情呢？

司启山意识到自己的话有些任性了，立刻压抑着情绪，耐心地说道：“童医生，我真的很喜欢你，不如你试着跟我交往看看。”

都是结过婚的成年人了，司启山索性把话说得直白一点儿。

“司先生，你挺好的，就是我……”

“你也挺好的。”司启山补充道。

童美君顿了顿，换了一种更耿直的说法：“我的情况挺复杂的，和你的家世不太相配。”

她倒也不是刻意贬低自己，只是成人的情感或多或少掺杂着比较现实的因素，这没什么不好，现实让人清醒。

“我是自己创业，我没有什么家世，我家就我和我儿子。”

童美君不相信司启山不懂她的意思，对方明显是不想懂，也不接受她的搪塞。

有钱人都这么任性的吗？

对，有钱人真的任性。

这次没有结果的谈话之后，童美君感受到了司启山的穷追不舍。

他大概没有什么追女人的经验，还是老套的鲜花、珠宝攻略。

司启山每天都会让人送来一束花，而且是显眼得不能再显眼的红玫瑰，在四处白茫茫的医院当中，格外抢眼。

从急诊科一直到临近几个科室的女医生，大家都知道，司启山好像在追童美君。

听说还是一见钟情，就因为去急诊擦了一回药。

连日常工作都能吸引到这样的人物，这是什么运气啊？

说不羡慕是假的，连童美君都觉得，这一切都跟假的一样。

说实话，以司启山的资本，想要什么年轻漂亮的小姑娘没有？为什么非得跟她纠缠在一起？

童美君百思不得其解。

但人都是有情感的，尤其是童美君这种以情感为重的性格，难免不被司启山打动。

她渐渐意识到，自己开始在意司启山送的花，如果有一天送花的人来晚了，她甚至会有些焦躁不安，做什么都不安生。

这大概就是开始坠入情网了，她已经没办法控制自己对司启山的期待，而司启山原本也有足够的魅力，让她越陷越深。

韩医生也和她说，如果是司启山的话，那她完全能够理解她不选择孙家栋的理由，毕竟司启山的条件，比当初的董诚都好太多了，真是吉人自有天相。

就算吉人自有天相吧，她不再躲着司启山了。

司启山派车来接她回家，她就坐，司启山跟她偶遇，她就坦然地跟他聊天。

如果说司启山对她是一见钟情，那童美君对司启山就是日久生情。

在一起相处的时间多了，童美君开始习惯司启山的存在，也认真地思考了两个人的关系。

她接受司启山几乎是自然而然的。感情到了一定的地步，关系到了一定的地步，司启山再次提及要她做女朋友的时候，童美君严肃地把自己的“案底”都交代了一遍，希望司启山能够冷静思考，要不要接受她荒唐的过往。

“你这不叫荒唐，只是以前太单纯，被人骗了感情。”一句话定论，两人正式成了男女朋友。

既然确定了关系，双方的孩子就不得不见一见了。

司启山有些头疼自己那个总喜欢惹事又不服管教的儿子。

但出乎意料的是，第一次见面，司湛非但没折腾，反而安静得过分。

比童美君家的小姑娘还安静。

他是真的佩服童美君，一个人带着孩子，还能把孩子培养得乖巧懂事，反观他自己，就差得远了。

童淼不怎么敢靠近司湛，因为司湛浑身都散发着“生人勿近”的气场。

她总是默默地躲在离司湛最远的地方，尽量不和他起什么冲突。

其实哪怕司湛现在强烈反抗、出言不逊，她都能理解。

谁能轻易接受自己的父母有了新的爱人呢？

她的情况特殊，她亲爹就不是个东西，所以她倒是很感激司启山能走进妈妈的生活，给她带来爱情。

但司湛肯定很讨厌她们吧？贸然闯进来，打乱他的生活轨迹，抢走司叔叔的关注。

童淼十分愧疚，抬眼看了看司湛，谁想和对方的目光碰了个正着。

两人均立刻移开眼神，心虚地忙别的事情去。

这一晃，就是好几年。

原本只是父母的爱情故事，谁想到最后，童淼和司湛也悄无声息地有了别样的情愫。

童美君一切以女儿为重，一直没跟司启山领证结婚。

直到童淼和司湛在英国结了婚，她也成功地走下手术台，才正式跟司启山去了民政局。

看着小红本上两人并不算年轻的照片，还有圆圆的印章，童美君莫名有些心酸。

这是她第一次拥有结婚证，是司启山给她的。

她的未来，她的幸福，都是司启山给的。

这个人贸然闯入她的生活，义无反顾地拉起她的手，给了她一个美好的愿景。

她这一辈子，糊涂过，后悔过，憎恨过，也感恩过。

或许冥冥之中自有安排，她爱上董诚，是为了把心爱的童淼带到这个世界上来，而司启山的出现，是为了让她找回自己，找回自己的生活。

她决定从医院离职，告别忙碌无休的工作。

一是因为童淼怀孕了，她不太放心女儿，所以准备帮忙照顾她；二是因为司启山太黏着她了，总是抱怨在一起的时间少。

她愿意遂他所愿。

魅丽文化 桃夭工作室

消失绿缇 著

橘子味的你

全2册 下

江苏凤凰文艺出版社
JIANGSU PHOENIX LITERATURE AND ART PUBLISHING

目录

目录

第21章

突然，邮箱提示音响了起来。

童淼回过神来，发现邮件来自一个自己从来不认识的地址。

点进去，里面是一封短信。

“听阿湛说你们在抓斗牛的漏洞，很感谢你们分心费力地想要为我打抱不平。但是以我对斗牛的研究，它并不能算在明确的抄袭范畴内，但如果举报信交上去，主办方很可能为了避嫌，取消斗牛的比赛资格。算了，这种痛苦我经历过，都过去了，没必要让别人也经历一次。阿湛有时候会钻死胡同，必然不能放手，麻烦你劝劝他，再次感谢。”

落款是徐方希。

童淼怔了怔。

她不知道徐方希是如何知道她的邮箱的，觉得很疑惑。后来又觉得，或许互联网玩得好的人，查找一个邮箱并不是难事吧？

她的手指停在了键盘上，刚打了一个字母，就写不下去了。

她不知道该说些什么，这毕竟是徐方希的选择啊。就像他在邮件里面说的，到底有多痛苦，或许因为他深刻地体会过，所以不想计较。

童淼想到了梁美京，又想到了周雅茹，她突然觉得有些疲惫。

梁美京抱憾考场，周雅茹情绪崩溃，起因不过是她被撞翻玻璃水杯。

她被烫伤，导致了司湛的反击，徐茂田的记恨，陈凯啸的愤怒，然后是司湛面临退学，为了改变处理结果，她选择了参加竞赛。

若她一时冲动，将报告发送过去，或许就改变了孟靖农的人生轨迹。

想到这里，她皱了皱眉，又没有勇气发送了。

再看了一遍徐方希发来的邮件，童淼的睫毛轻轻地颤了颤，一点儿一点儿地把写好的报告删掉。空白的界面让她感到了一丝丝的解脱，也让她觉得没有愧对徐方希的两次感谢。

至于怎么跟司湛交代，怎么劝说司湛，她真的不知道。

看徐方希的意思，大概是他劝不动司湛，这才不得已给自己发邮件的。

童淼揉了揉太阳穴，叹了一口气："孟靖农这个人，真的是好烦人。"

她的嘴微微地嘟着，圆润的脸蛋鼓了起来。

突然，脖颈后面有温热的气息靠近，吓得她一激灵。她赶紧转回头一看，司湛正弯腰站在她身后，离她特别近。

童淼骤然脸红，她赶紧从椅子上站起来，紧了紧睡衣的扣子，支吾道："你……你进来怎么不敲门？"

司湛挑了挑眉，直起身来，双手抱着胸，抬着下巴示意了一下门口："没关门啊。"

童淼看了看大敞的房门，果然是没关，再加上她房间里铺有地毯，脚步声几乎听不见。

也怪她思虑太多，感知力都下降了。

"那你……你靠这么近干吗？"

她的眼神微微躲闪着，手指情不自禁地抓着裤腿，不安地吞咽着口水。她还没有想好跟司湛怎么说，他就自己闯进来了，也不知道看去了多少。

司湛眯着眼，仔细地打量着童淼的神情。

她的那双水润明亮的大眼睛忽闪忽闪的，写满了心虚。

他勾了勾唇，饶有兴致地靠近了一些，看她小心地往后退，长长的睫毛低垂着。

"小卷毛，你做什么错事了？"

他的声音低沉，胸腔微震，语气揶揄，却又带着意味深长的感觉，身上是一股薄荷香。

童淼总觉得他这话说得有些暧昧，她不由自主地浑身一抖。

"你……胡说什么呢！"

她用手推了推司湛，但力气太小，没有推动。

司湛俯下身，低声道："你要是不实话实说，我就欺负你了。"

如果是在以前，司湛这么威胁她的话，她可能会六神无主，不知所措。但现在她知道，司湛只是在找借口罢了。

童淼抿着嘴唇，无奈地眨着眼睛道：“我实话实说了，你就不欺负我了吗？”

司湛顿了顿，微不可见地挑了挑眉。

“啧。”司湛伸手轻轻地弹了弹她的额头，他当然不忍心欺负她。

“徐方希学长说不想再追究了，所以我把报告给删了。”童淼老老实实道。

她说出来了，司湛反倒再没有戏弄她的兴致了。他一屁股坐在椅子上，揉了揉太阳穴，沉默不语。

“我觉得还是尊重他的选择吧，也别让他为难。”童淼凑近一点儿，轻轻地拍了拍司湛的肩膀。

她能理解司湛的憋屈，尤其是司湛真情实感地想为学长出气，结果当事人反倒妥协了，海纳百川可不是司湛的行事风格。

“那你安慰我一下。”

半晌，司湛仰起头，狭长的眼中带着些许迷离，看起来竟然有些楚楚可怜。

童淼无论如何也想不到，有一天自己会用这样的字眼形容司湛。

她伸出手，轻轻地揉了揉司湛的头发。

这算安慰吧？这是她能做到的极限了。

司湛嘟囔道：“你怎么跟哄孩子似的？”

童淼眼神一颤，慢吞吞地缩回了手。

什么时候开始，她已经可以这么自然地跟司湛互动了？好像不知不觉地一再触碰底线，仿佛闸门一旦打开了，就再也关不住了。

司湛没有察觉到她的反常，很快，司启山的一通电话又把他给召了出去。

司湛接电话的时候，随手把客厅里的电视打开了，司启山啰唆的时候，他还可以借此转移注意力。

司启山到底是关心儿子的，第一句便问，是不是安全到家了。

“您打的可是座机，您觉得呢？”司湛靠在沙发上，漫不经心道。

童淼扒在房间门口听。

司启山咳了一声，谨慎地说道：“你那个比赛的成绩出来了，过两天清华那边我一个老同学要来，你要见一见。”

司湛懒洋洋地“嗯”了一声。

凭他现在取得的成绩，虽不足以保送，但降分肯定是差不多了，司启山这几天大概一直在运作这件事。

“巧了，当初哝哝也是他招的呢，到时候你们一起见见他。”司启山道。

司湛皱了皱眉，突然想起童淼要毁约去北大读医的事情，他顿了顿，缓缓道：“行，到时候给我电话。”

电话挂断了，童淼不知所措地眨了眨眼睛，她隐约听到了自己的名字，但是没有听清具体说的是什么事情。

这时电视上的一则突发新闻同时吸引了他们的目光。

“今日晚间九点，沉香河路段发生一起严重车祸，造成一人死亡。据悉，死者是盛华高中一名高三的学生，死亡原因为意外车祸。死者父母已经赶到现场，稍后为您带来详情……”

盛华高三的学生？

虽然新闻里面为了保护隐私，没有透露学生的姓名，童淼却感到心里一翻腾。

就好像是有第六感一样，她觉得这个人她见过。

司湛已经拿出手机刷了起来，他不像童淼，朋友圈里只有零星的几个盛华学生。司湛虽然为人高冷，但交际圈异常广泛，所以收到消息也格外快。

刚刚刷新出一条，死者是高三一个体育特长生。

“凯啸，哥们儿走好。”

司湛皱了皱眉，彻底醒了。

很快，各种各样的消息开始刷屏。

有人说是郝梦溪那天在外面和小姐妹玩得有点晚，硬闹着要陈凯啸来接她，结果陈凯啸在接她的路上发生了车祸……

但是事后郝梦溪却装作没事人一样，对于这件事情只字未提，所以大家都为陈凯啸深感不值，在网络上大骂郝梦溪。

九点半的时候，郝梦溪发了一条消息——都别问我了，我不知道！

十点的时候，又是一条消息——你们是要逼死我吗！

再然后，就没有留言了。

童淼不安地从房间中走了出来，看司湛的脸色不对，担忧地问道：“出什么事儿了？”

司湛把手机递给童淼，平静地说道：“陈凯啸出车祸死了。”

童淼吓得差点儿把司湛的手机给摔到地上。

她还依稀记得，那天晚上陈凯啸嚣张跋扈地想要给司湛一点儿教训的样子。后来他们起了冲突，校方的处理结果是开除两人的学籍，她给司湛求了情，学校为了彰显公平，也就没赶走陈凯啸。

时间过了那么久，她都快要忘记这个人了，没想到再次听到时，却是他的死讯。

小哀从房间里滑了出来，站在桌角连接上电视，机械音问道："广告时间，请问您是否要换台？"

童淼和司湛都没说话。

小哀没有得到指示，便安静地站在原地，用一双蓝色的眼睛照着司湛和童淼。

司湛的手机响了一声，在童淼的手里振动了一下。

她低眼一看，是一个没有存入通讯录的号码发来的短信。

"阿湛，我好怕，看在同学的分上，你能不能来陪陪我？"

她的睫毛轻轻地颤了颤，明明是一条没有姓名备注，也没有落款的短信，她却能猜到这是谁。

司湛并没有注意到，他平时收到的乱七八糟的消息也很多，还有不少垃圾短信。他只是靠在沙发上，手指敲打着膝盖，不知道在想些什么。

有那么一瞬间，童淼甚至想偷偷地把这条短信删掉，不让司湛看到。意识到自己的邪恶心思之后，理智终于回笼，她不禁有些羞愧，默默地垂下眸子，将手机递了过去。

"喂，有人给你发短信。"

她也没想到自己说出这句话的时候，会那么憋闷，就好像是嗓子里面塞了棉花，又闷又干。

司湛抬头，随手接过来看了一眼。

手机屏幕很亮，郝梦溪打下的字原原本本地呈现在那里，司湛却好像看不懂似的，随手把短信给删了。

童淼一怔，迟疑地问道："你……"

不去找她吗？万一真的有事呢？

司湛抬眼打量了她一眼，淡淡地问："我什么？"

童淼被他这样打量着，不争气地脸红了。

出了这么大的事，她还有心思想有的没的。

"她……不会有什么事吗？"

司湛却颇有些无情地说道："不知道啊。但如果她的父母都安抚不了她，难道指望我一个外人吗？”

童淼哑口无言。一方面觉得，司湛对于不在意的人，真是没有什么感情可言；另一方面，她竟然有些窃喜，似乎自己担忧的某些事情，根本没有发生的可能。

校园里的玉兰花冒出了尖，空气中弥漫着一股清淡的香气，混合在冷冽的风中，让人一瞬间就没有了困意。

童淼紧了紧羽绒服外套，小跑着跟姜谣进了教学楼。

虽然和司湛住在一起，但她并不习惯每天和司湛一起上学，毕竟怪怪的。况且，她出门的时候，司湛刚起床洗漱。

“怎么还这么冷啊？”姜谣跺了跺脚，在手指尖吹了一口气，湿润的热气顷刻被蒸发了，带来更多的凉意。

“因为是阴天吧。”童淼从衣兜里掏出来一个小巧的电暖宝，塞在姜谣的手心里。

早晨刚充过电的，能用好几个小时。

暖意霎时缓解了姜谣指尖的麻木冰冷感受，她赶紧牢牢地抓住它，舒服地叹息了一声，扭过头问：“喵喵，你不冷吗？”

童淼笑着摇了摇头：“我穿了羽绒服呀，谁让你穿大衣就出来了？”

她的手都出汗了。

姜谣吸溜一下鼻子，似乎冻得有点儿感冒了，她撇撇嘴嘟囔道：“还不是怕显胖吗？”

童淼无奈道：“季老师也不会天天跟你在外面偶遇的，再说了，你一点儿也不胖啊。”

姜谣的身材是真的好，一副明星那样的好底子，但越是底子好的，对自己要求越严格，尤其是在喜欢的人面前。

姜谣叹息：“哎，可不像你和司湛，季渃丞根本就不把我当一回事儿，我要是不好好打扮，他都能把我当成路边的小野草。”

她自黑惯了，原来还觉得无法理解，难以接受，现在已经默认季渃丞是个要耗费全部心力追求的人了。

“谣谣，你……将来要去什么学校啊？”童淼突然想起来，上次在模拟学科竞赛上，季渃丞似乎提过，带完她们这届就要走了。

她忘记跟姜谣说，也不忍心跟姜谣说。

姜谣支着下巴，郁闷道：“唉，我也愁呢！我爸爸想让我去个好学校读经济，我妈妈想我进电影学院，说家里有资源，会比较轻松，可是都不在阑市啊。”

童淼顿了顿，抬起手摸了摸姜谣的头发：“去首都电影学院吧，季老师不可能永远做个高中物理老师，他还是要回去搞研究的。”

姜谣抬起眼眸，迷茫地看着童淼，显然不理解他为什么不能永远做个高中物理老师，做老师不也挺好的吗？

还有，这工作也是季渃丞自己选择的，他要是爱做研究，当初也不可能来盛华啊。

童淼也没办法跟她解释，她并不知道什么内情，但是直觉告诉她，季老师是被迫来的。

两人慢慢地上到了三楼，有两个值周生从上面检查完卫生下来。

一个梳着马尾辫的高一学生道：“死的那个听说是高三的陈凯啸。”

另一个拿着记录本，戴着眼镜的学生道：“朋友圈都刷屏了，他的哥们儿还给他写了长文纪念他，QQ 空间都转疯了。”

“马尾辫”唏嘘道：“哎，你知道郝梦溪吗？她妈跟我妈一个单位的，今天都请假了，说是要给郝梦溪转学。”

“眼镜”撇撇嘴：“不是我说，郝梦溪做过什么，她自己心里清楚。她转学都算便宜她了，没有她，陈凯啸也不至于死，怪不得那帮高三的都要找郝梦溪算账呢。”

“马尾辫”可能是平时跟郝梦溪认识，听她这么说就不乐意了：“我去！他出车祸跟郝梦溪什么关系啊？”

童淼默默地看着她俩的背影，蹙了蹙眉。

姜谣扯了她一把，强迫她转回头，安抚道：“走吧，别听这些乱七八糟的。”

童淼点了点头，跟姜谣一起进了教室，把书包放在了椅子上，去拿工具搞卫生。

她的理智告诉自己，这事儿原本就是个意外，却忍不住一想再想。就像心里堵着个疙瘩，憋闷不已。

拖布有些老旧了，还是木头把的，她一不小心，木刺刺进了手指，疼得她一皱眉，赶紧摊开手看。手指尖冒出了细小的血珠，艳红艳红的，虽是个小伤口，却让她心慌得怦怦直跳。

她把拖布放了回去，想去水房冲洗一下，就没跟任何人说，自己拿着纸巾去了。

冰凉的水触碰到皮肤，让她冷得一哆嗦，整个指头都冻红了，小伤口已经找不到了。她用纸巾随意地擦了擦，扔了垃圾，想回班级。

走了没两步，面前挡着一个人，比她高。

童淼抬起头，差点儿没认出来人——今天的郝梦溪不再浓妆艳抹，相反有些落魄。

她连头发都没有梳整齐，眼角微微耷拉着，眼皮高肿着，眼底带着些许的血丝，像纤细的蛛网，嘴唇也有些发白，抿成一条笔直的线，脸色很不好。

“你就是童淼？”声音低且冷，还带着些嘲讽，依靠着她的身高优势，低头蔑视着她。

童淼不由自主地攥紧了拳头，压迫得方才不小心扎破的伤口隐隐作痛。

她直视着郝梦溪的眼睛，平静地点了点头。

说怕倒也不是，毕竟在学校，又只有郝梦溪一个女生，谅她也不能怎样。但是童淼从小乖巧惯了，连打架都不知道怎么出手，难免心里紧张。

郝梦溪精瘦精瘦的，锁骨突出，腿细得跟别人胳膊似的，浑身却透着一股强悍的戾气。

她微微叉开腿，挡住童淼的路。

“司湛对你有意思是吧？贴吧里是说吻了你的膝盖吧？”

她问得相当直接，似乎根本没有心情再拐弯抹角。

但童淼没有回答。

说不是吗？她自己也说不出口。

可司湛喜不喜欢她，原本就跟郝梦溪没有关系。

郝梦溪是个急脾气，受不了童淼温暾的性格，皱眉不耐烦地说道：“你哑巴了？”

童淼垂下眼睛，绷着脸严肃地说道：“麻烦让开，我要回去上课了。”

她后退一步，让出空间，想绕过郝梦溪，不再与她纠缠。

也不知是谁没有关严走廊的窗户，寒风顺着缝隙刮进来，发出怪异的呼啸声。

郝梦溪一把扯住童淼的羽绒服外套，狠狠地往自己身边扯：“让你走了吗！”

寒风刮进来，吹乱了她披散的头发，此时的她就像个披头散发的女鬼。

童淼抬起眼睛，从她手里拽出自己的衣服，脸上带着些微的怒意，压低声音道：“你到底想怎么样？”

郝梦溪指甲长，用力抓住童淼的衣服的时候把指甲弄劈了，她强忍着痛，面部有些抽搐。

“上次他在教室拉住你的时候，你就站在一边看我的笑话是吧？司湛因为你，把我推开，你是不是爽透了？”

她咬牙切齿，也不知道要如何发泄自己这几天的抑郁。

每让她找出一点儿自己受委屈的事情，她都觉得又惊喜又愤怒，非得报复出去。

童淼瞪着郝梦溪狂妄的脸，平生第一次有了冲动的念头。

她想说是，然后和郝梦溪狠狠地打一架。

她现在总算明白了，那些男生打架的快意是从哪里来的——有时候光动嘴是没用的，真的。

早自习的铃声适时响了起来，提醒值日生可以回去自习了。铃声多少唤醒了童淼的理智。

“司湛喜不喜欢你，跟我一点儿关系都没有。”她头一次用那种警告的眼神看着别人，精致的杏眼睁得大大的，紧接着，她补充道，“毕竟，除了脸蛋，你也没什么值得别人喜欢的地方。”

“你浑蛋！贱人！”郝梦溪丧失理智地破口大骂。

这么刺耳又难听的字眼，童淼一时接受不了，她气得身体微微发抖，恨不得出手将郝梦溪打一顿。

倒也不用她先出手，郝梦溪的手已经朝她的领子抓了过来，她的指甲又尖又长，在童淼的脖子上狠狠地划了一道印子。

童淼感到一阵刺痛，立刻用尽力气将手肘朝郝梦溪的手腕关节砸了过去。

也多亏爸妈都是做医生的，她对人体脆弱的部位了解得相当多。

郝梦溪只觉得骨节酸麻，紧接着传来一阵剧痛，痛得她松开了童淼的领子，狠狠地抖了抖手。

童淼捂住自己的脖子，一抬手，手心沾着一道浅浅的血痕。

郝梦溪咬着牙，嘴里骂骂咧咧的，手哆嗦着就要往童淼脸上扇去。

女人打架，打耳光一定是必不可少的攻击方式。

童淼眸色一沉，那点儿仅存的理智也在顷刻间烟消云散了。

打就打吧，她给自己点了那么多技能点，也就差打架了。

天气很冷，她却无端地出了一身汗，心脏剧烈地跳动着。如果有一面镜子摆在她面前，她也会被自己锋芒毕露的眼神吓到。

她抬手去捏郝梦溪的麻筋，手还没有落到郝梦溪皮肤上，就发现郝梦溪的手腕已经被人抓住了。

童淼一抬眼，便看见司湛眼露寒光，掐住郝梦溪的手腕的指节发白。她恢复了理智，戾气缓缓地消散了下去。

不知道司湛捏得有多用力，反正郝梦溪疼得只想抽回自己的手。

“你放开我！疼！”

她一秒恢复了小女生的模样，企图用装柔弱来博得同情。

司湛甩开她的手的时候，毫不留情地推了她一把。

郝梦溪站立不稳，跌倒在地上，再一抬眼，眼圈已经红了。

她不顾形象地大喊道：“我昨天那么痛苦，我给你发短信，你就当没看到，今天又这么对我！”

司湛眯眼看着她，突然轻蔑地一笑，残忍地说道：“你痛不痛苦，跟我一点儿关系也没有。陈凯啸就是回魂，找的也是你，不是我。”

提到了陈凯啸的名字，郝梦溪情不自禁地哆嗦了一下。

警察找过她做笔录，想问问之前到底发生了什么事儿，但是郝梦溪没全说。

虽然陈凯啸是酒驾溺亡，却是被郝梦溪激着去买醉的。

她怕担责任，又怕被陈家赖上，所以一直咽在肚子里，警察看出她在含糊其词，却也无计可施。

但司湛说陈凯啸回魂，那就太令人胆战心惊了。因为没人比陈凯啸更清楚，那天晚上她说了多少伤人的话。

“司湛，你就一点儿人情味都没有吗？你看着我现在这样，就这么无动于衷吗……”你怎么能那么狠心，说出这样的话来？

郝梦溪没有说完，便红着眼圈抱着膝盖哭了起来。

她哭得肆无忌惮，附近几个班级的学生都探头出来看热闹。

司湛指着郝梦溪的头顶，冷声道：“我不打女人，但你记着，不管你转学到哪儿，这事儿没完。”

他说罢，单手抓起童淼的手臂，动作却轻柔了许多。

童淼下意识地缩了缩脖子，紧了紧羽绒服的衣领。她的脖子上被郝梦溪抓了一条痕迹，已经破了皮，她不想让司湛看到。

司湛的手指紧了紧，语气低沉道：“别遮了，我都看见了。”

童淼的动作一顿，默默地垂下了手。

脖颈的皮肤被布料一摩擦，刺痛麻痒，让她有些不舒服，但这种不舒服还不值得小题大做。她回头看了一眼郝梦溪，郝梦溪正坐在地上无意识地发抖，目光怨愤地望向自己。

很快有德育处的老师赶来，生拉硬扯地把郝梦溪从地上拽了起来，然后连劝说带恐吓地把郝梦溪拉走了。

童淼突然意识到，她或许，再也不会在这个学校见到郝梦溪了。

但是司湛说的话是算数的，不管郝梦溪转学到哪里，这笔账，在司湛这儿，都不会算了。

她安静地跟着司湛走，能感觉出司湛在生气。

该怎么让这事儿翻篇呢？

童淼不由得苦思冥想起来，连脖子上的伤痕都顾不得了。

等她再回神，发现司湛根本没有带她回教室，而是把她拉到了实验室门口。

机器人实验室的钥匙，只有管理老师和司湛两人各有一把。

他插进钥匙，开了门，冲童淼道："进来。"

他没回头，将钥匙揣进兜里，大衣随着他的动作微微地颤动了一下。

气场莫名有些强大。

童淼跟着进去，随手把门带上。

她以为司湛会好好地教育她，说她不该跟郝梦溪动手，应该赶紧跑回教室来找他。不应该受伤，不应该遮挡伤口，诸如此类的。

但是没有。司湛一言不发地走到墙角的小柜子那里，蹲下身，在里面翻了一会儿，拿出一个装碘酒的小瓶子。

他打开瓶盖，用小夹子夹了一个棕黄色的棉花球，低声道："把衣服拉开。"

他指领子。

童淼稍稍地往后缩了缩，识趣地没在这个时候跟司湛对着干。

她拉开拉链，用手掰开衣领，纯白色的内衬上，染上一条浅红色的血痕。

司湛的眼神顿时沉了沉。

她知道自己的皮肤脆弱，既然能被指甲划出血，红肿起来是难免的了。

"会疼吗？"

棉球凑近了，那股浓郁的气味溢散到她的鼻腔里，童淼不安地问了一句。

司湛的动作一顿，没有说话，继而才更轻柔地擦了上去。冰冰凉凉的碘酒擦在她的皮肤上，带来更深刻的刺痛。

童淼难受得闭了一下眼睛。

司湛立刻停下动作，直到她不再紧张，才继续擦拭。

童淼眼睫微颤，注视着司湛的侧脸。

他异常专注，下颌紧绷着，狭长的眼睛紧盯着伤口，帅气又迷人。她突然觉得，能看到这样子的司湛，这个伤也不算白受。

怎么说呢？他此刻的表情既像生气又像委屈，却只能压抑着，专注地做好眼前这件事。

“我还手了呢。”童淼突然道。

她不想让司湛以为自己是躺平任欺负的小娇花。

“哼。”

但司湛显然不会为她鼓掌叫好。

很快就擦拭完了伤处，司湛把她的衣领拉好，揉了揉她的头发。

“对不起……”

突然，沙哑的带着些微颤抖的声音传进童淼的耳中。

她的身体一僵，不知道司湛为什么要用这种语气说话，就好像快要哭出来了一样。

司湛虽然没有继续说话，但从语气中，童淼能感觉出他的自责。

原来……他是在跟他自己生气吗？

“喂，没事啊。”

她从宽大的羽绒服里伸出指尖，轻轻地拍了拍司湛的肩膀，声音软软糯糯。

“对不起……”

千言万语，到了嘴边却只剩下一句“对不起”。

他只想给她带来最好的，却没想到也一并带来了麻烦。

童淼眨了眨眼睛，嘟囔道：“司湛，你不能因为我对你有好感，就觉得我是玻璃花了，你没出现之前，我也是战士。”

她声音既轻又含糊，但因为实在离得太近了，司湛还是听得清清楚楚。

他不由得浑身颤抖了一下，难以置信地僵直了身子，迟疑道：“你……你说什么？”

童淼望着司湛期待的脸，看着他浓密的根根分明的睫毛：“好好学习，天天向上呢，你这问法真不单纯。”

她用当初他说过的话，回敬他。

郝梦溪真的转学了，在临近高考的时候。

这些年千方百计想转进盛华的人数不胜数，还真是罕见有人转出去。

她一转走，这段时间闹得沸沸扬扬的风波也止息了。因为高三开始了高考倒计时，高一、高二的期中考也到了。

周雅茹在虐了自己一把之后，终于又重新考进了班级第一，年级第二，和何晓白只差了一分。

或许是学校食堂的伙食太好，她最近还胖了许多。

一个人能这么快地转变心态，挺不容易的。

所以，安慰人的时候，永远都不要告诉她未来会有多好，而是要让她看到，更苦兮兮的人还好好地活着呢。

亚洲公开赛之前，三人组并没有在银龙身上花更多的时间，因为他们心里有数，机器已经足够成熟了。

至于孟靖农，司湛虽然没有继续行动，但不代表他就这么放过对方了。

比赛的奖金下来，童淼的那张卡里面又存进去一笔钱，是她自己的和司湛的奖金。

她真的去改了密码，是她和司湛的生日数字的组合。那张卡她也没有要动用的意思，却一直留在手里，闲暇的时候拿出来看一看，心里便能软成一汪水。

餐厅里，灯光有些晃眼。

“啾啾？”童美君轻轻地拍了拍她的肩。

童淼抬起头，羞涩地笑了笑：“杨老师好。”

杨定江是当初决定预招她的生命科学学院的副院长。

当初各省市也有不少拿了那个奖的学生，但杨定江唯独招了童淼。

她想起自己决定报考北大医学部的事情，多少有些愧疚，但今天必须说出口了。

杨定江当然认识她，冲她慈眉善目地笑了笑：“小同学，我可听说你连机器人比赛都获奖了，不容易啊。”

童淼腼腆地舔了舔嘴唇，不知道怎么应对这种夸奖，只能轻轻地摆了摆手。

司启山笑了笑，招呼他：“老杨，坐。”

杨定江点了点头，拉了一把椅子坐在司启山身边，童美君则去外面点菜了。

司湛陪坐在杨定江的另一侧，拿起茶壶给他爸和杨定江分别倒了茶水，勾唇笑了笑："杨叔叔，喝点儿水。"

杨定江冲他点了点头，然后对司启山道："老同学，我上次见你儿子时，他可还是小孩儿呢，一晃这么多年了，都要高考了。"

司启山叹了一口气："是啊，一晃都这么大了。"

司湛自然而然地把童淼的杯子拿过来，给她倒了热茶水，然后递到她面前。

童淼的指尖刚碰到自己的杯子，就听杨定江道："真没想到，这俩孩子还有这种缘分。"

吓得她手一抖，险些把杯子碰倒了。

缘……分？

她心虚地瞄了司湛一眼，却见司湛坐得稳稳的，表情没有丝毫破绽。

她真是佩服死他了。

司启山的眼神在童淼和司湛之间停顿了半晌，缓缓道："是啊，他们相处得也不错，司湛越来越有哥哥的样子了。"

司湛歪过头来跟他爸对视，眼神坦坦荡荡的，没有丝毫退缩，脸上还挂着笑。

杨定江喝了一口茶，开始切入正题。

"以司湛现在的成绩，降分是肯定没问题的。我听说他期末考试考得很不错，但是如果能冲出国门，哪怕是在亚洲公开赛上获得进入世锦赛的资格，我都能把他招到软件科学实验班去。我想，司湛应该没问题。"

这意思，是让司启山再等等，看下次比赛的结果。

司启山点了点头，问司湛："你有把握吗？"

司湛扯了扯嘴角，没有说话。

童淼默默地在心里腹诽，有把握啊，他可有把握死了。

童美君从外面回来了，她笑盈盈地把皮包搭在衣架上，落落大方地坐在司启山的旁边："菜已经点完了，不够我们再添。"

司启山拉住她的手，自然地握了握。

童淼心里挣扎了很久，逮到一个没人说话的空当，她犹犹豫豫地抬眼看向杨定江。

说吧，早说晚说都要说的。

童淼心一横，张了口：“杨老师，有一件事想告诉您。”

杨定江一愣，但很快便和蔼地笑了笑：“什么事儿？”

司湛望着童淼的脸，皱了皱眉，却也没有出言打断。

事实上，童淼想去哪里，完全是她的自由，所以童美君也没有说话。

童淼垂下眼睛，手指不安地在桌子边缘捏了捏，轻声道：“老师，我想学医，所以可能要放弃录取资格了。”

包厢里突然安静了下来。

静到什么程度呢？她觉得空调的呼呼声都有些刺耳了。

杨定江张了张嘴，显然没想到还有这么个消息等着他。

第一感觉，他有些失望。毕竟童淼是个难得的好苗子，如果参加高考的话，也差不多是省状元的水平，但是每年的省状元可没几个报考生命科学的。

他原本还想好好培养童淼，将来让她进他的实验室，现在人家却主动表明，想要去学医。

“学医……你是想？”

“北大医学部。”

杨定江沉默了。

敢情这不只是他的学院少了一棵好苗子，而是学校要流失一个人才了。

他端起茶杯，把还有些烫的茶水一饮而尽。不管她学什么专业，也不能将她放到对手学校去啊。

安静了有一分钟那么久，杨定江抬头叹息了一声，道：“你就没考虑过我们清华的协和医学院吗？”

协和医学院？

童淼愣了愣，道：“我……我不想给自己的高考增加那么大的压力。”

这是实话。那个医学院，绝对不是一般的成绩可以进去的。

她觉得自己恐怕挨不了高考出分的漫长时间。

杨定江揉了揉眉心，诚实地说道：“我自己是很想招你的，而且我们学院的预录取要比协和医学院容易得多，但如果你非想学医……我可以帮你联系一下协和医学院的院长，不过你得做好打持久战的准备。”

一般保送的学生，往往会本硕博连读，直接进入协和医院实习和工作。

具体要怎么联系，如何协调，杨定江没有说，因为不成功的可能性也很大。

但童淼还是诚心地感谢他。

如果不需要高考就可以进入协和医学院，大概是最好的选择了吧？

一顿饭吃得心情复杂，杨定江第二天要去隔壁市交流讲座，所以当天晚上就坐车走了。

送走了客人，童美君欲言又止地摸了摸童淼的脸。她不知道该怎么劝说童淼，也不想强迫女儿，只是……她自己作为一个医生，希望所有学医的人目的都是纯粹的——要么热爱这份工作，要么悲天悯人。

但童淼完全是受好胜心驱使，从小到大，她从没对医学表现出过多的兴趣。董诚都走了那么多年了，他的影响怎么还是无处不在呢？

“妈，那我们就先回去了。”童淼朝童美君笑了笑，摆了摆手，近乎仓皇地钻进了车里。

她不想听到劝说的话，因为她自己已经有了决定。

她靠在柔软的皮质坐垫上，等着司湛上车。

车门一响，司湛靠着她坐了进来。

她觉得有些疲惫，轻轻地闭上眼睛，身体也慢慢地松弛下来。也不知道从什么时候开始，好像只有在司湛身边，她才能这么放松。

因为他太了解她了，能看穿她的每一个眼神，每一个动作，所以她连伪装的必要都没有。

一只手伸过来，轻轻地拍着她的肩膀。掌心温热，宽大，让她觉得有点儿踏实。

当天晚上，童淼做了一个梦。

梦里，她和司湛正拥抱在一起。

他依旧那么蛮横，把她禁锢怀里，然后小心翼翼地将头放在她的肩膀上，细碎的发丝滑过她的额角，痒痒的。

她浑身都是汗，躲闪着，却又被司湛抓回来，激动得指尖发麻。

她心里无比挣扎，想要放纵一次，又努力维系着最后的理智。所以她始终睁着眼睛，她看见司湛带着薄汗的棱角分明的侧脸，还有紧闭的狭长的眼睛。

也不知道过了多久，她的手臂都要麻了，眼角的余光突然扫到周遭的环境。

她看到……惊讶地捂着嘴的妈妈和司叔叔。

童淼就像被雷劈中了一样，每一处骨缝里都透着害怕。

她猛地推开司湛，颤抖着，摇着头。

但在事实面前，一切都显得无济于事。童美君抹了一把眼泪，苦涩地笑了。

然后童淼听到她柔声说："哝哝，你和司湛在一起吧，我和你司叔叔分开。"

她拼命地摇头，顿时吓出了眼泪。她像个没长大的孩子，一边哭一边哽咽道："不是，我们不在一起！"

她觉得脑子都要炸开了，回头一望，是司湛隐忍的受伤的表情。

梦到那里，再也进行不下去了，她突然睁开眼睛，发现眼泪把枕巾都打湿了。

被她推开的，只是那个大熊玩偶罢了。

她浑身是汗，瘫软在床上，喘着粗气。

天还没亮，意识还迷糊，月光透过窗纱，淡淡地铺在床尾。

童淼缓缓地滑进了被子里，很快又睡了过去。

第二天醒来，梦里的种种已经记不太清了，只是隐约觉得晚上做了噩梦。

再过几天，她就渐渐地忘了这件事。

春天彻底来了，空气里混杂着浓郁的花香和清新的草香。

这两天难得下了雨，淅淅沥沥的，除了有滋润土壤的功能，还有取消课间操的功效。

下了课，姜谣已经没有精神胡闹了，她连眼镜都没摘，就趴在桌子上睡了过去。

童淼小心地帮她取下眼镜，收在眼镜盒里，又给她披了一件自己的外套，然后准备复习一遍英语单词。

"童淼，我能跟你说件事儿吗？"

陈露楠走到她桌子边，犹犹豫豫地看着她。

第22章

走廊里有阳光照着，暖洋洋的。

童淼靠在墙上，微微抬起眼睛：“有什么事啊？”

陈露楠踌躇了半晌，似乎有些不好意思，最后还是涨红着脸开口道：“我必须跟你解释一下，上次我真的不是故意撞你的，我是真的控制不住了。”

童淼点了点头：“我相信啊，你不用说了。”

她的伤已经全部好了，只留下了浅浅的痕迹，不认真看，几乎都注意不到。

其实也没有多疼，当时跑完，气管更难受一点儿。

她也是逞能了，毕竟好久都没有锻炼过了。

陈露楠听她这么说，心放下一半，眼神闪烁了一下，又开口道：“其实，我承认之前有点儿针对你，因为……”

她不好意思说出来，少女心事在没有得到回应之后，真的不想再提起。

“因为司湛。”童淼替她回答。

“对……我这个人比较大大咧咧，平时同学们都把我当汉子的，就司湛能搭把手帮我挪一下桌子，我难免对他有点儿好感。但既然知道他对你有意思，我也不想自讨无趣了。”陈露楠还是有些失落，勉强笑了笑。

话题到了这个地步，她已经彻底交心了，不管心底是不是真的放下这段暗恋了，但总归不会再没脸没皮地凑上去了。

童淼把脑袋往一边歪了歪，移开了视线。

似乎全班人都知道司湛对她有意思了，但她其实只想埋在心里的。

陈露楠耸了耸肩。

“其实我是想问，你能不能参加排球比赛？”

说开了隔阂，总算要回归正题了。

童淼一愣：“排球比赛？”

陈露楠叹了一口气，无奈道：“你也知道，马上就要高三了，谁都忙着学习，根本没什么人愿意参加。但每个班必须组成一个队伍，我们……还差一个人。”

童淼指了指自己，惊讶道：“你想选我？”

陈露楠咬了咬牙，心里也过意不去：“我说实话，这是A班，那些学疯了的同学根本就不在乎什么集体荣誉，连理都不理我。我想着，你可能学习压力没有那么大……而且这比赛就是走个过场，咱班会打排球的一共没有几个，现在就是选人上去充数的，行吗？”

童淼想了想，点点头：“行啊。”

陈露楠想了一万种说辞，没想到童淼就这么干脆利落地答应了。

她激动得抓住童淼的手，惊喜地晃着：“真的吗？你真答应了？”

童淼轻轻地一笑：“是是是，我答应了。这事广播都没有通知，具体比赛是什么时候？”

陈露楠兴奋地说道：“就这个星期五，到时候班主任会通知全班去看的。”她顿了顿，又小声道，“童淼，你真好。”

“没事啊，你也是为了班级着想嘛。”

就这么定下来了，童淼都没当一回事。

阳光过分明媚了，其间还下了一场太阳雨，树叶上残留的水珠闪着光，被一阵风吹得簌簌坠落。

周五那天上午，班主任讲完了课文才漫不经心道：“今天下午有全校排球比赛，我们班会上场，谁也不许在教室里自习，都去给我当啦啦队。”

全班同学抬起头，迷茫地看了看课表。

黑板上清清楚楚地写着，下午的两节大课分别是体育、音乐，都是自习的好时候。

教室里一片怨声载道。

“老师，我对紫外线过敏……”徐茂田举起手。

班主任看了看他，从讲台里找了一条没人要的，落满灰的破围脖扔过去：“蒙上脸也得去。”

教室里噤声了。

态度这般坚决，大概谁也别想跑了。

中午陈露楠特意来嘱咐童淼，让她好好休息，好好吃饭。

姜谣打了个哈欠："喵喵，你怎么报名了这个？我都不知道。"

"陈露楠说缺人，我就跟着去了。"童淼老老实实道。

姜谣鼓了鼓腮帮子，怒其不争道："你可真是太好说话了！这种破事儿谁愿意去啊？你没看班里同学都是被逼的？"

童淼刚想说什么，后衣领突然被人拽了起来。

司湛就像拎着小猫一样，把她拎出了门外。

"喂喂，你松手！"

童淼甩开他的手，理了理自己的衣服，领子后面都是褶皱。

"你是不是哪根筋搭错了？没事儿去参加那玩意儿比赛干什么？"司湛的脸色太不好。

学校体育教室的排球都是硬排，就这么打一下午，手腕非得撞出瘀血不可，更何况童淼的皮肤那么嫩。

"不是缺人吗？我就补个位而已。"童淼小声嘟囔道，还一副责怪司湛没有集体荣誉感的模样。

司湛挑了挑眉，盯着她一副不服不忿的表情："等你真到了场上，如果乱打一通，全班都得埋怨你。别看现在没人上，两班列队一站好，就是对手，谁都想自己班能赢，你上赶着背锅是吧？"

童淼眨巴眨巴眼睛，丝毫没有恍然大悟的意思："那我就好好打呗。"

司湛"哼"了一声，一张脸冷冰冰的。

说得倒轻巧。

到时候还不得被球砸得到处跑？

现在天气正好，两点左右正是脱了外套运动也不热的时候。

大概高二所有的班级都收到了学校的通知，比赛的班级挤满了操场，还有人特意买了奶茶边喝边看。

裁判员正一个班一个班地招呼着排好位置，在每个班的比赛场地旁边挂上记分牌。

童淼套着体育组发的宽大的运动外套，跟着陈露楠一起到了场地中央。陈露楠大概是觉得拉她进场挺不好意思的，特意给她买了一副护腕。

如果没练过，硬排砸在胳膊上，真是跟锤子没差多少了。

“你不用怎么接球，往后退就好了。”陈露楠道。

童淼看了看明显心不在焉的其他几位队员，转头对陈露楠道：“没关系啊，我给你辅助。”

她说罢，撩了一下蓬松卷曲的头发，用头绳把它们系好。

陈露楠一眼就看到了她脖子上那道红红的划痕，衬在白嫩的皮肤上，显得格外刺眼。

郝梦溪找童淼麻烦的事情，她多少知道一点儿，这也是她当初不愿意跟郝梦溪正面刚的原因。没来由地，她竟然对童淼生出了几分怜惜。

她飞快地移开视线，想着到时候一定得把童淼挡好了，别让球砸到她。

比赛真如司湛所说那样，别看全班都不愿意来，但真站在了现场，这帮啦啦队比谁的声音都大。就连周雅茹这种沉迷于学习无法自拔的姑娘，都把嗓子喊哑了。

徐茂田本来是抱着语文通假字典出来的，现在也把眼睛抬了起来，生怕自己班输球。

虽说陈露楠带的队里有三四个打酱油的，但双方都是稀松平常的水平，倒还真打了个难舍难分。打着打着，陈露楠就发现，童淼好像不用她保护，甚至有的时候，她觉得救不下来的球都被童淼勉强打起来了。

她惊讶极了。其实她嘴上说着上来走个过场，但是比赛比赛，谁不想赢呢？

陈露楠仿佛被注入了一剂强心针，打得更卖力了。

班里的口号喊得也越来越来劲儿。

司湛靠在墙边，盯着场上那个不高的身影，轻轻地笑一声。

行啊，学会耍着他玩了。

正在这时，文科班的一个大高个儿猛地扣球，排球旋转着朝网这边打来。陈露楠拼尽全力往后面冲，因为她知道，在后面守着的那两个队员连球都不敢碰。

童淼盯着快速旋转的排球，眼睛一眯，冲陈露楠喊道：“不要接！”

陈露楠刚想扑到地上把这个球救起来，听到童淼的喊声，她吓了一跳，动作一顿，已经错失了机会。

排球毫不留情地砸在了地上，刚好砸在了界线外一点点儿。

陈露楠目瞪口呆。

A 班就这么莫名其妙地得了一分，并靠着这一分的优势，取得了最后的胜利。

班上的啦啦队欢呼起来，与对面班级的死气沉沉形成了鲜明的对比。

比赛结束，队员葛晨晨擦了一把汗，凑上前去问：“你怎么知道会过界的？妈呀，太神了吧？”

童淼喝了一口姜谣买来的热奶茶，耐心解释：“就是分析抛物线，大概会落在什么地方，然后加上一点点儿阻力，估计一下就差不多了。”

葛晨晨呆住了。

虽然她并不会估算这些，但光是听着就肃然起敬了。

这场比完，下场就是明天了，班里的同学稀稀拉拉地往教室走，还沉浸在兴奋的情绪中。

司湛把童淼从姜谣身边扯了过来，似笑非笑地盯着她：“行啊，深藏不露啊。”

童淼移开眼神，一本正经道：“以前在初中，我打过一年的排球校队。”

她强忍住笑意，嘴角还是不由自主地向上翘起。

高考结束之后，亚洲公开赛就要开始了，好在这次比赛的主办方是中国，他们不必花时间办签证。

临行之前，司湛给徐方希打了个电话，听说对方考得不错，估分有六百四十分，就等填报志愿了。

司湛开门见山道：“哥，报首都的学校吧。”

徐方希轻轻地笑了一下：“好。”

司湛顿了顿，又道：“我们马上要去参加亚洲公开赛了，你要不要来看看银龙？”

徐方希愣了一下，银龙已经足够优化了，不知道还想让他看什么？

“银龙不是已经够好了吗？可惜我这次没申请上志愿者，不能去看你们比赛了。”

司湛远远地看了童淼一眼，压低声音冲电话对面道：“我给银龙加了攻击性的武器，亚洲公开赛是同一场地抢分。”

徐方希顿时就明白了司湛的意思，司湛想在一片混战中，把孟靖农的机器给废了。

他当即蹙了蹙眉，严肃地说道：“你要知道，去参加亚洲公开赛，你们就是代表国家了，内部矛盾不要在赛场上解决。”

“就知道你不会同意。”司湛无所谓地耸了耸肩。

徐方希知道司湛喜欢一意孤行，但还是苦口婆心地劝道："你真的别闹，到时候起了争执，对你的成绩有影响怎么办？你不为你自己着想，也该想想整个队伍吧！"

童淼从计算机前抬起了头，抿着唇朝司湛笑了笑，似乎是知道他肯定碰壁了，连打听都懒得打听了。

司湛无奈地耸了耸肩。

挂断电话，童淼问："东西收拾好了吗？"

司湛点了点头，蹲下身，把银龙身上的锯齿轻轻地摘了下去。

次日。

到了更大的比赛场地上，陈冬兴奋地拿着相机到处拍照。他本身就热情，还喜欢跟别人打招呼，行李都没放下呢，就已经交了好几个外国朋友。

连英语说得不太好的韩国队长他都勾搭上了，两人驴唇不对马嘴，聊得热火朝天。

司湛总算见到了孟靖农。孟靖农正在接受记者采访，脸上挂着标准的假笑，拼命地介绍自己的机器有多么高端，多么优秀。

但他说着说着，眼角的余光瞄到了司湛，当即紧张起来，脸上的笑也挂不住了。

司湛没把整理出的斗牛借鉴资料发给主办方，反而是发给了孟靖农。

孟靖农自从见到了那份详细的机型对比后，就开始寝食难安，生怕哪一天刺激到司湛，司湛会把这玩意儿发到主办方去。

但他至今都没想明白，司湛是怎么知道自己机子的具体数据的，按理说在国内赛的时候，这些都是保密的啊。

他也想过改造机器，把现有的借鉴之处删掉，可惜不行。

删掉之后，斗牛就失去了大半的威力，根本不足以应对亚洲公开赛以及更高级的比赛。

所以一看见司湛，孟靖农就觉得脑袋疼。

司湛手插着裤兜，意味深长地冲他笑了笑，慢悠悠地走过去："这不是孟靖农吗？"

孟靖农咬了咬牙，没有说话。

记者的采访被打断，疑惑地看了一下来人，当即认出来："哦，你是上次的第一是吧？"

司湛点了点头。

记者道：“我们都找你半天了，一直想给你做采访呢！”

司湛朝孟靖农笑了笑，对着镜头说：“行吧。”

记者当即抛下孟靖农，将话筒对准了司湛。

和孟靖农相比，司湛不仅是第一，关键还长得帅啊！

谁不想自己的采访更有话题度呢？就凭司湛这个长相，到时候报道一发出去，点击量就得噌噌地上涨。

孟靖农气得胸膛剧烈起伏着，狠狠地瞪了记者一眼，转身走了。

方才问他设计理念的问题，他还没有答完，但对方显然已经不再关心他的斗牛了。

可惜他再怎么不忿，也没有镜头对着他了，第二永远都比不过第一。

他目光阴毒地攥了攥拳头。

比赛开始之前，司湛晃了晃手里的遥控器，若有所思。

童淼和陈冬检查完银龙，站起身来伸了伸腰。

这次的房间比国内赛要好得多，还有电视和大沙发，墙角的桌子上，放着一盆吊兰。

陈冬特别会来事儿，看了两人几眼，轻咳一声：“那什么，我出去转一圈。”

说着，他就推门走了。

司湛盯着银龙沉默不语，手指在沙发上点了点。

童淼歪着头打量他：“怎么了？”

司湛幽幽道：“你说，我都能想到在混战中废了他，他会想不到吗？不能吧？”

他轻轻地勾唇，露出一丝并不真诚的笑。

童淼顿时吃惊地睁大了眼睛，只觉得心底隐隐发寒。

会吗？

她不敢相信。

司湛站起身，从透明袋子里取出那两个锯齿，轻轻地用手指弹了弹。

“不管徐方希赞不赞成，我司湛不做圣人。”

他说罢，捡起螺丝刀，慢慢地把两个锯齿给拧了上去。

这个锯齿的小机关还是童淼做的，可以在遥控器上面控制。

正常的时候，锯齿是藏在机身里的，只要一按按钮，就可以从里面弹出来，弹出的作用力很大，如果是一般的机器，轮子都可能被切下来。

童淼垂眸道：“我们都是代表国家参赛，他真能做出这种事吗？”

司湛扔下螺丝刀，冷笑一声：“小卷毛，你也太天真了！最后的胜者只有一个，大家都是为了自己而战的。”

童淼再看现在的银龙，依旧是一身漂亮华丽的银白色外衣，整个机身线条流畅，它安静地停在地上，像是一只伺机而动的白狼。

充满了攻击性的狼。

广播里的音乐响了起来，通知各个队伍到比赛场上进行准备。

陈冬与新结识的朋友交流完感情，也跑了回来，三个人合力把银龙抬上了推车，推出了门外。

由于休息室是按国家划分区域的，所以一路走来，遇到的都是本国的人。

孟靖农的房间离他们挺远，所以没在走廊里碰上。

但一个取名为“圣斗士”的队伍的队长，路过陈冬的时候，故意用肩膀撞了他一下。

陈冬没有注意，险些被他撞倒，好在被童淼及时拉住。

那人嗤笑一声，走远了。

司湛微微地眯了眯眼，平静地看着那个堂而皇之的身影。

陈冬还在骂：“不长眼睛啊！”

但他也就骂骂而已，毕竟马上就要比赛了。

司湛拍了拍陈冬的肩，压低声音道：“做好准备吧，估计针对我们的不止孟靖农一个人。”

童淼的心漏跳了一拍，吃惊地喃喃道：“这是什么意思？”

司湛无所谓地勾了勾唇，陈冬却严肃起来。

他一边走一边跟童淼说：“上次我们得了第一名，但是领先第二名那么多分，所以这次先把我们除掉，不是理所当然的吗？其他队伍的实力都差不多，还会有登顶的可能。”

童淼难以置信地看向司湛，总觉得他的猜测实在是太离谱了。

陈冬叹了一口气：“妹妹，你就是太善良。要不是我俩不是好人，你做梦都想不到这一层。”

司湛踹了他一脚：“滚，你才不是好人！”

陈冬举起双手做出求饶状：“行行行，你是好人。反正咱们这个机关是个保障，要是平安无事，也不用拿出来。”

陈冬和司湛一边拌嘴一边走进了场地。

童淼不需要操作银龙，所以在大屏幕面前等着。

所有机器入场之后，真是让人眼花缭乱。

这种抢分制也是头一年采用，这批选手就是试验品，至于这种比赛方式是好是坏，谁也说不清楚。

但不可否认的是，这种赛制的确会给心术不正的选手一些钻空子的机会，毕竟在同一场地里，想要不磕磕碰碰是很难的。

只是没想到，除了要防止其他国家的选手使坏，还要提防自己国家的对手做手脚。

她坐在椅子上，拧开了一瓶矿泉水，想着如果一会儿自己紧张，就拼命地喝水，起码能缓解一二。

随着一声哨响，所有的机器同时运作起来。

童淼的目光落在银龙身上。

银龙的马达用的进口马达中最好的一款，所以速度绝对没有问题，和一些资金比较紧张的队伍比起来，带着明显的优势。

银龙首当其冲，夹起得分物，朝网外扔去，跟随着的裁判员立刻记下一分。

这是目前全场的第一分，银龙的名字在大屏幕上闪起来，很快又被其他得分的队伍盖了下去，场内响着此起彼伏的马达声，也难免有机器为了抢夺一个得分物，摩擦在了一起。

童淼又看了一会儿，突然察觉出了不对劲儿。

有两台机器始终围绕在银龙身边，或许是两支队伍自己也有得分的需求，所以配合得并不够好，但已经渐成夹攻之势。

童淼不由得皱了皱眉，她已经看到银龙被这两台机器“无意”撞过好几次了。

但是大屏幕上的投影毕竟太小，机器又大多大同小异，童淼一时之间看不清楚是谁在操作。

这时，其中一台机器一个猛冲，想往银龙身上撞，童淼恍惚看到银龙的底盘处弹出锯齿，却在碰撞之后飞快地收了回去。

司湛还是动手了。

她默默地抓紧了瓶子。

那机器撞击的力道很大，锯齿弹出的时候，正好刮在它的皮带上，只一下，那台机器便已失了控。

为了防止出现着火等事故，裁判员在确定该机器已经没有办法比赛后，呼叫工作人员把它拉到了一边，抬了出去。

这时候童淼才看到它的操作者，好像就是方才故意撞陈冬的人。

这人叫什么来着？

方天明是吧？是国内预选赛的第三名。

同样站在大屏幕前面的方天明的队友，低低地骂了一声，突然转回头对孟靖农那组的女同学吼道："你们在干吗呢？"

那女生显然吓了一跳，可能从来没有男生那么不客气地跟她说过话。

但她随即恢复了意识，冷嘲道："你们自己弱，赔了夫人又折兵，关我们什么事！"

男生压低了声音道："行啊，算计我们是吧？渔翁得利是吧？"

女生不干了，叉着腰瞪着眼睛道："你别把人想得那么恶毒行吧！"

童淼抬头望着天花板，上面是一盏异常漂亮的琉璃大灯，把整个会场照耀得十分明亮。

恶毒是这么解释的吗？

看来自己以前的竞赛环境是真好，起码大家都只在自己的成绩上较劲儿。

她转过头看着对骂的两个人，不由得托着下巴沉思。

能走到这一步的人，基本都握着大学的降分奖励了。

真不知道，将来输送进各个名校的，都是怎样的"人才"。

由于圣斗士发生事故，男生最终被工作人员引着退赛了，留下那女生一个人抱着胳膊生闷气。毕竟少了一个援手，这时候再想找银龙的麻烦就没有那么容易了，毕竟还是要跟其他队伍竞争的。

想要打进世界锦标赛，需要在这场比赛中拿到前五十的名次。

她在心里暗暗祈祷，孟靖农可一定要以大局为重，现在是抢得分的时候了。

但事实恰好相反。

孟靖农像毫不在意成绩一样，把抢夺银龙的得分物当作主要目标，宁可自己不得分，也要给司湛捣乱，显然已经被刺激得红了眼睛。

童淼虽然也揪心，但旁边的女生更是急得眼珠子都红了。

孟靖农这么做，不仅仅是在拿斗牛开玩笑，更是在拿整个队伍的劳动成果开玩笑。

难道四个人忙碌了一年，就是为了让孟靖农在赛场上斗气、逞威风的吗？

时间缓缓流逝，比赛很快结束了。

受到孟靖农的影响，银龙的成绩并不算太好，机身上布满了撞击坑和划痕，但好在最终还是排在了第四十六名，勉强获得了进入世界锦标赛的资格。

而孟靖农呢，或许是天意弄人，也许是轮回报应，他操作的斗牛正好排在第五十一名，只差五个得分物就可以挤进世界锦标赛。

如果不是致力于给司湛找麻烦，抓取五个得分物原本是轻而易举的事情。

比赛结果出来，孟靖农的脸色都白了。

他一个人捏着遥控器，僵在原地一动不动，眼睛直直地盯着大屏幕，恨不得将它盯出一个洞来。他无论如何也不相信结果竟然会是这样。

工作人员已经在清场了，孟靖农浑身瘫软地靠在一旁的休息椅上，无法相信眼前的事实。

真就像梦一样，好像只要梦醒了，斗牛的名次就会提升了。

在比赛时，他一直想着，就再干扰一分钟，一分钟之后就不管司湛，继续去抢分了。可是过了一分钟又一分钟，他始终没办法对银龙造成伤害。

司湛倒是很会利用地形，钻进其他队伍中间，让孟靖农绕路时浪费了很时间。

童淼听到身边的女生突然咆哮起来："孟靖农你个浑蛋！"

她吓得手里的水险些洒了出来。

女生被工作人员呵斥了一声，突然蹲在地上号啕大哭起来，其他外国选手诧异地看着，纷纷交头接耳起来。

场外要保持安静，所以很快有人把那个女生请了出去。

童淼默默地放下水瓶，去迎接司湛和陈冬。

最开始注意到比赛场上出现那种事情时，童淼就已经对自己队伍的成绩有了心理准备。但奇怪的是，她似乎一点儿也没感到紧张和焦虑。或许这是司湛做主攻的比赛，她只是打辅助，所以不作数？

她想不明白。

童淼才走到公共大厅，就看到那女生拉扯着孟靖农的衣服，拼命地又骂又打，也不管周围人诧异的表情。孟靖农好似丢了魂，任凭她怎么打都没有还手，只在女生的指甲抓到他的脸时，他才闭眼躲闪一下。

何苦呢？

看到被全队人怒骂的孟靖农，童淼心里只想到这三个字。

司湛和陈冬出来，三人相视笑了一下。

取得这个成绩，他们谁也不满意，但是谁也不焦虑。

司湛路过孟靖农的时候，故意停顿了一下，冷漠无情地说道："我倒是听说，你已经拿到航空大的一本线录取资格了，既然这样，无论比赛结果如何也没关系了。”

听了这话，孟靖农的队友们倒吸了一口冷气，用不可思议的眼神看着他，仿佛一瞬间看到了魔鬼。

怪不得他不拿比赛当回事儿了，因为他已经得到想得到的了。

所以队友就不是人了吗？

陪他耗时一年，到最后竹篮打水一场空！

孟靖农突然睁开眼，眼睛里面布满了血丝，他愤恨地看着司湛，怒辩道：“你少污蔑我！你故意挑拨离间！”

司湛无所谓地耸了耸肩，已经不需要回答孟靖农了，因为孟靖农的三个队友挡在他面前，一声声质问着孟靖农。

“我们为什么不知道你获得一本线录取资格了？”

“你什么时候联系的航空大！”

“你说啊！这种事情你怎么不跟我们说！”

孟靖农百口莫辩，仿佛成了一个被钉在耻辱柱上的罪人，而那个录取的事实，就是最好的罪证。

童淼看了一眼他凌乱的头发，还有满脸被抓出的红印子，最终还是慢吞吞道：“何苦呢？”

第23章

亚洲公开赛之后，大学那边很快来消息了。

司湛的保送名额虽然没有最终定下来，但是已经八九不离十了，唯一让招生组顾虑的一点，就是他高一的学习成绩并不算好。

不过，毕竟只是高一而已，何况高二的期末考试，司湛进步得很快。

而童淼的事情，学校需要安排一次现场面试，毕竟更改录取专业不是小事情，哪怕生命科学学院的院长不在意，招生组也会觉得别扭。

童淼自然是接受这个要求的。

她准备抽一个周末，去首都一趟。

童美君本来请好了假要陪她去，但司湛突然自告奋勇要陪童淼，童美君也不好打消司湛的热情，更何况医院里的事情一直很多，急诊科又是最忙碌的科室，只好依依不舍地嘱咐着："别给自己太大的压力，即便不成功也没有关系。"

把童美君送走，童淼这才回头对司湛道："其实你不用跟着我的，我自己可以。"

司湛不像她，平时还是需要花费一定的精力放在学习上来提高成绩的，一个周末也能把知识巩固一遍了。

司湛靠在座位上，从身后摸了个眼罩，递给童淼："你去过首都吗？清华园那么大，你找得着面试地点吗？"

童淼被堵了一下，无话可说。

她伸手接过眼罩，慢慢地戴在眼睛上，也开始闭目养神。

其实也不是找不到。

她的路痴属性随了童美君，两人都是一到陌生的地方准会晕头转向。

但自从董诚离开之后，童美君一声不吭地带着她比赛、旅游、出差，哪怕再难，再麻烦，需要一遍遍地问路，一遍遍地学习看地图，也没有耽误过事情。

所以，人被逼到了一定的地步，也没什么是做不了的。关键是，是不是有人忍心把你逼到那个地步。

妈妈吃过的苦，她都看在眼里。

这也是为什么，她想要快速地强大起来，要把当初逼迫妈妈变得无所不能的人，踩在脚下。

光线被眼罩挡住，眼前是一片深沉的黑。她默默地攥紧了手指，嘴唇绷成一条直线。

路途很长，司启山安排了两个司机轮流开车送他们过去。车内有些闷，一路的轻微颠簸给她带来了无尽的困意，她很快睡了过去。

再次醒来时，已经到了服务站，几个人简单地吃了点儿东西，休息一会儿，就又上车走了。

童淼不太睡得着了，趴在车窗上往外看。

这段高速路比较荒凉，也没有多少车，所以司机开得很快。

司湛问："好不容易去一趟，想玩点儿什么？"

童淼把目光移回来，犹豫道："我不知道有什么可玩的。等面试结束都到晚上了吧？所有景点都该关门了。"

司湛若有所思，继而问："欢乐谷去吗？"

"欢乐谷？"

"一个游乐园，跟方特差不多。"

"哦……"童淼吞吞吐吐道。

司湛突然皱了皱眉，坐直了身子："你不会连方特都没去过吧？"

童淼眨巴眨巴眼睛，一脸无辜地看着司湛。

"我天！"司湛低呼一声，一脸的不可思议。

方特在阑市就有，并且已经建了好多年了，他甚至还有那里的VVIP卡，连队都不用排的。只是长大之后，觉得都是小孩子的地方乱哄哄的，也就不爱去了。

原来童淼小时候连游乐园都没有去过。

童淼把眼罩折好，毫不在意道："这也没什么的，那些刺激的运动我都不敢做，而且妈妈工作很忙，都是救人的要紧事。"

司湛紧锁眉头，想勾唇笑一笑，却发现连个假笑都笑不出来。

"那你还想当医生？"

"没关系啊，你又不当医生……"

她说到这里，突然紧急地止住了话头。

仿佛意识到自己扯得有些远了，童淼眼神一晃，从一边摸出水杯，开始喝水。

她方才理所当然地想到了以后，甚至是……工作与家庭协调的问题。

她心里难免有些慌乱，甚至还隐隐地担心。她的以后，该怎么和司湛联系在一起啊？

司湛挑眉，含笑不语。

或许是通风变好了，总觉得车里面那股皮质座椅的气味儿淡了一些，甚至还有一丝丝雨后青草的香气。

早晨五点出发，终于在下午的三点抵达了首都。

面试的时间很宽松，招生组那边让她到了打电话就行，但让人家加班就不太合适了。

好在紧赶慢赶，车子终于在四点多的时候开到了校园。

私家车不让进，司湛就陪着童淼下车，往校园里面走。好在对方约见的地方并不远，走了十分钟就看到了大楼。

童淼心里总算有些紧张了，都没心情欣赏校园的风景，却也不知道该在脑子里复习些什么。司湛认路的能力果然强，显然来之前已经查好了地图，没走什么弯路就把她送到了办公室门口。

听说面试的是医学院的领导和班主任，两个人面试她一个。

童淼敲门之前，看了看司湛。

司湛伸手揉了揉她卷曲的头发，轻声道："怕什么？要是你都进不了，这医学院也不用招生了。"

童淼被他的狂妄口气逗得无奈一笑，轻轻地摇了摇头，转身敲门。

也不知道是不是司湛的大话起了作用，她心里竟觉得好受多了。

"请进。"

童淼走了进去，随手将门合上了。

"小同学坐，别拘谨，我们就是跟你随便聊聊。"

说话的是个异常和蔼温柔的女教授，一瞬间就让童淼产生了亲近感。

她老老实实地坐在椅子上，规规矩矩地绷紧了双腿。

“老师们好。”她的声音又细又小，却十分柔软动听。

负责的班主任是个年轻的姐姐，她理了理桌面上的文件，随和地说道：“我们看了你的履历，也都认为你实在是很优秀，只是我们不太明白，你为什么突然决定学医呢？”

童淼微微地垂了下眸子，糯糯道：“我想做个好医生。”

女教授点了点头：“因为当初是生命科学的老师招的你，现在他又把你推荐给了我们，我想知道，是什么契机让你决定改专业了呢？”

“是……我妈妈也是医生，我从小就很习惯医院的环境，觉得学医不错。”童淼不安地揉了揉指腹。

女教授和班主任对视一眼，随即问道：“你既然对医生这个职业也足够了解，那想从事哪个方向呢？肿瘤科，妇科，儿科，还是中医？”

“神经外科。”她没经思考，脱口而出。

女教授迟疑了一下，感叹道：“那是很前端的学科啊。这么说就是想学临床是吧？”

她侧过身子，跟班主任耳语起来，两人一边说着一边点头，足足说了有五分钟。

童淼听不清，只能眼巴巴地看着，直到女教授笑眯眯地冲她道：“可以了，等我们这边出结果了会通知你的。”

这么快？

童淼有些蒙。

她还以为会有什么考试，或者性格和心理测试之类。

竟然真的就是简单的聊天吗？

她迟疑地站起身，礼貌地鞠了一躬，慢吞吞地出了门。

大门轻轻合上的那一刻，女教授的笑容收敛起来。

她转向里面的房间，轻声道：“董教授，您出来吧。”

里侧的窄门一开，穿着白大褂的董诚走了出来。

他似乎习惯了皱眉，所以眉心有一道很明显的痕迹。

女教授客气地问：“董教授，您觉得……”

其实给童淼这个面试的机会，也是董诚示意的，不然学校根本没有这个先例，让学生可以出尔反尔。

董诚默默地摘下眼镜，从兜里掏出眼镜布擦了擦，淡淡地说道：“收了吧。”

女教授点了点头，也知道这个学生和董教授恐怕有些关系，但也不好多问。

“那您知道她为什么想学神经外科吗？”她忍不住八卦的心思，迂回问道。

董诚的目光落在童淼刚刚坐过的椅子上，顿了顿，这才缓缓地说道：“因为她妈妈得了脑瘤吧。”

女教授张了张嘴，意味深长地看了一眼董诚。

连人家的家事都知道，看来董教授和这个女孩的关系也不简单啊。

屋内响起了沉闷的手机振铃声。

董诚深吸了一口气，从白大褂口袋里面掏出手机，按下接听键后放到耳边：“喂？”

“哎哟，你还在干吗呢？不是说好今天带儿子去玩吗？怎么还没下班啊？”

董诚无奈道：“你又不是不知道，我们哪有准时下班时间？”

“我可不管啊，儿子都等你两周了，做爸爸的要说话算话，给儿子做榜样，懂吗？你说陪他去游乐园都说了多少次了。”

董诚不住地点头：“是是是，我马上就回家。你们先吃饭吧，不用等我。”

童淼出来没见到司湛，等了一会儿才看到司湛从楼下跑上来。

司湛见她出来了，也愣了一下：“这么快？”

童淼点点头：“你干什么去了？”

“送点儿东西。”司湛随意地说道。

他说话时还有些喘，显然是一路跑着去又跑着回的。

童淼立刻明白了，他是给司叔叔的老同学送礼物去了。

司湛冲她扬了扬下巴：“走吧，带你吃饭，然后去欢乐谷看看。”

童淼头一次来首都，现在面试完了，有时间东看西看了。

路过商圈的时候，也的确觉得比阑市繁华一些，也可能是人多的缘故，显得各家店铺的生意都特别兴隆。

司湛选了一家出名的新加坡餐厅，味道不错，目前还只在首都和“魔都”开了分店。

好在时间还早，还没到饭点儿，所以没怎么排队就进去了。

“面试都问什么了？”司湛还是有点儿好奇，这面试的时间短得太离谱了。

童淼歪着脑袋想了想，微微皱了皱眉：“其实也没什么，似乎我的资料他们都有了，然后就是问我为什么想当医生。”

司湛自然而然地夹了一只麦片虾放到童淼的盘子里，漫不经心道：“你为什么想当医生？”

童淼垂下眼睛，咬了咬嘴唇：“就……就是想当呗。”

她低头，把虾夹起，放在嘴边轻轻咬了一口，慢慢咀嚼。

一股浓郁的麦片香气充斥了口腔，虾肉酥嫩，虾皮被炸得金黄，却一点儿也不觉得油腻，火候刚刚好。

“面试的老师都是什么反应？”司湛问罢皱了皱眉，一点儿也没有意识到自己竟然操的是妈妈的心。

童淼嘴里嚼着东西，含糊不清道：“老师都很和蔼啊，一直笑眯眯的。”

很快上来一大盘珍宝蟹，搭配着四个炸得金黄的小馒头。

司湛贴心地帮童淼剪下一条蟹腿，递给她：“蘸着汤汁吃，在阑市吃不到的。”

童淼皱着眉头，用两根手指捏住，伸出舌头轻轻地舔了舔蟹腿上的汤汁。

她的舌尖红彤彤的，小小的，司湛的眼神暗了暗，赶紧移开了目光。

一顿饭吃得司湛心猿意马，吃完后出来吹了好一会儿风才吹散他的心思，一看表，已经晚上六点半了。

现在赶去欢乐谷，正好是夜场。

“我真的不敢玩跳楼机、过山车之类的项目。”

童淼站在售票窗口边，有些抵触地拉着司湛的胳膊。

司湛转头勾唇一笑，压低声音在她耳边说：“没事，有我在。”

温热的气息弄得童淼耳根酥痒，她耳根发红，嘟囔道：“谁在我都不行，我恐高。”

司湛故意没告诉她，晚上那些项目都不开放，就是想玩都玩不了。

剩下的就只有 4D 影片和烟火游行晚会。

“跟紧我，小路痴。”司湛拿着票往检票口走。

童淼只得追上去，司湛的步子迈得大，她要小跑着才能跟上，直到司湛突然拉住了她的手。

童淼看了司湛一眼，司湛没有放手，反而攥得更紧了。她心里突然怦怦跳了起来，有一种踩着钢丝过悬崖的刺激感。

身在外地，远离阑市，远离学校，远离熟悉的一切，司湛和她像情侣一样牵着手在欢乐谷里玩。一路上遇到的青年男女搂抱着拍照，亲昵地把头凑到一起嘟起嘴笑着，就只有他们显得过于青涩了一些。

童淼的手心里开始出汗，她不知道是应该把手抽出来，还是装作没注意。

就放纵一回吧。

毕竟是在离家几百公里的地方，就当是一场梦吧。

她会连同着懵懂的少女心事，将这次经历偷偷地记在心里。

“你好，麻烦给我们两个拍张照。”

司湛把手机递给一位路过的小姐姐。

他们的背景就是欢乐谷的大门，映着深邃的夜色、璀璨的灯火。

“女生笑一笑呀。”

“再靠近一点儿，甜蜜一点儿啊。”

带着米琪发卡的小姐姐很热情。

她也不知道怎么笑更合适，但对方显然已经把他们当成了情侣，指挥着她和司湛越挨越近，到最后，差不多手臂贴着手臂了。

司湛个子高，显得她更娇小，像是靠在司湛怀里一般。

“好了，手机给你们。横的、竖的我都拍了，到时候你们自己选啊。”

“谢谢啊。”司湛笑了笑，接过手机。

童淼凑过去，对着屏幕看效果，两人靠得很近，差不多能感受到对方皮肤的温度。

时间在不断地流逝，照片却将画面永远定格在了那一幕。

她笑得眼睛都弯了，露出两颗尖尖的小虎牙，正巧站在灯光底下，显得皮肤细腻又白皙。

司湛紧靠着她，他的手臂也一点儿一点儿地环上了童淼的肩膀。

这样的氛围，在时刻充满着欢快音乐的童话乐园里，一切显得那么不真实。

“原来过山车那类项目都关闭了啊。”

童淼仰着头往上看，园区里的人相比白天已经少了很多了，但是灯光绚烂，像是在夜色中织起一张璀璨的网。

夜里还是有些冷的，还好她穿得不少。

“你想试试吗？那边还有个小跳楼机可以玩。”

司湛伸手指了指，那里还有零星的几个人在排队，或许是原来排的队伍太长了，耽误了正常关闭的时间。

童淼顺着他指的方向看了过去，和那个更高大的跳楼机相比，这个更像是给胆量小的人玩的。

虽然不怎么高，时间也很快，但是游客们还是玩得很开心，尖叫声此起彼伏，毕竟敢去挑战大的跳楼机的人不多。

童淼有点儿心动。

“可是我从来没玩过，有点儿害怕。”她皱着眉犹豫着。

可是进都进来了，还花了钱，要是什么都不玩也太吃亏了。

“害怕你就抓着我。”

司湛拉着她的手，走到了队伍后面。

童淼仍有一丝丝抗拒，却还是被他扯了过去。

园区的工作人员原本不想再让人排队了，但看是两个学生，犹豫了一下，也就没阻拦。

童淼看着越来越短的队伍，手心有些冒汗，心脏也剧烈地跳动起来。

她知道这是紧张，还混杂着一些恐惧的感觉，既新奇又让人觉得煎熬。

她终于坐上了椅子，司湛给她系好了安全带。

“实在受不了就闭眼。”

童淼咽了咽口水，紧张地咬着唇。

说是这么说，可她越是担心就越是不闭眼睛，偏要看看会发生什么。

机器设定的时间是不会改变的，慢慢地，所有人一起升了上去，几个胆子大一些的女孩子还朝下面挥手。

童淼看着离地越来越远的双腿，情不自禁地抓住了司湛的手。

最可怕的事情，莫过于等待即将发生的恐惧场景。

躲也躲不开，和那个病一样。

升到了顶点的时候，她竟然有些恍惚，这种忐忑又煎熬的感受，和发病的时候相差无几。

怎么会这么巧呢？

就在她皱眉思索的时候，座椅猝不及防地坠了下去。

歇斯底里的尖叫声在耳边响起，童淼却叫不出来，那种突然失重的感觉几乎让她摸到了死亡的脉搏。

她觉得浑身都没有知觉了，所有的血液集中在心脏，刺激得它剧烈地跳动着。

夜风生生地刮过她的脸，连呼吸都艰难起来。

她紧紧地闭上眼睛，不敢看，只能感受。

她在脑子里不断地麻痹自己，就快过去了，马上就快过去了，还有三下。起起落落的三下不知道有多么难熬，她觉得像是过了一个世纪那么久。

从座椅上下来的时候，她的腿都是软的，衣服后背被冷汗湿透，浑身没有一丝力气。

再看司湛的手，已经被她掐出了深深的红痕。

他就用那只手，替她擦掉流出来的眼泪：“怎么这么害怕呀？”

童淼这才发现自己都吓哭了，她眨了眨眼睛，蒸发的泪水带走了些许热度，微微有些凉。

回头再看矗立的跳楼机，明明……不是很高啊。

一瞬的恐惧过去，奇妙的是，她心底竟然涌起一阵狂喜。

她仿佛是第一次从发病的苦难里逃脱出来，稳稳地站在地面上。

不知道是不是受到了身体分泌的激素影响，她体会到了挑战的乐趣，她甚至意识到，自己可以通过熟悉这种失重的恐惧，来解决发病时的无助。

当她完全不惧怕的时候，会不会症状就彻底好了？

“再坐一次吧？”童淼问。

司湛挑了挑眉，狐疑道：“你确定？”

童淼兴奋地点了点头。

也幸好最后一批的人数不够，工作人员又把他们俩放了进去。

熟悉的流程、熟悉的感受再来一遍，童淼已经可以全程睁开眼睛了。

那种明显的无助感也变得淡薄了许多，第二次下来后，她非但没有抓司湛的手，反而给自己解开了安全带。

她长长地呼出一口气，道：“以后可以多练一练。”

司湛觉得好笑，在她脑门上轻轻地弹了一下：“你学习学傻了吧？什么你都说练？”

童淼弯着眼睛笑，也没有解释。

“还有什么可以玩的吗？”她环视了一圈，差不多都关掉了。

司湛指了指不远处的一处卡通风格的建筑：“那里还有 4D 影片，之后就是游街和烟火表演，我们先看影片。”

等待观看 4D 影片的游客还在外面排着队。毕竟到了饭点儿了，这些来得早的人，手里都捧着爆米花和烤肠，一边吃一边等。

园区里弥漫着一股浓郁的食物香气。

很快上一场结束，童淼和司湛进去找了好的位子坐下。

其实这类电影她以前看过，但是没有和司湛一起看过。

这一整个晚上，她都觉得有点不真实。

在黑暗安静的观影厅里面，她正在认真地看电影，突然觉得司湛用手在她头顶轻轻地揉了一下。

她浑身一僵，继而松弛下来。

电影一结束，童淼就迅速地低着头站起身，摘掉眼镜。

仿佛眼镜就是一个开关，连接梦想与现实的开关。

从观影厅里面走出来，凉风吹得她清醒了一点儿，她理了理自己的帽子，把细碎的头发塞进去。

竟然有些遗憾，时间就这么慢慢地溜走了。要是再慢一点儿多好，要是回到今天最开始的时候有多好。

“你好，小姑娘，你的棉花糖。”

一个打扮成圣诞老人的工作人员走到她面前，递给她一个大大的粉红色的棉花糖。

童淼的思绪被打乱了，她怔怔地看着“圣诞老人”，指了指自己的鼻子：“我的？”

“圣诞老人”点点头，往身后一指：“那边那个先生给你买的。”

童淼向他身后一看，只远远地瞧见一闪而过的绿色衣角，夜色昏暗，她甚至看不清楚那个人的背影。

司湛皱了皱眉：“谁啊？”

童淼缓缓地摇摇头：“可能认错人了吧。”

“不吃白不吃。”司湛抓着童淼的手，在棉花糖上咬了一口。

甜丝丝的香味儿顿时溢满了口腔，他皱了皱眉。

童淼无奈道：“你不是不爱吃甜食吗？”

司湛反问：“难道你就爱吃了？”

童淼顿了顿，颇有些遗憾地看了一眼手里的棉花糖。

上面有个被司湛咬掉的缺口，显得异常可爱。

可惜除了果冻之外，她好像真没有什么喜欢吃的甜食。

这个送棉花糖的，要么是送错人了，要么就是……根本不了解她的无聊路人吧？

“那都给你吃吧，别浪费了。”童淼把手里的棉花糖递过去，粉红色的棉花糖在风里悠悠地颤动着。

“人家送你的，你怎么也尝一口。”司湛推回给她。

说得也有道理。

童淼凑过去，大大的一团，不知从哪里下口才好。

她轻轻地伸出舌尖，舔了舔，然后才慢慢地咬了下去。

司湛突然稳住她的手，从棉花糖的另一边咬了上来。

蓬松的糖丝经不起挤压，顷刻间就成了吹弹可破的一层膜。

“你……”

童淼羞愤地擦掉沾在脸上的棉花糖。

“我怎么了？”夜色里，司湛的眼睛黑得发亮。

他饶有兴致地看着童淼，压低声音，充满不明的意味。

童淼只觉得耳根发烫，她别开脸，不想再跟他继续这个话题。嘴巴里面的甜滑进了喉咙，太渴了，她急需喝些水解渴。

小小的插曲在盛大的烟火游行晚会开始后就被遗忘了。

沉浸在沸腾与狂欢的气氛当中时，童淼隐约瞥到了路灯下的绿色长风衣。等她再想看清脸的时候，却已经找不见人了，只是觉得莫名熟悉。

但或许是错觉吧？首都这里，怎么可能有人认识她呢？

除了……

她还是想多了。就像姜谣说的，这世上所有的巧合，都靠一方锲而不舍的努力。

根本没有谁在锲而不舍地努力。

首都的天空很少能看见星星，今天却多得反常，几乎快要赶上阑市的夏夜星空了。

虽然天气很凉，但是草丛里还能隐隐约约地听到昆虫的叫声，绵延了一整夜。

欢乐谷九点关园，他们也一直待到九点才出来。一盏盏灯熄灭了，原本沸反盈天的大门口也逐渐安静下来。

一切都回归平静，一切都回归现实。

在踏出大门的那一刻，童淼佯装轻松地甩甩手，跺跺脚：“还是早点儿睡觉吧，我都困了，明天还要早起呢。”

司湛望着她在橙黄色的路灯光下并不清晰的面容，轻轻地“嗯”了一声。

两人对望了片刻，都从对方眼中看出了一闪而过的挣扎。

心照不宣却举止有度。

路灯把他们的影子拖得好长，重叠在一起。

“这届高三走了，我们就成高三了……”姜谣哀怨地扒拉着自己的星星手链，眼镜滑到鼻尖也不去扶。

“还有一年就解放了。”童淼也不由得叹息一声。班级门口的牌子今天上午刚刚换了新的，她们已经是高三三班了。

“可真羡慕他们啊，现在就是天堂了。”姜谣支着下巴，嘟着嘴，眼睛往外面看着。

往常每天做课间操的时候，都有一批批的高三学生从楼上跑下来，现在楼梯却空荡荡的。

即便有零星的几个学生，也是打扮得漂漂亮亮来找老师叙旧的。

那种彻底解放的欢乐气氛，多少对同一栋楼的高二学生有些影响，但也只能叹息着看别人狂欢了。

徐茂田从她们俩的桌前路过，听到姜谣的话，回了一句：“这届高三考得不错，的确是解放了。”

他推了推眼镜，回自己的位子自习去了。

姜谣小声对童淼说：“这届清北上了二十多个，如果按今年的成绩算，徐茂田大概是稳了，所以他那么高兴。”

“这届这么厉害啊！”童淼轻声感叹道。

阑市的重点高中大大小小有好几所，前几年一届能有十个清北名额，学校就开始大肆宣传了，近些年倒是越来越多了。

这届的确厉害，但到他们就不一定了。

阑市所有重点高中的体育特长加分都被举报了，刷下去的不止周雅茹一个人。再加上陆铭他妈弄出的那件事，教育局正在严查各种加分。据小道消息，整个盛华还有体育加分的，就剩下陈露楠一个人了。

对于盛华这种以保送和加分著称的学校，打击不可谓不大。

但好在靠童淼争得的“领军计划”出了结果，盛华又可以确保两个冲击清北的名额。

“麻烦叫一下你们班童淼，谢谢。”

童淼坐得离门口不远，那边一叫，她已经听到了。

转过头去一看，她愣了愣：“陈宁？”

险些没有认出来。

原来当初那些戴着眼镜，一丝不苟的学生，一旦脱下了校服，会是这么青春洋溢，活力十足，好像瞬间就跟他们不是一个世界的人了。

陈宁笑着冲她招招手，期待地看着她。

童淼犹犹豫豫地站起身，还是走到了门口。

不管怎么说，毕竟是一起奋战过的队友，虽然之前的事情的确有些尴尬。

“我考上清华了。”陈宁愉悦地说道，语气中甚至带着些等待夸耀的希冀。

“恭喜啊。”童淼淡淡地笑了笑。

陈宁抿了抿嘴唇，两人之间有几秒钟的沉默。

这种沉默让童淼尤其不自在，就好像是在酝酿什么大事一样，但她对某些大事避之不及。

“我知道你也肯定会上清华的，一年后大学见，我亲自去给你迎新。”陈宁这话说得暧昧，却又留了很多余地。

童淼和他保持着距离，一只脚还在教室门内：“我不一定能去呢，不过谢谢你的好意，能认识你这个朋友，我也挺开心的。”

陈宁眼中有些不甘心。

他大概明白了童淼的意思，但还是觉得不能就这么放弃。

毕竟现在才高中嘛，哪怕童淼真的喜欢那个司湛，将来若不在同一个大学，感情还不是说没就没了？

他一毕业，就不想跟当初喜欢的班里的那个女生联系了。

因为他知道，那女生没考好，大概去了沿海城市，跟他不会有什么结果。

“对了，你还记得陆铭吧？”

陈宁突然提到陆铭，既是为了找共同语言，也有些讨好的意味。毕竟童淼和陆铭及他妈妈闹出的那件事，已经传得沸沸扬扬了。

“他……我记得。”童淼想说，自己差不多都快要忘了这个人了。

毕竟只是一闪而过的过客，但陈宁提起来了，她又不能说不记得。

“陆铭这次考惨了，才六百分出头，连 985 都差点儿上不了，平时的成绩也都是抄的，现在原形毕露了，大家都拿他当笑话呢。”陈宁解气地说道。

童淼默默地点了点头：“哦。”

其实陆铭考成什么样，能去哪个大学，她真的一点儿也不关心。

她当初就察觉到了，陆铭并没有众人想象的那么厉害，只是没想到差距竟然会这么大，会从年级前五，掉到现在这个水平。

出现这种结果，或许杨菁之“功不可没”吧。

陈宁还想说什么，上课铃突然打响了，童淼就仿佛获得大赦一般，指了指教室：“上课了，我就先回去了，祝你毕业快乐。”

说罢，也没等陈宁回复，就赶紧跑了回去。

陈宁只得欲言又止地摆了摆手，落寞地走了。

姜谣推了推眼镜，眯着眼看着陈宁离开的背影，问道："上次送你星空棒棒糖的那个？"

童淼含糊地"嗯"了一声。

"喵喵，我们来玩个游戏吧。"姜谣神秘兮兮地一笑，伸出了三根手指头，在童淼耳旁低声数数，"三，二，一……"

从后面飞过来一个纸团，正好落在童淼的课桌上，弹了两下，竟然没有掉下去。

她被吓了一跳，条件反射地往后看。

不仅是她，这一排的同学都默契地向后扫了一眼。

司湛靠着椅子，面色阴沉，满脸写着不悦。

旁边的"眼镜男"笑嘻嘻道："哎哟，湛哥这边好酸啊！"

周围一圈男生都低低地窃笑起来，大家心照不宣地咳了几声。

趁着老师还没赶来，童淼默默地回头，把纸团捡过来，慢吞吞地拆开。

上面用墨水笔写着的一行大字被揉得扭曲歪斜起来——我生气了。

第24章

“喂，小卷毛。”

司湛靠在餐桌上，单手支着下巴，望着从浴室出来的童淼。

童淼揉了揉湿淋淋的头发，在抽屉里翻吹风机，一边找一边瞥了他一眼：“干吗？你怎么还不写作业？”

“我都要保送了，为什么要写作业？”司湛挑了挑眉。

童淼无奈地摇摇头：“名额不是还没有最终下来吗？而且如果在夏令营里表现不好，还是有可能被取消资格的。”

司湛皱了皱眉：“我不是想跟你说这件事。”

童淼把吹风机插上电，在镜子前吹头发。

她的头发太厚，又带着卷，不容易干，以前学习紧张的时候，她没什么闲情逸致做吹头发这种事。也不知道从什么时候开始，她慢慢地放松下来了。

“那说什么？”她漫不经心地问。

“你看了我给你扔的纸团了没？”司湛站起身，走到浴室门边，靠着门框站着。

童淼的眼皮微微颤了颤，她放下一绺头发，一本正经道：“我没拆啊，不知道你写字了，写的什么？”

司湛顿了顿，眯着眼睛打量童淼的神情。

她最近的表情控制是越来越好了，再也不像以前，什么都写在脸上，如今连司湛都看不出来童淼说的是真话还是假话。

“你出门跟人家说什么了？”司湛直白地问，语气有些酸溜溜的。

童淼不禁觉得好笑，把吹风机倒转过来，对着司湛的头发吹：“我不告诉你。”

吹风机的风力不小，直接把司湛的头发吹得飞起来，支棱在头顶。

司湛咬了咬牙，晃了晃被她吹乱的头发：“信不信我会对你严刑拷打？”

童淼终于忍不住，扑哧笑出了声：“你怎么严刑拷打？司湛，你什么时候这么‘中二’……”

她还没说完，司湛突然一步迈进来，作势要抓她的样子。

“喂！”

童淼一激灵，赶紧倒退一步。她羞愤地瞪了他一眼，觉得背后凉丝丝的，吓出了薄汗。

她用余光扫过浴室里氤氲着水汽的大镜子，发现自己的脸已经红得快要滴血了。

童淼气急败坏，转过身去，小声嘟囔：“你真是……胡闹！”

“你紧张什么？我又不会真对你怎么样。”司湛低声道。

谁知道呢？他总是吓唬她。

“你以后不许再这样了。”她警告道。

司湛停了一下，突然一本正经地抬起头，放轻声音道：“哦，那也得看多久以后。”

童淼的手一抖，把冷风调成了热风，突然增加的温度吹得她一闭眼。

“你胡说什么呢？”

她把吹风机关上，瞪了司湛一眼，随即收回眼神，想跑回自己房间。

司湛一把抓住她的手腕，童淼甩了两下手，心虚地瞄了手腕一眼。

“那我们算什么？”司湛直视她的目光，墨黑色的眼仁里带着童淼不想深入了解的温柔。

“算……”她一时词穷，脑海里闪过无数个词，却没有一个是她觉得十分贴切又让人能够接受的。

“算了。”司湛也不想逼她。

以童淼多年来的生活环境，能接受他的好意，已经很不容易了，更多的，还需要他来铺路。

但作为男人，难免会渴望得到承诺，何况他不是那种偷偷摸摸的性格。

司湛的思想和意识相对于童淼来说，要更前卫一点儿，他自己并不认为他的事情和司启山跟童美君两个人的事情有什么冲突，这恰恰说明，他们父子的审美是相似的。

但他也理解童淼的顾虑，尊重她的暂时选择，就像他没有拦着童淼为了董诚而学医。

童淼的录取资格，其实司湛并不担心。

因为在去首都之前，他就已经把医学院负责招生的人查了个遍，难免查到了董诚的名字。

哪怕董诚当初有对不起童淼的地方，但在这种决定她前途的事情上，一定不会袖手旁观，毕竟她是他的亲生女儿。

“等毕业了……我们再好好想想，你现在别逼我。”

童淼有些愧疚地从他手里把自己的手腕抽出来，默默地捧着吹风机回了房间。

她绵软的语气多少打乱了司湛的思绪，他噎在喉咙里的那句话也就没有对童淼说出口。

他觉得，司启山已经知道了。

高考带来的热度很快过去了，因为期末考试来了。

司湛的成绩像是坐了云霄飞车，上次排第二，这次差点儿就掉出了A班。

童淼依旧没有参加年级排榜，但是对完了试卷，也就只比年级第一的何晓白高了十分。

参加一个战线长达一年的比赛，虽然她是半路加入的，到底还是对成绩有影响，现在看着试题，都没有以前的熟悉感了。

陈冬已经拿到了航空大的保送名额，家长也不管了，现在更是玩疯了。

依童淼看来，他几乎要打包去“绝地逃亡”职业战队发展了。

姜谣的成绩倒是很稳定，一直在班级的中列，也是他们这四个人里保持得最好的。

也没办法不保持，季老师在那儿站着呢。

姜谣有时候做梦都梦见自己掉出A班，再也看不到季渃丞了，凌晨三点都能把自己吓醒。

她说起这个梦，童淼给她递过去一盒抹茶大福，摸了摸她的刘海：“怎么那么紧张啊？吃点儿甜的，我妈妈的同事从日本带来的。”

姜谣捏起一块塞进嘴里，腮帮填得鼓鼓的，嚼了几下，整个儿咽了进去。

和童淼不一样，姜谣特别爱吃甜食，她又拿起一块，一边嚼一边含糊不清道："今天班主任……跟我谈话了。"

童淼认真地看着她，眨了眨眼睛。要进高三了，班主任的确开始跟班级里的每个学生谈话了。

有的是鼓励，有的是恐吓，竭尽所能地让每个人使出吃奶的劲儿学习。

"班主任让我努努力，奔财经大学，估计是我爸的意思。"姜谣拿起水杯，咕嘟咕嘟地喝了好几口水。

"那你妈不是想……"童淼欲言又止。

"你说奇怪不？我爸自己就是干娱乐产业的，然后骨子里又鄙视这个圈子，死活不让我进去。"姜谣吐槽道。

童淼犹豫了一下，道："或许是他经历过太多复杂的事情，不想你生活在那种环境下？"

姜谣满不在乎地"嘁"了一声："我是那么脆弱的人吗？除了季渃丞，谁还能让我真情实感地难受？"

"我没追过星，所以不了解。但你要是做明星了，我肯定追你。"童淼笑着喝了一口水。

姜谣得意地扬起了下巴："那我多给你签几个名啊，到时候我红了，签名就值钱了，我用签名就能养活你。"

童淼配合她开玩笑："行，你先把字练好，别到时候粉丝不承认你的小圆字。"

姜谣写的字特别圆，鼓鼓囊囊的，每个都像撑起来的河豚。

"你听说过'粉丝滤镜'没？到时候肯定都是夸我可爱的。"姜谣说着，拿着笔在纸上写了个名字。

写完自己的，她又写了季渃丞的，然后在中间画了两颗红心，一个丘比特爱心箭头穿过红心中央，把两颗心串在了一起。

童淼嘟着嘴，趴在手臂上感叹道："我记得这是小学时玩过的。"

司湛买水回来，正好路过童淼的桌边，从背后揪了揪她的头发："你小学跟谁玩过的？"

姜谣朝司湛眨了眨眼睛，打趣道："当然是青梅竹马啦。谁小时候没有个两小无猜呢，是吧？"

司湛眯着眼睛低声道："不可能，我翻过她小时候所有的照片，没什么青梅竹马。"

童淼吃惊地睁大了眼睛：“你从哪儿弄的我的照片？我妈给你看我的照片了？”

司湛堂而皇之道：“我说你要看，我骗来的。你小时候真胖。”

“你才胖呢！”

她从小到大脸都是肥嘟嘟的，现在婴儿肥慢慢褪去，好多了。

“不对，你把相册还给我。”童淼低声道，生怕周围的同学听到。

“不还。”司湛也压低声音，还刻意低下头。

“喀喀！够了，够了啊，你俩给我一点儿温暖！”姜谣抗议。

世锦赛来临的时候，他们已经没有任何压力了。

司湛和陈冬的保送名额都确定了，连童淼更改专业后的预录取资格也最终下来了。

最后的比赛场上，他们勉强进入了前三十名，虽然有些小失误，却也无愧于这段时间的努力。

国内的机器人水平离发达国家还是有不可忽视的差距，不是光靠他们几个人的努力就能扭转的。

但好在目前各个大学也都开始重视这方面的人才，不然他们也不会那么容易被保送。

司湛的几个朋友要给他庆功，在 KTV 包了一个包间。

虽然都是他玩机器人时认识的同龄人，但是童淼并不熟悉，会觉得拘束。所以最后去赴约的，就只有司湛和陈冬两个人。

天气正是闷热的时候，大晚上出去时天气仍热得仿佛扣上了笼盖的蒸笼。

司湛从开着空调的 KTV 里面出来，立刻感受到一股热浪。

他皱了皱眉，深深地吸了一口气。

路灯下绕着很多飞舞的蚊虫，没过几天就要开学了，所以最近来狂欢的人特别多。站在外面的石砖路上，都能感到地面被音乐声震得直颤。

他没想到，招呼他的朋友还带了一群圈外的人。

这让他兴趣大减。

平常聚会，多少还能谈一下技术上的事情，现在差点儿搞成了职业吹捧大会了。

听着几个圈外人一惊一乍，问东问西，司湛觉得脑袋疼。

他往门口的石凳上一坐，跷着腿，手搭在桌板上，漫无目的地翻着手机。

半天也没一条小卷毛发来的消息，这都九点了，就不问问吗？

他胡乱地刷新着界面，身上的凉气彻底散去，被热出薄薄的一层汗。

他和陈冬被忽悠着唱歌，跳交谊舞，毕竟是主角，陈冬已经玩嗨了，在包间里手舞足蹈，十分尽兴。

他感觉到自己有点儿晕，就赶紧出来吹风，醒醒脑子。

如果是以往，他是不在意玩得晚点，大不了明天找个理由请个假，不上学也没什么事。但自从跟童淼住在一起后，他总觉得无形之中有了约束。

童淼不乐意怎么办？

小卷毛这人，别看脾气好，平时一副软绵绵，人畜无害的模样，但真触到她的逆鳞了，就不是一般招数能哄好的。

手机里一堆乱七八糟的信息，删掉之后，他点开了通讯录。

她不发信息，自己打过去总行吧？

手指刚按了一个键，身后有人拍了他一把。

“怎么了，司湛？躲出来了啊？”

司湛回头看了一眼，是朋友带过来的，叫张晟翰，说是理工大学参加VEX的。

说起来也算是学长了，他忍住不耐烦，淡淡地“嗯”了一声。

张晟翰一张脸通红，大大咧咧地往司湛旁边一坐，打了个嗝，抬起手指指点点道：“你这不行啊，等到了大学，在学生会都混不开。到时候部长说让你出来玩，你一会儿就溜了，人家都不找你了。”

他扇了扇风，身上带着一股浓浓的香薰味道。

“等你到了大学，就没高中这么单纯了，现在你们都不懂……”

司湛眯着眼睛瞧了瞧他，把手机收了起来，冷淡地站起身，理了理领口：“哦。”

他不想跟这人探讨什么，哪怕是熟人，也没人敢以一副过来人的长辈做派在他面前指手画脚。

“别走啊，咱俩再聊聊。”

张晟翰一把抓住司湛的衣服，不放司湛回去。

司湛皱了皱眉，还是忍住了，毕竟是朋友带来的人。

“你记得刚才唱《莫斯科没有眼泪》的那个姑娘不？”张晟翰突然笑嘻嘻地眨了眨眼睛，一副“你懂的”的表情。

司湛不记得。

唱什么的都不记得，女的更不记得。

别人要跟他聊天，他就随口一说，别人唱歌，他就发呆。

他满脑子都是童淼戴着耳机一边哼哼一边写作业的模样，和震耳欲聋的KTV麦霸一比，真是好听死了。

“不记得。”司湛一转身，挣开张晟翰的手，眼神已经变得有些冷了。

“徐悠悠，我们高中的校花，身材好爆了，追的人可多了。”

司湛冷眼看着他，手机突然振了一下。

他原本打算把张晟翰扔在这里，但突如其来的电话铃声让他止住了脚步。

是小卷毛。

他微微挑了挑眉，心情一瞬间好了许多。

啧，还是担心他的吧？

“喂，干吗呢？”

他一接电话就问了出来，问得童淼一愣。

“我……我就在家啊，我是想问问你有没有喝酒。”童淼趴在窗台，顶着湿漉漉的头发，软绵绵道。

“当然没有。”司湛沙哑着嗓子道。

童淼皱着眉，犹豫道：“那你吃完了吗？需要我叫车去接你吗？”

司湛本来是不用的，KTV前台已经帮他们预约好了专车，等包间时间一到，车就在外面等着了。

“行啊，你现在就来接我吧。”司湛轻轻地一勾唇。

“那你等我换好衣服。”童淼软糯地说道。

挂了电话，司湛脸上挂着掩饰不住的得意。

这种感觉真是太好了，他差点儿都把张晟翰给忘了。

“长得帅就是好啊，这么多女的上赶着关心呢。”张晟翰有点儿酸溜溜地说道。

“呵。”司湛冷笑一声，转身往包间里面走。

“哎，你真听不懂啊？徐悠悠对你挺有意思的，叫我出来跟你说一声。她就比你大两岁，你不亏。”张晟翰冲着司湛的背影喊道。

司湛的脚步顿了顿，没回头，慵懒地应道：“不认识。”

张晟翰在石凳上小声嘀咕道：“嚣张个啥啊！”

司湛听到了，懒得理他。

他先到吧台刷了卡，然后才推开了包间的门。

里面不知道又在唱什么港台歌曲，一帮人操着蹩脚的粤语，还跟不上拍子。

陈冬在沙发上靠着，已经有些蔫了。

司湛一把拽起他的领子，凑到他耳边喊道：“一会儿我回去，你跟我走。”

陈冬迷茫地点了点头，司湛说什么就是什么，他现在连思考都不会了。

攒局的朋友正跟一个姑娘窃窃私语，两人笑得相当开心。

司湛过去拍了拍他的肩，旁边染了褐色头发的姑娘也一起抬起了头。

“我一会儿带陈冬走，你们接着玩，单我买了。”

姑娘一下子站了起来：“怎么这就要走了？才九点你就回家，有人查岗啊？”

司湛扫了她一眼，觉得没什么印象，淡淡地“嗯”了一声。

姑娘没想到他真的承认有人查岗，被堵了一下。

“哎，湛哥，别着急走啊，还没好好认识一下呢。这是徐悠悠，我学姐，到时候我们一起送你回去，我带车来了。”朋友拦着司湛。

哦，这个就是徐悠悠。

“不了，有人接我，以后再聚，我明天还得上学。”

司湛说罢，转身就走，根本没给对方说话的机会。

到了门口，叫上陈冬，一起走到了楼下。

张晟翰刚准备上去，就见司湛又下来了。

“怎么，真准备走啊？”

司湛皱着眉，并未搭腔。

张晟翰撇了撇嘴，意味深长道：“小高中生是玩不起哈。”

两层意思，一是体力，二是徐悠悠那茬。

司湛的眼皮抖了一下，没作声。

旁边有个陈冬，干什么都不方便。

“司湛，你还等着打车吗？要不我送你吧。”

娇滴滴的声音伴随着嗒嗒的高跟鞋声响从身后传来，徐悠悠手里拿着一瓶柠檬茶走下来。她穿着一身黑色的紧身小短裙，两条细长的腿在夜灯下泛着细腻的白光。

张晟翰咽了一口口水，眼神都有些直了。

但徐悠悠压根儿没朝他看一眼，径直走过去，把柠檬茶往司湛面前一递。

司湛没接，似笑非笑道：“天也不早了，你们还玩？”

徐悠悠愣了愣，司湛这是关心她的安全？

她本来只是单纯看上了他的脸，准备撩拨一下的，听了这话难免对司湛又多了几分好感。

“那你就别着急回去呗！旁边有个游戏厅，咱俩去跳跳舞，抓个娃娃？”徐悠悠扬眉一笑，靠近了些，但偏偏陈冬挡在司湛面前，让她总觉得有点儿别扭。

“不用，我们高中生还得上课呢。”司湛向后退了退，神色有些疏离。

“那你先喝口茶，明儿有时间再约。”说罢，徐悠悠把瓶盖拧开，就要喂司湛喝饮料。

她都将饮料举到司湛嘴边了，司湛抬手刚想推开，一辆出租车停在了门口。

童淼从车上下来，手里捏着一瓶冰梨汁，安静地看着司湛。

徐悠悠愣了一下，缓缓地把手放下，转头看去。

来人是一个长得挺漂亮的稚嫩的姑娘，娃娃脸，大大的眼睛，看起来也就高中生的样子，穿着肥大的白色衬衫和运动长裤，长长的蓬松的头发披散着，娇小可爱，却和 KTV 一条街的风格格格不入。

哪家的小绵羊？

司湛却已经朝那个姑娘走过去了，陈冬跟在他的身后。

徐悠悠欲言又止地“哎”了一声，她手里还举着开了盖的柠檬茶呢。

司湛走过去，很自然地摸了摸女生的头发，说了声：“辛苦了。”接着，陈冬也上了车。

陈冬累了，靠着窗户就睡了过去，童淼坐在前面，把冰梨汁给他递过来。

“你先喝一口吧。”

司湛拧开盖子，狠狠地灌了几口。

甜丝丝、冰冰凉的味道，让他瞬间清醒了几分。

有点儿后悔让童淼来。

徐悠悠穿得很成熟，张晟翰又活脱脱一副油腻的社会大叔模样。

让童淼看见了，心里会怎么想？

他越想越忐忑，向旁边瞥了一眼，看陈冬睡得人事不省，这才倾身凑过去，低声道：“我以后不跟他们出去了。”

童淼有些诧异地回过头，不解地问：“为什么？”

司湛抿了抿唇，沉默了片刻，缓缓道：“我也不去 KTV 和游戏厅了。”

童淼仍是不解地看着他。

“但以后要是你想去，我就陪你，我不跟别人去了。”

童淼仔细地打量他的表情，犹犹豫豫道：“司湛，你是不是出什么事儿了？”

司湛老老实实道：“今天来了不少我不认识的人，我没想到会这样，以后我一定确定好再去。”

“哦……”童淼慢吞吞地答道。

司湛抬手，晃了晃手里的冰梨汁：“真好喝，你买的我都喜欢喝，别人的我肯定不碰。”

“呃……好啊。”童淼一边盯着路，一边回应着司湛的话。

她发现司湛出去一趟，不仅话变得多了，还有那么一点儿……爱立flag。

不过司湛说不去游戏厅了，之后就真的再也没去过了。

这段时间司湛和陈冬都没有了升学压力，开始捣鼓起他们的信息技术公司来。

对两个高中生和徐方希这样刚上大学的学生来说，开头实在是过于艰难了。

谁都不会放心把自己的项目交给没有社会经验的学生，最后都是打发了事。

但司湛从没跟司启山说过这方面的事。哪怕他知道，只要司启山暗中帮一手，他们的发展就会跟坐火箭似的。

他也不是清高得觉得不能拼爹，只是还不到时候。

如果连个雏形都没有的公司被司启山接手，到最后他们大概只能被供在高位，混吃等死。

所以司湛和陈冬决定暂时挂靠在别的公司，做点儿边角料，慢慢地积累资源。

徐方希他们几个大学新生，也每天被课程、社团、班委的事情纠缠着，反倒没有司湛和陈冬的时间多。

因为这一切进行得比他们想象的还要早。

原本以为要等司湛上大学才能开始着手做的事情，现如今已经被列入了日程。

因为司湛等不及了。

他对成功的渴望，源于他了解这份感情所需的保障。

司启山和童美君谈恋爱也有不少日子了，结婚是早晚的事。

如果他没有资历，不够成熟，提到他和童淼的这段感情，不一定能得到认可。

一天成长十几岁他做不到，但是必须让司启山看到他的野心和实力。

这是能摊在桌面上谈判的前提。

他必须被当作一个对手，而不是随便就能敷衍过去的炮灰。

他不是没有压力，只是比起童淼的天才综合征，他的压力更为健康。

一方面转化成咬牙坚持的动力，一方面被他宣泄排解掉了。

所以童淼看到的司湛，一直很有底气，不会气馁，也不会被任何事影响心情。

他每天在操场打打篮球，顺便吸引一圈低年级的小学妹，然后再一阵风似的潇洒地离开，真是浪得不行。

在其他同学眼里，他们已经是身处天堂了。

一到高三，时间便被压榨得分秒必争。

最突出的变化是，班里有什么小打小闹，再也没人关注了。

后面爆发出大笑，前面的同学连头也不抬，大家都埋头做着自己的事，仿佛打了情感麻痹针。

徐茂田中午都不回寝室休息一下，小跑着去食堂领了饭，在教室外面的答疑小桌板上，一边吃一边写题。吃到最后，饭都凉了，卷子也做完了，他就机械性地把剩饭倒到垃圾桶，等到下午上课，才发现自己没吃饱。

徐茂田差不多成了走廊一景，但凡不回寝室的同学，准能在走廊看到他。

看了一两个月，天气越来越冷了，有天夜里甚至飘起了雪花。童淼到底忍不住，跟他说了一句话："都冬天了，你可以去教室写啊。"

徐茂田从卷子上抬起头，推了推眼镜。

如果是别人，他是没有时间理的。

但毕竟是童淼。

童淼是让他佩服得五体投地，还死活都超越不了的人。

他抿了抿唇，含糊道："屋里有暖气，太热了会犯困，我在外面能保持清醒。"

是啊，在外面写题的时间长了，手都冻红了。

童淼默默地在心里感叹了一番，赶紧离开，不再占用徐茂田的时间。

过了没几天，她又在徐茂田对面的椅子上看见了周雅茹。

周雅茹自从上了高三，成绩一直挺稳定，或许是知道自己没了加分，只能拼成绩，心态反而稳了。

她比徐茂田更精打细算，觉得每天跑去食堂排队买饭太浪费时间了，所以干脆先认真做作业，等到了食堂快关门，没什么学生的时候，她才去随便买点儿吃的。

热气腾腾的肉菜都没了，她就每天吃手抓饼加肠。

肉、蛋、面、生菜，全有了。

葛晨晨跟她关系不错，看她这样不忍心，劝道："你每天都吃这东西，不想吐啊？"

周雅茹自从上次住院返校以后，性格温顺了很多。

她老老实实地笑着说："说真的，我都不知道自己在吃什么，能填饱肚子就行，我已经分不出好吃和不好吃了。"

总之，在他们俩的带领之下，三班的学习氛围扶摇直上，逼得其他同学连上厕所都要跑着去。

童淼都不敢在课间操时间跟大家抢厕所，毕竟她的时间没有那么紧张，而且她也理解大家为了理想的大学，不惜一切，努力奋斗的行为。

谁还没有坚韧不拔，悬梁刺股的时候呢？她初中参加竞赛集训的阶段，也是这么过来的。

有上一届的好成绩打底，主任和老师对他们的要求格外严格，练习册一套接一套换着花样买，几天就讲完了，没有跟得上的好的练习册，主任就组织有经验的老师自己出题。

晚自习出去补课的人也越来越多，和班里几个拿到保送名额的人比，简直就像在不同的世界。

姜谣可能正处在叛逆期，原本没见她对表演有什么兴趣，但是她爸爸越不让，她越是要对着干，这两天还去参加了一个表演培训班。

真要准备艺考就没多少时间沉浸在课本里了，童淼怕她文化课成绩滑下去，反正自己也没事，就顺带着帮姜谣总结题型，巩固基础知识。

那是一段既充实又残酷的日子。

去年热热闹闹的双十一、平安夜、圣诞节，就仿佛突然取消了一样，没有人在意，也没有人宣传。

高一、高二的学生依旧在贴吧里沸反盈天，但是高三的学生们已经退出了凑热闹的舞台，当初霸屏的几个帖子，也不知道沉到哪里去了。

童淼收到了保送生冬令营的通知。

其实就是在大学住二十多天，最后完成一次笔试和面试。

虽然笔试和面试实在差的学生，有可能会被劝退，但历年来也没有几个这样的例子。

毕竟能被保送的，都是有真才实学的。

不巧的是，司湛赶的是夏令营，已经在暑期结束了，这意味着，他们又要分开二十多天。

童淼还是第一次对除了童美君以外的人心怀不舍。

大学组织的冬令营和夏令营，主要是面对优秀的推荐生。

当初司湛去参加夏令营的时候，正赶上梁茵回国，这个关怀的机会，就让给了他妈妈。

结果梁茵整整给司湛配了三个随行助理，还在学校附近给他租了一套一百平方米的房子。

说要在有限的时间内，充分地让她儿子感受到母爱。

等司启山听说的时候，那三个助理已经被司湛给赶回来了。

但房子租了就是租了，要不是购房限制，梁茵都能当即刷卡买下一套。

为了不让梁茵的钱打水漂，更为了不伤梁茵的心，司湛就当自己在首都度了几天假。

但童淼参加的这次冬令营不一样，密集地安排了好多课程。冬令营之后紧挨着自主招生，招生气氛也浓，学校管得也严，规定学生必须住在学校指定的宿舍。

童美君提前一个星期跟医院请了假，想要和司启山一同送童淼去冬令营。

毕竟要住二十多天，行李也带了不少，童淼又是个女孩子，她多少放心不下。

司湛原本也决定要去，甚至连行李都准备好了，却意外接到了一个项目。

虽然资金不多，但对于他那个小公司来说，意义重大。

对方要求第二天见一面，听他们仔细说说计划，再做决定。

可那一天偏偏是童淼出发的日子。

想要再改时间，可正赶上对方也要出国。

作为乙方，他们没法再提条件了。

其实当着所有人的面，把 PPT 讲得天花乱坠，司湛完全做得到。

他在司启山的公司也见过不少做 PPT 的人才，十分的内容，能做成一百分也毫不夸张。

但童淼这边怎么办？

司湛抬眼看了看陈冬：“我做 PPT，你上去讲怎么样？”

陈冬咂吧咂吧嘴，犹豫了半晌，实话实说道：“我讲是没问题，我唬人的水平也有保障，但你不到场是不是不好？”

他们一个没有知名度的小公司，第一次有这样的机会，却有一个负责人推辞不去，给对方的印象确实不好，很容易让人觉得他们就是小孩子小打小闹而已。

司湛咬了咬嘴里的棒棒糖，眼睫颤了颤，没说话。

陈冬知道，司湛不说话了，就说明这事儿没得商量了。

他说不通，不代表没人能说得通。

陈冬没有童淼的手机号，于是偷偷地给小哀发了信息。

童淼正在房间里检查自己要带的东西，觉得差不多了，就把箱子收拾好，放到墙角。

小哀从司湛的房间里风风火火地跑了过来。

“陈冬给您留言：小卷毛妹妹，司湛为了送你上学，不想参加明天与客户的会谈。这是我们第一次独立接项目，麻烦妹妹劝一下，谢谢了。”

小哀说罢，自己调头，轱辘轱辘地开了回去。

年头久了，定位不精准了，它差点儿撞到门框上。

童淼愣了愣，无奈地叹了口气。

有时候司湛对她好得让她自己都觉得有点儿惭愧。

所以当司湛回来后看到坐在餐桌边，一脸严肃的童淼时，他本能地意识到了什么。

他谨慎地扔下背包，上下打量了一番童淼，问：“你这么看着我干吗？”

童淼眨了眨眼睛，给他推过去一杯白开水：“你先喝。”

司湛不渴，但还是抿了一小口。

“你明天去和客户会谈吧，有司叔叔和我妈送我，已经够多人了，你不用去了。”

司湛一皱眉：“靠，陈冬那小子跟你告的状？”

童淼绷着脸，眼睛睁得大大的，微微皱着眉：“你别管谁跟我说的。你既然要发展，就要抓住每次机会，一点儿错误也不能出啊。”

啧。

司湛眯了眯眼，看童淼一副义正词严的样子，突然揶揄地笑了。

“你知道你这样子像什么吗？”

童淼一愣：“像什么？”

“像我小时候做梦，梦里的女神。”

她的脸骤然红了，心跳都顿时加速了。

这种话，他到底是怎么做到随随便便就说出口的？

她狠狠地捏了捏自己的手指骨，强迫自己从羞涩的情绪中逃脱出来。

“我没跟你开玩笑。你的事明明更重要！都已经那么多人送我了，我又不会出什么问题。”

她特别怕成为司湛的负担，也特别怕司湛因为她而做出不理智的事情。

毕竟从现在的状态看来，司湛完全有可能犯这种“错误”。

她希望司湛永远都能得到最好的结果，永远都不走弯路，哪怕和她相悖，也无所谓。

司湛拉了一把椅子坐到她对面，懒洋洋地往椅子上一靠，伸手摸了一个圣女果塞到嘴里。

“我知道你肯定没事，阿姨也会把你照顾得很好。”

童淼趴到桌子上，长发披散到桌面上：“那你就去啊。”

司湛停了半晌，才缓缓道：“我承认这个项目对我们来说意义很大，但也的确是个小项目，我们完全有能力做好，这个你不用担心。”

童淼点点头，司湛做的项目她是完全不懂的。

“我当然相信你能做好。”

“我们虽然是乙方，但其实合同没定下来之前，会谈也是个双向选择的过程。他们公司小，成本少，我们没履历，收费低，这也是我们能坐在一个桌子上谈话的原因。如果明知道我们能达到目标，却因为我没有到场就选择更昂贵的合作对象，那他们的脑子也是白长了。”

司湛一脸平静。

“你这是强词夺理。”

别以为她没经历过就不知道，有多少合同都是之前说得好好的，结果桌面上谈崩了。

甲方既然是出钱的一方，本来就喜欢刁难人，在这时候留下把柄，有害无利。

司湛轻轻地抿了抿唇，也没反驳。

他继续说：“我得给自己定个底线，如果在创业初期，我就因为项目而对你失信，我怕自己以后会走弯路。”

童淼的心漏跳了一拍。

哪怕她再通情达理，再理智至上，也很难不为司湛的话动容。

她不知道，是不是只有成熟的姑娘才能跟司湛讲通道理，但她知道，世上所有的姑娘都爱听这样的话。

哪怕只是一句话。

“你……”她一时语塞，声音也没底气起来。

司湛将水一饮而尽，低声道：“我心里有数，你放心。”

“司湛。”童淼犹豫了一下，轻轻地垂下眼眸，糯糯道，“可是如果有一天，我真的成了医生，我可能没法做到对你守信的。”

“我知道。”司湛探过身去，揉了揉她的头发，“不限于做医生，你不必永远对我守信。因为哪怕就算是互相喜欢的两个人，喜欢的程度也是不一样的。”

童淼眼前模糊了一刻。

她承认司湛说得对。对于他们之间的感情，她可以隐而不发，甚至等待时间消耗自己的激情，等待人生中的无数次选择把他们冲得越来越远。

但是司湛不能。

他往前走了九十九步，还能再走一百步，哪怕她往后退，他也能立刻跟上。

第25章

司湛还是去了。

因为人太多，司启山调了一辆七座的商务车，他和童美君坐前面，司湛和童淼坐后面。

童美君有点儿晕车，一直昏昏欲睡，司启山给她腾了位置，让她舒舒服服地躺着，自己挤到小折叠椅上去坐。

折叠椅没有靠背，他很轻松就能看见后面的动态。

看了一会儿，他微微皱眉："你半天都没放下手机，干什么呢？"

司湛抬眼看了看他爸，没说话，也没摘耳机，继续盯着手机屏幕。

司启山不知道，童淼可知道。

司湛正跟陈冬视频，盯着会议进程呢。

他们毕竟是学生，陈冬跟对方扯了个理由，说司湛因为被保送，应学校要求，参加座谈会去了。这是教育局要求的，特别严肃，不能缺席。

对方将信将疑，也就没有追究。

陈冬别看对学习没有兴趣，在演讲方面真的一点儿都不输司湛。更难能可贵的是，他还有一种得天独厚的幽默感，说着说着，还能把甲方逗得哈哈大笑，现场气氛相当活跃。

PPT 讲完之后，在价格上又拉锯了一会儿。

毕竟他们是学生，对方也实在不好意思太占便宜，意思意思一下就把合同给签了。

眼看着陈冬签了字，司湛才把视频关掉。

看了这么久，他的眼睛都花了，也难免有点儿犯恶心。

童淼赶紧给他递过去一瓶水，小声嘟囔："幸好没出什么事儿，不然我……"

司湛勾唇一笑，勉强喝了一口水，胃里还是翻江倒海的，很不舒服。

"能出什么事儿？都说了我心里有数。"

他说罢，皱了皱眉，把头歪向车窗，将车窗开了一条小小的缝，吹一吹自然风。

童淼自然而然地伸手在他后背上拍了拍。

车子开得很快，风声有点儿大。

司启山突然回头问："嘟囔什么呢？都开空调了你还开窗？"

童淼的手还在司湛的背上拍着，一见司启山回头，立刻触电般地缩回了自己的手，心虚地扭过头去。

可惜……

她还是太惊慌失措了，本来不容易让人想歪的事情，她的反应这么强烈，反倒让人觉得古怪。

司启山果然在他们俩之间来回看了好几眼，神情有些欲言又止。

正巧童美君醒了，迷迷糊糊地爬起来，叫了声："啾啾？"

司启山扶住她，温柔地问道："怎么不再睡一会儿？"

童美君摆了摆手，就着热水，把自己从医院带来的晕车药吃了一粒，然后转回头问童淼："我带了水果，你和阿湛吃一点儿吗？"

童淼立刻摇头："我不想吃。"

童美君又看了看司湛，作为医生，她立刻察觉出了司湛身体不舒服，连忙问道："怎么了？阿湛也晕车吗？"

司启山"哼"了一声，点了点司湛："上车就看手机，一会儿都没停下，感觉比我都忙。"

他只当司湛是在玩游戏或者刷论坛，并没有想太多。

童美君无奈地用眼神示意司启山，让他对司湛温柔一点儿，然后把晕车药递过去："阿湛也吃一粒吧，一会儿到服务区我们休息一下。"

司湛将药接过来，就着童淼递过来的水咽了下去："谢谢阿姨。"

童美君醒了，司启山也就不关注后面了，专心和童美君聊着天，说着自己公司发生的趣事，也听童美君聊最近的病人。

童淼低下头，从书包里拿出笔，抽了一张车里的纸巾，在上面写字：你还难受吗？

司湛接过来看了看，又瞥了司启山和童美君一眼，拽过她的笔，在下面写：干吗不说话？我想听你开口说话。

童淼鼓了鼓嘴，盯着司湛的眼睛看。

司湛真没有开玩笑的意思，他靠着椅背，手臂漫不经心地搭在车窗上，狭长的眼中映着童淼的样子。

“司湛，你不难受了吧？”

童淼糯糯地问。

她心里带着小时候看热血漫画时的激动。

当着司叔叔和妈妈的面，和司湛说这种话，有种难以形容的满足和快乐，能给人一种已经获得认可的假象。

“好多了。”司湛脸上带着满意的笑。

等到了学校，童美君带着童淼和司湛去办理手续，司启山跟着两个司机一起把东西运到宿舍。

童淼上次面试来过一次了，但童美君还是第一次来这里。

她摸了摸童淼的头：“妈妈也算借你的光看看高等学府了。”

童淼牵住童美君的手：“我还借妈妈的光坐专车来的呢。”

童美君笑了笑：“那是借你司叔叔的光。”

“司叔叔和妈妈是一样的。”

童美君笑得更甜了一些。

司湛走在后面，饶有兴致地看了看童淼的背影，他以前怎么没发现，小卷毛这么会讨人欢心？

笑着笑着，他又有些笑不出来了。

童淼对童美君的这种乖巧态度，或许已经成了一种习惯。她学着想方设法去让妈妈开心，学着隐瞒自己的情绪，学着说些大人喜欢听的话。因为她生怕童美君有哪怕一秒的难过，会刺激到脑袋里的那颗瘤，定时炸弹一旦引爆，就是灭顶之灾。

司启山的确也担忧过这件事，还带着童美君去各大医院检查过。

医生给的建议都是说现在瘤不算大，而且没有增长的趋势，暂时不用做手术，因为脑部手术的风险太大，害怕伤到神经和功能区。

童美君的心态一直很好，或许是做医生久了，看惯了人生无常，又或许是天生性子柔和，不易动怒，反正这些年来，一直没出什么事。

“一会儿我带你们在校园转转吧，等小……等童淼领了学生卡，还可以带您进图书馆，清华的几个图书馆装修得都不错。”司湛走到前面去，给她们带路。

童淼舔了舔嘴唇，瞄了司湛一眼。

她知道司湛刚刚是要叫她小卷毛的。

也太吓人了。

去学工处领好了资料和证件，这一天就没什么事了，学工处的老师和蔼地建议他们去逛逛校园，感受一下校风。

“这是老馆，算是最有特色的了，比盛华的图书馆大了好几倍。我没有学生证，童淼，你带阿姨进去看看，让阿姨在门口登记一下就好。”司湛指了指面前的建筑。

门口还有参加冬令营的小朋友排着队照相，家长举着相机在一旁指挥着：“笑一笑，热情一点儿。”

童淼抬头往台阶上面看去。

门卫困倦地靠坐在椅子上，已经对合影拍照的场景司空见惯。高高的台阶两旁还有零星掉落的黛青色细碎叶片，已经枯萎的爬山虎藤蔓贴在墙壁上，莫名有种历史沉淀的厚重感。

她带着妈妈走上去，小心翼翼地递上了自己的学生卡。

门卫看了她一眼：“刷卡进去就行。”

童淼道：“我妈妈也跟我进去，麻烦您登记一下。”

门卫皱了皱眉，有些不情愿地拿出登记本，嘟囔道：“一般是不让带人进去的，都是给忘带卡的学生登记的。”

但毕竟是女学生和女家长，他又不好意思为难，让童淼在上面签了名，登记了号码，给她们开了门。

童淼回头，跟司湛挥了挥手。

图书馆的人不少，但是大家都默契地保持着安静，几乎没人说话。

一排排立着的书架上整整齐齐地摆放着学术性的书籍。

棕褐色的桌椅上还刻着捐赠者的名字，又或者没有名字，只是刻着“××级毕业班捐赠”的字样。

童淼也只是漫无目的地乱走，异常好奇地观察着大学生学习的氛围。

她觉得有点儿激动，这么大的图书馆，这么多的书，要多久才能看完啊！

成为这里的学生后，是不是就可以每天过来了？

她趴在栏杆上，朝楼下望去，看着来来往往的学生不由得笑了起来。

童美君跟在她身后，拿着手机给她拍照，也是由衷地感到自豪。

童淼似乎感觉到了，扭过头来，做了个张开双臂的姿势。

她刚摆好动作，脸上的笑容突然僵住了。

穿着一身西装的董诚，手里捧着一本厚重的黑皮书，在不远处静静地望着她们。

他没有刻意躲藏，也没有想要隐瞒，他仿佛一根人形立柱，默默地站在一边，不打扰，也不离开。

安静的图书馆不适合说话，童美君慢慢地放下手机，面无表情地看着董诚。

董诚来首都了，她当然有所耳闻，具体在哪里工作，她却刻意没有打听。

没有想到今天会在这里碰到。

三个人相隔不远，沉默的暗流涌动，每个人的心情都复杂得理不清头绪。

“爸爸，好久不见。”

没有多余的旁听者，没有不相干的外人，再次见到董诚，她总算喊出了一声爸爸。

董诚的嘴唇微动，不由自主地伸出了手，一点点儿地，试探性地想要离童淼更近一点儿。

不管怎么说，女儿永远是父亲心中难以描述的柔情，这种感情，甚至比夫妻之情更加深厚。

哪怕他已经和童美君分开十年了，哪怕他现在有了更为亲密的爱人、更紧密的家庭，童淼也始终是他最放不下的，最疼惜的存在。

“妈妈，图书馆里太热了，司叔叔还等着我们吃饭呢。”

童淼笑着转过身去，背对董诚，挡在他和童美君之间，把童美君拉扯到了另一边。

董诚抬起的手僵硬地垂了下去。

童美君没动。

她对董诚的鄙夷和厌恶已经随着时间消散了，现在再见到他，就仿佛是看到一片平整的水泥地，被人留了一个显而易见的脚印。

不影响大局，但看着别扭。

越看越别扭。

她的目光越过童淼的肩膀，望向这个明显老了的男人。

他眼角的细纹明显加深，皮肤也松弛了起来，浓密的头发里零星带了几根银丝，看起来比童美君要老十岁。

或许是慧极必伤，又或许是心思太重。

董诚叹了一口气，尽量压低声音，冲童美君道："我们找个地方聊聊。"

童淼紧张地抓住了童美君的手。

这次谈话怎么想都不会是愉悦欢快的，她不想妈妈去。

童美君却松开她的手，朝董诚意味深长地笑："好啊。"

司湛原本靠在草坪上的长椅上闭目养神，他给他爸发了定位，司启山正在往图书馆这边赶。

陈冬那边给他传了一份超大的文件，他尝试了很多次，都没打开。

外面到底有些冷，哪怕穿着长款羽绒服，他也开始手脚冰凉。他直起身子跺了跺脚，去一旁的咖啡厅买了四杯馥芮白。

校园里的咖啡卖得一点儿也不比"星爸爸"家便宜，还不能刷卡，司湛掏光了兜里的零钱才勉强凑齐了金额。

他刚走出咖啡厅，就看见童淼领着童美君出来了。

跟随着她们一起出来的，还有穿着长款大衣的董诚。

司湛微微眯了眯眼睛，小跑两步，迎了上去。

"司湛！"

童淼一眼看见了他，仿佛看到了救星一般，赶紧招了招手。

司湛走过来，递给她一杯咖啡，又送了一杯到童美君手里。

"天太冷，喝点儿咖啡暖和暖和。"

还剩最后一杯，原本是给司启山留着的，他抬眼打量了一番董诚，勾唇轻笑，将手上的袋子往上拎了拎："喝吗？"

董诚对这个男生的印象太深刻了，无论是阑市商场里阔绰又夸张的大手笔，又或者是五星度假村里对童淼呵护备至的表现，都让他觉得，这人对自己的女儿很上心。

身为父亲，比起童美君，他倒是对这两人之间的关系看得更清楚，所以对司湛并没有好感。

"不用了，以前在国外喝腻了。"董诚淡淡地说道。

他只是出于礼貌回答司湛，并不意味着他想跟司湛讲下去。

司湛敲了敲咖啡杯，嗤笑道："您倒是见多识广。我也觉得，要说独特，比不上麝香猫屎，浓郁又比不上蓝田，国内的怎么都不如国外的香。"

他说罢，随手一甩，把原本打算递给董诚的那杯咖啡随手扔进了一边的垃圾桶中。

董诚皱了皱眉，立刻从司湛的话里听出了嘲讽。

他不由自主地推了推眼镜，脸上的肌肉绷了起来。

他原本的话并没什么别的意思，只是推辞的借口罢了，但司湛的话里引申义可就太多了。

关键是在场的所有人都知道，司湛指的是什么事。

童美君拍了拍司湛的肩："阿湛，你带哝哝去咖啡厅坐一会儿，我马上就过去找你们。"

童美君其实挺开心司湛能在这时候替她们出头，这说明在司湛心里，他已经把她们当成一家人了。

但毕竟是自己的陈年旧事，把司湛牵扯进来不合适。

"妈……"童淼担忧地咬着唇，朝董诚投过去一个戒备的眼神。

董诚被刺得心里一痛。

任谁也不会习惯亲生女儿用如临大敌的眼神看着自己。

更何况小时候的童淼活泼又可爱，时常会缠着他玩游戏，在他身上爬上爬下，十分依恋他。但造化弄人，这一切都注定不复存在。

他苦涩地笑了笑，觉得手脚冰凉。

童美君推了推童淼："大人说话，你就别掺和了，我没关系的。"

她硬是把童淼推到了司湛身边。

其实她更怕董诚说出什么话，刺激到童淼敏感的心。

对于从小失去了父爱的孩子来说，变得没有安全感好像是无法扭转的事情。她无论怎么弥补，都填补不了董诚带来的缺口。

这也是她一点儿也不想让童淼再次见到董诚的原因。

但现在看来是不可能了。

童美君不傻，童淼能顺顺利利地更改专业，董诚又偏偏在清华大学任教，要说这两者之间没有关系，她都不信。

她就是气自己，为什么逞强不去打听董诚的事，如果早知道他在这里，她一定会竭尽全力劝说童淼不来学医。

司湛沉默了半晌，扯住了童淼的胳膊："走吧。"

童淼挣了挣，蹙着眉："我不能走。"

"别让阿姨担心你。"司湛攥紧了她的手腕，带她朝相反的方向走。

童淼欲言又止地看了母亲一眼，还是被司湛拉走了。

她知道，妈妈和爸爸说的话，并不想让她听到。

董诚的目光一直追随着童淼，直到她消失在玻璃门里，他这才深吸一口气，呼出白茫茫的雾气。

“孩子那么小，你怎么不都管管她？你看她和异性之间都把握不好分寸。”董诚的语气里没有责备，反倒带着些委屈。

他知道自己没有资格质问童美君，毕竟童淼的人生，他缺席了十年。

童美君的眉毛立了起来，斥道：“你在胡说八道什么？多年不见，你一出现就要污蔑我女儿吗？”

董诚愣了一下。

看来童美君并不知道那男生和咴咴的关系，既然不知道，又让两个人那么亲近，到底是怎么回事？

“我知道自己对不起你，也并不想跟你吵，但我相信我们为咴咴好的心是一样的。”

董诚揉了揉太阳穴，觉得有些疲惫。

童美君冷笑一声，抬头看了看天，天空云层浅薄，偶尔飞过一只麻雀。

“抱歉，我们是不一样的。咴咴在我心里是排第一位的，而你心中只有你自己。”

董诚笑着摇了摇头，看向童美君的眼神，一如当年那个优秀的学霸望向天真的女孩。

“美君，你也是学医的，你知道我们这行的残酷现状，不出去的话，我混到现在也只能是阑市一个没日没夜加班的普通医生。”

这是他人生中第二次跟童美君解释当年自己做的决定，只是这次并不是为了获得童美君的谅解，而是为了能够介入童淼的教育。

“医学院没教你为达目的抛妻弃子，医学院也没教你娶前院长的女儿上位。你别把什么帽子都往学医上面扣，别玷污了这个职业。”童美君的胸膛微微有些起伏。

她承认自己动了气，但是她并不打算说服董诚。

如果两个人的三观有着天差地别，那就谁也别想说服谁。她只是恶心，董诚还妄想把这套理论灌输给童淼，以间接获得童淼的谅解。

“我不是来和你吵架的，但你要知道，咴咴决定走这条路，我能给予她更多的帮助，小到出国推荐名额，大到未来的工作单位。前二十年母亲的陪伴是有利的，但是后二十年，她需要我作为父亲的资源。”

董诚的语气格外冷静，他希望这种冷静可以使童美君现实起来，为童淼的未来着想。

还有一个词他没忍心说。

那就是“自私”。

逞一时之气，白白断送了女儿更好的未来，在董诚看来就是自私。

他有能力，也有实力帮助童淼，替她安排最好的道路，进最好的单位，做一份升职很快，含金量又高的工作。不必像他一样，在基层蹉跎好几年。

其实私心里，他觉得童淼要比他和陈元黎的儿子更像他。无论是从智商、反应能力，还是从钻研精神上来说，童淼都更像是一个进化版的他。

虽然儿子年纪小，但从平日的生活中他也能看出来，不过是平庸之人罢了。

这种遗憾，是无从弥补的。

童美君失望地摇了摇头，轻蔑地问：“先不说你能给她多远的未来，我问问你，你敢跟陈元黎小姐承认，你和我在一起过，哝哝是你的亲生女儿吗？”

董诚噤了声。

“如果将来有人问，你为什么偏偏推荐她，为什么对她格外看中，你要说什么？当着哝哝的面说，这是我最好的学生，我只是单纯地欣赏她？”

童美君的语气里带着嘲讽，像插刀子一样，在董诚心上捅出了好几个血洞。

“那些还早，我……”董诚的话没有说完，突然被人打断了。

司启山摘掉墨镜，眯着被雪光刺得有些难受的眼睛，走到童美君身边，自然地搂住她的肩，呵护地问道：“怎么了，宝贝？”

他没怎么看董诚，却大抵猜到了董诚的身份。

童美君原本不习惯在大庭广众之下和司启山搂搂抱抱。

毕竟他们年纪都大了，不能跟青春期的小孩子似的。

但现在她突然很想靠着他的肩膀，平复一下自己的心情。

“没什么，在谈哝哝的问题。”童美君贴着司启山的耳朵低声道。

董诚清了清嗓子，强调：“我们都是为了女儿好，我想你应该明白。”

他挑明这一点，也是不希望童美君的情人掺和进来，毕竟哝哝和他没关系。

而且他本人还真的不知道司启山的身份。

他出国多年，国内的发展日新月异，那些政商界的大佬，他并不能全部认识。

当然，他更想不到，童美君一个普普通通的急诊科医生，会认识司启山这样的人。

司启山皱着眉问：“他说什么为哝哝好？”

童美君揉了揉眉心，平静地说道：“他说他才是能帮助哝哝出国深造，一路晋升的人，希望我把女儿交给他教育。”

“哦。”司启山听罢严肃地点了点头，随后他转过头冲董诚平和地说道，“这位父亲，你可以不用操心了。我和美君结婚之后，哝哝就是我的责任。她即便出国深造，我们也不需要走公费。还有，晋升就算了，我正准备投资一个私立医院。”

第 26 章

董诚人长得清瘦，脸上也没什么肉。

司启山说罢，他难得地面容扭曲了一下。

他现在的生活水平好了不少，但以前的确穷苦过，不然也不会和童美君分开。

所以看到司启山这种人，他莫名有些排斥。

常常有学生跟他抱怨，做医生累，忙得脚打后脑勺还拿不了多少钱，都比不上一些在高级私立医院的人赚得多。

的确不能比，高级私立医院都是富人休养的地方，配套设施都快赶超五星级宾馆了，所以医生的工资也高。

他自认为自己的职业生涯虽然有坎坷，有弯路，但仍然算是成功的，人到中年，已经算是小有成就。

他总是用自己立志求学的经历鼓励那些浮躁的学生，也顺带着安慰自己，能达到现在的高度，当初的一切都是值得的。

但事实就是，或许他忙忙碌碌一生，最后的积蓄都不及有些商人一年的收入。

他虽不甘心，但平时也没受过什么真切的刺激。

现在刺眼的对比就摆在面前，他才觉得难以接受了。

他不是没想过，童美君身边会有其他人。因为他的所作所为，他甚至希望童美君过得好，找一个体贴、欣赏她的人。

但是……司启山还是超乎他的意料了。

超乎他意料地好。

这也让他心里酸溜溜的。男人多少有些好胜心，尤其是对方还要成为他女儿的继父了。

董诚总觉得自己被司启山嘲讽了。

他已经做好打算，要为亲生女儿铺路，给她一个更顺畅的未来。可司启山轻描淡写般一开口，就是要送一个医院来讨好童美君。

他当年为了几十万的留学资金，付出了背叛自己良心的代价。但在这位继父眼里，几十万就是童美君现在手上戴的一枚戒指而已。

真是无比讽刺。

如今，这个人又要来抢夺他为女儿付出的权利，把他的用心贬得一文不值。

“不管怎么说，我才是她的亲生父亲。”

他认真地强调了一声。

司启山轻声笑了一下，没有说话。

他不说话，反倒比说话更让董诚受不了，对方似乎已经不屑于跟他做比较。

“哎哟，董老师。”

从图书馆里走出来一位头发白了一半的老先生，看样子大概也是个资深教授。

董诚回神，立刻露出一丝笑，摆了摆手：“陈老师，你也来找资料啊？”

陈老师看了司启山和童美君一眼，毕竟司启山不是一般人，身上的气质与众不同，很难让人不注意到。

“这是……你朋友啊？”

“学生家长。”

董诚掩饰性地推了推鼻梁上的眼镜，绷直了身子。

那位陈老师也不多问，挥了挥手，抱着书走了。

“学生，家长。”童美君似笑非笑地重复了一遍，故意突出了“学生”两个字，然后无所谓地耸了耸肩。

“我没有义务向你解释。”董诚蹙眉，脸上有了些怒意。

他知道童美君是在嘲讽他先说亲生女儿，后又改口叫学生的事情。但既然已经到了忍不住要发泄情绪的地步，就没有必要再交流下去了。

他转身直奔图书馆。

他带着极强的自尊心，面色清冷地迈步上台阶，避过门卫看热闹的眼神，踏进了大门，一种落荒而逃的感受油然而生。还是知识的世界更为纯粹，只要付出，就会有所收获。

童美君从司启山的怀里直起身子，有些厌恶地瞥了一眼董诚的背影，然后才转过身对司启山柔声道："你可别真的为了哝哝弄一个医院，她就是普通的学生，我们这行讲究经验，还是要有在大医院的知名的医生手底下实习过的经验，容不得一点儿马虎。"

司启山拍了拍她的肩："也不是给哝哝，主要是给你的。我看你现在太忙了，也不是个办法。"

童美君摇摇头："我也不行。你让我维持一个小诊所还差不多，要办私立医院，你得有更精尖的医生，关系到生命和健康可不是开玩笑的。"

司启山含糊道："那以后再说，反正离哝哝毕业还远着，你别影响了心情。"

司湛和童淼喝咖啡都要喝饱了，透过玻璃窗户往外看着。

虽然听不到他们说什么，但是看脸色就知道，谈得并不怎么开心。

见董诚转身走了，童淼立刻站起了身。

司湛让服务员把没上的蛋糕退掉，也抓起椅背上的羽绒服跟着走了出去。

"妈妈。"童淼有些担忧地观察着童美君的脸色。

"没事了，先去吃饭吧。"童美君揽住童淼的肩。

她的语气一如既往地温柔，但也能看得出，兴致并不怎么高。

司湛出来得晚，慢悠悠地走过来。

他身上只穿着一件高领毛衣，羽绒服还在手里拎着。

司启山皱了皱眉："你出门不知道穿衣服吗？"

司湛没觉得冷，他刚从咖啡厅出来，身上的热气还没散去，再加上他年轻，本来就不喜欢穿得鼓鼓囊囊的。

"刚喝了热咖啡，不冷。"

言下之意，冷了再穿。

不提咖啡司启山还忘了，司湛一提，他立刻想起来了。

"哎，我看你把一杯咖啡扔垃圾桶了？"

司湛挑了挑眉，"嗯"了一声。

"你是不是钱多了？谁让你喝一杯扔一杯的？什么时候养成的臭毛病！"

司湛嘴角抽了抽，勉强把他爸的话给听了下去。

也不怪司启山反应大，他身边的朋友把孩子教育成废物的太多了。

而且他前妻也是个特别有个性，护犊子到了极致的人。

每次梁茵一回国，司启山都特别头疼她对司湛的关爱。

这次梁茵才关爱完不久，司湛就已经不把二三十块钱的咖啡当回事儿了。

"你别总说孩子，阿湛也是为我出气。"童美君轻轻地推了司启山一把。

虽然司启山觉得，出气和浪费明明是两码事情，但是既然童美君这么说了，他还是闭上了嘴。

司湛默默地翻了个白眼。

童淼看他那样子，觉得他又好笑又可怜。

可怜是出于自己对司湛的私情。好笑却是因为他难得表现出来的，特别孩子气的模样。

但司湛明显憋着气，总得安慰一下。

她趁着妈妈和司叔叔不注意，轻轻地戳了戳司湛，然后很快把手插回了自己兜里。

“你还是把外套穿上吧。”她小声道。

听了童淼的话，司湛很快把衣服披了起来，趁离司启山还比较远，他压低声音道：“要是只有我们两个就好了。”

童淼假装没听到，眨了眨眼睛，看四周的风景。

天气真好啊，校园也真大啊。

两天的时间很快就过去了，司湛得跟着司启山和童美君回去，留童淼一个人在这边。

童淼站在校门口眼睁睁地看着司湛上车，意味深长地看着自己，然后打开车窗挥了挥手。

她也慢慢地把手指从袖子里面抽出来，轻轻地摆了摆。

看着车子缓缓地开出了大门，司湛的样子也逐渐模糊不清，童淼竟然觉得眼眶有些酸涩。

她抿了抿唇，僵硬地把手放了下去。

只是二十天而已，怎么就像生离死别似的？

她暗暗自嘲。

扭回头往校园里面走，保安见她一副学生模样，也没有阻拦。

她路过了法学院，又路过了经管学院，漫无目的地往前走，走到分岔路口。

手机突然响了一声，她怔了怔，停下来，掏出来看了一眼。

“早点回来。”

挺简短的一句话，她的眼泪却哗地流了下来。

完了完了。

这回算是彻底陷进去了。

在冬令营的这段时间，童淼一次也没碰到董诚。

校园那么大，就像姜谣说的，缘分本是没有的，都是靠人创造的。

大学食堂的物价比盛华要便宜一些，菜品和口味也要平民化得多，最贵的大概就是一家叫作“甲所”的餐厅了。

带冬令营的老师请她和同学们去吃过一回，松鼠鳜鱼的味道很不错。

在一起吃过几顿饭后，同学们彼此之间也熟悉多了，哪怕童淼再慢热，也渐渐有了几个好朋友。

大家都是各个学校的尖子生，临近高考，成绩稳定，反倒轻松了起来，平时回了宿舍，也喜欢聊些有的没的八卦。

“咱们宿舍谁谈过恋爱啊？”睡在一号床位的孙小佳兴奋地问。

宿舍里面一片安静，但大家的神情都暧昧且羞涩了起来。

“你应该问谁没谈过吧？我不信还有没谈恋爱的。”陈子琪靠着椅子，拢了拢湿漉漉的头发。

“像童淼这么乖的，肯定没谈过。”孙小佳笃定道。

童淼摆弄着手机的手指僵硬了起来。

她正在给司湛发短信，方才跟着室友一起去洗澡，没看到司湛的消息，回来打开手机一看，已经有十多条了。

突然被cue到，她顿时无措地抬起头，眨巴眨巴眼睛，一句话也说不出来。

陈子琪仔细地打量着童淼，嘀咕道：“童淼这么漂亮的女生，肯定有人追啦，是吧？”

童淼无辜地摇摇头，继续眨巴眼睛，手机上短信提示音此起彼伏。

“她太乖了，估计不敢谈。”孙小佳道。

“你听她那手机信息提示音，肯定不是爸妈呀！我跟你说，我们班学习好的就没有没谈过恋爱的，大家都谈，老师都睁一只眼闭一只眼。”陈子琪摆了摆手，从书包里扯出一张面膜，对着镜子贴到脸上。

明明年纪不大，皮肤正好，却已经开始喜欢上护肤了。

童淼赶紧顺着她的话转移话题：“都要毕业了，老师的确不好管了。”

然后她低头在手机上回复了一条：我刚刚洗澡去了。

孙小佳若有所思，然后叹了一口气：“上大学真好，干什么都没人管。都没什么可学的了，我希望现在就高考，然后放假。”

话题转移到学习上，陈子琪也没那么兴奋了：“哎，我们选来参加冬令营的，最后都能加分吧？”

童淼摇了摇头：“不知道，但据说上一届大部分人都加了。”

孙小佳无所谓道：“加不加随意吧，裸分也没问题吧？”

陈子琪皱了一下眉：“你不知道加的是选专业的分吗？裸分考不上也不可能来这儿吧？我想报经管的，但是竞争太激烈。”

“反正明天就出结果了，等着吧。”

她们又嘀咕了两句，就都爬上床看手机了。

童淼默默地推开门，走到楼梯处，见四周没什么人，她靠着墙，拨了电话。

对面很快接了起来，司湛的声音沉沉闷闷的，像是蒙在被子里。

“你……干吗呢？”童淼小声问道。

“你猜。”他的声音有些慵懒，透过耳机显得格外亲昵。

“睡觉了？”童淼手撑着墙，晃着小腿，脸对着走廊里的小平面镜。

狭窄的空间让她的声音显得洪亮了些，把走廊里的声控灯给震亮了。

“没有。”司湛低声道。

童淼微微蹙眉，她总觉得司湛的声音压得太低了，好像生怕吵到谁似的。

突然电话里插进来一个优雅动听的女声：“阿湛，你跟谁说话呢？神神秘秘的。”

紧跟着是一连串的脚步声，显然那人走到了司湛的身边。

童淼吓了一跳，不由得按紧了墙壁。

司湛身边怎么会有人呢？都已经这么晚了啊。

虽然听声音好似很稳重，但她的心里仍然难免酸溜溜的。

和以前面对郝梦溪和陈露楠的时候不一样，那时候她和司湛的关系还没有那么密切，她对司湛也没有过多异样的情感。

但现在……她竟然会有点儿吃醋？

她没说话，屏住呼吸听那边的动静。

司湛懒洋洋道：“神秘什么呀！这……我……你懂的。”

童淼的心跳骤然加速，尴尬得无以复加。

“喂，你……你胡说什么呢！”

她虽然低声警告着，方才酸涩的感觉却是荡然无存了。

“哟，可以啊，声音还挺好听呢。”

女人显然没有那么惊讶，仿佛对她来说，司湛在和谁说话并不是什么大事儿。

“那是，特别软，特别可爱。”司湛淡淡地说道。

既然被发现了，他就没有必要压低声线了，声音反倒清亮了起来。

“那你先给妈妈介绍介绍？”梁茵饶有兴致地凑到司湛耳边，想要偷听电话里面童淼在说什么。

妈妈？

童淼一愣。

原来司湛的妈妈又回国了。

司湛低笑两声，调侃道：“小卷毛，你要不要跟我妈说两句话？”

童淼只觉得脸上滚烫，在楼梯上不断踱着步，说话也不是，不说话也不是。

她和梁茵之间的关系实在是太复杂、太尴尬了。

不仅因为这是司湛的亲生母亲，还有司叔叔和她妈妈那边的关系。

“司湛你……”她磕磕绊绊，实在是后悔给司湛打这个电话。

梁茵倒是主动、泼辣多了，她抓过司湛的蓝牙耳机，愉悦地说道：“小姑娘，别紧张，我儿子很不错的，你们好好相处，将来我的都是你的。”

童淼单手捂住脸，默默地蹲在了墙角。

“谢谢……阿姨。”

“行了行了，你们俩聊吧，我不打扰你们。”梁茵笑眯眯地冲司湛眨了眨眼。

司湛朝他妈笑了笑，也不解释什么。

回到自己房间，司湛这才调侃起童淼来：“你害羞了？”

童淼听到司湛关门的声音，这才愤愤道：“你都跟你妈妈说什么了？”

司湛安慰她：“你别紧张啊，我妈不知道是你。”

童淼当然知道司湛不会乱说，但是她还是觉得担惊受怕。

“你以后不许再胡闹了。”她嘀咕道。

走廊里有暖气，大门口也被棉帘子遮得死死的，温度很高，童淼从脸红到了脖子，她解开领口的第一颗扣子，扇了扇风。

“明天我去火车站接你。”司湛笑着道。

“嗯。”

“你早点儿休息。”

挂掉电话，她才觉得手机外壳有些发烫。

她把手机攥在手里，贴在胸口，就仿佛司湛还没有离开似的。

她抿着唇笑了笑，根本没有什么睡意。

她趴在阳台上，轻轻地把窗户拉开一条缝。

饶是在冬天的夜晚，紫荆操场上依旧有学生在夜跑，零星的几个人，影子在路灯下拖得长长的。

昨天下了大雪，操场的积雪还没有铲除掉，隔得远远的，童淼好像能听到咯吱咯吱的声音。

那种声音平白有种召唤的魔力。

她把自己的保暖睡衣裹好，悄无声息地回宿舍取了羽绒服，把自己裹成了一个球，然后蹑手蹑脚地溜出宿舍，尽量不碰出响声。

看门大爷看着她愣了愣，但也没说什么，她就一路走到了操场上。

外面真是冷，再加上夜风很大，有种刺入皮肉的寒意。

还好她穿得多，身上的热气还没有消散。

操场中间有一大片没被践踏过的雪地，白茫茫的，像一层浮沙。

她一步步地走过去，蹲在地上，朝四周看了看。

夜跑的人越来越少了，即便有也不会注意到孤零零的她。

她仿佛拥有了一片广袤的私密空间，随便她做些什么，都不会有人发现。

她慢吞吞地从袖子里伸出手指，在雪地上一笔一画地写着。

雪粒冰凉凉的，已经没那么柔软了，但好在不会被风吹散。

她写了两个人的名字，顿了顿，在中间加了重叠的爱心，然后学着姜谣那样，用丘比特的箭把爱心串在了一起。

手指已经被冻得没什么知觉了。

她将它缩在掌心取暖，然后站起身，看着雪地里傻傻的小学生把戏轻笑。

原来有些感情，是会让人越变越幼稚的。

她从兜里取出手机，开了闪光灯，对着雪地里的字仔仔细细地拍了好几张照片。

哪怕明天这些字都会消失不见，也永远定格在这个时间的镜头里了。

回到宿舍躺在床上，童淼从所有照片里面选了一张最好的，心满意足地发到了朋友圈——仅对自己可见。

第27章

童淼拎着收拾好的箱子走到门口。

临时宿舍被她们几个女生收拾得整整齐齐，丝毫没有住过的痕迹。

其他几个女生已经离开了，她最后望了一眼，关上灯，锁上宿舍的门。

等再次来到清华，她就会换去更好的宿舍楼了。虽然只有二十天的时间，对这个地方竟然有些熟悉感了。

她拖着箱子下楼，外面还飘着小雪花，天色灰蒙蒙的，天空又沉又低。

想必她昨天留在操场上的字也早就被新雪覆盖住了。

走出楼道口，把钥匙交还给看门大爷，她突然瞥见了雪地中一个瘦高的身影。

是她爸爸。

童淼不由自主地停在了原地，却不自在地垂下头，别开视线。

不仅仅是董诚一个人，他身边还站着个裹着厚厚衣服的女生。

童淼默默地拎着箱子，想从楼前的自行车停车棚绕过去。她不想跟董诚碰面，也没什么话好说。

董诚一眼就看见了她的身影，眼前一亮，立刻朝她走过来。

童淼浑身不自在，但是拎着大箱子，她又走不快，只能硬着头皮往前走，什么时候被追上再说。

“哝哝……”董诚喊了她一声。

童淼的眼睛轻轻地眨了眨，没停下。

“董老师，我求求您了，您就给我及格吧。”女生见董诚要走，立刻跟上去，抓着董诚的袖子苦苦哀求。

童淼听了，心里了然，原来是学生啊。

“哎呀，你别缠着我了，我还有事呢。”董诚被她抓着，又不好意思强硬地推开她，看着越走越远的童淼，心里很着急。

“老师，我不缠着您，您就给我加几分让我合格吧，我也想过个好年。”女学生哭哭啼啼，冻得脸颊通红。

董诚实在是不堪其扰，有些生气地说道：“成绩已经提交了，我没办法了，你不要再来找我了。”

他加快脚步朝童淼走去，努力地把自己的袖子从女学生手里扯出来。

童淼听着也尴尬，她在前面走着，后面两个人追着她，这算什么事儿啊？

行李箱的轮子轧得积雪咯吱吱响，在地上留下两道蜿蜒的痕迹。

“哝哝，你等等爸爸。”董诚突然朗声叫道。

他说出“爸爸”两个字，无论怎么样，她也不能装作没听见，只能僵在原地不动了。

但她没回头，只是保持着拖行李箱的姿势停在了雪地上。

雪倒是越下越大。

她没戴帽子，雪花簌簌地落到她蓬松的发丝上，有种异样的疏离的美感。

她轻轻地咽了一口唾液，抬起眼睛，隔着围脖呼吸，热气便从缝隙溜出来，变成一缕缕水雾挂在纤长的睫毛上，被风一吹，冻结在一起。

“老师，您也是有女儿的人，您就帮帮我吧！我爸妈看到我挂科肯定也特别伤心，我们一家都过不好年了。您知道我们学院的规定，我挂科就毕不了业了，老师！”

女生委屈地哭了出来，企图唤起董诚身为父亲的怜悯心。

童淼冷静地听着，心里不由得想笑，却笑不出来。

董诚皱了皱眉，冲女生摆了摆手，语气有些冷硬：“你不用跟我说，是你自己没好好学，我真的没办法，下学期重修吧。”

他说着话，已经走到了童淼的身边，脸色逐渐变得柔和起来。

他小心地打量着童淼，却只能看到她露出来的一双明亮水润的眼睛，看不到表情。

董诚的心一软，刚要跟童淼说什么，却见童淼转过目光对那个女生道：“我父母跟你父母不一样的，你用错方法了。”

她的声音被闷在围脖里，依旧软糯温柔，不知道的，还当她是诚心给那女生出谋划策。

董诚的心一疼，伸了伸手，又缩了起来，显得手足无措。

女生也一愣，眼中的希冀已经越来越少了，她在董诚耳边重复着苍白无力的话：“老师，您可怜可怜我吧……”

面对学生，董诚一秒恢复了威严：“你考到这里来，父母和学校给你提供了最好的教育资源，是你自己不努力，怨不得别人。不要缠着我了，我说了，我很忙。”

他说罢，伸手要去抓童淼的行李箱，却被童淼条件反射似的躲开了。

董诚的手抓了空，不由得僵在了原地。

他顿了顿，放缓声音温柔地说道：“咻咻，前面有栏杆，我替你拎过去。”

他的眼神近乎哀求，带着小心翼翼的试探，像在观察自己的患者一样，仔细地打量着童淼的神色，妄图从她的眼神中看到哪怕一秒的脆弱。

但并没有。

童淼的眼神宛如坚硬的壁垒，通透，他却始终无法浸透过去。

她只是沉默地凝视着董诚，然后轻描淡写地拎起沉重的行李箱，搬过及膝高的栏杆。

她将行李箱放到地上，挑衅似的回望了董诚一眼，便一言不发地继续往前走。

董诚苦笑一下，默默地跟在她身后。

他知道女儿是什么意思。

这么多年了，她早已经适应没有父亲的生活了。

她并不是被人呵护娇宠的温室花朵，她是可以独当一面的勇士，也是能暗自舔舐伤口的孤兽。

女学生仿佛察觉到了这对父女关系的不正常，她犹豫了一下，最终还是放弃了对董诚的纠缠。

毕竟重修的话，还是董诚来教她，她并不想跟董诚撕破脸。

董诚早就把她忘了，他紧跟着童淼，在她身后用不高不低的声音道：“我只想送你到火车站。地铁人多，地铁站有的地方也没有扶梯，你坐地铁不方便，我的车正巧在学校。”

童淼继续往前走着，显然，董诚的话并不能打动她。

董诚垂着头，快走几步挡在她身前，哀求道：“你可以不接受我，就当打了个车，忍几十分钟都不行吗？”

童淼最终还是坐上了董诚的车，并不是被他打动了，只是从理智上分析，坐他的车的确是方便很多。

何况就像董诚说的，只有几十分钟罢了。

在路上，董诚没有主动找她说话，她当然也没有说话。

车里开着暖气，把她头发上的雪都融化了，雪水沾湿了头发，顺着发丝滴滴答答地流下来，难免滴在真皮座椅上。

她蹙眉看了看座椅上的水滴，总觉得十分不自在。

偏偏自己兜里没有纸巾，更不知道董诚车里的纸巾放在哪儿了。

她拽过自己羽绒服的袖子，用洁白的衣袖把水滴擦掉了。

她不想留下一丁点儿痕迹，毕竟这不是属于她的地方。

车里似有似无的燕麦味儿奶香，还有车窗上小小的卡通贴纸，以及后备厢露出了一角的儿童车，无一不清楚地告诉她，她只是一个搭乘的旅人。

董诚深吸了一口气，突然剧烈地咳嗽了几声。

他赶紧用手捂住嘴巴，扯了一张纸擦了擦，继而又沉闷地低咳好久，才逐渐稳定了下来。

董诚原本就又瘦又白，如今咳得满脸通红，抓着方向盘的手背上凸起青色的血管，倒是显出一种病态的脆弱。

童淼的睫毛微不可见地颤了颤。

为了避免自己胡思乱想，她把湿漉漉的头发用头绳系起来，又拿出手机开始刷消息。

司湛一大早就提醒她起床了。他被学校找去帮忙组建正式的机器人比赛训练基地，分身乏术，没办法溜到首都来接她，所以每隔一个小时就要问一句她到哪儿了。

童淼没说自己在董诚的车上，胡乱地扯了扯天气，说首都今天的雪特别大，特别美。

到了车站附近，董诚把车停下，童淼远远地望见了“北京站”三个字，推门就要下车。

董诚突然转过身抓住了她的胳膊。

“咴咴，不管你接受还是不接受，爸爸都想跟你说声对不起，还有……新年快乐。”

他有些卑微讨好地从副驾驶座上拿过来一个长条形的盒子，略有些颤抖地递到了童淼的怀里。

童淼垂下眼眸，浓密的睫毛遮盖住眼睛，在卧蚕投下小小的阴影。

她伸出手指，啪的一声打开了盒子。

里面躺着一枚精致的纯银长命锁，锁面上雕刻着两条白龙，白龙身边是象征着祝福的图腾。

很漂亮。

童淼单手扣上了盒子，打破了车内温情的气氛，面无表情地抬起头，终于跟董诚说了第一句话："长命锁是给小孩子的。"

她递了回去。

董诚没接，嘴唇微微抽动，声音有些颤抖："当年我离开……你也是个孩子。"

童淼推开车门，一股凛冽的寒风刮了进来，风刃裹挟着雪花带来一句微不可闻的宣判："现在不是了。"

她拎着行李箱头也不回地走进了候车大厅。

头发还没有干，被风一吹，有点儿冷，她打了个哆嗦，情不自禁地红了眼眶。也不知是不是这风带着削骨刮肉的本事，割得她遍体鳞伤。

手机突然响了起来。

她收回思绪，稳了稳情绪，接起电话，低低地"喂"了一声。

司湛清朗柔和的声音从电话那端传来："我总觉得心里有点儿闷，想着你是不是出了什么事儿。怎么样，到车站了吗？"

在听到司湛声音的那一刻，她仿佛进入了另一个世界。

凄风苦雨的悲哀如潮水般从心底退去，只留下油然而生的期待和甜蜜。

"准备上车了。"

"嗯，在车上睡一会儿，好好休息。"司湛被催着去准备演讲稿，简单地问了她几句，便有些不舍地挂断了电话。

她把行李箱拽上电梯，轻笑着回头望了一眼。

车站门口是熙熙攘攘的人流，人们从外面进来，踩出一地湿漉漉的脚印，透过人与人之间的缝隙，隐约能看见漫天飞舞的雪花。

首都很少下大雪，这次算是反常的了。

这么大的雪，好像更不适合开车吧？

倒还不如坐地铁。

她不愿意承董诚的情。

好在回阑市那条路线没有下雪，所以列车也没晚点。

她准时上了车，一坐到座位上就昏昏沉沉地睡了过去。

几乎没有做梦，好像是一瞬间放下了所有的担子，再也打不起精神来。

阑市是终点站，她是被人声吵醒的。

童淼迷迷糊糊地揉了揉眼睛，觉得嗓子又干又疼。她坐直了身子，摇了摇已经有些僵硬的脖子，艰难地站了起来。

头发已经干了，贴在脖子上格外难受，她随意地拢起来扎上，拖着行李箱起身。眼前猛然一黑，她觉得有些头重脚轻，缓了几秒才逐渐恢复过来。

跟着人群往出站口走，天已经黑了，两旁的灯光亮起来，照亮了站台的石板路。

刷票出去的一瞬间，她就看到了穿羽绒服的司湛。

跟着司湛一起来的，还有妈妈。

远远地望着两个根本没有血缘关系的人，因为她，安静地守在这里，童淼心里暖暖的。

她还记得，司叔叔开始追妈妈的时候，司湛是很排斥的，甚至愤而从家里搬了出去。

转眼间已经过去好久了，慢慢地，一切都变了。

"阿嚏！"

童淼走到两人身边，还未开口就先捂着嘴打了个喷嚏。

童美君赶紧攥住她的手，给她焐着："怎么了，这是？感冒了吗？"

司湛默默地接过童淼手里的行李箱，在童美君面前，他不敢表现得太明显，但是也不由得皱起了眉头。

童淼摇摇头："没事没事，我们回去吧。"

童美君担忧地伸手摸了摸童淼的额头，惊道："还说没事，怎么这么烫了！"

童淼无辜地扬起脸，也摸摸自己的额头，虽然是热的，但是也没觉得多烫啊。

司湛的目光扫到她依旧敞开的羽绒服，还有凌乱地缠绕在一起的头发，脸色不由得冷了起来。

"先去医院。"

童淼抿了抿嘴，刚想反驳："不，不用啊……"

司湛已经伸手把她的羽绒服拉链给拉了起来，动作不那么温柔，拽得童淼往前踉跄了一步。

羽绒服拉到了她的下巴边，遮住了半边脸，童淼睁着大大的杏眼，用略微心虚的目光瞄了司湛一眼。

童美君愣了一下，心里隐隐有些惊讶，阿湛竟然还很关心哝哝？

“我去开车，阿湛帮忙把行李箱塞进后备厢吧。”

她心里十分慌乱，刚才只是粗略地摸了一下，还不知道童淼烧到了什么程度，所以也没来得及多想，便小跑着去开车了。

司湛深深地看了童淼一眼，一把拽过她的袖子，将她扯到了车门边。

他先把行李箱放到后备厢，这才给童淼拉开车门：“进去躺一会儿。”

童淼猫着腰钻了进去，甚至还往里面蹭了蹭，给司湛让出地方。

谁料司湛把门一关，绕过车头，坐到了副驾驶位上。

童淼鼓了鼓脸，又蹭了回去。

半晌，司湛将一个水杯递到后面：“七个小时都没有喝水吗？”

童淼舔了舔干涩的唇，清了清嗓子，轻声道：“忘了。”

她接过水杯，拧开盖子小心地试探着水温，咕嘟咕嘟地喝了好几口。

其实也不是忘了，只是出门的时候意外地遇到了爸爸，让她没有时间买水罢了。

童美君原本就是请假来接女儿的，想晚上带两个孩子去吃点儿好的。

谁想童淼竟然是病着回来的，她正好回去继续工作。

急诊科的大夫看到她还挺意外，疑惑道：“童主任，你不是下班了吗？”

童美君把外套脱下来，摆了摆手：“帮我找支体温计来。”

童淼裹着厚厚的羽绒服，慢吞吞地蹭了进来，嗓音沙哑道：“阿姨好。”

“哟，哝哝这是生病了？”

体温计很快递了过来，童美君捏在手里，熟练地甩了甩，递给童淼：“先去那边的空床位躺着，我去挂个号。”

司湛拉着童淼到了空床位，拎了一把椅子坐到一边。

童淼咽了一口口水，靠在床上，把羽绒服脱下来。

即便医院里有暖气，但突然脱掉衣服，她还是被冻得哆嗦了一下。

司湛瞪她一眼，拽过她的羽绒服，重新给她裹上。

童淼眨了眨眼睛，低垂睫毛，看了看手里的温度计，喃喃道：“你先把头转过去。”

司湛在她周身扫了一眼，狭长的眼睛微微眯起，慢慢地转过了身。

童淼快速地把温度计插到腋下，抱着羽绒服缩了起来。

“可……可以了。”

她瞄着司湛宽阔挺直的后背，伸出手指轻轻地点了点。

司湛转过头来，看她冷得缩成一团的模样，既心疼又无可奈何。

“我去给你买八宝粥，看样子你得挂水。”

“哎……”

司湛已经出去了。

童淼撇了撇嘴，躺在了床上。

躺下的一瞬间，她就觉得自己再也爬不起来了。

嗓子里干热得难受，头也昏沉沉的，眼睛一动就是针扎一样地疼。

看来是真的生病了。

她不禁苦笑，自己和董诚是什么缘分？

过了一会儿，童美君和司湛一前一后地回来了。

童美君抽出温度计看了看，叹了口气：“是不是回来的时候冻着了？温度不低啊。”

她又转身出去取药，顺便把司湛买的八宝粥给带上了，一会儿还要用微波炉热一下，在外面超市放得太凉了。

司湛坐在童淼床边，把被子给她掖紧，绷着脸看着童淼。

童淼有气无力地说道：“喂……”

“要什么？”他问。

“你是不是生气了？”童淼半阖着眼，委屈巴巴道。

司湛沉默了半晌，突然伸手在她红彤彤的脸蛋上掐了一下。

“啊！”童淼吃痛，低低地叫了一声。

“为什么骗我？上车之前为什么哭？”司湛压低声音问。

童淼立刻吃惊地看着司湛，抿紧了嘴唇。

她以为自己已经调整得很好了，难道司湛还是听出来了？

可他既然听出来了，当时怎么没有问自己呢？

“你不生病也就算了。”司湛嘟囔道，然后一抬眼，眉头紧锁，“到底怎么了？”

“我……头发湿了，可能冻到了。”她心虚地压低声音，嘴巴缩到被子里，偷眼瞄司湛的脸色。

司湛似笑非笑地望着她。

童淼磕磕碰碰地说道：“我……我碰到董诚了，他好像感冒了，我坐他的车去的车站，然后就……”

她说不出口自己哭了，也不想承认自己哭了。

司湛恍神了片刻，眼底有些心疼：“早知道他是个麻烦。”

他给童淼仔细掖好被子，替她拢了拢额前的碎发。

童美君进来的那一刻，正看到司湛的手指从童淼的脸侧离开。

童淼笑盈盈地望着司湛，没有半分的躲闪和惊讶。

童美君僵在了原地，难以抑制地想起了董诚的话：“孩子那么小，你怎么没好好管管她？”

她的心怦怦跳着，总觉得董诚应该是知道了什么。

但她随即摇了摇头，尽力地把这个念头驱逐出脑海。

怎么可能呢？她不要想多了，想多了对谁都不好。

她稳了稳心神，拎着吊瓶和热好的八宝粥进来。

“阿湛，你接一下八宝粥，我给她挂上。”童美君柔声道。

司湛回过神，立刻从椅子上站了起来，沉默地接过童美君手里的八宝粥，眼中的疼惜迅速被他遮掩起来。

“啊，对了，那边的抽屉里有热水袋，等会儿接些热水给她垫在手下面，不然药太凉了，她会不舒服。”童美君一边熟练地弹针一边随意地对司湛说道。

“好。”

司湛把八宝粥放下，顺从地从抽屉里翻出一个小热水袋，出去接热水了。

童美君见他出门，手里的动作缓慢起来。

她以前从不会让司湛帮她做事，哪怕是不值一提的小事。

因为她的身份很容易引起司湛的反感，她也知道，司湛这孩子有什么事更喜欢闷在心里。

但从刚才他的反应来看，他心甘情愿，甚至是积极地做着她吩咐的事。

就好像有什么事可以麻烦他，他还很开心似的。

这当然不可能是司湛把自己当成母亲看了，只能归结于受益的对象让他心甘情愿做这件事。

童美君默默地看了童淼一眼。

童淼正紧紧闭着眼睛，毫无觉察地伸出左手。

她不喜欢被针刺入皮肤的视觉刺激，所以从来都不睁眼看。

疼痛可以忍耐，但是冰凉的针尖穿透皮肤的过程，让她异常没有安全感。

童美君熟练地给她绑上橡皮带，擦了酒精棉，将针头扎入纤细的血管，然后飞快地贴好胶带，解开橡皮带。

童淼的眼睛微微抖了抖，这才缓缓睁开，看着手背上的针头，皱了皱眉。

童美君笑了笑："一个小时就好了，我那儿还有病人，一会儿来给你喂东西。"

童淼摇了摇头："不用啊，我自己吃就可以，哪有那么娇贵？"

"那也行，我拿给你。"童美君从桌子上取来八宝粥碗，轻轻地吹了吹，"别洒了。"

司湛刚好进门，热水袋上的水已经被他擦干净了。他走过来，自然地抓起童淼纤细的手腕，把热水袋放在她手下，动作轻柔得仿佛是捧着易碎的珍品。

童美君停下了吹粥的动作，意味深长地看了司湛一眼。

第28章

她很快收起了眼神，露出一丝淡笑，佯装什么都没有看到。

“我先去忙，等哝哝滴完按铃就行。”童美君用手试了试粥的温度，温柔地递给了童淼。

童淼用胳膊支起身子，靠在了枕头上，用那只没有打针的手把粥接了过去。

童美君替她擦了擦额头的薄汗，转身出了门。

童淼端着碗，伸出舌头舔了一下。

八宝粥甜丝丝的，带着一股淡淡的莲子香气，虽然她身体难受，但好在食欲没有完全消退。

“我喂你。”

司湛见周围没人，就要从童淼手中把碗抢过去。

“哎！”童淼没什么力气，当即被他夺走了。

等勺子喂到自己嘴边来时，她不争气地脸红了。

这种在电视剧里才能看到的场景，放到现实生活中，真的好不自在。

她舔了舔唇，尴尬地歪过头，嘟囔道：“你给我，我不用喂。”

“我想喂。”司湛一本正经地举着勺子，重新递到了她嘴边。

童淼觉得脑袋里面一阵阵涨疼，发烧的难受和害羞的情愫快要把她烧着了。

她垂下眸子，往被子里面缩了缩。

“这是医院，你……”能不能注意一点儿？

“等有人来了，我就不能喂了。”司湛淡淡地打断她的话，眼皮轻轻地颤了一下，嗓音有些低哑。

童淼抬起泛着血丝的眼睛，眉头微蹙，纤长的睫毛一颤一颤的。

她慢慢地张开嘴，一点点儿地把勺子里已经微凉的粥咽了下去。

她的嘴唇原本没有血色，被黏腻的粥沾染上，倒是显得红润了不少。

司湛一言不发地把一碗粥都喂给她吃了，动作轻柔却笨拙，一不小心就沾在了童淼的嘴角。

他自然而然地用手擦去，也不着急去洗，放下碗，安静地看着童淼。

童淼披散着头发，像一个无辜的不谙世事的娃娃，抬起眼睛望着司湛的脸，嗅到他身上淡淡的薄荷香气。

司湛的下颌有一条很细的黛青色的血管，只要他一激动，就会格外明显。

他的肩膀很宽阔，肌肉也格外结实，随着年龄的增长，稚气逐渐褪去，更多了一分稳妥的成熟气质。

“你好好休息吧。”

司湛稳了稳心神，端起空碗，出去冲洗。

童淼不知道他是什么时候回来的，因为吃过东西后，她很快就睡了过去，平静又安稳。

也不知是不是因为他在这里，她格外有安全感，直到拔针的时候才缓缓醒来。

虽然身体还是虚弱的，但烧已经退了下去，童美君拿了条干净的毛巾给她擦脸，替她穿好衣服。

“还好，退得快，不然回姥姥家，她该心疼了。”童美君笑着说。

童淼怔了怔，这才想起来，冬令营结束之后，就该过年了。

和去年一样，她和司湛又要分开大概七天了。

她眨了眨眼睛，为自己竟然有点儿不想回姥姥家而羞愧。

把胳膊伸进袖子里的时候，童淼的眼神无意中扫到了自己的手腕，上面空荡荡的，什么都没有。

她一个激灵直起身来，伸手去翻被子。

“怎么了？”童美君一愣。

童淼抿着唇，神情严肃，把枕边和被褥来回翻了几遍，还是没有找到。

她的脸色变得有些白，茫然无措地看了一眼椅子上困得睡倒的司湛。

“是找这个吗？”

童美君把桌面上的手链拿过来，递到她手里，神情复杂地看着她。

童淼没有注意到妈妈的异常，长长地出了一口气，把手链攥在手心里，小铃铛被她捏得发出清脆的撞击声。

“给你打针的时候替你摘下来了，你都忘了？”童美君替她拉好拉链，朝她攥紧的手看了一眼。

“嗯……”她真的忘了，睡了一觉之后，脑子就不是太清醒。

以为手链丢失的那一刻，她真的急出了一身汗。

童美君看似漫不经心地问：“什么时候买的手链呀？这么紧张。”

童淼的眼神闪烁了一下，支吾道：“去……去年和谣谣逛街的时候。”

她也不知道为什么，谎话突然就说出了口。

她以前从来没有故意欺骗过妈妈，这次不得已的隐瞒让她觉得惭愧不已。

她不安地揉捏着手指，长发垂到胸前，似有似无地扫过她的手背。

“长大了，懂得爱美了。”童美君笑了笑，并没有继续追问，她实在太了解自己的女儿了。

阑市的街边已经挂起了彩灯和灯笼，市中心公园的音乐广场上，循环播放着喜庆的音乐，到处都是过年的气息。

新年之前，司湛接的那个小项目却到了最忙的时候。

他每天天不亮就溜出门，大晚上才回来。

司启山多少有点儿察觉。原本是最空闲的时候，可以睡睡懒觉，玩玩篮球，司湛却好像一天比一天没精神。

他偷偷拉着童淼问过，想知道司湛最近在捣鼓什么。

童淼当然知道，但是司湛说过了，他并不想让司启山插手。

所以她也就支支吾吾地遮掩了过去，说是学校拜托司湛帮忙组建机器人比赛培训基地。

司启山有些犯嘀咕，在他看来，自己的儿子好像还没有这么大公无私过。

大年三十的前一天，童美君才从岗位上下来。

她跟同事轮了班，新年期间就不用加班了，准备带着父母和童淼一起旅游一趟。

司启山买了好多昂贵的老年保健品，让童美君带回去孝敬老人，言语之间已经把童美君的父母当作亲人了。

坐飞机的那天，司湛累得在家里昏睡，童淼偷偷地把他的闹铃关了。

她想让他好好休息一下，他这段时间太累，挺让人心疼的。

明明是衣食无忧的富二代，明明已经拿到了保送资格，可以轻松一整学期，却在刚刚成年的时候做着大学毕业后的工作。没有助力，没有资源，一切都靠自己硬拼。

如果不是因为她，司湛就不用这么辛苦了。

到了姥姥家，还在门口就闻到了浓浓的菜香。她和妈妈费力地把所有的礼品都搬到阳台上去，只觉得已经饿得饥肠辘辘了。

姥姥很开心，拉着她的手喋喋不休地问她学习上的事。

她耐心地把参加冬令营的事情讲了，却只字不提董诚。

童美君作为家里唯一的中年人歇不了，下午就要和面，拌馅，帮着姥姥滚汤圆。

童淼跪坐在沙发上，扒着玻璃窗往外看。

这里还是她记忆里熟悉的样子，但是水泥地面已经逐渐有了裂纹，楼前花坛里那棵多年的桃树也被移走了，换成了灌木丛。

她支着下巴，微微发怔，甚至都没有发现姥姥来到了她的身后。

长满皱纹的温热的手摸上了她的头发，姥姥轻轻地笑了笑："哝哝有心事？"

姥姥年轻的时候是在初中当老师的，所以身上始终带着一股温文儒雅的气质。

"没……没有啊。"童淼回过神来，却不由自主地把戴着手链的手缩了起来。

姥姥笑着指了指她："你呀，什么都写在脸上，当我教这么多年的学生是白教的？"

童淼也无奈地笑了笑，往沙发里面蹭了蹭，给姥姥腾出个地方。

"的确有点儿心事。"她承认了。

"能跟姥姥说说吗？"

老太太往童淼身边一坐，像好朋友一样，揽住了童淼的胳膊。

童淼微微鼓了鼓嘴，沉默了半晌，这才缓缓道："我喜欢上一个人了。"

老太太推了推眼镜，透过沙发对面的大镜子，看到了童淼微微泛红的脸色。

“噢哟，哝哝长大了。”老太太愉悦地笑了笑，也没觉得有什么不好。

童淼歪过头来看着姥姥，神色有些挣扎，喃喃道：“我是不是太小了，也不够成熟，还不适合考虑这些？”

姥姥拍了拍她的手背，轻轻地叹了一声，摇了摇头：“我记得你妈妈跟你爸爸也挺早的时候就好上了。”

她的眼皮微微垂下，年纪大了，她的眼球有些浑浊，回忆起以前的事，目光温柔且无奈。

“妈妈爸爸也不是什么好结局。”童淼低下头，默默地抱住自己的膝盖。

“当年你爸爸家穷，我不是很同意他们在一起，还发了好大的脾气。

但他那时候是真喜欢美君，我们不同意他也不闹，骂他他就受着。

那时候你妈成绩不好，又爱玩，反正肯定是考不上大学的，我们就寻思着让她早早工作、结婚。

那时候读大学的毕竟不多，我们也不强求她，你姥爷又有些门路，在国企找个安稳点儿的工作挺好。

你爸就每天偷偷给美君补习，宁可自己写不完作业，也要看着美君学习。

他那时候就说，上了大学才有未来，才能见世面。

有人跟他开玩笑，说美君那么漂亮，等上大学了就被有钱的勾走了。

你爸还是闷声不响的，真把你妈给逼着跟他考上了同一所大学，但我们都觉得，他是故意少考了好多分。”

姥姥说着说着，眼圈就有些红了，或许也是在心里唏嘘，明明是这么好的感情，怎么就走到了陌路？

“然后呢，我们也挺感动的，就同意他俩在一起了，直到他们工作之前，其实一直挺好的。”

童淼皱着眉，声音微微有些颤抖：“姥姥……你……”

姥姥直起身子，望向童美君在厨房忙碌的身影，擦了一把眼睛，小声道：“我想跟你说呀，你们这个年纪，感情反倒是最真情实意的，也是最美好的，但是想从一而终，难哪。”

童淼低头看了看手腕上的小铃铛，睫毛轻轻地扇动着：“他和爸爸不一样。”

晚上，妈妈和姥姥一起做了一大桌子菜，虽然知道四个人肯定吃不完，但是过年的时候，就是希望越热闹越好。

童淼的食量不大，吃了一小口饭，喝了些果汁，就下了桌。

她靠在沙发上，漫无目的地刷着贴吧，耳边听着妈妈和姥姥聊天。

姥姥没有把她说的话告诉妈妈，两人说着邻里街坊，说着市场的菜价。

姥爷年纪大了，吃完饭出去转一圈就早早地睡了。

童淼抱着膝盖，刷新贴吧界面，突然被一条今天刚发的帖子吸引了——还记得盛华这些年的传奇 CP 吗？

童淼挑了挑眉，不知道为什么，她还挺感兴趣的。

自从上了高三，她就很少去贴吧里面看了，有时候看了，也是被高一、高二的学生刷屏，都是她没听说过，也不认识的人了。

点开首页，楼主提名了一对已经毕业十年的学长和学姐，据说两人已经移民结婚了。

当年学校管得严，德育处的人思想老派，组织起了小分队，专门抓关系过密的男女同学。

那时候季校长还不是校长，还是个重点班的班主任，这两个学生就是季校长班级里的。

两人在操场上牵手被人堵到了，有人追来的时候，男生推着女生快跑，自己留在原地等着被抓。

作为第一个典型，当时闹得鸡飞狗跳，被家长、老师轮番谈话，学校严肃处理，说要开除两个人的学籍。

男生当时一直强调是自己逼女生的，跟女生没关系。

女生却坚持说两个人是互相喜欢的，而且喜欢并没有错。

最后还是季校长和学校各个领导谈话，和德育处周旋，好不容易才将这件事压了下去。

也是因为这件事，季校长在学生之间的声誉很快就起来了，直到后来成了盛华的校长。

原来已经是十年前的事情了。

童淼有些感慨，当年的主人公已经结婚了，这个故事却一届届地传下来了。

或许是帖子唤起了学生们的回忆，又或者是感同身受的人太多了，下面的回复都说起了自己听说的故事。

这十年来，盛华的风云人物就一直没有断过，因为男女关系而闹出事儿的更是大有人在。

有复读的女生被上大学的男朋友甩掉的，也有自始至终并驾齐驱却因为渐渐失去了热情而分手的。

人生太长，选择太多，稍有不慎就有可能分道扬镳，所以楼主提名的两个人倒显得尤其珍贵，大家都在感叹自己为什么遇不到对自己这么好的人。

翻着翻着，回复已经说到了近几年的事情，有好些学长、学姐考去了同样的大学，一毕业就在一起了，还在校庆的时候一起回学校来跟当年的老师合影。

突然，她看到第五百条留言——高三的司童 CP 也很厉害了吧，一起保送清华，神仙搭档啊！

童淼愣了愣，没想到自己和司湛还能算在里面。

下面的回复也是千奇百怪。有的说童淼能去清华都是司家运作的结果；有的说童家家底也很深厚，和司家是世交，两人两小无猜；还有的说司湛除了对童淼好，对别人都爱答不理，圣诞节还给童淼砸了一袋子核桃示好。

童淼看了哑然失笑。

别说她不喜欢吃核桃，就算喜欢吃，以司湛的脾气，大概会直接买剥好的核桃吧？为什么要自己砸呢？

“别逗了，这对根本就不是情侣。童淼是司湛的妹妹，童淼来盛华也不是挖来的，是司湛爸爸牵线来的，内部消息，保证真实。”

留言的是个匿名，或许是不想让人根据 ID 找到本人。

下面接连好几句“卧 ×”，扬言自己三观都要碎了。

童淼看着这条留言，不由自主地捏了捏掌心。

还真是内部消息，说得真对呢。

因为司湛的账号还是贴吧的小吧主，有看热闹的人开始艾特司湛，希望他过来辟谣。

童淼却知道，司湛这时候正在飞机上，大概不会看到了。

“别说姓氏不一样了，本来也不是亲的。不过要是我说错了，那真是……大瓜了。”

那个匿名账号又回来回复了一条，就再也没有出现了。

这条留言一出来，风向就彻底变了。

司湛就是对童淼很好啊，有人见过他对其他女生这么关心吗？上次童淼在操场摔倒，把他急坏了，那着急可不是假的。

于是大部分人更倾向于认为，这真的是个大瓜，还是个能和十年间所有传奇情侣媲美的大瓜。

艾特司湛的人越来越多了，大家的兴奋劲儿不亚于在微博上的吐槽春晚。

童淼轻轻地呼了一口气，窝在沙发里，呆呆地盯着屏幕。

手机电量不足百分之十，振动提醒让她回过神来，童美君已经收拾完了桌子，端了一盘车厘子过来。

“哝哝，看什么呢？”

童淼把手机暗灭，摇摇头：“没什么。”

她心虚地低下头，抓了一个车厘子塞在嘴里。

童美君意味深长地看了她一眼：“别玩太晚，我先去睡了。”

童淼点点头，把手机塞在了自己身后，全神贯注地盯着电视上的肥皂剧看。

童美君去屋里休息了，她忙了一天，也有些疲惫了。

童淼看妈妈走了，这才把手机充上电。

她今晚还有一件大事要做，所以手机千万不能没电。

又盯着电视看了一个小时，客厅里就剩下她一个人了，电视剧正在播放片尾曲，演员是个很出名的明星，非常大牌，据说还是姜谣家公司的艺人。

可再帅她也看不进去，她抬头看了看挂在墙上的时钟，已经晚上九点半了。

十点整的时候，她收到了一条短信。

接到短信的那一刻，童淼从沙发上一跃而起，轻悄地溜回自己房间，蹑手蹑脚地披上羽绒服，拎着靴子慢慢地把门打开。

她站在门外冰凉的地上，开始穿鞋。

穿好了之后，这才小心翼翼地把门推上。

可惜姥姥家的防盗门有些年头了，所以即便她已经够小心了，还是发出了很大的响声。

她吓得一激灵，赶紧屏住呼吸，听门里的动静。

见屋里没什么动静，她长长地舒了一口气，转身朝外面跑去。

她并不知道，在她关门的那一刻，卧室里闭目养神的童美君突然睁开眼睛，微微蹙着眉直起了身子。

童美君摸到手边的手机，给司启山打了个电话。

司启山接到她的电话，显然很开心，扔下饭局上的朋友，溜到安静的房间跟她说悄悄话。

“启山，司湛在家吗？”

司启山皱了皱眉，回忆了一下：“早晨还在家，后来说去找陈冬，怎么了？”

童美君笑了笑：“没事，你好好吃饭吧。”

既然童美君问到了司湛，司启山自然也要过问一句：“哝哝呢？”

童美君轻轻地揉着膝盖：“哝哝睡了，也挺好的，你忙吧。”

司启山没有怀疑，和她道了晚安，挂断了电话。

童美君垂下眼眸，轻轻地叹了一口气。

外面的空气透着一股潮意，天上的星辰静谧地闪烁着微光，照耀着被薄冰覆盖的大地。

童淼裹着羽绒服，小跑着直奔小区外最近的一家快捷酒店。

司湛看见她的时候，童淼正扬着红扑扑的脸，跟前台的工作人员解释。

她戴着一顶红色的帽子，左右两边垂下两个可爱的毛线球，浓密卷曲的长发顺着双肩披下来，俏皮动人。

司湛一把拉过她，把她拽上了电梯。

电梯门关上的那一刻，他反手按了楼层，低头温柔地望着她。

“喂……”童淼被他看得有些心慌意乱。

直到电梯到了楼层，大门打开，他才依依不舍地移开视线。

“有监控！”童淼瞪了他一眼。

她本就害羞，况且还是在电梯这么尴尬的地方。

“我知道。”司湛沉声笑道。

“我马上就要回去，如果妈妈睡醒后看到我不见了，会着急的。”童淼谨慎地叮嘱他，对刚才的事情她倒没怎么在意，毕竟这也不是第一次了。

“坐飞机那天为什么不叫醒我，嗯？”或许是不愿意提到即将到来的分别，司湛刻意绕开了话题。

童淼抬起头看着司湛的眼睛，心里一瞬间充满了柔情。

哪怕是他故意的责问，都充满了难以掩饰的温柔，目光是骗不了人的。

“你确定要把时间花在讨论之前的事情上？”童淼反问。

司湛低低地笑了两声，带着童淼进了他刚开的房间。他把外套随意往床上一扔，转身仰躺在床上，大长腿搭在床边，毛衣被扯了上去，露出紧致漂亮的腰线。

“你想让我把时间花在什么上？”他眨了眨眼说道。

第29章

童淼瞥了他一眼，目光在他浑身上下流连，直到瞄到他露出的腰线和隐隐的腹肌，总算绷不住笑着摇摇头。

她虽然平时严于律己，一心向学，但是司湛开的玩笑她还是能听得懂的。

司湛枕在自己胳膊上，意味深长道："你笑什么？"

他还不打算放过这个话题，童淼没有生气，反而抿唇一笑，这让他有些意外。

看着她忍着笑弯起的眉眼和鼓起的脸蛋，司湛觉得自己快要被甜死了。

童淼把自己的羽绒服脱下来，甩到司湛的身上："你双下巴都出来了。"

司湛闭上眼睛，蓬松的白色羽绒服上还带着童淼头发上洗发露的香气。

他把羽绒服拿到一边，撑起身子坐起来，颇为不满道："你就只看到下巴了？腹肌呢？"

"没看见啊。"童淼的眼神往上瞟，故意不朝司湛看。

腹肌很棒，若隐若现的，虽然腰线很细，但是看起来非常结实。

"过来。"司湛拍了拍被子。

"干吗呀？"

她没过去，甚至有些拘谨。司湛开的是一间大床房，白花花的被子和枕头，看起来就让人面红耳赤。

"你想到哪儿去了？"司湛挑了挑眉，从床上跳起来，伸手扯住童淼的胳膊。

童淼没有他力气大，被他拽到床边，坐了下去。

她紧张地咽了咽口水。

“等我。”司湛转身从床头柜上拽过自己的背包，从里面把笔记本电脑掏了出来。

童淼愣了愣，松了一口气。

原来是她想多了。

司湛把笔记本电脑翻开，打开机子，接上无线网。

“你要打游戏吗？”童淼慢慢地爬到司湛身边，凑过去看他的电脑屏幕。

“不是，处理一个帖子。”

司湛盯着屏幕，勾起一丝若有若无的笑，狭长的眼睛微微眯着，漆黑的眼仁中映着明亮的电脑界面。

“原来……你也看到了？”童淼转过头来看司湛的脸色。

她以为司湛会很生气，或者很严肃，但司湛好像并没有过多的反应。

“嗯，刚下飞机就有人给我打电话了。挺有意思，看看到底是谁。”他的手指在键盘上飞快地敲击着，认真的样子格外好看。

童淼看不懂他的操作，不一会儿界面就变成了一串串的代码，司湛从里面找出了那个人的 IP 地址，然后又开始继续定位。

她觉得方才看帖子的堵心感觉顷刻间被化解了。

为什么要害怕呢？为什么要生气呢？

她要是有司湛这么稳的心态该有多好！

十多分钟过去了，司湛的动作停下了，表情有些复杂。

“怎么了？”

童淼急忙贴过去看，完全没有注意自己已经把下巴靠在了司湛的肩膀上。

司湛歪过头来，自然而然地凑近盯着她看。

童淼立刻坐直了身子，睁大眼睛看着司湛不说话。

“没什么。”司湛还没有来得及关机，便一下子把笔记本电脑合上了。

童淼微微皱着眉：“到底是谁啊？”

“没事儿，你不认识。”司湛把电脑甩在一边，懒洋洋地往枕头上一靠。

童淼聪明绝顶，立刻就从司湛的话里面反应过来了——她不认识，但是司湛认识。

“司湛？”

“嗯。”

那个人一定是司湛没有预料到的，并且让司湛感到极度失望。

她从来没有见过司湛真正失望的样子，他虽然个性上有棱角，但好在家境优渥，目的明确，所以一向求仁得仁。

“你别着急，楼我抽了，剩下的等我回去再处理。”司湛说话的时候，胸腔微微震动，嗓音低沉又冷静。

“是你的朋友吧？”童淼抿了抿唇。

司湛轻笑道：“真是什么都瞒不过你。”

“可惜啊。”童淼感叹道。

司湛老老实实地回应：“嗯，还是挺信任的一个朋友。”

“吃饭了吗？”

“还没，着急过来。”

“带你去吃点儿东西吧，楼下的便利店应该还没放假。”

“好啊。”

……

谁也没有在刚刚的话题上纠结，因为童淼知道，司湛不是多愁善感、优柔寡断的性格。

不需要说过多的话，司湛自己就能处理、消化好情绪。

这也是童淼始终敬佩他的地方。

无论自己的智商超过司湛多少，但司湛的魄力是她拿多少奖都比不来的。

两人从床上起身，披上衣服，重新走出宾馆。

路边的松树上挂着彩色小灯泡，一闪一闪的，照亮一堆堆的积雪。

地上滑，童淼的鞋子没有那么防滑，险些摔倒，被司湛一把拉住了。

街上没有什么人，只有零星几辆汽车匆匆开过，这里有一线城市求而不得的静谧。

好在便利店还在营业，里面有些已经变凉的快餐，不多，但是看着还新鲜。

“有水果拼盘吗？”司湛问老板。

老板的手指刚伸向柜台旁边某个不和谐的东西，一听水果拼盘，顿了顿，收回了手指，深深地看了他们一眼：“不卖水果拼盘，有蔬菜沙拉。”

谁能想到年纪轻轻的小男女，是到他这儿买水果拼盘的？

童淼正在保鲜柜里面挑选，没有注意到老板的神情和动作：“要什么水果拼盘呀？你吃寿司吧。”

司湛却看到了老板的手势，低头轻笑了一下，走到童淼身边：“你说吃什么就吃什么。”

其实他想到水果拼盘，还是因为平安夜童淼给他的印象太深刻了。

但看来不是每家便利店都有水果拼盘的。

他们买了寿司，又回到房间里面，时间已经过去快一个小时了。

童淼看了看表，神情有些犹豫，嘟嘟囔囔道：“你……什么时候的飞机？”

司湛喝了一口矿泉水：“五个小时后。”

“哦……”童淼不再问了。

五个小时后的飞机，还要提前一两个小时值机，那他们的时间也没剩多少了。

还没享受够见面的喜悦，就已经要面临离别的不舍了。

司湛靠在墙边，伸出手揉了揉童淼的头发。

“你以后不用过年的时候来找我了，太折腾了。”

她知道司湛现在忙，忙着本不属于他这个年纪该考虑的事情。

在把精力分割成好几份之后，他还要一丝不苟地顾及着她的感受，尽量做到事事体贴，有求必应。

童淼觉得他太辛苦了。

他不该这么成熟的。这个年纪的男孩子，不就是一腔热血，肆意妄为，然后急流勇退，消失得彻彻底底？

但司湛不是。

他处心积虑，甚至压抑、忍耐了一年，从没让她看出一点儿端倪。

她一直走在司湛铺好的路上。

“那我能怎么办呢？”司湛无辜地眨了眨眼睛，细碎的刘海遮盖着他浓密的睫毛，他的眼神坦坦荡荡。

“但你这样也太累了吧！”童淼叹了一口气。

“所以一开始我也试着躲开你来着，但我忍不住。”司湛低声笑了笑，“我觉得太不公平了，我那么帅，你怎么就看不到呢？所以我一定要引起你的注意。”

童淼想起当初自己恨不得和司湛划清界限的样子，突然又更心疼司湛了。

“这位帅哥，你说你多倒霉？除了我，你什么女孩都可以无忧无虑地喜欢。”童淼抬起眼睛，望着司湛的脸。

他叹了一口气，摸了摸她的头发。

童淼的头发真柔软，蓬松得像卷曲的毛毯似的。

寒假结束得很快，学校开始了密集的模拟考试，大到周边几省重点高中的联考，小到班级测试，墙上的榜单每天都要重叠几次。

最初大家还有兴致去看自己的名次，渐渐地就没多大兴趣了，反正不出半天，又会被其他科的榜单覆盖。

三班的成绩一直很稳。周雅茹和徐茂田分别获得了清华和北大的降分，在已经结束的自主招生当中，班内三十个人，大多数都得到了重点大学的降分。

姜谣毫无意外地通过了首都电影学院的面试，她长得的确很美，人也格外机灵，况且学院的领导和老师多多少少都和她爸有些交情。

高考马上就要到了，大家始终朝着一个更好的方向走，没什么比这更让人踏实了。

课间操结束之后的大课间，童淼在用手机看《犯罪心理》。

她倒不是真喜欢烧脑的剧情，事实上她对各类电视剧都没什么兴趣。就像所有卡在英语这道坎上的学生一样，她开始通过看剧来训练语感和口语。

她现在还完全跟不上英文字幕，一集看下来需要停顿好多次，看来看去，光顾着看单词了，连剧情讲的是什么都没有记住。

“喵喵，这最后一道填空题怎么解啊？”姜谣蹙着眉，把《天利 38 套》推过来，手指无意识地晃着笔。

童淼把耳机摘下来，将手机放到一边，瞧了一眼。

填空题和解答题密密麻麻地挤在一张卷子上，看起来就让人心里不适。

“江苏卷？老师不是说我们考的没有这么难吗？”

姜谣叹了一口气：“可老师也说里面有重点类型题啊。我做了两个小时，一套卷子都没弄完，这也太变态了！”

童淼把卷子拿过来，从笔袋里面抽出笔，一边皱着眉头思考，一边换着思路画辅助线。

她这段时间虽说没有玩疯，但没有了高考压力，的确有些懈怠了，好些当初一秒能反应出来的公式，现在还要在心里确认一遍有没有记错。

但好在基础扎实，她足足做了五分钟，总算把步骤给姜谣写好了，一边推给她，一边嘱咐道：“这都要高考了，不用做难题，我们省的高考卷没有这么难。”

姜谣笑了笑：“没事，其实我也没有什么压力，反正肯定能考过。”

也是，如果走艺术这条路，她大概真的没什么压力。

姜谣捏了捏手指，低着头嘟囔道："我就是觉得……总不能跟他差太多。"

童淼这才想起来，季老师当年好像是省状元，还是跳了级的。

"你……不会想超过季老师吧？"

童淼惊叹了一下，虽然她佩服姜谣的学习劲头，但是马上就要高考了，这个目标是不是定得太大了些？

姜谣立刻直起身子反驳道："怎么可能！我就是想以后我们俩要是在一起，别人不能把我当成文盲。"她说罢，像是想到了什么，美滋滋地笑了起来。

童淼看了一眼她桌子旁边堆成小山似的错题集，不禁感叹爱情的力量真是奇妙。

"对了，谣谣，我看艺考都会有好多采访什么的，然后照片都会放到网上，我好像没看见你啊？"

年轻小姑娘多多少少对娱乐圈的事情感兴趣，姜谣也不止一次跟她说过，喜欢谁可以帮她要签名，可惜童淼从来不看电视剧。

"嗯，那些有的是真的，有的是安排的，为了提前曝光什么的。我才不需要呢，你看那些表演艺术家，谁是什么都没学就闹得沸沸扬扬的？"姜谣撇了撇嘴。

"你的目标是当艺术家？"童淼不由得崇拜地抬起眼睛，觉得姜谣整个人都闪闪发光起来。

这种觉悟，简直不像她的性格啊。

"谁说我要当艺术家了？我的目标是当季夫人！"姜谣边开玩笑边朝后面望了一眼，"咦，你家司同学呢？"

"谁家的？"童淼被她说得瞬间脸红，鼓了鼓脸，也顺着她的目光往后看去。

司湛不知道什么时候出去了，一直没回来。

她也有些迷茫，司湛虽然看起来冷酷狂妄，但并不是喜欢破坏规则的人，他轻易不逃课，哪怕是现在已经有了保障。

"或许又去弄那个机器人培训基地了吧。"童淼小声嘀咕。

"哎，那看来季渃丞也去了，我也想去。"姜谣嘟起嘴，眼巴巴地望着教室门外。

童淼默默地垂下眼睛，不知道为什么，这几天司湛都很神秘。

有时候还要背着她接电话，好像故意不让她听到。

她心里难免不安，总觉得有什么事发生了。

上课铃响了，乱糟糟的教室瞬间安静了不少，童淼把视频关掉，把书取了出来。

等了两分钟，老师还没有来，大家躁动不安起来。

徐茂田站起身朝周雅茹看了一眼："我去找老师。"

周雅茹皱着眉点点头，既然徐茂田准备去找老师了，她就安安稳稳地坐在了椅子上。

徐茂田还没有走出教室门，季渃丞就大步流星地从教室外走了进来，白色衬衫的第一颗扣子还没有扣好。

"不好意思啊，你们班主任去医院了，这节课先上自习。"

季渃丞的表情有些严肃，他先是呼了一口气，这才推了推眼镜，调整了一下情绪。

"你们老师留了语文作业吗？"他看向徐茂田。

徐茂田赶紧回到座位，利落地翻着卷子："就是'天利'往下再做一套。"

"好，你们先写作业吧，班长维持一下纪律。"

季渃丞说罢，微皱着眉，目光一直盯着手机屏幕，转身走了。

教室里安静得过分，大家都疑惑地相互交换着眼神，妄图看出谁知道发生了什么事。

大家都明白，班主任大概是出什么事了，不然以班主任平时的个性，不提前两分钟上课就不错了。

童淼却想到了司湛。

这都上课了，司湛还没有回来。显然，季老师是去忙班主任的事情了，那司湛在哪儿呢？

她低头看了看自己的手机，手指微动，在屏幕上输了司湛的电话号码。

然后她盯着司湛的名字看了几秒，又把手机给关上了。

毕竟是上课时间，怎么能打电话呢？

或许根本没什么事，她是关心则乱罢了。

三月中旬，天气渐渐暖了起来，城市道路边的玉兰花也慢慢冒了头，钻出翠绿色的嫩芽。

工作日的时候，市体育馆没什么人。

司湛轻轻地掸了掸大衣，缓缓抬起头，把手里的篮球随意一扔，篮球一路滚到了墙边，靠着不动了。

陈冬拎着一瓶雪碧，往椅子上一坐，长长地叹了一口气。

张淳泽原本伸着手等着接球，见司湛把球扔了，他不禁愣了愣，干笑两声：“怎么了，兄弟？”

司湛轻轻地笑了笑，抬起眼睛盯着张淳泽的脸，意味深长地打量他。

张淳泽被他盯得发毛，尴尬地转过头看陈冬：“不是，冬儿，湛哥怎么了？”

陈冬挠了挠头发，白了张淳泽一眼：“我哥虽是技术流，但不代表脑子不好使，孟靖农跟你是什么关系？”

张淳泽无辜地看了一眼司湛，急躁道：“什么事儿啊？靠！孟靖农跟我有什么关系？方希哥那事之后，我就跟他掰了啊！”

陈冬不耐烦道：“得了吧！你以为我们追踪到孟靖农就不往下查了？孟靖农能知道帖子的破事儿？还给大学写举报信？”

张淳泽咽了咽口水，摊开手望了司湛一眼：“不是，孟靖农那个孙子害方希哥，我有病啊？我告诉他！”

司湛站在原地看着他表演，平静地问道：“你告诉他什么了？”

张淳泽被堵了一下，意识到自己说得有些偏了，他立刻回过神来，猛地一拳砸向墙面，愤愤道：“当初是方希哥带我入圈的，我的机子也是他带我做的，奖也是一起拿的，我跟他混比你们都早，我为什么要跟孟靖农混在一起？”

司湛慢走两步，走到张淳泽身边，微微地眯了眯眼睛，慢悠悠道：“为了项目啊。”

张淳泽立刻闭上了嘴，眉头皱了起来。

“孟靖农给你牵了他家里的项目，让你实习，作为交易，你卖我们的料，对吧？”司湛一把扯过他的衣服，眼神冰冷地望着张淳泽的脸。

张淳泽咽了咽口水，眼神闪烁道：“我……就是随口说两句，再说了，你们又没有血缘关系，有什么的！”

陈冬腾地站起来，猛地踹了张淳泽一脚：“你知道他是怎么给大学写的举报信吗？哪怕是造谣的，都要一遍遍审查、谈话！”

张淳泽还真不知道孟靖农具体是怎么操作的，他有些慌了神，被陈冬踹过的地方一阵阵地钝痛。

“谁让你们做项目不带着我！徐方希、刘新侃你们都带了，就剩我一个。我是没考上首都的大学，所以你们就甩了我呗！那我找别人又怎么了！”他拼命挣开司湛的手，狠狠地拍掉陈冬留在他身上的脚印，愤怒地吼着。

篮球馆空荡荡的空间里传来一阵阵回音。

司湛冷笑一声，一拳砸向了张淳泽的鼻子，他下手狠，动作又快，张淳泽捂着脸，血已经流了下来。

还没完，司湛扯着他的衣服将他狠狠地推到墙上，声音阴狠道：“你找谁我不管，但你不能算计我。”

“我没算计你！是孟靖农那个孙子！”张淳泽的鼻子往下淌血，声音都变得尖锐了，他气得浑身发抖，眼睛里冒出血丝来。

司湛勾了勾唇，松开手，慢慢后退一步。

“看在徐方希的面子上，我放你一次，滚。”

第30章

“不是，就这么放过他了？”

陈冬心里还憋着气，把手里的饮料瓶狠狠地砸向垃圾桶，发出重重的碰击声。

他以为怎么也得打一架，今天还特意穿了肥大的运动服，运气都运了半天了，结果他才踹了一脚，司湛就把人放了。

这根本不是他们的风格啊！

司湛慢条斯理地打开水龙头，冲了冲手，扯了条纸巾，将手擦干净之后理了理大衣。

“狗急了也跳墙，何况张淳泽是这种睚眦必报的性格。”

陈冬夸张地大笑了一声：“我还怕他？再来一次，我饶不了他！”

司湛轻咳一声，瞥了陈冬一眼：“你以为是跟陈凯啸对战呢？”

陈冬不明白，挠了挠头：“怎么又扯到陈凯啸去了？他比陈凯啸恶心多了好吗！”

“陈凯啸是无赖，讲理讲不清，骂够了，出气了，也就算了。孟靖农和张淳泽就是俩小人。我宁可让他对方希哥愧疚，也懒得应付他在我们背后时时刻刻使绊子。”司湛说着说着，仍不解气，推了一下陈冬的脑袋，“你都自己创业了，能不能长点儿脑子？把张淳泽彻底逼到孟靖农那边有什么好处？”

陈冬撇了撇嘴：“行吧行吧，都听你的，反正幸亏没什么事儿。你这边有杨叔叔帮忙，咱妹妹那边……”陈冬说到这儿，硬是把下面的话憋了回去。

司湛似笑非笑道：“是啊，这时候才觉得那个董诚还有点儿用。”

陈冬怕他烦心，赶紧扯开话题道：“别想这些破事儿了，咱去游戏厅放松放松？”

司湛眯着眼盯着陈冬，敲了敲自己的表盘：“都几点了？你不知道今天上学吗？”

陈冬顿时苦着一张脸，唉声叹气道：“哥，我觉得你是不是被咱妹妹魂穿了？我都怕哪天会看到你在国旗下激情演讲。”

司湛气笑了，轻轻地踹了他一脚，低声道：“滚你丫的。”

两人打车回了盛华，学校大门只留了一条缝，根本进不去。

门卫看着俩学生样的人在门口站着，一皱眉，从监控室里出来：“哎，你们俩干吗的？”

陈冬看了司湛一眼，司湛面不改色，也不说话。

盛华最难缠的就属各个大门的门卫了，想要在非开门时间进学校简直比登天还难。

就连周末有学生来学校自习，都可能被毫不留情地赶走。

陈冬笑嘻嘻道：“我俩出去给班里订练习册了，就在学院路上的那个图书城，最近不是有挺多班都去订吗？”

他就是随口胡说，学校的练习册都是年级主任统一订的，根本就没有让学生去的道理。

但是他敢说门卫一定不知道这个事儿。

果然，门卫皱了皱眉，狐疑地看了他一眼：“订练习册？那你的假条呢？”

陈冬瞪大眼睛一摊手：“什么假条啊？老师也没说给我们假条啊！”

门卫看他一副油嘴滑舌的样子，心里多半已经不信了：“那行，你们老师是谁？我给你们老师打电话。”

陈冬眼神闪烁了片刻，推了一把司湛：“哎，老师的电话号码你还记得不？”

司湛摇摇头，他是真的不知道，谁会闲着没事把老师的电话号码背下来？

陈冬无辜地朝门卫大叔眨了眨眼睛：“我们学生都没有手机，不记得老师的电话号码啊。”

门卫早就料到了他这一手，冷笑了一声，从窗口掏出个本子来：“不用你知道，你告诉我老师是谁，我们这里有通讯录。”

陈冬的话被堵在了嗓子里，眼睛转了转，愣是没想出应对的办法。

司湛咳了一声，一本正经道："季渃丞。"

陈冬暗暗地吸了一口冷气。

行啊，这就把季老师供出去顶锅了？

他快速地看了司湛一眼，司湛也回看了他一眼。

门卫愣了愣，狐疑地翻起了通讯录。

谁都知道季渃丞是校长的儿子，不管怎么说，他因为这件事打扰人家，心里还是有些纠结的。

可话都说出口了，也不能就这么把两个人放进去。

他用身体把门堵住，从窗口里扯出电话，对着电话本上的手机号码，给季渃丞打电话。

电话只响了一声，对面就接了起来。

"喂，你好。"

季渃丞的声音温和儒雅，哪怕没有见到本人，都能想象出一副风度翩翩的模样。

门卫拘谨起来："那个……是季老师吧？我是保卫处的，门口有两个学生，说是给你买练习册去了，但是没有假条……"

季渃丞顿了顿，这才缓缓道："叫什么名字？"

门卫看了陈冬一眼："你俩叫什么？"

陈冬赶紧对着电话里面喊："季老师，我和司湛在门口呢，进不去了，麻烦您跟门卫好好解释解释！"

他生怕季渃丞当即否认了。

季渃丞听到了手机那头陈冬的声音，皱了皱眉，但还是回道："对，我忘了给假条，麻烦您让他们进来吧。"

"哎，好的好的。"

从大门正大光明地走进去，陈冬还不忘冲着门卫的背影做了个鬼脸。

两人没有直接回班里，而是去了季渃丞的办公室。季老师帮了他们，他们怎么说都得去解释一下。

敲门进去，季渃丞正靠着椅子闭目养神，桌面上摆放着一沓牛皮纸袋。

显然料到了他们会来，季渃丞睁开眼，手里的钢笔轻轻地敲了敲桌面："说吧，干吗去了？"

"出去解决了一点儿私事，麻烦您了。"司湛直截了当地承认。

但他没说具体是什么事情，一则他爸和季老师的父亲是老同学，他创业的事不好说出去，二则季渃丞跟他们的关系也比较好，想必也不会刨根究底。

季渃丞果然点了点头，没有再追问下去。

他自己也有事情忙，挥了挥手，让他们回班级自习去了。

司湛刚在班里一露面，就被突然起身的童淼给拉了出去。

班内传来一阵意味深长的咳嗽声。

司湛还有些惊讶，撩起童淼的一绺头发，眨了眨眼："怎么这么着急？想我了？"

童淼鼓起勇气把他扯出来，是因为实在憋不住了。她不想被瞒着，也不想被司湛插科打诨糊弄过去，于是把头发拽回来，正色道："你别闹！刚刚干吗去了？"

司湛一摊手，朝教室里面指了指，眼睫微微颤了颤："就跟陈冬去了趟市体育馆，回来晚了。"

他当然不能说举报信的事情，既然董诚那里都没走漏一点儿风声，他就更不可能让童淼从自己这里听到这些闲言碎语。

童淼歪着脑袋打量他，双手抱着胸，无奈道："你是想让我自己猜是吧？"

司湛伸手揉了揉她的脑袋："猜什么猜？好了，都没事了。"

"我说过我研究了一些心理学吧？你这些天都在忙什么呢？有什么事情我们一起分担不好吗？哪怕是你项目方面的事情，什么都不知道，我也会很难受。我没办法控制，真的很抱歉。"

她坦诚地抬头望着他，漂亮的杏眼里氤氲着水汽，细长的眉毛皱了起来，一副要哭了的样子。

所谓关心则乱，她又是十分容易焦虑的性子。

虽然这段时间避开了竞赛，她已经很久没有发作过了，但并不代表这个病已经离她而去。

如果不是过分难受，她是不会在自习的时候当着全班同学的面把司湛拉出来的。

自从那以后，她就没办法坦然地承受司湛对她的好。

她想千倍万倍地回报给他，哪怕游走在万丈悬崖上的一根钢丝上，她都义无反顾。

但这显然充满了冲突。

对司湛来说，他恨不得把所有不好的事情与童淼隔离开，不让她触碰到一点儿人心险恶。

两人安静地转头对视片刻，最终还是司湛叹了一口气：“我该拿你怎么办呢？”

他轻轻地拍了拍她单薄的后背。温热踏实的安慰从背部传来，童淼觉得终于有了依靠。

不得不说，哪怕司湛没有说一句话，只是被他沉默轻拍着，她也能感到踏实。

他究竟是什么良药啊……

司湛安抚她片刻，低声道：“帖子追踪到了孟靖农，他还背着我们给大学写了举报信，杨叔叔通知了我，那边的事情已经解决了。至于你，因为被保护得很好，孟靖农或许没想到董诚这一层。”

他言简意赅地把整个事情说了，至于期间是如何一遍遍地接招生组电话解释的，他都没说。

但他知道，以童淼的智商，肯定想得明白。

他也没刻意隐瞒董诚的功劳，起码在这件事情上，他多少是感激董诚的雷厉风行的。

童淼默默地垂下眸子，轻轻地点了点头。

“以后你别瞒着我，我没什么受不了的。”她温声道。

班主任整整两天没有来，班里已经有小道消息传出来了。

临近高考这个阶段，班主任任务重，压力大，几乎每天都要守在教室里盯着班里自习，所以不小心流产了。

消息刚散布出来的时候，还没有人相信。

怎么可能呢？完全没看出班主任是什么时候怀孕的，平时讲卷子的时候，一站就是两三个小时。每天不压榨他们的课余时间就不错了，看起来气势汹汹、生龙活虎的，怎么会突然流产了呢？

直到第三天晚自习，季渃丞拿着书出现在班级里。

“我不说大家可能也知道了，你们班主任这段时间需要休息，我来暂代班主任。在这个紧急的时候把你们扔下，她也想跟你们说声抱歉。”

季渃丞说罢，见所有学生都寂静无声地望着他，便错开眼神，摆了摆手：“都自习吧，千万别影响成绩。”

没有人低下头自习，大家还没从让人难以置信的现实中反应过来。

周雅茹按捺不住，率先问出了口：“那班主任现在还好吗？”

季渃丞抬起眼，深深地看了她一眼，笑了笑：“现在还好。你们别想那么多了，好好考试就是对她最好的安慰了。”

这个年纪的学生，对流产这件事还没有太大的认知，根本无法体会对一个不算年轻的妈妈来说，这意味着什么。

但是近三年的相处，无论被骂还是被夸，对于班主任，他们都是有难以割舍的情分的。

班级里弥漫着一股哀伤的气氛，没人偷偷说话，没人私下打闹，甚至有女孩子偷偷抹起了眼泪。

周雅茹本身就是个敏感的人，再加上她自己也曾经因为偏执进了医院，所以对班主任的遭遇，特别感同身受。

她一边写着题，眼泪一边往卷子上滴，一份语文卷子，做了一个多小时还没有做完一半。

高小娆烦躁地叹了口气，趁着课间铃响的时候，她一把扳过周雅茹的肩膀，不耐烦地说道：“你能不能别哭了？现在哭有什么用？”

周雅茹红着眼睛，带着浓浓的哭腔反驳道：“高小娆，你能不能有点儿同情心啊！”

高小娆被她咆哮得一愣，指了指自己的鼻子，夸张地笑道：“我没有同情心？你现在是拿到加分了，你问问几个月前的自己，要是班主任回家安胎，不管班级了，你是什么反应！”

周雅茹被她说得吃惊地睁大了眼睛，半晌没有吐出半个字。

如果是几个月之前……

她不想假设，一点儿也不想。

她们说话的声音太大，引起了全班的注目。

高小娆不自在地舔了舔唇，把手里的书一摔：“我说的不是事实吗？我们都同情老师，但大家都是要高考的，现在假惺惺地哭，难道大家真的希望，高三下半学期换一个根本不了解班级的老师当班主任吗？”

季渃丞坐在讲台上面，脊背挺得直直的。

高小娆的话，颇有些指桑骂槐的意味。

他作为科任老师，平时又要兼顾纪教授三番五次邀请他做的研究，对三班的了解的确不多，也完全担当不了一个班主任的重担。

最主要的是，他没办法给予这帮孩子足够的关注。

事实上，这次被迫兼任班主任，也是因为事发突然，学校实在调不出老师来了。

大家都是有私心的，教师的工资本就一般，再承担多一倍的工作量，很容易连自己的本职工作都耽误了。

季渃丞因为不自在，不由得微微蹙起了眉，喉结微微滑动，手指下意识地揉捏着书角。

他在想，或许还是跟他爸推掉这份差事吧。

他没有做班主任的经验，也没有足够的威慑力，真的可能担不好最后一班岗。

姜谣用下巴抵着笔头，漂亮的桃花眼一眨不眨地看着不远处的季渃丞，恨不得用眼神将他现在的样子描绘出来。

他的难堪，他的不自在，完完全全被她看在眼里了。

那一瞬间，她觉得心被硬生生地扯了一下，非常疼。

她愤怒，也空前清醒。

她没有像以前一样，拍着桌子指着高小娆骂。

人总是会慢慢成长的，她这时候替季渃丞出气，只会让他更尴尬，所以她忍了。

童淼默默地抓住了她的手，担忧地望着她："谣谣，你……"

姜谣闭了闭眼，再睁开时，已经把目光从季渃丞身上移开了。

她不能再看了，她怕自己忍不住。

童淼拍了拍她的手背，低声安慰道："高小娆不是有心的，季老师也不是小孩子。"

"嗯。"姜谣咬着笔帽，眼睛微微垂下去。

上课铃打破了教室里的尴尬，周雅茹睫毛上还挂着泪水，但让高小娆一骂，她再也哭不出来了。

她赶紧用校服袖子擦了擦眼泪，愤愤地把自己的桌子拽到一边，和高小娆硬生生隔了一拳的距离，赌气似的不再说话。

高小娆看见周雅茹的动作，也不自在地将脸转向了墙。

她心里十分憋屈，尤其是感受到来自四面八方的目光，她更是如坐针毡。

她也很喜欢季老师，真的不是故意这么说的。

这些都是这两天她爸妈在家里说出来的抱怨话，她只是情急之下说了出来而已。

那时候大家还不知道班主任流产的事情，只是高考将近，班主任两天没有来，甚至都调不开一个 A 班水平的老师代课，大家都坐不住了。

高小娆不了解学校的安排，被父母每天的抱怨弄得十分心慌。

倒计时都开始了，偏偏这个时候出岔子，说不埋怨学校和老师是不可能的。

她的父母甚至还准备这两天来学校找孙主任理论。

她管不了自己的爸妈，每次跟他们辩驳都被以“你还小，什么都不懂”给堵回去，所以烦躁得安不下心去学习。

每天看着班里获得保送资格的几个同学没有压力地嘻嘻哈哈，童淼和司湛甚至还能心照不宣地恋爱，她就更是郁结于心。

她也需要发泄。

教室里渐渐安静下来，所有人都埋头对着卷面，不再言语。

季渃丞环视了一圈，清了清嗓子，从座位上站了起来，像个学生一样规规矩矩，手心贴着西裤的侧线。

他声音依旧温和悦耳，还带着些许歉意：“这个突发情况学校没有料到，你们班主任也想尽快赶回来，只是身体实在虚弱，还是希望大家能够心态稳定，尽量不要被影响。主任也在积极做工作，让一班的老师代语文课……”

童淼看着他的样子，都有些替季老师不平。

他根本没有替自己辩解什么，哪怕这本来就不是他分内的工作。

季老师其实不属于能言善辩的人，今天却说了那么多的话。

她此刻也觉得，季老师早日回到大学做研究，或许是最好的选择了。

姜谣舔了舔嘴唇，把校服裤子攥出了褶皱，眼睛快速地眨了几下，眼底渐渐有了血丝。

但是她没有立场为季渃丞和班主任说话。

在高小娆眼里，在班里其他没有足够加分保障的同学眼里，她都是站着说话不腰疼。

她不敢说，司湛却不管那些。

他用钢笔敲了敲桌面，冷声道：“我没记错吧？离高考只剩两个月了，不是两年，谁是准备从语文这科上多学两百分出来吗？早干什么去了？”

季渃丞皱着眉用眼神制止他。

司湛满不在乎地勾了勾唇，嗤笑道：“班主任是流产了，你以为是去医院玩呢？别学到最后把良心都学没了，那可比你少考几十分可怕多了。”

徐茂田也忍不住了，站起来道：“我是学习委员，我有义务帮季老师和班主任。我语文成绩还不错，以后可以来问我题，我能做的都会做到。”

周雅茹带着浓浓的哭腔，趴在座位上低着头道：“我的错题集和笔记也可以分享给大家，以后班级纪律我来管，保证和班主任在的时候一样。”

一向自我的徐茂田和周雅茹可以说出这样的话，童淼有些诧异。

同窗三年，大家都有各种各样的毛病，讨厌谁，喜欢谁，所有的情绪都遗留在已经过去的时间线上，成了固有的印象。

可是谁也没想过，哪怕一天有十几个小时待在一个教室里，他们真正了解彼此的时间也寥寥无几。

或许只是激烈的竞争和强大的压力，掩盖了个性中原本的善良，在倒计时这个契机里，才彻底吹散了表面的尘埃。

她搓了搓手，挺直身子轻声道：“理科的问题都可以问我，我的时间还比较多，希望最后，我们三班的成绩是全校最好的。”

第31章

季渃丞代班了一周，班里的学习氛围反常地好，大家都赌气似的跟自己较劲儿，都想争口气。

最后一次模考的成绩下来之前，班主任却意外地回来了。

天气越来越暖了，中午阳光直射下来，明晃晃的，甚至给人一种到了夏季的错觉。

班主任还裹着厚厚的羽绒服，脊背有些佝偻，嘴唇涂了些口红，可仍然显得虚弱，干燥的头发却梳理得整整齐齐。

全班同学屏息凝神地望着她，谁都不知道应该给出什么样的反应。

他们还以为高考之前班主任都不会再回来了，结果她竟然只休息了一周。

班主任绷着脸环视了一圈，朝周雅茹指了指："作业给我收上来，我检查一遍。"

还是和以前一样的语气，硬邦邦的，带着威慑性。

周雅茹缓缓地站起身，欲言又止地看了班主任一眼，哽在嗓子里的话还是没有说出来，最后点了点头，开始招呼每组最后一位同学往前收作业。

"那个……徐茂田，去主任办公室把各科的《大题冲关》搬回来，查好数量。"她把围脖从脖子上解下来，扔在还沾着粉笔灰的讲台上，也不在意是不是被蹭脏了。

"老师，咱班保送的同学还要领吗？"徐茂田比周雅茹的胆子要大一些，终于打破了班主任自说自话的状态。

“要要要，都花了钱的。”班主任挥了挥手，自己支着桌面坐在了讲台旁边的椅子上。

她还是像以前一样，坐在那个位置，保持着不苟言笑的脸色，只是不时用双手捂着肚子，身体微微向前倾着。

回头看了看，黑板上还写着前一天的课表，她皱了皱眉：“值日生赶紧来擦黑板，别耽误化学老师上课。做扫除的都回来了没？以后德育处再叫你们，让他先找我。花钱是来上课的还是来干活的？”

她嘟嘟囔囔，拍了拍围脖上蹭上的粉笔灰。

“三模考完了是吧？我一会儿要看你们的成绩。”

班主任和迎面而来的化学老师笑着打完招呼，匆匆离开了教室。

同学们一直望着她的背影，直到她彻底消失在楼梯口。

她就像有副铁打的筋骨，所有的伤痛都伤不了她分毫斗志。

她底气十足，眼神犀利，是永远带领着三班往前冲的斗士，绝对不会在到达终点之前抛弃他们。

化学老师怔了怔，柔声问了一句：“你们班主任……怎么回来了？”

是啊，怎么回来了呢？

化学老师低头笑了笑，自问自答道：“她放心不下你们。”

一节课上得五味杂陈，对于那个突然出现的身影，大家心里充满了愧疚。

班主任是这届最出名的带班老师，学生家长恨不得千方百计地把孩子塞进她的班级，因为知道她很负责，哪怕整个班级的升学压力都压在肩膀上，也从来没有倒下过。

她也的确做到了，这么多年，始终如一。

一大节化学课之后，班主任已经捧着一摞卷子回来了。

还是抢占了两分钟课间休息的时间，麻利地把卷子分给几个学生：“赶紧，赶紧，发下去。我不在的这段时间，你们都写的什么破玩意儿！”

她用眼镜布擦了擦眼镜，仔细地架在鼻梁上，一抖手里的卷子，上面已经做满了批注。

“老师，要不您坐着讲吧？”周雅茹趁着发卷子的工夫，把椅子搬上了讲台，放在班主任身边。

班主任愣了一秒，刚要摆手。

“老师，您坐着吧。”

“坐着吧。”

……

此起彼伏，并不整齐的声音，说的却是同一件事。

这些声音有的粗狂，有的轻柔，混杂在一起，却莫名动听。

班主任捏着卷子的手轻轻地抖了抖，眼中闪过一丝讶异。

她掩饰似的咳了两声，最后还是缓缓地坐在了椅子上面。

“先看课外文言文选段，选择题太简单了，都给我看第二句翻译，谁没看出来是通假字？”

班里传来窸窸窣窣翻卷子的声音，大家默契地拿出红笔，在题号前面画了一个小括号。

连他们自己都没有察觉，这种三年来养成的习惯，已经成了条件反射样的存在，会随着某些人的声音而发生。

整节课上得自然又有效率，积攒了一周的卷子，几乎都被班主任挑出重点讲完了。

下课铃刚打响，有人敲门。

“老师你好，你们班的榜单。”

学生会的学生递过来一张大榜，然后快速关上门走了。

班主任扶了扶眼镜，嘟嘟囔囔：“我给你们念念，都考成什么样。”

“周雅茹……年级第一，不错。

徐茂田，年级第三。

肖开璐，年级第五。

富凯琳，年级第八。

禾子焦、穆棱并列第九……”

她念到这里，突然停住了，不敢相信自己的眼睛似的重新扫了一遍。

年级前十里面，她的班级竟然占了六个人，再往下看，几乎所有人的分数都保持在了比较完美的程度。

“老师，您可以放心休息了。”

“老师，您还是回去休息吧，大家都学得挺好的。”

“不用担心我们，大家的成绩都没落下。”

“老师，您的身体重要。”

……

班主任把大榜举起来，遮在了自己面前。

她保持着这个动作好久，等下面渐渐安静了，这才把榜单放下来。

第一排的同学看到，她厚厚镜片后的眼睛，微微发红了。

她舔着唇，像个小姑娘似的捋了捋自己的棕色短发，酝酿了半天，才从嗓子里挤出有些变了音的四个字：“高考加油。”

高考加油。

黑板上的倒计时数字在值日生日日更替下，还是数到了尽头。

那天天气晴朗，日光灼灼，学校在校门外为翘首以盼的家长们搭建了凉棚。

全国都在讨论这场青春盛事的时候，司湛和童淼却空闲了下来。

这种感觉非常不真实，他们住的小区离盛华只有十来分钟的路程，作为考点之一的盛华已经全面戒严，拉起了条幅。

他们却身处学校之外。

童淼坐在凉棚里的板凳上，歪着头问司湛：“你后悔没有参加高考吗？人家都说总要体验一次。”

司湛戴着墨镜，靠着桌子玩游戏，他抬起头笑了笑：“有什么后悔的？就是几张卷子而已。”

等他再低下头，不由得懊恼地“靠”了一声，就这么一会儿的工夫，手榴弹在他脚边爆炸了。

对面传来陈冬暴躁的声音：“哥啊，哥啊！团战呢，咱能不谈恋爱了吗！”

影响了司湛战绩，童淼没有丝毫的愧疚，反而笑着冲对面的陈冬道：“活该你是单身狗。”

陈冬愣了愣，难以置信地问：“刚才咱妹妹是嘲笑我了吗？”

司湛笑骂：“滚，谁是你妹妹！”

陈冬癫狂道：“我才十八岁就要被恋爱团孤立了吗？我还是个娃娃啊！”

童淼和司湛对视一眼，不由得弯了弯眼睛。

连她自己都感叹，这段时间以来，竟然变得开朗了那么多。

当初中途转过来，一切都觉得陌生和拘谨，但随着时间缓慢地流淌，盛华和盛华的那些人越来越刻骨铭心了。

他们每个人的脾气，每个人的小习惯，还有拍毕业照那天大家明媚的笑脸，都像印刻在她脑子里了一样。

记忆里总有一个地方，是永远留给这些人的，他们曾经一起走过了最好的年华。

“高考完就毕业了啊，以后就不能经常见了。”童淼捏着瓶子微微叹息。

让她奇怪的是，当初要小心思的徐茂田、别扭偏执的周雅茹，还有曾经嫉妒过她的陈露楠，反倒成了这段记忆里最深刻的存在。

只有美好，只有甜。

司湛把手机扔在一边，夺过童淼手里的水瓶，拧开盖子咕嘟咕嘟喝了几口："你还是想想一桌桌的升学宴怎么吃吧。"

"升学宴？"童淼眨巴着眼睛，心里竟然有些雀跃。

还好，还没有那么快分开。

"除了我们几个保送的，其余都得办吧？阑市也就这么大，估计下个月福满楼包月了。"

"挺好。"

两天的考试转瞬而逝。当天晚上，她、司湛、陈冬和姜谣一起约着吃饭，庆祝终于逃离了高中的艰苦日子，可以迎来美好的大学生活了。

那天晚上姜谣喝得有点儿多，兴奋得手舞足蹈，后来到了 KTV，干号了几个小时，嗨了个彻底之后，非嚷嚷着要给季渃丞打电话。

说要听季渃丞给她唱歌。

童淼好不容易才把她的手机给抢下来，累出了一身汗。

她敢保证，等第二天姜谣清醒过来，一定会感谢她。

司湛和陈冬不抢麦，两人窝在角落里打游戏，谁输了就干一杯，最后也不知道谁喝得多，谁喝得少。

童淼和他们在一起玩得太开心了，大势所趋，她第一次喝了啤酒。

带着气泡的涩涩的液体灌进肚子里，虽然难喝，但的确能点燃兴奋神经。

她的皮肤薄，喝了一点儿酒就红了个通透，眼中依稀带着微醺的水汽，楚楚动人。

司湛在不远处的沙发上望着她笑，眼底的柔情像波澜起伏的湖水。

阑市还是估分报志愿的制度，所以在高考结束之后，全班同学还要聚在学校，拿着上面发下来的答案给自己预估分数。

当天，所有的老师都到齐了，班主任自然也在。

过了这段时间，她气色好了不少，底气也足了起来。

有内部消息说，下一届她就不当班主任了，这样就能有更多时间调养身体，再怀一个宝宝。

司湛最近陆陆续续接了几个小项目，累得只想睡懒觉，可这天一大早，就被一个电话叫去了学校，孙主任请他去给下届准高三生做报告——《逆风翻盘，走进清华》。

稿子是孙主任激情创作的，为的就是鼓励成绩还不理想的高三生，不要放弃梦想，万一有一天就成功了呢？

刚看到这篇稿子的时候，司湛的嘴角轻微地抽了抽。

逆风翻盘跟他有关系吗？

他难道不是靠机器人全国选拔赛第一名的成绩打进保送行列的吗？

孙主任抖开保存了快一年的高二期末成绩单，指着它道："你就从这个入手，虽然花费了大量的时间在比赛，但依旧没有放弃成绩上的追逐。"

那次考试是司湛唯一一次考了全班第二，还是因为考前童淼给他圈的重点全都撞上了。

司湛揉了揉眉心，说道："我本来就不是什么学霸，干吗不找童淼去？"

那可是实打实靠学习成绩上去的。

孙主任绷着一张严肃的脸，特别诚实地说道："你这种，更贴近普通同学的学习水平，大家看着更有代入感，鼓舞效果最好。你说努努力，玩命学，就能像童淼一样，谁信呢？"

司湛被噎了一下。

虽然他说的也算属实，但怎么听怎么别扭。

"这个……我相信你的演讲能力，好好看一看，到时候脱稿讲啊。"孙主任语重心长地拍了拍司湛的肩。

如果是刚入学时候的司湛，不把孙主任气得暴跳如雷就不错了，谁也想不到，有一天他能坐在主任办公室里，安静地背稿子。

时光就是这么有趣，他逐渐变得成熟稳重，而原来咋呼着想把他赶出学校的孙主任，现在竟然会激情熬夜给他写煽情的演讲稿。

司湛趴在桌边，抖开纸张开始读。

"还记得刚上高一的时候，我并没有什么目标……我高一的时候已经玩了两年机器人了，主任。"

孙主任"嘶"了一声："学习，学习上的目标，你好意思提你那时候的成绩？"

"高二的某天早晨，班主任给全班同学发了一张小纸条，让大家写下自己理想的学校，那个时候，我写的只是阑市师范……别说没有这事，有我写的也是清华。"

孙主任瞪了他一眼："你给我好好看。"

"后来我意识到，我没有理由不努力。看着每日为你劳心的父亲，小心翼翼怕影响你心情的母亲，他们或许舍不得买一件成百上千的大衣，舍不得去吃一顿烛光晚餐，但从来没有在你的教育上犹豫片刻……主任，你觉得我来说这段合适吗？”

司湛抬起眼睛，狭长的眼睛微微弯了起来，强忍住笑意。

孙主任敲了敲桌子，听他在这里一边读一边吐槽，也有些尴尬：“你能不能不说话？”

司湛挑了挑眉，举起两根手指投降，然后往椅子上一靠，默默地背了起来。

童淼一大早就被姜谣叫来了学校，帮着姜谣一起估分。

虽然凭她的水平，轻松答一答完全可以超过电影学院的分数线，但她偏偏特别紧张。

两人到班里的时候，一半人正在叽里呱啦地讨论，另一半人已经辗转各个老师的办公室聊天去了。

姜谣把自己记录的答案一张张抖开，对照着从徐茂田那里领来的参考答案，趴在桌子上一道道题对照着。

徐茂田凑过来拍了拍童淼：“姜谣答得怎么样？”

童淼笑着摇摇头：“还没对完，但应该不错，六百分肯定稳了。”

徐茂田若有所思地点了点头：“哎，真想知道你的高考成绩啊，可惜……”

“你怎么样？”童淼反问道。

徐茂田耸了耸肩：“没有超常发挥，也没有失常，反正就那样吧。”

“那也肯定到线了，加上加分。”

“是啊，到线是肯定了，就是报经管和建筑够呛。”徐茂田叹了一口气。

童淼在心底感叹，徐茂田和周雅茹这种学生，真是无时无刻不在向前追逐，永远不会因为眼前的成绩而满足。

她还记得自己去冬令营时候的两个室友，好像也是把目标锁定在了经管——一个分数高，将来又好赚钱的专业。

如果没有司叔叔，没有司湛的话，她应该也是要去学那些的吧？

她承担着照顾妈妈的重担，承担着以后的生活重担，兴趣都是不值一提的事情。

可现在，有人义无反顾地把她身上的担子接过去了。

真好，司湛真好，她心里默默道。

或许是已经完全陷入自己的胡思乱想了，所以她连徐茂田离开都没有发现，直到姜谣抓住她的胳膊。

“喵喵，我居然把这道题给做错了！我以前练过好多遍的，气死我了！”

姜谣每发现一道错题就会懊恼得抓抓自己的头发，恨不得穿越回考试那天，把答案给改回来。

童淼回过神来，帮她理头发："可以了可以了，毕竟高考紧张嘛。"

"我还想着自己能考六百五十分的，怎么办？"姜谣可怜巴巴地仰起头，撇着嘴，满脸的遗憾。

童淼俯下身来，往她的桌面上看："现在多少分了？"

姜谣把自己算的分数往前推了推："如果语文作文五十分，英语作文二十分的话，勉强六百四十分。"

"喂喂喂，你给其他同学一点儿活路吧，这已经很高了好吗！"童淼无奈地摇了摇头。

姜谣瘫坐在椅子上，吐了吐舌头："可是季老师当初考了七百分啊……"

"可如果你考过季老师了，以为他跟你在一起没自信了怎么办？"童淼眨了眨眼睛，一本正经地问道。

姜谣一下子坐直了身子，反应了片刻，突然觉得童淼的想法真是另辟蹊径，还非常有道理。

周雅茹将书卷了卷，当作话筒用："大家估完分的都到我这里登记一下，到时候我们学校会联合其他几个重点学校先根据估分排个榜，便于大家报志愿，一定要填真实的估分啊！"

"对对对，等一会儿有人从老师办公室回来，大家互相通知一声。"徐茂田也跟着附和道。

陆陆续续有学生上周雅茹那里去登记了，徐茂田根据周雅茹统计的数据做成表格，发到班主任的邮箱里。

等分数都核对完了，教室里已经挤满了人，大家互相对视着，开始不知所措起来。

原来，所有的一切都结束了，竟然不愿意离开了。

这个奋战了三年的地方，这个每时每刻都想逃离的地方，竟然给他们带来了那么深刻又美好的回忆。

再也没有机会，和这帮人一起，为了一个目标而奋斗，为了解出一道难题而开心。

曾经习以为常，周而复始的日常，也不会再出现了。

走廊里有来来往往的高一、高二学生，他们用羡慕的眼神望向高三的班级，可他们不知道，此时这里面更多的是眷恋和不舍。

大家默默地坐回了自己原来的位子，摸着熟悉的课桌上自己留在上面的痕迹，恨不得把这种感受一并带走。

但终归是最后一次了。

九月开学后，他们的座位会属于别人，开始另一段征程，却和他们没关系了。

班主任捧着报考指南路过教室，看见门还开着，她愣了愣，探头进去，发现所有人都坐在座位上，没有人说话。

“咦，你们怎么还不回家？”她站在门口，第一次没有疾言厉色，反倒带着温柔的语气，礼貌地问询。

学校的上课铃打响了，有些刺耳的铃声在整个大楼里面回荡。

周雅茹突然站起身，特别认真地喊了一声：“起立！”

全班同学仿佛有默契一般，纷纷站起身来，用这三年最洪亮的声音喊道：“老师好！”

班主任突然笑了，笑到一半，眼泪就顺着眼角的细纹滑了下去。

班里渐渐有了啜泣声，但大家都默契地忍耐着，谁也没有打破这一刻的美好。

班里最喜欢开玩笑的“眼镜男”哽咽道：“老师，我最大的愿望就是能在你的课上睡一觉，还不被骂。”

“老师，我还想再上一天语数英理化生。”

“老师，我想回到一个月前，认真地做一遍课间操。”

“我想在教室里吃炸鸡柳。”

“还有在数学书里夹一本漫画书，不用被没收。”

“上物理课明目张胆舔颜，不用强迫自己认真听课。”

“生物必修一讲受精卵那节课，我想回去笑，我当时都没敢。”

……

大家接二连三地说着，把三年里记得的点点滴滴，所有没达成的心愿都说出来了，恨不得说得更多一点儿，仿佛说着说着，就能成真了似的。

班主任推了推眼镜，站在门边等他们说完。

直到班里安静了下来，她才摆摆手让大家坐下，然后把手里的包和书放在了讲台上，拿起一旁的粉笔头，在黑板上认真地写着最短的一次板书——前程似锦，不舍分离。

她把粉笔轻轻放下，端详了那两行字片刻，然后转过身，声音哽咽道：“下课！”

第32章

一整个假期，童淼都没再学什么新的东西，她和姜谣两个成天混在一起，逛街购物，品尝美食。

她还肩负着把姜谣从奢侈品店拽走，和参加博物馆答题赢小礼物的重担。

好久没有这么开心过了，什么都不用想，什么也不用担心，每天一觉醒来，就在思索今天玩什么，然后抽空参加一个又一个的升学宴。

姜谣彻底解放了天性，因为她和季老师再也不是师生关系了。

高考分数下来的第二天，姜谣就拽着童淼去学校“拜访老师”。

明明学校已经放假了，大部分老师也该度假的度假，该办补习班的办补习班，这个时候还能在学校被姜谣堵到，不言而喻。

季渃丞最近一直在收拾东西。

他和大学那边交接好了，近期就会过去工作。

季校长也心疼他在高中太累，所以没有过多挽留。

季渃丞心思藏得深，平时又不喜欢表达，当初为什么愿意来高中蹉跎三年，连季校长都不知道原因。

老季最后也只是叮嘱他，在大学要搞好人际关系，毕竟大学环境不会像盛华这么简单了。

他把用过的笔筒和订书器整理到一个小箱子里，这些东西直接搬到他爸的办公室就好，没有必要带走了。

人一劳动起来就有些出汗，季渃丞解开衬衫袖口的扣子，挽起袖子，露出半截小臂清凉了片刻，然后捧起箱子准备离开。

“季渃丞！”

办公室的门大敞着，姜谣把脑袋探进门里，眼睛亮晶晶地注视着他，毫不掩饰自己的兴奋。

她眼中的季渃丞有特殊的诱人点，衬衫领口的扣子和挽起来的袖子，不管是哪一点，她都能被戳得心神荡漾，无法自持。

季渃丞抬眼，看见她和她身后规规矩矩的童淼，微微低头一笑，把手里的箱子放下：“你们来啦。”

他没有在意姜谣对他直呼其名，也不知道是不是这些年习惯了，要是姜谣规规矩矩地叫他老师，他才会觉得太阳从西边出来了。

童淼在后面乖巧地说道：“季老师好，我和谣谣来学校玩，碰巧路过……您的办公室，门开着，我们就来看看。”

她说罢，眼神难免闪烁了一下，手指轻轻地揪着自己的裙边。

是不是碰巧，三个人心里都心照不宣，但童淼这么一说，的确让气氛轻松了很多。

姜谣情不自禁地舔了舔嘴唇，舌尖感受到一股甜腻的润唇膏味道。

她今天是精心打扮过的，已经美艳到不亚于娱乐圈里当红小花旦的地步了，从小区一路走过来，引得不少人侧目。

但季渃丞显然和普通人不一样，他只看了她一眼，便迅速低下头，把箱子重新抱了起来：“我去校长办公室送点儿东西。”

姜谣愣了愣，她以为季渃丞怎么也得问问自己的高考成绩，结果还没说上两句话，对方竟然要走了。

“哎……”她眼睁睁地看着季渃丞从自己面前抱着箱子离开，擦身而过的一瞬间，她嗅到了季渃丞身上一股似有似无的茶香。

童淼手疾眼快地推了姜谣一把，眨了眨眼：“谣谣，司湛找我有事，你先跟着季老师，我一会儿来找你。”

姜谣到底反应快，顺着童淼的力道紧走两步，跟在了季渃丞身后。

童淼长长地舒了一口气，靠在墙边，隐隐听到姜谣有些哀怨地问：“你怎么不问问我成绩？我考了六百四十分呢，电影学院近几届最高分。”

还说期待别人问，结果自己竹筒倒豆子似的全都说了，像个眼巴巴等着夸奖的小孩子。

也幸好走廊里的回音无形中扩大了音量，半晌，童淼听到季老师轻笑了一声，颇有些愉悦地回答：“我知道啊。”

她低下头，情不自禁地深吸了一口气，替姜谣开心。

说是去找司湛也不是假的，这些天她跟姜谣在一起的时间太长了，再加上毕业之后，两人就不怎么住在滨河小区了，再也不是朝夕相处的模式，所以司湛总有些失宠的怨念。

司湛在这附近的一栋小写字楼里租了几间办公室，算是毕业之后的临时办公点。

童淼从学校出来，打了辆车，去见司湛。

天气过分炎热，连柳树上趴着的蝉都倦倦的不怎么叫唤了，柏油马路被烤出一股焦煳味道。

出租车司机为了省油，只开窗户不开空调，童淼下车之后，汗水把刘海都打湿了。

她到了写字楼里，先去卫生间洗了把脸，然后顶着一张湿漉漉的脸，推开了司湛办公室的门。

“就你自己？”童淼用手臂蹭了蹭滴水的下巴，眨巴着大眼睛环视了一圈。

“怎么脸上都是水？”司湛随手扯了两张抽纸，拽过童淼的胳膊，在她鬓角和额前轻轻地擦了擦。

“来的时候出了好多汗，我洗了把脸，等着蒸发吸热呢。”

她眯着眼睛躲开司湛的手，脸颊不小心碰到司湛的手指。

司湛的手干燥温热，而她的皮肤冰凉水润，极大的反差让两个人的动作都顿了一下。

司湛意味深长地笑了笑，伸手捏住她的下巴，低头贴着她的额头：“我看你是想诱惑我。”

他声音低哑，温热的气息扑在童淼脸上，眼神专注且深情，气氛说不出地暧昧。

饶是只有两个人，但这里毕竟是工作的地方，童淼脸皮薄，把头一歪，推了推司湛：“你胡说八道！”

司湛没用力气，轻易让她躲开了，但随即，还没等童淼反应过来，司湛突然一把搂住她的腰，毫不费力地把她抱上自己的办公桌。

童淼只觉得突然之间被一股大力提了起来，还没反应过来，就坐在了桌面上。

她吓了一跳，紧张地抓紧了司湛的肩膀：“你要干吗！”

司湛不算是个井井有条的人，桌面上到处都是散落的文件，却难得地给童淼选了个干净地方。

他把手撑在童淼身侧，抬起眼睛，压低声音道："这高考都结束了，你总得给我个名分。"

童淼不由得往后蹭，结结巴巴道："什……什么名分？"

司湛顿了顿，神情认真地反问道："你说什么名分？"

他的眼神太过炙热，墨黑色的瞳孔里映出童淼仓皇的样子。

童淼立刻错开眼神，不安地咬了咬下唇。

什么名分，其实她心里清楚。

两个人绯闻也传了，身边人该知道的也知道了，司湛想要个能在外面堂堂正正称呼她为女朋友的名分。

但就是这个名分，童淼怎么也说不出来。

偶尔去妈妈的科室，几个阿姨开玩笑似的要给她介绍优秀男孩子认识，她都只能无比辛酸地笑笑，没有办法反驳一句——我已经有男朋友了，他叫司湛。

喜欢是真的，甜蜜也是真的，但困难更是真的。

哪怕她早就在心底认可了司湛，哪怕全班同学都以为他们俩毕业就会在一起了，但在家里，他们依旧要保持着疏离的距离。

尤其是现在，几乎无时无刻不在父母的眼皮底下。

童淼胆子小，又一向谨言慎行，连司湛随手给她削的苹果，她都要佯装客气，礼貌地道谢。

但他们偏偏是最亲密的关系啊。

"司湛……我的确是喜欢你，特别特别喜欢你。"她慢慢地垂下搭在司湛肩上的手，用一种极其无辜的眼神望着司湛。

她不是给不出答案，而是她即便给了，于现实也没有什么意义。

他们还是要在该伪装的场合伪装，在四下无人的地方偷偷亲昵，心里存着一份甜，夜深人静的时候拿出来舔一舔。哪怕这样小心翼翼，还要祈祷这样的甜，能够延续更长的时间。

"小卷毛，我真恨不得……"恨不得什么，他没有说。

但童淼心里清楚，属于这个年纪的冲动、执着、莽撞、坚韧，司湛一样都不少，他只是慢慢学会了忍耐，这个他以前从来不屑一顾的品质。

晚餐订在一家五星级自助餐厅，童美君刚刚被提升为主任，司启山特意订了餐位来给她庆祝。

煎小牛排的味道很好，白葡萄酒也清醇可口，童淼却没什么悠闲的心情。

随着她和司湛的关系越来越亲密，在妈妈和司叔叔面前，她就会更加愧疚和尴尬。

这份心思，却只能跟姜谣倾诉一二。

司启山显然兴致很高，吃了个八分饱之后，他举起高脚杯，宠溺地看了童美君一眼："今天还有个事情想跟你们说一下，虽然也算是一时冲动，不过气氛刚好。"

他说罢，打了个响指，用眼神示意了一下服务员。

童美君一脸迷茫地望着他，手指却紧紧地握住了刀叉。

服务员笑着端了个小托盘过来，在托盘中心，放着一枚闪闪发亮的钻戒。

"我和美君在一起的时间也不短了，就趁着今天……"

童美君手里的餐刀猝不及防地滑了下去，砸到了餐碟，发出了清亮的响声，打断了司启山的话。

司启山愣了愣，笑着摸了摸童美君的侧脸："怎么了？太感动了？"

童美君的眼神闪烁了一下，脸上浮起一丝不太自然的笑："这……这太突然了，当着孩子的面呢，我们不如回家再说吧。"

司启山轻笑着取过戒指，捏住童美君的手，颇有些强硬地戴在了她的无名指上："好事就是要跟他们一起分享啊，明天我们就……"

童美君立刻打断他的话："戒指我收下了，你有心了，其他的事情，我们俩私下再说吧。"

她心里清楚，司启山要说跟她领证结婚的事情，这种话一旦说出口，便覆水难收了。

司启山皱了皱眉，把没说完的话咽了下去。他没有反驳童美君的习惯，既然她不愿意现在讨论，那就回去再说。

但他也明白，童美君心里有所顾忌。

"我妈妈知道了。"

童淼脸色苍白地靠在墙边，仰着头，眼神迷茫地看着天花板的灯光。

看得久了，眼前出现一片恍惚的黑暗，挥之不去。

她不知道该怎么应对。从餐厅回来，她的脑子里一直都是蒙的，仿佛深陷重重迷雾，找不到出去的路。

"你别害怕。"司湛把手机放在客厅茶几上，走过来伸手拉童淼的胳膊，想把她抱在怀里。

他的手指尖快要碰到童淼的皮肤了，却抓了个空——童淼情不自禁地瑟缩了一下，躲开了他的手掌。

司湛的动作顿了顿，惊讶地看了童淼一眼。

童淼回过神来，垂下眸子。盯着灯光看了半天，此刻低头觉得周遭昏暗了许多。

“他们快要看完电影回来了……”她轻声嘟囔，解释自己躲开司湛的理由。

但她的解释显然有些苍白无力，两个人都知道，童淼之所以会躲开，完全是情感的驱使。

她退缩了。

司湛把手插进兜里，盯着童淼的侧脸看了半晌。

她的睫毛真长，毛茸茸的，微微翘着，此刻乖巧地低下头的样子，让人根本无法对她生气。

“所以呢？他们知道难道不是迟早的事情？”司湛轻声问道，语气里带着一丝不确定的颤抖。

他是真的不确定。

他可以义无反顾地横冲直撞，但他不确定童淼会不会永远待在他的身边。

在她心里，爱情从来就不是最重要的事情。

司湛也清楚，自己的分量，和她妈妈的圆满比起来，恐怕不值一提。

“太……太早了。”童淼眼神闪烁，不安地咬了咬嘴唇。

她紧张的时候就喜欢咬唇，让疼痛刺激自己的理智。

司湛靠在她对面的餐桌上，长腿交叠在一起，手指紧紧地扣住桌面。

他微微低着头，勾起唇轻声笑道：“你不会不知道，他们去看电影就是一个借口吧？”

童淼望着司湛，嘴唇动了动，没说出话来。

是啊，是个借口。

等他们说明白了，就要回来公开量刑了。

现在的每一分每一秒，都仿佛在进行致命的倒计时，而结果……她并不乐观。

“你愿意陪我坚持一下吗？”司湛轻轻地叹了一口气，试探性地问。

他渴望从童淼那里得到肯定的答案，从没这么渴望过。

他一向自信，也习惯把准备工作做得无懈可击，但这件事让他有心无力，因为这不是他一个人可以左右的。

他从没有哪一刻，像现在这样需要童淼的支持。

哪怕只有一句话，他也愿意肝脑涂地。

“可以吗？”他又问了一遍。

童淼抬起眼睛，把嘴唇抿得发白，声音破碎颤抖：“司湛，我妈妈……是个保守的人，她不会同意的……”

她的眼底渐渐蓄起了泪，睫毛承受不了泪水的重量，颤了颤，任由泪珠滚落下去。

太快了，这些日子的甜蜜结束得太快了。

快到她还来不及怀念，来不及回味，就要面临失去的痛苦了。

或许不仅仅是失去，横亘在四人中间的隔阂，或许永远也过不去了。

司湛的眼神暗了暗，眼底泛起红血丝，黑色的瞳仁泛着些水光。

他嗓音沙哑道：“那让我再抱抱你吧。”

他张开双臂，没有动，在一步之遥的地方等着童淼过来。

童淼的脚下仿佛坠了千斤坠，看着不远处司湛温暖的臂膀，却觉得寸步难行。

她只是流着泪，仿佛蹒跚学步的孩童一般，一点点儿地向前蹭着。

她的手指轻轻地抓上司湛单薄的衬衫，司湛没有动。

然后她缓慢地把手臂绕过去，环抱住他的腰，让脸颊靠在他的胸膛上。

他的心跳依旧有力，体温透过薄薄的布料传递给她，熟悉又让她眷恋。

司湛的手臂慢慢垂下来，没有搂住她，而是拼尽全力地体会这一刻的感受。

在童淼离开他胸口的那一刻，他觉得自己的心都空了。

心变空的一瞬间，他却明确了方向。

即便童淼退缩了，那又怎么样呢？

他能放弃吗？

他不能。

他想要的人，想要的未来，哪怕要翻山越岭，披荆斩棘，他也绝对要得到。

既然童淼不敢再往前走了，那他就向她走去，再走一步，九十九步和一百步又有什么分别呢？

偌大的欧式客厅里面，两个人靠在门廊的两边沉默地对视着。

哪怕有千言万语，也如鲠在喉。

一个小时里，童淼和司湛的手机不知道响了多少次，可谁都没有接听。

即便这样珍惜着一分一秒，门铃声还是响了。

童淼像受惊的兔子一样，飞快地跑回了自己的房间，心绪烦乱地缩在了被窝里。

她一闭眼，眼泪都浸在了枕套上，消失不见。

司湛望着她消失在客房，转回头来盯着大门。

很快，门开了，司启山和童美君从外面走进来。

司启山的脸色不算太好，童美君也面色凝重。

司湛拧开一瓶可乐，咕嘟咕嘟地喝了两大口，辛辣的刺激感从口腔一直滑到肺腑。

他玩世不恭地一笑："都商量好了？"

司启山深吸一口气，拍拍童美君的手，然后瞪了司湛一眼："你跟我到书房去一趟。"

司湛轻阖了一下眼睛，把可乐随手一放，跟着司启山上楼。

童美君把包放下，看了看童淼紧闭的房门，叹了一口气，慢慢走了过去。

房间里没有开灯，黑黑的，只能听到有些急促的呼吸声。

童美君轻声问道："哝哝，你没睡吧？"

她知道童淼一定没睡，所以走了进来，把门关上，却没有开灯。

童淼从被子里钻出来，借着窗外稀薄的灯光，她能看清妈妈的轮廓。

她缓缓坐起身，凌乱的长发披散到胸前，遮挡住半边脸。

她望着童美君的身影喃喃道："妈……我……"

童美君笑了笑："傻瓜，你又哭什么呢？"

她坐到童淼的床边，用手摸了摸她的脸，果然润湿一片。

"我……不是故意的。"她仓皇失措，一如当初得知爸爸离开时的模样。

童美君怜惜地搂住她，拍了拍她的背："我知道，但是没关系啊。"

童淼的身子僵了一下，蓦然抬起头，有些反应不过来。

童美君摸了摸她的脑袋，心疼地用手擦她的眼泪："我年轻的时候，比你还离经叛道，早恋，和父母闹翻，上大学的时候就不小心怀了孕，怕被人发现，便偷偷生下你，又因为年龄问题，没办法给你上户口，折腾了好多年，还跟你爸爸分道扬镳了。"她说着说着，声音也有些哽咽，"你只是喜欢上司湛而已，你比妈妈听话多了。"

那些年荒唐糊涂，她始终觉得对不起童淼，让童淼比同龄人承受了更多不该承受的痛苦。

现在女儿有喜欢的人了，她怎么舍得让她不开心？

没人比她更了解爱而不得的失落和悲伤，她经历过的，永远不想要童淼再经历了。

对方是司启山的儿子又怎么样？哪怕让她离开司启山，只要童淼好好的，她也心甘情愿。

“妈妈，你……你不反对？”童淼错愕地望着童美君，眼睛睁得大大的，但因为光线实在太暗了，她看不清童美君的神情。

“如果你们是认真的，我不反对。只是身为你的妈妈，我私心里还是怕你受伤。”童美君坦诚道。

她不是不相信司湛，作为长辈，她觉得司湛是个很有想法和野心的孩子，哪怕个性鲜明了一点儿，也远比同龄人优秀。

但现在用考量女儿男朋友的眼光看他，她就不免严苛了几分。

她希望司湛是世界上对童淼最好的男人，希望他事事顺着童淼的意，希望他能时时刻刻关照着童淼。

董诚的事情难免给她带来了伤害，让她无法相信感情是永远不会变质的，尤其是年轻人冲动的爱情。

“妈妈，我真的很喜欢他，再没有人像他那么好了，和做梦一样。”

童淼低下头，抓住童美君的手，仿佛抓到了一根救命稻草。

“那就和司湛好好的。其实你们在一起，倒也是缘分。”童美君回握着童淼的手，在她额头上亲了一口。

“可……可你和司叔叔该怎么办呢？”童淼不安地问。

童美君不由自主地摸了摸手上的戒指：“你不用担心，我们会解决好的。”

相比于客房的黑暗，书房几乎是亮如白昼了。

司启山毫不客气地一拍墙上的开关，把所有的灯全部按亮，晃得司湛一眯眼。

“你真行啊，司湛。”司启山指了指司湛的鼻梁，气得往椅子上一靠。

“是啊。”司湛毫不客气地承认，往书房中间一站。

他虽然狂妄，但还没傻到找把椅子坐在他爸对面。

“说说，什么时候开始的？”司启山揉了一把脸，抬起眼睛，目光冷冽。

“开始什么？我对她一见钟情啊，和您一样。”

“一见钟情”这个词，用到司启山对童美君的情感上也不过分。

“你给我滚蛋！”司启山气道。

司湛无辜地耸了耸肩。

“你不知道她是你妹妹吗？”司启山盯着他，深吸了一口气，压抑着情绪。

“爸，你不是早看出来了？现在才算账，晚了点儿吧？”司湛挑了挑眉。

“我那是给你清醒的时间，你……”司启山话还没说完，手机突然响了起来。

他拿出来一看，皱了皱眉，是他前妻梁茵打来的。

当着孩子的面，不接他亲妈的电话总归不合适，饶是司启山现在正在气头上，还是忍了回去，把电话接了起来。

“喂……”

“司启山，我听说你要插手我儿子谈恋爱是吧？没有亲妈在身边，你就当了后爸了？我儿子高中毕业了，喜欢一个女生怎么了？你从大清朝穿越过来的吗？你还准备政治联姻啊！”梁茵说话底气足，语速快，愣是没给司启山插话的机会。

“阿湛，阿湛，你在旁边没？跟妈妈到英国来！你今年十八岁了，可以带着你女朋友在英国结婚了。”

司启山揉了揉眉心，颇有些暴躁地说道：“你乱七八糟说什么呢？你知道他喜欢上谁了吗？”

“司启山，你得清楚，我儿子，想喜欢谁就喜欢谁，爱做什么就做什么。他亲妈还活着，能给他做主呢！”梁茵冷笑一声，高跟鞋踩得地面嗒嗒响。

司启山懒得跟她吵，恨不得赶紧结束对话：“行行行，你儿子爱干什么干什么，我不管了。”

两人话不投机半句多，没一分钟就挂了。

司湛在一旁听着，嘴角勾起一丝笑，脸上依旧是一副坦然的神情。

司启山放下电话，咬了咬牙，气笑了：“行啊你，知道算计我了，提前跟你妈计划好了是吧？”

其实他也没打算拆散司湛和童淼，毕竟童美君那里已经妥协了。

他只是气不过，因为司湛的暗度陈仓，他一时半会儿没法跟童美君结婚了。

司湛手插着兜，身体微微前倾，轻轻地挑了挑眉：“您知道的，我做事力求周全。”

司启山重新审视着司湛，恍惚间觉得，司湛已经不是那个可以轻易掌控的小孩子了。

又或者以前那个惹是生非的富二代做派，也是一种自我保护的伪装。

他一直都忽略了，司湛的成长环境和教育资源，要比曾经的他优越得多，或许这也意味着，司湛比他成熟得更早。

从书房走出来，司湛轻微地咳了两声。

他走到自己房间的卫生间，趴在洗手台上，吐了一口唾沫。

然后他抬起眼，冲着镜子里的自己轻轻地笑了一下，手指擦过淤青嘴角的血痕，打开水龙头，漫不经心地冲了冲血迹。

第33章

夜色浓稠燥热，像调好的芝麻糊。

她做了噩梦。

梦里的她站在盛华的主席台上，下面站着密密麻麻的同学，他们仰头用一种迷茫又不解的神情望着她。

司湛站在她身边，穿着一身黑色的西装，西装剪裁得体，勾勒出他挺拔的身材。

他手里举着一个精致的戒指盒，看着她笑。

她刚想回应司湛一个温柔的眼神，却发现妈妈和司叔叔站在一旁，表情悲痛。

童淼手足无措，她慌张地倒退了两步，却发现自己找不到下主席台的路。

妈妈眼里流着泪，一副失望至极的神情。

司叔叔指责司湛异想天开，任性胡闹。

司湛却置若罔闻地把戒指盒递到她面前，狭长的眼睛里满是柔情，他说："戴上吧，我们永远在一起。"

童淼摇了摇头。

他固执地抓住她的手，脸上依旧挂着笑："别闹了，小卷毛。"

她被逼得无路可退，只能咬咬牙，狠下心来甩开司湛的指尖："对不起……"

离开司湛手指的那一秒，她有一种难受得快要窒息的感觉。

她哭不出来，呐喊不出来，她所有的情绪都无法宣泄，冷汗打湿了身上单薄的衬衫。

司湛迷茫地望着她："为什么要对不起？为什么你都不肯为我努力一

次？为什么我喜欢你喜欢得那么辛苦？

“这世上分别的理由成千上万，在一起的理由却只有一个——值得。”

他眼睛充血，额角鼓起黛青色的血管，手指紧紧地捏着戒指盒，指尖发白。

司湛的每一句话，都像利刃一样狠狠地扎进她的心里，让她心痛得无以复加。

她僵在地上不敢动，想要流泪却一滴眼泪也挤不出来。

司湛突然单膝跪在地上，嗓音沙哑道：“我求求你了。”

一瞬间，她觉得自己所有的坚持都被震碎了，她觉得自己膝盖发软，险些跪在司湛面前。

“不行，你不能跟他在一起！你跟在你妈妈身边都学了些什么！”

一只手猛然拽住了她的胳膊，强硬地把童淼拉扯过去。

是董诚。她从未见董诚那么生气过，他力气很大，童淼根本无法挣脱。

“你松开！”她冲董诚吼着，回头恋恋不舍地望着司湛。

主席台边终于出现了一把梯子，董诚硬生生地把她拽下了梯子，等她下到地面的一瞬间，梯子骤然消失了。

她努力地仰着脖子往台上看，只觉得那一瞬间，司湛的眼神暗了下去。

她被拽回了教室里，满操场的同学们也渐渐散了，就只有司湛一个人还留在主席台上，形单影只的。

天上下了好大的雨，砸得玻璃窗砰砰地响，在巨大的雨幕里，她越来越看不清司湛的身影了，他就好像和雨雾融汇在了一起，变得淡薄，遥远，再也抓不住。

那是失去的滋味。

晨风从窗户吹进来，带着一股清新的露水味道。

童淼猛地睁开眼睛，受惊似的从床上坐起来，头发被湿漉漉的汗水黏在一起。

意识到什么都没有发生之后，她长长地出了一口气，迷迷糊糊地抓过手机，看了看时间，才凌晨五点。

昨天睡得特别晚，哭着哭着就不省人事了，大概没有睡多长时间，就又被吓醒了。

她觉得一切都那么不真实，原本最忧心的事情，却轻而易举地被认可了，而且妈妈还让她和司湛好好相处。

或许她给自己的压力真的太大了，其实所有的问题都可以迎刃而解的，她却偏偏要往最极端的方向去想。

从梦里醒过来，童淼就没了睡意。

虽然知道那是梦，但那种感觉太真实了，心痛、不忍和愧疚都很真实。

最主要的是，她知道自己对不起司湛。

她总是轻而易举地放弃司湛努力坚持的事情，让司湛的一片真心看起来可笑又可怜。

童淼轻轻地叹了一口气，随意捋了捋长长的头发，掀开被子，准备去浴室冲洗一下。

妈妈和司叔叔都在二楼睡觉，时间还早，整个房子里静悄悄的。

她蹑手蹑脚地推开门，拎着自己的毛巾，准备去一楼的公用浴室。

刚走到客厅，她却像被雷击中一般僵在了原地。

司湛坐在沙发上，静静地看着她。

他还穿着昨天晚上的那套衣服，只是神情有些疲惫，嘴角有些明显的红肿，但眼神依旧明亮。

她紧张地咽了咽口水，像第一次知道司湛的心意时那样紧张。

司湛缓缓地眨了眨眼睛，轻声道："你醒了？"

"你没睡？"

两人同时问出了口，继而是长久的沉默。

他们安静地对视着，时间仿佛都静止下来。

晨光透过薄薄的一层窗纱射进来，将童淼包裹起来。

"我去睡了。"

司湛收回注视着她的目光，轻咳一声，从沙发上站起身来。

走了两步，他突然停下来，顿了几秒——坐的时间太久了，贸然起身，眼前突然发黑，身体也因为一晚没有睡而有些虚弱。

童淼突然反应过来，猛走几步，上去抓住了司湛的胳膊。

司湛一愣，转过头来看她。

童淼抬起眼睛，长长的睫毛翘着，眼底氤氲着水汽。

她努力露出一个甜甜的微笑，看起来却像要哭了似的。

"我以后……不会再放手了。"

她的声音有些哽咽，甚至有些小心翼翼，手指却攥得紧紧的，生怕司湛甩开她跑掉。

司湛有些僵硬地抬了抬右手，又缓缓地放了下去。

“你……”他欲言又止。

“你再给我一次机会，我会努力朝你走过来。”童淼说着，踮起脚尖，仰着头，在司湛的嘴唇上碰了碰。

她的动作很轻柔，仿佛蜻蜓点水一般，十分虔诚。

司湛猛地揽住她的腰，深深地看了她一眼，低头咬住她的嘴唇。

童淼的嘴唇凉凉的，她的指尖也是凉凉的，但即便这样，也足够点燃司湛所有的热情。

他用力地抱住她，舔舐着她的唇，感受着她的存在，恍惚间有种劫后余生的感觉。

在寂静无人的客厅里，一半明亮一半黑暗的光影交叠中，他们紧紧地抱在一起，光明正大地亲吻着。

“嘶。”

接吻难免牵扯到嘴角的伤口，司湛被突如其来的刺痛刺激得皱起了眉。

童淼立刻退开，有些担忧地摸了摸他的伤处。

“你……你还好吧？”

她知道司湛和司叔叔的聊天过程大概不是那么愉快。

但既然妈妈都已经认可了，她不明白为什么司叔叔和司湛还会有冲突。

司湛轻轻地勾了勾唇，嗓音沙哑道：“没事。”

童淼皱了皱眉：“司叔叔他……”

“我故意的。”司湛冷静地说道。

童淼一愣。

“我故意激怒他，让他打我的。”

“你为什么……”

司湛无所谓地笑了笑，抓住童淼放在他嘴角的手：“你不了解我爸，我让他一时冲动打我一下，足够他心怀愧疚一个月了。估计在大学开学之前，他再也不敢管我了。”

童淼眨了眨眼睛，有点儿可怜司叔叔了。

虽然司叔叔比司湛多了这么多年的社会经验，但好像总是被司湛搞得团团转。

“你去洗澡吧，我还得回去睡一会儿，没看见你我睡不着。”

司湛拍了拍她的背，摸了摸她浓密的卷发。

随意的一句话，又让童淼觉得心酸起来。

司湛果然是在等她，等她一个回应。

“好啊。”

刚刚接过吻，她还是难免害羞，尤其是自己还穿着单薄的睡裙，影影绰绰的，什么轮廓都看得到。

她红着脸，微微咬起嘴唇，把毛巾捧到胸前，轻轻地往浴室走。

等她关上门，才听到司湛上楼的声音。

童淼长长地舒了一口气，把毛巾搭在架子上，脱掉衣服，开了热水。淅淅沥沥的水滴顺着头发流下来，冲刷掉黏在皮肤上的汗渍，身上舒服多了。

她接了一点儿水拍了拍自己的脸，望着一旁被雾气朦胧了的镜子，不免又想到梦里的场景。

她好庆幸梦境和现实是相反的，事实上她什么都没有失去。

她再一次觉得，自己实在是太幸运了，或许以前经历过的那些痛苦，都是为现在的幸福付出的代价。

那么她认了，也不怨了。

洗漱过后，她顶着湿漉漉的头发，踩着拖鞋推开磨砂玻璃门，好像撞到了什么东西。

她低头一看，地上放着一个浅蓝色的 Tiffany 小袋子。

她捧着毛巾蹲下身，把小袋子拎了起来。

进来之前，是绝对没有的，有人趁她洗澡的时候，偷偷地放在了门口。

她从小袋子里面掏出一个方方正正的小盒子，打开一看，里面躺着一枚小巧精致的经典款戒指。

盒子底部附了卡片——你这么白。就该戴戒指，八月十七日了，七夕快乐，女朋友。

今天竟然是七夕节。

她捏着盒子朝楼上望了一眼，司湛的房门紧闭着，显然送来了礼物后，他就回去休息了。

她不禁有些后怕。

昨天对司湛说那些话的时候，她完全没有意识到，这个特殊的节日快要到了。

这对司湛太残忍了，对她自己也太残忍了。

她低下头，靠在墙边，手指轻轻地摩挲着戒指盒。

很漂亮的浅蓝色盒子，很精致的戒指。

完全不知道他是什么时候准备好的，也不知道，他期待这一天期待了多久。

可他昨天什么都没说，甚至没用这份心意来强迫她，只等到冰雪初融的时候，才把这个惊喜拿出来。

卡片显然是刚刚写好的，墨水还没有完全干透，或许他上去就是为了写这一张卡片。

“女朋友”这个字眼陌生又亲昵，有一种无法言说的力量。

还好，司湛的这份真心，她不会再辜负了。

她把戒指和卡片捏在手心里，抬起眼睛，望着天花板笑。

晨光越来越明亮，照亮了头顶上浅黄色壁纸的细腻纹路，她笑着笑着，眼前又模糊起来。

楼上传来些微响动，童淼受惊似的回过神来，慌张地抱住礼物，尽量不发出声音地跑回房间。

回到房间，她没有丝毫睡意，这一天发生的事情需要太多的时间去消化。

她坐在椅子上，偷偷地听着门外的动静。

妈妈和司叔叔大概起床了，童淼没敢出去打招呼。

经历了昨天的事情，她多少有些尴尬。

童美君和司启山比平常起得要早很多，或许也是担心彼此会尴尬，所以简单地收拾收拾就匆匆出门了。

偌大的房子里又只剩下司湛和童淼两个人。

童淼抱着膝盖，盯着面前的戒指，用自己的手指比了一下。

一看就价值不菲，她一个学生戴这种戒指，大概不合适吧？

想罢，她从抽屉里拽出自己以前的小首饰盒，里面零零碎碎的，都是她从小到大积攒的东西。

她这个人念旧，哪怕现在不喜欢了都不舍得扔，偶尔看见了，还能想起来自己当初的模样。

里面有一条小桃核串成的小项链，还是小时候父母带她去北戴河玩的时候，从一家纪念品店里面买的。

桃核已经有些旧了，也不那么好看了，但好在红绳还完好无损。

自从董诚离开之后，她就再也没戴过和他有关的东西。

否则会情不自禁地想起以前的事，徒增困扰。

她翻了一会儿，没发现比这个更合适的了。

手指轻轻地摸了摸桃核的纹路，童淼一闭眼，把红绳的结给解开了。

一个个的小桃核被倒进抽屉里，它们和这条红绳紧密相连了那么多年，终究还是分开了。

童淼把戒指套上了空荡荡的红绳，系好之后，挂在了自己的脖子上。

她的脖颈纤细，戒指刚好坠在锁骨中间，穿稍稍低领的衣服就能看得到。

那些零散的桃核滚得四处都是，童淼也没有整理，反手合上了抽屉。

这样也好，她发现自己已经有足够的勇气去和过去告别了。

戴上这根和回忆紧密相连的红绳，她竟然没有一丝的不适，因为那个戒指的分量太重了，重到她来不及顾及那一点点儿的辛酸。

今天天气很好，天上的云一团一团的，像一张张蓬松的华夫饼。

司湛睡得很踏实，直到下午才迷迷糊糊地醒过来。

他在自己的房间梳洗过后，早上留下的疲态也渐渐褪去，眼睛明亮有神。

美中不足的是嘴角那一点点儿瘀痕。

他伸手摸了摸，却不由得回味起了童淼主动给他的那个吻。

能让她放下羞涩来和自己亲近，还真是不容易。

司湛对着镜子理了理衣服，推门出去。

童淼正窝在客厅看电视，手里举着一块面包，一边吃一边看。

司湛皱了皱眉："你中午没吃饭？"

童淼抬起头，把手里的面包放下，惊喜地问道："你醒啦？"

司湛点点头，从楼梯上走下来，捡起她吃过的面包看了看："你就吃这个？"

普普通通的起酥面包，一看就是临时去外面的便利店随便买的。

"这个……也挺好的啊。"童淼舔了舔嘴唇，上面还有一丝丝豆沙的香甜味儿。

司湛伸出手指，擦了擦她的嘴角，把不小心沾在上面的面包屑擦掉："跟我出去。"

童淼被他弄得不好意思，连忙低头清理自己的嘴角，磕磕绊绊道："出去……出去干吗？"

司湛顿了顿，目光移向她的脖颈，理所当然道："过节。"

他当然看到了那枚被她系在脖子上的戒指，小巧精致，泛着光，衬得她的皮肤更加细腻白皙了。

念念不忘，必有回响。这种珍视让他心里一软。

童淼没有注意到他的目光，她的心不由自主地跳得乱了节奏。

对啊，过情人节。

用一种新的身份过情人节。

"那……那我先去换衣服。"

她几乎是落荒而逃地跑回自己的房间，在柜子里面翻找着合适的衣服。

这种时候，她无比羡慕会打扮搭配的姜谣，总能以最好的姿态出现在心上人面前。

她在有限的时间内，把所有的衣服都套在身上试了一遍，仍旧怎么都不够满意。

正当她单腿跳着把一条连体裤脱下来的时候，司湛在外面敲了敲门。

“看来等女朋友换衣服是男人跨不过去的坎了，能出来给我看看吗？”

童淼的脸腾地红了。

她的一点儿小心思，在司湛面前简直是无处遁形。

现在的她，当然做不到换上一件件衣服给司湛欣赏，于是手忙脚乱地套上一件白裙子，把长发从裙子里弄出来，快速地打开门。

“我换好了。”

裙子是童美君在她毕业后给她买的，还没有穿过。

相比于之前的碎花裙，这套显得成熟多了。大概也是因为她要上大学了，为了不显得幼稚，所以这条裙子还挺前卫的。

领子不算高，能把锁骨和一点点儿前胸露出来，戒指就紧紧地贴着她的皮肤，竟然格外地般配。

她纤细的手腕上还戴着司湛送的手链，小铃铛叮当作响，皮肤白得像刚从牛奶里泡出来。

司湛上下打量她一番，深深地吸了一口气：“你再等我一下。”

说罢，他把童淼留在原地，转身回了房间。

童淼不解地站在门口望着他。

过了没一会儿，司湛从楼上下来了。

他已经把那件黑色的短袖换掉了，取而代之的是一件价格不菲的长袖衬衫，修长的双腿被一条紧身破洞牛仔裤包裹着，鼻梁上还架着一副银灰色太阳镜。

童淼眨了眨眼睛，脸上挂着了然的笑意。

所以这是回去重新打扮了？

“走吧。”司湛扶了扶太阳镜，绷着一张脸，揽住童淼的肩，把她往门口带。

出门之后，童淼忍不住问了一句：“这么热的天，你真的要穿长袖？”

司湛顿了顿，轻描淡写地回了一句：“我不热。”

噢。

你说不热就不热吧。

两人还是去了香舍区，毕竟这是整个阑市的商业中心，想要什么都能找得到。

刚一踏入步行街，就能感受到各个商家的诚意。

七夕的宣传语早就挂了出来，配合着各种浪漫的宣传海报和打折信息。

好在今天是工作日，下午的人不是那么多，但是能够想象到夜晚会是怎样的盛况。

童淼以前从没想过，这样一个节日，会对她有十分重要的意义，所以她也根本不知道，八月十七日就是情人节。

司湛提前好久就准备好了这一切，她却连一个礼物也拿不出来，想想真是惭愧。

“先去吃饭吧，正好我也饿了。”司湛捏着她的手，随着走路的节奏轻轻地摇晃着，这种感觉梦幻又真实。

他们明明更亲昵的事情都做过了，却没有在大庭广众之下手拉手逛过街。

“好啊，吃什么？”童淼点点头，轻轻地握住司湛的一根手指。

“小伙子，给女朋友买束花吧，情人节，玫瑰花。”

走了没多远，他们就被沿街卖花的老奶奶给拦了下来。

这个日子，推销鲜花的商家尤其多，而且坐地起价，就是为了赚小情侣的钱。

童淼赶紧摆了摆手：“不不不……”

“行啊。”司湛从钱包里掏出两百块钱，递了过去。

童淼吃惊地回头看他：“你……”

两百块钱，也就只买了十一朵玫瑰花。

老奶奶美滋滋地走了，童淼抓着一束还滴着水的鲜花不知所措。

“你还记得上次吗？”司湛突然转移了话题，手臂揽住了她的肩膀，把她带进自己怀里。

上次？

记得，他们从地铁上下来那次，也是被人缠住，还被认作了情侣。

但是那时候他们可真是清清白白，一点儿关系都没有。

她为了避嫌，还叫了司湛哥哥。

“上次我就想买给你了，但你肯定不收。”司湛低声笑了笑，伸手捏了捏玫瑰花的花瓣，“这次算了却心愿了，但这老太太真是黑心。”

童淼无奈地看了司湛一眼，把花捧到鼻子前嗅了一下。

新鲜的玫瑰花散发着一股浓郁的香气，微微开启的花瓣是鲜艳的红色，上面还有些许没有蒸发的水珠。

“哎，这家是上次姜谣推荐过的，我们……”

“去吃必胜客吧。”

童淼还没说完，就被司湛打断了话，她皱着眉不解地问道：“你什么时候喜欢吃必胜客了？”

她一扭头，看见必胜客门口挂出来的小黑板——情人节特别活动，情侣接吻十秒免单！

童淼转身就走，被司湛一把拉了回来。

“就吃必胜客！”司湛笃定道。

“我不会跟你当众接吻的！”童淼面红耳赤，微微咬着下唇。

司湛无辜地耸了耸肩：“我的钱都买花了，不免单就吃不起了。”

童淼又好气又好笑，真是连个好借口都不愿意找了。现在手机支付那么普及，还用得着现金吗？

但她拗不过司湛，硬是被他拉进了餐厅。

刚进门，就看见好几对情侣抱在一起接吻，旁若无人，甜甜蜜蜜的，周围发出一阵又一阵的起哄声。

接吻之后，就可以从服务员那里获取免单号。

童淼光是看着都觉得整个人要热爆炸了，她赶紧往回缩：“不行不行。”

门口有调动气氛的服务员，一看童淼要跑，立刻鼓了鼓掌：“来，大家给他们一点儿鼓励！”

数道看热闹的目光望过来，童淼恨不得找条地缝钻进去。

她愤愤地掐了一下司湛的虎口，羞愤道：“司湛！”

见她真的炸了，司湛也不忍心再逗她了，两个人在众人失望的哄笑声中，从必胜客跑了出来。

童淼一出来，就把手掌当作扇子，往自己脸上扇风。

她皮肤薄，一害羞就从耳根红到脖颈，特别明显。

“好好好，听你的，去吃那家吧。”司湛忍着笑，趁她还没有来得及算账，带她去了一家没有应景活动的西餐厅。

吃饭期间，童淼给妈妈打了个电话，委婉地说自己和司湛在外边，可能要晚些回去。

童美君自然知道今天这个日子，司启山那里当然也有安排。

于是两对情侣分别在不同的地方，过着同一个节日。

吃过饭之后，他们在购物广场漫无目的地瞎逛。

人是真的多，商场广播通知，今天会将营业时间延长到零点。

一层咖啡厅的旁边有一家琴行，算是人最少的店了，琴行里摆放着民族乐器和西洋乐器，老板在柜台后面无聊地玩着手机。

童淼被摩肩接踵的人群挤得喘不过气，带着司湛躲进了琴行。

老板见有人进来了，赶紧抬头问道："两位是想买琴吗？"

童淼踌躇道："我们就看看。"

好不容易来了客人，老板很热情："可以试试看，我们这儿的钢琴今天折扣力度特别大。"

童淼赶紧摆摆手："我不会弹钢琴，只会一点儿古筝。"

"古筝？古筝也有啊。你可以随便试，不买没关系的。"

童淼犹豫了一下，还是跟了进去："那谢谢老板，我就弹一首。"

琴行里有两种供人试弹的乐器，一架钢琴，一架古筝，平时人少的时候，会有工作人员表演，用以吸引客人，但这个时间工作人员显然已经下班了。

她走过去摸了摸琴弦，手下觉得颇有些生疏了，毕竟好久没有摸过了。

司湛站在不远处，颇有些意外地看着童淼。

他真不知道她到底学了多少东西，还有多少技能从来没有显露过。

她坐在椅子上，随意地试了几个音，低下头，长发从胸前垂下去，莫名有种古典美。

还好，她的记忆力好，乐谱留在她的脑海里，从来没有忘记过。

她勾了勾手指，并没有带着专业的义甲，被琴弦勒过的指腹传来轻微的刺痛。

但她没有在意，反而抬起头看了司湛一眼，温柔如水的眼眸垂下去，仿佛昙花一现似的惊艳，司湛的心立刻紧了一下。

她弹了一首完整的《凤求凰》，几乎没有错误的地方，手指停下的时候，指尖已经完全红了。

司湛并不懂古筝，但是他已经分不清自己是在欣赏音乐，还是在欣赏这样的童淼。

看着她认真弹奏的模样，他几乎不舍得眨眼。

童淼弹完之后，似乎也十分满意，她轻轻地呼了一口气，仰起脸来，露出一个甜甜的笑："司湛，七夕快乐。"

第34章

日光耀眼，大地炙热。

他们终于上大学了。

大学是和盛华完全不一样的地方，它很大，很丰富，包容性很强，自由度很高。

在盛华，无论你跑得多远，玩得多疯，一阵上课铃、一阵课间操铃就能把人聚集在一起。

一个班级五六十个人，每天大眼瞪小眼，时而争争吵吵，时而密不可分，彼此相伴着，懵懂地长大。

而在大学，稍不注意就可能走散了，除非你紧紧地握着对方的手。

报到那一天，游客和新生挤在一起，差不多塞满了每个路口。

车在门口堵了半个小时，才慢慢地挪进去。

校园里挺出名的情人坡，被一茬又一茬的观光团占满，全方位、无死角地拍照，差不多都看不见绿草了。

医学院和计算机系不在一个地方，所以在校内他们就兵分两路了。

报到，领材料，搬宿舍，他们忙了整整四五个小时，才重新在校门口碰了面。

当天晚上，一家人在附近的韩国烤肉店吃了晚餐。

人很多，坐得满满的，好在他们去得并不晚。

学校有规定，学生要在校内住宿，所以吃过饭后，童美君和司启山就坐车回了阑市。

夜深人静的时候，校园里要空旷得多。

两人走在荷塘边上的小路上，感受着宁静的大学校园时光。

由于他们分别来过一次或两次，所以对这里都不算陌生，真正成为这里的学生也谈不上特别兴奋。

真的一转眼就从盛华离开了，到了一个全新的环境，认识一批全新的人。

童淼一边拍打着蚊子一边问："什么时候跟陈冬、姜谣他们一起吃顿饭吧，大家都在首都。"

司湛把自己的薄外套脱下来，披在了童淼的肩膀上："再等等吧，这段时间大家都忙，接下来还有社团纳新之类的。"

童淼轻轻地点了点头，把身上的外套紧了紧："你要参加什么社团？"

司湛顿了顿，揽过她的肩膀："不参加。"

童淼一愣。

她原本以为，只有自己这种性格内向又慢热的人才不想参加社团，司湛又是为什么？

"我们团队的人现在都在首都，项目可以真正做起来了，没时间。"司湛见她走得慢了，这才解释了一遍。

"再说了，社团交际这种事，我怕你吃醋。"他用搭在童淼肩上的那只手摸了摸她的侧脸，勾唇轻笑。

"我吃什么醋？"童淼默默地翻了个白眼，轻声嘟囔。

一直到很晚，童淼才回了宿舍。

她们宿舍一共有三个人，因为分配到最后，人数不够了，空下来一个床位。

现在那个床位上也已经堆满了生活用品，床边也挂着她们的衣服。

女孩子的东西本来就多，空间再大也能挂满。

大部分同学刚到宿舍这天是和室友们一起行动的，也为了彼此之间相互了解。

但因为有司湛在身边，所以童淼还没来得及跟新室友认识。

"你好，我叫蒋玉茹，是华南来的。"

"我叫陈可卿，秦川人，说话可能有点儿口音，哈哈。"

童淼站在门口，弯眸笑了笑，温声道："童淼，我是南方人，但后来在北方上的学。"

陈可卿若有所思地点了点头："怪不得你长得又白又嫩的，说话声音还这么软，原来是南方妹子啊。"

童淼有点儿不好意思，微微低了低头，柔软的卷发从耳边垂下来，把她原本就不大的脸遮住一半。

“你也很白啊。”

陈可卿笑眯眯的没说话，心里却在想，按童淼这个长相，至少也能评上系花了吧？

“对了，我们约好明天一起去买军训用品，你也一起去吗？”蒋玉茹问。

开学不久就要军训了，这么热的天气，总要做些准备。

童淼也想跟新室友尽快熟悉起来，于是把背包放在自己的桌面上，点头道：“好呀。”

女孩子之间总是有很多话题能聊，现在大家闲着没事，躺在床上又睡不着，便一直东扯西扯地胡乱聊着。

新环境和新朋友，总是能让人兴奋不已。

“对了，我有个认识的姐姐建议我，军训时候最好在鞋里塞上卫生巾，不然会累死。”

“啊……那男生们也会塞吗？”

“噗！我都见男生去超市偷偷买了。本来大家都觉得很正常，但是他们越别扭，越害羞，就越引人注意，付款的时候，好多人都盯着他们看，一交完钱，他们就一溜烟儿跑了。”

“这么逗！说起来……我们专业有好看的男生吗？感觉医学院的男生不太多啊。”

“有肯定有啊，咱们学校还能缺魅力值 up 的男生吗？只不过概率可能太小了，要是去电影学院还能多点儿。”

童淼脑袋枕着双臂，深有同感：“我有个朋友是电影学院的，她班上的人颜值真的很高。”

“哇，电影学院的朋友？那以后就是大明星啊。”

童淼笑了笑，没反驳。

姜谣是一定能成为大明星的吧？

就像男生喜欢八卦女生的长相一样，女生也乐得在背后聊男生的外貌。

她们一直闲聊到了后半夜，才依依不舍地睡过去。

次日中午，阳光刺破宿舍里简单的深蓝色窗帘，把光晕铺洒在每个人的床上，大家才悠悠转醒。

空气里飘着一层浮尘，在光线下，散发着金色的光点。

童淼很少作息不规律。

她倦倦地伸了个懒腰，摸过手机看了看时间。

天，都这么晚了！

她揉了揉眼睛，从床上坐起来。

手机里有司湛给她的留言，说他要去见团队的几个朋友，一起商量创业的事。

至于军训服，麻烦童淼帮他取一件185码的。

童淼这才反应过来——哦，今天下午各专业还要去操场取军训服。

她利落地从床上爬下来，走到蒋玉茹和秦可卿的床边，扯了扯她们的睡衣。

“今天还要去取军训服呢，快起来吧。”

陈可卿疲惫地睁开眼睛，一双眼睛带着红血丝。

她假期里玩得太疯了，经常昼夜颠倒，作息都混乱了。

“好啊，我马上起来。”蒋玉茹倒是利索。她其实早就睡醒了，但一直在玩手机，不愿意下来。

见大家都准备去洗漱，她这才快速换好了衣服。

等一个宿舍的人全部整理好，已经正午十二点了。

在学校门口简单地吃了点儿热干面后，她们到了操场上。

中午正是炎热的时候，但已经有同学在前面排队了。

听上届的学长们说，先到的可以选军训服，后到的就算服装有问题也只能自己解决了。

“都排成队列，别往前挤！”有负责的导员拿着大喇叭喊道，哪怕是在空旷的操场上，声音也传出去很远。

不少新生都打着伞，一脸倦怠地望着前方，被烈日炙烤得一句话也不想说。

童淼脖颈上也渗出了一些薄汗。

她的头发又厚又卷，像一层毛毯一样盖在脖子上，很快皮肤就变得黏黏的了。

她撩了撩耳后的长发，用手卷了卷，然后遮挡着太阳，踮脚向前看去。

导员站在树荫底下，他的身边放着成沓的军训服装。

终于有人等得不耐烦，开始开口催促了。

“快点儿吧，大家都等着呢。”

“能不能开始了？都到这么多人了。”

“热死了，一会儿都中暑了。”

“人越聚越多，等会儿把人行道都堵了，就不能先来先发吗？”

“是不是傻逼啊，这导员？敢情他站在树荫底下，不怕晒。”

……

不满的声音越来越大，起初大家还克制着，到后来说得越来越明目张胆，反正法不责众。

前方的导员显然也不太能承受这种压力，他犹豫了片刻，又在群里问了问，这才清清嗓子，喊道："都别吵，按顺序来前面取衣服！"

负责的就只有他一个人，好在衣服已经按尺码整理好了，只要报出自己需要的码数，就能领到一件。

陈可卿伸着脖子努力向前面看。

"人家都说军训服特别宽松肥大，要领小一号的，咱们都选160码吧。"

蒋玉茹点头："差不多，160码可以了。"

童淼暗自揣测，司湛的身高大概188cm，穿185码的应该差不多了。

蒋玉茹轻拍了她一下："你想什么呢？马上该我们领了。"

童淼回过神来，弯眸道："没什么。"

她走上前去，柔声对导员说："老师，我要一件160码和一件185码的。"

导员蹙了蹙眉，狐疑地打量着童淼，问道："你干吗要两件？"

"帮别人取。"

童淼的头发散开了，她又用手挽了挽，莹白的皮肤在阳光下泛着细腻的光，仿佛没有毛孔似的。

她微抬着眼眸，瞳仁水润漆黑，表情柔和平静，一看就是很乖、很温和的女孩子。

周围的人很难不朝她多看两眼。

导员似乎被刚才的事闹得有点儿心烦，再加上天热，火气大，他脾气也不好："不行啊，都得自己来领，不能代领！"

童淼皱眉："我不会多领，他的确有事没来。"

导员胡乱地一挥手："我说了不行就不行，你要是不领就上后面去，别耽误别人领。"

他挥手的动作幅度不小，差点儿划到童淼的鼻尖，童淼吓得一闭眼，往后缩了缩。

蒋玉茹看了一肚子气。

这人一看就是当童淼性子软，好欺负，所以把方才的火气都发在了童淼身上。

陈可卿直接开口道："你语气干吗这么差啊？不给就不给呗！"

其他队伍也有人低声议论。

"就是啊，欺负女孩子。要是个膀大腰圆的男生，或者留学生，你看他给不给。”

“你傻了？留学生不军训的。”

“我就是打个比方，欺负新生真是不要脸了。”

“下马威呗。”

蒋玉茹低声问童淼：“你为什么要拿一件 185 码的啊？给谁啊？”

童淼迟疑了一下，低声回她：“我……男朋友。”

蒋玉茹有点儿吃惊，童淼这么乖的女生，竟然有男朋友了？

大学刚开学就谈恋爱的，无外乎是从高中就开始了。

这完全不像童淼的个性啊。

童淼压抑着脾气，继续软声道：“老师，我的朋友的确有急事，晚上才能回来，或者您可以登记一下我的学号。”

导员心里有片刻的犹豫。

说实在的，被小姑娘这么软声求着，还挺得劲儿的。

但话已经说出口了，他又不想出尔反尔。

“不行就是不行，今天领不了就明天自己到学工处找人领吧。”

童淼垂了垂眸：“好吧，那给我一件 185 码的。”

“你穿 185 码的？”导员知道，她这是决定先给别人领了。

童淼平静地答道：“是。”

说好了一人拿一件，导员也只能深吸一口气，塞给了她一件 185 码的。

童淼拎着衣服转身往后走。

蒋玉茹和陈可卿要了自己的码子，也跟上她：“你没拿自己的该怎么办啊？”

“对啊，你对男朋友也太好了吧？让他自己来领呗。”

童淼摇了摇头：“他在忙正事，这点儿小事不用打扰他。”

她正往前走着，突然有人在身后拍了拍她的肩。

童淼微微顿住脚步，转头看了一眼，愣了。

竟然是董诚。

她从没想过，能在这里见到董诚。

董诚只是清华的特聘教师，平时只有上课的时候才会来学校，大部分时间他还是留在医院里做手术的，所以童淼看见他的概率应该很小很小。

这也是难得能给她带来安慰的事情。

然而不知道是凑巧还是刻意，在人来人往的操场上，董诚竟然也能找到她。

董诚一直是那么清瘦，他眉眼秀气，戴着一副眼镜，头发软软地垂着，脸色淡白。

岁月多少在他脸上留下了一些痕迹，即使不开口，也不笑，他的眼角依旧带着些浅浅的纹路。

哪怕是在炎热的夏天，董诚还是穿着一件轻薄的长袖衬衫，把皮肤都遮盖住。

做医生的，在个人健康方面很是讲究。

紫外线晒多了，对皮肤也不好。

童淼的心情有点儿复杂。

当着两个室友的面，她不知道该怎么做，也不知道要跟董诚说什么。

甩手就走吗？

也太夸张了，她不想任何人知道她和董诚的关系。

还不待她做出什么反应，陈可卿先小心翼翼地问了一句：“是……董教授吗？”

董诚在医学院是有些名气的，他的照片还挂在清华协和医学院的招生网站上。

报名读这个专业的人，多少都对学校的教授有所了解。

而董诚自然是其中格外有名气的一个。

蒋玉茹也认出他来了。

她拘谨地挤出一丝笑：“董教授好！”

董诚见童淼并没有什么反应，心里有一丝刺痛。

但这也是他能预料到的反应。

要是童淼对他格外热情，那才是怪事呢。

董诚咽了咽吐沫，小心又僵硬地把手缩回去，在袖子里狠狠地揉了揉指尖，但他脸上并没有表现出来，反而笑盈盈地问道：“刚刚你们出什么事了？”

董诚很容易给人一种错觉，就是他这人非常柔和友善，温文尔雅，好像不会横眉立目，也不会大声说话。

他有着作为一位名医的圣心，也有作为一个学者的风雅。

不谙世事的大学新生，很容易就受了他的蛊惑，觉得他是天底下最和善的老师。

果然，陈可卿立刻喋喋不休地把方才的事情说了一番。

蒋玉茹事无巨细地补充着。

童淼眉目一凛，睫毛轻微地颤了颤。

陈可卿和蒋玉茹笑得很甜，眼睛里写满了对董诚的崇拜。

或许在别人看来，董诚就是一个很好的人吧？

是这样的。

他对谁都好，唯独对不起她。

童淼始终没说话。

连陈可卿都察觉到她的态度过分冷淡，不由得用手轻轻地推了她一下。

童淼感觉到了，回神垂眸，脸上依旧没什么表情。

董诚低下头，凝视着她，眼中闪过一丝疼惜，很快又被他收敛了起来。

他勉强笑了笑："等我。"

说罢，他小跑着钻进领军训服的队伍中。

因为人太多，又有不少领完服装的学生从里面出来，董诚温文尔雅，不好意思硬挤，一路碰碰撞撞，连声说"借过"，好不容易才挤到了前面。

他原本宽松的长袖衬衫被挤得箍在身上，鬓角和鼻子上也挤得出了些薄汗。

他生怕再过一会儿，童淼就不等了。

陈可卿喃喃道："哇，董教授真的好热心啊。"

蒋玉茹应和："是，他人真好，对学生都好关心，我们还没上他的课呢。"

童淼这才抬起眼睛。

看到了董诚在人群中的模样，她深吸了一口气，移开视线。

他根本不需要这样做，把两个人的关系搞得这样复杂。

其实他们之间能佯装不相识就很好，对彼此都好。

董诚大概是用了教授的身份，很快就顺利地从导员那里取来一件160码的军训服。

大概是作为父亲的本能，他还在众多衣服里面挑了一件自己认为最新、最好的，妥帖地用手掌压整齐，这才面带笑容地走到了童淼的面前。

"给你。"

童淼起初没接。

蒋玉茹诧异地扫了她一眼，她才不得不抬起手，从董诚手里接过那件军训服。

接的时候很小心，没有跟董诚有任何的肢体接触。

董诚却有些不舍地慢慢松开手。

想来，童淼从七岁到长大成人，他都没有给她买过一件衣服。

女孩子花一样的年纪，本该配上各式各样的漂亮裙子。他这个父亲，本该满足她的一切需求，让她像花儿一样长大。

他什么都没有为她做。

年轻的时候不负责任，后来是想要逃避，刻意让自己忘记还有个女儿，给自己洗脑——女儿一定过得很好，很幸福。

等他终于成熟了，清醒了，时间又留下了不可磨灭的伤痕。

童淼平静地说道："谢谢老师。"

若是她不说谢谢，或是负气离开，董诚大概还会好受一点儿。

她如此生分地说谢谢，脸上没有一丝动容的神情，深深地刺痛了董诚的心。

童淼从来不是脆弱的小女孩，她早就被迫成熟了。

她不会因为他的什么举动而情绪波动，也不会任性地甩头就走。

董诚手指微颤，眼底有些潮湿。

陈可卿和蒋玉茹不明就里，挽起童淼的胳膊，跟着谢谢董诚，然后特别亲切地跟他挥手说再见。

童淼跟着她们一起回了宿舍。

一路上，陈可卿和蒋玉茹聊起很多关于董诚的事，全都是她们听来的，却说得津津有味。

童淼安静地听着，时不时迎合着笑一笑，一段小插曲就这么过去了。

夜色浓稠，路灯光线昏暗。

童淼把那件 185 码的军训服交到司湛手上，软声道："我打开看过了，应该没有什么问题，但你还是要好好试一试，如果不舒服就尽快去学工处调换。"

司湛倒是不在意军训服。

他伸出手，轻轻地揽着童淼的肩膀，带着她坐在路边的木质长椅上。

"取军训服的时候发生什么事了吗？"

他转头打量童淼的神色。

童淼抬起眸子，漆黑的眼珠在夜色下看得并不那么真切。

她糯糯道："没有啊。"

什么都没有，只要看见司湛，她就安心了。

司湛勾唇，用手在她的鼻尖上刮了一下，宠溺且无奈道："小骗子。"

童淼骤然脸红，眼睛不自在地眨了眨："真的没什么事。"

司湛虽然出学校办事去了，但不代表他不知道。

童淼她们取衣服的时候，正巧被司湛的室友撞见了。

他今天回寝室想洗个澡就去找童淼，无意间听室友们聊起这件事。

当然提的不是童淼，而是董诚。

毕竟，比起一个新生，董诚可就出名多了，尤其是帮一个学生要军训服，让他在新生中的口碑莫名变得极好。

能这么善解人意地帮学生解决困难的老师不多了。

大部分老师对自己不认识的学生都懒得给一个眼神。

董诚显得格外另类，再加上他长得也良善，所以谁都没想过，董诚此举是因为什么。

司湛都不用猜，就知道董诚是在帮谁。

但既然童淼不愿意说，他也就不强迫她。

毕竟日后在学校，有的是机会见到董诚，最后还是要童淼自己去面对。

司湛拎过身边的那个小袋子，从里面取出一块香喷喷、软糯糯的枣糕，喂到童淼嘴边。

“特意给你带回来的，尝尝。”

童淼乖乖地张开嘴，咬了一口。

枣糕很香，也很甜，但甜而不腻，口感十分绵软，怪不得那么多人都喜欢，的确好吃。

司湛就着童淼咬过的那个位置，自己也吃了一口。

然后他意有所指地看向童淼，轻声道：“好甜。”

童淼的脸微微泛红，但在夜色的掩映下，并没有被察觉。

有司湛懂她，始终站在她身边，就够了。

学校的军训安排在大操场上，新生班级都挤在一起，这大概是大学四年里，这一届学生聚集得最整齐的一次了。

操场铺着塑胶，被炙热的日光一晒，整个场地弥漫着一股橡胶融化的味道，踩在脚底下也黏黏的。

军训服将身体遮得很严实，这也防止了晒伤。

可穿这么多，又站在炎炎烈日下，每个人都热得难受。

不过一两个小时，汗水就能浸透薄薄的衣料，让衣服始终黏在皮肤上，难受极了。

不少同学带了防晒霜、防晒喷雾、依云清凉喷雾，哪怕对着脸狂喷，依旧无济于事。

大自然的力量，不是那么容易抵抗得了的。

教官虽然管着他们，但其实年龄也都跟他们差不多大。

童淼天生皮肤白，所以比其他同学还强一点儿，但晒了两天之后，也脸颊发红，手背出现了色差。

陈可卿直接黑了一个度。

哪怕一直躲在厚厚的防晒霜底下都不行。

汗流得太多，早就把防晒霜冲掉了。

陈可卿叹了一口气："童淼，你都没怎么黑，好羡慕你的肤质啊。"

童淼也很疲惫，淡笑道："我也黑了啊。"

陈可卿伸出自己的手："比我好多了哎。"

哪怕休息的时候，他们也都无法就地坐下。

地面被烤得太热了，坐下去简直是对身体的二次摧残。

但双腿又累，没办法，大家只能时而蹲下，时而站起来走两圈。

好在新生对什么都好奇，又精力旺盛，对新同学、新环境也好奇，所以在休息时间，大家还是能打起精神聊得火热。

童淼不是很习惯主动跟人搭话，通常都是默默地站在一边，要么听别人说，要么垂着脑袋闭目养神。

班级里注意到她的人还不太多。

司湛却不一样，他哪怕不怎么跟人交际，也天生带着吸引目光的气场，不然当初在盛华，也不会成为孙主任的一个心病。

操场仿佛一个小社会，哪个班级出了什么事，哪个专业有帅哥或美女，哪个教官长得好看，等等，任何小道消息都能以数倍于网络的速度传遍整个新生群。

童淼偶尔会从同学口里听到司湛的名字。

她作为和司湛最亲近的人，如今却听着他的八卦，这让她觉得有些新奇。

她也没太在意，更没有到处散播自己和司湛的关系。

她本身就是个十分低调的人，不喜招摇。

军训过了一半的时候，童淼却收到了姜谣的微信："喵喵，你看热搜了没！"

童淼微微一怔。

她不怎么玩微博，她还停留在喜欢逛贴吧的时代。

"热搜怎么了？"

她没有太在意，拧开瓶盖，喝了一口矿泉水，才去看姜谣的回话。

"你看看这个，我天啊，我居然在热搜看到了司湛！！！"姜谣连打了三个感叹号，显然是震惊坏了。

童淼莫名其妙，热搜里有司湛？

这不是明星和社会事件争热度的地盘吗？跟司湛有什么关系？

她点开姜谣给的链接，才发现其实只是个营销号发的电影学院和清北新生的军训对比图。

大概只是为了比较一下颜值的差异，搅起舆论，增加热度。

这种事情也不是一次、两次了，似乎每年新生军训都要来一次。

其实挺无聊的，电影学院和清北本来就各有所长。

演电影、电视剧的人需要长得美、长得帅，但做研究的人大部分就是普通长相的人。

如果是往常的话，评论会是什么样，童淼心里大概都有数。

无外乎是为电影学院的帅哥美女的颜值尖叫，然后可怜一下清北的学生颜值。

当然还有正义网友鸣不平，讥讽电影学院的人空有皮囊，没有内涵。

今年却有些不同。

这条营销号的热门评论的第一条，格外引人关注——“谁又黑我校呢？来看看偷拍的大一新生，帅呆了好吗！”

下面是一张附图，童淼一眼就看出是司湛了。

大概是某天军训结束之后，她去卫生间，司湛就在操场的足球门前等着她。

那天天气真好，太阳还没有下山，夕阳染红了一大片天空，余晖细腻又温柔。

司湛靠着球门，低头看手机，右腿随意地搭在左腿前，军训服的领子敞开着，肥大的袖子挽到了臂弯。

拍摄的角度也很好，阳光打在他的侧脸上，影子长长地拖在青草地上，显得他整个人都在发光似的。

连童淼自己都觉得，那样的司湛异常让人心动。

果然，这张照片下的评论越来越多，几乎把司湛吹上了天。

她不能说自己一点儿都没有骄傲，那不现实，但是一贯谦虚的个性让她控制住了自己的表情。她只轻轻地抿了抿唇，在帽檐的遮盖下，弯了弯眼睛。

“我看到啦，很好看。”她给姜谣回了微信，还留下了一个笑脸的表情符号。

姜谣回她：“你可要小心哦，司湛日后就是你们学校的名人了。”

童淼傻兮兮问：“小心什么？”

姜谣叹息：“笨，你将会遇到无数个郝梦溪，虽没威胁，但也烦人啊。”

“呃……应该不会吧？”童淼汗颜。

她的确是不想再遇到第二个郝梦溪了，太折腾人了。

“哼哼，你等着瞧吧。”姜谣无奈地警告她。

原本以为这个插曲就这么过去了，但没想到消息传得真快，司湛所在的班级很快就被人挖了出来。大家同在一个操场吃苦，没事儿就翻手机看新闻，稍有风吹草动，就传得尽人皆知。

“计算机系的那个上热搜的，你去看了吗？”

“去看了，是挺帅的，估计得被捧成男神吧。”

“听说是保送来的啊，还得过竞赛的奖。”

“我同学跟他一个班，不怎么爱说话，反正挺高冷的，不好接近。”

“啧啧，你不接近，肯定有别人去接近了。”

……

陈可卿和蒋玉茹笑嘻嘻地插科打诨了一会儿，又开始聊最近上映的电视剧。

偏偏童淼就坐在她们旁边，手机界面还显示着司湛给她发的信息。

听到班里同学议论司湛的话，她多少有点儿尴尬，不由自主地把手机扣了下去。

想想司湛在微信里跟她说的肉麻的话，童淼不争气地红了脸。

片刻的娇羞被隐藏在日光下，教官一声呼喊，大家又不得不生无可恋地站队。

那天军训结束之后，他们俩往操场外面走。

司湛一边走一边打电话，好像在跟徐方希说什么项目的事情。

童淼从司湛手里接过车钥匙，去开他的山地车。

刚要俯身的一瞬间，她顿了顿，歪过头，把目光投向车座下面夹着的一张粉色的明信片。

这含义实在是太明显了，虽然她没有经历过，但总听说过。

唉！

她默默地叹了口气，伸手把那张明信片抽了出来，也没看上面写得密密麻麻的清秀的字，反手递给了司湛。

“喏，你车座下面夹着的。”

司湛原本没有注意，他和徐方希的设计方案有点儿冲突，正在辩论，童淼突然递给他一张粉红色的卡片，他竟然还激动了一下。

但转念一想，肯定不可能是童淼写的。

估计这辈子都不可能了。

他皱了皱眉，单手握着手机，举着明信片看了两行。

童淼侧眼望着他，眼睛眨都不眨一下。

说一点儿没有介意，那太抬举她了，但是多年的软脾气，也不至于让她把明信片给扔了。

毕竟，表达喜爱是拦不住的，而且这跟司湛也无关，她不会在司湛面前发脾气。

“我这边刚军训完，实在不行的话，一会儿视频说，把他们几个都叫上。”

司湛显然没有把注意力放在明信片上，他和徐方希还没争论出头绪，只是把这张明信片当作了在手里把玩的物件。

徐方希那边同意了，显然也是说得口干舌燥，有些疲累。

争论暂时告一段落，司湛把手机放下了，转头才看到童淼专注的眼神。

他愣了一下，低头看了看自己手里的明信片。

“这什么玩意儿？”他似乎才想起来自己捏了个什么东西，触电似的塞回给了童淼。

童淼这才眨了眨眼，收回目光，嘟囔道：“竟然连你的车都知道了。”

她的心情有些复杂。

知道司湛的自行车是哪辆，显然是跟踪过司湛，既然跟踪过司湛，那也该知道司湛身边有个她。

哪怕是这样，也要送一封信过来吗？

“喏，你还抓着它干什么？扔进旁边的垃圾桶吧。”司湛无辜坏了，明明自己也没做什么，但现在童淼的情绪显然不高了。

童淼端详着他：“你确定要扔了？”

“不然呢？我还得带我女朋友去吃饭呢。”司湛跨上自行车，拍了拍后座，冲童淼眨了眨眼睛，故意逗她开心。

“我们班女生都在讨论你了，以后你会收到越来越多这种东西吧？”

既然司湛都允许了，她转身将明信片扔进了一旁的垃圾桶。

司湛低笑一声，揉了揉她软蓬蓬的头发：“那说明我们恩爱秀得还不够，不然明天军训时我到你班上亲你一口吧？”

童淼骤然脸红，羞愤地推了他一下：“你别胡闹。”

司湛探头在她耳边轻声道：“你知道我做得出来……”

童淼还真没想到，司湛说到做到。

她所在班级在操场的正中央军训，全天候日光直射，休息时间是最没有人愿意来的地方。

天气实在太热了，军训服的质量又并不好，裹在身上，没一会儿就出一身的汗。

尤其是下午，教练一说休息，大家都瘫坐在地上，连玩闹的力气都没有了。

童淼也不例外。

她双手抱膝，把头埋在膝盖中间，尽量不让阳光照射到自己的脸。

走是走不动了，能休息一下是一下。

她正绵软无力地看着地面，突然被身边的室友拍了拍肩膀。

“哎……童淼。”蒋玉茹有些犹豫地喊了她一声。

她茫然无措地抬起脸，这才发现身前有一片阴影。

仰头一看，司湛拎着一袋吸吸果冻，还拿着一把太阳伞站在她面前。

她立刻绷直了身子，有些惊讶地望着司湛。

司湛脖颈上面全是汗，发梢也有汗水往下流，滑过锁骨，没入白色的T恤里。

“补充点儿糖分，别中暑了。还有，你们班怎么没人打伞呢？休息的时候撑着伞，好受一点儿。”

司湛蹲下身，把太阳伞撑开，遮在了童淼的头顶，然后把吸吸果冻塞进她怀里，伸手自然而然地擦了擦她额角的汗。

蒋玉茹倒吸了一口冷气，屏住呼吸看着童淼和司湛。

她当然知道司湛是谁，昨天还跟人讨论过，今天班里还有人结伴溜去计算机系观赏帅哥呢，没想到刚到下午，人家就主动过来了，还是……为了童淼过来的。

司湛旁若无人地帮童淼举着伞，低头朝她浅笑，所有的动作都那么随性自然，好像已经做过很多次了。

吸吸果冻是他趁着休息时间，跑了五百米，去学校的一家小商店买的。

原本还是冰镇的，怕不凉了，他又飞速地跑了回来。

来回一千米，司湛多少有点儿累，所以也出了不少汗。

但他不在意，他更期待看到童淼的反应。

大概会害羞，会不知所措，会眨着一双大眼睛，嘴唇抿得紧紧的，任他逗弄。

司湛眼底含笑，顺势揉了揉她的耳垂。

在全班同学面前和司湛这么亲昵，童淼有些不自在，她磕磕巴巴道：“你……你刚跑去买的吗？”

她抱住果冻，舔了舔嘴唇，不敢跟司湛对视。

“嗯，你们这个地方太热了，一点儿阴凉都没有，买早了怕把果冻都晒热了。”

司湛比她坦然得多，目光紧紧地盯着童淼的脸，眼中的喜欢分毫不加掩饰。

童淼赶紧推推他的手，神情有些不忍：“那你……快去休息吧，肯定累坏了。”

司湛反倒坐在了童淼对面，单手搭着膝盖，没有半分要走的意思，直白道：“想多看你一会儿。”

童淼瞬间羞得耳根通红，脸上热得不行。

班里传来一阵阵意味深长的感叹声，有看热闹的，有羡慕的，还有乐颠颠地跑去跟朋友八卦的。

司湛坦然地扬起下巴，跟童淼班里的同学招招手：“你们好啊，我是她男朋友。”

班里不少人回应他，跟他摆摆手，心里却暗自嘀咕，这也挺好接触的啊，为啥传得那么高冷、不近人情？

童淼有种一瞬间从班级的角落被推向目光中心的紧张感，她默默地抓住司湛的手，紧紧地攥着，就仿佛他能给她力量似的。

其实她心里明白，司湛特意过来跟她的同学打招呼，就是因为昨天的那封情书，因为童淼不是很开心。

与其日后经常被这种事情困扰，倒不如一开始就宣扬出去，省得再有人假意路过计算机系，偷偷盯着他看。

对于大多数人来说，去观光他完全是因为对热搜的新奇，一旦知道他有了女朋友，就不会再去凑热闹了。

教官都是跟他们岁数差不多的新兵，对年轻男女这点儿事喜闻乐见，走过来调侃司湛：“你是哪个班的？干脆我跟你们教官商量商量，来我们这儿训练得了，省得来回跑。”

童淼把司湛的手捏得更紧了一点儿，不好意思地低下了头。

司湛任由她抓着，转身笑道：“行啊，我是计算机系的，早就想来你们班了。”

他坦然承认对童淼的过分喜欢，引起这帮医学生意味深长的唏嘘。

当然，玩笑归玩笑，休息结束之前司湛还是得回班级，从操场中央走到东南角，一路上要路过好几个专业。

他去看女朋友的消息也从医学院开始往外散播，越传越远。

教官正了正帽子："来，等童淼同学吃完果冻我们再训练。"

班里的人哄堂大笑。

童淼的脸皮实在薄，一整个下午都是从耳根一路红到锁骨，看着像从蒸笼里出来的一样。

她安慰自己，还好，司湛没有像他说的那样，在大庭广众之下亲过来，否则她真的没法做人了。

之后的两天，有很多心仪司湛的女生来偷偷看她。

看过之后，都有点儿心灰意冷。

平心而论，童淼长得很美，再加上皮肤白皙，身材纤细，显得格外招人喜欢。

尤其是她那双眼睛，像才出生的婴儿一样清澈水润，迷离动人。

自知比不上童淼，也没把握将司湛吸引过来，她们就只能黯然失色地离开了。

童淼知道有人暗自跟自己比较，但是她装作没发现，依旧照常训练。

军训生活痛苦又短暂，大半夜绕着北京城拉练一圈之后，总算彻底结束了。

童淼多少晒黑了一点儿，看起来却比以往有精神得多。

她跟司湛的恋情差不多成了医学院和计算机系人尽皆知的八卦，对童淼有想法的，差不多死了心，想靠近司湛的，也多少没了兴致。

热度来得快，走得也快，清华不乏才貌出众的人才，各个社团和专业也都有追捧的男神级人物，渐渐地，也就没人来打扰他们了。

蒋玉茹抱了一叠宣传单进宿舍，叹了一口气："我就去食堂吃个饭的工夫，收到不下十个社团的报名表，你们有感兴趣的没？"

她把报名表摊在桌面上，一个个开始念："动漫社，国标舞社，校青协，模拟联合国协会，大学生记者团，校学生会……"

陈可卿仰起头道："第一批纳新不是都结束了吗？想报名的都报过了啊。"

蒋玉茹嘟了嘟嘴："可能没招够人吧。"

陈可卿转过头看了看童淼："哎，对了，院学生会学习部还缺人，我们部长让我帮忙问问你们俩想不想去。"

蒋玉茹已经报了不少社团了，这两天忙着复试，陈可卿主要是问童淼。

据她所知，童淼好像一个社团都没有参与。

童淼把手机放下，抬起头跟陈可卿对视了一眼："我……算了吧，我还是想把精力放在学习上。"

"但我觉得院内社团还是要报一个吧？不然一个学长、学姐都不认识，选课都没人咨询。"蒋玉茹道。

童淼之前还真没有考虑过这方面的问题，她以为学校的课程都是安排好的，跟着进度去上就可以了。

陈可卿也劝她："对啊，有的课给分高又轻松，有的课老师特别变态，我们没有经验，肯定要咨询学长、学姐啊。"

这么说的话，还蛮有道理的。

童淼思索了片刻，点头道："那好吧，我去面试看看。"

陈可卿转头捞手机："你等等，我跟部长说一声，你今天下午直接去就行了。"

其实对于面试，她还是蛮紧张的。她以前参加过不少比赛，但从来没有被人面试过。

她属于不喜欢表现自己的那一类人，与人相处又极其慢热，要不是学习成绩绝对惊人，她肯定不会被人注意到。

面试定在学校综合楼三层的小教室，听说是三个部长一同面试。

司湛正巧下午没事，便陪着童淼来看看。

童淼认真打扮了一番，还临时涂了口红。她紧张得手心汗津津的，在门口排着号。

司湛摸了摸她的脑袋，好笑地说道："一个院学生会而已，选你最大的用处就是四处搜罗内幕，不用那么紧张。"

童淼轻轻地呼了一口气："但是我室友说上一次纳新的时候，刷掉了不少人呢。"

"被刷掉也挺好，我可不希望你大周末去忙社团，没时间陪我。"

"下一个，童淼。"有部委在里面喊名字。

童淼还没来得及回答司湛，就匆匆推门进去了。

"部长好。"她小声开口，试探性地朝教室里望了望，拘谨地站在门口。

学习部正部长抬头，看到童淼的那一刻突然怔住了。

童淼也一瞬间想起了她是谁。

那天落着大雪，天阴沉沉的，她忙着逃离董诚，这位部长则一直跟在董诚身后苦苦哀求。

她还记得自己跟这位部长说过一句话："我父母跟你父母不一样的，你用错方法了。"

那时她的脸色恐怕很难看，语气也很疏离，甚至带着自嘲式的冷笑，这就是她留给这位部长的第一印象了。

童淼迅速地移开眼神，睫毛轻微地颤了颤，沉默不语。

面试大概是没希望了。

一旁的部委全然不知道原委，在一旁介绍道："我们学习部正部长崔念，副部长郭璋、刘长天。"

童淼僵硬地点了点头，继续保持沉默。

部委推了她一把："不是，你自我介绍一下啊。"

童淼回过神来，眼神飘忽地朝门口望了一眼："我还是算……"

"她通过了。"崔念突然冷静地说道。

童淼怔怔地抬起头，用难以置信的眼神望着崔念。

崔念靠在椅子上，目光紧紧地盯着她，慢慢地朝她扯出一丝微笑："恭喜加入学习部。"

她脸上虽然挂着笑，眼里却没有丝毫笑意，两个副部长虽然心里不解，却没有公然提出质疑。

童淼的目光落在她攥着笔的手指上。

她捏得极其用力，指甲微微发白，笔尖点在纸张上，晕出了一个小黑点。

"抱歉，我还是算了，谢谢你。"

她欠了欠身，礼貌地朝三个部长微微点头，然后慢慢地朝门口走去。

崔念对她没有好感，甚至因为董诚的关系，有些憎恶她。

这些情绪根本没有隐藏半分，而是直白地表现出来，就好像知道她最后会拒绝一样。

临出门的那一刻，她听到崔念漫不经心地对两个副部长道："她啊，董变态的女儿。"

合上门的一瞬间，童淼无奈地笑了笑。

看来董诚还真是一如既往地不受欢迎，只是没想到，她还会因为董诚而无辜连坐。

她以为这件事就这么过去了，但貌似没有这么简单。

离开了学习部，童淼又向外联部投了简历。

外联部这个部门是除学习部之外的另一个大部门，属于院学生会的关键性组织。

如果外联部拉不来赞助，那么所有社团活动全要告停，寸步难行。

之所以去这个部门面试，是因为她想锻炼自己的交际能力。

童淼平时不喜欢跟陌生人交流，和司湛谈恋爱之后，生活圈子也无形中缩小了。

宿舍的另两个室友都没有谈恋爱，所以大部分时间同吃同行，童淼和班里同学之间有些脱节了。

她不想自己的生活里只有学习和司湛，这才想要再去其他部门尝试一下。

蒋玉茹是外联部的成员，她一连报了五个社团，似乎每一个都有很大的可能加入，最后肯定要退两三个。院外联部是她退出的首选，所以就让童淼去试试。

和学习部类似，外联部的面试也是三个部长一同进行，正部长章子昔，副部长付博、陈奕。

章子昔据说是上届绩点最高的学姐，真真正正的学霸，在学习好的同时，她拉赞助的能力也很强，所以不管是任课老师还是团委领导，都很器重她。

她还是班级里的团支书，崔念那个班级的。

童淼把自己的简历递上去，拘谨地说道："学姐好，我叫童淼，是临床一班的新生，这是我的个人简历。"

她也不懂得介绍自己的优势，说完就那么乖乖地站在原地，眼神有些无措。

付博和陈奕对视了一眼，陈奕首先问道："为什么想来外联部？我听说你之前去学习部面试过了，你的首选是学习部吗？"

童淼垂了垂眸，她不擅于撒谎，于是点头道："是，因为我之前不太了解各部门的职能，所以去了学习部面试。"

付博接着问道："学习部没留你吗？还是你又不想去了？"

他们多少从学习部那里打探来一点儿消息，其实就是想看童淼会不会说谎。

童淼轻轻地揉了揉指尖，抿了抿唇，道："我又不想去了。面试之后，我发现和我自己想的不太一样。"

章子昔若有所思，仰头看她："那你对外联部足够了解吗？我们部门工作可是很辛苦的，平时可能会占用你的休息时间去跑商家，拉赞助。"

童淼认真地答道："我会努力的。"

章子昔眯眼，勾唇问道："如果我们部门的活动和你的课程有冲突，你该怎么办呢？”

陈奕皱了皱眉，担忧地看了章子昔一眼。

团委老师特意强调了，不许问这种问题，不许诱导新生回答这种问题。

他不懂章子昔干吗要问童淼这种问题。

童淼一怔，顿时觉得章子昔疏远了一些。

明明是只高她一届，或许只早出生几个月的同龄人，怎么到了大学这个环境中，攻击性就变得这么强呢？

“我会以学习为主，抱歉。”

她以为自己这么回答肯定不能被录取了，但没想到章子昔点点头，朝她淡淡一笑：“你通过了，恭喜。”

“啊？”童淼有些发蒙。

“这个周末会有部门聚餐，到时候会介绍你们所有新人认识。”

“好的，谢谢。”童淼礼貌地笑了笑，转身出了门。

等她走后，陈奕问道：“怎么回事儿啊？感觉你并不太喜欢这个新人。”

章子昔轻笑：“我问过刘长天，这个童淼好像跟崔念有过节。和崔念有过节的人，我怎么可能不要呢？”

陈奕知道章子昔跟崔念关系不好，自己又只是副部长，所以也不再说什么了。

付博犹豫道：“可是我感觉她太内敛了，这种性格留在外联部不太合适吧？”

章子昔把本子一合，淡淡地说道：“没什么不合适的，拉不动赞助还发不了传单吗？”

和她同样选择了外联部的，还有她班上的体育委员何添，以及一个看上去很能干的叫秦苗的女生。

第一次聚餐，他们虽然知道对方是同班同学，却并不熟悉。

何添是个很懂得交际的人，很快就和几个部长及其他部委们打成一片，相互敬酒，不亦乐乎。

秦苗看起来精明强干，做事情很主动，主动帮部长们夹菜，主动给同桌的人递水，但她并不显得殷勤，似乎照顾别人，是她本身的品质。

秦苗还有点儿好强，起码在喝酒上，还想跟男生拼一拼。

好在部委里面只有她和童淼两个女生，童淼一直喝着果汁，安静得和纷乱的环境格格不入，于是秦苗也收敛了许多。

这次聚餐之后，虽然大家没有过多的了解，但起码名字童淼都记下了。

只是她没想到，这才刚刚加入组织，学校的专业课还没步入正轨，外联部的任务就已经来了。

医学院要举办自己的迎新晚会，晚会上的一切开销都靠外联部拉赞助。

不止医学院，其实各个学院的外联部都已经开始行动了。

为了防止离学校近的一些商家被其他学院抢走了，章子昔抽了一个晚上，把大家聚集起来开了个会。

章子昔手里捏着一个本子，单手叉着腰，神情严肃道："每年的迎新晚会都是一场大战，历届都是如此，毕竟各个学院都要举办自己的迎新晚会。但周围的商家就那么多，一般大点儿的公司，也会因为我们学校的名气大而给予资助，但最近他们也学聪明了，只给校级社团赞助，各学院就很难从他们手里拿到钱了。"

秦苗面露忧色，赶紧配合道："那怎么办啊？"

似乎她真的对这项艰巨的任务很着急，不管是不是刻意表现出来的，但起码章子昔很满意。

章子昔微微一笑，轻轻地抬了一下下巴，冷静地说道："我想了几个办法，或许能起作用。"

"真的？学姐你好厉害啊！"秦苗眼睛一亮，甚至小小地蹦了一下，似乎真的很兴奋。

童淼听着有点儿尴尬。

她不是没察觉到秦苗在恭维章子昔，但是这种恭维也太虚浮了，让人一听就能听出来。

大家都是年龄相差无几的学生，似乎没必要弄得如此官僚化。

但她也就是在心里想想，肯定不能当面表现出什么。

何添的交际水平就比秦苗高端很多，虽然他也很迎合部长，但起码说出的话不会让身边的人觉得不舒服。

他看了秦苗一眼，忍着笑摸了摸鼻尖，移开了目光。

章子昔并没有被秦苗打乱节奏，继续道："我准备在培训机构和做创业、创新项目的校友身上下工夫。首先，要来我们学校宣传的培训机构，肯定是做留学服务的机构，大的不行，他们都和校会合作无数次了，肯定不会给我们院会眼神的。所以我们要找那些不出名的，还在上升期的，甚至已经在走下坡路的小留学服务机构。他们很愿意来我们学校宣传，如果真有清华学子选择了他们机构，将来也利于他们打广告。”

付博点头：“对，目前很少有社团着眼于这些不出名的小留学服务机构。同理，还有那些聘家教的平台，招代课老师的平台，他们也很喜欢我们学校的学生去兼职。”

章子昔继续道：“至于做创业、创新项目的校友，我们学校有很多，而且这帮人往往都能拉来很多赞助，还能获得学校大量的资源支持。其实他们一点儿都不困难，但偏偏没人注意到，等大家注意到了，人家已经小有名气，搬出创业园区了。”

陈奕补充道：“一来他们和我们是校友，肯定愿意友情资助学校的活动，关键是他们这个年龄段最容易头脑发热充大款，二来我们也是给他们做宣传嘛，还是在清华宣传，说不定能帮他们找到志同道合的战友呢。”

于是不由分说，他们的拉赞助计划就敲定了。

陈奕和付博带着童淼和秦苗，章子昔带着剩下的男生，兵分两路，章子昔那组负责找留学服务机构沟通，陈奕和付博带着两个女生去创业园区寻找目标。

周五上午，童淼早饭都没吃，就被两个副部长叫出去一起拉赞助了。

临出宿舍门的时候，陈可卿同情地看着她：“我和玉茹报了那么多的社团，都没开始忙呢，你才报一个社团就要起早贪黑了。”

童淼好脾气地笑了笑，挎上自己的背包，不敢多耽误时间，拉上门跑下了楼。

迟到是不礼貌的，所以她是第一个在集合地点等的。

不过很快，陈奕、付博和秦苗就说说笑笑地过来了。

秦苗真是很能说，把两个男部长哄得也有点儿飘了。

四个人一集合，陈奕打量了童淼一下，顿了顿，道：“友情提醒一下，毕竟我们是要拉外联嘛，就是要让对方心情好，给我们钱，所以最好还是化着妆，显得尊重一点儿。”

童淼刚从高中毕业，一直都是素面朝天的习惯，所以只擦了点儿乳液就跑出来了。

相比之下，秦苗就打扮得很精致了。

她涂了口红，打了粉底，画了眼线，还编了头发。

好在童淼没有别的，单凭底子长得好看，也足够引人注意了。

所以陈奕虽然觉得有些遗憾，但也没多说什么。

他们要去的地方比章子昔他们去的地方近得多，创业园区就在学校大门外面，从宿舍走过去不到二十分钟。

陈奕和付博推了车，车后面有载人的位置。

他们看了看两个女生，皱眉道：“我们带你们出去吧。”

秦苗的表情很平静，显然没有异议，他们来的时候已经商量好了。

童淼却不习惯坐别人的自行车后座，她只坐过司湛和姜谣的。

于是童淼耿直地说道：“骑车带人太累了，我自己刚买了自行车，现在就去拿。”

说罢，她飞快地跑回宿舍底下，去推自己的自行车。

秦苗愣了一下，喃喃道：“真是……一点儿都不解风情。”

不过这个插曲很快就过去了，四个人骑了三辆自行车，奔向创业园区。

他们把车子锁在路边，付博掏出手机，看了看他们之前选择的几家公司。

“去三楼吧，那边都是技术公司，纯理工男，资金流还挺足的。”

童淼懵懵懂懂地跟着他们坐上电梯，升到三楼。

叮——

电梯门一开，几个人迈了出去。

创业园大楼建得很大，里面各个办公室的空间却很小，有的房间空着，还没有公司搬进来，有的公司招牌还在，但灯已经熄灭了，显然创业失败，大家都回归校园了。

当然，这里面不乏新兴的小公司，带着蓬勃的朝气和希望，在这些小小的办公室，开启一段可能走向辉煌的旅程。

其中最为引人注目的，就是那家叫作“深蓝”的信息技术公司。

付博和陈奕看到里面有六七个男生在忙碌着，眼里流露出淡淡的羡慕神情来。这家公司显得非常正规，虽然公司成员的年龄不大，但是公司的设备十分齐全。

麻雀虽小，但五脏俱全。咖啡机、零食筐、鲜果切、小糕点都有配备，电脑是一水的清华同方，桌子和椅子也是正规大公司的办公设施，根本不是塑料桌椅随便凑合一下。

看得出来，这家公司的启动资金十分充足，甚至已经充足到了连设备都可以奢侈一点儿的地步。

秦苗看中的则是这家公司的装潢。

不管是门口挂着的招牌，还是里面的摆设、搭配，肯定不是几个大老爷们一拍脑袋随意决定的。

这 logo，这装修，都是请了专业人士，花了钱设计的。

不仅美观，而且看起来和其他学生的创业公司就不在一个档次上。

童淼和他们关注的点都不太一样。

她之所以目不转睛地盯着“深蓝”看，是因为这正是司湛和他那些朋友们一起开的公司，也是童淼之前一直没有来参观过的，她男朋友为她努力的心血。

童淼莫名其妙地有点儿脸红，尴尬地建议道：“要不……我们从右边那家长宏科技开始？”

她很少主动提意见，声音软软的，一副不确定的模样。

付博道：“我们又不是去一家，长宏、深蓝、智微等这几家都要去的。”

秦苗野心勃勃地向前一指：“我觉得这个深蓝最好，看起来最有钱，也做得最成熟，说不定给我们投钱的大头就是他们。”

还不待童淼反驳，陈奕就赞同道：“我也觉得。虽然看起来他们是计算机系的，但计算机系那帮人肯定没找他们拉赞助，他们有的是大佬校友可以找，根本不需要把魔爪伸向这种公司。”

秦苗补充道：“我们肯定要把最大的精力放在游说深蓝上，我建议还是从这一家开始吧。”

童淼犹豫道：“可是……”

秦苗打断她的话：“童淼，部长们都这么觉得，你就听大家的意见吧，毕竟部长比我们懂得多。”

她暗讽童淼不合群的同时，还适时地拍了两个部长的马屁。

童淼没办法拦了。

付博笑道：“你们知道为什么是我们俩带你们来吗？”

童淼摇了摇头，睫毛微微颤了颤，神色有些戒备。

付博继续道：“当然是男女搭配，干活不累了。你看，这深蓝里面一水儿的男同学，我们俩去说肯定完蛋，所以主要得由你们两个姑娘讲话，一般他们是不会拒绝你们的。”

秦苗吃惊地问道：“所以一开始就我们俩说？”

陈奕拍了拍她的肩：“我相信你们，毕竟你们都是通过了面试的人，这方面的能力肯定有了，只要客气一点儿，懂得变通一点儿，谈判策略和性别优势嘛，多少也要利用的。”

童淼听着有些不舒服，蹙眉道：“可是……”

陈奕道：“我知道你比较内敛，你先跟着秦苗，看她怎么说，学着一点儿，慢慢地就敢张口了。不张口怎么能在外联部混下去？”

童淼根本没有时间解释，就被秦苗给拉走了。

秦苗看得出来，两个部长很看好她，所以这才把游说深蓝这个重担交给她。

她暗暗下决心，一定要出色地拉来这个赞助，这样大二竞选部长的时候，就比其他同届的人更有资本。

站在深蓝的门口，秦苗换了一副脸色，露出甜美的笑容，轻轻地敲了敲玻璃门：“学长们，你们好。”

举着档案本的陈冬望了过来。

童淼看见了他，当然也看见了司湛。

不过司湛坐在一个大液晶显示屏的后面，只露出了额头。

他并没有抬头看过来，毕竟他不负责外联接客。

陈冬看见童淼先是一愣，还以为她是来找司湛的，刚想招呼童淼进来，手都伸出去一半了，秦苗又继续说话了：“这位学长，我是清华协和医学院外联部的秦苗。是这样的，我们学院最近要准备迎新晚会，现在正在找赞助。虽然是医学院的晚会，但面向的是全校的同学，而且我们还可以以各种方式宣传你们的公司。我想咱们学校的校友肯定还不太了解你们公司，你们也可以借此机会宣传啦，招聘新人啦，总之是个双赢的机会。想问问，你们有没有意向赞助？”

秦苗一口气说了一大堆话，陈冬却首先看向了童淼。

秦苗顿时就有点儿不乐意了。

明明是她大费口舌介绍了一大堆，为什么要看童淼？难道童淼长得比她吸引人吗？“程序猿”就真的完全是视觉动物？

童淼耸了耸肩，表示无所谓，准备让秦苗一个人发挥一会儿。

陈冬眨了眨眼，这才重新看向秦苗：“我不是你们学校的啊。而且我也读大一，别叫我学长。”

秦苗表情一僵。

不是他们学校的，难道是隔壁 P 大的？

她没有太多时间思考，但是这么一来，校友牌就不太好使了。

秦苗一时之间没想到更好的说辞，于是磕绊了起来。

付博和陈奕赶紧凑了过来，笑着解释道：“啊，这位同学，你好！不管是不是我们学校的校友，这都是一次非常好的宣传机会。清华的人才很多，说不定就有对你们公司感兴趣并且对你们有帮助的人呢，你们也可以发展一下，你觉得呢？”

陈冬笑嘻嘻道：“啊，我都明白。但是你们清华的人才我们也有啊，好像不用怎么宣传了。能干的，有潜力的，我哥们儿早就心里有数了。”

付博顿时也没话说了。

陈冬这话就是不想赞助的意思，而且说得挺死的。

但他们此行的目的就是带钱回去，哪怕硬着头皮也得往天花乱坠上说。

可惜耍嘴皮子的本事他们还真不如陈冬。

陈冬转了转眼睛，并没有立刻转身走的意思，反倒往玻璃门上一靠，问道：“我们这才刚熬完通宵，你们这么早就来了，吃早饭了没？”

陈奕茫然地摇摇头：“还没呢。”

付博反应快，心道，莫不是暗示他们可以打同情牌？

于是立刻接道：“我们时间紧，任务重，来不及吃早饭。虽然没你们忙，但还是有压力的。”

陈冬张大嘴吃惊道：“竟然没吃早饭啊！那不是饿了吗？”

童淼被他夸张的反应弄得有点儿想笑，他做出那副表情，好像早饭是什么重要的事情似的。

秦苗却会错了意，她露出有些羞涩又有点儿俏皮的表情，试探性地问道：“那不如……我们一起去吃点儿，顺便好好谈一下赞助的问题？”

付博很欣慰，因为他觉得秦苗特别上道。

这就是他所说的性别优势了，看样子秦苗发挥得淋漓尽致。

从一个男生的角度来说，他都不太会拒绝那个样子的秦苗。

童淼被他们挤到了一边，仿佛是个旁观者一样，安静地在一旁看着。

陈冬赶紧摆手，避之不及似的说道：“不不不……那倒不用，但是你们想要赞助也不是没有办法。”

说罢，他停顿了一下。

明知道陈冬是在诱敌上钩，付博还是不得不接上他的话，眼巴巴问道：“什么办法？”

无形之中，他已经变成了被牵着走的那一个，只不过他自己还没有发觉。

陈冬笑眯眯道：“我们公司得我们老大说了算，我们老大心情好了就能赞助。偷偷告诉你，他可不止有这家信息技术公司，他家搞房地产的，可有钱了。不然你以为我们这条件谁弄的？他要是开心，随便往地上撒钱的好吗？”

童淼在心里默默地翻了个白眼，心想，你这么说司湛合适吗？

陈奕皱了皱眉，总觉得他说的话不太靠谱，好像有种被耍了的感觉。

但是深蓝毕竟是个不错的目标，如果还有房地产公司的背景的话……他真不舍得走。

于是只能继续问："你们老大是谁啊？他要怎么才会高兴？"

陈冬思考了一下，一拍大腿："我们老大还没吃早饭呢，刚订了皮蛋瘦肉粥，一会儿就送来。不然，你们找个人陪我们老大吃顿早饭吧。"

付博深深地皱着眉，心道，这是什么乱七八糟的要求？听起来不太尊重人的样子。

虽然他们确实是想要拉赞助，但起码要平等对话，对方却好像一直很苛刻。

虽然陪吃早饭也不能说是太苛刻，但就是别扭，甚至还夹杂着一点儿骚扰的苗头。

不待付博拒绝，秦苗一头热地主动站了出去："行啊，只要能给我们赞助，不就是吃顿早饭吗？我吃啊。"

陈奕也震惊了，心说，这姑娘会不会太上道了一点儿？傻呵呵地就往上冲，完全不顾及后果啊。

这闯荡劲儿，可比章子昔都厉害了。

本来他们是不准备答应的，但是秦苗都这么说了，他们也没理由拒绝。如果真的把赞助拉来了，也算秦苗的本事。

陈冬伸出一根手指头轻轻地晃了晃："不行，我们早饭分量有限的，不是谁都能分的。"

秦苗的嘴角抽了抽，强忍住破口大骂的冲动，心说，你们的早饭这么珍贵，自己留着好了，好像谁愿意陪你们吃似的！

陈冬却突然一指童淼："这位同学叫什么名字啊？"

童淼眼观鼻，鼻观心，并不准备陪陈冬玩这个游戏。

秦苗的脸色顿时很差。

这明显是嫌弃她，喜欢童淼的意思，而且当着她的面做这种选择，让她格外没有面子。

秦苗紧紧地攥住了拳头，努力地压抑着怒火。

凭什么她都这么努力了，对方却一副不屑的模样，童淼一直往后退，连一句话都不敢说，竟然有人上赶着要？

童淼依旧站在边上一副无辜的样子，秦苗神情复杂地审视着她。

童淼长得倒是好看，听说有个挺帅的男生追求她，还在军训的时候热闹过一阵。

秦苗当时以紫外线过敏为由逃避了军训，所以没有见到所谓的童淼的男朋友。

听说别的女生都挺羡慕她的，但秦苗不屑一顾。

男朋友多好找啊，清华最不缺的就是男生，只要想谈恋爱，还怕找不到男人吗？

所以她也不觉得童淼的男朋友帅是因为她的长相有多占优势，毕竟在秦苗眼里，自己才是医学院最漂亮的一个。

但是今天的打击对她来说有点儿大。

陈冬的表现相当于指着她的鼻子说她没有童淼长得漂亮，秦苗不服。

付博却误以为秦苗不是对方的菜，童淼才是，于是不由自主道："她叫童淼。"

话音刚落，办公室里的司湛手指一顿，微微抬起头来。

陈冬开心地一拍掌："那就请童淼陪我们老大一起吃个早饭吧，不然饿坏了怎么办？"

他一边说着，还一边朝童淼挤眉弄眼。

童淼尴尬得不知所措，抬眸一看，却正对上司湛的目光。

她的睫毛颤了颤，水润的眼睛里映出他的样子。

看到童淼没有立刻反驳，付博有些吃惊。

他原以为童淼是那种很老实、底线很高的女生，这种陪人吃早饭的事情，她一定不会接受的。

但似乎……她并不排斥？

外卖送餐员很快赶来了，他拎着一大兜子热气腾腾的吃食进了深蓝的办公室。

盒子依次摆开，有皮蛋瘦肉粥、滑蛋牛肉粥、猪扒包、菠萝油、水晶虾饺、烧卖、叉烧包、奶黄包等一堆吃的。五颜六色，琳琅满目地摆在面前，实在是格外诱人。

付博他们来之前都没吃饭，现在也饿坏了，看着那么多的好吃的，竟然觉得陪人吃饭也是一件特别好的活儿，起码不用饿肚子了。

陈冬一拉童淼的袖子，催促道："快来吧，你喜欢吃什么，自己选就行。"

童淼没挣开，就这么被他给拉进去了……

进去了？

秦苗和付博都惊呆了。

童淼从早餐里面选了一份皮蛋瘦肉粥，又选了一份菠萝油，然后端着这两个盒子，走到了司湛身边。

司湛已经扯过来一张椅子，放在自己身边，童淼一坐下就看到了他泛红的眼睛。

童淼叹了一口气。

她真的有点儿心疼司湛，明明是个完全没有经济压力的富二代，何苦让自己的大学生活过得这么累呢？

人家男生打篮球，玩网游，时不时骑着自行车去香山逛一圈，可司湛忙得连睡觉的时间都没有了。

她还没说话，司湛就伸手揉了揉她皱起的眉头："怎么不吃早饭呢？"

童淼老老实实地回答他："集合的时间有点儿早，想多睡一会儿。"

司湛点点头，看了一眼门外："来拉外联？"

童淼无奈道："是，但是我没想到他们找到你这里了。我就先不吃了，带他们走吧。"

说罢，童淼就要起身。

司湛一伸手，把她按了下来。

他靠在椅子揉了揉眉心，淡淡地说道："吃饭，吃饭我给你们赞助。"

童淼一惊："你……"

司湛坦然道："你不吃我就不赞助了。"

这点儿赞助的钱对司湛来说当然不值一提，但童淼不想他看在自己的面子上出这笔钱。

司湛把皮蛋瘦肉粥的盖子打开，用勺子搅了搅。

粥是温的，并不烫人。

司湛盛了一点儿在勺子里，喂到童淼嘴边。

童淼垂眸看了一眼，乖乖地张嘴吃了。

软糯糯的粥又香又可口，吃了几口后，她空落落的胃里终于有了点儿满足感。

司湛一见到童淼，那一丝困意就彻底散去了。

他专心致志地喂童淼吃饭，还把唯一的一个菠萝油塞到了童淼手里。

童淼哭笑不得："我自己可以吃的，你也吃啊。"

司湛不让，认真地说道：“说了来陪老板吃饭的，听话一点儿才可以拿到赞助。”

他把袖子往上挽了挽，露出线条流畅的小臂。他和童淼靠得很近，亲眼看着她在自己强硬的要求下吃了一个菠萝油，喝了半碗粥。

童淼揉了揉肚子，微微躲开了司湛的勺子，糯糯道：“饱了。”

司湛看她的确吃得差不多了，这才作罢。

门口站着的几个人都彻底惊呆了。

这是什么操作？把人叫进来喂饭？

还喂得这么小心翼翼，深情款款。

秦苗的肚子不争气地响了一下。

那个菠萝油实在是太香了，面包的甜味儿、黄油的香味儿，丝丝缕缕飘到门口来，溢得人鼻腔间都是那股味道。

连付博和陈奕都暗自咽了咽口水，下决心一会儿就去买一个吃。

童淼的唇上还沾着一点儿粥，她情不自禁伸出舌尖舔了一下，红色的舌头微微一探，又很快缩了回去。

司湛目光一柔，拿出一张干净的纸巾，擦了擦童淼的嘴角。

“正好我想你了，你就过来了。”

童淼伸出手，抚摸着他疲惫的眉眼。

她的手指发凉，摸在他的眼睛上还挺舒服。司湛的眼睛一合，微微有些困倦。

在童淼身边，他总是又踏实又安心的。

要是周围没有这些碍事的人就好了，他一定要亲亲他的小女朋友。

给童淼擦完嘴角，司湛靠在座椅上，朝门口打了个响指。

他是让那两个部长听着。

“看在你们这位部委陪我吃饭的面子上，我可以个人赞助你们三千。”

陈冬笑嘻嘻地跑过来：“你们是转账还是收现金啊？别忘了给我们公司打一条大横幅挂起来啊。”说完，他故意压低声音道，“你们这个部委选得好，够漂亮，我们老大喜欢，你们赚了。”

付博神情复杂。

对于一个院级社团来说，一次性赞助三千元已经算是很多的了，有不少商家都是几百几百地给，更有甚者，只赞助两箱饮料，还要求他们帮忙发传单。

有时候付博都恨不得自己垫钱了。

这位倒是够慷慨，个人出了三千，就喂了几口饭而已。

能这么轻松地筹到钱，作为外联部的副部长，他当然是开心的。

但作为童淼的学长，他觉得自己这么做有点儿过分了。

怎么显得他们跟老鸨似的，全靠部委的美貌拉赞助？

而且看看那个老大刚刚都做了什么啊？喂饭，摸脸，擦嘴，说难听点儿，这就是骚扰啊！

付博再怎么现实，也不会没有底线。

他不能要这个钱。

童淼看了陈冬一眼：“让你们老大发到我的微信上吧，我再免费陪他吃一个学期早饭。”

付博和陈奕一脸蒙。

秦苗更是惊住了。

看不出来，这个童淼藏得还挺深，根本不是表面上看到的那么纯情！

陈冬惊讶极了，故意提高音量：“老大你听见了吗？这波是不是赚大了！”

童淼也故意提高音量：“省得你们老大作息不规律。”

电脑桌后面，原本一副大佬姿态坐着的司湛，立刻给了回复：“知道了。”

秦苗心里更酸了。

她也知道用陪吃饭来换赞助不是什么光彩的事，但是这个老大长得过于好看了啊！

这样的人提出这种要求来，竟然不让人觉得恶心，她反倒有点儿羡慕童淼了。

为什么年轻有为的帅哥竟然喜欢童淼那个类型的女生？她也不差啊，而且她还化了妆，难道不比童淼精致多了？

秦苗摸了摸自己的脸，心里生出了一点儿挫败感。

童淼从深蓝的办公室里面出来，抬眸看向付博：“他已经答应给赞助了，我们还有别的任务吗？”

付博用一言难尽的目光看着童淼，片刻后，他开口道：“要不……先吃点儿早餐？”

吃完早餐，秦苗以身体不舒服为由，提前回了宿舍。

回到宿舍之后，她一个人坐在座位上闷闷不乐，有室友过来关心她，问她出了什么事。

她就把童淼陪人吃饭的事情吐槽了一下，还愤愤地说童淼没有底线，一点儿也不像外表看起来那样单纯。

室友听罢，笑道："秦苗，你是不是傻啊？深蓝的那个男生是童淼的男朋友啊。"

秦苗浑身一僵，猛地站了起来，瞪大了眼睛，不可置信道："你说什么？"

室友撇了撇嘴："谁让你没参加军训的？那个男生总来咱们班队伍找童淼，大家基本都认识了，叫司湛吧？他还因为长得帅上过热搜呢。听说家里做房地产生意的，可有钱了，他自己还这么早就创业，大家私底下都说童淼命好。哎，你都不知道啊？"

秦苗真不知道。

因为别人聊八卦根本就不会详细地说完前因后果，秦苗每次都是听个虎头蛇尾，而且她对童淼的事情也不那么感兴趣，这几天她都在忙着参加各个社团的聚餐，哪有时间在乎一个童淼？

原来是男朋友。

怪不得他们俩演得那么自然呢，这根本就不是为了羞辱大一女生，这是变相地心疼他的女朋友没吃早饭啊！

秦苗郁闷地跌坐在椅子上，觉得今天自己就像一个笑话。

她竟然还想着舍出自己，迷倒人家男朋友。

室友谨慎地说道："你不要放在心上啦，人家小情侣情趣嘛。而且童淼能跟司湛那种家庭的人谈恋爱，自身条件肯定也超级好，不是我们普通人能够比的。"

秦苗拎起自己的毛巾甩了甩，走出宿舍，烦躁地说道："你自己当普通人吧。"

室友望着她的背影翻了个白眼，吐槽道："什么玩意儿？"

付博和陈奕问了一下章子昔那边的情况。

她那里的成果并不太好，似乎没有哪个商家愿意资助院学生会。

或许是羊毛被拔得多了，连羊都变得精明了。

好在付博这边一下就超额完成了任务。

他把方才发生的事情跟章子昔一说，连章子昔也很震惊。

她心里吃惊，言语上却并不表现出来，嘱咐付博他们可以暂时休息后，就挂了电话。

她想了想，紧接着给崔念去了个电话。

章子昔挑起嘴角，满面春风地对崔念道："我还真得感谢你。"

崔念沉默片刻，冷冷地问道："感谢我什么？"

她因为上学期挂科的事情，学习、生活彻底乱成了一锅粥，无论她想什么办法补救，都改变不了自己档案上挂科的事实。

她甚至拜托了自己的父母托关系找人，请教务处的人让董诚更改分数。

但是董诚实在是太固执了，坚决不给她改。

她现在一想起董诚就恨得牙痒痒，已经很久没管过学习部的事情了。

好在学习部也没什么大事，有两个副部长看着，起码能做到不功不过。

接到了章子昔的电话，崔念有点儿心酸。

当初她还是章子昔的竞争对手，但挂科之后，她再也无法跟章子昔相提并论了。

章子昔春风得意："我得多谢你没收那个叫童淼的新生进学习部啊，她在我们外联部拉了个三千元的赞助呢。"

听到童淼的名字，崔念觉得胸口闷得有点儿疼。

章子昔眨眨眼，故作好心道："你放心，按照她现在的业绩，你下学期要办的学习交流会肯定有资金了，不用担心我们外联弄不来钱哈。"

章子昔说罢，不等崔念回答，便自顾自地挂断了电话。

她才不在乎童淼是怎么拿到赞助的，在她眼里，能弄来钱的部委，就是好部委。

章子昔准备重点培养一下童淼。

崔念捏着电话，狠狠地踹了一下桌子。

闷闷的声响在自习室里回荡，不少来自习的学生疑惑地望着崔念。

崔念这才意识到自己有些失态，于是赶紧拎起书包跑掉了。

刚刚章子昔提到的那个学习交流会，是学习部为数不多的大型活动。

主要是做一个大学学业上的交流，让那些学习成绩好、学习方法高效的学生来分享经验。

从大一新生到已经毕业了的知名校友，都会在讲台上发言。

最重要的是，这是一个拓展自己人脉的好机会，那些知名校友，有不少已经是北京三甲医院的专家了，能够认识他们，给他们留下深刻印象，对自己将来找工作也很有好处。

或许他们的一句话、一个推荐，就可能改变一个毕业生的一生。

所以这个交流会才会这么受重视，连外联部的批款都要首先批给学习部。

但现在时间还早，下次学习交流会是半年后，崔念都没想着这件事，章子昔反倒一直替她记着。

因为司湛的个人赞助，迎新晚会的资金问题就很容易解决了，章子昔跑了一周，艰难地从留学服务机构筹来了一千块钱。对于一个搞留学服务的机构来说，出一千块钱真够抠的。

但明知道人家抠，章子昔还得感恩戴德地赔笑。

毕竟他们院级社团就是如此尴尬，人少，影响力也小，不像校级社团，随便一个赞助都是上万块的。

就这一千块钱，对方还要求全外联部的成员帮忙发传单。

章子昔违心地答应了。

她把传单领了回来，自己不发，分给那些部委们，让他们送到各个宿舍，能宣传两句就宣传两句，宣传不了就不管，反正钱也到手了，下次也不想找他们要了。

童淼他们帮着把传单发下去，果然没什么人重视，甚至因为他们敲门影响了人家的正常休息，平白遭受了不少白眼。

好在迎新晚会办得很顺利，学生会会长亲自坐镇，审核晚会的节目、场地的布置、时间的把控。

司湛赞助的钱也都物尽其用，买了鲜花、礼物和性价比高的装饰品。

童淼没有表演任何节目，虽然她其实会不少才艺。

光是帮助布置会场就已经够她忙活的了，她不愿意再被排练分散精力。

最重要的是，她会想司湛。

本来他们见面的时间就需要努力挤压，要是自己再忙一点儿，两人就真把校园恋爱谈成异地恋了。

经历了这次工作之后，大家好像都认清了社团的本质。

蒋玉茹和陈可卿一连退了好几个社团。

毕竟开课之后，医学院的学业压力就逐渐上来了。

其实不光是大一新生忙，大二的学生学习压力更大，所以几个部长也没工夫找他们交流感情了。

学生会的部门没有活动要举办，外联部自然也没有资金压力，于是童淼就成了全宿舍最清闲的人。

许久没收到章子昔的消息，童淼几乎都忘记自己参加了这么个社团了。

不过正好，她可以把全部的精力都放在学习上，毕竟对她来说，这才是最重要的事。

值得庆幸的是，原定是董诚带的大一的《导论》，由于他工作太忙，所以更换了其他老师。

童淼稍稍地松了一口气，起码她现在还没有办法接受董诚变成她的老师。

也不知道是从小耳濡目染的原因，还是她在医学上就是有天赋，大学的课程她适应得也很快。

而且由于没有太多的社团活动分散精力，不用参加竞赛，她甚至还有点儿清闲。

和她相比，司湛就艰苦多了，不仅需要维持绩点，还得把一半心思放在那个小公司上。

徐方希他们读大二，现在正是最忙的阶段，能抽出的时间太少，所以大部分的工作还是压在司湛和陈冬身上。

陈冬都快要忘记游戏是什么东西了，每天苦着一张脸打开计算机，能不干活的时候一点儿也不想碰它。

他觉得现在都是在为当初灿烂的高中生活还债。

童淼并不怎么缠着司湛，每天只有晚饭在一起吃，平时有什么好电影就一起去看一下。

对于他们俩来说，腻在一起太影响学习和工作效率。

有她坐在旁边，司湛静不下心去工作，总是时不时地抬眼看她，低声说些悄悄话。

她的做题思路一旦被打断，人也就倦怠了，毕竟大学已经没有高中的学习氛围了。

所以她没事就去图书馆，快速地完成学习任务，等室外游泳馆开了，她也抽空去游游泳。

后来觉得被路过的学生看着有些别扭，又改成了打网球。

起码在同班同学眼里，她学得实在是太轻松了。

蒋玉茹从超市买了水果回来，看见在床上睡得人事不省的童淼，愣了愣。

她重新看了看表，这也就十点，她这才从图书馆回来，陈可卿那边社团联谊还没结束呢，童淼就已经睡觉了？

她蹑手蹑脚地把水果放下，取了洗面奶和毛巾，去水房洗脸。

宿舍的门有些年头了，一开一合都咯吱作响，虽然她尽量小声，童淼还是迷迷糊糊地醒了过来。

她迷糊地睁开眼睛，揉了揉眼角，摸过手机眯着眼睛看了看。

有几条司湛发给她的信息，但也没特别的事，说是要和徐方希他们熬夜改 PPT 呢。

她懒洋洋地打了个哈欠，在床上翻了个身。也不知道宿舍的床有什么魔力，只要爬上去就睁不开眼睛。

将睡未睡的时候，她听见门口有人说话。

“学姐好。”是蒋玉茹的声音。

“陈可卿在宿舍吗？我给她打电话没人接。”崔念穿着一件宽松的睡衣，双手交叠在胸前，微抬着脖颈，一副高傲的模样。

“哦……她今天去校青协那边的聚餐了，可能没听到。学姐有什么事吗？”蒋玉茹微微推开了一点儿门，露出一张脸来。

她的声音很轻，生怕吵醒了童淼。

崔念勾唇笑了笑，伸手拍了拍贴在眼睛上的眼膜：“也没什么，就是学习部准备办个学习交流会，是咱们学院很重要的活动。你知不知道你们班上学期谁的绩点最高啊？到时候要准备在交流会上发言的。”

蒋玉茹想了想：“嗯……最高的话，应该是童淼吧。她每次的分数都基本满了。但我不是班委，对男生那边的分数不是特别清楚，说不定有人比她高呢。”

其实她半开玩笑的语气，就已经说明她自己都不相信会有人分数比童淼还高。

她那个绩点，简直逆天了。

崔念脸上的笑容僵了僵，重新确认了一下：“你说的童淼是上次到学习部面试的那个？”

蒋玉茹无辜地歪了歪脑袋，长发顺着她的肩头滑下来，让她显得有些柔弱，她谨慎地说道：“对啊，不然还能是哪个？”

崔念皮笑肉不笑地扯了扯嘴角，心里仿佛被重重地砸了一锤。

她阴沉着脸，又问了一遍：“她的学习真的这么好？”

蒋玉茹认真地点了点头：“她是真厉害，平时除了上课，几乎看不到她学习。连专业课的老师都说，多少年都没遇到像童淼这么有灵气的学生了，就连给分最低的老杨，都给了她满分。”

老杨是所有专业课老师里面最严厉的一个，他的卷子从来不存在放水，会就是会，不会就是不会，他喜欢谁就毫不吝惜地夸，不喜欢谁也会不留情面地批评。

不过老杨的水平也是真高，还是个副院长，能得到老杨的喜欢，简直可以出去吹一吹了。

“学姐，如果你要找童淼参加交流会的话，我可以告诉她的。”

蒋玉茹补充道。

崔念没有回答蒋玉茹的话，她眯了眯眼睛，指甲深深地嵌入掌心。

也就是说，她办的这个学习交流会，最后反倒要给童淼做嫁妆，给童淼机会认识那些毕业的学长学姐们，让她在一整个阶梯教室的学生面前分享经验，让她在大佬专家心里留下深刻的印象？

崔念气得牙齿都在颤抖。

凭什么？

董诚那么对她，结果他女儿偏偏学习那么好，这是要占尽学院的资源啊！

崔念抿紧了唇，暗暗下决心，反正自己才是部长，自己安排谁演讲，谁就能上去演讲，等他们质疑的时候，早就已经来不及了。

她不在乎自己的名声再差一点儿，反正这个机会是谁的都不能是童淼的！

“呵呵。”崔念对蒋玉茹翻了一个白眼，扭头走了。

蒋玉茹莫名其妙地揉了揉手里的毛巾，她没觉得自己说了什么得罪崔念的话，但看崔念的表情，明显不是很高兴。

童淼躺在床上，已经没有什么睡意了。

从提到学习部开始，她就已经知道门口是谁了。

虽然觉得崔念挺可笑的，但是她也能理解崔念对她的敌意。

上了大学之后她才知道，医学院不比别的专业，对成绩的要求很高，毕竟将来工作之后是要治病救人的。

如果连续挂科三次，直接遣送回家，挂科重修还不过，几年学下来，连毕业证都拿不到。

哪怕是重修过了，也只能给六十分，拖累绩点不说，将来找工作，有重修记录，基本上是进不了那几个大医院了。

董诚让崔念挂了科之后，可以说是断了她一半的前途。

她也知道，别的专业会有网开一面的情况，睁一只眼，闭一只眼，也尽量不让太多的学生挂科。

但学医毕竟是不一样的，现在放水，就是给日后留下隐患。

她并不觉得董诚做错了。

学习部办的什么交流会，她没兴趣，她只求以后跟崔念不要有什么交集，大家相安无事，等再过一段时间，崔念就要去协和本部实习了，也就见不到了。

“睡醒了吗？”司湛发了一条微信过来。

童淼拿起手机，直接给他拨了回去。

“你的 PPT 弄完了？”

“没有，合作方那里有点儿犹豫，所以计划推后了。”司湛走到新清华学堂，迎着刚看完演出的人群走，所以声音有些模糊。

童淼以为他心情不好，不免有些担忧：“我出去找你？”

司湛愣了愣，继而轻声道：“好啊，东操见。”

童淼迅速从床上爬下来，对着镜子拍了拍脸。

她睡得香，脸上压出一片红印，还有几道凉席硌出来的印子，实在不怎么美观。

蒋玉茹一进屋，看到她已经下了床，尴尬了一下。

“你……你醒了？”那大概是听到她和崔念在门外的对话了。

虽然她也没说什么坏话，但是背后议论别人的成绩又被当事人听到了，多少有些不自在。

童淼急着去找司湛，她一边套上连衣裙，一边理了理乱蓬蓬的头发，有些敷衍道：“对啊，我出去一趟。”

“哎……”蒋玉茹眼睁睁地看着童淼跑了出去，心里挺不是滋味的。

她反复回味了一下自己在门口说的话，好像是有酸酸的意味。

她得承认，她挺羡慕童淼的。能考来这里的学生，谁不是当初学校里顶尖的优等生，被所有老师宠着、捧着？

可到了大学之后，身边都是同样厉害的人，优势就再也没有那么明显了。

她也逐渐体会到了当初上高中时班里其他同学的心情。

自己辛辛苦苦地学，成绩总是不上不下，但你身边就是有人明明没那么努力，反而次次都是第一。

简直魔性。

童淼匆匆跑下楼，借着明亮的路灯，一路走到操场边上。

时间尚早，天气凉爽，弯弯的月亮挂在头顶，散发着淡薄的白色光晕。

操场上是数不清的夜跑小分队，比她上次来看的时候，热闹多了。

她慢悠悠地走过跑道，站在操场中间的草坪上。

身边有几对情侣靠着说悄悄话，还有围成一圈聊天、玩游戏的人。

她还能找到冬天时候，她写字的位置。

如今没有积雪，没有凉风，也没有秘而不宣的情愫。

她情不自禁地笑了笑，轻轻地踢了踢脚下的草坪。

那张照片还在她的朋友圈躺着，但是她至今没有让任何人看到，连司湛也没有。

当初写下两人的名字，她是抱了毕生怀念的悲观心态，谁能想到数月之后，竟然能拨云见日？

“想什么呢？”

有一双手臂从背后搂住她，她顺着力道靠在了那人的胸膛上，然后向后仰着头，看他的下巴。

“来得这么快呀？”

她伸手摸了摸司湛的下巴，有淡淡的胡楂儿，有些扎手。

“我跑来的，着急见你。”

司湛低头在她的手心里蹭了蹭，痒得童淼手一缩。

“项目是出了什么事情吗？其实你不用那么着急，毕竟你才大一啊。”童淼安慰道。

司湛拉着她坐在草坪上，顺势抱住她纤细的腰，让她靠在自己肩膀上。

“其实也没什么，大概竞争对手那边出低价了，让他们犹豫了。”司湛漫不经心道。

“竞争对手是谁？”童淼问道。

司湛讳莫如深地笑了笑，捏了捏她圆润的脸蛋：“不管是谁，反正赢不了我。”

童淼太了解司湛了，从他的每个反应，每一种说话方式，她立刻就能猜到背后的含义。

“那个人我也认识吗？”肯定是认识的，但司湛不想让她知道。

司湛顿了顿，立刻举手投降：“好吧，说过不瞒你就不瞒你，是孟靖农那个团队。”

这名字实在是不陌生，而且像是阴魂一样，时刻环绕在他们身边。

童淼皱了皱眉：“他怎么也……”

多半是看司湛在做团队，为了跟司湛一较高下，所以也开始发展团队，甚至不顾及利润，也要抢司湛的项目。

“别再聊他了，我都好久没见你了。”司湛低头，贴着童淼的侧脸，在她耳垂上轻轻吻了一口。

轻柔的气息扑到耳边，酥酥痒痒的吻通过神经传递到周身，童淼觉得自己一瞬间就软了下来，心神荡漾得像冒泡的温泉水。

“你……你别胡说，我们明明天天都见。”

她不安地在司湛怀里蹭了蹭，企图掩饰慌乱不安的心跳。

司湛压低声音委屈道：“但我们在一起的时间连一个小时都不到。”

他蛮横地箍住童淼的腰，不让她乱动。

可怜巴巴的声音，倒是挺让人心疼的。

童淼叹了一口气，扭过头，追着司湛的唇轻轻地啄了一下。

也怪他们的课表太奇葩，两人的上课时间完全是交错开的，想一起自习都很难。

司湛对她正迷恋，占有欲也强，贸然从高中的时时刻刻见面跳转到各忙各的状态，的确很难熬。

“等放假就好了啊，我们一起去给姜谣探班。”童淼眨巴着眼睛，柔声哄他。

司湛“哼”了一声：“等放假我要找个海岛把你藏起来，谁去给她探班！”

第 35 章

“童淼，暑假有个中医培训班，你要参加吗？”陈可卿翻了翻微信里的通知，随口在宿舍里面问了一句。

童淼从大部头书里抬起头，愣愣地问了一句：“中医？”

且不说她们尚在读大一，所学医学知识充其量也只能算是刚入门，主要还因为中医学并不是学院里主攻的方向，很少有人把精力放在这上面。

不过，从今年开始，学校似乎对中医学重视起来，号召大一的学生去接触一些。

陈可卿扬了扬手机，对童淼道：“导员让我私下问问，没在群里面发。你也知道咱们的教授大多是留学回来的，不太认同……反正就是多少有点儿理论冲突吧，你懂吧？”

童淼懵懂地点了点头，陈可卿当即转回头去了。

她心里没想着童淼能参加，大好的假期时光，谁不想享受呢？等上了大二之后，就再也不会这么清闲了。

蒋玉茹撕下脸上的面膜，对着镜子拍了拍脸蛋，随意道：“哎，你们知道大三的娄宁学姐吗？她也是个传奇学霸，不仅绩点稳居年级第一，更神的是她那个针灸水平。”

童淼立刻睁大眼睛看着她，期待她继续说下去。

“你们不知道吗？大三的女生谁有点儿不舒服就去找她针灸，基本都能治好，连董教授这种大拿都特别佩服她。”蒋玉茹一边说着一边啧啧赞叹。

其实每届学生里都有这种天生适合干这一行的人才，就是出类拔萃，让人望尘莫及。

童淼没参加什么社团，平时交际也少，倒真的没听说过这个大三的学姐。

但是这人的经历倒是让她觉得很有意思。

“这位学姐是参加暑期班学的吗？”她问蒋玉茹。

蒋玉茹倒是不知道了，她对大二的事情还挺了解，大三的学姐早就去协和实习了，根本连碰都碰不到。

陈可卿叹了一口气：“什么呀？我听说她家是医学世家，爷爷好像是中医大师级的人物，她没上大学之前就会针灸的。”

蒋玉茹感叹道：“人家都是祖传学医，我这种门外汉到底为什么脑子抽筋来学医呢？”

她嘟着嘴，翻开《组织学与胚胎学》，愁眉苦脸地背诵。

这是最后一门考试了，考好了皆大欢喜，考不好她都要怀疑自己的智商了。

“可卿，那个报名，你帮我报上吧。”童淼乖巧地冲着陈可卿认真地说道。

陈可卿眨了眨眼睛，确认了一遍：“你真的要去啊？跟平时上课一样，还有作业呢。”

蒋玉茹停下背诵，意味深长道：“你也想学娄宁学姐啊……”

“我去学着玩玩。”童淼眯眼一笑。

她没想学谁，也懒得跟人攀比，她只是觉得，多学些知识或许就多些机会呢？

不管是打败董诚的机会，还是解决妈妈脑袋里的隐患的机会。

但她也没有好高骛远，只是一个暑期集训，顶多能让她了解一下中医的理论，要想凭借理论成神，那就是她没有自知之明了。

那天司湛骑车把她送到六教楼下，她跳下自行车，给了司湛一个告别吻。

两人原本说要找个海岛玩，谁想真到了暑假，反倒谁也没能抽出时间。

司湛的项目拖到了现在，他前段时间又考试频繁，分身乏术，每天只有两三个小时的睡眠。

“那我进去了？”童淼朝司湛摆了摆手。

司湛轻笑着给她理了理衣领，摸了摸她的侧脸：“虽然说不耽误学霸学习是学渣的基本素养，但我真恨不得把你锁在家里。”

童淼抿唇一笑，背起手，凑到司湛耳边轻声道：“这位先生，把我锁在家里你也干不了什么事。”

司湛挑了挑眉，意味深长地看向童淼漆黑的眼仁：“你确定？”

“哎呀！”

童淼没发现身后有人路过，吓得赶紧后退一步，规规矩矩地站好。

“那个……不好意思啊，打扰了。”一个看起来成熟又稳重的姑娘慌乱地捡着掉在地上的书。

童淼磕磕巴巴地回应：“没……没有啊。”

她的脸涨得通红，但还是蹲下身帮着捡散了一地的资料。

资料捏在手里的时候，她无意中扫到了上面的内容——《暑期中医学培训手册》。

她立刻抬头重新打量这个人，这么年轻，难道是培训的老师吗？

“谢谢啊，我是医学院的学生，你呢？”

童淼支吾了片刻：“我……我也是，我来上暑期课。”

“这么巧？我是你们的助教，我叫娄宁。”她笑盈盈地伸出手，抓住童淼的指尖握了握。

“你好……童淼。”童淼矜持地笑了笑，心里却开始惶恐起来。

这就是娄宁啊，那个传说中的针灸水平出神入化的人？

司湛见没自己什么事了，耸耸肩，冲童淼道：“那我先走了，中午请你吃饭。”

童淼跟他摆了摆手，脸上难以抑制地露出一丝甜蜜的笑。

“你男朋友蛮帅啊，也是医学院的吗？”娄宁笑着站起身，拍了拍裙子上的褶皱。

童淼赶紧摇摇头：“不是啊，他是计算机系的。”

两人一边聊一边往教室里面走。

娄宁的个性很开朗，比童淼健谈得多，大致给她介绍了暑期班的安排，然后感叹道：“报名的人挺少的，大家对中医都不太感兴趣哈。”

童淼默默地点头：“好像行业里有这个倾向。”

娄宁叹了一口气：“就连我的导师董诚教授也一直持不评价态度。”

童淼突然被刺中敏感点，脱口而出道：“他当然不好评价，不然孤注一掷出国就成笑话了。”

娄宁愣了愣，小心地打探道：“你认识董老师？”

童淼的眼神闪烁了片刻，仰起头，朝娄宁虚虚地笑了笑，没有回答。

娄宁相当会察言观色，知道对方肯定认识，但并不想说。

短暂的交流告一段落，但童淼成了娄宁在班里最关注的人。

不单单是她的专业素养好，接收能力强，更让娄宁惊喜的是，童淼对中医学非常尊重，且学得十分认真。

老师介绍中医理论的时候，会讲大段的《黄帝内经》之类的文言文，班里的同学听得云山雾罩，就只有童淼还私下去查翻译，查资料。

娄宁偷偷劝她："其实连我爷爷都说，这些理论听听就行了，根本就不用理解，老师他们都理解不了。而且有些土方子，都是一代代传下来的，你要说什么理论支持，都不知道该去什么文献上找。"

童淼却问了一个她难以回答的问题："那你相信中医是能和西医分庭抗礼的学问吗？"

娄宁顿了顿，用一种复杂的眼神看着她："我爷爷相信，但是……自我实习以来，我觉得中医有局限性。"

童淼若有所思地点点头："那你毕业之后，会继续深造吗？"

娄宁笑了："当然，董老师答应给我写哈佛的推荐信。"

果然啊。

还是她的眼光狭隘了。

又或者是她的脾气太过倔强了。

她一直想着，如何不用出国就能打败董诚，让他的经历成为一个笑话。

但事实上，比她水平高得多，还是出身于中医世家的娄宁都认为应该继续深造。

那董诚当初除了狠心一点儿，他的选择于他自己而言，其实还是利大于弊的。

如今学识、地位有了，妻子、儿子也有了，他甚至还是无数医学院学子心中的偶像、奋斗的目标。

童淼舔了舔干涩的嘴唇，把自己的书收进书包里，收敛起情绪，朝娄宁笑了笑："那恭喜学姐了，我先去吃饭了。"

其实司湛还没有到，但是她不能再跟娄宁聊下去了。

娄宁也是聪明人，她的情绪一旦不稳定了，娄宁轻易就能联想到她和董诚的关系。

童淼匆匆地走出教室，吸了一口走廊里清凉的空气。

她顺着楼梯下楼，然后在一层的鲜果机买了一杯鲜橙汁，眼睁睁地看着五个圆润的橙子汁水被挤压进小纸杯里，一杯都挤不满。

她轻轻地抿了一口，酸得牙齿疼。

她苦着脸把纸杯端在手上，却再也喝不下去了。

她虽然不太爱吃糖，但对酸的也实在承受无能，还是一会儿留给司湛喝吧。

谁想她刚要走出大门口，董诚就迎面走了进来。

猝不及防。

童淼立刻停下了脚步。

不自在，特别不自在。

她原本就十分害怕被人发现自己和董诚的关系，好在校园大，两人能当面碰上的概率不足百分之一，但偏偏这百分之一就发生了。

必然是董诚的努力了。

“咳咳，我……问了娄宁，知道你在这儿。”董诚见她这么排斥，也有些拘谨。他掩饰性地推了推镜框，朝童淼笑了笑。

“哦。”童淼捏住书包带，默默地点点头。

看来是她太过简单了，娄宁大概早就知道她和董诚的关系了，只有自己还在百般掩饰。

甚至从一开始，娄宁就只是董诚放在自己身边的一个传话筒？毕竟有哈佛的推荐信作交换。

童淼深吸了一口气，特别想骂自己以小人之心度君子之腹。

但是今天看到董诚，再联想到娄宁的某些举动，她实在是忍不住这样想。

“爸爸想给你看个东西，知道你最近忙，可能没有时间去医院那边……”董诚小心翼翼地从公文包里取出一份打印的资料，递给童淼。

童淼没接。

其实董诚只不过是要讨好她。

说她忙，那董诚身为老师和医院的主任，只会比她更忙，但他还是过来了。

可童淼一点儿也不想看见董诚的忏悔，她和妈妈相依为命了这么多年，要是一时心软就犯了“圣母病”，她自己都恶心自己。

“我先走了，我的男朋友还在等我。”

童淼低下头，从董诚身边擦身而过。

也怪六教的管理人员抠门，暑假的时候，就开一扇偏门，她想出去，不得不从董诚身边走，也就嗅到了他身上那股熟悉的酒精棉味道。

人都说记忆是凉薄的，小时候的点点滴滴，董诚对她的好，她都强迫自己忘掉了。

但是一种味道，一个小动作，实在是刻到了脑海里，想忘也忘不掉。

董诚默默地望着她的背影，嘴唇动了动，手臂无力地垂了下去。

司湛来得真及时，童淼仿佛看到了救星一样，跑到了他的身边，紧紧地抓着他的手。

司湛眼中闪过一丝错愕，捏了捏她冰凉的手指，目光向远望去，这才看到面露遗憾的董诚。

他心里了然，把童淼拉到自行车后座坐好，朝食堂的方向骑去。

童淼没有抱住他的腰，而是在怔怔地出神。虽然她不想承认，但是董诚每次出现，都能给她带来不小的冲击，让她反复地回想、咀嚼。

“你还记得天才综合征吗？”

司湛骑着车突然问道。

童淼懵懂地望着司湛的后脑勺，不知道他为什么突然提起这个来了。

“那一小瓶药，还记得放在哪儿了吗？”

那一小瓶药？

童淼皱着眉思索着，好像是留在滨河小区那套房子里了，是她房间的抽屉里还是书包里来着？

已经不太想得起来了，毕竟一直也没用过了。

“其实你的病也不发作了吧？大大小小的考试，甚至上学期考雅思，都没问题。”司湛继续道。

童淼恍然。

对啊，大学的每一次考试，她都没有焦虑的征兆，她甚至都忘了，自己曾经是个视考试如天敌的人。

不知不觉间，她的心态越来越平稳，对成绩的执念也渐渐放下了。因为她现在无比地确定，自己并不是一个人，妈妈也不是一个人，无论遇到什么事情，总会走过来的。

“司湛，你想说什么？”

“你什么时候能放下对董诚的关注呢？他毕竟离开你的生活十多年了。”风很急，他的声音被迅速送到童淼的耳边，然后吹散了。

“我什么时候关注他……”她咬住了下唇。

司湛一眼就能看透她，不管她如何辩白。

看似她一直躲着董诚，但她从没有放弃跟董诚的比较。

董诚是个大专家，她想查他的资料，看他做出的研究太容易不过，有时候连她自己都没察觉到，怎么就点进他的论文了，怎么就顺着他的思路分析了，甚至还可笑地企图从核心期刊里找到悖论。

“就算你日后在医学领域碾压他，他也不会偿还你缺失的那十年，所以我还是希望你能看开，开心一点儿，宝贝儿。”

司湛单手扶着车把，一只手伸到后面轻轻地拍了拍童淼的手臂。

童淼的心一瞬间软得一塌糊涂。她都这么大了，还要让司湛替她操心，明明司湛自己的事情已经那么多了。

她靠着司湛宽阔的后背，糯糯道：“我是不是经常把不好的情绪带给你了？我以后尽量改变一下。”

司湛突然停了车，童淼吓了一跳，赶紧搂住他的腰。

“我不许你这么想。”他转过身来，捏了捏童淼的脸蛋，“让你情绪不好，那是我没做到位，跟你一点儿关系都没有。”

“你真是……”童淼没想到他会这么堂而皇之地揽过莫须有的责任，看起来竟然霸道得可爱。

她情不自禁地弯了弯杏眼，轻咳了一声，轻声道：“你真是，太好了。”

自那次以后，娄宁明显不太接近童淼了，见了面，也只是尴尬地挥挥手，便立刻找个理由溜走。

她或许早就知道，董诚挑破的那天，就是她和童淼产生隔阂的那天。

但是她可能也不后悔。

一个刚刚认识几天的人，和一份权威的推荐信，孰轻孰重，她分得清。

童淼有些遗憾。

哪怕娄宁把她当作一个工具，她始终觉得，起码在医学上，娄宁是认真想要做出成绩的。

她也真心佩服娄宁的水平，只是阴差阳错，两人匆匆相识，又快速疏远。

这一个假期的中医培训，她倒是有了不少收获。

起码学会把脉和看舌苔了。

把着室友的脉还能言之凿凿地说上几句，什么体寒脾虚，要少吃冰的，多喝热水。

当然，室友嘻嘻哈哈笑过之后，照样不听她的。

放弃冰激凌可不是什么容易的事儿，年纪轻轻的，何苦为难自己呢？

连童淼自己也做不到。

她把了好几个脉，就没有不体寒的女生，或多或少的都是作息不规律或者不愿节食。

大家最开始觉得新鲜，都让童淼把把脉，到后来发现没法从生活习惯上根治，谁也不当回事了。

真病倒了，还有校医院和专家老师们呢。

假期最后几天，她短暂地回家住了几天，司湛还在学校忙，分别的那天，陈冬双眼含泪表示羡慕，被司湛无情地扯回去加班。

姜谣也不知道被打了什么鸡血，从上大学开始，就一门心思想要红。

其实她想红，家里的公司自然能捧，还能找一帮有流量、有演技的明星给她作配。

但是她偏不想借家里的关系，非要自己折腾，今天去见个组，明天去走个秀。

童淼有次去星光天地附近逛街，看到姜谣在广场某车展做车模，吓得她手里的盐酥鸡都要掉了。

姜谣倒是乐观，成天充满了干劲，看着选秀节目火，还蠢蠢欲动地想要掺和一把。

她周围的同学还真没人知道她的背景，都说她浮躁，想要尽快捞钱。

其实童淼再清楚不过了，姜谣根本不在乎钱，她在乎的是功成名就。

这个功成名就到什么程度，大概就和季老师有关了。

回阑市之后，童淼难得约上姜谣一次。

姜谣还没有什么名气，出去逛街吃饭也自由，路上擦肩而过的路人，多多少少会回头瞄她几眼。

“接下来有什么安排？”童淼吸溜着果冻，手臂撑在桌子上，抬眼望着姜谣。

姜谣往座椅上一靠，单手把墨镜摘了下来，随意道：“先当个影后玩玩吧。”

“咯咯……”童淼险些被果冻呛到，咳得脸都有点儿红了。

虽然她不是混这个圈子的，但是影后大概、可能、也许不是那么好拿的？

“我逗你玩呢，看把你吓得。”姜谣撇了撇嘴，给童淼扯了一张纸巾。

童淼接过来擦了擦嘴巴，眨巴眼睛小心翼翼地说：“我觉得吧，季老师喜不喜欢你，是看你这个人，又不是看你有多红。”

姜谣用中指敲了敲桌面，把身子探过来，叹了一口气道：“道理我都懂，但是搞科研的这帮人，看着都高贵冷艳，心里多少瞧不起演员职业。”

“可是季老师又不是这样的人，他不接受你，只是单纯地因为你曾经是他的学生。”

“那他身边的人呢？我才不想别人在背后说他闲话。”

两人沉默一阵，姜谣很快从低落的情绪中走了出来。

她拍了拍童淼的手："说说，你和司湛最近怎么样？"

童淼思量片刻，耸了耸肩："我们能有什么大事？就是他忙着创业，我忙着学业，每天见不了多长时间，还不如高中。"

姜谣深有所感地点了点头："这是真的，当初都被班主任骗了，什么大学轻松，好好享受生活，根本也忙得脚打后脑勺。"

吃完饭之后，姜谣执意刷了卡，拿笔签名的时候，对服务生神秘兮兮道："我劝你留着这张纸。"

服务生一脸莫名其妙，只当她胡说八道，挠了挠头，转身走了。

童淼情不自禁地笑："哎，我在滨河小区那里还有你好几套作业题呢，上面全是你的签名。"

姜谣赶紧摆手："可别，我现在的签名是设计过的，跟高中那时候一点儿都不一样了，人家都不认。"

童淼摇摇头："你这还没出名呢，签名都设计好了。"

姜谣美滋滋道："那是，配置不能缺。"

两人开开心心地玩了一天，次日童淼就跑去童美君的医院蹭课去了。

虽然她现在离"医生"这个身份还差得远，但她泡在医院的时间可一点儿都不少。

无论在哪个科室，都有看着她长大的叔叔阿姨，对她相当溺爱，知道她学医之后，也总喜欢提点她几句课本上学不到的经验。

"咦，这位也是新来的实习生吗？"

总有刚分配到医院的医生不认识童淼，见她经常在医院里打转，便有点儿诧异。

有知道的人帮忙解释："不是，这是童医生的女儿，也是学医的。"

啊，也是学医的。

新医生见童淼正乖乖地坐在休息室里看书，便多打量了她两眼。

其实，童淼长得跟童美君不是特别像。

不管是气质还是样貌，她其实更像董诚。

新医生在她面前晃悠了两圈，出声问道："妹妹读大几了？"

童淼把书放下一些，抬起头，温和地答道："开学大二。"

"才大二啊，将来也准备回中心医院工作吗？"

对一个女孩子来说，能回到自己家乡工作应该是最好的选择。

中心医院并不是那么好进的，新医生也是披荆斩棘，盖过了无数竞争对手，才有了这个工作机会。

但童淼的路就会比她平坦多了。

就算阑市也是一线城市，人情纽带的作用相对较小，但童淼的母亲在中心医院做主任，将来想把童淼要回来工作，也轻而易举。何况澜市还不是那样的大城市呢。

哪个地方能一点儿裙带关系都没有呢？这谁都能理解。

新医生自然而然地想，自己将会是童淼的前辈。

谁料童淼认真地摇了摇头："不，我会在协和工作。"

"扑哧。"新医生没忍住笑出了声。

北京协和医院是什么地方？

是说进去就能进去的吗？

想进那里，简直比考上清华、北大还困难。

而且哪怕是进去了，不熬个几年，都接触不到大一点儿的手术。

毕竟那里面人才济济，聚集的是全国的医学精英，就连阑市中心医院都要每年定期在网上学习协和的先进治疗方法的。

这个小姑娘未免有些太不自量力了。

她虽然嘴里没说，但脸上已经表露无遗。

童淼微微蹙眉，觉得心里有点儿不舒服。

对她所在的专业的人来说，进协和大概是很正常的目标了，毕竟那也是国内最好的学府，而且后两年，她就可以去医院里实习了。

"目标倒是挺远大的，那你加油吧。"

新医生似笑非笑地朝她摆了摆手，拎起自己的白大褂，出了休息室，去急诊坐班了。

童淼被她一打搅，倒是有些看不进书了。

童美君依然在忙，她想了想，决定还是先回家。

于是放下医学教材，整理好床铺，也转身出了门。

童美君不知道去处理什么了，并不在办公室里。

童淼在一个个门口偷偷向里张望，正巧走到了那个新医生的门口。

一个患者正在诉说自己的症状："我就是最近突然肚子疼，有时候特别疼，有时候还好一点儿。"

童淼听了一句，放缓了脚步。

新医生抬起头，皱眉问道：“发烧吗？拉肚子吗？想吐吗？”

患者赶紧摇了摇头：“一点儿也不发烧，有时候拉肚子，但我也不确定跟这个疼有没有关系，没有想吐过。”

“最近月经正常吗？”

“应该是正常的，我平时也没怎么记录，但是这个月来过了。”

“肚子疼，偶尔拉肚子，还有什么其他症状吗？”

“别的我倒是想不起来了，就这个地方，抽痛。医生，我是不是得阑尾炎了啊？”患者担忧地指了指自己的小腹。

“阑尾不在那边，你这不是阑尾炎，很大概率是肠胃感冒。”

新医生处理过太多这种腹痛的病例了，而且不知道为什么，最近阑市肠胃感冒的人特别多，一天能遇到十个。

夏天天气热，吃的东西容易放坏，这也正常。

“啊，是肠胃感冒我就放心了。我就怕是阑尾炎呢，阑尾炎还要住院。”

患者舒心地笑了笑，嘴唇却依旧有些苍白。

童淼站在门口，软声提醒道：“成年女性腹痛，不是应该先排除宫外孕的可能吗？”

新医生顿了顿，扫了童淼一眼：“谁说的？”

童淼抬眸，认真道：“我们老师。”

患者立刻慌张地说道：“不不不，我不可能怀孕的，我还没那个过呢。”

新医生挥了挥手，给患者开了份验血的单子：“你先去验个血，然后回来给我看结果。”

紧接着，她又冲童淼道：“听见了没？哪有那么多宫外孕？”

童淼轻咬着下唇，担忧地看向那个新医生，语气和缓道：“你应该知道，有些患者是会隐瞒实情的，所以在接诊的过程中，应该更相信自己的眼睛。”

新医生漫不经心道：“这也是你的老师告诉你的？”

童淼摇头：“我妈妈告诉我的。”

新医生一顿，语气有些不客气道：“所以我不是让她去验血确认了吗？”

童美君是急诊科的主任，她总不能说童美君说得也不对。

患者又开始解释：“我没有隐瞒啊，我就是特别简单的腹痛。”

童淼并不是针对她，于是好言解释：“我不是说你骗人，你别担心。”

新医生意有所指道：“小妹妹，你还是多读几年书再来医院实习吧。你那些书本上的东西，并不适用于临床上的操作，更何况你连书本都没读完呢。”

童淼虽然才学了一年，但是她的知识储备量绝对不少。

她看得出来，对方并不怎么瞧得起她。

但这也正常，这行本来就是越老越值钱，年轻就代表着经验和技术不纯熟。

片刻后，和新医生一个办公室的同事也走了进来，随口问道："你和小姑娘在聊什么呢？"

新医生懒洋洋地回道："没什么，就是她请教个问题。"

同事若有所思地点点头："这孩子真不错，虚心好学，将来肯定能留在协和工作。"

新医生嗤之以鼻："还留在协和？你知道协和现在有多难留吗？她刚才也那么说来着，真是不知道天高地厚。"

同事眨眨眼，乐道："瞧你这话说得，清华医学院是全国最好的医学学府了，她又是年级第一，将来不去协和去哪儿？有什么留不下的？"

新医生怔了怔，喃喃重复道："清华医学院？"

同事点头："对啊，你不知道童主任的闺女是保送清华医学院的吗？"

新医生当然不知道，她才来中心医院没多久，理所当然地觉得童淼念的是阑市医科大。

没想到她学习那么好。

"好厉害啊！"

"那当然，童主任的闺女是天才呢，就跟当年的董医生一样。"

同事只是随口一说，但是在新医生眼中，中心医院已经没有了董诚的传说。

他离开得太早了，医院也已经更换了好几批领导。

董诚再厉害，也已经不属于中心医院了。

所以同事的感叹并没有在她心里留下什么印象。

她唯一记得的就是，这个小姑娘，有点儿厉害啊。

童淼现在已经很少去盛华附近的那个小区了。

毕竟在郊区，距离太远，虽然里面有不少她和司湛的回忆，但到底不太方便。

上了大学之后，她和司湛回来的时间并不多。

她还好一些，司湛待的时间就更少。

所以每次回来，他们都住在司启山的小别墅里，难免会打扰到两人的二人世界。

正巧今天司湛从首都回来，还象征性地带了些特产。

晚上司启山接童美君到餐厅，一家人吃了顿团圆饭。

他们几个人坐在一起吃饭已经很自在了，毕竟是亲得不能再亲的一家人。

上菜之后，童淼偷偷地拍了一张他们在一起吃饭的合照，然后放到朋友圈里。

她难得在朋友圈里分享自己的幸福。

席间司湛懒洋洋地靠在椅子上，跷着腿，嘴角噙着一抹笑，手机还在回复着项目上的事情。

童美君换下了白大褂，穿上了司启山新给她买的衣服。她身材纤细，面容姣好，眉目在灯光的照耀下温柔得发光。

司启山轻轻地牵着她的手，正含笑说着什么，童美君大概是被他的言语感染了，也笑起来，顺便回握住司启山的手指。

童淼只觉得，这一刻特别美好，美好到应该记录下来，应该分享出去。

“快吃吧，你们俩等我下班都饿了吧？”

童美君温柔地笑了笑，给童淼和司湛倒上果汁。

司启山瞟了司湛一眼，清了清嗓子：“说说，你最近做得怎么样？公司效益好吗？项目多吗？”

言外之意，如果司湛遇到了困难，他可以给司湛一些帮助。

司湛放下手机，勾唇一笑：“爸，咱俩做的不是一个领域吧？”

他并不想要司启山的帮助，目前的这点儿挫折，对他来说实在不算什么。

司启山轻轻地哼了一声：“你是觉得我在 IT 行业没有熟人？”

司湛眉毛一挑，嚣张道：“当然有，不就是我吗？”

司启山照例警告他：“你别太张狂，刚刚开始创业，要谦逊一点儿，也别意气用事，容易吃大亏。”

司湛耳朵都要听出茧子了，懒洋洋道：“说过无数遍了。”

童美君扯了扯他的手：“好啦，阿湛都知道的，他比你想象的成熟。”

童淼拍完照，默默地把手机收起来，笑着望了司湛一眼。

司湛本能地伸出手，揉了揉童淼卷曲的长发。

动作之亲昵、熟练，连司启山和童美君看了都有点儿脸红。

童淼的眼睫狠狠地抖了抖，有点儿不知所措。

司湛的手指温柔地摩擦着她的背，触感异常强烈。

他平常就喜欢这么揉她，如果是私下里，童淼肯定自然而然地就缩到了他的怀里。

但是现在……她只能干巴巴地坐着。

司启山轻咳一声，瞪了司湛一眼：“我们俩还在呢，你能不能别勾肩搭背的？”

司湛撇撇嘴，不情愿地把手缩回来，眼神扫到司启山的手：“这就是‘只许州官放火，不许百姓点灯’啊。”

童美君摇摇头，笑眯眯地问童淼：“在学校的学习怎么样？和同学相处怎么样？”

童淼乖乖地答道：“都挺好的。”

她当然隐去了见过董诚的事情。

司启山道：“咴咴这孩子，当然让人放心啊。”

司湛歪过头看了童淼一眼，似笑非笑：“那是，轻轻松松年级第一，随便什么比赛，只要她参加了，就没有别的专业得奖的份。”

童淼有点儿不好意思：“你别乱说。”

司湛给她夹了一只虾，柔声道：“我乱说什么了？夸都不让夸？”

一顿饭吃得其乐融融，收拾好背包后，司启山停下了脚步，对司湛道：“去，带咴咴去看电影去。”

司湛一愣：“干吗？”

他们可没有看电影的安排。

司启山瞪了他一眼：“别废话，晚点儿回家，敢回来腿给你打断。”

司湛简直是无语了。

童美君嗔怪地瞪了他一眼：“说什么呢？”

司启山揽住她的肩头：“好好好，我错了。”

司湛大概也明白司启山是什么意思了。

他和童美君今天晚上有安排，而且必须背着司湛和童淼。

也是，司湛今天是临时决定回来的，之前也没通知，家里都没准备。

司启山和童美君可能为了今晚筹备很久了。

童美君犹豫道：“别让孩子出去了，要不就……算了吧。”

司启山眉毛一立：“那怎么行！”说罢，他转头忙不迭地赶司湛，“干什么我都给你报销，赶紧去吧，最好看个通宵。”

司湛嗤笑一声，无奈地摇摇头：“行吧行吧，给你们俩腾地方。”

说罢，他拎起童淼的包，低声道：“走吧，哥哥带你看电影去。”

童淼当然明白他们在说什么，于是也不好意思插话，就默默地跟着司湛出了门。

夜风清凉，草香清新，走在街上，倒是莫名地舒服。

司湛出了餐厅的门还在吐槽："年纪不小了，还挺浪漫。"

童淼淡淡一笑。

只要妈妈幸福，她就觉得很满足。

司湛拉着童淼沿着马路走到了公交站点："想去看什么电影？"

童淼摇摇头："不知道，有什么就看什么吧。"

司湛点头："行，那先等车，我在网上找一个。"

他们坐在公交站点的临时座位上，等着公交车过来。

一边等，童淼一边漫无目的地四处张望。

大概是因为此时的天气不似盛夏那般炎热，阑市又地处北方，所以路灯周围的小飞虫也少了很多。

童淼用手压了压裙边的褶皱，轻笑着对司湛道："你觉得现在的场景像不像司叔叔和我妈妈过一周年的时候？"

只不过那时候是童美君和司启山跑出去"看电影",而他们两个待在家里。

也没有一直待在家里，司湛领着她跑了出去。

裹着大衣，顶着寒风，到了一个简易的ATM机前。

她眼看着司湛把十万块钱存进了卡里面，卡的密码是她的生日，然后，他把卡交给了自己。

她自此沦陷。

再回想起来的时候，仿佛就在昨天。

上一次，他们还是如履薄冰，无法将秘密宣之于口的修行者。

这一次，却已经能自然而然地牵起手，彼此依偎。

时间是种很奇妙的东西，它能改变很多事情，变得超乎人的想象。

司湛靠着身后的广告牌，狭长的眼睛弯起，显然也想起了当时的情形。

"你那时候胆子真小。"司湛叹息道。

如果不是他步步紧逼，童淼肯定早就落荒而逃。

不过好在，她总归是给了他一点儿希望，对他动心了。

童淼望着星空，晃了晃小腿，深吸一口气："现在想起来，还是挺浪漫的。司湛啊，你高中的时候怎么就这么会啊？"

这么会把她捏得死死的，退无可退。

司湛伸手捏了一下她的脸颊，哼道："浪漫吧？我可是辛苦了一整年呢。"

童淼歪过头，蹭了蹭司湛的手背："当时是不是忘记跟你说'辛苦了'？"

她脸颊很滑，很软，蹭得他心里发痒。

司湛顿了顿，伸手将她拉到了怀里。

“当时还有件事情忘了做。”

他垂眸，盯住童淼水润的唇，喉结微动，然后轻轻俯下身，箍住她的脖颈，一点点儿地将嘴唇贴在她的唇边。

童淼刚刚喝过橙汁，所以嘴唇上还甜丝丝的，司湛碰了几下，觉得心潮澎湃，浑身燥热。

他微微张开嘴，想要含住童淼的唇。

童淼察觉到了他的想法，不禁微微缩了一下。

正巧这时，等待许久的公交车终于来了。

车灯明亮，照亮司湛的背影，他的睫毛都染上了一层金光，影子将童淼完全笼罩住。

童淼一眯眼，喃喃道：“车来了，别……”

车灯一打过来，肯定能看到他们抱在一起了，这太尴尬了。

司湛有些不悦，慢慢地松开她：“怎么这么不巧？”

童淼假装没听到他的抱怨，赶紧站起身来，理了理衣服走到马路边。

车子停下来，他们上车，投币。

时间还不算特别晚，车上的乘客也不少。

他们找了后排两个没人的座位，坐下了。

离香舍区还有五站。

他们前面坐着两个高中生，一男一女，穿着盛华的校服。

女生长得很漂亮，是那种瘦瘦小小的模样，她正低着头，认真地编一个手镯。

男生看起来有点儿痞，手里把玩着手机，一条腿微屈，半只胳膊搭在窗边。

司湛皱眉，轻声道：“现在不是暑假吗？”

童淼无奈道：“你忘了？假期都是有统一补课的。”

哦。

司湛还真的忘了。

他以前对假期补课也不太上心，大部分的精力都用在了做机器人上，所以很多集体活动都没参加。

有信心得奖之后，他也就更没必要参加什么补课或者竞赛培训了。

女生刚好编完了手镯，是一个黄绿色的带着花纹的小镯子，还坠着两个小铃铛。

她编完之后，得意地拿起来欣赏，还在身边的男生眼前晃了晃。

男生把注意力从手机上移开，伸手夺过她的手镯，在自己的手腕上比了一下。

女生愤愤道："你给我！"

男生蛮不讲理："不给了，归我了。"

女生瞪了他一眼："这是我给软软的生日礼物，你还回来！"

男生撇了撇嘴，霸道地说："不行，为什么我没有？"

女生一边抢，一边回他的话："你又不过生日。"

男生哼了一声："那我过生日的时候你给我送吗？"

女生抢了几下，奈何个子不够高，力气也不大，怎么都抢不过来，只好敷衍道："啊呀，好啦好啦，等你过生日我也送你一个。"

男生逗了她几下，这才把手镯还回去："这还差不多。"

女生一接过手镯，立刻揣进了自己兜里，当场违背约定："我才不送给你！"

男生看着她，露出一丝忍俊不禁的笑，方才冷痞的神色瞬间融化了。

他根本就不是为了要什么生日礼物，大概就是哄着女生多跟他说两句话。

人家越是气急败坏，他就越开心。

童淼情不自禁地一笑，心中感叹，真是小孩子啊。

但也真是美好啊。

少年青涩，还不懂得怎么表达爱意，但眼角眉梢已经隐藏不了心事，将自己暴露了个彻底。

司湛也在笑，仿佛透过面前这两个小孩，看到了自己当年和童淼相处的场景。

他也曾很恶劣，故意地欺负过童淼。

看她愤愤的表情、憋气的样子，就觉得心里很愉快。

看来，每个男生都有过一段"中二"时期，这种"中二"只针对一个人。

那个能忍受他的调戏，看似乖乖软软、好欺负的女孩。

公交车到站，童淼和司湛下车。

香舍区的电影院很多，他们找了最近的一家，买了一桶爆米花，买了最近还算火的惊悚片的票。

电影的内容跟《异形》差不多，是讲几个宇航员在太空发现了新物种，在培养的过程中出事，一个个被那个章鱼形状的怪物杀死，经历了一系列惨痛的分别，最后逃回地球的故事。

惊悚的点，大概就是章鱼外星怪杀人的过程。

挺血腥的，挺吓人的。

放映厅里传来一阵阵惊呼，有人甚至提前捂住了眼睛，略去那些接受不了的场景。

童淼倒是很平静，一边抓着爆米花吃，一边聚精会神地看着电影。

司湛的心思不在电影上，他时不时地低头看表，想着司启山和童美君什么时候能约会完事。

他可不想看通宵的电影，而且现在带童淼去宾馆也不太合适。

不然他们是住一间还是住两间呢？

好在电影结束之后，司启山给他发了一条消息，告诉他可以回来了。

司湛长长地出一口气。

回去的路上，童淼难得有些八卦地问："你说，妈妈和司叔叔都做什么了？"

司湛揽住她的腰，不怀好意地笑："这么想知道啊？不然我们也体验一下？"

童淼一时语塞。

那还是暂时不知道吧。

一个暑假过得充实又繁忙，再次回到学校，童淼就已经成了大二的学姐了。

陈可卿和蒋玉茹这两个有社团的，在开学这几天忙得不可开交，她们也和当初的部长们一样，要参加纳新、面试、聚餐、策划活动。

相比之下，童淼轻松太多了，她每天有大把的时间泡在图书馆里，看些杂七杂八的资料。

上大学之后，或许是有了读外文文献的需求，童淼的英语水平也渐渐上来了，虽然她的口语还是不怎么样，但是阅读完全没有问题。

其实她也意识到了，自己懂得越来越多，思考问题的角度也越来越专业了。

她慢慢地对中医学这个方向有了清醒的认识，甚至还自己研究了穴位。

即便她日后的主攻方向是临床，但她从不敢忽略中医的重要性。

阑市中心医院里，她认识的一个叔叔，就是自己研究的中医学。

当时医院里接诊过一位严重食物中毒的病人，吊瓶、吃药全都控制不了脱水。

眼看着病人就要休克，有生命危险了，最后是这位叔叔用针灸给控制住的。

也是因为这件事，中心医院开设了中医门诊。

所以她觉得中医、西医没有优劣之分，只要能治好病，就是好医生。

晚上十点，图书馆打铃关门。

童淼伸了伸懒腰，把书放回去，收拾好了自己的书包，往图书馆外面走，司湛打来了电话。

他语气愉悦道：“在哪儿呢？”

童淼站在台阶上，靠着图书馆的石墙，晃了晃小腿，踢走脚底下的石子。

“图书馆呢。”

司湛温柔地说道：“怎么又待到这么晚？学校里最近进了施工队，你一个人这么晚回去太不安全了，等我去接你。”

童淼满不在意，笑着嘟囔道：“这可是大学校园里面，哪有你说的那么可怕？”

校园，总给人一种格外安全的错觉。

此时天空一片墨黑，温度是让人舒适的二十多度，不太看得见星辰，但校园里的路灯不少，星星点点的，像散落了一地的萤火虫。

她猛地嗅了一下，空气中有股浓浓的青草香气。

挺沁人心脾的，帝都难得有这么好的天气。

图书馆这条路四通八达，很宽阔，但是越走，人越少，大部分学生这时候都聚集在操场。

清华社团很多，也有在操场聚会的传统。

几个人围成一圈，点一盏灯，嘻嘻哈哈地笑成一团。

夜跑的人也不少，大概是因为每年三千米和一千五百米的跑步考核，使得所有人都不敢懈怠，时常锻炼身体，毕竟对他们来说，健康才是革命的本钱。

童淼沿着大路往操场的方向走，本科生的宿舍临近紫荆操场，一边走，她一边和手机里的司湛闲聊。

“我正往宿舍走呢，你在路上迎我吧。”

司湛那边传来轻轻的喘息声音，嗔怪道：“不是说让你等我吗？”

“图书馆都要关灯了，大家都走了，这条路我熟，没事的。”

“我现在在校门口，马上赶到你那里，你慢点儿。”

司湛特意从公司跑回来，护送童淼回宿舍。

近些日子，学校大兴土木，要新建一个法学院图书馆，进来的施工队不少，人员也杂。

虽然有保安队在校园里巡逻，但是清华太大了，总有看不到的死角。

一旦有人心怀不轨，连找人帮忙都难。

他把陈冬留在公司，自己一个人匆匆往校内跑。

童淼边走边看，终于临近施工场地了。

那地方用蓝色的铁皮围挡围着，里面还传来叮叮咣咣的敲打声。

司湛从手机里听到了声音，皱了皱眉：“怎么还是走得这么快？”

童淼深吸一口气：“好香啊司湛，是不是紫荆花的味道啊？”

空气里果真有股香味儿，她朝着香味儿飘来的地方走了两步，狠狠嗅了两下。

一低头，看见两个蹲在马路牙子上的工人。

他们没说话，也没抽烟，就那么安静地蹲着，吓了童淼一跳。

在寂静的夜色里，突然发现自己面前蹲着两个人，正沉默地打量着自己，任谁都会吓出一身冷汗的。

童淼抿了抿唇，僵硬地移开了目光。

他们或许累了，正蹲在路边休息，累得连一句话都不想说。

哪怕这么想着，童淼还是机警地往和他们相反的方向走了几步，尽量拉开距离。

那两个人的目光一直盯在她身上，借着隐约的夜色，她能察觉到他们转头的动作。

童淼心中一颤，不由得喃喃道：“司湛，你到哪里了？”

司湛还在跑，回应道：“已经到图书馆了，马上到你身边。”

童淼放下心来，她走得并不远，司湛很快就能找到她。

她今天穿了一条小短裙，露着一双又细又直的腿，原本一直觉得挺清凉，现在反倒有点儿起鸡皮疙瘩了。

她又紧走几步，想离那两个人更远一点儿。

谁想那两个人站起身来，往前走了一步。

目光依旧落在她身上。

童淼的脑袋里嗡了一声。

她迅速地观察附近的环境，那两个工人蹲的地方真隐蔽，如果方才她没有去闻香气，大概根本察觉不到他们。

他们身后就是一片茂密的树林，阴森森的，要是拖个人进去，肯定不会被发现的。

其中有个人朝她的方向指了指，发出两声低低的笑声。

笑过之后，他身子一倾，准备朝童淼的方向迈一大步。

然而脚还没落地，就听后面一个洪亮的男声道：“小卷毛！”

他的脚僵硬地落下了。

童淼猛然回头，一颗心彻底放回了原位。

司湛很快跑到她身边，伸手揽住了她的肩膀，然后充满敌意地望了那两人一眼。

那两个工人摸了摸鼻子，灰溜溜地走了。

童淼挂了电话，缩在司湛怀里，靠着他结实的手臂，心虚地说道："吓死我了。"

司湛低头，咬牙道："你还知道怕啊！"

他真的恨不得咬她一口，让她这么不把安全当回事。

如果今天晚上真的出事了，司湛一定恨不得杀了自己。

童淼软绵绵的手轻轻地拍了拍他的胸口，糯糯地道歉："我知道啦，以后一定会小心的。"

司湛顿了顿，声音放缓："要不以后晚上去我公司自习吧？虽然地方不大，但是挺安静的，都是一群程序员，个个都在埋头干活，也不会打扰你。"

童淼犹豫了片刻："这不好吧？人家会不会说你假公济私？"

司湛轻笑："你老公就假公济私了。"

童淼的脸骤然一红，舔了舔湿润的红唇，嘟囔："你别乱叫，我们还没结婚呢。"

"早晚的事。"

司湛一直把她送到宿舍楼门前，这里已经很热闹了，有不少夜跑回来的学生，穿着运动裤，擦着汗，说说笑笑，还有一起讨论课题报告的人，站在几辆自行车边上，把课题资料摊在那里，一边拍着蚊子一边高谈阔论。

童淼站在门口，转身对司湛道："我进去了，你也早点儿休息，别太累了。你们专业也挺忙的，创业也不急于一时。"

司湛摸了摸她的脑袋，把她拥在怀里，伸手拍了拍她的后背："我知道了。"

两人依依不舍地道了别，童淼慢吞吞地蹭回了宿舍。

陈可卿和蒋玉茹已经回来了，正坐在椅子上讨论着什么。

陈可卿的头发湿湿的，显然刚刚洗过澡。

童淼一推门进来，陈可卿就朝她招了招手："童淼，班主任让填一份表，我给你放桌子上了。"

童淼眨眨眼："什么表呀？"

"你看了就知道了。在评贫困生呢，非要班里同学打钩。"蒋玉茹一边咬着苹果一边晃悠着椅子。

童淼回到自己座位上，放下书包，拿起那张表格看了看。

表格一共有四张，上面是每位贫困生申报者的资料，资料下面是要勾选"是"与"否"的项目，长长的一大串。

大学就有一样不好，那就是乱七八糟的表格、活动实在太多，动不动就要全班都填，全班必须参加。

其实除了有些专业课在一起之外，同学之间见面的时间并不算多。

童淼不是爱热闹的性格，所以同班一年了，和班里大多数同学的交情也仅仅是见面友好打招呼的程度。

而且人家申报贫困生，也不希望让全班的同学都知道，再评价一番啊。

童淼觉得，这个做法有点儿伤人自尊。

她一边看一边坐在了椅子上，问道："你们都是怎么填的？"

陈可卿笑了："还能怎么填？闭眼打钩呗，都是同学，还能怎么样？"

童淼点了点头，从书包里抽出笔，听话地开始打钩。

她这边忙碌着，那边陈可卿和蒋玉茹却已经聊起来了。

"不是我说，班主任自己心里没有点儿数吗？她可以去问导员啊，让我们勾什么？我们要是真打了叉出来了，她是不是还得来找我们谈话了解情况？"

蒋玉茹压低声音："反正也是在宿舍里，我就随便说说了。那个秦苗，她有什么资格申请贫困生啊？看着资料里面写得挺惨的，可我觉得她过得一点儿也不惨。"

陈可卿冷笑一声："苹果最新款买得比我还早呢，我还等着香港的朋友给我代购，能便宜点儿，人家朋友圈都已经晒上了。"

"对啊，有次我和我高中同学去大悦城逛街，看见秦苗在逛奢侈品店。啧啧，那种地方我都不敢进去的好不好。"

陈可卿八卦地问道："你们说她哪儿来的那么多钱啊？看她资料上写家里是农村的，父亲去世，母亲一个月工资只有几百，底下还有两个弟弟。"

说罢，陈可卿撇了撇嘴。

一个月几百块的工资，养活一家四口人，实在难以理解。

蒋玉茹摇头："谁知道呢！童淼，你觉得呢？"

童淼笔下一顿，抬起头笑了笑："我跟秦苗也不太熟啊，不太知道她的私事。"

但其实班里的同学彼此之间都是有微信的，或多或少看过秦苗的朋友圈，怎么都不会将她跟贫困生联系在一起，因为从她平时的生活来看，她明明过得比学校里的大多数人都要好。

不过童淼不愿意招惹是非，既然大家都打了钩，那她也会如此。

正巧她填到了秦苗这一张。

资料里的秦苗真像是一棵遭受凄风苦雨的小白菜，看得人忍不住想要给她资助。

“你说秦苗会不会有金主啊？就是那种。”蒋玉茹挤眉弄眼道。

不然她也想不出什么正当的理由了。

陈可卿嘟了嘟嘴，摇摇头：“得了吧。秦苗长得一般，谁能为她这么一掷千金？而且她对学习多上心啊，就那么一点点儿的综测考评分，她都不舍得放弃。你都不知道我们班委在计算分数的时候，她天天去导员办公室找啊，这也要加分，那也要加分的，连个不知道哪儿来的啦啦操比赛的奖项，她都要分数。”

蒋玉茹道：“服了服了，我就说她平时成绩明明没有那么好，为什么综合测评排得还不低，原来是这么回事啊。”

陈可卿道：“她哭哼哼的模样，导员都受不了，被她磨一磨，分数就给她加上了。而且她这种奖可多了，我算了算，差不多加了 1.2 分，一下子把咱班十多个人压下去了。”

蒋玉茹愤愤道：“气死我了！真是会哭的孩子有奶吃。”

“她的目标是国奖呢！你都不知道，她每天往办公室跑，盯着童淼的成绩算啊算，要不是知道实在追不上了，估计不知道又能从哪儿弄出几个奖来。”

童淼没想到这件事又牵扯到了自己，莫名觉得有点儿尴尬。

她从小到大成绩都好，这是天赋，别人想超过她还真的挺难的。

但是她没想到，原来大学里面也是这样在乎成绩的。

陈可卿解气道：“我看她失望的样子，我都乐坏了。”

童淼此刻已经把秦苗的那张表格勾完了，都整理好，递给陈可卿：“好了，给你。”

陈可卿小声问道：“童淼，你想不想知道有谁给秦苗打了叉呀？”

童淼一顿：“不是说大家都打钩的吗？”

陈可卿得意道：“总有刚正不阿的嘛。你看，秦苗把自己的朋友圈炫富照都给删了，就是怕被人抓住把柄。可能她也没想到，大学评贫困生这么麻烦。不过我截图了，哈哈。”

童淼眨眨眼睛："那打叉真的会对评选结果有影响吗？"

陈可卿摇头："那我就不知道了，这都是导员定的。哎，虽然说是不记名的，但是咱班同学的笔迹我可是都记得呢，男生里面有……"

她这句话还没有说完，宿舍的门突然被人推开了。

秦苗的脑袋探了进来。

陈可卿的脸色一白，童淼和蒋玉茹的表情也僵住了。

秦苗狐疑地打量着她们，软软地问道："可卿，贫困生打分的表格是都交到你这里来吗？"

童淼和蒋玉茹对视一眼，童淼默默地回了自己的座位，开始收拾书包。

陈可卿很快恢复了自然，淡淡地说道："是啊。"

秦苗抿了抿唇，小声道："我可以看一下吗？"

陈可卿蹙眉道："这样不太好吧？毕竟你是其中一个。"

秦苗赶紧点头："我知道的，但是我平时和咱班有几个同学关系不太好，我有点儿担心。"

陈可卿皮笑肉不笑："是吗？可惜我这里还是不能给你看啊。不过你放心吧，结果挺好的。"

她心说，你跟咱班谁关系好过了？

秦苗小声嘀咕："真的啊？那太谢谢你了。"

她虽然这么说着，可一直在门口赖着不走，犹犹豫豫的，就是想看一眼。

气氛变得有点儿僵。

秦苗又冲着蒋玉茹道："玉茹，你给我填过了吧？"

蒋玉茹从一本专业书里抬起头，茫然道："啊，什么？哦哦哦，我填过了。哎，肚子有点儿疼，我去上个厕所。"

秦苗又把目光投向童淼，笑着道："童淼才回来啊？学习真刻苦啊，怪不得成绩这么好。"

童淼被她夸得浑身不舒服，只能点头道："也没有一直学。"

秦苗挑挑眉："那你给我填完了吗？"

童淼长长地呼出一口气，捋了捋长发："填过了。"

她爬到床上，把自己的睡衣给取了下来，然后看向秦苗："我要换一下衣服，你能帮忙关一下门吗？"

秦苗微怔，这才依依不舍地退了回去："哦，好的。"

她总算走了，陈可卿长长地舒了一口气，笑道："还是你有办法。"

童淼本以为这件事就这么过去了，谁知还远远没有结束。

之后的几天，她吃完晚饭就去司湛公司自习，等司湛忙完结束，他们再一起回学校。

司湛的公司空间的确不大，毕竟北京寸土寸金。

司湛是个比较讲究环境的人，他自己填了不少钱，简单地装修了一下，尽最大的可能利用空间面积。小小的办公室装修得简洁大方，摆了好几盆绿萝。

童淼来了之后，司湛在自己的办公桌上给她腾了个地方。

两人就像高中同桌似的坐在一起，一个忙着在电脑上敲敲打打，一个低着头，专心学习医学知识。

司湛这几天的心情都十分愉快，有童淼在身边，再磨人的项目似乎都没那么让人烦躁了。

陈冬那边又接了两个新单子，如果做成了，他们会得到一大笔酬金。

司湛想给公司的几个哥们放个假，毕竟大家都辛苦了这么久，一边忙着学业一边又要工作，纷纷累出了黑眼圈。有两个还差点儿就挂科了。

周五那天晚上，事情不多，司湛早早地干完了工作，准备带童淼去电影院看场电影。

他们很久没约会过了，虽然天天都见面，但是年轻人的生活里，总是需要一点儿浪漫的。

结果还没下楼，童淼突然接到了导员的电话。

她皱了皱眉，赶紧跑到一边的水房，接起电话："导员？"

"童淼，你有工夫到我办公室来一趟吗？"

童淼有些莫名其妙地转了转眼睛："今天吗？"

她还要看电影呢。

"对，你要不来现在一趟吧。"

这话说得有些坚决了，不容许她拒绝似的。

童淼咽了咽口水，犹豫道："那……好吧。"

按理说，她既不是班委，又不喜欢参加比赛，导员一年都不见得会找她一回，到底能有什么事呢？

她挂了电话之后，回到屋里，把这件事和司湛说了。

挺扫兴的，两个人电影票都买好了，还是童淼挺期待的一部国外大片，座位也不错，就这么白费了。

“要不你去看了吧，别浪费票。我这边要是结束得早，就去找你。”

童淼晃了晃他的胳膊，眼神里带着些歉意。

如果不是特殊情况，谁也不愿意得罪导员，所以这一趟她还是得去的。

司湛沉默了片刻：“这么晚了，我陪你去。”

“好吧。”

童淼只能同意了。

他们之间不需要委婉客气，所以司湛一说，童淼就答应了。

司湛刚洗完澡，头发还湿淋淋的，贴在鬓角眉梢。

他原本肤色也偏浅，但以前经常打篮球，倒晒成了小麦色，现在成天待在办公室里，硬生生比以前白了几个色度。

司湛披了件外套，他们就匆匆下楼了。

没干的头发被风撩起来反复吹刮，等赶到导员办公室时，已经差不多干了。

等到了门口，童淼朝司湛使了个眼色，示意他在一边等一会儿，然后自己去敲了敲门。

“张导？”

“进来。”

司湛靠着墙，手撑在门口堆放的破桌子上，目送童淼进去。

门没有关严，办公室里透出些许灯光。

走廊的声控灯熄灭了，司湛也没出声唤醒，只是安静地站着，仿佛不存在一般。

童淼拘谨地捏着裤子，舔了舔嘴唇：“您找我什么事啊？”

导员揉了揉眉心，冲她苦笑了一下：“我想跟你商量个事。”

童淼点了点头，表示洗耳恭听。

导员轻咳了一下，拿出一份年级成绩大榜：“是这样，你不是咱们这届的第一名吗，按理说国奖应该给你，我也给你报上去了。”

这件事童淼知道，当初班委统计出成绩后，陈可卿就恭喜过她了——按学院一贯的传统，国奖肯定是要给成绩最好的人的。

“然后呢？”童淼轻声问。

她知道重点肯定在后面。

哪怕现在她其实并不那么在意荣誉和奖金了，听到这种犹豫的语气，心里还有些不是滋味。

“但我不知道你还申请了陈默奖学金，现在你那个奖学金也被团委老师评上了。”导员语气里多少有些抱怨。

陈默奖学金？

童淼皱了皱眉，她从来没申请过什么陈默奖学金，她甚至都不知道还有这个奖学金可以申请。

“你可能不知道，学院这么多年都没有给一个人颁发两个奖学金的传统，所以……现在有点儿难办。”导员用钢笔敲了敲桌面。

童淼脸色变得有些冷了，她抬起眼睛，正色道：“我没有申请过陈默奖学金，不知道是谁用我的名义申请的。”

导员倒是不怎么惊讶，似乎多少知道一点儿内情。

他轻咳一声：“这个吧，可能是董教授那边觉得你很优秀，就给你申请了。之前也没事，但是学院公示之后，有人把你给举报了。”

童淼眼睛微眯，手指攥了起来，不确定地问了一句：“举报？”

“是，有人举报董教授利用私权，把奖学金给了你，而且质疑学院没有把这个奖学金的申请发到各个班级群里面，现在意见挺大的。尤其是你后面这个同学，是个贫困生，你懂吧？你拿两个奖学金，挺不合适的，对董教授的名声也不好。”导员斟酌了半天，老老实实地用不那么委婉的语气，把这里面的弯弯绕绕都说明了。

童淼眼底微沉，再抬眸时，已经满是戒备和疏离意味。

“我能知道是谁举报的吗？”

导员晃了晃笔，遗憾地说道：“我知道是谁，但是抱歉，不能告诉你。”

不管这个举报是不是鸡蛋里面挑骨头，他们都有替举报者隐瞒身份的义务。

童淼沉思了片刻：“所以你是想我放弃国奖吗？毕竟董教授提名的奖，你也不敢撤下去吧？”

导员长长地舒了一口气：“其实陈默奖学金和国奖奖金差不了多少，都是荣誉。陈默奖学金还更难申请呢，两届学生里面才选出一个，你想想有多困难。

你拿了这个奖，将来对你找工作啊什么的都有好处，含金量要比国奖高得多。哦，对，陈默奖学金是一万块钱，国奖是八千块钱，我建议你选择陈默奖学金。

八千块钱其实也不算多，但对一个贫困生是很大的帮助呢！可能人家就不用去勤工俭学，有更多时间学习了。你们都是一届的同学，吃点儿亏也能交个朋友。”

那个排在童淼后面的贫困生，就是秦苗。

这话在吃瓜群众听来，稀泥和得挺好，导员甚至连选择都给出来了，好像她必须在这两个里面选择一个似的。

她不想被道德绑架。帮助贫困的同学当然是好事，但也不能建立在自己委曲求全的基础上。

事实上，她完全是被无辜拉入这个旋涡的。

奖学金是董诚给她申请的，因为知道这个奖学金的名声好，将来作用大，但能够评上，完全是凭她自己的成绩。

凭什么被举报之后她就要放弃？她的成绩是假的吗？

而且最重要的是，秦苗真的需要国家奖学金的八千块钱吗？

童淼的心情很复杂，有些气愤，同时又有些委屈。

什么对董诚的名声不好，什么帮助同学，交个朋友！为什么就不能站在她的立场上考虑一下？

“两个奖学金，一个都不能少。”

办公室的门被人蛮横地踢开了，司湛冷着脸从外面走进来，大门上还留着一个浅浅的鞋印。

导员吓了一跳，他没想到门外面还有人。事实上他跟童淼谈的这些事情，最忌讳被多余的人知道。

举报到团委是小事，他们内部调节一下，大事化小，小事化了，但一旦调节不成功，举报的人闹到院长那里，对他和他的领导都不是什么好事。

不管他们做得对或者错，上面都会怪他们连个奖学金都评不好。

里外不是人。

“你是哪儿的学生？有你什么事？”导员恼羞成怒，从座位上站了起来。

“你管我是哪儿的？但你要是敢逼她把奖学金让出去，你试试。”司湛声音低沉发狠，难得又透露出高中打群架时候的野性。

“你这是混淆视听，污蔑辅导老师！我什么时候逼她让出去了？我这是好好讲道理。你到底是哪个专业的？这么没有教养，干扰学生工作，还敢威胁我！”

司湛勾唇一笑，眯了眯眼，单手抓住童淼的手腕，警告道：“不然你就试试看。团委让你出来当枪，你也得看看打的是不是兔子。”

第 36 章

司湛不由分说地把童淼拉出了办公室，留导员一个人在办公室里面目瞪口呆。

“司湛，他毕竟是老师啊。”童淼方才虽然心里憋气，但仍然忍着没有发作，就是顾及这层师生关系。

“做学生工作的和老师是两个概念。他大半夜地找你谈，就是因为这件事见不了光。”司湛把外套披在童淼身上，细心地紧了紧。

“我倒是不怕得罪他，我心里是情愿把奖学金让给贫困生的，只是这种方式让人难以接受。而且那个贫困生……似乎也有点儿问题。”童淼轻声道。

和司湛在一起这么久，她也渐渐地有了些变化，个性要比以前强硬得多，不会吃了亏就只会往肚子里咽。

“贫困生有国家补助，还能申请助学金，虽然这次董诚自作主张给你争取了这个机会，但你完全没有必要为此负责。”司湛推着车子，单手插在裤兜里，跟着童淼的步速慢悠悠地往宿舍走。

“对了，还有那个举报的人，我心里始终别扭。”童淼皱了皱眉。

她头脑清醒地筛查了一遍，能恨她恨到处心积虑，又知道她和董诚关系的，大概就只有那个人了。

可她没有证据，连找崔念对质的基础都没有。

她想了想，对质又能怎么样呢？人家就是恨董诚，巴不得董诚身败名裂，只是随手利用她一下罢了。

她日后还会揪着董诚的其他的弱点，像毒蛇一样咬住不放的。

想想这样睚眦必报的人日后要做医生，童淼就不禁发起抖来。

好在导员再也没来找她深谈过。

倒是董诚来找过她一次。

董诚大概知道，给童淼发消息约地点，童淼是一定不会赴约的。

所以他特意等在了她上必修课的教室门口。

那天下了雨，董诚拎了一把伞，裤腿上有些潮湿，被他挽了起来。

童淼一出门就看到了靠在窗户边上的董诚。

他的伞尖正在滴水，滴滴答答的，在水泥地板上汇成一条小水流，借着轻微的坡度，蜿蜒下流。

董诚推了推眼镜，朝她笑了笑。

童淼脚步一顿，想要绕开他走。

周围的同学看着窗外的天气，担忧地说道："下雨了啊，怎么办呀？"

"对啊，我特意看了天气预报，没说会下雨啊。"

"大家都没带伞吧？那只能等雨停了再走。"

……

教室里面拉着窗帘，开着灯，都不知道什么时候下的雨。

见到董诚淋湿的裤腿，童淼这才发现，雨下得还挺大。

董诚挡在童淼面前，低声道："哝……同学，你跟我过来一下。"

他差点儿叫了她的小名，幸好及时止住。

但生硬转换的同时，两个人的脸色都不是很自在。

童淼只想冷笑。

反正无论何时，无论表现得多么愧疚，多么想要补偿她，董诚都不可能在公共场合承认她的。

好在，她早已不屑他的承认。

董诚也在心里默默地叹气。只是现实所扰，他实在无法承认童淼是他的女儿。

他现在已经有了一个完美的家庭，总不能打破了一个，再打破另一个。

"我有点儿事想麻烦你。"

当着那么多同学的面，童淼也不好当场拒绝。

她只得跟着董诚走到了楼梯的角落。

因为下雨，所以天色很阴沉，空气里带着浓郁的雨腥味儿。

狂风透过窗户的边角呼啸嘶吼着，把细碎的雨珠带到走廊里来，地面湿了小小的一圈。

“什么事？”

童淼提了提背包，抬眸望着他。

董诚摸了摸鼻尖，思忖片刻，这才软声道：“以后有什么事情，你可以跟我说，不要自己扛着。哪怕是讨厌我，多利用利用我不好吗？趁爸爸现在还可以给你利用。”

董诚说着说着，不禁苦笑出声。

童淼诧异地眯了一下眼睛，然后摇头：“我没遇到什么事情，也不用麻烦你。”

董诚想要伸手摸摸她的头发，但在半空中硬生生地止住了。

“别置气，哝哝，我什么都愿意为你做。”

童淼垂了垂眼睛，低声道：“我走了。”

“哎，外面下雨了，你没带伞吧？”

童淼微顿：“没关系。”

她的确没带伞，不过可以待在教室里等司湛来接她。

董诚却坚持把自己的伞塞到了童淼手里。

“打这把吧。女孩子淋到雨要感冒了。”

他在给童淼塞雨伞的时候，不慎碰到了她的手。

董诚的反应倒是比童淼还仓皇，触电似的把手指缩了回来，不自在地在掌心揉搓了片刻，这才喃喃道：“爸……爸爸先走了，你注意身体。”

雨伞的手柄上，还带着董诚掌心的温度，烫得童淼几乎要握不住。

这是一把很好、很旧的雨伞。

伞柄还是弯起的，但已经有些脱色了，大概时常被人摩擦着，所以握手的地方，隐隐留下了两个手指按捏的痕迹。

伞面也有些年头了，被伞骨支撑的地方，清晰可见地留下了一条淡黄色的锈迹。

董诚这个人，大概从小勤俭持家惯了，所以对自己很不大方。哪怕他现在赚着数倍于以前的工资，还是不舍得丢掉一个老物件。一旦有什么坏了，他宁可找个修理店修一修，也不觉得有必要买新的。

这把伞的年纪，都快有童淼这么大了。

衣服他也不舍得扔掉。比如这件长袖衬衫，一定是洗了又洗，穿了又穿，但只要还能穿着，他就想不起来给自己买一件新的。

实在洗得缩水了，穿不了了，他也会遗憾地收起来，寄希望于孩子长大了再穿。

可惜童淼是个女孩，是没办法捡他的衣服穿了。

也幸好，他现在有了个儿子，终于能够继承他的衣钵了。

童淼皱着眉，想要把伞塞回给董诚。

董诚的喉结动了动，又重复了一遍："那爸爸走了。"

童淼的动作停住了。

他一共重复了两遍"爸爸"，仿佛在童淼心里捶了两拳，又闷又疼，难受得她抬不起手来。

董诚的眼睛不自在地看向一边，似乎在等着童淼跟他说句告别的话。

可惜什么都没有。

童淼平静地僵站在原地，连表情都没有换一下。

董诚眼底小心翼翼的希冀终于变为苦涩的泡影，于是他面朝着童淼，默默地向后退了两步，然后一转身，消失在走廊尽头的楼梯口。

童淼喉咙一紧，嘴唇紧紧地抿了起来。

外面的雨依旧很大，细密地敲打着窗棂，然后汇成一条条的支流，冲刷着曾经沾满尘埃的玻璃。

恍惚间，外面的景象似乎更清晰了。

雨好大啊。

童淼默默感叹着。

教学楼前的石板路已经积满了污水，水滴砸在地上，再升腾起朦胧的白雾。

突然，她的眼前出现了一个奔跑着的身影。

那人用单臂遮在额前，狼狈仓皇地从教学楼口向地下车库跑去。

很快，他身上淡蓝色的衬衫就被雨水打湿了。

轻薄的布料紧紧地贴在他的身上，淡蓝色也被雨水沾染成了深蓝色。

童淼这才发现董诚有多瘦。

他似乎一直都没什么肉，以前是，现在更是。

衣服湿透，紧紧地箍在身上后，她几乎能看清他凸起的脊骨。

董诚原本就潮湿的裤腿现在更是湿透了，两条腿好像圆规一样细瘦。

他的身影隐没在了地下车库的入口，在白惨惨的地面上，留下两行湿漉漉的脚印。

也对，董诚毕竟是协和医院的骨干栋梁，平时除了来学校上课，大部分时间都是在医院接诊。

或许很快，他就有一个长达几个小时的手术。

所以他没有时间留在这里等雨停，只能跑出去让自己淋成落汤鸡。

童淼仔细地想了想，董诚有没有大方的时候呢？

还是有的。

那时候她还小，董诚拉着她的手，第一次带她去游乐场玩。

游乐场里自然有卖玩偶、纪念品的地方，一个个花花绿绿的，特别可爱。

童淼和所有其他的小朋友一样，也想要。

但董诚和童美君那时候的日子过得不怎么样，买一个华而不实的玩偶对他们来说，太不节俭了。

这实在不符合董诚的消费观。

然后呢？

他买了。

他和童淼一样，盯着那些花花绿绿的玩偶看了半天，然后仔仔细细地数好了钱，买了一个最小、最便宜的。

但哪怕是最小的，童淼当时也觉得很兴奋了。

可惜或许正是因为太小了，所以搬家的时候，就不知道丢到哪儿去了。

有些东西，一旦丢了，哪怕是翻遍整座城市的垃圾桶，都再也找不回来了。

即便是找回来，它承载的也再不是当年的兴奋和感动了。

童淼拎着那把伞，拉紧了外衣的拉链，低垂着头，默默地往楼下走。

走到大厅里，才发现大家全都围在门口，谁也没出去。

“雨太大了，根本走不出去啊！”

“我看天气预报说，这雨要下到下午三点呢。”

“不是吧？我还没吃饭呢，快饿死我了！”

“吃饭算什么？我下午还有课啊，在三教呢！”

“难不成就一直在这儿待着啊？”

“等雨小一点儿再走吧。”

……

大家一边担忧地望着天空，一边絮絮叨叨地闲聊。

童淼挤过人群，向前踏了一步，伸出手掌去接雨水。

豆大的雨珠砸在她的手心里，竟然还有些分量。

她举着的手臂晃了晃，才慢慢地缩回来。

雨水乘着风势，掠到台阶上，打湿了童淼的小白鞋。

蒋玉茹道：“童淼，你看什么呢？”

陈可卿也道：“赶紧进来吧，现在有雨伞也不行，几秒钟就湿透了。”

其实她们俩都知道，童淼早晨来的时候是没带伞的，现在突然有了伞，刚刚董教授却狼狈地跑了出去。

这把伞是谁的，就不言而喻了。

可她们俩百思不得其解的是，董教授为什么这么照顾童淼，宁可自己被雨淋着也要把伞给童淼呢？

难不成他已经知道，童淼是这届的年级第一了？

这是在爱护学霸？

童淼回过神来，眼睛却望向了董诚离开的方向。

她深深地吸了一口气，突然抬腿，大步迈进了雨里。

雨水铺天盖地地倾泻下来，瞬间就打湿了她的头发。

蒋玉茹惊呼：“童淼，你干什么啊！”

“快回来啊，你！”

童淼没听她们的。

她拎着那把伞，从容地走进了雨里。

衣服很快就被打湿了，黏糊糊地贴在她的身上，好似绳索，勒得她喘不过气来。

雨水浇得她快要睁不开眼睛，鼻间全是那股浓郁的雨腥气。

真难受啊。

一脚踩进水坑，连鞋里面都进了水。

她依旧从容不迫地向前走着，走两步就用手擦擦脸上的雨水。

“走吧，人家妹子都出去了。”

“对啊，早晚都得湿，还等什么呢？”

“浇完回宿舍换衣服不就得了！”

“走走走，不等了！”

……

有童淼打头阵，那些男生们也开始蠢蠢欲动，接二连三地踩进了水里。

他们刚一冲出教学楼，便立刻抱着脑袋，疯狂地四散跑开。

从教学楼里跑出来的人越来越多，很快他们就超越了童淼。

童淼蹚着水，从容不迫地往前走。

不知有没有走出两百米，突然，她觉得头上好像没有下雨了，耳边却传来雨水敲打伞面的砰砰声。

她立刻转回头去看。

司湛撑着一把伞，放在她头顶，无奈地看着她笑。

童淼喃喃道："司湛？"

她才想起来，司湛说过要来接她的。

她怎么都给忘了？

"傻瓜。"

司湛的语气有些低沉，一把拉过童淼的胳膊，把她抱在了自己胸口。

他的目光顺着童淼湿淋淋的头发一路下滑，定格在那把其貌不扬的雨伞上。

童淼是没有这种老式雨伞的，这把伞是谁的，不言而喻。

童淼把冰凉潮湿的脸贴在他干燥的衬衫上，很快就染湿了他的衣服。

但司湛毫不在意。

他将童淼搂得更紧了些，温热的手掌抚摩着她的背，轻声问她："冷不冷？"

童淼在他怀里摇摇头，呢喃道："我不欠他的。"

董诚把伞给了她，自己去淋雨。但童淼偏不接受他一点儿恩惠，偏不让他有一丝一毫的心安。

司湛叹了口气："怪我，我没想到他会来找你。"

奖学金那件事，毕竟是董诚折腾出来的。

未经童淼允许，就以她的名义申请了陈默奖学金。

童淼面临的刁难和挣扎，董诚不该一无所知。

他不仅要知道，而且要负责。

司湛找到他，跟他说这件事的时候，语气并不是很客气。

但董诚应承了。

他虽然一直看司湛不顺眼，但说到底，两个人都是真心为童淼好。

学校行政工作的弯弯绕绕，董诚之前也没接触过，他根本没想到童淼会被道德绑架。

除了气愤，董诚甚至还有些振奋。

他终于，有一个正大光明的理由去见童淼了。

所以今天他才会冒着雨过来，等在童淼的教室门口。

童淼贴着司湛的衣服摇了摇头："不怪你。"

司湛轻轻地扶正她的身子："现在天气也不是那么热，我送你回宿舍，赶紧把湿衣服换下来，别感冒了。"

看着他眼底的关切，童淼弯眸笑了，可笑了片刻，又莫名有点儿失落。

董诚似乎也提醒她不要感冒了。

但当时她没有半点儿轻松愉悦感，反倒浑身像被辣椒水泡着那么难受。

“我不会感冒的，我自己就是医生啊。”

童淼被司湛揽着肩膀走。

他尽可能地把自己的体温传给她。

“哼，才学一年的医生。”司湛半开玩笑半生气道。

童淼反正也淋湿了，干脆不管不顾了。她从司湛的伞下挣出来，睁大眼睛盯着他：“你质疑我的学习能力？”

司湛一用力，再次把她禁锢在自己怀里，逃都逃不出去。

“我不质疑你的学习能力，我质疑你的免疫能力。”

童淼无以辩驳了。

她的免疫能力的确不怎么争气。

童淼一回到宿舍，就立刻把湿衣服换了下来，扔进了洗衣筐。

学校水房的热水还没开，但身上的雨水不能不洗，她没办法，就端着洗脸盆，拿着毛巾，拎了一壶昨天晚上打的热水，去楼下擦洗。

整个淋浴间里就只有她一个人。

童淼找了个小角落，把热水和凉水混了混，沾湿毛巾，给自己擦身子。

热水太少，她不舍得用，所以擦身子的水也是半凉的。

好不容易囫囵擦了一遍，被浴室的穿堂风一吹，童淼狠狠地打了个喷嚏。

她端着盆子，身子轻轻地发抖，快步跑上了楼。

等她顶着湿淋淋的头发冲进房间，才发现自己的手机一直在振动。

童淼咽了咽口水，把手里的东西放下，拿起手机一看，才发现司湛给她打了好多电话。

她连忙接起来，司湛的语气依旧很温和：“干什么去了？”

“擦了一下身子。”

童淼一边说，一边揉了揉鼻子，隐约觉得声音有点儿瓮声瓮气的。

司湛叹气道：“洗得好吗？本来想让你带上干净的衣服，去附近宾馆洗一下呢。”

童淼当然不愿意那么麻烦：“我壶里有热水，洗得还行，下午还有课呢，去宾馆太浪费了。”

校园太大，去宾馆得走好远，一点儿也不方便。

她也就只能休息一会儿，马上就要去三教上课了。

司湛看了看表，时间的确也不早了，他的课也快来不及了。

本来司湛刚上大学就开始创业，系里的老师们就不太看好，觉得他没把知识学扎实。

要是他再因为私事三番五次地迟到、早退，那还真的挺麻烦。

司湛想了想，道：“你喝点儿热水，在被子里裹一下。我给你订了外卖，一会儿你吃一口再去上课。”

童淼一边梳着卷曲的长发，一边回应他：“好。”

司湛给她订的是一份皮蛋瘦肉粥、一笼鲜虾烧卖。

粥还氤氲着热气，一口吞下去，一股暖流顺着食道滑到胃里，的确挺舒服，同时也驱散了一些她身上的寒意。

两点整，雨势才渐渐地小了下来，但天色依旧阴沉。

为了防止裤子溅到地上的泥污，童淼穿了条短裤。

但为了保暖，她上身披了一件长到膝盖的外搭。

下午到了教室，才发现逃课的人那么多。

以往坐得满满登登的教室，现在却只有稀稀拉拉的人。

也是，这么恶劣的天气，大家又都淋了雨，或许现在还在宿舍里没赶过来呢。

这节课的老师是个异常慈祥的老教授，平时也不喜欢点名，讲课虽然有点儿口音，却是认认真真，精力十足。

老教授一走进来，大致也知道今天的人来不全。他四下里看了一圈，倒是没说什么，端起书来，开始讲课。

大概正因为他这么和善，所以班里那么多人才敢堂而皇之地逃课。

童淼捂着嘴唇，轻轻地咳嗽两声，吸了一下鼻子。

起初是没觉得怎么冷的，但坐在座位上久了，就觉得身体有点儿不对劲儿。

她也是学医的，对这方面尤其敏感，知道自己大概是被冻到了。

想罢，她又不由自主地打了个喷嚏。

老教授朝她望了一眼，笑眯眯地点名道：“童淼。”

童淼赶紧站起身来：“老师。”

“身体不舒服吗？要是真不舒服，不用强撑着来上课，休息好了才能早点儿恢复。”

童淼有些害羞地低下了头，轻声道：“没不舒服，我还好。”

老教授点点头：“行。来，其他同学，谁能站起来分析一下，童淼这是怎么了？”

教室里鸦雀无声。

老教授背着手在黑板前面走了一圈：“不是吧，各位，都已经学了一年了，这都不会分析？”

童淼简直像个立在那里的模型，尴尬得不知所措。

老教授点点她：“要不你自己分析一下？”

童淼垂了垂眸子，努力清了一下嗓子：“我觉得喉咙发干，嘴唇有些白，嘴里没有滋味，四肢出汗，但又觉得冷，脑袋也一涨一涨的，应该属于暑湿感冒。”

“应该开什么药呢？”

“可以用点儿桂枝汤或者藿香正气水，清热解毒，祛暑化湿……咯咯。”

她说罢，又咳嗽了两声。

老教授摇了摇头：“那还不快去？你要是真病了，小董又得……快去吧。”

童淼是这批学生里面最有天赋的，老教授欣赏她，就像欣赏董诚一样。

他其实一直知道，童淼是董诚的女儿，方才一时不慎，差点儿说漏了嘴。

好在反应得快，没把那句话说下去。

童淼抿了抿唇，犹豫了片刻，才道：“谢谢老师，那我走了。”

她也不强撑着，因为她太知道自己的身体状况了，现在用药顶住，或许就不会恶化。

童淼拎起书包，尽量轻地走出了教室。

秦苗立刻推了推坐在前面的蒋玉茹。

蒋玉茹转过身来，皱着眉头问：“怎么了？”

秦苗小心翼翼道：“刚刚老师要说什么来着？突然止住了。”

蒋玉茹也听见了那个“董”字，脑子里莫名其妙地浮现出董诚的模样。

但她也只是把这个猜测揣在心里，漫不经心地对秦苗道：“我怎么知道？”

秦苗没看出蒋玉茹在隐瞒，还在自顾自地猜测着：“我总觉得，童淼家里的关系很硬，好像所有的老师都对她很照顾似的。”

蒋玉茹抻了抻自己被秦苗扯皱的衣服，低声道：“因为童淼学习好呗。你要是像她一样优秀，肯定也会受老师们重视的。”

秦苗眉毛一立，攥了攥拳：“我看这和优秀没关系吧？你为什么不愿意承认呢？再说，我的成绩也很好了，就没见各科老师对我这么照顾。”

蒋玉茹转回头去不理她，自己却微微发怔。

童淼的男朋友家里那么厉害，童淼又怎么会普通呢？

但似乎真的没听她提起过家里的事。

蒋玉茹皱眉思索着。

在大家聊天的时候，童淼更多是充当倾听者的角色，她的倾诉欲不强，所以虽然大家有时候聊得热火朝天，童淼也未曾分享过她家里的事。

但她性格就是很软，很安静，大家都习惯了。

董教授和童淼，会不会真的是……父女？

下课后，蒋玉茹独自回到宿舍换衣服。

推开门一看，童淼躺在床上，紧闭着眼睛，似乎正在休息。

蒋玉茹轻手轻脚的，打算不吵醒她去洗个澡。

谁料童淼睡得很浅，有人一进来，她立刻就清醒了。

童淼揉揉有些发红的睡眼，迷迷糊糊道："玉茹？"

蒋玉茹轻轻一笑，走到她床前，仰头望着她："还难受吗？"

童淼挣扎着爬起来，揉了揉太阳穴，又扣住自己的手腕："嗯，现在好多了，就是有点儿虚。"

蒋玉茹把潮湿的外衣挂在椅背上："那你好好休息吧。"

童淼却下了床："不躺了，陈老师给的文献我还没看。"

她只是随口一说，却没想蒋玉茹神色一惊。

"陈老师给的什么文献啊？"

童淼一边拉过椅子坐下，一边解释道："哦，假期的那个中医培训，我还挺感兴趣的，老师就多给了我一些资料看。"

"哦，这样啊。"蒋玉茹绞了绞手指，脸色自然起来。

她肯定是想多了。

童淼这样的学生，哪个老师不想对她好呢？

一个月后，两份奖学金陆续发到了童淼的银行卡上，她一瞬间成了小暴发户。

她准备拿出一部分钱给室友买零食和水果，剩下的钱全投资到司湛的公司去。

虽然是杯水车薪，但也算尽了一份力。

只是秦苗那边不知道从哪里得到了消息，看童淼的眼光开始不对劲了。

明明不是她的奖学金，但被崔念闹了这么一遭，秦苗觉得自己平白无故损失了一笔钱。

而造成这个损失的，就是童淼的不妥协。

当天晚上，司湛没什么事，特意陪着童淼在校外买东西。

毕竟学校太大，从商场拎回宿舍，也要花不少力气。

从商场出来之后，他们又临时拐到了学校里面的水果店。

这里的水果价格实惠，不少学生都会来这里买。

童淼挑挑拣拣，买了一个菠萝、一大盒车厘子和一袋油桃。

“你饿了吗？”

她放下手里的水果，转回头来问司湛。

司湛已经帮她拎了不少东西，有些还挺沉的。

童淼说要帮他，但司湛不干。

“不太饿，你饿了？”

童淼摇头：“我也还好。”

“那一会儿等你放好东西，带你去吃香锅？”

附近食堂的香锅还是挺有名的，分量足，又好吃，深受广大学子的喜爱。

虽然对司湛来说也就那样。

“好啊，也好久没吃了。”

“哟，童淼，这么巧？”

秦苗放下手中的橘子，跟童淼招了招手。

她当然也看到了童淼身边的司湛，不由得想起了大一去拉外联的事。

想起那时候司湛的区别对待，秦苗还是有点儿郁结。

童淼也笑着跟她招了招手。

但她到底跟秦苗不熟，所以也没有太热情的举动。

司湛没什么反应，目光都没在秦苗身上停留一秒。

他问童淼：“再买点儿山竹给你吃好不好？”

童淼迟疑了一下。她还是挺喜欢吃山竹的，只不过在北方，山竹卖得很贵，所以她吃得也少。

“也行吧。”那就少买一些，她和司湛分着吃。

他们挑选山竹的时候，秦苗远远地望了一眼。

那片水果区，她都没想要去看的。

价格太高了，都是用保鲜膜包好的，根本吃不起。

紧接着，她低头看了看自己面前的橘子。

从山西运过来的橘子，比南方的丑橘要便宜得多，几块钱就能买一兜子。

所以秦苗最常吃的水果就是橘子。

她深吸了一口气，悻悻地将已经装好的橘子尽数倒了回去。

那边，童淼说：“我要不要再拿点儿钱请宿舍的人吃顿饭？”

司湛淡淡地说道："不是买了礼物了吗？"

童淼有些踌躇："可是……钱还挺多的。"

司湛轻轻地弹了她脑门一下，建议道："你送太多，她们也会不自在。"

秦苗听着，心里酸涩不已。

奖学金太多？

可不是多吗？

两份奖学金呢，这得两三届才出这么一个天选之子吧？

如果当时导员能够坚持一下，那份奖学金，就是她的了。

她现在也不用进了水果店，还只舍得买橘子。

她也可以尝尝山竹，或是买一盒车厘子回去吃。

秦苗咬住了下唇，紧紧地攥了一下拳头。

明明，她才是最需要这笔钱的。

人人都觉得她不该被评为贫困生，觉得她的资料都是假的，都是伪造出来的。

其实她没有。

她只是不想让别人看不起她，所以才故意在朋友圈里炫耀自己过得有多么滋润。

她也知道这样很假，很做作，但这是她唯一能捡起自尊的方式了。

除了自我麻痹，她什么都做不了。

出身这种事，从来就是不公平的。

这其中的酸楚，也只有她自己知道。

秦苗的情绪波动很大，就在她快要受不了童淼在她面前无所顾忌地买买买时，门外有个女人尖声叫道："儿子什么时候喜欢吃山竹了？他喜欢的一直都是草莓！"

她的声音不小，惹得水果店里所有的人都下意识地抬头望了一眼。

童淼自然也本能地看了一眼。

说话的是一个打扮得格外时髦的女人，她怀里抱着个小男孩，小男孩年纪不大，只有三岁左右，正专心致志地把玩着手里的电子产品，一双黑亮的眼睛执着地盯着屏幕，半分也不错开。

"好好好，我记错了。"她身后的男人不厌其烦地道歉，哄着。

童淼的动作一顿，立刻板起脸，移开目光。

怎么这么不巧！

竟然是董诚一家。

她全部的好心情都被破坏了，看了看面前的山竹，脑子里回响着陈元黎说过的话。

山竹，是她喜欢吃的。

童淼皱眉，想要将袋子里的山竹倒出去。

司湛却紧紧地抓住了她的手腕。

“小卷毛，放松。”

他抓着她的手，牵引着她，又将山竹放回了袋子里。

童淼深吸了一口气，平静了许多。

也对，不关她的事。

陈元黎不满道：“你啊，天天就知道工作、加班，什么时候关心过儿子？你喂过儿子吃水果吗你！”

“我加班还不是为了救人？你小点儿声，这是学校里。”董诚好脾气地道歉。

他一抬眼，也看到了水果店里的童淼和司湛。

董诚也没料到，竟然会这么巧。

他是极其不愿意让陈元黎和童淼见面的，这对他们来说都太残忍了。

于是，董诚的脸一瞬间就白了。

司湛似笑非笑地盯着他，眼底闪过一丝不屑。

素来被大家尊敬、崇拜的董教授，还是很难接受这样的眼神。

陈元黎还没有察觉：“你就知道说我。是，你去救人了，别人都是人，就儿子不是人，不需要父亲关心，不需要陪。”

陈元黎大概是心里的委屈积蓄得久了，满腹牢骚，一开口就发泄不完。

董诚魂不守舍地安抚她，言语间倒是有些心不在焉了。

因为他知道，陈元黎就是急脾气，有什么火气，发完后一会儿也就消了。

现在最头疼的，还是童淼在里面。

“男孩子那么娇贵做什么？还是要吃点儿苦。”

“我偏不。凭什么我儿子要吃苦啊？照你这么说，我是不是应该给你生个女儿啊？生个女儿你就知道关心了？”

董诚的心仿佛被钢丝绳索勒紧，又涩又疼。

“你别胡说八道了，走吧。”

他拉住陈元黎的手腕，想把她往外面带。

拉扯间，陈元黎怀里的孩子总算抬起了眼睛，随手一指水果店里：“我要吃草莓，吃棒棒糖。”

陈元黎一用力，甩开董诚的手：“听见你儿子说的话没？平时什么事麻烦过你？连个草莓都不给买。”

董诚急出一头汗，只能忙不迭道：“行行行，到家门口去买，草莓拎一会儿该坏了。”

陈元黎不满董诚敷衍的态度，反驳道：“你别总拉我，手机晃着儿子眼睛了。”

童淼垂下眼眸，把山竹装好，平静地对司湛说：“我们结账走吧。”

司湛点头：“没什么要买的了？”

“没了，够了。”

“行，我拎着。”

司湛又把几袋水果拎了起来，跟在童淼身后去结账。

童淼走过门口的时候，连眼睛也没有抬，仿佛根本没有看见门口有人。

司湛却停了一下，意味深长地晃了晃手里的那袋山竹，微不可闻地嗤笑一声，跟着童淼离开了。

陈元黎光顾着帮儿子扶好手机，没注意到司湛。

不然，只要她稍微思索一下，就能想起来，他们其实是见过的。

董诚的表情极为不自在，他欲言又止了片刻，到底也没有说什么。

秦苗站在角落里，觉得有些疑惑。

童淼和董教授不是很熟吗?

那天下雨，董教授还给她送了一把伞来着。

童淼见到董教授，怎么连声招呼都不打，就这么视而不见地走了?

还有，董教授也很奇怪。

自己如此照顾的学生这么目中无人，他非但不生气，反倒还有些不舍似的。

秦苗的目光在陈元黎和那个小男生身上来回看了几眼。

这就是董教授的夫人和孩子啊?

也不过如此嘛！一点儿都没有书香门第的温雅，反倒在公共场合大喊大叫，给董教授丢脸。

这样的女人是怎么嫁给董教授那种神人的呢?

秦苗撇撇嘴，拎着橘子去结账，路过董诚身边的时候，还甜甜地叫道：“董教授好。”

董诚不认识她，神情一顿，然后点了点头。

陈元黎一见这里有董诚的学生，立刻收敛了起来，将怀里的孩子抱紧了些，淡淡地笑道：“哦，你学生啊?”

董诚没承认也没否认，而是对她道："草莓是吧？我记住了，我带儿子去买吧。"

说罢，他从陈元黎怀里接过孩子，用双臂紧紧抱住，走到了童淼刚刚待过的位置。

"山竹呢？喜不喜欢吃？"

他轻声问怀里的孩子。

小男孩看了一眼紫黑色的山竹，当即摇了摇头："不爱吃。"

其实他是觉得不好看。

董诚勉强笑了笑，这才抱着他走到了草莓摊前："那我们就买草莓。"

原来，儿子真的从来没说过想吃山竹。

原来，就只有女儿说过。

董诚单手抱着儿子，给他挑了一小盒草莓，然后拿到收银台付了钱，没脾气地看向陈元黎："可以了吧？"

陈元黎在秦苗面前也不好耍性子，轻声嘟囔道："又不是要你做给我看的。"

董诚叹道："是，我以后会注意的。"

两人带着孩子，端着那一盒草莓，出了水果店的门。

秦苗望着他们的背影，总觉得有什么不对。

掐指算一算，童淼今年十九岁，董教授今年四十岁。

童淼要真是董教授的孩子，那岂不是董教授在念大学的时候就……可能性太小。

董教授不像是那么没分寸的人。

所以到底是什么关系呢？

这件事成了留在秦苗心里的一个疙瘩。

学校的情人坡上，童淼和司湛靠坐在一起。

买的一大堆东西堆在草地上，还没有送回宿舍。

童淼紧贴着司湛，不由自主地回想方才那幅景象。

司湛默不作声地看着她，然后从袋子里拿出一个山竹，掰开，把白莹莹的果肉推到童淼眼前。

"别胡思乱想了。来，吃点儿东西。"

童淼回过神，乖巧地咬了上去。

山竹果肉酸酸甜甜的，里面有一个滑溜溜的核。

她推推司湛的手："你也吃啊，我记得你高中的时候也挺喜欢吃的。"

所以他们在盛华学习的时候可真幸福，家里面的水果就没有断过。

童淼曾经每天都能吃到山竹。

司湛眼底含笑地看着她："我不太喜欢吃山竹。"

童淼微怔："怎么可能？"

他那时候明明吃得很开心啊。尤其是两人心思未挑明的时候，司湛会特别恶劣地戏弄她，把手上红彤彤的汁液往她脸上抹。

童淼用了好多洗面奶才勉强洗得看不出印子来。

司湛半屈着腿，抬起头，手指搭在童淼的膝盖上，自然而然道："我吃，是因为你爱吃。"

司启山给他们请了个阿姨，专门负责照顾司湛和童淼的生活。

毕竟是司家请的，所以阿姨对司湛要更关照一点儿，时刻都把司湛的喜好看在眼里，也据此去准备饮食。

司湛那时候无法明说自己对童淼的感觉，只能用这种方式，来诱导阿姨多准备童淼喜好的东西。

这些事本来就一直埋在他心里，根本没必要说。但两人已经不是那个情窦初开的年纪，当初只能暗自揣测的事情，现在已经可以大大方方地交流，甚至是邀功了。

果然，童淼很容易被感动。

她像小猫似的往司湛身上蹭了蹭，然后仰起头，软绵绵道："司湛，你真好。"

司湛低头，啄住了她的嘴唇。

童淼吃过的山竹味道还留在唇边，酸酸甜甜的，嘴唇也清凉柔软。

司湛慢慢地转过身，将童淼揉进怀里，不由自主地加深了这个吻。

他的气息很清冽，童淼睫毛颤抖，手指情不自禁地捏着他的衣角。

司湛的呼吸开始急促起来。

"小卷毛……"他喃喃道。

童淼含糊地嗯了一声，算是回应他。

司湛嗓音沙哑："大学毕业就嫁给我。"

童淼心尖一颤，觉得周身百骸都有些发麻。

"好。"

第37章

司湛一直在跟的项目还是丢了，毕竟不能在报价上松口，他也知道，是孟靖农那边恶意竞争，把价格压得很低。

既然性价比不高，他索性把这个烂摊子让给孟靖农了。

他知道，报价这样低，孟靖农必然不会用心做的，到最后少不了得罪合作方。

这边的项目没了，那边新接触的项目才刚开始，他轻松了许多，趁着法定假期回家，和梁茵去办理移民手续。

自从知道了司湛的小女朋友是童淼后，梁茵也有点儿头疼。

但对儿子的溺爱到底冲走了心里的那一点儿不适，她也干脆趁着这个机会，给司湛改了国籍。

一来以后过去看她方便一些，二来她也希望司湛以后待在国外。

年纪大了，总是希望亲人在自己身边，至少不用坐那么长时间的飞机就能见到。

为了将来和童淼结婚方便，司湛自然同意了，复杂的手续一大堆，但好在一切顺利。

自大二开始频繁接触专业课后，童淼在医学上的天赋逐渐显露出来。

旁观解剖的时候，好多女生都捂着嘴去卫生间吐了，回来时脸色惨白惨白的，好几天都食欲不振。

童淼竟然一点儿反应都没有，她甚至觉得那些交错的肌理、纤细的血管和泛红的器官相当有趣。

老师一边动刀一边讲解，童淼就站在附近认真听着，甚至蠢蠢欲动。

唯一让她遗憾的是，到底还是碰上了董诚教的专业课。

董诚在整个医学院格外出名，所以他的课自然是重中之重，没有任何一个同学敢迟到或早退，大家的态度都十分端正。

唯一不端正的，大概只有童淼了。

她还是做不到只汲取知识，而视董诚如无物。

对于这个在她生命中消失十年又再次强行回归的父亲，童淼的心态始终是复杂的。

实话实说，董诚在讲台上是有魅力的。

他真的喜欢医学，也真的醉心研究。

他把自己所有的赤诚都献给了这个专业，所以他的课也是有激情、有内容的。

董诚的课讲得很好，所有的同学都很佩服他。

下课后，董诚的身边始终围绕着一群人，问东问西，恨不得让董诚把所有问题都给解答一遍。

谁都想在任课老师心中留下一个积极努力的好印象，毕竟这节课的学分很高，董诚的打分直接关系到他们的期末绩点。

童淼从来没有到前面去凑过热闹，连听课的时候都坐在最后一排。

董诚在前面讲，她则低着头听了一节课。

她甚至不想看到他的脸。

班里几乎没人知道童淼和董诚的关系，他们都不明白，一直积极坐在第一排听课的童淼，为什么偏偏在董老师的课上这么不积极。

其实董诚每周都很期待能给童淼上课的周一和周三。

这两天他甚至会给自己好好打扮一番，擦点儿润肤乳，吹吹头发，穿一身他认为很有气质、很好看的衣服，然后带着满腔热情走到课堂上，用想念的、慈爱的目光望一眼童淼。

他有太多难以说出口的话，眼神不足以表达他的愧疚和他的感情。

但除此之外，董诚不知道自己还能做什么，还能补偿什么。

但童淼从来没有给过他回馈。

董诚每一次抱着期待而来，带着失望离开。但是他没有气馁，他知道，就凭他对童淼造成的伤害，让他偿还一辈子，都是理所应当。

这天正巧他安排了一场随堂测验。

考的是上堂课他讲过的知识点，虽然不难，但是题量挺大，大约要答半个多小时。

考题分发下去，所有人都低下头认真地答着。

董诚终于有机会可以仔细看看童淼了。

他充当着监考的角色，在教室里来回走动，别的同学只当他是在检查是否有人抄袭，只有童淼知道，董诚每一次走到后面来，都是在看她。

但是董诚很克制，他不想表现得太明显，让童淼不自在，所以他来回走着，一刻也没有停下来休息。

直到班长小心翼翼地提醒："老师，时间到了，大家都答完了。"

董诚这才恍然回神，一看表，已经答了四十分钟了。

超了将近十分钟，董诚有点儿惭愧，他不知道时间为什么过得这么快。

"好了，最后一排把卷子收上来吧。"

他清了清嗓子，迈步走上讲台。

童淼顿了顿，抬眼看了一下董诚的背影，什么也没说，站起身来，默默地收卷子，收好之后，低着头将卷子放到讲台上。

董诚刚要伸手接，童淼已经避开了他的手，转身回去了。

董诚不自在地揉了揉指尖，轻轻地叹了一口气，尴尬地将手又缩了回去。

他有些遗憾地望着童淼的背影，失魂落魄地接过其他学生递过来的卷子，手忙脚乱地整理过后，下课铃打响了。

董诚清了清嗓子："大家休息一下吧。"

班里顿时闹腾起来，一群人边聊边笑地出去了。

董诚拉了把椅子，在讲台旁边坐下，推了推眼镜，开始翻看大家的卷子。

他在翻找童淼的那份，作为父亲，这是他的本能反应。

翻来翻去，他终于看到了童淼的名字。

这么多年过去了，她的字迹已经发生了很大的变化，成熟了，也更清秀了。

但写名字的时候，最后一笔还是习惯性地向右一拉。

那是当初董诚教给她的，这么多年了，她也习惯了，一直也没有改过。

童淼不记得了，董诚却记得清楚。

想起当初教童淼的场景，董诚难以抑制地眼眶一热，差点儿掉下泪来。

好在他还没有忘记自己是在教室里，他猛地眨眨眼睛，喉结滑动，将那股酸涩咽了下去。

童淼虽然低着头，但眼角的余光还是能看到董诚的反应。

她觉得又心酸又可笑。

想着想着，童淼摇摇头，苦涩地笑了笑。

蒋玉茹转回身，诧异地问童淼："你刚才答得不好吗？怎么感觉你不是太开心的样子？"

一边的男同学笑呵呵地接道："学霸总觉得自己答得差。"

童淼立刻收敛了神情，掩饰性地低笑一声："想到了别的事，不是考试。"

董诚时刻关注着她的动静，一听到她说话，立刻望了过来。

可惜大批的同学们从卫生间回来，一个一个从他面前路过，挡住了童淼小小的身影。

下课之后，董诚实在忍不住把童淼给留了下来。

其余同学只当童淼成绩好，老师对她器重有加，心里多少有些羡慕。

等教室里没人了，董诚才小心翼翼地在裤子上蹭了蹭手上的粉笔灰，全然没了讲课时候的激情澎湃，就像一个去参加面试的毕业生，拘谨又不安。

"咳咳，以前的事情，是我考虑不周，当时你没看一眼就走掉了……"

童淼疏离地跟他拉开了距离，抬起眼睛，冷着脸道："都过去多久了？我都忘了。"

董诚连忙点点头，扯出一丝笑意来："好，你不记恨爸爸就好。"

童淼的睫毛轻微地抖了一下。

她实在不想跟董诚深聊，每次她觉得自己可以像司湛说的那样，放弃对董诚的执念，他就偏要出现一次，扰乱自己的心神。

"没事我先走了。"童淼拽上自己的书包，想从讲台后面绕过去。

"等等！"董诚见她又要跑，有些着急地拉住了童淼的手臂，却在童淼还没有反应过来的时候，触电似的把手松开了。

他掩饰性地推了推眼镜，支吾道："我……我想跟你说，学院下学期有个去牛津交流的项目，希望你不要因为我的原因错失这个机会。"

童淼皱了皱眉，转过头来盯着董诚的眼睛，没有说话。

董诚咽了一口口水，低下头："真的是个非常好的机会。我以老师的身份诚恳地建议你去进修一段时间。如果你真的想在这行走得更远，你需要接触更先进的理念，哪怕是我，也要经常去做交流。"

童淼收回目光，轻轻地闭了一下眼睛，手指死死抠住了书包带："我不会去的，我要让你知道，我就是比你强，哪怕我不出国，我依然会比你强。”

董诚叹了一口气，想笑又笑不出来。因为他发现，童淼真的很像当初的童美君，那个他曾经疯狂喜欢过的童美君，有一点儿固执，但刚刚好。

“对，我承认你比当年的我强。但你想在基层蹉跎十年才超过我，还是希望只用三四年就达到我的水平？我是个挺失败的父亲，但我扪心自问，自己是个好医生。我希望国家有更多优秀的医务工作者，可以超越我，说我的水平已经落伍了，那我也挺开心的。”

童淼一瞬间有些无力，仿佛泄了气的皮球，连肚子都瘪了下去。

董诚说的这番话，显得他自己特别伟大，而童淼就像个执拗的小孩子似的。

哪怕事实是这样，她也不愿意承认。

她眼神躲闪了一下，迅速地背着书包跑了。

她不能再跟董诚聊了，她怕自己会被董诚洗脑。

国外的医疗水平就真那么高吗？高到不出去就不行吗？

这件事堵在她心里，一直没跟别人说，连司湛也没有。

提交申请的最后一天，童淼看着 Word 文档里的申请表，半晌，重重地合上了电脑。

等今天过去就好了，过去了，她就不用纠结了。

没想到，下午童美君主动给她打了电话，开门见山地问了她交流的事情。

童淼虽然意外，但没有隐瞒，告诉她，她并不想去。

童美君沉默了片刻，柔声问道：“咻咻，那里的教学水平更高，你是认可的吧？”

童淼被堵了一下，她不知道那里的教学水平高到什么程度，她只知道，往届的学生，只要家里负担得起，都一定会申请的。

“咻咻，当初你选择这个专业的时候，其实我是不太同意的，我怕你太累。但是你执意要学，我也没有阻止你，我不希望你未来有一天会后悔。”

“妈……”她想说自己从来没有后悔过选择这个专业。

“但你得尽快搞清楚，你学医，到底是为了什么。这个行业挺苦的，投入多，回报少，医患关系也紧张，站在手术台上，不允许有一丝一毫的差错，稍有不慎，就是天大的事故。这么难的行业，你要做一辈子，支撑你的不就是治病救人的成就感吗？难道斗气能斗一辈子吗？等你到了中年，董诚恐怕早就退休了，那时候，你靠什么支持你继续走下去啊？”

童淼咬了咬嘴唇，微微有些刺痛：“是爸爸给你打电话了吗？”

大概是了。但是她没想到妈妈居然也站在爸爸这边，这让她有种被背叛了的委屈感。

她一直朝着自己的目标努力，到头来却发现，没有人是跟她站在一起的。

如果她真的出去交流了，那她改专业，将绩点拼到几乎满分，到底是为了什么？

证明自己以前的坚持都是笑话，都是小孩子的任性行为吗？

“哝哝，这事跟谁给我打电话无关。虽然我们的婚姻不那么愉快，但到底还是希望你能走一条更好的路。”

童淼垂下了眼眸，桌面上的护眼灯直射着她的脸，浓密的睫毛遮挡住一部分光，在眼底留下一小片阴影。

“谁说这就一定是更好的？”

她心里天人交战，一方面理智告诉她，妈妈不会做对她有害的事情，留学对她的帮助会很大，一方面情感又让她无法做出这个抉择。

“哝哝，不为了别的，我还等着你成为一个优秀的脑科医生，早日帮我做手术呢。妈妈只相信你。”

一句话，让童淼溃不成军。

妈妈只相信她，哪怕死在她的手术台上，也无怨无悔。

而且她知道，早晚有那么一天，妈妈会面临这个风险的。

她必须尽快做好准备，抓紧一切机会，变得足够优秀，让自己成为这方面的专家，把成功率提高到无限接近完美。

是大学的生活太过安逸了吗？

她怎么能忘了呢？

想罢，她深吸了一口气，轻声道：“我去。”

我去。

这两个字轻飘飘的，背后却肩负着莫大的使命。

但这意味着，她要和司湛分开了。

他们必须跨越江河湖海的距离，忍受隔着屏幕互相慰藉的痛苦，直到交流结束。

她仿佛又回到了孤军奋战的日子，身边无人可依，只能靠自己。

她总是说，离开了司湛，自己也是战士。

可司湛实在是太好了，把她一颗坚硬的心软化成了橡皮泥，她想重塑起以前的模样，不知道要经过多久。

申请表提交上去的那一刻，她甚至没有勇气给司湛发一条短信。

明明是两个人的事情，她却私自决定了未来的走向。

原来，到头来，她还是那么自私，永远不能把司湛放在最心尖的位置。

那种明知即将分别的撕裂的痛，她体会得过分深刻。

她相信妈妈当初也体验过。

这种痛苦体验过一次，或许会生成抗体，多少给柔软的心脏增加一层保护膜。

所以哪怕司叔叔努力了那么多年，也无法再唤醒当初那个一腔热血、奋勇直前的童美君了。

所以即便是妈妈，可能也不知道，她会有多么舍不得离开司湛，她不想去交流的原因里，又有多少是因为司湛。

其实连她自己都不知道，对司湛的眷恋和对董诚的执念，究竟都占了多少分量。

交了申请的人远超了学校提供的名额，最后只能根据成绩排名。

秦苗自然也申请了，她的绩点并不算高，在筛选交流名额的时候，肯定不会把她那些乱七八糟的奖项算上去，所以她的胜算不大。

虽然名额还没下来，但谁都听说这次的竞争很激烈，比去年提交申请的人多得多。

大概是因为今年的学生家里的条件都不错，都能拿得出交流的费用。

秦苗算了算人数，觉得自己就卡在边缘上。

于是晚上她又转悠到了童淼的宿舍。

一见到童淼，秦苗还有些尴尬。毕竟因为上次奖学金的事情，她对童淼还有些怨气。

童淼扫了她一眼，淡淡地问："你是来找陈可卿的吗？她去洗澡了，你一会儿再来吧。"

说罢，她拧开瓶子，喝了一口水。

秦苗尴尬地笑了笑，撩了撩头发，舔了舔嘴唇："童淼，那个牛津的交流，你申请了吗？"

秦苗心里有些惴惴不安，她特别希望童淼没有申请，这样她就少了一个强劲的竞争对手。

她一边打量童淼的神色，一边在心里祈祷。

童淼歪头，莞尔一笑："我申请了啊。"

秦苗的心一沉，脸色顿时黯淡了许多。

她又舔了一下干涩的唇，勉强笑道："你不是……特别排斥留学吗？怎么这次报名了啊？"

童淼垂了垂眼眸，长长的睫毛颤了颤，疑惑道："你怎么知道我排斥留学啊？"

秦苗已经没心情跟她闲聊了，敷衍道："可能听玉茹她们说的吧。"

她说罢，推开门走了。

童淼盯着她的背影看了几秒，然后移开了目光。

几天后，排名公示出来了。

童淼作为绩点第一名，自然排在第一位。

她看着大屏幕上自己的名字，心里却很平静。

名额一共有三个，一个是她，还有两个男生。

那两个男生中有一人跟秦苗的绩点差不多,但是雅思考得比秦苗高一分。

听说秦苗因为这件事还去找导员闹过，觉得雅思成绩达线就行，不能算为评比中的一项。

那个男生听说之后也没客气，找了团委，又找了家长，最后闹得挺难看的。秦苗这次确实是没有得逞，最后的名单没变，导员因此还被批评一顿，团委老师责怪他这点儿事都做不好。

陈可卿回到宿舍，神神秘秘地对童淼道："秦苗吃饭的时候还跟人抱怨，说你本来不报名的，她就有可能上了，但你后来又报了。"

童淼笑了笑："她说得对，我一开始是没报，最后一刻才决定申请的。"

陈可卿满意道："真解气啊！要是她真的擦边上去了，我都要气死了。"

童淼若有所思地点点头，看来在计算综合测评分这件事上，秦苗给陈可卿留下的印象实在是不好。

陈可卿靠着椅子，轻轻地晃了晃："哎，不过一想到你真的要去了，倒真挺舍不得的，咱们宿舍又少一个人了。"

本来她们宿舍就只有三个人，原本分来的那个学生不知道因为什么原因休学一年，现在跟着低一届的学生一起读书，如果童淼走了，那宿舍就剩她和蒋玉茹两个人了。

童淼伏在案上，手里捏着一枝中性笔，陈可卿说这话的时候，她握笔的力度不由自主地加重了。

她喃喃道："其实我也舍不得走的。"

她有太多的牵绊在这里，去了牛津，也一定会想念这里。

尤其是司湛。

司湛啊……

她没有给自己时间做准备，更没有给司湛时间。

可时间流逝，那一天终究还是要来的。

童淼格外忐忑不安。

这世上她最对不起的人，就是司湛了。

她从未主动为他做过什么。

一直以来，她都坚持自己的轨迹，从来不曾为司湛偏离过一点儿。

倒是司湛一直在迁就她，纵容她，想尽办法创造两人可以相处的机会。

而现在，童淼亲手把这个机会给打碎了。

她把司湛约到了学校的荷塘边。

荷塘里的水实在是不太干净，颜色有些发绿，里面漂满了烂叶子和枯树枝，整个水面就像凝固了一样，一动都不动。

已经是深秋了啊。

荷花早就没了，连往这个方向走的学生都少了很多。

童淼定了定神，忐忑地捏了一把手心，磕磕绊绊道："司湛，我……有个事情想跟你说。"

司湛转过头来，没作声，也没像以往一样轻松地反问她。

童淼心一沉，她直觉司湛已经知道了。

其实，只要是司湛想知道的事情，谁又能瞒得了他呢？

"对不起，我……我想出国交流一段时间。"

话说出来，童淼便觉得有些残忍。

她还想补救一下，或是安慰他一下。

可惜任何言语都太苍白了，她根本说不出口。

童淼抿了抿唇，担忧地望着司湛。

记得司叔叔和妈妈承认他们关系的那天，她信誓旦旦地向司湛保证过——不再躲开他，要主动向他走过去。

但她还是食言了。

冥冥之中，她总是走得离司湛越来越远。

读了这个专业，一旦出国了，又何止是交流这短短的两年呢？

但童淼不敢想得太远。

她朝远看，竟然看不清他们的未来在哪儿。

前方一片迷雾，不知道何时，他们才能重新在一起。

司湛抬了抬手，似乎想摸摸她的脸，但举到一半，还是悻悻地放下了。

童淼心底一沉。

司湛是彻底失望了吗？

他不想再过这种看不到尽头的日子了吧？

司湛的喉结滚动一下，脖颈上的青筋显露了起来。

得知这个消息的时候，他没有发脾气，没有反对，更没有指责她。

他只是叹了一口气，眼底多少泛红，嗓音沙哑道："几号走？"

童淼说不出口了。

她努力地朝着司湛笑了笑。

那天天阴沉沉的，下着雨，真冷，豆大的雨滴摔在地上，溅起水花。

或许是天气影响了情绪，她看着司湛笑，笑着笑着又委屈地哭了起来，喃喃道："你可不许喜欢上别人。"

司湛伸手擦了擦她的眼泪，指尖湿漉漉的，也不知道是雨水还是泪水。

他的声音很沙哑，嘴唇颤了颤："好。"

司湛将她紧紧地搂在怀里，他的手掌变得比高中时候还要宽大，暖洋洋的温度透过童淼单薄的衣服，传递到她的皮肤上。

他总是不会拒绝她，无论她做出什么决定，无论他是不是舍不得。

他用千万分的小心，呵护着童淼愿意给他的机会，呵护着他们可能的未来。

他只能要求自己做好一切准备，而童淼，始终有做一个变量的自由。

有时候连童淼自己都觉得，这样现实的自己，配不上司湛义无反顾的爱。

等那天真正来了，两人都十分平静。

司湛还是逃课跟着童淼去了英国，好在他在班里人缘不错，老师那里有人帮他兜着。

他拎了两个大箱子，满满登登的都是生活必需品。

童淼的口语不算特别好，但日常的交流已经没问题了。

可她本身就内向，和陌生人说话又容易拘谨，别人语速快一些，她脑子就蒙了。

司湛能陪着她报到，她的确省去了不少麻烦。

因为之前从来没有出过国，人又路痴，所以一路都是司湛开着谷歌地图带她走，怎么转到学校的，又怎么转到宿舍的，她一点儿都没记住。

司湛十分体贴地给她弄了一份地图，还详细地给她解释了怎么看路标。

司湛果然要比她干练得多。

他适应环境的速度非常快，又或许是因为他小时候有条件四处走动。

总之，童淼就像他领着的一只小猫，始终跟着主人的步伐，轻悄悄的。

晚上两人去了一家东南亚餐厅吃饭，外面下着雨，淅淅沥沥的雨滴打在木制的围栏上，一阵阵凉风吹过桌面，把热腾腾的雾气吹散。

童淼咬着晶莹剔透的越南春卷，像兔子似的一点点儿抿进嘴里，再慢慢地咽到肚子里。

春卷十分清淡，里面卷的都是各式各样的蔬菜，原本是要蘸些鱼露一起吃的。

但她的心思不在这上面，吃什么都味同嚼蜡。

司湛抬眸看了她一眼，停顿两秒，低下头捏起餐刀，切下一小块炸鱿鱼，放到童淼的碗里：“尝尝这个，这家的特色菜，不太腻。”

童淼不太喜欢油炸的东西，但她现在并没有心情顾及自己的胃口，把炸鱿鱼连同春卷一起塞到嘴里，囫囵着咽了下去。

司湛皱了皱眉：“好吃吗？”

童淼的睫毛颤了颤，拿叉子在自己的盘子里戳了戳，糯糯地问道：“明天几点的飞机？”

司湛微微一怔，继而很快移开目光，掩饰情绪：“明天去看看我妈，下午的飞机。”

下午啊。

幸好不是上午。

那他们还能多相处几个小时。

对现在的她来说，这几个小时，简直像是手心里的金沙，弥足珍贵。

童淼喝了一口果汁，看着面前丰富的晚餐，莫名心酸。

这顿饭越昂贵，越正式，分离的意味就越浓，就好像是一次郑重的告别，一次刻意的怀念。

“司湛，我有点儿舍不得你。”童淼抬起眼眸，勉强挤出一丝笑意，漂亮的杏眼微弯着，眼底的水汽反射着吊灯的光。

“有点儿？”司湛挑了挑眉。

“很多、非常、特别舍不得你。”童淼认真道。

她词汇量有限，不知道该怎么表达自己的感情。

“这还差不多。”司湛满意地摸了摸她的卷发。

离别的话就到这里了。

两人都不是矫情腻歪的性格，有些话藏在心里说不出口，只能通过对视的目光表达深刻的眷恋。

童淼一晚上没睡觉，她的目光始终追随着司湛，哪怕知道他一放假就会过来，哪怕知道每天都可以视频通话，但终究是碰不到，摸不着了。

但即便再珍惜，晨光终究会刺破黑暗，空旷的街道上也会重新填满人流，每一天都大同小异。

看似普普通通的一天，对世界上的一些人来说，却那么刻骨铭心。

她是和梁茵一起送司湛去机场的，司湛来时拖着她的两个大箱子，走时一身轻松，戴着耳机，回头朝她们挥手。

他难得咧嘴笑，步履轻快，没有留恋不舍的停顿，而是很顺畅地进了关口，消失在人流中。

童淼知道，他之所以走得那么利落，就是不想让不舍的情绪在两个人之间蔓延。

他总是那么体贴、温柔又小心地呵护着她的情绪。

童淼保持着摆手的动作不知道多久了。

因为她已经看不见司湛了，甚至不知道司湛是什么时候彻底消失的。

她的眼前一片模糊，嗓子里像堵了一团棉花，太阳穴一跳一跳地疼。

都怪她的睫毛又长又密，托着蓄满的泪，摇摇欲坠，阻挡了她的视线。

她哭过很多次，因为病痛，因为生活中各种各样的苦涩和辛酸，但大多哭那么一会儿就没力气了。

人长大了，就丧失了婴儿时期绵延不断哭喊的本事。

但这次，她有点儿惊讶自己的眼泪会掉这么久，擦都擦不干净。

她的眼角本来就泛红，如今更是红彤彤的，跟几夜未睡一样。

梁茵转过头来打量她，看着她红红的鼻子，扑哧一声笑了出来：“我这跟看偶像剧似的，果然还是年轻人。”

童淼的脸骤然红了，她回过神来，尴尬地把手缩回来，低头一眨眼，把眼泪挤掉。

“是不是你们小年轻都这么感性啊？看来我真是老了，竟然一点儿情绪波动都没有。”梁茵从包里抽出来一张纸巾，递给童淼。

童淼小心翼翼地接过来，狠狠揉了揉眼睛，带着浓浓的鼻音道：“谢谢阿姨……”

她挺没出息的，竟然在司湛的妈妈面前哭了。

但是这种渐行渐远的无力感，真的让人忍不住想哭。

不过说来也怪，梁茵调笑她两句，她反倒觉得能喘上来气了，那种难受得要窒息的感觉慢慢散去了。

“你要在这儿交流挺长时间吧？”梁茵随意问道。

童淼之前从来没有见过司湛的妈妈，这种精英女总裁的即视感多少让她觉得有距离感，所以越发拘束起来：“还好……但可以直接在这边申请读研，如果……”

她磕磕绊绊地解释那些复杂又冗长的规定，但梁茵显然没有多大的兴趣听。

“那你这么长时间就住学校？”

“啊？”童淼愣了一下。

不住学校住哪里啊？而且学校的宿舍环境她已经很满足了，像个小家一样，有厨房，有生活用品，比国内学校的宿舍强得多。

“没条件委屈自己叫励志，有条件委屈自己叫矫情。我在英国呢，怎么可能让你住学校宿舍？那地方都快成古董了，又破又旧，少不了老鼠、蟑螂之类的东西。我家房子大，住过来吧。”

童淼显然没想到她会这么说，一时不知道如何回应。

她睁大眼睛看着梁茵，眼底还有红红的血丝，梁茵直接挽住她的手臂，给司机打起了电话。

童淼被她拉着，简直是诚惶诚恐，只想委婉地解释自己真的不需要，但梁茵完全没有给她推辞的机会。

司机很快将车开过来，梁茵拉着她坐上了车，飞快地驶向梁茵的家。

童淼站在绿油油的草地上，望着乳白色的大别墅，沉默了片刻。

还真是……房子大。

梁茵扔给她一把钥匙：“你住这儿，我照顾你也方便，不然我儿子成天担心你，估计没心思好好学习了。”

童淼赶紧双手把钥匙接住，张了张嘴，还是没敢拒绝。

梁茵思索了片刻，暗自嘟囔道：“哎，不对啊，让他担心你也挺好，然后赶紧到英国来生活……”想罢，她转身冲童淼道，“不如你每天冲他哭一哭，就说同学都欺负你，饭也吃不好，觉也睡不好，上课也听不懂，教授还歧视。”

童淼尴尬了。

梁茵用叉子叉了一块水果，放在嘴里嚼：“阿姨工作忙，并不会经常住在这里，你有什么事情就找管家。但是阿姨回来的时候，麻烦你跟我儿子多视频哈，我多少也有点儿想他。”

童淼哪敢反驳？赶紧连连点头。

神经太紧张了，让她的思考能力都倒退了，她好像还没答应要住在这里呢！

但是梁茵说一不二，干脆利落地让人去她的学校取东西，又麻烦钟点工给童淼打扫出一个房间。

童淼多少有些不敢相信，自己竟然跟男朋友的妈妈同处一室，况且他们两家还是这种情况。

其实她心里清楚，梁茵对自己是没有什么感情的。

不过梁茵不管怎么强势，也还是一个普通的母亲，这些年不在司湛身边，她心里多少会觉得对他有所亏欠，又不知道从什么地方弥补。

所以司湛喜欢的，她就学着喜欢；司湛想要的，她就竭尽所能地给。她只是想跟儿子建立多一点儿的联系，再亲密一点儿。

童淼不禁哑然失笑，怎么这么奇葩的事情，都让她碰到了？

那边，董诚竭尽所能地补偿她。这边，梁茵拼命地补偿司湛。

说到底，为人父母都是没有经过考试的，所有人都是慢慢成熟起来，学着付出和给予，带着遗憾和愧疚。

心里明白梁茵的私心，童淼就心安理得地住了下来。

每次梁茵在家的时候，她都会多多地跟司湛联系，然后把镜头对准假装看电视的梁茵，拉扯话题，让司湛和梁茵多说话。

梁茵每次都是一副 “别烦我”的高冷模样，但是视频之后，心情又会明显地变好，甚至会去厨房做些意面给童淼吃。

大概梁茵在烹饪方面实在没有什么天赋，最后反倒变成了童淼做中餐给她吃。

梁茵吃过万千好东西，对童淼做的简简单单的家常菜却格外珍惜，餐桌礼仪堪比社交酒会。

其实童淼挺好奇司叔叔当年为什么会跟梁阿姨分开的。

这两人倒不像是反目成仇，互相恨得咬牙切齿，两人之间极少的交流也都跟老朋友一样，只有涉及商业问题，才会脸红脖子粗地吵起来。

她猜测，两人大概都事业心太重，心里摆在第一位的，都是自己的成就。

自己没时间，就希望对方放弃事业去顾及家庭，久而久之，就生活不下去了。

分开之后，竟然各自发展得都很好，谁也没能站在制高点嘲笑对方的短视。

梁茵乐观泼辣，童淼含蓄内敛，两人相处得莫名和谐。

童淼除了泡在图书馆完成学业，一有时间就被梁茵带出去见世面。

有了好的语言环境，经历了说多错多的尴尬，她总算克服了学习英语的最后一道障碍——交流。

她在国外的成绩一如既往地拿 A，教授十分欣赏她，每次下课都会给她推荐几本书、几个文献，让她有时间去研究，俗称开小灶。

她一直在研究的针灸也让导师十分感兴趣，甚至邀请她加入核心团队，一边学习，一边积累经验。

她的专业水平以肉眼可见的速度进步着，也发表了自己的第一篇 SCI 论文。

这些日子，有了梁茵的照顾，她即使身处异国他乡，也从来没有失去归属感。

每天和司湛视频的时间最多，然后是妈妈。忙着做作业的时候，她就开着视频，因为她知道，那些惦记着她的人，哪怕不说话，单单只是看着她，也会很满足。

可董诚发来的一千零三十条消息，她一条都没有回复过。

第38章

学校里的绿化极好，到处是平坦的草坪，被修剪得整整齐齐，仿佛一块柔软的地毯。

她慢慢地适应了国外的生活。

上完课，便泡在图书馆里学习，难得有心情，便在周边逛一逛。

去咖啡厅喝点儿东西，上唱片店买一张老旧的二手唱片，或是单纯地坐在河边的长椅上看书、画画。

这里没有国内的那些纷扰，人和人之间的关系也简单、纯粹得多。

童淼也交了朋友，但谈不上交心。

她喜静，所以也不爱去参加他们的聚会，对一些交际舞会更是敬而远之。

不是没有人向她投来欣赏的目光，但大概是梁茵的贵族排场做得太足了，大家都猜测童淼家世显赫，将来注定是要联姻的。所以那些对她有点儿兴趣的男生，也都默默地远离了。

除了梁茵给她的排场之外，童淼的成绩对绝大多数人来说，也是很大的压力。

她最初在语言方面还不是很适应，但过了一个学期之后，这种困扰少得多了，她在学习上的天赋就显现出来了。

这种优越的学习能力，不仅在国内让人望尘莫及，在国外也同样如此。

她的大脑简直就像一本百科全书，不管多浩瀚的知识，多复杂的病例，只要她接触过，就一定能记得分毫不差。

连学校资深的医学教授都对她夸赞不已，主动要求给她写推荐信，介绍她进那些高精尖的实验室学习。

童淼这边生活充实，司湛也不遑多让。

女朋友不在身边，他就把全部的精力都放在了新产品的开发上。

陈冬他们也成熟多了，在做项目方面得心应手，公司慢慢发展，也招了不少新人。

司湛每天忙得几乎没时间合眼。

他一边要应付学校的考试、出勤，一方面还得代表公司去跟人谈合同。

往往下课铃刚打响，司湛就一边套西服外套一边跑出去，直奔会议室开会。

他的辛苦，同届的同学都看得到。

但辛苦始终是没有白费的。

几年过去，司湛的公司已经初具规模，他也成为学校里自主创业学生里的佼佼者。

他原本就算风云人物，公司发展壮大后，在学校的知名度就更高了。

再加上他身边也没有了女朋友的身影，有些人的心思难免便活了。

计算机系的女生很少，但也不是没有。

比司湛低两届就有个学妹，也是南方姑娘，长得小巧玲珑，乖巧可爱。

乍一看，和童淼是一个类型。

学妹自入学以来，就总是能听到司湛的名字。

她在经验交流会上见过他，在自主创业分享会上见过他，在同专业的公开课上见过他，也在学校宿舍前的紫荆操场上见过他。

见得多了，很难不对他动心。

他长得很好看，褪去了年少的不羁，满身都是成熟稳住的气质。

而且他还十分成功，再过几年，恐怕就是行业大佬了。

听说司湛的家庭条件很好，父母都事业有成，但他一点儿也不颓废，从小到大都目标明确且坚定。

学妹来的时候，司湛身边就没有女人，所以她当然没有顾忌。

计算机系难得有一个长得好看的姑娘，很快就被捧为系花，受到了不少男生的追逐。

司湛这届的男生也不例外。

谁不想跟乖巧可爱的小学妹谈恋爱呢？

学妹心里揣着司湛，当然对别人不屑一顾。

但她还是忍不住向人打听司湛的情况。

比如……他有没有喜欢的女生。

得到的一贯回答是，司湛有个女朋友，和她大概是一个类型的，现在在英国读书，已经两年没回来了。

学妹并不觉得太难过。

两年。

两年能改变太多事情了。

再深的感情，两年也淡化得差不多了。

她不觉得司湛对那个女朋友还有感情。

或许已经分手了，只不过大家都不知道。

又或许只是貌合神离，没有找到合适的下一任罢了。

想要得到，就不能被动等待。

学妹初生牛犊，精力旺盛，鼓足勇气去追求司湛。

她当然不会傻到主动跟司湛说喜欢。

毕竟表白这种事情，还是应该留给男生来做的。

所以她先是申请到司湛的公司实习，再频频出现在他面前。

由于都是清华计算机系的学生，说没有照顾，是不可能的。

司湛的学弟学妹们，很多都在他的公司实习过。

学妹面试异常顺利，很快过上了能跟司湛朝夕相处的日子。

可惜去了才发现，说是朝夕相处，但基本是隔着一层玻璃门。

司湛也很少跟他们说话。

他每天从学校赶过来，就拉着那几个元老开会。开过会，制定好计划，就窝在办公室里面不出来。连吃饭都是拿进去吃的。

学妹有点儿失望。

虽然她来工作了，但司湛并没有注意到她。

他们之间唯一一次正式的对话，竟然是在校医院。

司湛有点儿感冒，去校医院开了蒲地蓝。

学妹则是因为痛经难忍，去拿止痛药。

司湛拿了药之后，一手捂着口鼻，匆匆往外走。

学妹既惊讶又欣喜地叫了一声：“司湛学长。”

司湛停下了脚步看过来，微微一怔。

学妹的气质真的和童淼很神似，一样安静，乖软，镇定。

但她没有微微卷曲的长发，眼角不像童淼那些微微泛红，看他时不像童淼那样，眸子里带着泛着水光的笑意。

司湛很快平静下来，似乎在等她说有什么事情。

学妹酝酿了一下情绪，激动地揉捏着手指，眼睛弯成月牙：“学长，我叫宁珑，是你低两届的学妹，我现在在你公司实习呢。”

“哦，你好。”

司湛回想了一下，没什么印象。

招人这种事不归他管，他更懒得记名字，反正实习生来来往往，有的人这辈子都不一定会再见一次，记了也无用。

但毕竟人家还在自己那里工作，作为老板，司湛觉得理应表现得客气一点儿。

所以他颔首轻笑，算是表现出了难得的友好。

宁珑这下更激动了。

她努力压抑着心里的雀跃，双手合十，在胸前摩擦了一下，柔声道：“学长，我特别崇拜你。大学期间你就能获得现在的成就，我真的心服口服。我觉得自己可能毕业很多年，都不会像你现在这么厉害。”

司湛挑了一下眉，又重重地咳嗽了两声。

“别这么说，我就是普通人。”

宁珑立刻关切道：“学长你还好吗？我看你已经感冒好久了，是不是这段时间一直在加班累到了？还是要注意休息啊。”

“嗯，谢谢。”司湛应道。

他也不知道为什么这次感冒好得很慢，大概是公司里常年开着空调的缘故。

司湛不愿意因为自己影响了工作进度，所以就一直放任下去。

学妹听到那声谢谢，笑得灿若桃花，柔顺的头发软软地垂在肩头，被她别到耳朵后面。

她对自己的长相还是很有自信的。

也幸好，今天出门时化了淡妆，看起来既清纯又精神，是她最好的状态。

董诚恰巧来校医院做指导，院长笑眯眯地送他下楼，走到楼梯口，他就看到司湛和一个小姑娘在大厅里说说笑笑。

小姑娘的背影，和童淼很像。

仔细一看，却又不像。

这姑娘很爽朗，很主动，童淼则隐忍内敛得多。

看到司湛对着她笑，董诚心里顿时憋着一股火。

他沉着脸走了过去，单手插进白大褂的衣兜里，盯着司湛，淡声道："感冒很久不好吗？"

院长莫名其妙，不知道董教授为何突然这么积极，但也只是安静地站在后面，没说话。

司湛一开始的确没注意到董诚。他毕竟感冒了，身体难受，精神也不好，注意力也没有以前那么集中。

但看董诚一副兴师问罪的模样，司湛觉得还挺有趣。

他勾起唇，懒洋洋道："是啊，您还想给我治一治？"

宁珑不明所以，站在原地有点儿僵。

她不是医学院的，所以不认识董诚，但看这人一身白大褂，还以为是为司湛治过病的急诊医生，于是赶忙往司湛那边靠了一点儿，将面对面的位置让给董诚。

董诚一见她和司湛都快胳膊贴胳膊了，气得脸上的肌肉都跳了跳。

他冷冷地扫了司湛一眼，开口道："感冒长时间不好，可能是病毒性的，光吃消炎药没用，过来验个血吧。"

他说罢，沉着脸朝门诊室走去。

那本不是他的办公室，但正巧里面没有人。

司湛眨了眨眼睛，若有所思地点点头，拿着手里那盒药，跟了过去。

自童淼去留学后，司湛和董诚就没什么交集了。

反正他们互相不待见，谁也看不上谁。

但今天董诚能主动叫他过去，司湛还是挺惊讶的。

他倒要看看，董诚的狗嘴里能吐出什么象牙来。

宁珑有些遗憾跟司湛交流的时间这么短。

本来，她还想跟司湛一起走的。如果司湛也去公司的话，那就太好了。

谁想突然被一个医生给劫走了。

宁珑虽然不舍，但又觉得还是学长的身体重要，于是只能抬起手轻轻地挥了挥："学长，那明天见，你要好好休息。"

明天，她也要去工作的。

司湛没有回头，只是疏离地回道："好，谢谢。"

可他越是疏离，宁珑越是觉得他稳重。

他不像那些宅男一样，见她漂亮就屁颠屁颠地凑过来。

他很难接近，也很不容易交往。

但这样的人，一旦动了情，那就很容易把握住。

宁珑不想一时爽快，她是真的欣赏司湛这个人，觉得他无可挑剔，想要跟他有长久的发展。所以现在的距离感，倒是给了她信心。

司湛一进门诊室，便懒洋洋地坐在了椅子上，一抬眼，带着些鼻音道："董教授有什么要指示的？"

他和董诚话不投机半句多，要不是身体不好，他还能怼得更狠。

在董诚面前，他那些所谓成熟、情商高的品质，基本上没剩下什么了。

董诚依旧冷着脸，从一旁拿过抽血的工具，声音里带着冰："胳膊。"

司湛虽然看不上董诚，但是对他的医术、医德还是相信的。

他闭了一下眼睛，把袖子撸起来，将胳膊搭在桌面上。

他的肌肉很结实，血管也很明显，多年的伏案工作并没有影响他的身材。

董诚熟练地给他消毒，套上橡皮筋，然后抬眼扫了他一下。

其实抽血这种简单的工作，实在轮不到董诚这个级别的医生来做。

司湛大概是近些年唯一有幸的人了。

董诚一言不发，眼睛一眯，盯准司湛的血管，毫不犹豫地刺了进去。

司湛猛地一咬牙，脸侧的肌肉绷紧了。

他从来都不知道，抽血也能这么疼。

但他的忍耐力极强，丝毫没在董诚面前露怯。

董诚抽完了血，这才把针拔出来。

司湛觉得被刺的地方疼得都快麻木了，一抽一抽的。

董诚显然是故意的。

想罢，他嗤笑了一声，轻轻地摇了摇头，一手按着臂弯处的针眼，一手抖开了董诚留在他胳膊上的橡皮筋。

董诚把司湛的血样交给其他医生拿去化验，然后一拉椅子，坐在了司湛面前。

"你看不出来刚才的女生喜欢你？"他面容严肃，一副长辈的做派。

司湛慵懒地一笑："看得出来。"

这种场面他见得多了，怎么可能看不出来？

董诚一蹙眉，生气地说道："那你还跟她说说笑笑！哝哝现在在国外，你最好注意一点儿。”

司湛一抬眸，脸色凉了几分。

他倾身，将手臂搭在膝盖上，西服外衣因为他的动作褶皱起来。

“我说说笑笑？没想到董教授的承受能力这么差，这就受不了了。”

董诚抖了抖白大褂，深深地吸了一口气：“你是哝哝的男朋友，我希望你时刻记住这一点，跟其他女生保持距离。”

司湛也不客气：“这话你还真不配跟我说。让我保持距离，你自己又做成了什么德行？”

董诚一时失言，脸色变得青一阵白一阵。

“不管怎么说，她是我的女儿。”

司湛嗤笑：“你的女儿？你又给她做了什么好榜样呢？抛妻弃子，欺上瞒下。董教授，你在我这儿可没有什么尊严可言。”

董诚气得深吸了一口气，胸膛不住地起伏着。

他的手死死地抓着裤腿，勉强压抑自己的脾气。

不管他做错了什么，他都是珍视童淼的。

她是他的女儿，从小娇柔乖巧的宝贝。

他真是舍不得童淼有一天面临分手失恋的痛苦。

他承认自己是自私的，但是这世上谁不自私呢？

“你不必用言语刺激我，我对哝哝，是真心关心的。”

司湛无所谓地站起身，把胳膊上的棉花球随意一甩，淡声道：“我不是你，别用你自己的龌龊想法来想我。”

说罢，他也没等验血结果，便一抖袖子，推门出了门诊室。

手臂上的针眼还没有完全凝血，又因为他粗暴的动作渗出了些许血点儿。

司湛毫不在意。

他只是太想童淼了。

原来，看到一个和她身影相似的人，都那么开心。

第二天他一到公司，宁珑就主动地站起身来，面带微笑地跟司湛摆了摆手。

司湛戴着口罩，皱着眉，轻微地点了一下头。

宁珑慢吞吞地把手放下，无比期待能看到司湛口罩下的表情。

他到底是高兴，还是不在意？

陈冬笑嘻嘻地过来，自然而然地揽住司湛的肩膀：“湛哥，咱妹妹是不是要回来了？”

“嗯，回来过假期。”

“啧啧，我说你怎么这么着急去挂点滴呢！是不是怕传染给咱妹妹？”

司湛用胳膊肘撞了他一下，冷冷地扫了他一眼：“谁是你妹妹？”

陈冬不依不饶，老神在在道：“反正童淼不能是你妹妹了，但永远都可以是我妹妹。”

两人说说笑笑，走进了办公室。

啪嗒。

大门关死，宁珑的笑容僵在了脸上。

她悻悻地放下手，指甲死死地抠着掌心。

司湛的女朋友叫童淼，这她是知道的。

但她心里一直确信两个人许久不见，早已经没有感情了。

可是现在看来，并不是那回事。

刚刚陈冬提到童淼的名字时，宁珑分明看到了司湛眼底的笑意。

是那种不经意的，听到她名字的瞬间就变得温柔的笑意。

再对比司湛回应她打招呼的样子，实在是冷淡得仿佛陌生人一样。

或许，他就是把她当成了陌生人。

毕竟他也就对她有过一次印象而已。

宁珑失落地坐下来，望着面前的电脑微微发怔。

她看向黑屏上映出的自己的脸。

那个童淼能多好看呢？

她听一些学长说，她跟童淼的气质很像，从背影看，简直分不出谁是谁。

宁珑摸了摸自己的脸。

所以她唯一遗憾的地方，就是没能先遇到司湛。

如果两个人长得很像，那司湛爱谁都可以，他就是喜欢这个类型的女生而已。

一边的学长扫了她一眼，轻声道：“想什么呢？我劝你还是别想了。”

宁珑转过脸来，低声问道：“那个童淼学姐，是什么样的人啊？司湛看样子很喜欢她。”

学长哼哼两声：“当然是神人了。”

宁珑勉强笑了笑：“超级漂亮吗？”

学长思索片刻，答道：“漂亮倒是漂亮，但人家不需要靠长相啊，实力就完虐我们一众蝼蚁。”

宁珑不信：“她不是学医的吗？还能跨专业完虐我们？”

学长摇了摇头：“你太小了，还不知道童淼在学校辉煌的时候，那个成绩，那个智商……只要是她参加的比赛，别人就没有拿第一的可能。”

宁珑问：“司湛也不行？”

学长想了片刻，笃定道：“谁都不行，当然老大也不行。你不知道吧？当年在高中帮着老大夺得VEX全国冠军的就是童淼啊，人家只不过没做这行，不然……”

宁珑一惊。

她没想到童淼竟然这么优秀，优秀得她望尘莫及。

学长说完闲话后，自顾自地继续干活，宁珑的心思却再也不在工作上了。

如果童淼能帮着司湛夺得VEX的全国冠军，那她的确比不上人家。

宁珑从小到大也是佼佼者，但自从考到清华后，她深刻地认识到，这个世界太大了，厉害的人物太多了。

她原来有多辉煌，现在就有多普通。

而童淼，在这个地方依旧能保持辉煌。

也不怪司湛对她念念不忘了。

这种人，生下来就是注定要闪耀的。

而她就只能在这种光辉下自惭形秽。

想罢，宁珑深吸了一口气，按亮电脑屏幕，打开Word，缓缓地打了一份辞职报告。

既然得不到，那就不要看着他对别的女生俯首称臣了。

晚饭时分，陈冬乐呵呵地拉着司湛出来。

“我去订个餐厅吧，咱妹妹在英国那么长时间，肯定想火锅了。”

“嗯。”司湛狭长的眼睛弯了弯，单手插着兜，也没拒绝。

“姜谣是不是也在帝都呢？我去问问她忙不忙，咱几个聚一聚。”

“好。”

“那……既然叫了姜谣，叫不叫季老师呢？”

司湛犹豫了片刻，戏谑地一勾唇：“当然叫，我心情好，送姜谣个礼物。”

“哎，大谣好歹也是大明星了，你说季老师也是，现在又不是师生，有什么可别扭的？谣谣可是正经的大美女呢。”

司湛扫了他一眼："你当季老师跟你一样，没节操，没廉耻？"

陈冬撇了撇嘴："反正吧，我觉得谣谣和季老师有机会。哎，季老师也在清华，你没听说他有什么恋情吧？"

司湛摇头："还用你关心？他要是有恋情，姜谣早就炸了。"

"你说你这些年也给姜谣偷偷传了不少季老师的消息了，咱妹妹又跟着煽风点火的，到底有没有用处啊？"

司湛推开公司的门，似笑非笑道："谁知道呢？"

遥远的距离把他的声音切断了，公司里，只能听到敲键盘的声音。

宁珑对他们聊的所有的事情都不了解，但她清楚地知道，他们口中的名字，那些人，他们是一个圈子，是从小到大的情谊，谁也插不进去，谁也不能分割。

转眼又是夏天，窗外是连绵不断的细雨，打在窗户上，留下斑驳的印记。

童淼刚跟完一台手术，主刀医生是相当出名的医学专家，到手术室学习的机会还是她的导师给她争取来的。

手术结束之后，她详细地写好了总结，发送过去。

看着逐渐变暗的电脑屏幕，她慵懒地伸了伸胳膊，打了个哈欠。

她订了一个星期后回国的机票，大概能有两周的假期，但事实上最近这几天她都不太忙了。

只是导师那里有可能会随时召唤，她不敢走。

正巧姜谣跟着剧组到这边拍戏，她们也能小聚一下。

她这两年不在国内，还不清楚姜谣具体红到了什么程度。

但是当她去商业区闲逛，看到大屏上姜谣的应援时，还是震惊了一下。

这毕竟不是国内啊。

她听说姜谣这次来拍的是部商业电影，虽然只是友情出演，但绝对算是大制作，优良班底，到时候会全球放映的。

她这些年的朋友不多，唯有和姜谣从来没断过联系，看到身边的人越来越好，她心里也格外踏实。

姜谣跟司湛是从小玩到大的，自然和梁茵关系不错，把她邀请来别墅，大概没有什么不妥。

想罢，趁着雨渐渐小了一些，她取了把剪子，在院子里修剪花木，一边剪一边等姜谣。

没过多久，一辆黑色的车子停在了门口。车刚停下，助理还没来得及撑好伞，姜谣就已经迫不及待地推开门跑了过来。

她依旧莽莽撞撞，跑过来奋力扑到童淼怀里，差点儿把童淼撞倒。

“哎哎，你小心点儿，我拿着剪子呢！”

童淼努力地把脖子从姜谣的手臂间伸出来，把剪子扔到草坪里。

“喵喵，你真是越长越有气质了！”姜谣把童淼的衣服蹂躏得皱皱巴巴的，然后摸着她的卷发玩。

“大明星也越来越时尚了。”童淼搂着姜谣的脖子，把她带回屋里。

咖啡机里煮着热咖啡，童淼给姜谣倒了一杯，驱驱寒气。

姜谣一边打量梁茵的大别墅，一边啧啧赞叹：“你别说，梁阿姨真的是奢华主义者，怪不得那么多人想嫁给司湛呢。”

童淼端着咖啡杯的手顿了顿，略微挑眉：“你说什么？”

姜谣一副不吐不快的模样，凑过来，半开玩笑半警告道：“你不在国内，不知道司湛在学校有多受欢迎。有钱，自己创业，长得还帅，你们学校有什么颁奖啊，主持啊之类的活动，全是他去，太抛头露面了，追他的小姑娘都快排到隔壁去了。”

童淼闻言眨眨眼，慢吞吞道：“好啊。”

姜谣捅了捅她的手臂，童淼杯中的咖啡猛地一晃荡。

“不是，你就一点儿都不担心啊？”

童淼抿唇笑了笑，云淡风轻道：“我有什么担心的？我收到的单身派对邀请也不少。”

姜谣思索了片刻，点了点头：“也是，你智商一流，长得可爱，司湛不选你真是瞎了。”

“你可别这么说，我们学校卧虎藏龙呢。我是对司湛有信心。”童淼强调道。

若说最开始，她会在这段恋情里感到些微不自信，那么现在她已经完全没有这种自卑的心态了。

她得感谢这段留学的经历，让她变得更加成熟、坚韧，让她找到了属于自己的一片天地，并且做到最好。

起码现在导师的团队里，她可以确信，自己是无可替代的，这种自豪感是爱情无法给予的。

所以她开始理解梁茵对事业的执着，也对姜谣想要功成名就的心思感同身受。

不管是事业上，还是感情上，自信都是自己给予的。

“你啥时候回国来着？我看咱俩能不能坐同一班飞机。”姜谣问。

“我要一个星期后吧。你们明星出行不都坐商务舱的吗？我这种穷苦留学生可买不起全价票。”童淼调侃她。

其实有个明星朋友是种挺微妙的感觉，看着那个在屏幕上演绎各种人生的人，现实生活中生龙活虎地活跃在自己身边，便会产生强烈的反差感。

尤其是她看姜谣的采访视频，总是笑得一脸天真烂漫，回答最多的一句话就是：“我也不太清楚呀。”结果回头就在小号朋友圈吐槽哪个导演耍流氓，哪个编剧写脑残剧本，对戏的小鲜肉只会瞪眼睛，连普通话都说不好。

“你别逗我了，你还穷苦留学生？”姜谣指了指梁茵的大房子，啧啧赞叹。

童淼无奈地摇摇头：“喂，我这是借住的好不好？我的生活费也是靠奖学金和做翻译弄来的。”

“司湛都是公司老板了，还能让你自己买机票？”姜谣揶揄地眨了眨眼。

童淼弯眸笑了笑：“我自己能赚钱啊，干吗用他的？”

“哎，反正我回去跟剧组确认时间，咱俩一起走哈。”

姜谣说到做到，还真的跟童淼买了同一天的票，到机场值机时，又强行给童淼升了舱，两人坐一起。

回国的旅程十分漫长，两人聊聊天，睡睡觉，最后都倦倦地靠在座位上，目光呆滞。

但飞机降落之后，姜谣就像打了鸡血一样，从座位上弹起来开始补妆。

全套补完，对着镜子看着满意，她才把东西收起来。

童淼十分新鲜地看着她：“不是吧？这么敬业？”

姜谣撇撇嘴：“你是不知道国内演艺圈对女明星有多么苛刻。我这憔悴的模样若被拍到传出去，整容、失恋等乱七八糟的消息都来了。”

童淼同情地拍拍她的肩：“你真是辛苦了。”

司湛当然来机场接机了，姜谣那边也有公司准备的保姆车，所以两人从机场出来，约好下次再见就分道扬镳了。

童淼坐在副驾驶位上，看了看熟悉的风景，嗅了嗅更加熟悉的雾霾味道，感叹道：“看来环境问题还是没怎么改善啊。”

司湛歪过头瞥了她一眼，慢慢地把车停在了路边，轻声道：“好不容易见到我，你就只想谈谈环境问题？”

童淼一脸无辜道：“那我聊聊我的学习成就，比如我发了几篇论文，参加了什么项目？”

其实司湛把车停在路边，她就大概明白他是什么意思了。

所以等司湛扑过来吻住她嘴唇的时候，童淼自然地搂住了司湛的脖子，忍不住想笑。

司湛轻轻地咬住她的下唇，伸出舌尖舔了一口。

童淼搂住他脖子的手更紧了些。

或许是在国外这两年思想变得更加开放了，她回应得格外热情，甚至逐渐掌握了主动权，慢慢地把舌尖探入司湛的口中。

司湛惊讶得睁开了眼睛。

童淼纤长的睫毛就在他眼前，轻轻颤抖着，她脸上浮起一片绯红，细碎的刘海垂在眉毛上，散发着橘子味的清香。

“我好想你。”童淼抵住他的额头，低声呢喃。

司湛揉了揉她柔顺的卷发，蹭了蹭她的鼻子，嗓音沙哑道：“我也是。”

“我特别特别爱你。”童淼眨着漂亮的杏眼，凝视着司湛。

司湛轻笑了一声，捏了捏她的后颈：“你别以为这样我就忘了你申请研究生了。”

本科即将结业，她继续申请了读研究生，这些日子会到学校领取本科毕业证书，然后继续在国外学习。

童淼讨好似的揉了揉司湛的脸：“我还没追究你那些排到隔壁的追求者呢。”

司湛沉了脸：“谁说我有追求者的？又是姜谣吧？我必须把她拉黑。”

童淼缩回手，故意把脸朝向窗口：“你怪谣谣干什么？不先交代交代问题？”

司湛突然倾身，把她圈在怀里，低头看她水润红嫩的唇，喉结微动：“问题就是……我为你守身如玉都快要憋死了，你得好好补偿我。”

他说罢，咬住她的嘴唇，又是一通深吻，这回他完全掌握了主动权，没有给童淼一丝发挥的机会。

童淼就像被压在案板上的鱼，动弹不得，挣扎不得，等待着震撼人心的宣判。

当然，她也不是那么想要挣扎，手臂拘谨地推一推，撑在司湛的肩头，捏着他坚硬的锁骨，欲拒还迎，后来干脆被司湛抓住了手腕，撑在脑后。

苍天啊……

她眨了眨眼睛，理智的弦随时可能从脑海中抽离。

天色很暗，不远处的草地里传来接连不断的虫鸣，仿佛盛夏狂欢似的。

太爱他了，实在是太爱他了。

童淼慢慢地把眼睛闭上了，用心去感受司湛的吻。

幸亏车玻璃贴了膜，让他们拥有足够的安全空间去做亲密的事。

窗外的阳光太过刺眼，昨天忘记拉窗帘，没遮没挡。

童淼翻了个身，正翻到阳光照到的地方，强烈的光线射到她的脸上，她一瞬间就清醒过来，眯着眼睛朝四周望了望，是熟悉的滨河小区的客房。

对啊，昨天在大学办完了手续，他们就开夜车回阑市了，甚至都没来得及告诉司叔叔和妈妈一声。

已经好久没有回到这个地方了，真是让人十分想念。

她浑身松软下来，撑着床坐直身子，漫无目的地打量整个房间。

一回到这里，她满脑子都是高中时发生过的点点滴滴，哪怕已经过去四年了，哪怕当初朝夕相处的同学已经断了联系，一帧帧的画面却仿佛刚刚发生的一样清晰。

她还记得“眼镜男”欠嗖嗖的笑，记得徐茂田埋头苦学的认真模样，记得周雅茹维持纪律时的眼神，还有班级里的其他所有人。

不知道他们如今怎么样了，曾经热闹的班级群已经沉寂多时，时而刷到朋友圈，看到那些近照，她甚至无法跟高中的印象对照上。

大家都长大了，也各自有了新的圈子，挺好的，这样他们在她的记忆中，永远是那副青涩年轻的模样。

司湛呢？

她掀开被子，从床上蹭了下来，光脚踩在地上，长发蓬松凌乱地披在后背。

厨房里传来一阵碟碗碰撞的声音，她顿时安下心来。

由于还要继续在那边读研究生，所以她的大部分行李都没有带回来，昨晚也只是穿了件小吊带背心当睡衣。

她慢悠悠地走出房间，看到的是司湛颀长的背影。

他穿着白衬衫和黑色西裤，衬衫下摆塞到裤子里，绷紧在腰线处。

他的脊背越发宽阔结实，把衬衫撑出一两条褶皱，蝴蝶骨的形状若隐若现。

他或许是不常在外面运动，只是偶尔跑健身房的缘故，脖颈变得很白。

“司湛？”童淼靠在门边，柔声细语地叫他的名字。

司湛回头轻轻地笑了一下：“没什么食材，就简单煎了蛋和火腿，烤了几片吐司。”

他说罢，扬了扬手里的锅铲，上面还带着星点的油花。

童淼挑了挑眉，她甚至都不知道司湛什么时候学会做饭了。

毕竟以司湛的家境，大概从小就没有自己解决吃饭问题的意识。

想到这里，她不免有些愧疚和遗憾。

这两年在外求学，她错失了太多和司湛相处的机会。她不了解司湛身边发生的一切，没法及时出现在他身边，甚至没办法在他做早餐的时候，从背后给他一个拥抱。

于是她缓缓走过去，亲昵地搂住司湛的腰，把脸贴在他的脊背上蹭了蹭。

衬衫上带着他的温度，还有熟悉的薄荷香。

司湛的身体僵了僵，捏在手里的锅铲停住了。

他实在难以忽视背后传来的柔软的触感，尤其是对方还在毫无意识地蹭来蹭去，让他不免想到了那个晚上发生的事。

“喀，你这是考验我吧？”锅里的鸡蛋难免有些过火候了，司湛把它翻了个面。

童淼迷茫地抬起头，手臂依然紧紧地环着他的腰：“考验你什么呀？”

“考验我……是给你做饭重要，还是克制自己的欲望重要。”

最后一个鸡蛋被铲入盘中，童淼成功地落荒而逃。

逃开之后才发现，自己好像也没有那么尴尬。毕竟该做的都做过了，而且在国外那么久，对那样的尺度早就见怪不怪。

她好像只是会对司湛产生一种条件反射，从高中就养成的条件反射。

“先吃饭吧。”司湛端着盘子转过身来，朝童淼眨了一下眼睛。

童淼特有眼力见儿地夹起面包，一起端出去。

司湛做的早餐的确简单，她在国外吃遍了各种各样的鸡蛋和火腿、面包混搭，但这一份显得格外不同。

餐桌上放了辣酱和番茄酱，厨房里还飘散着一股浓浓的蛋香，这张曾经只用来辅导理科题的餐桌，莫名有了生活的气息。

童淼在吐司上涂了一层辣酱，然后分别夹了一块鸡蛋和火腿进去，捧到嘴边咬了一口。

司湛盯着她看。

她瘦削的肩膀和白嫩的脖颈都露在外面，小背心松松垮垮，隐约能看到凸起的弧度，脖子上还系着那个戒指，坠在锁骨中间的颈窝，带着浓烈的归属感。

司湛的眼神难免变得贪婪了一些。

男人对喜欢的女生，总是随时随地能产生邪恶的念头。

童淼毫无察觉，她一边咀嚼着一边随意问道："今天你怎么穿得这么正式啊？"

司湛低头看了看微微敞开的衣领："一会儿我们回趟学校，看看老师。"

童淼愣了一下，眼中闪烁着异样的惊喜。

她其实一直都有这样的想法，但是由于种种事情耽搁，毕业四年了，她还没有回去过一趟。

也不知道班主任最近怎么样了，是不是还认得他们。

"好啊，那我也得穿正式一点儿。"说罢，她放下面包，迫不及待地想回房间找衣服。

司湛一把拽住她的手腕："先别换，让我多看看。"

多坦荡又自然的请求啊。

让童淼都没有办法拒绝。

她情不自禁地抿住唇，眼神向斜上方的天花板扫了一下，一屁股坐回了椅子上。

司湛优雅地叉起一块火腿，一边凝视着童淼，一边缓缓地放入口中，闭嘴咀嚼。

他的眼神那样深沉，就仿佛吃的并不是火腿，而是把童淼拆吃入腹一般。

一顿异常暧昧的早饭，在童淼强烈要求洗碗的执着里终结。

她把碗筷洗好擦干，放到碗橱里。

打开冰箱，里面空荡荡的，好像司湛只买了早餐吃的东西。

真是有心了，昨天回来那么晚，竟然还能早起做饭。

童淼轻轻地打了个哈欠，跑到屋子里换衣服。

司湛一边看电视一边等她，待她梳洗完毕，两人拎了些从北京带回来的特产，装在车里，一路开到学校。

校门口的门卫不知道换了几茬，比以前的和蔼多了，一听说他们是来看老师的，立刻乐呵呵地放他们进去了。

童淼掰着手指认认真真地算了一下，班主任现在应该是教准高二。

盛华的教学楼没有变化，但是教室门口的班牌号一年换一次，爬了三层楼，他们才看到高二的标志。

司湛拎了太重的东西，背后隐隐出汗了，童淼只得让他在楼梯口等着，自己找了个学生，问班主任的新办公室。

那小姑娘眨巴着大眼睛，颇为好奇地打量着童淼，巴掌大的小脸上，还有两个深深的酒窝。

“就在四楼语文组啊，走廊边那个，那是我们现在的班主任。”小姑娘伸手比画了一下位置。

童淼看着她，多少想起了当初的自己。这个年纪真好，简简单单的，生活里只有学习。

“谢谢了。”

她挥了挥手，手腕上的铃铛晃了晃，叮当作响。

小姑娘目送着童淼和司湛上楼，仍然觉得新鲜，毕竟学校里很少来这么年轻又好看的人。

所谓近乡情怯，大概就是童淼现在的感受了。

她站在办公室的门口，愣是半天都鼓不起勇气敲门。

不知道第一句话说什么，不知道班主任会是什么反应，不知道她和司湛算不算班主任庞大的学生群体里有些独特的那一些。

司湛比她干脆利落多了，把礼物放在地上，抬手就敲了门。

他没什么顾忌，这些年盛华的老师和领导层，大概也不会忘记司家的功劳，毕竟司家每年都用大笔大笔的资金赞助着学校。

班主任正在里面批作业，往门口一看，愣住了。

“老师好。”童淼拘谨地轻轻点头，司湛把大包小包的礼物拎进来。

班主任的表情逐渐由迷惑转为惊喜，她动了动嘴唇，情不自禁地推了一下眼镜：“天啊，我都差点儿认不出你们俩了。”

她满面笑容，甚至有些羞涩地搓起了手，眼角漾起了丝丝细纹。

“老师，早就该来看您了，多谢您当年的照顾。”司湛把礼物放到桌面上，单手搭在童淼的肩膀，把她揽在怀里。

班主任的眼神在他们俩之间转了转，轻轻一笑：“你们这是……在一起了？”

其实当年她就隐约猜到了，毕竟朝夕相处，谁和谁有点儿什么，班主任看得最清楚了。只是这两个人当初也没闹出什么事，更没有影响成绩，所以班主任也就睁一只眼，闭一只眼了。

童淼点点头："是啊，其实……早就在一起了。"她说罢，轻轻地吐了吐舌头。

早恋毕竟是有违学校的规章制度的，现在提起来，她还是有些不好意思。

"挺好挺好。童淼现在也更漂亮了，司湛也成熟了，老师都快对不上号了，你当初可没少让人头疼。"

班主任笑着说，一看两人都还站着，赶紧招呼他们找椅子坐。

童淼拉椅子的时候才发现对面的仰椅上睡着个小孩，粉白粉白的，嘴里流着口水，皮肤细腻得好像鸡蛋清。

她立刻压低了声音，惊喜道："老师……这是？"

班主任温柔地朝小孩望过去："两岁了，成天就知道睡觉。"

天啊，真是太大的惊喜了！

他们这届学生最大的遗憾，就是让班主任失去了一个孩子。

现在知道班主任的这个创伤已经被弥补了，她的生活里有了一个小生命，没什么比这更让他们觉得欣慰了。

"那您生完宝宝就继续做班主任了？"童淼想起了那个小姑娘的话。

"孩子一断奶我就带班了。没办法，学校不放啊。"班主任摆了摆手，"你们最近怎么样？大学也不轻松吧？"

"司湛和一些好朋友在北京开了个小公司，我刚从国外回来，接下来还要继续深造，希望将来回国能回协和医院工作。"童淼乖巧地答道。

开公司班主任不太懂，但是协和医院她当然听说过，于是相当满意地说道："协和好啊，最好的医院。"

司湛转过头，深深地看了童淼一眼。

第39章

她说到做到。

说去协和，就真的只有这一个目的地。

留学生涯结束，她二十六岁。在她来看，这是最好的时期。

她拥有足够的理论基础和高超的实践水平，且对未来的工作充满期待。

童淼联系了自己在本科阶段关系比较好的导师，表达了自己的意向。

导师很开心她学成归国，但也直白地告诉她：“你现在这个学历，要是留在国外，大概就是人生赢家了。”

医生和律师一向是公认的最好的职业，即便求学期间学费昂贵，但留在国外工作一两年就能迅速回本，并且日后生活优越有保障。

但在国内，这种优势被极大地削弱了。

童淼成熟稳重多了，也开朗豁达多了。

她低头笑了笑：“老师，我并不缺钱。”

她说的不缺钱，单单是指自己没什么大的花销，也不那么在意财富，来协和自然是有别的目的。

导师却想多了。

童淼的男朋友公司开得成功，家里也是财富雄厚，当然不必担心经济压力。

导师欣慰地笑了笑，感叹道：“你能回来，我真是开心。说实话，现在学校培养出来的学生，能留在外面的都想留下，留不下的才回来，有几个能像董教授那样啊？”

童淼的睫毛微不可见地颤了颤，指甲不由自主地抵住了掌心。

她没想到导师会突然提到董诚。事实上她和董诚之间的关系，很少有人知道，她可以确定，自己的导师毫不知情，不然不会在自己面前贸然提到董诚。

童淼收敛起情绪，深吸了一口气，笑着说："我回来肯定有自己的想法，毕竟我的家还在国内，我妈身体不好，离远了不好照顾。"

导师喝了一口茶，取过桌边的眼镜戴上，晃了晃鼠标，点开了Word："这样，我给你写封推荐信，你等工作日的时候拿着简历和信，去找张副院长。"

"谢谢老师。"童淼朝导师微微鞠了一躬，眼睛弯成一道弧线。

她从导师办公室出来，打车去学校。

不知道医学院学生会这边是从哪里知道她的联系方式的，一周之前，学习部的学弟们邀请她回校给新生们做个演讲。

她作为校内小有名气的优秀毕业生，会和几个往届的学长一起，参加这个座谈会。

听说这次场面做得很大，这届的部长是真的有能力，有野心，想把学生会这个组织做好，想在学校众多知名社团中占据一席之地。

再次听到"学习部"这三个字，童淼多少有些感叹。

几年过去了，这个组织里的人也都换了好几届，风气也彻底变化了。新生里面，没几个知道历届部长都有谁，更没人知道童淼和学习部还曾有过小小的过节。

到了校门口之后，她被学生会的人领到会场，刚一踏进大门，原本还在后排坐着的学生们不由自主地站了起来，用一种羡慕又新奇的眼光望着她，恭恭敬敬地叫："学姐好。"

她仿佛看到了自己当初去学习部面试时候的样子。

一样小心拘谨，一样对比自己年长的学姐、学长抱有最大的敬意和尊重。

她朝两边的学生笑了笑，自觉地坐在了比较靠角落的位子上。

"学姐，你去第一排中间那儿坐着吧，这都是给新生坐的。"部长小声在她耳边提醒。

童淼怔了怔，这才反应过来，自己今天的任务是给一群新生传授经验，不再是以前充当背景板的角色。

她实在是溜边惯了。

她不好意思地欠了欠身，跟着去了第一排。

走下台阶的时候，她能听到后面的窃窃私语。

“学姐长得好漂亮啊，气质好好啊！”

“我的妈呀，简直是女神！我就喜欢这个类型的。”

“得了吧，学姐可看不上你，人家男朋友是计算机系大牛，去年给计算机系捐了一大批电脑，可有钱了。”

童淼到了前面才发现，已经有学长坐在那里摆弄手机了。

他们看起来已经在医院工作了，仿佛有处理不完的信息，微信提示音一条接着一条，他们皱着眉，频频看着时间，和她小时候妈妈开会时的状态差不多。

忙，大概是这个行业的常态，她也很快就要进入这个阶段了。

但是她没什么可焦虑的，甚至还有些兴奋。

座谈会给每个人的时间都很短，好些学长说完之后就拎着包匆匆走了，连留个联系方式的时间都没有。

童淼没有在国内工作的经验，只能大致介绍一下自己的留学生活，看着台下那一张张带着向往神情的脸，她突发奇想地问了一句：“你们知道毕业之后留在国外的基本工资是多少吗？”

下面纷纷摇头，眼神中带着些许好奇。

童淼对着话筒平淡地说道：“二十万，美金。”以她的资历来说，其实还能更多。

一阵阵惊叹声传来，那一张张脸上向往、羡慕的神情更甚了。

毕业之后的基本工资就这么多，再往深了想，在国外当医生简直就是前途一片光明。

一种莫名其妙的兴奋在人群中蔓延开，学生们仿佛已经看到了那时候的自己。

“那如果你们出去了，还愿意回来吗？”童淼轻声问。

下面沉默了片刻，兴奋的气氛散去，大家逐渐冷静下来。

就像是饭锅里热腾腾的鼓胀的白米粥，被骤然关了火，顷刻间退下去。

很快，有个男生开玩笑道：“说得好像我们想出去就能出去一样，像学姐这种超神的成绩才能吧？”

下面哄堂大笑，之后，有人说：“国内外前景、待遇差距很大，说实话，大家心里都有选择吧。”

是啊，都有选择。

趋利避害，人之本性。

童淼也只是单纯地想知道这些一脚踏入医门的人的想法。

这是个无解的命题，无关情操，无关得失，甚至不是他们在座所有人能讨论出结果的命题。

真正消除心理的偏差，需要漫长且认真的努力，管理层的努力。

她从前心疼妈妈的辛苦，憎恨董诚的选择。

但是此时此刻，她对董诚的选择有些迷茫了。

这些刚刚升入大学的学生都有明确的选择，董诚当然也懂。

他大可以留在国外，不再回来了。

他会有一份相当不错的工资，不太劳累的工作，优质的生活。

但是他最终选择了回国，不但肩负着医院里繁重的工作，没日没夜地做手术，还要抽出一部分时间回到大学教学，把他从国外学来的知识倾囊传授给一届届的学生。

她真的不知道，到底该说董诚自私还是无私。

“今天就到这里了，谢谢。”她垂了垂眸，把话筒关上了。

那天晚上，空气中带着湿漉漉的水汽，雨后雾霾退散，露出一片晴朗的天空。

她和司湛一直腻在一起，两人先是去吃了一顿颇有情调的日料，然后漫无目的地在蓝色港湾闲逛。

彩灯很绚烂，巨大的卡通模型边绕着一群群兴奋的小孩子。

喷水池持续不断地喷洒着水雾，把彩色光线割裂得断断续续。

她恍惚回到了在欢乐谷玩的那天，一样欢腾热闹的场面，她心跳加速，跟司湛做着各种各样的小动作，一切那样美好又惊心动魄。

现在她已经不会那么激动了，拥抱、接吻和亲昵对他们来说，是再自然不过的事情，就像吃饭、喝水一样自然。

到底是长大了，遇到这样漂亮的喷泉，她也不会兴奋地伸手接水，看到绚烂的灯光，也不会拉着司湛拍一张接吻照。

她面露微笑，一边回想一边等待，直到司湛端了两杯咖啡过来。

他的袖子挽上去，露出结实的小臂，从童淼的背后绕过来，把咖啡递到她面前，因着这个动作，童淼被他全然圈在怀里。

“想什么呢？”他轻声问。

“想欢乐谷。”童淼老老实实答。

司湛立刻明白了她是什么意思：“什么时候我们再去一次？”

童淼摇摇头：“不要，我想每次回忆起欢乐谷，都是那天的记忆。”

司湛低头吻了吻她的卷发：“我们会有更多值得回忆的事情，不会再分开了。”

“嗯。”童淼靠在他胸膛上，就着他的手，喝了一口星冰乐。

冰冰凉凉，带着摩卡的浓香。

她回来了，司湛也信守承诺，一直等着她。

“什么时候跟爸爸妈妈说一声，让他们赶紧领证吧，都拖那么长时间了。”

童淼已经改口叫司启山爸爸了，不管是从妈妈那里论，还是从司湛这里论，早就该叫这个称呼了。

“那我们呢？”司湛贴着童淼的耳朵，用气声问道。

童淼情不自禁地缩了缩脖子，捧住他举着星冰乐的手：“那得看你喽，大老板不会让我这个小医生先求婚吧。”

“大老板”轻轻地抿了抿唇，手掌搭在童淼的肩上，一用力，把她的身子转了过来。

童淼不明所以，只当他想要抱抱。

哪怕在这夜色里相互亲昵的情侣很多，她仍然微微有些脸红。

大概是这里的气氛太美好了，环境太欢乐了，她懒得顾及别人的目光，软绵绵地把脸贴在司湛的胸膛上。

谁料司湛的指尖却顺着她的胳膊滑下去，用一只手掐住了她的手腕，强迫她背在身后。

童淼抬起头，疑惑不解地望着司湛。

霓虹灯光映在她清澈的瞳孔里，而司湛的脸就映在光芒中央。

司湛轻轻一笑，低头在她唇上啄了一口。

童淼舔了舔下唇。

司湛垂眸看着她意犹未尽的小动作，再次深吻上去。

童淼的唇一向有些凉，他的唇则不是这样，两人的嘴唇贴在一起的时候，这种温度传递的感觉尤其明显。

童淼专心致志地享受，双手被强制着背在身后，她没有用力挣脱，只是彻底沉浸在司湛的柔情里。

直到她意识到有什么不对劲儿——手指被轻轻地套上一个冰凉的圆环，那种冰凉的触感从指尖一路蔓延到她心底，严严实实地将她禁锢在原地。

太真实了，真实到她已经不知道该如何反应。

冰凉的圆环很快被她的体温暖化，似乎和皮肤融为一体，无比契合。

她猛地睁开眼睛，怔怔地望着司湛。

司湛紧闭着眼睛，额前的碎发垂到眉毛上，被夜风一吹，露出光洁的额头。

童淼能看到他额角的薄汗。

他很紧张。

两人的唇还贴在一起，童淼却情不自禁地弯起了嘴角，长长的睫毛一上一下地扇动着，气息变得急促了许多。

她的手指动了动，慢慢地从司湛的指缝中穿插进去，和他的手交握在一起。

两人十指相扣的那一刻，司湛才像突然恢复了力气，紧紧地把童淼的手捏住。

他们身边人流不断，灯光像走马灯一样循环闪烁，但对童淼来说，世界静止了，时间也静止了，她想永远停留在这一刻，这一刻的狂喜和激动值得她一生反复回味。

没有人知道，这一天对她来说是多么惊喜的一天，这是她和司湛两个人的秘密。

不知吻了多长时间，两人默契地放开了对方，微微拉开距离。

司湛把童淼的手从背后拉过来，捧到胸前。

她的无名指上，戴着一个精致漂亮的婚戒，闪烁着耀眼夺目的光芒。

童淼垂头看着，舍不得移开目光。

司湛揉了揉她的掌心：“喜欢吗？”

童淼的心怦怦直跳，她望着司湛的眼睛，微微咬了一下嘴唇：“你什么时候……准备的？”

司湛的眼神往天空瞟了瞟，佯装漫不经心道：“这么想知道？”

“想。”她肯定地说道。

“你出国之前，二十岁生日之后，满足法定结婚年龄的时候。”司湛抿着唇，略有些羞涩地用下巴蹭了蹭她的头顶。

童淼怔了怔，眼眶情不自禁地就湿润了。

她的眼前模糊得看不清光怪陆离的世界，这六年的场景一幕幕在她脑海里闪过。

原来在她当初决定离开的时候，司湛就已经准备好了戒指。

但他什么都没说，亲自把她送到国外，安静地等待了她六年的时光，等她完成自己的选择。

他一个人承担了所有的变数，如果不是今天凑巧说到这个话题，童淼根本不知道，他什么时候才会把戒指拿出来。

或许等她进入协和，等她成为一名优秀的医生，等她超越董诚，治好妈妈的病。

她太自私了。

童年经历留下的阴影迫使她建立起强大的自我保护机制，她很难轻易改变自己的人生轨迹，即便日后的幸福生活把这种脆弱、敏感掩盖了起来，但并不代表它不存在，不会影响她身边的人。

“谢谢你，每一天都让我觉得获得了更厚重的爱。”

这是她的肺腑之言，她说得特别真诚。

司湛怎么这么好？他的一切都好，他就像上天派下来的救世主，能够安抚、净化她的灵魂。

“那我算成功了？”

司湛没想到童淼会是这种反应。

她强忍着眼泪，泪花在眼底打转，鼻子都红了。

他以为她会激动，会兴奋得跳起来，会狠狠地抱住自己，眼睛会弯成月牙。

结果她的声音软软糯糯的，一副委屈巴巴，泫然欲泣的模样。

司湛举着另一个戒指，在童淼眼前晃了晃，逗她开心。

童淼一把抓住戒指，干脆利落地套在了司湛的手指上。

“你成功了。”童淼低头亲了一口司湛的指尖。

司湛低笑一声，轻轻地弹了弹她的额头：“真是太好拐带了，一个戒指就成功了。”

“不，从熊本熊的城堡那天就成功了。”童淼道。

这一天，成了她短短二十六年记忆里，最神奇的转折。

这一天，他们吃了大餐，在蓝色港湾一直逛到关门；这一天，他们互相戴上了戒指，在每一个漂亮的背景前留下了合照；这一天，是地球时间线上微不足道的一闪而过，却是他们漫长一生里永不褪色的印记。

从高中到大学毕业，青涩稚嫩的温柔靠近，炙热真诚的初恋青春，还好，她都刻骨铭心地体验到了。

当天晚上回去后，她辛辛苦苦地翻到了七年前那个朋友圈，皑皑白雪上的“我爱你”，把当年的话、当年的照片重新发了出来，最后写道：“——来自，七年前。”

第40章

“虽然你的水平已经很不错了，但是按照规矩，还是得先做一年住院医师，行吗？”

“当然，我总要熟悉国内的流程和医院的要求。”

“医院准备给你安排住院总医师的职务，这一年辛苦辛苦，你要加油。”张副院长意味深长道。

由于童淼导师的极力推荐，加上童淼在国外的成绩的确十分优秀，医院直接跳过了实习生的过程，让她一过来就做住院总医师。

这意味着下一步，她就可以直接晋升为副主任医师了，对于这个年纪来说，已经算是飞跃了。

“谢谢张院长，我会努力的。”童淼并没有谦虚推辞，反而坦然接受了。

因为她心里清楚，自己的水平完全可以胜任这一职务，无论是在国内还是在国外，她都是同龄人里的佼佼者。

“行，那你的简历就留在这里，我……”

张院长的话还没有说完，办公室的门突然被敲响了，还没等张院长说什么，对方已经推门进来了。

童淼有些诧异地望着门口进来的人，情不自禁地抿紧了嘴唇。

是崔念。

多少年过去了，她竟然还能一眼认出崔念。她这些年好像也没什么变化，发型、打扮都和大二的时候一模一样。

如果不是今天看到了，童淼可能都不会轻易想起她。对啊，按照崔念现在的年纪，大概是医院的实习生，马上要转住院医师了。但是曾经挂科的成绩，可能需要比别人更努力才能弥补吧？

崔念并没有认出童淼来。这些年童淼成熟了不少，婴儿肥逐渐消失了，发型也做了改变，不再是简单朴素的学生模样。况且这些年她一直跟梁茵生活在一起，梁茵经常带她去一些重要的场合，带她逛奢侈品店，潜移默化之下，她的衣品和气质也有了极大的改变。

崔念一眼认不出她，倒也正常。

张院长皱了皱眉："你是？"

他对崔念未经许可就推门进来多少有些不满，更何况对方还打断了他和童淼的谈话。

崔念一副泫然欲泣的模样，低着头，交叠着双手，小声道："院长，我是本部的实习生，今年要转住院医师了，但是我刚才看名单上没有我的名字。我实习时的成绩并不比别人差，我不知道为什么。"

张院长顿了顿，还是耐心地说道："这个你可以问问带过你的几个主任，并不是所有的实习生都有转正的机会的，他们应该有自己的考量。"

童淼原本应该出去，她并不想看崔念委屈巴巴央求的模样，这跟她记忆里趾高气扬的学习部部长格格不入，可怜又可笑。

但是张院长显然还有话对她说，所以她不敢走，只能硬着头皮待在里面。

"院长，每次评估的成绩都摆在那里，还有我写的病历，也不比别人的差，其他几个主任对我的评价都很好……"崔念的眼眶红红的，语气有些急，声音里带着哭腔，显然没办法接受自己马上要离开医院这个结果。

八年的痛苦学医生涯，谁还不是为了留在一个好单位？看着同届的人留下了，自己却要被赶走，这种强烈的落差感，让她很难承受。

"你到底想说什么？"

张院长听出来她话里有话，抬头问道。

崔念舔了舔嘴唇，犹犹豫豫道："就是……我跟董主任的关系一直不太好，我大二的时候，和他之间有些误会。"

她已经说得很明显了，她怀疑是董诚从中作梗，直接取消了她转正的资格。

张院长的脸色顿时变得有些不好了，语气也有些冷："你想多了。董医生一向公私分明，更没时间跟你一个学生计较什么。这种事情你不应该来找我，去找带你的老师和学姐问问吧。”

崔念瞬间把眼泪挤了出来：“院长，我真的很需要这个机会，我也特别爱医院，求您给我一次机会吧，我真的很努力了。”

“可能你还没有努力到无可取代吧。”童淼在一旁淡淡地说道。

崔念愣了一下，转过头去看这个和自己差不多大的女孩子。

她原来没有介意有旁人在场，一是因为自己没有资格让别人出去，二是她想着反正也不认识，自己跌点儿面子也没什么。现在定睛一瞧，她却觉得对方怎么看都有些面熟。

但这种熟悉感并没有强烈到让她瞬间想起童淼来，她只知道，一定是见过的人。

既然是见过的人，那必然也认识她，这让她再也无法放弃自尊去苦苦哀求张院长了。

但是已经落地的体面捡不起来了，她颇有些气急败坏道：“我相信只要我留在医院好好工作，以后一定能成为更优秀的医生。”

她没说这个“更优秀”是和谁比较，童淼却心知肚明，她指的是董诚。

童淼在心里暗笑，也不知董诚是怎么回事，怎么这么多人致力于超过他？

“张院长，要不我先去熟悉熟悉环境，院里还有我的同学。”童淼准备找个理由离开。

“行，那你先去转一转，我也要准备去做手术了。”张院长看了看表，起身把白大褂扣上，抱起资料夹，转身对崔念道，“你也不要在我这里待着了好吧？”

童淼在出门之前，最后看了一眼崔念。她正特别茫然无助地哭着，或许来之前，她心里尚且抱有一丝希望，但是现在，恐怕失落到底了。

这次之后，她再也没在医院见到过崔念了，当然，童淼也很难想起她。

崔念只是她漫长人生中的一个小插曲，因为跟董诚扯上了关系，所以她记忆的时间长了些。事实上，崔念做过的那些事情，在现在的童淼看来，已经不过尔尔。

碰到崔念她可以心无波澜，碰到董诚却不行了。

她时常在神经内科和肿瘤科兜转，想要不碰到董诚实在是太难了。

六年不见，董诚老多了，头上有明显的几缕白发，眼角的皱纹也比当年深。他还是那么清瘦，一副彬彬有礼的模样。

实习生和年轻医生们尊敬他，崇拜他，患者们走关系，想办法让董诚来做手术，因为他的水平高，手术从来没有出过问题。

哪怕她变了那么多，董诚还是一眼就认出她来了。

两人在走廊里遇见，童淼赶着去病房区查房，董诚赶着去做手术。

匆匆一眼，童淼难以形容董诚的眼神有多么复杂，她根本无法从那样的眼神中分辨出董诚的情绪——太过深沉，太过压抑了。

只是从那天开始，她办公室的餐盒变成了两份——司湛送的一份，董诚送的一份。

她故意把董诚送的那份拿给他手下带着的住院医师吃，想着这样几次之后，董诚明白什么意思了，也就不会给她送了。

但是并没有如她所愿。她做住院总医师一年，董诚整整给她送了一年的饭。

到后来大家都知道了，神内的童医生天天请人吃饭，这医院还有没欠过童医生人情的医生吗？没有。

在即将要转为副主任医师的那一天，童淼看着桌面上的塑料饭盒，还有里面热气腾腾的饭菜，叹了一口气。

她终于把司湛的那份留下来，打开了董诚送的午餐。

午餐口味很清淡。

因为家里都是做医生的，所以对饮食方面十分注意，少油少盐是常态，这种习惯她一直保持了很多年。

她还能回忆起董诚做的菜是什么味道。以前父母还相爱的时候，童美君做的东西其实并不好吃，她总是期待着爸爸做饭，因为董诚做的饭菜更香一点儿。

她最喜欢他做的红烧肉。

现在这份饭菜，口感和小时候并不太一样了，少了那一丝丝甜意。

因为董诚有了新的生活，身边有了新的家人，或许他现在的家人不喜欢在菜里加糖。

童淼一口一口地把所有的饭菜吃完了。

董诚不像司湛一样了解她的饭量，大概是担心她吃不饱，盒中的饭菜很多，她吃得也很撑。

吃完之后，看着空空的餐盒，她心里酸涩得不是滋味。

她扯了张纸巾擦了擦嘴，抬起眼睛，盯着衣架上的白大褂看了半晌，然后起身将它拽过来，大步流星地出了门，一边走，一边把白大褂披在身上，扣好扣子。

穿上这件衣服，她就不是童淼了，她是童医生。

今天她有台手术，董诚是主刀，她是助理，两人要合作完成一个棘手的脑部手术。

这种类型的手术，她跟着导师学习的时候，被反复提及，非常熟悉，所以研讨会之后院里才决定让她给董诚打下手。

这个主刀是董诚强烈要求的，但也同意童淼在必要的时候，可以根据经验做出相应的反应。

董诚并不是想抢什么功劳，以他的资历，也根本不需要抢什么。

这种手术的成功率极低，是著了名的，他不能让这个有可能出现的失败写在童淼的档案里。

童淼明白，也没有拒绝，虽然她并不觉得以自己和董诚的水平，手术会失败。

准备期间，董诚很兴奋。

他知道童淼今天没有把饭送给别的医生，是他带的住院医师偷偷告诉他的。

坚持了那么久，终于在女儿那里得到了回响，他已经满足了。

手术期间，两个人配合得很默契，有了童淼的协助，手术完成很快，完成度也相当高，连跟进来的护士都暗暗惊叹童淼的水平绝对不低于董医生，甚至因为她年轻，所以精力更足，手下的动作也更干脆利落。

真正投入工作的时候，他们都能放下经年的隔阂，配合默契，但手术结束之后，童淼就快速离开了。

她不想跟董诚就这次的默契配合有更多的交流，他们最不需要的就是交流。

这次之后，她开始主刀大大小小的手术，业务水平也逐渐得到了更多前辈的认可。

最让人敬佩的是，她就像一台计算机一样，数量庞大的病例、无数的病人、各种各样繁复的注意事项，都像储存到了她的脑海里，张口就来，根本不需要时常查阅医书。

她的记忆力就像没有储存极限，到最后，甚至有比她地位更高的医生主动来跟她讨论手术方案。

短短三年的时间，她彻底成了医院的中流砥柱，在她华丽的简历衬托下，董诚这个被特聘过来的天才医生好像也没有那么光彩夺目了。

但童淼耿耿于怀的，始终是童美君脑袋里的那个瘤。

虽然一年年复查，那个瘤生长缓慢，但随着童美君年龄的升高，手术的时间越晚，对她身体的伤害就越大。

这件事，还是宜早不宜迟。

可是童淼不敢动。

她所有的自信，在面对自己至亲的时候，都会顷刻间荡然无存。

她不能允许哪怕一点点儿的不完美，但每个医生都知道，手术的成功率不存在百分之百。

和司湛去英国结婚的时候，她还特意去拜访了自己的老师，把妈妈的详细病历带了过去。

和老师讨论了一天的结果就是，童美君不年轻了，手术的后遗症无法全部避免，但是或许可以另辟蹊径。

所有的肿瘤都需要供血才能生长，如果能掐断这个肿瘤的供血渠道，就能让它自生自灭。

但是脑袋里的情况实在是太复杂了，如果掐断血管，不知道会不会对其他功能区造成影响。

她也找了很多牛津毕业的学长、学姐，他们现在都是各个领域的专家，或许能给出更多的意见。

大概一个星期之后，她终于确定了手术方案，准备掐断肿瘤的供血渠道。

童美君倒是十分坦然，女儿怎么安排，她就怎么配合。

她知道手术之前全家人的压力都会非常大，所以她更不能慌张。

司启山推掉了所有的工作，亲自照顾童美君。

童美君跟他承诺，如果手术成功了，那就和他结婚，如果不成功……

她没说出来，因为司启山把她的嘴堵上了，一副要生气的模样。

因为童淼和已经成为副院长的董诚的缘故，手术安排得非常快，匹配进手术室的，都是最有经验的医生和护士。

“妈，你相信我。”

被麻醉的前一秒，童淼在童美君耳边说了这句话。

逐渐陷入沉睡的童美君还轻轻地钩着童淼的小手指。

她从来没在手术中流过那么多的汗，脸上的口罩被汗水浸透了，黏糊糊地贴在皮肤上。

助手看得出来，她异常紧张，却也在尽力克制。自动手之后，她的眼睛就没再眨过，眼角涩得有些发红。

在主刀医生如此专注的情况下，所有人的压力都很大，每一个动作都反复确认准确性，生怕出现一点儿差错。

往常，缝针这种事都是交给助手去做的，这次却是童淼亲自动手。

在妈妈身上动的每一刀，下的每一针，都让她觉得心脏被狠扯了一下。

这是一场手术，她是在消除隐患，可是作为一个女儿，她真的舍不得妈妈受到一点儿伤害，哪怕是来自她的手术刀。

手术结束之后，童美君还在沉睡。

麻醉师的技术很好，全程都没让童美君受什么罪，她的表情依旧柔和且自然，手指还保持着牵扯童淼时的姿势。

放下手术刀之后，护士拿来纸巾给童淼擦汗，她额前的碎发都被汗水打湿了，接过纸巾的手也在情不自禁地发抖。

手术过程中，她极力地克制自己胡思乱想，但顺利结束的一瞬间，所有坚强的壁垒都被一瞬间冲毁。

她就像第一个被医生告知手术平安的普通家属一样，恨不得蹲下去痛哭。

助手跟了童淼那么多场手术，还是第一次见她手发抖，走出手术室之后，她几乎连杯子都要握不住。

司启山和司湛就守在门口，两人脸上是如出一辙的焦虑。

司启山是担心童美君的安全，哪怕知道童淼的技术已经是国内顶尖水平，要不是他不懂医术，他甚至恨不得进去跟童淼一起做手术。

司湛则是担心童淼的压力太大。她以前得过那种折磨人的病，司湛总怕那个毛病再回到童淼身上。

直到童淼陪护士一起推着妈妈出来，看着他们屏息凝神的样子，露出欣慰的笑容，司启山的一颗心总算落了下来。

手术很成功，起码童淼反复琢磨了很多遍，也想不出自己还有什么纰漏。

董诚特意给童淼批了两天假，让她好好照顾童美君。

这种机会对于专家级医生来说，实在是太难得了。全医院都知道，董副院长特别惜才，对童医生非常照顾。

也因为童淼实在太过优秀，所以从来没有人怀疑过他们之间还有一层父女关系。

第二天童美君就醒过来了，她耳后留着一个小巧精致的缝合痕迹，等以后长好了，不仔细看几乎看不出来。

她醒来的第一件事，就是握了握童淼冰凉的手，笑着说："真好，你太棒了。"

童淼坐在床边，用湿巾给童美君擦了擦脖颈，然后柔声道："妈，我不光是你女儿，还是你的主治医生，你要老老实实把所有的感受都告诉我，不许有任何隐瞒，不然会让我产生误判。"

童美君小心翼翼地从床上坐起来，靠在枕头上："我当然知道。其实现在没多大感觉，只是觉得耳后有些麻，但这也是正常情况，毕竟不通血了。"

"嗯，这也是没有办法的事情。"两人从专业角度交流了几句，童美君就又睡过去了。

手术毕竟是大伤元气的事情，她仍然比较虚弱，多睡觉对恢复也好。

小小的病房里实在待不了那么多人，在司启山的执意要求下，童淼和司湛被赶回家休息。

脱掉白大褂，走出医院的大门，她懒洋洋地靠坐在司湛的车上。

人生中最艰难的事情解决了，童淼骤然有种一身轻松的幸福感。

从七岁开始就耿耿于怀的事情，终于在她二十九岁的时候圆满解决了，她卸下了最后一个心理负担，再也没有什么能够击垮她了。

市里堵车，半个小时的车程愣是多开了一个小时。

童淼在副驾驶位睡了过去，她不累，只是太轻松了。

车一停在车库，她就立刻睁开了眼睛，伸了个懒腰，转过头去朝司湛笑了笑。

司湛解开安全带，倾身过来，在她的嘴唇上轻轻地啄了一口："睡醒了？"

"特别清醒。"

两人一回到屋里，司湛便随意把车钥匙一扔，拉住童淼的胳膊，有些急迫地咬住她的唇，从嘴角一路亲吻到脖颈。清浅的气息触碰着细腻的皮肤，他能感受到童淼一下下跳动的脉搏，活泼又真切。

于是他眷恋地把下巴抵在童淼的脖颈上，轻轻地蹭了蹭。

他知道童淼现在很快乐，并急于分享这种快乐。

童淼被痒得往边上一躲："喂，你都多久没有刮胡子了？"

司湛无辜地抬起头，摸了摸自己的下巴，的确挺扎手的。

"好吧，我去梳洗一下。"他松开童淼，把外衣搭在衣架上，进了卫生间。

童淼在玄关处顿了顿，伸手把头发上的头绳给解了下来。

司湛对着镜子刮完了胡子，又把衣服脱下来搭在洗衣机上，打开了淋浴器。他有两天没洗澡了，医院的消毒水味儿沾了一身。

淅淅沥沥的热水淋下来，在浴室里升腾起一股雾气，司湛抹了一把脸。

浴室的门突然打开了，他惊愕得顿了一下。

童淼裹着浴巾走了进来，长发披散在后背，在朦朦胧胧的雾气里，显得格外诱人。

“我也要梳洗一下。”她说罢，伸手把浴巾解开了。

司湛的喉结轻轻地滚动了一下，眼神炙热又直白。

童淼抬眸一笑，漆黑的眼仁被镀上一层湿漉漉的水光。

“你是故意的。”司湛低声道。

“司湛，从医学角度上来说，有些事情我们不能再等了，毕竟我都二十九岁了。”她的声音糯糯的，带着浓浓的暗示。

司湛微微眯眼，勾起唇笑道：“宝贝儿，长大真好。”

长大了真好。

谁能想到她以前是个动不动就脸红，拉个手就浑身僵硬的胆小鬼呢？

但无论是胆小的她，还是热情大胆的她，都那么迷人，让他恨不得装在口袋里，随时随地带在身边。

天还很亮呢，但他们拉上了窗帘。

头发还湿着呢，却根本来不及擦干。

她眉目之间尽是柔情，让司湛流连忘返，醉生梦死。

最让人庆幸的是，不管过了多少年，不管经过了多少事，他们都还在一起，从来没有分开过。

后来呀，他的小初恋，变成了他的新娘，变成了两个孩子的妈妈。

番外

童淼和司湛的婚礼

由于结婚在父母之前，司湛和童淼根本没有大操大办，只是简单地请在英国的朋友吃了顿饭，在朋友圈秀了一波结婚照，然后就匆匆地投入到工作当中了。

毕竟接下来迎接童淼的是她一生当中最重要的一场手术，她得做好万全的准备。

再然后，就是父母结婚，她一直监督着流程，直到一切尘埃落定。

所谓声势浩大的婚宴，他们一直没有举办过。

其实童淼也不怎么在意。

跟梁茵住在一起的那段时间，大场面她见得多了，再也不是轻易就会发出惊叹的小姑娘了。

况且她对于婚礼一向看得比较淡，对她来说，和司湛安安静静地在一起就好，不必广而告之，花钱如流水似的准备一场婚礼。

性格使然，让她在婚礼上说一通感谢的话，她说不出口，她只能记在心里。

司湛却一直耿耿于怀。

尤其是在看到司启山和童美君的婚礼现场之后，哪怕知道坐在台下鼓掌的童淼什么也没想，他还是没来由地觉得心疼。

他的宝贝儿，怎么能没一个酷炫的婚礼呢？

不然他打拼这么多年，非要在远离他爸的地方创业是为了什么？

也难得他等了快一年，才好不容易等到童淼休产假的时候。

没想到这次机会，还是借了肚子里的儿子的光。

司湛偷偷地包了一个小岛，说要带童淼去度假。

这还是大学时候的戏言，这么多年过去了，总算能实现了。

当晚司湛收拾完行李，想想第二天就在岛上了，心里不免有些激动。他双手撑在床边，在童淼的脸上亲了一口。

童淼正靠在床头看书，圆滚滚的肚子撑起肥大的睡衣，即便怀了孕也不怎么显胖。

她本身是吃不胖的体质，平时的工作又忙，除了肚子鼓了起来，其他地方还真是一点儿肉都没长。

梁茵本来想花重金请两个营养师照顾童淼的饮食，被童淼委婉地拒绝了。

她自己本来就是医生，知道怎么样对胎儿最好。

其实怀孕之后也根本不需要那么矫情，只要生活有规律，饮食健康，胎儿就会正常发育，根本不必吃到营养过剩，在肚子里长得又大又胖。

“你怎么出一趟门也这么兴奋？”童淼歪过头，看了看从回家到现在屁股还没沾椅子的司湛。

“我兴奋吗？”司湛无辜地看了童淼一眼。相处时间太久了，他们对彼此都太了解了，情绪上稍稍有些变化，对方都能迅速地察觉到。

童淼认真地点了点头。

司湛不自在地摸了摸鼻子，目光下意识地转到一侧：“可能因为好久没旅游了吧。”

童淼看着他的样子，心中一动。

她顿了几秒，什么也没说，只是拿起书，继续认真看着，嘴角情不自禁地弯了弯。

第二天他们先是坐飞机，然后驱车到港口，最后坐船抵达小岛。

踏上小岛的那一刻，肚子里的宝宝轻轻地踢了她一下，好像也很兴奋似的。

她朝四周环顾了一圈，总觉得这个度假小岛太安静了，安静得连个游人都没有，于是打趣道：“看来你真准备把我关在小岛上了。”

司湛揽着她的腰，在她肚子上摸了摸，配合道：“是啊，现在逃跑还来得及，不然就被我关一辈子了。”

“跑不动了。我这人没什么宁折不弯的骨气，先生给口吃的就行。”

童淼慢悠悠地往前走，海风挺大，吹得她发丝凌乱，蓬松的长裙紧紧地贴在双腿上，噗啦噗啦地响。

司湛暧昧地凑近她的耳垂，轻轻咬了一口，在她耳边低声道："吃我都行。"

这种调情的话司湛没少说，尤其是她怀孕之后，行动不便，很长一段时间，司湛都只能过过嘴瘾，相当怨念了。

"喂，你儿子听着呢。"童淼笑盈盈地踢了踢脚下的细沙，司湛躲闪不及，皮鞋里灌满了沙子。

他无奈地摇了摇头："你等等，我去房间换身衣服再来陪你游泳。"

"好啊。"童淼点了点头，目送司湛顺着木栈道一路走向岛中心。

她若有所思地望着司湛走远的方向，眨了眨眼睛。

司湛到底在搞什么呢？

他借故离开，大概是去准备了。

童淼当然要配合地给他时间。

她坐在海滩旁边的秋千上，轻轻地晃着，一边等一边朝大海远处望去。

越远的地方，海水的颜色越深，直到和天色融成一体。

海风带着一股清新的咸味儿，吹在皮肤上，潮乎乎的。

沙滩上还堆着各式各样的玩水工具，不远处的小木房上，写着"售票处"三个字，但现在都没有人了。

她大概能猜到，这个岛被司湛给包了。

她在心里反复揣测，把电视剧里的场景幻想了一遍。

司湛很快就回来了，只是他非但没有换上泳裤，反而穿上了一身白西装。

童淼怔怔地望着走向她的人。

夕阳坠在山崖上，映得海面波光粼粼，拉长了司湛颀长的身影。他穿得格外正式，西服衬衫上还带着金色的领撑。

他整个人都在发光。

童淼从来不否认司湛有魅力，尤其是他现在事业有成之后，举手投足之间的那份稳重，对于她来说，简直是致命的诱惑。

她深吸了一口气，甚至没有精力来思考司湛的目的，她只是连动都不敢动地看着这样的司湛，情不自禁地咽了一口口水。

哪怕和这个人朝夕相处，睡都不知道睡过多少次了，她依然像初恋那个时候一样，时常被他弄得怦然心动。

太好看了，实在是太好看了。

身材高挑，穿着白西装的他，肌肉很结实，能从紧绷的西装看出完美的轮廓。

她不由自主地站起身来，脑子里只有一些不和谐的想法，连呼吸都急促了些。

司湛的表情很严肃，目光里却满是柔情，他走到童淼面前，居高临下地望着她，轻轻一笑，然后缓缓地单膝跪在她面前的沙滩上。

他的腿又长又直，跪下去的时候，西装裤骤然绷紧，膝弯拧出些许褶皱，脊背挺得很直，能清楚地看到蝴蝶骨的形状。

好欲啊……

童淼默默感叹道。

司湛太了解她的喜好了，太懂怎么戳她的点了，穿成这样，完完全全就是为了诱惑她。

他的每一缕头发丝都在竭尽所能地讨好她，让她忍不住想把他扑倒在沙滩上，慢慢地解开每个衬衫扣子，看他的西服外套褶皱，看他的衣衫凌乱。

她的脸涨得通红，脑子里嗡嗡响，恨不得用目光把这样的司湛给记录下来。

司湛当然知道她喜欢看他穿西装，知道她甚至有点儿西装控，于是含笑眨了眨眼睛："这位姑娘，你实在是太好看了，能嫁给我吗？"

他仰头望着童淼，褐色的眸子里，有闪烁的光芒。他的表情异常虔诚，仿佛心甘情愿跪倒在她面前，永世为臣。

他当然求过婚了，他们也结过婚了，戒指都戴了，孩子都快从肚子里出来了。

但这并不妨碍童淼激动得心都快跳出来了。

司湛轻轻地捏着她手指上的戒指，用干燥的指腹细细抚摸，有种说不出的意味。

"能，当然能！就凭先生这个长相，让我给你生孩子都行。"

童淼长大了，有时候荤话也说得溜溜的。

她跪坐下来，凑上去轻咬司湛脖子上的血管。

那种被领口紧紧包裹着，犹抱琵琶半遮面的感官刺激，对童淼来说，是个格外美好的惊喜。

哪怕她早就知道司湛在准备什么，但真的到了这一刻，她还是被撩得心肝乱颤。

他把自己包裹成一个礼物，送到童淼面前，这份心意，她完完全全地收到了。

"喂……"司湛不得已搂住童淼的腰，感受着脖颈上传来的轻微的刺痛。

他的喉结轻轻地滚动，抬起眼睛，朝天上的无人机使了个眼色。

无人机绕着两人转了一圈，灰溜溜地飞走了。

司湛单手解开白西装的扣子，敞开衣襟，露出被白衬衫包裹着的紧致腰线。

童淼情不自禁地把他扑倒在海滩上，担心压到肚子里的孩子，双手撑在他耳边。

“你是故意的吧？穿成这样。”童淼的眼神上上下下地在他身上扫视。

司湛躺在沙滩上，细碎的头发沾上潮湿的沙粒，胸膛一起一伏，西装从他肩膀上滑下去，虚虚地挂在双臂上。

“姑娘这么热情吗？怎么以前亲一口都像受惊的小鹿似的？”司湛心甘情愿被她推倒在沙滩上，放弃主动权的同时还不忘调侃她。

“录像都走了吧？”童淼用垂下来的卷发扫着司湛的脖子，看着他肌肉一紧。

“不然呢？总不能什么都拍。”司湛嗓音沙哑道。

“还准备了什么环节？”童淼问。

“烟花，BBQ，还有一群即将从另一个码头上岛的朋友。”

“时间够吧？”

“……够。”

得到了想要的答案，童淼伸手开始解他衬衫的扣子。

司湛双臂撑在沙滩上，像待宰的羔羊一样，任凭童淼摆布。

行吧，谁让她喜欢呢？

小宝贝 1

海滩度假回去没多久，司煦小朋友就从童淼肚子里出来了。

司湛把能推的工作尽量推了，安心陪童淼在家养身子。

儿子刚出生的时候，实在看不出来像谁，长得皱皱巴巴的，眼睛紧闭着，脸上还隐隐发红，脆弱娇嫩得让人不敢多碰。

司湛举着尿布感叹道：“真丑。”

在床上喝鸡汤的童淼瞪了他一眼。

还不会说话的司煦只能把手指头塞进嘴里吸一吸，然后哼哼唧唧地等人喂他吃奶。

等司煦渐渐长开了，皮肤就变得越来越白皙细腻了，连毛孔都找不到。

他脸上的红色也褪下去了，变出了肥嘟嘟的脸颊和尖尖的下巴，只是在情绪激动的时候，从耳根到脖子都会憋得通红通红。

他长得更像童淼，一双水润无辜的杏眼又大又亮，纤长的睫毛忽闪忽闪的，和童淼小时候的照片一般无二。

见过的人都说："这男孩子长得也太秀气了，真像妈妈。"

司煦闻言就吐吐舌头，奶里奶气地啊啊叫，让童淼抱抱。

秀气的男孩子长到三岁，变得又美又甜，幼儿园的小姑娘天天围着他转，小零食和心爱的玩具都给他。作为交换，他就乖乖地任人拉着手，被抱抱，遇到热情的，还会被猛地亲一口，然后憋得满脸通红。

幼儿园评选"可爱之星"，司煦凭借强大的异性缘，高票当选，力压一众男孩、女孩。

司湛觉得，儿子太没有男子汉气概了，跟个小姑娘似的。

于是他一有时间就把儿子抱去公司，跟一群直男"程序猿"为伍。

就连家里也摆满了小足球、小篮球、儿童用的小杠铃，等等。

他不怎么惯着司煦，就像以前司启山也不怎么惯着他一样。

吃东西挑剔，那就爱吃不吃。不该买的玩具，无论怎么哭都不买。虽然有时候童淼会偷偷拿巧克力哄儿子，但整体上，司煦的教育还是司湛在主导。

唯有司煦眨着大眼睛无辜地望着他的时候，他才有一瞬间的心软。因为那副受了欺负只能憋着的模样，太像高中时候的童淼了。

所幸司煦虽然长得像小姑娘一样漂亮，个性上却跟司湛如出一辙。能跑会跳的时候，就抱着篮球投小篮筐，跟人起争执的时候，也丝毫不落下风，脸一冷，下手决不留情。

年纪再大一点儿，司湛送他去学跆拳道，得益于筋骨软，所以进步得相当快，学了差不多一年，同龄的小朋友基本上没有能打得过他的。

软绵绵的"小甜心"变成了"暴力小美人"，童淼还有些担心，指责司湛道："你说你让他学什么不好，以后上学打架怎么办？"

司湛把肚子再次变得圆滚滚的童淼搂进怀里，安慰道："你别把打架看成洪水猛兽，我这不也顺利毕业了？别人不来找麻烦，谁会闲得没事动手？我们不去欺负别人，一旦遇到事情，起码不能怂。"

童淼摇摇头，无奈道："歪理。我也同样是接受九年制义务教育，我怎么就没打过架？"

司湛情不自禁一笑："宝贝儿，像你这种学霸级的女同学，在我们男生眼里就像大熊猫，一旦惹到，那就是跟老师对着干，费力不讨好。"

客厅里传来砰的一声，足球砸得阳台推拉门颤了几颤。

司煦扯着嗓子喊："爸，玻璃没坏，你不用出来啦！"

童淼头痛道："儿子的性格可真像你，闯祸的潜质。"

司湛特别无辜："我可不闯祸，你别误导闺女。"

他说罢，摸了摸童淼圆圆的肚子，然后低下头，在肚子上亲了一口——里面住着他闺女呢。

又过了几个月，童安鱼小朋友也来到了这个世界。

她刚出生的时候，皮肤就很光滑，脸色也相当好，奶白奶白的，不哭也不闹。

司煦闲着没事就趴在婴儿床旁边看这个妹妹。

父母忙的时候，他也会递一下奶瓶，扔一下纸尿裤什么的。

看着只会哼哼唧唧和睡觉的小宝宝，司煦觉得特别奇妙。

童安鱼太乖，一点儿也不招人烦，他挺喜欢逗她的，用指尖点点她的脸蛋，戳戳她的肚皮，看她的小手笨拙地上下乱摆，特别有趣，比学校里那些同学有趣多了。

很多时候，童安鱼睁开眼睛第一个看到的人，不是妈妈爸爸，反而是自己的哥哥。

她长得像司湛，眼睛狭长，泛红的眼角微微上挑，笑起来弯得格外像月牙。

她一笑，司煦觉得心都酥了。

小妹妹怎么这么可爱呢？他伸出一根手指，在童安鱼眼前晃了晃。

很快，胖乎乎的小手就握住了他的手指，握得紧紧的。

司煦动都不敢动，生怕一挣扎就不小心抻到她的胳膊。

童安鱼每天都能把司煦萌得肝颤。

她虽然小，但学东西特别快，看到妈妈削了苹果递给爸爸，第二天，她就把自己的奶瓶塞给司煦喝，还眼巴巴地等着他分享奶粉。

她说话也比司煦早得多，而且一开始就能叫爸爸、妈妈和哥哥。童美君说，童安鱼跟童淼小时候特别像，学什么比其他孩子要早，要快，反应也异常灵敏。

这种现象在童安鱼长大之后就变得更加明显了。

司湛不忙的时候，就抽出那本《唐诗三百首》，教女儿背唐诗。只要他读一遍，童安鱼就能复述出来，哪怕她不懂什么意思，更不会写字，但是她能记住发音。

这种记忆还不是暂时的，过一天再问她，她顶多也就错一个音。

这种天赋就是完完全全地遗传自童淼了，甚至比当初的童淼还要厉害一点儿。

童安鱼三岁的时候，母女两个经常坐在床上玩扑克。一人分一半的牌，每次每人出两张，用这四张牌随意加减乘除，只要谁能先得出二十四，就算赢，赢了的把牌收走，直到另一个人手里的牌全被输光。

这是个变相锻炼速算能力的游戏，在司煦眼里，就是又无聊又费脑子，永远都不会让他喜欢的游戏。

但童安鱼乐此不疲。

司湛和司煦在客厅看财经新闻的时候，常常能听到卧室里传来的声音："四乘六加一减一，九除三乘八乘一……"

司煦望着司湛："爸，什么时候考试能用计算器？"

司湛冷静地答道："大学。"

司煦点点头："等妹妹读到大学的时候就会发现，她现在完全是在浪费时间。"

小宝贝 2

期末考试结束，司煦领了一堆零零碎碎的暑期作业回家，还有小女生送给他的小折扇和贴纸。

童淼给他整理书包的时候，翻出来不少卡片，虽然是小玩意儿，但都是这个年纪的孩子最喜欢的。

她平时工作忙，对司煦在学校的事情不怎么了解，都是司湛在费心照管着他。

这个年纪的孩子对异性有懵懵懂懂的喜欢太正常了，虽然不成熟，却也值得尊重。

童淼把司煦收到的所有礼物都收在了一个小盒子里，然后放进他的床头柜。

司湛穿着一身丝绸睡衣，靠在门边皱着眉头嘟囔道："这小子这么受女孩喜欢吗？"

他记得他小时候，好像只知道抱着篮球疯跑，男女生之间泾渭分明，几乎没什么交集，大家玩的东西也不一样，直到上了初中，班里才渐渐有了早恋的苗头。

童淼轻轻地摇了摇头，示意司湛小声一点儿，别让儿子听到。

童安鱼捧着一块西瓜路过，咬了一大口，含糊不清道："现在的小姐姐都喜欢长得漂亮秀气的男生，就是哥哥这样的。"

对哥哥长得漂亮这件事，童安鱼一直都有明确的认知。

姜谣阿姨每次来她家玩，都致力于给哥哥戴上长假发，将他扮成女孩子。

哥哥一脸无奈地眨巴着大眼睛的样子，的确比她这个真女孩子还好看。

那些照片她都留在自己的小相册里面，不知道为什么，她总觉得以后能用得着。

司湛"哼"了一声，懒洋洋道："一群小孩，能知道什么叫喜欢？"

童安鱼已经啃完了一块西瓜，从哥哥的学习桌上抽了一张纸巾，擦了擦嘴，随意道：“前两天哥哥冲一个小姐姐笑了，然后另一个小姐姐跟那个小姐姐打起来了，抓得胳膊上全是道道。”

司湛愣了一瞬。

童淼原本没当回事，听她这么一说，竟然有些担忧，赶紧问：“怎么会这样？”

童安鱼抬起眼睛，犹豫了片刻，老老实实道：“因为哥哥不经常笑啊，所以他的笑容才很珍贵啊。”

童淼和司湛面面相觑，继而皱了皱眉。

哥哥不经常笑这种事，连小女儿都看出来了，她果然是对儿子有点儿疏忽了。

司湛摊了摊手：“你别皱眉，真的跟我没关系。我管他又不严，况且我小时候也不爱笑。”

这他倒是实话实说，不管是家庭环境影响，还是性格使然，他一直带着“生人勿近”的气场，就连当初刚认识他的童淼，也会觉得这个人冷漠疏离。

“性格也能遗传的？”童淼持怀疑态度。她虽然学医多年，但是在遗传学上的造诣还真的不高。

“孩子要么像爸爸，要么像妈妈，他跟我在一起时间长，估计在潜移默化地效仿我。”司湛坦然道。

他其实没觉得这样有什么不好，甚至还在有意培养司煦的这种气质。

公司里的决策会议、部门汇报，甚至是司启山公司的大型活动，他会都带着司煦去历练。

哪怕现在的司煦根本听不懂会议上在说什么东西，却能感受到成人世界的气场，冷静又果断，夹杂着博弈和协作，仿佛无形之中有一只手，推着人去深思熟虑，三思而后行。

男孩越早成熟，对将来的发展越有利，想要争取什么的时候，才有更多的主动权。

但他对童安鱼就没那么多的要求，因为以女儿的天赋，将来无论她想学什么，都会学得非常快，非常顶尖。这是得天独厚的优势，别人羡慕不来。

“我怎么觉得你们仨在议论我？”司煦穿着高领毛衣，从书房出来，手里还拿着一本《飘》，他的目光在父母和妹妹之间扫了扫，思量道。

司湛胡乱地揉了揉他的头发：“你妈担心喜欢你的小姑娘太多。”

司煦的头发也跟童淼似的，微微有些卷曲，留长一点儿就更加明显了，经常被新来的老师误会烫过头发。

司煦疑惑地仰起头，睁着大大的眼睛问：“妈妈不担心喜欢爸爸的小姑娘多，为什么担心我？”

司湛被堵了一下，下意识地转头看童淼的脸色。

童淼笑眯眯地走过来，俯身拉住司煦的手：“公司里喜欢你爸的小姑娘很多？”

她只是想开个玩笑，反正司湛的异性缘好又不是一天两天的事。

谁料司煦却伸出手轻柔地拍了拍童淼的肩，郑重其事道：“妈妈放心，有我在。”

童安鱼在一旁补充道：“哥哥在公司喊爸爸的次数比我在家里听到的多十倍，生怕别人不知道爸爸结婚了。”

这话一说出来，连司湛都有几分惊讶。

他倒是确实感觉在公司的时候，儿子格外黏他，他还当司煦是不习惯那种场合，需要他的陪伴。

没想到这小子的心思竟然这么深，懂得默不作声地维系他和童淼的感情。

关键是童安鱼一个小学生，随便去那里两次竟然就看出司煦的意图了。

“哥，我还想吃西瓜，客厅没有了。”童安鱼转过头来冲司煦撒娇。

“我去冰箱拿，但你等会儿再吃，太凉了会拉肚子。”司煦把书放在一边的书架上，插好书签，转身去厨房给童安鱼拿西瓜。

他比童安鱼大五岁，平时比较宠妹妹，几乎到了有求必应的地步。

童安鱼年纪还小，一副小孩子心性，乐颠颠地跟着司煦往厨房跑。

她光着脚丫站在厨房门边上，眼巴巴地看着司煦把西瓜盘取出来，蹬掉厨房拖鞋，把盘子递给她。

童安鱼上去就想咬，被司煦一把捏住了下巴，警告道：“说好了放一会儿再吃。”

“那我舔一口。”童安鱼吐了吐舌头，可怜兮兮地望着司煦。

司煦皱了皱眉，还是妥协了：“那你就舔舔。”

童安鱼凑上前去，努力吮着西瓜瓤，想把里面的西瓜汁吮出来。

房间里，童淼把司煦的书包挂在墙上，感叹道：“儿子越长大越像你了。”

前几年还经常叨念要赛车，要机器人，不给就默默生气，现在他已经很少主动向父母要什么东西了。

在司湛的影响下，司煦已经形成了一种意识——想要什么，就自己想办法得到。

从某种程度上来说，司煦渐渐变得不可控了，他有自己的想法和目标，并且轻易不说出来。

这跟当初司启山对司湛的认知一样，司煦的这种变化甚至要更早一点儿。

成为父母之后，司湛和童淼反倒更能理解司启山当初的心情了，真是既欣慰又担忧。

“现在就有小姑娘为了他打架，这要是到了高中还不更疯狂了？”

司湛在读高中的时候，喜欢他的姑娘就不少，贴吧告白，托人送信，制造偶遇，各种形式都有，其实挺让他困扰的。

他从来不想当什么风云人物，但架不住总被别人提到，乱七八糟的谣言传得飞起，还害得童淼对他的印象一度不怎么样。

“嗯……有他妹妹在身边，还好吧？”童淼迟疑道。

就凭童安鱼黏哥哥的这股劲头，大概别人也很难有机会靠近了。

司湛挑了挑眉：“你又要给她跳级了？”兄妹两人年龄相差五岁，原本怎么也不可能在同一个时期上高中的，但童安鱼学东西太快，轻轻松松就能考过跳级考试，已经连跳了三级了。

童淼无辜地眨眨眼：“她自己想跳，说现在学的知识都太简单了，同学都幼稚。”

“幸好你当初不这么想。”司湛略感欣慰，要是童淼也热衷于跳级，大概他见到童淼的时候，还要叫一声学姐了。

“也是啊，再跳一跳，安鱼都要跟小煦一个年级了。”童淼感叹道。

三年后，刚上高一的司煦看到同班的童安鱼，心里沉痛了几分。这时候童安鱼已经没那么黏他了，班里同学甚至都不知道他们之间是兄妹关系。

对于天才跳级选手，大家都保持着一定的好奇心，所以一下课就都围着童安鱼问东问西。

童安鱼也老实，问什么答什么。

“对啊，我十一岁。”

“还好，跳级是因为妈妈都教过我了。”

“也不算我妈妈厉害吧？我还有个哥哥，他就没有跳级。”

“嗯……他跟我一样，都读高一。”

“我哥哥不笨，他只是没有遗传妈妈的记忆力。”

“别闹，我哥哥真不笨。”

……

司煦绷着一张秀气的脸，默默地把那几个笃定他笨的同学记在了心里。

回到家，他言辞恳切地跟童淼说：“妹妹不能再跳级了，不合适。”

小宝贝 3

在军训场上，童安鱼十分占便宜。

他们高中的军训安排在京郊的一个军训基地，不管是条件还是训练内容，都比校内军训苦得多。

也不知道今年校领导是怎么想的，非要把一群高中新生拉去跟大学生一起军训，大家既没有准备又没有经验，到了那个地方后，简直怨声载道。

可童安鱼不一样，她才十一岁，怎么看都是一个矮矮小小、一脸懵懂的孩子。

无论是教官还是带队老师，以往都没遇到过这种情况，都没办法把她当作高中生来训，所以对于她，基本是睁一只眼闭一只眼了。

童安鱼这时候并不太瘦，小脸圆嘟嘟的，长得也嫩，说话也稚声稚气，从外形上来说，格外讨喜。但凡成年人，都明里暗里对她好。

别人穿着一身军训服在大太阳底下流汗，还得一遍遍地走正步，童安鱼就挽着袖子，坐在屋檐阴凉处的小板凳上，手里还捏着老师给她买的冰镇牛奶。

她时不时也去队伍里站一站，但都是在队伍快休息的时候去的，还没站个五分钟，就全员休息了。

别的班级的教官也爱跟她聊天，知道她是因为学习成绩太好，跳级跳到高中的，所以对她十分好奇。

童安鱼不像童淼那样内敛又容易害羞，她相当开朗，别人问什么就说什么，跟一众教官都混得挺熟。

混熟之后绝对有好处，在整个军训基地里面，待遇最好的就是带队老师和教官们了，他们高中生和那些大学生的伙食都不怎么样。

军训基地里规定，吃饭要站着吃，六个人一组，桌子上摆着四大盆炖菜，偶尔有几块鸡骨头，还不够一抢而空的。

但是因为训练太累，哪怕吃得很差，大家还是风卷残云地挑些相对好吃的吃。

教官觉得童安鱼正是长身体的时候，不舍得让她跟一帮年纪大的学生抢，就把她带到教官餐厅去吃，有鸡腿，有炒菜，营养丰富又干净。

童安鱼尝到了甜头，嘴就特别甜，把一众教官哄得开开心心。

她每次自己吃饱了，还不忘顺两个鸡腿出来，给司煦加个餐。

司煦也挺惨的，他虽然不算是从小娇生惯养，但毕竟家庭条件摆在那里，即便童淼和司湛刻意没有在物质上给予太多，但正常情况下，司煦平时的生活起居水平还是相当不错的。

他从来没有来过这种地方，建在大山里面的军训基地，到处都是蚊虫，昼夜温差极大，白天还穿着短袖和军训服，晚上出门就要披着军大衣。

还有吃的方面，别人饿了，能咬着牙就着腐乳吃馒头，他是真的吃不惯，只能干看着，没过两天就饿得瘦了一圈。

但他也不习惯抱怨，既然吃不惯，那就不吃，没必要到处说去。

还是童安鱼比较在意他，看自己的哥哥就算饿得没力气，也憋在心里不说，就开始绞尽脑汁地给他带好吃的出来。

教官们也不是不知道，但都装作没看见。一是童安鱼的人情打得扎实，二是人家关心自己的哥哥也是人之常情。

司煦靠着童安鱼每天带给他的食物，还勉强控制住了体重。

军训基地的淋浴设备也不怎么样，每天只有一个小时的时间有热水，平时想去洗澡，都要另外交钱，还得用着凉水。

由于军训的学生多，那一个小时根本不够洗，所以分派到每个班级，大家只能隔一天洗一次。

童安鱼这种每天都要在浴缸里泡两个小时的人，根本受不了这种摧残，司煦又不舍得她洗冷水澡，就把自己洗热水的时间让给童安鱼。

他坚持洗了几天凉水，再加上山风大，头发没干就急匆匆跑去训练，终于有些感冒了。

带队老师给了他一瓶药，让他回宿舍休息，童安鱼趁着别人不注意，就跟着溜了回去。

司煦靠在椅子上，表情倦倦的，眼底泛着红红的血丝。

他眼睛微阖，捂住嘴轻咳了几声，懒洋洋地伸了伸胳膊，从床头拽过面巾纸，擦了擦鼻涕。

童安鱼小跑着去水房给他接了水，把杯子拧开，用矿泉水兑了一下，自己用嘴尝了尝温度，觉得合适了才递给哥哥："快点儿吃药。"

司煦皱了皱眉，没有接。他是那种宁愿打针也不爱吃药的个性。

疼一点儿他不怕，但是特别不喜欢苦的东西。

"你先放那儿。"他的嗓音有点儿哑，扬了扬下巴，示意她放在自己的床头。

"一会儿水就凉了，你现在感冒那么严重，必须吃药。"童安鱼坚持原则不动摇，小嘴抿着，狭长的凤眼微眯。

“我知道知道，现在不想吃，睡一会儿再说。”

军训期间原则上是不允许在白天躺床铺的，最多坐一坐，但他现在是病号，当然没有那么多的规矩，他还挺珍惜能躺在床上的机会的。

司煦从椅子上站了起来，谁想脚下虚浮，眼前一黑，险些跌在地上。

童安鱼赶紧一把扶住他，杯子里的水晃了几下，洒了一些在地上。

“你再不好好吃药，我就给妈妈打电话了，你也知道妈妈胆子小。”童安鱼威胁道。

其实童淼也不是胆子小，只是当了医生后，格外地关心家里人的健康，尤其是童美君早些年的病，多少让童淼有了心理阴影。

“你别让妈妈瞎担心，不就是一个破感冒吗？”司煦嘴上虽然那么说，却真怕童安鱼给妈妈打电话，只得颇有些无奈地从童安鱼手里接过水杯。

他看着倒在手中白色的小药丸，深深地皱了皱眉，然后一咬牙，就着水咽了进去。刚咽进去没多久，那股苦涩的味道就逼迫得他不断干呕，差点儿把药给吐出来。

童安鱼硬是用一块法式小面包给他堵了回去。

炙热的阳光从门外照射进来，整个宿舍闷热又潮湿，实在不适宜养病。也不知道这些床铺、被罩到底干不干净，又有多少细菌和灰尘。

“哥哥生病都是因为我。”童安鱼坐在司煦床边，皱着细细的眉毛，语气有些失落。

司煦的嘴唇都有些白了，紧紧抿着，眉头就没展开过。

他本来就长得好看，安静躺着的时候，秀气得像个小姑娘，漂亮的眼尾泛着红，睫毛无意识地颤抖着，眼神茫然。他遗传了童淼的肤色，白得几乎能看清一根根血管，哪怕每天在阳光下暴晒，也丝毫没影响他的白皙。

活脱脱一个病美人。

“病美人”伸出一只手，温柔地摸了摸童安鱼软软的头发：“胡说，跟你有什么关系？”

他的嗓子还是哑，却莫名好听了几分，连语气中都带着偏爱的意味。

“还有三天军训就结束了，我不用去洗热水澡，每天洗一下头发就行了。”童安鱼道。

有好多女生没有时间去洗澡，就每天中午在水池接点儿水，把头发洗一洗。

虽然山上的水凉，但中午太阳暴晒的时候，水会温暖一些，即便还是冷的，也勉强可以洗头发了。

“不行，女孩子怎么能用凉水洗头发！”司煦坚决地否定了。

他妹妹从小集万千宠爱于一身，是全家所有人的心头肉，什么时候都不能委屈自己了。

何况还有他在呢。

“又没有什么关系，好多姐姐都洗了。”童安鱼继续给司煦喂水，堵住他的嘴。

司煦喝了几大口水，实在是喝不下去了。他嘴里没什么味道，喝水都觉得苦涩。

“别人洗，你不许洗。”司煦睁开眼睛，水润的瞳仁警告似的望着童安鱼，似乎她有这个念头都不应该。

“好好好，那你先睡会儿，我去跟你走走门路。”童安鱼敷衍道。

门路？

司煦没有什么精力多想，他的头一涨一涨地疼，恨不得赶紧闭上眼睛睡一会儿。

童安鱼也没给他机会多问，飞快地从宿舍里跑了出去。

她一向脑子比较灵活，也十分懂得利用自己的优势。

她先去找了跟自己关系最好的那个教官，他是这里最年长的教官，也是所有教官的队长。

队长家里也有一个跟童安鱼差不多大的姑娘，所以对她格外照顾，看见她就像看见自己女儿似的。

童安鱼酝酿了半晌，挤了挤眼睛，哼哼唧唧地朝队长走了过去。到了他面前，嘴巴一撇，还没有开口说话，眼泪就吧嗒吧嗒地往下掉。

“怎么了？”队长吃了一惊，赶紧蹲下身把童安鱼揽在了怀里

童安鱼抽泣了两声，抬起袖子就要擦眼睛。

“哎，这衣服多脏啊！”队长拉住她的手，从兜里掏出一包纸巾，抽出一张来给童安鱼擦眼睛。

“我哥哥生病了。”童安鱼无助地望着队长，睫毛上挂着泪花。

“生病了？看医生了吗？”队长知道她有个哥哥，但是谁还真对不上号，因为整个高中队伍那么多学生，最突出的，也就童安鱼一个人。

“吃了药，但吃不下东西。”童安鱼解释道。

队长一听吃了药，多少就放心了。他们都是从部队里面历练出来的，对小病小灾的，其实不怎么在意。

“都是因为我。他一直洗冷水澡，让我洗热水，然后就生病了。”童安鱼自责地低下头，豆大的泪珠直接滚到地上。

“一直洗冷水澡啊！”队长也觉得吃惊，心里觉得这哥哥真是不错，起码对童安鱼是照顾得无微不至了。

“可不可以让哥哥去好一点儿的房间养病？宿舍里太潮了，被子也好久没洗了。我妈妈就是做医生的，我知道这样不好。”童安鱼眨巴着眼睛，哀求地望着队长。

她的要求其实是不合规矩的。

基地里面，只有带队老师和教官住的地方还不错，所有学生的住宿环境都一样糟糕，还没听说谁可以调宿舍的。

队长犹豫了一下，点了点头：“暂时让他住到我那间屋吧。主要是这里没有医务室，怕他真出什么事儿，到时要赶到市里也麻烦。”

其实多半是看在童安鱼的面子上。

一个普通感冒而已，怎么也只有三天了，挺一挺就过去了，但是童安鱼那样的眼神，还真没有多少长辈能拒绝得了。

就这样，军训最后三天，司煦的生活简直是从地狱直接飞升到了天堂，不仅痛痛快快地洗了个澡，还有双人间住，一晃就把军训生涯给熬过去了。

军训结束那天，司湛开车接他们俩回家，童淼把他们穿脏的衣服送去洗了。那些军训服，还有一些他们淘汰的，小了的衣服，她都捐给了“温暖冬衣”的组织

吃饭的时候，童淼摸了摸儿子的脸，感叹道：“是不是瘦了？感觉小煦瘦了好多，安鱼倒是还好。”

她还不知道司煦病了两天的事。

司煦已经发育了，身形也逐渐变得更有男人味了，一瘦下来，脸上棱角分明，倒是少了几分温和的秀气。

“是瘦了。军训太累了吗？”司湛一边给俩孩子倒饮料一边偷眼打量司煦。

童安鱼跟司煦保证过，不提生病的事儿，所以这时候只能默默地举起杯子，一边喝饮料一边眨眼。

“没什么，瘦了更爷们儿一点儿。”司煦晃了晃手里的苹果汁，一口喝光了。

这个年纪的男孩，已经不愿意什么事都跟父母说了，有些事更喜欢放在心里。

童淼研究过一段时间的心理学，所以也不逼他，只是默默地把饮料给司煦添上。

她记得当初她也不愿意什么事都告诉童美君。

尤其是为了司湛去参加学科竞赛的事情，她宁可自己偷偷地吃镇定的药物，也不愿童美君为她担心。

那时候觉得自己特别伟大，做了个特别正确的决定，把影响和伤害降到了最低。

但现如今自己当了母亲，她才发现这种事情根本没有什么正确与否。从一些细枝末节和微小的表情上，做母亲的都能察觉到孩子的不同寻常，但是为了尊重孩子，只能当作什么都没有发现，这对自己来说，也是一种折磨。

她特别想知道司煦和童安鱼的所有事情，让自己能做好准备，应对他们生活中发生的所有意外，她希望自己能扫平两个孩子人生道路上的障碍，让他们永远顺遂无忧。

但这是不可能的，每个人都有自己的路要走，那是必须要经历的人生，自是各有各的精彩。

司湛切好了牛排，放到童淼的面前。

这是他多年养成的习惯，每每出来吃西餐，都是他帮童淼把牛排切好，送到面前。

因为他当年就说过，她不必学习怎么切牛排。

司煦和童安鱼已经默默地自己切自己的牛排了，他俩是要学的，毕竟司湛可没心情当俩孩子的保姆。

晚上一家人去看了个爆米花电影，酷炫的大片，充斥着追车戏、打斗戏，宣扬着惩恶扬善的主旋律，夹杂着些许幽默，不功不过。

享受过了这个周末，他们就要投入紧张的高中生活了。

其实说紧张，那也是对司煦而言的。

童安鱼轻松得不能再轻松了，高一的课程她早就自己翻着书看完了，但是她对理科的兴趣不大，高一结束之后，就要分去文科班。司煦还是留在理科班，虽然学得辛苦一些，但他和司湛差不多，对人工智能方面比较感兴趣。

小哀经过司湛的几轮改造，现在的功能比以前高端多了，连续航能力都强了不少。

以前是童淼喜欢跟小哀玩，逗它说话，现在小哀的玩耍对象换成了童安鱼和司煦，但小哀系统里储存的东西一直都没有变化过。

它还是会在开机的时候自言自语道："小卷毛不喜欢喝凉水……"一双蓝眼睛闪呀闪，一如当初在滨河小区的公寓里，它对着少女童淼时的样子。

那时候的日子，简单又隐秘，他们带着狂喜和巨大的冒险精神，一往无前。

天气凉爽了很多，桂花稀稀拉拉地从树上落下来，干涩后卷成一团，被风一吹，打着旋儿，飘得满地都是。

这时候的桂花已经开败了，按童美君的说法，不适合做桂花糕了。

但他们的确很少自己动手做桂花糕了，童淼的姥姥年纪大了，眼神不好，手脚也不灵便了，再也滚不了汤圆，做不了桂花糕了。

童安鱼和司煦的高中学习也步入了正轨，周而复始的两点一线，从家里到学校，从学校到家里，生活逐渐规律了起来。

像童淼和司湛预测的一样，司煦这个长相，到了高中更是消停不了。

不到半个月的时间，几乎整个高一年级都知道，理科实验班有个长得特别好看的男生，叫司煦。

每天假装路过，实则偷偷看司煦的女生数不胜数，几乎成了实验班门外一景。

司煦的相貌的吸引力到底有多强大？强大到司煦平时在学校里走，身后都会有人议论纷纷，偷偷拿手机拍照。

这种目光如影随形的感觉让他挺无奈，尤其是班里男生拿他开玩笑的时候。

“煦啊，你要是个姑娘我也追你了。”

“不是哥们儿说，你长得比校花都好看，还给不给别人活路了？”

“煦啊，三班班长托我给你带句话……”

……

司煦的反应往往只有一个，眼皮一抬，目光冷冷地望过去：“滚蛋。”

但哪怕他表现得再高冷，依旧阻挡不了女生们的热情。

后来连童安鱼都被当作传话筒，帮忙递情书。

童安鱼和司煦的关系，也就班主任了解，他俩在学校里从来不说，也就没人知道。

童安鱼拿着送给哥哥的情书，一脸诚恳地问：“小姐姐，你喜欢他什么呀？”

班花眼睛一眯：“他长得挺好的啊。”

“那你又不了解他。”

“不是说他挺高冷吗？谁都不搭理，让人有一种征服的快感！”班花暗搓搓地激动道。

“噢……”童安鱼若有所思。

傍晚放学，她默默地把练习册和一本她偷偷藏进抽屉里的言情小说收进书包里。

她听见司煦在班级门口冷声道：“麻烦你别给我送吃的了，谢谢。”

她赶紧停下收拾书包的动作。

司煦手插在衣兜里，肥大的校服罩住精瘦的身材，细碎的头发贴在耳侧，露出一段白皙的脖颈，背影也是个大帅比。

对面的女孩不知道说了什么，声音太小，太细，童安鱼没有听清。

“我没有那个意思，请你别打扰我。”司煦说完，也不给那女生继续说话的机会，转头往教室里走，走到童安鱼面前，自然而然地拎起她的书包，给了童安鱼一个回家的眼色。

童安鱼屁颠屁颠地跟着司煦往外走，临到门口的时候，还接收到了女生一记哀怨的眼神。

司煦直接从人家面前目不斜视地走过去了。

“渴不渴？”司煦歪过头来问童安鱼。

“啊？”童安鱼愣了愣，还没从女生的眼神中缓过来。

“楼下新装了榨汁机，我给你买杯橙汁吧？你都不怎么吃水果，缺维C怎么行？”司煦一边说着，一边从兜里掏钱。

他声音温和，语气关切，有那么一瞬间，童安鱼领悟了班花的意思。

所谓征服的快感，大概就是她正在体验的这种感觉吧？

对别人都高冷，不爱说话，唯独在她面前跟个话痨似的，关心这，关心那。

童安鱼有生以来第一次觉得受宠若惊。

她从小享受到大的待遇，每天几乎十八个小时面对着的神颜，是多少女孩子求之不得的啊！

这种感觉也太刺激了吧！

“哥，我觉得你真好。”童安鱼真诚地说道。

司煦盯着她看了半晌，默默地别过了头：“你也是。”

小宝贝 4

童安鱼迷迷糊糊地睁开眼睛，趿拉着拖鞋拉开房门，歪着头往客厅瞄了瞄，没人。

她又东倒西歪地往楼上书房走，果然，司煦正在里面看书。

他看的都是爸爸留下的编程之类的书，她实在是一点儿兴趣都没有。

“哥。”童安鱼在书房门口软软地喊了一句，带着浓浓的鼻音。

司煦下颌微抬，伸手把耳机摘了下来，转头望她：“醒了？”

都十点半了，可算是醒了。

“我有点儿饿了。”童安鱼顶着一头乱蓬蓬的头发，皱着眉头摸了摸自己的肚子。

司煦无奈地眨了眨眼，单手把书扣上，把身子转过来："谁让你早晨不起来？阿姨都回家了，现在也不到吃午饭的时候。"

童安鱼撇了撇嘴，赖在门口不走，穿着拖鞋的脚一下一下地踢着地板，手指抠着壁纸，一双狭长的凤眼可怜兮兮地望着司煦。

司煦举手投降："你想怎么办？我给你叫外卖？"

童安鱼摇摇头："外卖太慢了！你给我做呗，煎鸡蛋和热牛奶就行。"

司煦略微思索了一下，纤长的睫毛抖了抖："我没做过煎鸡蛋。"

事实上他什么都没做过。家里一直有阿姨，饮食营养搭配得很好，而且童淼平时工作太忙，根本没时间培养他这方面的才能。

"网上不是有教程吗？"童安鱼走到司煦身边，从桌上捞起他的手机，在搜索引擎上查了煎鸡蛋的具体做法，从头到尾看了一遍，基本就能背下来了。

"好吧好吧。"司煦妥协。

对于童安鱼，他实在是习惯性妥协。

他把司湛留的作业放到一边，从座位上站起身来，往厨房走。

他比童安鱼几乎要高出两个头，路过她身边的时候顺便伸手揉了揉童安鱼乱蓬蓬的头发。

童安鱼随爸爸，头发很顺，软绵绵的，像光滑轻柔的丝绸。

走到厨房，童安鱼从冰箱里取出两个鸡蛋，然后眼巴巴地看着司煦。

阿姨做完饭就把锅洗好了，他省了不少事。

司煦挽了挽袖子，露出一截白皙的小臂，他举着锅的时候，肌肉凸起来，隐隐约约能看到黛青色的血管。得益于以前常弹钢琴，他的手指很漂亮，修长又有力，骨节分明。

童安鱼老老实实地在一旁看着，舔了舔嘴唇。

也难怪学校里那么多女生喜欢他哥，司煦长得比她看的选秀节目里的小鲜肉都好看多了。

厨房里有个大大的窗户，外头的阳光照射进来，司煦向着阳光，微低着头，神情认真地蹙着眉，下颌绷出完美的弧线，眼睛可真漂亮，又大又水润，和妈妈一模一样，看起来完全没有攻击性。他的睫毛也长，服帖地微卷着，上面好像有阳光在跳跃。透过光线，隐约能看见他脖子上细小的茸毛，喉结轻微地滑动，美得像一幅油彩画。

她要上哪儿说理去？

她一个女孩子，长得都没有她哥好看。

司煦发现一旁没有声音了，歪过头来，看到童安鱼一脸纠结的表情，情不自禁地笑了：“你又瞎想什么呢？”

“没啊……”童安鱼摸了摸鼻尖，默默地移开了目光。

“差不多了，你盛出来，我去热牛奶。”司煦到水龙下洗了洗手，随意地甩了两下，把冰箱里的鲜牛奶拿出来，给童安鱼倒在杯子里。

“哦，好啊。”

司煦给她煎了两个蛋，第一次做，鸡蛋都没什么形状了，放的油也少，多少有些黏在锅底，但火候刚好，尤其是香味儿出来的时候，还挺诱人的。

她端到餐桌上，用筷子夹着默默地吃。

很快，司煦把玻璃杯给她送过来，里面是冒着丝丝热气的牛奶。

“哥，爸妈什么时候回来？”童安鱼一边吃一边含糊地问道。

司煦皱眉想了一下：“应该要过完七夕吧。妈妈好不容易请到假。”

“我听爸爸说，那个岛就是妈妈怀你的时候去过的，你还记得吗？”童安鱼眨着眼睛问。

司煦好笑地答道：“那时我还在妈妈肚子里，我记得什么？”

童安鱼咬了咬下唇，谨慎地说道：“那我怎么好像记得在肚子里的事？”

司煦惊得都说不出话来了。

“你真信啊！”童安鱼笑得眼睛都弯了。

司煦这下却是笑也不是，气也不是了。

他刚才还真的差点儿信了，主要是童安鱼这些年在学习上给他的打击太深刻了。

“不跟你闹了。一会儿得去学钢琴是吧？琴谱都收起来没？”司煦摇摇头，把袖子放下，轻轻地拍了拍。

“在我床上，帮我拿来一下。”童安鱼举着杯子咕嘟咕嘟喝着牛奶。

司煦去她屋里，看见床上甩着的袋子，琴谱也散得七零八落，根本没装起来。

他妹妹虽然聪明，但学什么东西都没他扎实，这琴谱买回来显然都没练过几次。

这要是他，都得被爸爸骂死了。

他半跪在床上，把散落的本子拾起来，理了理，刚想往袋子里装，从书页里滑出一封信。特别直男风的明信片，封皮的图片还是古早的灌篮高手。

打开来，里面写着一行字：童安鱼，做我女朋友。

司煦额头上的青筋跳了跳，捏着丑不啦唧的明信片，狠狠地咬了咬牙。

“童安鱼，你给我过来！”

童安鱼正在厨房洗杯子，司煦突然的一声吼，吓得她浑身一抖。她赶紧把杯子放下，颠颠地跑过来：“怎么了？”声音还挺心虚，毕竟她哥基本上没跟她生过气。

司煦把明信片塞到她手里，脸色有点儿阴沉：“这是什么玩意儿？”

童安鱼揉了揉裤缝线，舔着嘴唇瞄了一眼，然后眨着眼睛看司煦：“我要说我不知道，你信吗？”

司煦微微眯了眯眼睛，深吸了一口气：“你觉得呢？”

“就钢琴班的一个男生，他给每个女生都写了。他就那样，平时挺狂的，大家都懒得理他。”童安鱼随手把明信片夹在了书里。

司煦的眼神冷了冷：“为什么不扔？”

“我扔了他还给我写，麻烦死了。”童安鱼耸了耸肩。

司煦深深地皱着眉，下颌的肌肉动了动：“怎么不告诉我？”

童安鱼撇了撇嘴，不好意思道：“我这不是上最后一节课了吗？再说了，什么事儿都找家长，找哥哥的，多被人看不起呀！”

司煦的睫毛颤了颤，伸手把书夺过来，抖了抖，捏起掉出来的明信片，三两下给撕了，然后冷着脸对童安鱼说：“我送你去钢琴班。”

“哥，你不是要去打架吧？他家长每次都陪着的哎。”童安鱼有点儿心惊肉跳。

她性格随童淼，不是喜欢惹事儿的人，只要没超越她的底线，她都能当作没看见，自我开导能力极强。

别看她哥长得清秀温柔，本质却是个“暴力美人”，再加上学了好几年跆拳道，打起架来就是个“狠”字。

司煦轻轻地闭了一下眼睛，压抑着怒气：“走，快换衣服，我在客厅等你。”

他说罢，把童安鱼的袋子也一并带了出去。

在客厅，他从电视柜旁边拿起自己的手表，搭在手腕上，慢条斯理地戴好。

他并不觉得妹妹收到一封情书是什么天大的事，毕竟他小时候收到的更多。

让他无法理解的是，全班的女生都受到这种骚扰，竟然没有一个人向家长和老师反映，连那个男生自己的家长也觉得无所谓。

别人他管不着，但是骚扰童安鱼就不行。

少年宫离他们家只有两个路口，很快就走到了，童安鱼却越来越担心，临到门口，一把扯住司煦的手：“哥，你别生气，反正就上最后一次课了。”

司煦拍了拍她的手，没说话。

等到了教室里面，司煦一眼看去，一共坐着五六个初中生，除了一个长得又高又胖的小孩，其余都是女生。

司煦瞳孔微紧，低声问道："就是他？"

那男生身后坐着个低头玩手机的家长，教室里也就只有她一个家长，其余女生都在规规矩矩地坐着。

"是他。"童安鱼拽着司煦的衣服，小声答道。

那男生见老师没说上课，也不老实，凑到旁边的女生座位上，拧开人家的水溶C100，咕嘟咕嘟喝了好几口。

女生羞愤得退了两步，既生气又委屈："你干吗！"

男生嬉皮笑脸道："借我喝一口呗。"

女生咬了咬牙，用求助的目光看了看男生的妈妈，那妈妈抬起头，冲自己的儿子笑了笑，又低头摆弄手机。

女生把饮料往男生钢琴上一扔："给你了，我不要了！"

男生顿时有点儿不高兴了，往女生椅子上一坐："怎么这就生气了？没意思。"

女生没了座位，只得被迫站着："你起来，这是我的座位。"

男生往钢琴上一趴，胳膊上的汗蹭得琴键上湿漉漉的："你先坐我那儿，我歇会儿。"

女生看他一副死猪不怕开水烫的模样，气得眼圈都红了。

其余学生也都转过头来，眼神或同情，或怜悯，或无奈，谁都没说什么。

童安鱼咬了咬牙："哥，那是我的好朋友。"

司煦轻轻地点了点头，大跨步走到男生坐的椅子边，猛地踹了一脚："让你起来，听不懂吗！"

饶是男生身体重，也经不起突然的一踹，椅子一歪，他一屁股坐在了地上，惊叫了一声。

后面玩手机的家长终于把目光从屏幕上移开了，她赶紧跑过来把自己儿子拽起来，朝司煦怒道："你干什么呀你！"

在她眼里，司煦也不过是个孩子，大一点儿的孩子而已。

司煦一个眼神都没给她，反手揪住那男生的衣领，冷声问："是你骚扰我妹的？"

家长吃惊地睁大了眼睛："你胡说什么你！你这孩子长得人模人样，嘴怎么这么毒！"

司煦轻轻地舔了舔嘴角，目光凶狠：“给我妹道歉，给刚才那女生道歉！”

那家长挡在男生面前，推了司煦一把：“你仗着你年纪大，欺负我儿子是吧！”

司煦垂下眼眸，用手指轻轻地弹了弹衬衫，又把眼睛抬起来，盯着那家长警告道：“走开。”

童安鱼咽了咽口水，她以为他哥会说“滚”。她知道，他哥心里已经骂了八百遍滚了。

藏在妈妈身后的胖子一声也不敢吭，领子都被司煦扯皱了。

那家长到底是个女人，被司煦盯得心里直发毛，开始嚷嚷：“老师呢？老师管不管！”

少年宫的老师慌慌张张地从门外跑进来，是个挺年轻的女老师，人也比较温柔甜美，忙问道：“怎么了？怎么了？”

家长恶人先告状：“这人欺负我儿子，是你们少年宫的学生吗？你们就教育出这种学生……”

司煦轻微地挑了挑眉，手指搭在琴键上，重重地敲了一下。

粗重的钢琴声打断了那家长的话。

少年宫的老师不知所措，童安鱼突然道：“陈佳轩欺负宁宁，抢她的水，还占她的位子。”

一见有人说话了，其余几个女生也不再沉默。

“他还往宁宁的钢琴上蹭汗！”

“他也抢过我的吃的。”

“他给我们写情书，还不让我们扔。”

“陈佳轩最讨厌了，太恶心了！”

……

家长错愕地看着全班的女生，那个叫陈佳轩的男生低着头，狠命揉自己的衣服。

“那个……我去找我们负责人反映一下。”钢琴老师一溜烟跑了。

司煦懒得管她，继续盯着那个男生：“我再说最后一遍，今天你如果不道歉，你就等着。”

童安鱼从来没见过他哥样子这么吓人，不安地在后面扯了扯司煦的衣服。

她觉得点到为止就行了，反正以后也不会跟那个人再见面了。

司煦轻轻地拍掉她的手，示意她别掺和。

那家长还想为自己的儿子出头，那个叫宁宁的女生突然号啕大哭起来，哭得满脸通红。

谁都是家里的宝贝，把人家孩子惹哭了，那个家长也有点儿不安，毕竟谁也不想平白跟人家起冲突。

她推了自己的儿子一把："你跟人道个歉就完了。"

男生扭捏了一下，耷拉着脸，不情不愿道："对不起。"

"行了行了，走了。"那家长见形势不好，又不想承担责任，连最后一节课都没上，扯着她儿子从教室跑了出去。

司煦靠在钢琴上，冷漠地看着他们灰溜溜地逃走，然后伸出手在童安鱼的脑门上狠狠地弹了一下。

"他是哪个学校的？"

童安鱼捂着额头委屈地说道："哥，你干吗呀？"

一边看着的女生立刻接话："第八中学，初二七班。"

童安鱼立刻眨了眨眼睛，示意对方别说了。

司煦瞪了她一眼，童安鱼默默地收回了眼神。

"给你写了几封那破玩意？欺负过你没有？"

童安鱼嘟嘟囔囔道："他没欺负我，就是……"

"上几次课就写几封，以前的我们都撕了。"那个女生义愤填膺道。

童安鱼有些不安了。

司煦低下头，轻笑了一声，咬牙切齿道："九封是吧？瞒了我九次，你真行啊。"

童安鱼心虚得眼神乱瞟，轻声道："哥，你不会告诉爸爸吧？"

她爸要是知道了，大概就更血雨腥风了。

司煦站直身子，扯了扯衣领："用不着爸爸，八中也不远，来日方长。"

后来，童安鱼单纯的大脑里突然又有了一个清晰的认知——原来哥哥不仅能拉出去吸引眼球，还能耀武扬威。

司煦上高二那会儿，已经是高中人尽皆知的人物了，好像再也没有"极品"在她眼前出现过。

小宝贝 5

【理科班的司煦有女朋友了吗？】

1 楼：有了，一个小矮子，文科班的。

2楼：胡说八道，没有呢。他说好好学习，不谈恋爱。

3楼：扒一下，那个小矮子是叫童安鱼吧？年级第一大学霸，今年才十二岁，造什么谣呢？

4楼：十二岁怎么了……我看见他俩总一起走，司煦天天送童安鱼回家呢。

5楼：就不能是好朋友或者发小吗？思想那么龌龊。

6楼：emmmmm……除了童安鱼，你见司煦给别人背过书包吗？

7楼：对啊，不仅背书包，没分班之前，童安鱼的值日都是司煦代劳的。

8楼：越来越真了，就没有同班同学去问一下吗？

9楼：文科同班在这里，没觉得童安鱼像在谈恋爱，她在班里从来没提过司煦，现在整天准备钢琴考级呢。

10楼：理科班的表示，这俩……是兄妹吧？我听过童安鱼管司煦叫哥哥。

11楼：姓都不一样，长得也不像，别圆了，大家又不是德育处主任。

……

童安鱼趴在课桌上，表情倦倦的。

司湛最近给她报了一个女子防身术的课外班，每天踢踢打打，消耗了不少精力，再加上高中课程紧张，她最近经常魂不守舍的。

好在她的成绩一骑绝尘，根本不用担心。

“鱼啊，你看这个帖子了吗？”

同桌偷偷地把手机塞到抽屉里，戳了戳童安鱼。

整个班级里的学生都比童安鱼年纪大，大家也都把她当小孩儿，一个小孩儿居然也有这种绯闻了，挺新鲜的。

童安鱼把头埋在胳膊里，接过手机划着看。

“小矮子？”

“我和司煦？”

“我天哪！”

同桌幸灾乐祸地笑：“让你总跟司煦混在一起！以他那种容易掀起腥风血雨的体质，我早就猜到有这天了。”

童安鱼指了指自己的鼻子，无辜道：“大家都不知道他是我哥吗？”

同桌耸了耸肩：“你俩姓都不一样，谁能往兄妹关系上面去想啊？”

童安鱼皱着眉思索道：“我是不是影响我哥的桃花了？”

“谁知道呢？”

童安鱼怅然若失。

她只知道爸爸和妈妈就是上高中时相熟相知的，后来才有了他哥和她。平时在家里，爸妈聊天的时候，也总是时不时提起高中发生的事，好像特别刻骨铭心似的。

她自己是个例外，一路欢快地跳级跳到了高中，但是哥哥不一样啊。

哥哥这个年纪，也是爸爸妈妈渐生情愫的年纪，或许本该有一段暗度陈仓的爱恋呢？

当天晚上，童安鱼十分严肃地把司煦拉到了书房，眉头微微皱着，一边啧啧有声，一边晃荡着小腿。

“你干什么？”司煦靠在墙边，懒洋洋地看着她笑。

“哥，爸爸妈妈都是上高中时那什么……恋爱了，你有吗？”童安鱼把腿放下，颇为严肃地问。

司煦挑了挑眉。

童安鱼此番话的重点在恋爱一事上，司煦却把注意力放在了时间上。

他们俩平时什么都聊过，就是从来没聊过情感问题，童安鱼突然开启这个话题，让他觉得有点儿意外。

司煦盯着她看了半晌，微微眯了眯眼睛，心想，这小丫头不会情窦初开了吧？

十二岁？

都说女生要比男生早熟一点儿，十二岁也差不多了，再加上文科班的人嘴皮子都溜，指不定谁花言巧语的就让童安鱼有了好感。

司煦想着想着，心里有些不快。

“我没有时间想那个，高中要以学习为主，别的都太虚无缥缈。爸爸妈妈是特例，不是所有人都有结果的，你懂吗？”司煦苦口婆心，准备把童安鱼悸动的小心思扼杀在摇篮里。

童安鱼鼓了鼓嘴，心想，没有时间啊？或许是没有空间呢？

“啊……那我以后放学还是跟同桌一起走吧，哥哥你就随便跟谁一起吧。”

多宽宏大量的妹妹！童安鱼默默地夸奖自己。

司煦脸色一沉，额头上的青筋跳了跳。

同桌是吧？果然近水楼台先得月。

“你同桌叫什么？”司煦揉了揉眉心。

这件事还不好跟爸爸妈妈说，毕竟有代沟，而且按爸爸那个性格，非得把妹妹骂一顿。

他真没想到，自己有一天还要肩负着为童安鱼清除烂桃花的重任。

“江舸，怎么了？”童安鱼眨巴眨巴眼睛。

江舸是班里唯一一个跟她年龄还算相近的女生。她因为爸爸妈妈都忙，所以早早就被送去了幼儿园，上学就比旁人早了两年。

也算她倒霉，这同桌偏偏起了个男女莫辨的名字。

“我知道了，你早点儿睡觉，少看那些假惺惺的电视剧。”司煦把这个名字记在心底，胡乱嘱咐了童安鱼一句。

童安鱼莫名其妙。

怎么又扯到她看的电视剧上了？

这天之后，令童安鱼百思不得其解的是，哥哥缠她缠得更紧了。

现在不仅放学非要等着她一起，连午饭、晚饭都要一起吃，哥哥甚至对她的同桌也格外关注。

童安鱼心里有事憋不住，和江舸吐槽：“你是不是跟我哥有过交集啊？”

江舸思索了半晌：“你要非说交集的话，都在学生会组织过元旦晚会？但我不确定他还记不记得我。你不是说你跟你哥智商有壁吗？”

童安鱼若有所思地点点头：“他的智商是没有我那么高啦，但记住你应该没有问题吧？”

当天晚上，童安鱼趴在童淼肩膀上偷偷说：“妈，我怀疑我哥看上我同桌了，他老是跟我打听。”

童淼脸上的神色有些复杂，意味深长地看了童安鱼一眼：“你哥跟我说是你……”

童安鱼凌乱了。

姜谣 X 季渃丞

“季渃丞，我毕业了。”

姜谣轻轻地抿着嘴，眼底带着期许的笑意。

阳光透过玻璃窗轻巧地缀在她的睫毛上，仿佛抖不掉的金粉。

再不会有人让她那么着迷，让她用近乎虔诚的目光凝视了。

季渃丞看着她的眼神微微发怔，半晌，弯起眼睛柔和一笑：“恭喜。”

淡淡的一句，到此为止。

他把收纳盒放在他爸的办公桌上，微微垂下头，白衬衫随着躬身的动作紧紧绷起，领口露出一小片锁骨。

姜谣谨慎地咽了咽唾沫。

“以后你就不是我的老师了。”她的睫毛微颤，用全部的注意力去观察季渃丞的反应。

可他只是微微停顿了半晌，然后勾唇一笑：“是啊，你毕业了，我也要到清华任职了。”

季渃丞从不失态，更不失礼。

他没有“一日为师，终身为父”的腐朽思想，结束在盛华代课的日子，他和这些学生天南地北的，都会越走越远。

和姜谣也一样。

“你知道我是什么意思。”姜谣寸步不让，她伸出手，轻轻地抓住了季渃丞衬衫的袖子。

隔着薄薄的布料，她的指尖感受到季渃丞温热的手臂。只是这一点儿触碰，就让她激动得方寸大乱。

季渃丞眼神一瞟，目光触及姜谣的手指，但他很快抬起头，手臂微微一晃，将姜谣的指尖甩开。

“三班考去首都的不少，还有四个都在清华就读，要是你们有空去看看我，我会挺开心的。”

他刻意避开了姜谣的话题，但姜谣手指的触感仿佛黏在了他的手臂上，挥之不去。

他一向严于律己，从未跟人亲近过。当然，他二十五年的生命中，也没遇到过第二个像姜谣一样任性大胆的姑娘。

姜谣垂眸看了看自己的指尖，莫名觉得心里有些发凉。

就那么轻易地被季渃丞甩开了。

她再次将目光投向季渃丞，甚至更加热烈直白了一些。

“季渃丞，我喜欢你，我特别特别喜欢你。”姜谣咬了咬牙，白皙的脸蛋上染上一层红晕。

她是那么好看，皮肤白得发光，一双桃花眼目光流转，美艳动人。

饶是季渃丞，也不得不承认，姜谣这姑娘，本就是颠倒乾坤的剔透美人，放在哪里都是万人追捧，如珍似宝的娇贵命。

但偏偏，姜谣就是对他步步紧逼。

季渃丞轻轻叹了一口气：“你知道，我不想谈这个。”

在盛华的这三年，姜谣是个意外，更是他如履薄冰的宿命。现在宿命结束了，他等着姜谣走出来。

姜谣却颇为委屈地咬着下唇，喃喃道：“季渃丞，我会努力变得很好很好的。”

屋外突然下起了太阳雨，淅淅沥沥的。

雨滴挂在玻璃窗上，给夕阳的余晖添了几分斑驳，染湿了青涩的情愫。

季渃丞深深地吸了一口气，隔着衬衫，他的胸膛骤然起伏。

他的神情更严肃了些，眼底压抑着深沉的情绪。

“姜谣，我以前是你的老师，将来也只会是你的老师！”这是他最后的忠告。他不想姜谣再上前一步了，他得及时阻止。

姜谣猛地抬眼，眼眶微微泛红，但眼神依旧直率坦荡：“你只比我大七岁，如果你不接连跳级，不去读什么少年班，当什么精英，你充其量就是个哥哥罢了，少拿老师的架子吓唬我！”

季渃丞沉稳惯了，少有被人惹得情绪失控的时候。

但是姜谣太大胆了，让他觉得自己过去对她实在是太纵容，日复一日，以至于现在快要收不住了。

“我看是你的胆子越来越大了！”季渃丞抽起桌面上的档案袋，猛地拍在桌子上。

他气得不轻。

空落落的办公室里传来重重的回响声，袋口的线绳挣开，白色 A4 纸散落了一地。

纸的边缘擦到姜谣的手背，传来痒痒的刺痛，她缩了缩手。

季渃丞的神情有一瞬的踌躇。

姜谣低声道：“那我让你看看更大胆的。”

她突然上前一步，攀住季渃丞的肩膀，脚尖踮起，朝季渃丞的唇吻了下去。

她没有接吻的经验，莽撞又顽固，甚至不知道该如何表达自己的喜欢，仿佛要把所有的热情，通过这个吻传递给季渃丞。

她很用力，牙齿把自己的嘴唇都硌痛了，但她就像抓住了救命稻草似的，珍惜着和季渃丞亲密的每一分、每一秒。

季渃丞彻底蒙了。

姜谣的嘴唇是柔软的，带着些草莓味的甜蜜，大概是涂了女孩子喜欢的唇膏。

她的动作生涩又急切，胡乱地亲着他，不放过任何一个角落。

离得那么近，他身上清淡的茶香和姜谣的洗发水味道混合在一起。

那颗沉寂的心仿佛活了过来，难以抑制地急跳着，拉扯着他最后一丝理智。

他深深地皱着眉，连眼睛都没有闭上，手指抵在姜谣肩侧，稍一用力就能把她推开。

但他用不上力气。

姜谣的喜欢仿佛熊熊烈火，他被困在火光中间，进退维谷。

突然，他看到姜谣紧闭的睫毛下，一滴眼泪顺着脸颊滚下去，快得让人猝不及防。

锁骨上一片凉意，一闪而过，没入了衬衫里。

抬到姜谣肩膀边上的手指仿佛有千斤重，不得已缓缓地垂了下去。

罢了。

随她一次吧，就再纵容她最后一次吧。

等她去了电影学院，见过更多的人，经历更多的事，或早或晚，她都会把他忘了。

他太压抑了，心事太重了，不适合她豁然洒脱的个性。

雨停了。

水汽被高温蒸发，橙红色的夕阳余晖铺洒在盛华的每个角落。

姜谣轻轻地松开了季渃丞。

她怔怔地望着季渃丞被自己亲得红艳艳的唇。

季渃丞真好看，哪怕是被迫接吻，哪怕嘴角还沾着她的唇蜜，姜谣仍然恍惚觉得，自己像是偷食禁果，玷污神仙的信徒，从此大罗天仙、满天神佛都饶不了她。

他任她亲了，没有发脾气，也没有推开她，他的眼神依旧柔和，像是轻泛涟漪的湖面。

那可是季渃丞啊，她放在心尖上的季老师。

姜谣欣喜若狂，双腿都在发抖，几乎快要站立不稳。她难以置信地眨了眨眼，磕磕绊绊道："季渃丞，我……我……"

"回去吧，童淼还在等你。"季渃丞淡淡地说道。

姜谣被狂喜冲昏了头脑，没有察觉到季渃丞眼底的一丝隐忍。

她忙不迭地点头。

这种事情发生了，就是真实存在的，不需要多说什么。

“那……明天我自己来找你！”

她仰起头，明媚一笑，眼底的眷恋快要溢出来了。

季淆丞默默地垂眼，没有回复。

即便这样，也丝毫打消不了姜谣的旖旎幻想。她心里满足极了，仿佛可以经受世间最难熬的重创。

她万万没想到，这是她见季淆丞的最后一面了。

偌大的盛华校园里，依旧盎然生机，弥漫着青春的气息。

但自从那人不告而别后，这个充满了回忆的地方，对她而言就失去了大半的意义。

季淆丞根本没等她来找。他更换了电话号码，在原来的办公室落了锁，撤掉了贴在校园宣传栏的照片，抹掉了他在这里存在过的所有痕迹，一丝一毫的回忆都不留给她。

她站在熙熙攘攘的人群当中，仿若身处无人之境。

当天晚上，姜谣收到了一个陌生号码发来的短信：姜谣，有喜欢的人是很正常甚至是很美好的事，你或许很长时间都不会忘掉他，但是你不一定会和他在一起，因为你爱的是这段记忆，是记忆中的你自己。

言语坦坦荡荡，冷血无情。

她试图拨回去，才发现，这个号码是被更改过的。

她不是真的找不到他，她只是没有理由了。

他自顾自地站在长辈的高度，把一切都否决了。

全文完